風俗壊乱

明治国家と文芸の検閲

ジェイ・ルービン著
今井泰子・大木俊夫・木股知史・河野賢司・鈴木美津子❖訳

世織書房

Jay Rubin

Injurious to Public Morals
Writers and the Meiji State

Japanese translation published by arrangement with
University of Washington Press
through The English Agency (Japan) Ltd.

日本語版への序文

本書の書評を執筆した欧米の批評家諸氏は一度も問題とすることがなかったが、文芸検閲に関する書物が、まったく検閲処分を受けなかった夏目漱石に関する資料をこれほど多く扱っていることは、日本人読者には奇異に感じられるかも知れない。実は、本書は私が漱石の講演「私の個人主義」を翻訳している時に行っていた背景的な調査から生まれたものであり、従って本書全体を、漱石及び彼の小説家の社会的役割についての見解をより広い文脈の中で捉えたものとして読むことも可能であろう。

当時、私はこの講演の知的環境に関する情報を求めていて、明治後期、大正初期の知識人たちに関するある重要な英文の研究書がひどい翻訳の誤りをしていることを発見した。その著者は漱石の思考がいかに曖昧であるかを解説するつもりで漱石の論文「文芸委員は何をするか」から数節を引用しているのであるが、私がこの著者の英訳を日本語の原文に照らし合わせて見て明らかになったのは、「曖昧な」のは日本語の理解だけであった。彼は漱石の実に明快な日本語をほとんど意味をなさない英語に訳していた。このことにずいぶん憤慨した私は、愛読する漱石に対する誤訳を正そうと決心し、当時漱石がその論文の中で戦いを挑んでいた文芸委員会に関して、さらに調査をする必要に迫られたのであった。漱石の立場は、「曖昧な」ことなどまったくないばかりか、実際にはすこぶる毅然たるもので賞讃に値するものであったというのが私の結論であった。こうして「私の個人主義」の翻訳を続けているうちに、明治作家の社会的役割というさらに大きな問題を考え始めることになった。

漱石の講演にはもう一つ別の問題があった。結果的には、些細な問題であることが判明したが、これもまた最終的には本書を書かしめたものであった。「私の個人主義」の中で漱石は、「朝日新聞」における彼の弟子の一人と三宅雪嶺主宰の雑誌「日本及日本人」の社員との間の対立にふれており、これが漱石をかなり不愉快にしたようである。私はこの対立にも興味を覚え、その証拠が載せられている「朝日新聞」と「日本及日本人」を探し出したいと考えた。

調査していくうちに当時私が教職についていたワシントン大学の東アジア図書館が所蔵する、見事なマイクロフィルム集に出会った。やがて漱石の不愉快の源は、実は門下生の森田草平と雪嶺の子分たちの間の実に愚かな論戦であることがわかったが、またこの調査中に、私がそれまで目にしたことのなかった用語である「発売禁止」と呼ばれる現象に関する幾つかの新聞記事が目に止まった。「私の個人主義」の翻訳を終えると、私は検閲制度に関する情報を探し始めた。

この制度がいかに機能し、誰が検閲を行い、そして作家にとってどれほど深刻な問題であったかを、私は知りたくなった。これは明らかに文芸委員会の問題、及びさらに大きな小説家の社会的役割の問題と深い関わりがあるに違いなかった。やがて、これまでに私が読んだ明治文学は、すべて何らかの形で検閲制度を通過したものであることがわかり始め、この制度がどれほど厳しいものであったか、そしてこの制度が文学を歪め、近代日本文学の発展の歴史そのものに影響を与えたかどうかを知りたいと思った。驚いたことに、定評のある近代日本文学史の書物にはいずれにも検閲制度への言及がほとんどないか、あるいは言及がなされているごく僅かの場合にも、ことのついでにふれられているにすぎず、読者はまるで検閲制度がいかに機能したかを詳細に知っているとでも想定されているかのようであった。

私は検閲制度関係の書物を探索し、先駆的な著書を数冊見付けた。馬屋原茂男『日本文芸発禁史』、小田切秀雄『発禁作品集』及び奥平康弘の論文「検閲制度」であったが、いずれも検閲制度を体系的に分析したものではなく、私のすべての疑問には答えてくれそうになかった。そこで例のマイクロフィルム集に戻り、「日本及日本人」にとどまらず、「太陽」、「国民新聞」、「中央公論」や、そのほかの定期刊行物に二、三カ月を費やして目を通した。ここまで来て私はようやく今井泰子「明治末文壇の一鳥瞰図」という論考を見付け、文芸委員会や、当代の作家たちを取り巻いていた政治的歴史的問題について私と関心を同じくする日本人研究者がいることを発見して歓喜した。私は今井泰子氏に手紙を書き、二人の文通から翻訳の企画が生まれ、今回の刊行となった。

この場をかりて私は、今井泰子氏、大木俊夫氏及び二人が参加を呼びかけたほかの訳者、とりわけ編集と校正の最終段階の総括にあたった木股知史氏に、本企画に関心を持続されたことに対して深甚なる謝意を表したい。本書のような著作の読者は欧米ではごく限られているが、今回、訳者たちの努力のおかげで、本書が扱った諸問題を十分に理解できる読者層がおそらく欧米以上に広まるであろう。本訳書によって戦前の検閲制度の存在に対する認識が日本において広まるばかりでなく、同制度の影響下で芸術を創造した当代の作家たちの業績に対する認識も深まるよう願うものである。

序文

本書は、太平洋戦争へと次第に接近していく時期に数章をあて、また、はるか昔の一六七三（正和一三）年に起こった事件をも取り上げている。では、何故、本書の表題を「文学者と明治国家」〈†原著の副題はWriters and the Meiji Stateであるが、本書では原著者と協議のうえ「明治国家と文芸の検閲」としている〉とし、一八六八（明治元）年から一九一二（明治四五）年までの期間を占めるにすぎない時期に限定したのか。それには、三つの理由が上げられる。

(1) 一面において、本書は、日本文学上の革命的な時期、つまり、自然主義運動が作家を社会の客観的な観察者として位置付け、その人々の認識が「風俗を壊乱」し、伝統的価値観を冒瀆するものとしてしばしば忌み嫌われていた時期である、一九〇四（明治三七）年～一九〇五（明治三八）年の日露戦争から、明治の終幕までの間に生じた文学上の展開を、主として取り上げている。

(2) 他方、明治時代に確立した国家体制は、太平洋戦争終結の後まで存続した。一八八〇年代に検閲制度を完成したのは明治国家であったし、一九三〇年代の全面的思想統制を作り上げたのもまた、いわば明治国家であった。そしてその思想統制は、やがて一九四〇年代の、大和魂と西洋科学技術との破滅的な衝突へと繋がっていったのである。

⑶ 最後に、本書は、数章をさいて太平洋戦争の時期を概観してはいるが、そこではおおむね、明治に作家活動を開始し、大正、昭和を通して書き続けてはいても、昭和に活動した多くの作家を代表しているとは言えない人たちに焦点をあてている。筆者は、明治作家の取った批判的傍観という際立って近代的な姿勢に興味を覚えるが、同時に、作家たちと政府との確執にも関心を抱く。政府がもくろんでいた政策は、自殺行為的な戦争を遂行させるような類いの、イデオロギー的統一を促すことでもあった。

作家に対する唯一の、最も重要な政策は、検閲制度の確立と維持にあった。本書は、かかる制度の機構及び機能の解説に多くの紙幅を充てている。この問題が、学術研究のレベルでは、アメリカ合衆国はもとより日本においても、これまでほとんど無視されて来たからである。とは言え、検閲制度は、作家に対して政府が取った唯一の武器ではなかったから、本書も検閲削度だけに焦点を絞ってはいない。権力に従わない思想を弾圧する持続的戦術の一つとして、政府は作家を文芸院なり何なりに組織して、いわゆる「健全なる」文学を制作させようとした。皇国日本の全臣民同様に、作家もまた、調和の取れた国家家族（国体）を打ち立てようとする社会教育と強化政策の対象であった。

作家（さらに多くの場合に発行者）と明治国家との関係を眺めると、対立の回避というおなじみの日本特有の方式に出会うが、しかし決して、それが支配的な方式であったわけではない。発禁処分に対しては、一方では沈黙したり、あるいはあきらめて歴史の経過により最終的に汚名を晴らすことに希望を繋ぐことも結構あったが、また、組織による抗議を起こしたり、怒りを爆発させたり、芸術の自由を求めて長い熱弁を振るうこともあった。政府が栄誉を与えて作家たちを味方に引き込もうとした時には、大概、作家は侮蔑をもってこれに応え、職業作家の意地と自立心とを、めげずに、また再々、皮肉を込めて示した。一九〇六（明治三九）年から一九一三（大正二）年までの間の、そうした職業作家としての姿勢の成長と、その姿勢が国家の政策に対して引き起こした軋轢とが、本研究の核をなしている。視座を、人生と芸術の抽象的議論には求めずに、職業作家が直面したあらわな現実、すなわち販売、編集方針、法廷、公的秘密、けばけばしい大見出し、売名行為、委員会の会合、宴会、紙不足、警察の脅威、といったものに着目するならば、日本の社会に対して、また文芸一般に対して、さらには国境を越えた人類全体の価値観に対して、日本の近代作家の及ぼした貢献度は、一層立派だと言わなければなるまい。

彼ら日本近代の作家たちは、全体としても、また個人としても立派である。研究中、私が最も心のときめきを覚えたのは、作家一人一人の持つ個性や各人各様と言える相違を発見した時であった。そうした多様な様相を伝えるために、私は統計的な、あるいは要約による方法を避けて、作家（そして編集者、検閲官）たちに、できるかぎり各人自らの声で語らせようとつとめた。怒り、冷笑、皮肉に出会った場合には、それらを単に反体制的抵抗と呼ぶことでは満足しなかった。多様性の論証そのものが、私の研究主題の一つである、と言ってよいであろう。

作家が、国家の政策とどう関わったかを示すには、政治史、法制史の諸問題を研究する必要があった。偶然に出くわした断片的な言及を通して検閲制度に関する文献を読むに際して最ももどかしく思った点は、この制度がいかなる機能を果たしていたのか、意志決定者は誰か、判断の基準は何か、法による罰則規定はどの程度のものか、それが作品の販売配布にどのように影響したのか、などの問題についてその言及が説明してくれないということであった。私は、こうした問題を論じようと努力したけれど、本書は何と言っても、作家個人とその考え方、及び彼らの作品の文学的価値と創作環境との関係を扱ったものであるということは留意しておくべきであろう。

本書において、あえて体系的に論じようとしなかったことが一つある。それは明治の日本と二〇世紀後半のアメリカ合衆国との比較対照である。だが両者の類似点は、以下のようなアメリカの近年の法廷における活動を熟知する者には、あまりに自明なはずである。つまり、ジャーナリストを事前審理に接近させないようにしたり、報道者の情報源の秘密性を侵したり、さもなくば、合衆国憲法の修正第一条項の完全性を削り取ろうとした類いの判決が、そうした人々の脳裏をよぎるに違いない。われわれは、明治国家の木霊《こだま》を、いつであるにせよ耳にする。たとえば、いかなる書籍の回覧が許されるかを決定する際に、「現代地域共同体の基準」なるものを設定してもらいたいと市民側から政府に要求が出される時、猥褻事件を処理するにあたって、地方自治体が、法廷の公開審議より警察の取締りに頼ろうとするのを目撃する時、核エネルギーに関して大衆に何を知らせてよいかと、連邦政府が、ひそかに秘密解除に関する指針を設ける時（たとえば、一九五四年の原子エネルギー条例におけるように）、一九八〇年秋に再燃したような政府主導の軍備熱によって、アメリカのぬくぬくとした「個人主義的」社会が一掃されてゆく時……。日本の事例は、時間的にも距離的にもそれほど遠いものではなくなる。けだしそれは、国家の安全という名目のもとに、反対意見を抑制し、政府の背後で一致団結せよ、とわれわれに説く政治家たちの、あの古典的で年々歳々繰り返される熱弁の極端な一例にすぎないのである。それはまた、国民が一つの声にまとまる時ほど危険なことはない、ということの証左でもある。

本研究を進めるにあたって、たくさんの方々から援助をいただいた。以下に記して謝意を表したい。

ワシントン大学関係では、ケン・パイル氏が、多くの貴重な資料を教示して、絶えざる興味を示して励ましてくれた。ロイ・ミラー氏は私のゼミナールに対して、氏の苛立ちをある時は巧みに隠しながら、一部の有益な素材入手のために渡りを付けてくれた。テルコ・チン氏は、私に代わって東南アジア図書館所蔵の文献を集める手助けをしてくれ、スージー・リー氏には法律関係図書館利用のための指導を仰いだ。エディ・ハリソン、トム・カアサの両氏からもまた、書誌学上の才能を提供していただいた。第15章については、書庫とマイクロフィルムを愛好している、リチャード・トーランス氏にたいへんお世話になった。

本研究中に、ワシントン大学以外で、助言、意見、教示を受けたのは、マーチン・コルカット、江藤淳、ジョン・ヘイレイ、畑中繁雄、ハワード・ヒベット、今井泰子、マリウス・ジャンセン、スミエ・ジョーンズ、ロン・ラフタス、フィリス・ライアンズ、松浦総三、マサオ・ミヨシ、マーギット・ナージィ、小田切秀雄、奥平康弘、ロビン・レイデン、和田謹吾、コーゾー・ヤマムラの諸氏であった。

それから、私の家族たち、良久子、源、はながいる。この三人とのつねに変わらぬ愛情と交わりがなかったなら、本書はとうに完成していただろう。四歳になる娘のはなは、この点でとりわけ効果的で、私にもタイプを打つ手伝いをさせてと言って私を助けてくれた。彼女には、特に感謝の意を表したい。また、母フランシス（別名ババ）は、熱意を示してくれて大いに有り難かった。姻戚の坂井家の人々は、皆私にとってかけがえのない、心からの安らぎの源泉であった。

私が幾夏にもわたって、本研究に時間をすべて充てることができたのは、ワシントン大学の国際研究学部及び大学院の研究基金、アメリカ学会協会の日本研究についての共同委員会、及び社会科学研究協会による支援のおかげである。本書の大部分を執筆したのは、一九七八年から一九七九年の間であり、国立人文学基金からの助成金によっている。この政府機関からの援助なら、漱石にしても認めてくれたのではないかと思う。

二、三の技術上の問題についても説明をしておきたい。

日本人の姓名は、通常の日本式順序に従った。しかしながら、本書で取り上げたほとんどの作家の名は、elegant sobriquets（優雅な仮名）――これは、エドワード・サイデンステッカー氏が雅号という言葉にあててくれた訳語である――に置き換えた。たとえば、小栗風葉は、姓の小栗よりも雅号の風葉でよく知られている。もっとも、雅号をまったく使わなかった作家たち（たとえば、谷崎潤一郎）は、姓で表示した。こうした日本的慣例を、本書では一貫して採用したけれど、巻末に索引を付して相互に参照できるよう、配慮を施してある。

注記は、概ね資料の引用箇所を指摘するにとどめたが、より内容のある題材を含んでいたり、論考の対象とした作品に入手可能な英訳が指示できるような時には、本文中に脚注の形〈†本書では割注の形で付した〉をとって示してある。

風俗壊乱

目　次

第11章　他の文学者の反応　235

第12章　完全な膠着状態……文芸委員会　273

■第Ⅳ部　国家的動員に向けて

【凡　例】

一、原文でイタリック体の強調は訳出にあたり傍点を付した。又、原書の脚注についてはアステリスク（＊印）を付し、その段落末に置いた。

一、引用に際し旧仮名、旧漢字は一部、人名等を除き原則として新仮名、新漢字にした。

一、西暦年号の後に括弧を付して元号を示した。

一、引用のルビは、適宜取捨した。

一、読者の利便に資するため、訳注（†印）を付した。

風俗壊乱

明治国家と文芸の検閲

第1章――序論

われわれは、自己にふさわしいものを選択し、有害なるものを排除しなくてはならぬ。

――シェイク・マームード・アブ・オバイエド（『タイム』一九七九年四月一六日号）

日本文学及び日本史の研究者たちは、現代のイスラム教徒の意識の高揚のうちに、多くの見慣れたものを見出している。従って、明治時代の保守的な日本人に似た発言をしているイラン、エジプトあるいはサウジアラビアのスポークスマンに出会うのは、何も珍しいことではない。明治時代の保守的な日本人は、自分たちの国家が西欧の科学技術を必要としていることを承知しながらも、西欧思想の力が伝統的な価値観を破壊するのではないかとおそれていた。西欧からの影響を抑圧することで、イデオロギーの純化を達成しようとするイスラム教徒の声にも、同様の耳慣れた不吉な響きがある。政府が排外思想によって正当性を強要すれば、どのような事態が生じるか、日本がすでに明確に例示しているからである。

文学における「有害なるものの排除」に、日本政府が真剣に取り組み始めたのは、一九〇五（明治三八）年の日露戦争勝利の後のことで、時あたかも、突如として押し寄せて来た「個人主義」の波によって、自然主義小説が隆盛を見た時期であった。この時期から一九四五（昭和二〇）年の太平洋戦争の終結にいたるまで、文学は絶えず弾圧の脅威にさらされた。太平洋戦争以前のもので、今日残っている作品はすべて、警察の査定を受けているが、これは当時の文学が豊饒で活力に溢れていることを思い起こすと、一層瞠目すべき事実である。

本書の大半は、日本近代小説の台頭、及びその不穏な影響力を抑圧しようとした政府の企てを、専ら考察する。本書の第Ⅱ部、第Ⅲ部がそれを論じている。その時期は、あらゆる伝統的な価値観に対して、自然主義が幻滅を宣言した一九〇六（明治三九）年から、文部省による文芸委員会の開設が不成功に終わる一九一三（大正二）年までの期間である。第Ⅰ部では、明治検閲制度の誕生と展開（江戸時代の先駆的制度も眺める）を検討し、他方、第Ⅳ部においては、文学者たちと、次第に太平洋戦争に接近していく時期の国家との関わりを、手短に概観する。

日本の検閲制度について英語で書かれたものは、これまでほとんどない（この点では、日本語の場合も事情は変わらない）ので、本書は、法律の中で、また日々の慣行において、検閲制度に与えられている機構を解説することにかなりの紙幅を割いた。日本の検閲制度は、システムと機能の両面において独特のものである。しかしながら、それは多くの点で、検閲制度の古典的形態にも合致していた。マッケオン、マートン、ゲルホーンは、『読む自由』の中で、次のように記している。


検閲制度の創設を要求する圧力は、危機と変化の時期に特有な、現実諸問題から生じて来る。だが、一方、検閲制度賛成論は、普通、そうした問題そのものや、それの解決手段を調査して展開されるわけではなく、風俗壊乱、反逆、不信心、誤謬といったものの相互作用によって起こる危機を、その論拠としている。（中略）賛成論は循環的であり、いかなる点――現実上、ないしは推定上の風俗壊乱、不信心、新奇で危険な思想、治安妨害――からでも論を始め得るし、またいずれの方向にも論を進めることができるのである。検閲制度の開設を促す危機とは、独裁国家による侵略の脅威かも知れず、既存体制の転覆かも知れず、無神論なり特定の宗教の教義からの逸脱であるかも知れず、あるいは、猥褻、不品行、犯罪の類かも知れない。どの危機の場合であろうと、賛成論は、いずれも同工異曲である。それぞれの議論が他のすべての賛成論に寄与し、また、その一部になっているのだから(1)。

日本の検閲制度発達上の新しい動きは、政府が危機と見なしたものに、それぞれ対応するものであった。明治政府は、一八六八(明治元)年の成立の当初から、武力による転覆の脅威にさらされていたが、ついに一八七七(明治一〇)年の西南の役の鎮圧に成功した。反乱時に発令された言論の自由を制約する条例は、以後のあらゆる法律の核をなすことになった。

不満を抱いていた武士たちによる反乱の脅威が取り除かれると、自由民権運動が起こり、為政者は権力の分散、公有をはかるべきだ、という要求が出された。憲法と議会の制定が約束されて、一八八一(明治一四)年には、一時的にこの運動は静まったが、維新の元勲たちは、権力の集中を慎重に自らの手中に十分残す形で議会制度を制定しようとして、一八八〇年代を精力的に過ごした。

一八八〇年代は、このうえなく重要な時期である。この時期に帝国日本の諸制度の基盤が最終的に確立したからである。もっとも、一九二〇年代には「大正デモクラシー」と呼ばれる相対的に自由な時代が到来している。だが、加藤周一が記す通り、「大正デモクラシーは、諸制度を修正しはしなかった。そこで軍部はそれを変更せずに、充分活用することで、一九三〇年代に権力を掌握していった」(2)。

一八八〇年代のこの基礎固めの時期に、「超党派」内閣と枢密院が、天皇の名において機能を果たすべく誕生し、軍部が文官支配から独立し、警察が増強されるとともに、中央集権化された。一八八二(明治一五)年には、小学校の修身教育を重視して天皇崇拝を奨励する決定が下されたし、一八八七(明治二〇)年には、新聞紙条例及び出版条例が生まれて、この時期までかなり場当たり的に施行されていた諸々の措置が、経験に照らして体系化された。ついで一八九三(明治二六)年及び一九〇九(明治四二)年に、国会が検閲制度関係法を法制化したが、それらは、それまでの状況を実質的に変えるものではなかった。内務省の警保局検閲課が、依然として検閲の最終的判定者であって、その体制は、少なくとも太平洋戦争の開始まで続いた。この法令は、警察に対して、司法組織を動かす手間暇なしに威力を振るえる権限を与え、また人々に上訴の手段を与えなかった。裁判所は、不公平な行政処分を正すことには役立たなかった。それればかりか、裁判所にも違反者を起訴する権限が与えられ、警察による発禁だけでは不十分と判断される時には、罰金刑や実刑で有罪者を処罰することができた。

実際には、日本の検閲制度の根拠をなしていたものは、財政面からの威嚇であった。現行の事前検査よりも、印刷済み出版物の販売頒布の禁止を重視していたからである。こういう制度の開始は、江戸時代に遡るものであり、その頃は、検閲の責任が発行者の同業組合（書物屋仲間）にあったから、望ましからざる書籍の市販を組合が認めれば、組合の責任者たち（行司）が処罰を受けたものだった。

こうした方法を取ったために、明治検閲制度の法施行の仕組みには、稚拙と思われる点が多く見られる。定期刊行物は、出版直後直ちに検閲官に提出されたが、在庫の大部分を没収するつもりなら、警察は迅速に動かねばならなかった。警察の行動が迅速であればあるほど、発行者の損失は大きかったが、その一方で、すでに発禁処分を受けた雑誌に載った作品について、人々がその書評を読むことになる、といった奇妙な事態が生ずることも稀ではなかった。

単行本に関しては、やはり印刷、製本後に検閲官への提出が求められたが、それは発売の前であったから、統制は定期刊行物よりも簡単だった。しかし、検閲業務が立て込んだために、書店で初版が売り切れてから数日を経るまで、発売禁止令を出せないことも再々だった。とは言え、その発禁によって再版を差し止めて、発行者の利益を奪うことはできた。

検閲制度が補いきれなかった面を埋め合わせてくれたのは、発行者の間に醸成されていった自己検閲の考え方であった。つまり、発行者たちは印刷に取り掛かる前に、検閲官と非公式に「相談」する恩典を次第に要請し始め、やがて、当局にそれを認めさせたのであった。

日本の検閲制度が持つこの相互に協力して行うやり方は、非常に起源の古いものであろうが、これはアメリカ合衆国における検閲制度の最盛期に対応しないこともない。というのは、一八七二年から第一次大戦までの時期に、アンソニー・カムストックの非行防止協会がアメリカ文学に関する倫理基準の判定者になったからであった。カムストック法案の通過を求めるロビイストたちは、連邦政府を使って圧力をかけ、今も郵便物の猥褻物を規制している一八七三年の法令を施行させたが、その後でさえ、あるいは各州がそれぞれの「カムストック法」を作成した後でさえ、人々はカムストック協会の顔色をうかがい続けた。「著名な編集者や発行者までが、原稿をおそるおそるカムストック協会に提出して意見を求めたり、協会の命令に服従して印刷済みの書籍を回収する有様であった」。たとえば、H・L・メンケンは、シオドア・ドライサーが書いた『シスター・キャリー』の原稿を容認するようにと、同協会に働きかけたのだった(3)。

こうしたことは、宗教的価値観に合致する形で、正統的な考え方が世間に広く普及していなければ、起こり得なかったであろう。そうした考え方は、カムストックや、彼の所属するＹＭＣＡの仲間が法制化に努めていたものであった。その正当性が瓦解し、それにともなって多様な見方が次第に許容されるようになると、ラーニッド・ハンド判事の手により、現代地域社会の基準なるものが認定された。さらにその後一連の法廷闘争を経て、今日普及しているようなかなり開放的な状況が生まれて来たのである(4)。

アメリカ合衆国においては、検閲制度を支持するような風潮は、憲法規範からの逸脱と見なされる可能性がある。個人の良心の不可侵という考え方が、国家の基本的目的として憲法中に確立しているからである。しかし、日本の場合は、国家は実利上の目的を有する人工的創造体ではなく、神代に誕生した有機体と考えられていた。日本は、独自の「国家政治体制」すなわち「国体」を有すると言われていたし、この「国体」という言葉には、適度に曖昧で、太古を匂わせる神秘的な響きがあった。「国体」は、唯一にして揺ぎないものであり、父なる主君とその子である臣民との、温情と愛情に満ちた結合体を暗に意味していた。

明治憲法は次のように布告している。「大日本帝国ハ万世一系ノ天皇之ヲ統治ス」(第一条)。「天皇ハ神聖ニシテ侵スヘカラス」（第三条）。「天皇ハ帝国議会ノ協賛ヲ以テ立法権ヲ行フ」（第五条）。「日本臣民ハ法律ノ範囲内ニ於テ言論著作印行集会及結社ノ自由ヲ有ス」（第二九条、傍点は著者）(5)。また、丸山真男によれば、以下の通りであった。

日本国家は倫理的実体として価値内容の独占的決定者であった。（中略）内面の主観的な領域（中略）の神聖さというものを日本の法律は認めなかった。（中略）よって、詔勅で天皇の神聖が公式に否定された一九四六年のその日まで、日本には信仰の自由はそもそも存在の地盤がなかったのである。（中略）国家が「国体」に於て真善美の内容的価値を占有するところには、学問も芸術もそうした価値的実体への依存よりほかに存立しえないことは当然である(6)。

従って、個人主義の果たす役割は、まったくのところ、体制側の価値観の外にあったのである。しかし、作家は政治に無関係であったとは言えない。法の支持こそ得られなかったが、社会の重要な部分からは支持されているという確かな手応えが、作家にはあった。すなわち、妥協なしに自己の芸術上の信念を問いながら、商業雑誌や新聞に作品を売ることができたのである。日本において自然主義が成功し、近代小説を確立したことは、一作家が相当数の読者層に接近できることを示していた。その読者とは、作家が迎合したり、楽しませてやらねばならないような読者層ではなく、作家と気心の知れた知識人であった。

本書の第I部には、日本の近代作家の台頭を活写した批評家、内田魯庵が登場する。魯庵は検閲制度の初期の犠牲者であったが、同時に、当時の小説家にとってうるさい存在でもあった。魯庵が彼らのことを、自己を取り巻く現実世界で何が起きているかも考えない、浅はかな伝統芸人と眺めていたためである。この批評は重要なものの一つである。というのは何よりもまず、それはやはり当時の真実をついていたのだし、しかも、この批評の執筆者が他の作家たちを、自分と同じ高い文学水準に引き上げようと努力し続けたからである。作家たちは、そのわずか数年後に魯庵が求めた文学水準にたどり着くのだから、魯庵は、その後の新文学の社会的、政治的意義を立証したことになるだろう。

明治検閲制度の初期は、別の面でも興味深い。それは、リアリズム小説がゆっくり成熟していくのと並行して、検閲官が、非政治的な書き物に対して関心を深めていく点である。明治の最初の二〇年間、当局はおよそのところ、政治的に不穏な題材に関心を集中していたために、多くの卑猥な大衆向き作品は見逃されていた。こうした作品は、読者に快楽を与えた後で、お決まりの勧善懲悪を唱える儒教的隠れ蓑をまとっていた。まともな作家たちが頭角を現して、弾圧を受け始めるのは、世紀もようやく変わり目の頃である。こうした理由で、検閲制度の発達に関する第Ⅰ部の解説は、厳密な意味での文芸的事件に対してよりも、新聞や雑誌の検閲に焦点を合わせてある。

日露戦争後、自然主義の運動の理論家たちは、作家は私心のない客観的な観察者であり、非人格的な科学的機械である、と宣言した。だが、作家自身は、こうした偏狭で規範的な計画《プログラム》を思い描いていたわけではなかった。何か一つの審美的あるいは社会的原理に固執するどころか、彼らは世の中を描き出す実験的で、偏見のない手法を、日本の小説に提供して貢献したのである。これら西洋式教育を受けた若い作家にとっては、確定した真実など存在していなかった。彼らは、家族の尊厳性を疑問視したし、抗し難い性の衝動によって、儒教道徳が崩壊する様を描いた。だからこそ、体制側の年輩の指導者は、仰天したのだった。国民の道徳の骨組みは、恥知らずな好色作家によってばらばらに壊された、と指導者たちは語った。警察は、それまで政治的危機性をはらんだ書き物にほぼ限定して適用していた検問制度を使って、取締りを開始した。

自然主義にとって、勝利と誤解を生む重大な年になったのが、一九〇八（明治四一）年であった。この年に入るまでの数カ月間に、新進の作家たちは実によい仕事をしていたので、新年号の商業雑誌には、自然主義文学者の小説や評論が満載された。若手の作家は、もはや仲間だけを相手に作品を発表し合っているのではなかった。自らの作品によって生活を支えることのできる時代が、到来しつつあった。だが二月に入るや、警察はある作品を発禁処分にした。

新文学の担い手の中には、好色的な傾向を持つものがごく僅か混じっていたが、その作品の作者は、そういう一人であった。しかも、この作家は裁判にまでかけられたのである。新聞は、突然、「文学」問題を長文の記事で報告し始めた。しばらくの間、新聞紙上に溢れ出たスキャンダルにはすべて、「自然主義」のレッテルが貼られているかに見えた。検閲官は、ますます監視の目を光らせることになり、作家の側は、抗議を開始した。

一九〇八（明治四一）年を通じて、検閲事件の増加にともなって表面化してきた目新しい特徴は、文学者と検閲官との相互理解を求める一部の評論家からの声であった。文部大臣は、とりあえず文芸アカデミーを設置する方向でそれに答えようとしたが、大臣にとって文学者との最初の接触は、希望を与えてくれるものではなかった。文学者たちは、大臣に対して古風な物書きにしか期待できたかも知れないお追従を口にしようとはしなかったのである。彼らは、各人各様の考えを述べた。すなわち、政府が文芸問題に関わることに賛成する者もあれば、反対する者もいた。そして雑誌には、それと同じように多様な、各人各様の批評が現れた。結局、この段階では文芸アカデミーなるものは設立されなかった。が、間もなく文学者のうちでもとりわけ懐疑的な者が抱いた危惧を裏書きするかのように、反動的な新しい新聞紙法が、第二次桂太郎内閣（一九〇八〔明治四一〕年七月〜一九一一〔明治四四〕年八月）によって、巧みに国会を通されてしまった。この内閣は、明治時代の最も抑圧的な政府の一つであった。

運動としての自然主義は、一九一〇（明治四三）年半ばまでにはほとんど燃え尽きたけれども、自然主義と見なされた個々の作家は、その全盛期を迎えていた。一方では、やがて到来する大正時代（一九一二〔大正元〕年〜一九二六〔大正一五〕年）を支配することになる、幾つかの新しい流派や作家が、雑誌を企画し、出版を開始してもいた。この年は未曾有の文学隆盛期であり、また、以後の政治傾向や思想の風潮を抑圧することになる、衝撃的な事件が起こった年でもあった。大逆事件（あるいは幸徳事件）と呼ばれていて、六月の大量検挙に始まり、翌年一月の大量処刑に終わった事件である。

一九四五（昭和二〇）年に、占領軍が検閲制度を解体し、その後ようやく、この事件は鮮明な姿を現した。実はそれは、二六人のいわゆる無政府主義者を相手取って、政府が部分的に捏造した事件だったのである。だが、事件当時は、一部の実に恐ろしい自暴自棄に陥った人間が、天皇を爆死させようとしたという程度のことしかわからず、その程度のことさえ、明らかにされるには数カ月を要した。事件の背後に潜むさらに大きな問題は、依然として不明のままであり、事情は政府にとってさえ変わらなかった。検閲官は魔女狩りに駆り出され、彼らは社会主義や個人主義のように、対をなして政府を転覆させそうな要素になるものをすべて追及した。信じ難いことであるが、社会主義と個人主義とは互いにほぼ同義と考えられており、自然主義と無政府主義（自由恋愛は言うまでもない）の場合も、同じことであった。こうした政策のために、また、無政府主義暗殺者集団を生み出すような弾圧的な環境を作ったために、政府は多方面から厳しい非難を浴びていた。だが、有罪の判決を受けた者全員が、天皇暗殺計画の一味だったことに疑いをはさむ者はほとんどいなかった。罪人のうち、一二人に対する性急な処刑は多数の人に衝撃を与えたが、一方では、海外の危険なイデオロギーの、かくのごとき無謀なる実践者が国家から抹殺されたことについて、安堵の気持ちも表明されたのであった。

この混沌とした恐怖時代に、内田魯庵は、新しい文学が重要だという意見を書き記した。彼はずいぶん前から、他の作家たちは三文小説家で、彼らに自尊心が欠けているのは、無意味な下らぬ告白ばかりを書いているからだと非難していた。今や彼らに代って、反動的な政策立案者が不老不死の楽園に住んで、廃れた儒教道徳を蘇らせようとしている、と魯庵は確信した。新しい世代の文学は、作家一人一人の個性のフィルターを通過した当代の日本社会、当代の思想の本物のイメージを提供している、と魯庵は宣言した。それは日本が次第に民主主義に向かっていく場合の大切な要素であった。

大逆事件は作家にとっては知的にそれほどの難局にはならなかったが、当局の政策においては重要な分岐点になった。数多くの対策が取られ、それらが一九三〇年代の思想統制体制の進展に直接繋がっていった。大逆事件裁判とその処刑のすぐ後に、大衆教育における最初の措置が取られたが、これも後の軍部の宣伝機構の不可欠の要素になっていった。この時期にはまた、文部大臣小松原英太郎が国会から予算を獲得し、「小説の改良」をする委員会を設置した。

一九一一（明治四四）年五月に文芸委員会を設立する方針が公表されると、いたるところから批判が巻き起こった。敵意をそこまであらわにしなかった作家の場合には、委員会には何も期待を持たなかったか、あるいは、委員会に文学を統制されないように監視が必要だと警告したか、そのいずれかであった。いったんこの委員会が動き出すと、新聞は自由派と官僚支持派との間の醜い争いを詳細に報道し続けたが、その争いではいずれの派も優勢にはならなかった。というわけでついには、この問題に対する国民の熱意も、嫌悪と無関心に変わっていった。一九一三（大正二）年六月に年度予算の節減が公表されると、二年間続いた文芸委員会は、ほとんど誰にも気付かれることなく消滅してしまった。作家たちは、この委員会を利用した検閲に反対することはできなかったが、政府もまた委員会を使って文学を統制することができなかったのである。その後も、作家をお行儀よく振舞わせようとする企てが行われたが、そうした為政者の努力が顕著な成功を収めたのは、戦争が激しくなった後のことであった。

かくして、作家たちも政府も打つ手を持たない行き詰りの状況で、明治は終焉を迎えた。しかしながら明治天皇の大葬をめぐって国民感情は激変した。その変化は、政府が海外文化の流入を阻止すべく統一された国家としての家族の霊気の維持をはかった時に、それ以後ほとんどの日本の知識人が絶えず経験し続ける、心の葛藤を象徴していたのであった。

大正時代、とりわけ第一次大戦後は、正真正銘の諸々の自由が拡大した時期であった。日本の現代演劇が相対的に成熟した芸術に育ったのも大正時代の現象であった。しかし漸次、明治後期の排外主義の保護者たちが巧妙に政府の政策に影響を及ぼしていくと、文学界や知識階級に対する弾圧事件が増え始め、演劇は目立ってその犠牲になることが多くなった。

一九二七（昭和二）年から一九二九（昭和四）年までの田中内閣時代、検閲は厳しくなる方向を明確にたどったが、それは、社会及び思想の取締強化という全般的政策の一部に他ならなかった。一九三一（昭和六）年の満州事変が、軍国主義者に「国家非常事態」という古い理由付けを与えると、この動きは速度を増して、一九三七（昭和一二）年に入る頃までには、ついに、政府が日常生活のほぼあらゆる面に侵入するようになっていた。

明治、大正と昭和（一九二六年以降）の違いは、まず第一に大衆文化の急増とそれを取り扱う大きな官僚警察機構の発展の規模という点にあった。

一九三六（昭和一一）年以降は、軍部の宣伝局が内務省の検閲業務を侵害し始めた。彼らの狂信的な行為は内務省のそれより対処がはるかに困難であった。彼らは非伝統的な思想のあらゆる気配の背後に共産主義を見て、戦争遂行に対する全面的協力を強要した。「中央公論」や「改造」といった雑誌には、「海外の自由主義」の伝統があったから、「単なる個人的な問題」に関わる小説の掲載を中止するよう、強い圧力がかけられた。真珠湾攻撃以後は、小説は左翼志向のものや好色的なものでなくとも禁止された。軍部は、戦争を積極的に支持しないものすべての出版を望まなかったからであった。連合国側の貿易封鎖はこの政策の強化に拍車をかけた。一九四四（昭和一九）年から一九四五（昭和二〇）年までの紙の備蓄量はごく限られていたので、検閲はもはや無意味になっていた。紙の配給の資格が得られるものは、すべて軍部が容認するものでなければならなかった。

すでに一九一〇（明治四三）年に、検閲制度に対するある雄弁な批評家が、政府は、「知的クー、デ、ター」を企てていると非難し、こんな具合なら、政府は国民の精神生活すべてを統制する方策を取れるだろうと皮肉ったが、それから僅か二、三〇年後に、その皮肉な提案を実施するのとおおよそ変わらないところまで軍国的な政府が施策を進めたことを知ったなら、その批評家は衝撃を受けたであろう。最初はゆっくりと、しかし昭和時代に入ると急速に速度を上げて、政府は著しく効果的な思想統制制度を作り上げたのだった。

統制の激しさの割には、作家たちは自己の独立を見事に維持した。一九三四（昭和九）年と一九三七（昭和一二）

年に文芸委員会の再開が企てられたが、作家たちは、これを見事に覆した。しかし彼らが力を結集したのもそれが最後であった。一九四二（昭和一七）年に内閣情報局が日本文学報国会を設立すると、ほとんどすべての作家がそこに入会することになった。

報国会は、作家を伝統に同調させる企てとしては、これまでに類を見ないような成功を収めたのであった。しかしながら、政府はこれを数百万円の資金と数千人の官僚、警察官、軍人を投入した、強大で継続的な社会統制計画のごく小さな局面としてなしとげた。それでもなおこの計画を完遂するには戦時の狂気が必要であった。作家たちを一つの団体にまとめることに成功すると、軍部政府はそれまでに望んで来たものすべてを手中に収めることになる。すなわち、天照大神の助けと神風によって、全国民を、不毛な西洋の物質文明を打ち砕く熱意と精神において団結させることに成功したのであった。

第Ⅰ部

より単純な時代

第2章——法

一八八七（明治二〇）年の新聞紙条例及び出版条例

明治政府が文学作品の内容に真剣に関心を抱くようになったのは、文学が約四〇年にわたる試行を重ねて、ようやくまともな芸術的形態を取り始めてからのことであった。この四〇年が経過するよりはるか昔に、政府はすでに検閲制度を確立していたが、その目的は、主として政治への批判を抑えることにあった。その後も政府は、精密かつ複雑な条例を漸次追加し、これらは、早くも一八八三（明治一六）年には、比較的整備された制度になっていた。その年に作成された新聞紙条例は、その後さらに拡大されて、一八八七（明治二〇）年一二月二八日、新聞紙条例及びこれとは独立した出版条例の形で、勅令として発布されている(1)。二つの条例の内容は近似しているが、前者は定期刊行物（雑誌及び新聞）に、後者は単行本に適用されるものであった。

政府は、一八八〇年代の他の政治的改革に関してと同様、新たに憲法が発布されて日本最初の代議制である帝国議会が法を制定するよりも前に、出版に関する政策をも確立しようと躍起になっていたのである(2)。この二つの条例は、一応成功したと見なしてよいであろう。やがてこれらの条例は、議会が制定する法令（一八九三〔明治二六〕年の出版法、一九〇九〔明治四二〕年の新聞紙法）にその座を形式的には譲ることになるが、一九四五〔昭和二〇〕年九月二九日に占領軍によってその二法が廃止されるまでは、実質的変更を受けることはなかったからである(3)。

一八八七〔明治二〇〕年の新聞紙条例及び出版条例は、その目前の政治的危機を解決するために、また江戸時代やそれ以前の法に対する伝統を受ける形で誕生した。条例の条文自体は、印刷物の事前規制を行わない建前をとってはいたが、条例が実際に狙っていた効果は、出版業界の慣習である自主規制を促進することであった。明治政府に言わせれば、新聞紙条例は、出版の自由を制度化した証拠である、ということになるであろうが、実のところ、この条例は警察が出来上がった出版物を没収することに重きを置いており、そのため条例自体が自己崩壊するように仕組まれていた。というのは、これは発行者に財政的脅威を集中的に与えて、法の枠外における協定の発達を大いに促す条例であり、その結果、発行者は、警察に相談して業者自身による自主的検閲の妥当性を確認することができたのである。そのうえ、行政側からの弾圧だけでは取締りが不十分な場合をも想定して、この条例は罰金や実刑によって処罰を科し得る裁判機構をも設定していたのであった。

新聞紙条例の第一二条、第一九条、第二〇条は、同条例の中核をなす部分であった(4)。第一二条によれば、定期刊行物が発行されると同時に、発行者は直ちに内務省（同省の図書課、後には検閲課による検閲のため）(5)に二部及び所轄の警察（東京では警視庁）(6)並びに治安裁判所検事局に各一部の提出を要求された(7)。いずれの管轄庁も発売禁止令を発令できたが、主たる権限を有したのは、内務大臣であった。すなわち第一九条が、「治安ヲ妨害シ又ハ風俗ヲ壊乱スルモノト認ムル新聞紙ハ内務大臣ニ於テ其発行ヲ禁止若クハ停止スルコトヲ得」(8)と規定し、さらに第二〇条が、「新聞ノ発行ヲ禁止シ若クハ停止シタルトキハ内務大臣ハ其新聞ノ発売頒布ヲ禁止シ其新聞ヲ差押フルコトヲ得」と記していた。

出版条例では第三条及び第一六条が、最も重要であった。第三条によると、製本三部が発行予定日の一〇日前に内務大臣に納本されなければならなかった。また、第一六条には、「治安ヲ妨害シ又ハ風俗ヲ壊乱スルモノト認ムル文書図画ヲ出版シタルトキハ内務大臣ニ於テ其発売頒布ヲ禁シ其刻版及印本ヲ差押フルコトヲ得」と定められていた。

警察は、出版業者が植字及び印刷機運転の費用を支出し終わるまでは、定期刊行物や単行本に目を通そうとはしなかった。単行本は新聞とは異なって、直ちに頒布する必要がなかったから、この出版条例の結果、発行者はしばらく息を凝らして事態を見守る必要があった。条例の第一条によれば、「出版」とは印刷し、かつ発売または頒布すること、と定義されていたが、第三条は当該書籍の市販を認めるべきか否かを判断するために、警察に一〇日間（後には三日間に短縮）の余裕を与えていたのである。政府は、条例のこうした僅かな矛盾を利用するだけで、江戸時代における自主検閲及び事前検閲の便宜を享受できただけでなく、近代的な文明開化の体裁も保持できたのである。

周知のように、徳川時代における社会統制の秘訣は、集団の一員が犯した違反に対してその集団全体に責任を負わせて、民衆の中に自主規制の考えを養う点にあった（連帯責任の原則は、すでに一五世紀の家訓・式目によって、日本の法令の中にしっかりと確立されていた）(9)。社会階級の末端には「五人組」があり、その「義務の中には、集団内の公私に亘るあらゆる活動を相互に援助し、監視することが含まれていた」(10)。徳川幕府の支配者たちは、発行者の統制に関しても類似の方法を用いて、自主規制の組織作りを要請したのであった。この組織においては、好ましからざる書籍が発売されれば、発行者の組の成員が常に責任を負うことになっていた。

これまでに知られている最古の出版統制は、一六七三（延宝元）年の中頃よりやや前に、江戸町奉行が行ったものである。町奉行は、その少し前に版木屋の甚四郎に、版木屋の組合を作るよう命じて、「疑はしき」版木をあつらえに来たものを必ず報告するよう申し付けた。しかし版木屋たちは、その命令に従わなかったようである。その結果同年五月に触書が出されて、「御公儀に関することは申すまでもなく、誰かが迷惑するようなこと、そのほかどのようなことでも珍しいこと」(11)について出版する時には、事前に届け出て許可を得るよう求めたのであった。

ついで、大衆的文学及び文化の全盛期であった元禄時代（一六八〇年〜一七四〇年）(12)に入っても、幕府は取締りの手をさほど緩めなかった。取締りの対象となったのは、主として文学に取り上げられた時事的な要素であった。それより前、早くも一六四四（寛永二一・正保元）年には、芝居に実在人物の名を使用することが禁じられている(13)。時事的な出来事を本の題材にすることや読売、すなわち瓦版の販売に対しても一六八四（貞享元）年に取締令が出されていたが、しかしそれらは守られず、その結果驚くほど間断なく禁令が発されたのであった*。

＊ James L. Huffman によると、こうした読売は徳川幕府支配下の二世紀半の間に「三千種も」発行されたが、すべては「第一刷のみ」であった。*Politics of the Meiji Press*, p. 48. 幕府は一九世紀初頭の外国船の接近を報ずるニュースは、特に厳しく弾圧した。もっとも、一八二〇年頃以降の読売では、大火、災害などは黙認された。『江戸の本屋さん』一四〇頁、一九五―一九六頁。

出版業者による同業組合、つまり本屋の仲間の結成については、あらゆる仲間の問題に対する場合と同様に、幕府は意を決しかねていた。まずは仲間の独占権を押さえようとしたが、後には、統制のために仲間を利用できると気付いたからである。検閲令が施行されたのは、比較的自由な時期から儒教的改革が断行された時期へと振り子が大きく振れたということがよく知られている江戸後期の激動の時代にもあたっていた。こうした最初の道徳的反動の皮切り――将軍吉宗の享保の改革（一七一六年〜一七四四年）――の一部として、幕府は一七二一（享保六）年に、出版業者に「仲間」を結成するように申し渡した。そして翌年に出された取締令は、検閲の責任を明らかに「仲間」に負わせている。

この寅年出版条目という名で知られている取締令は、それ以後の徳川時代の出版法すべての規範となり、さらに近代の法令にまで影響を及ぼした。すなわち、たとえ儒書、仏書、神書、医書、歌書の類いであろうと、極端な説や異説を掲載した新刊書は「堅可為無用事」（まったく不必要だ）として処断された。西鶴の一六八二（天和二）年の作品以後盛んになった好色本は、絶版にしていく方針が取られた。「風俗之為にもよろしからさる儀ニ候間」というのがその理由であった。新刊本には例外なく、作者と版元との実名を記した奥書が付けられることになった。この習慣は、書籍の最後の頁に貼られる矩形の紙片（さらに近年にいたっては印刷された囲み罫）になって、今日まで生きている（奥付は、太平洋戦争の期間、特に重要な統制の方策となった）。また武士の家系を傷つけたり、徳川家に言及するような書き物の版行はすべて禁じられた。出版者の「仲間」は、販売に先だって、あらゆる書籍をこうした諸点から吟味する責任を負わされたのである(14)。

この取締令は、同年の暮れと翌年に出された禁令、つまり、世間の噂や心中事件を題材にする出版を禁ずる布告によって、補強された。心中事件は、元禄の大劇作家近松にとってはとりわけ大事な題材であったが、そうした題材で芝居を制作したり、上演することも堅く禁じられた(15)。近松は、一七二四（享保九）年に他界し、以後近松のような家庭の悲劇を扱った作品は、二度とその高い水準に達することはなかった。

次いで松平定信の寛政の改革（一七八七年～一七九三年）によって、一七九〇（寛政二）年に四つの新たな出版についての布告が発せられた。これらは、基本的には、寅年出版条目及びそれ以前の瓦版禁止条例の反復であった。最も重要な取締書は述べている。「書物類古来より有来通ニて事済候間、自今新規ニ作出申間敷候、若無拠儀ニ候ハヽ、奉行所え相伺、可受差図候、（中略）以来書物屋共相互ニ吟味いたし、触ニ有之品隠候て売買いたし候もの有之は、早速奉行所え可申出候、若見遁し、聞遁しニ致置候ハヽ、当人は勿論、仲間之もの迄も咎可申付候」。「風俗之為ニ不相成、猥りかはしき事」に対してその後出された触書には、「又改方不行届か、或は改ニ洩候儀候ハヽ、行事も越度たるへく候」と規定していた(16)。

作者や発行者は、そういう古い規定を焼き直したものが、今になって厳守されるとはほとんど夢想だにしていなかったが、やがて思い知らされる時が来る。人気作家であった山東京伝が時事的な題材に対する禁止令を無視して、突然明らかに作りものの歴史背景を持つ滑稽な「洒落本」を三作出版した。京伝は、「予屢妄《われしばしばみだり》の著述をなし、淫蕩を伝ふるに似たれども、必ず其戒を忘れず、喜怒哀楽の人情を述て、勧善懲悪の微意あり」という前例のない断り書きを付けた。作品の中には、京伝自ら数カ所文章を削除した痕跡があるし、さらに京伝は念を入れて、版元が発行前に行司（「仲間」の代表）の承認を得ていたことを力説もしたが、そうした用心をしても、何の甲斐もなかった。三作ともに発禁処分を受け、版元は、重い罰金を科せられた。京伝の父も譴責を受けたし、承諾を与えたいわゆる行司も江戸から追放された(17)。京伝自身もまた、手鎖五〇日を命ぜられたが、この処罰は、京伝が犯した罪に対するものとしては軽かったらしい。お上は、京伝が受刑中に教訓的な読本のみを書いていたことを、処罰を軽減するにたる条件と考えたのかもしれない(18)。（追放を受けた行司二人が江戸を発つ際に、この本の版元が金子を与えたことも明らかになっている。この行司たちは極貧の出版業者であり、まさに金子目当てにこの危ない役を引き受けていたのであった(19)。）

松平定信は一七九三（寛政五）年に老中職を辞したが、寛政の改革による出版物の厳重な取締りは、以後さらに二〇年間も続いた。一八〇七（文化四）年に、新たに民間人による小説本の検閲官肝煎名主《きもいりなぬし》四名が任命されると、検閲官の要請で、京伝と、その弟子でほとんど文句の付けようもない、品行方正な小説家滝沢馬琴（この人は師匠の京伝が手鎖の刑にある間、師に代って数編の作品を書いていたのであった）は、口上書の提出を求められた。すなわち時事的な事件や風評を避けること、勧善懲悪主義に従うこと、孝行息子や忠義に厚い家臣を専ら題材にすること、最善を尽くして子女に有益な作品を創作すること等の誓約書を提出することになった。二人はまた、原稿はいうに及ばず版木の段階においてさえ必要があれば作品中のけしからぬ箇所を改めること、金もうけのために作者の訂正に耳を貸さぬ版元には原稿を売らぬことを誓約した。最後に二人は新任の検閲官に頑固な作者を召喚し、説諭することを要請した(20)。

この卑しむべき資料が証明しているのは、勧善懲悪主義が、その萌芽期においてさえ主として検閲官をなだめるための仕組みであったということである。にもかかわらず、当局は、自由な一九二〇年代においてさえこの教義を絶えず喚起し続けたのであった。事実、少なくとも太平洋戦争終結にいたるまでは、勧善懲悪主義は演劇検閲の主たる原理であった。江戸の作家たちの仕事を、主としてこの人工的な道徳律に囚われているという理由で拒絶して、近代の写実主義を求めた『小説神髄』の作者坪内逍遙には、勧善懲悪主義を江戸時代の創作に際立たせた政治的弾圧がわからなかったようである(21)。

本書がこれらの情報の多くを得たピーター・F・コーニキの研究によると、京伝に対する処罰の厳しさは「先例のないもの」であった(22)。しかしながら、これは事の始まりにすぎなかった。一七九九(寛政一〇)年には、式亭三馬が手鎖五〇日に処せられた。天保の改革の一八四二(天保一三)年には、為永春水が同じ刑に処せられた。さらにもう一人、天保の改革の犠牲になったのは柳亭種彦であったようだ。種彦の脆弱な体は、幕府の召喚を受けた時の衝撃に耐えられなかったようである(23)(この件の永井荷風による創作的な解釈については二六七—二七一頁を参照せよ)。

徳川幕府は、全般的に出版業者の協力を得て文学の批判的な内容を中和することに成功した。一八八七(明治二〇)年の出版条例の中核をなす条項は、この蓄積された知恵に負うところが大である。行政による脅威を重要と考えたさらに直接の原因は、当時の緊急事態にあり、脆弱な明治政府がその政治的な統制を確立しようと悪戦苦闘した当時の情勢にあった。

出版統制の問題に関して徳川と明治の唯一最大の相違は、突如として新聞が登場して来たことであった。二世紀以上にわたり徳川幕府は、いかなる形態にせよ時事的情報の配布を完全に禁止し、違法な瓦版が新聞に成長するのを巧みに防いだのであった。明治政府は、書籍統制の法律を受け継いではいたが、新聞はまったく新しい現象であり、別の勅令を必要とした(24)。こうして、新聞と書籍を統制するまったく独立した文書による法律の伝統が生まれることになる。

書籍に関する明治の最初の勅令(一八六八〔慶応四〕年の閏四月、年号が未だ慶応から明治に変更されないうちに発布された)は、出版に際して「官許」を求めていたにすぎなかった。しかしながらこの勅令は、その後二カ月も経ぬうちにさらに明確になり、新設された学校当局(昌平学校)に原稿の提出が求められた。一八六九(明治二)年のいっそう詳細になった条例では、願書に内容の要約を付けることになった。これでも政府が判断を下すのに不充分であれば、認印の押された免許状が発行される前に原稿そのものを提出しなければならなかった。これらの条例には、明治時代最初の「道徳」条項が含まれており、「淫蕩ヲ導ク」書籍の出版を禁じ、違反の程度によって処罰の軽重を決めていた(25)。一八七五（明治八）年の条例によれば、管轄は文部省から内務省に移り、出版の前に「時トシテハ」原稿の提出が求められた。以後一二年間調整・改正を重ねた結果、一八八七（明治二〇）年の出版条例に見られるような、製本を提出させる練り上げられた法体系が出来上がったのである(26)。

新政府が禁じた新聞雑誌類の最初のものは、幕府軍との軍事紛争を描いた錦絵やちらしで、佐幕への片寄りを表したものであった。これは一八六八（慶応四）年の五月のことであったが、同月に軍事報道を求める要求が高まり、わが国最初の新聞が生まれることになった。これらは、六種ほどの不定期刊行物で、版木から数枚の和紙に印刷されたものであった。その一つ、福地源一郎の「江湖新聞」は、発行を禁じられた最初の新聞となったが、その理由もまた佐幕（いやむしろ反薩摩・長州）への片寄りのためであった。その最終号、二二号は一八六八（慶応四）年五月二二日に発行された。発禁処分を受けると、福地は八日間投獄され、版木を没収された。六月八日に政府は臨時処置としてすべての新聞を一掃して、書籍に求めているのと同じ「官許」を受けることを新聞に対しても要求した(27)。

早くも一八七三（明治六）年に、西郷隆盛他の不満武士による朝鮮征伐の要求を押えようとして、政府は以後のほとんどの出版条例に対して先例となるものを作り、「衆心ヲ動乱シ淫風ヲ訪導スル」(28)傾きのある印刷物の発行を禁じた。これによって、治安と公序良俗は分かち難い一対のものとなった(29)。緊張はさらに高まり、ついには西郷によって一八七七（明治一〇）年に西南の役が起こる。政府は一層厳しく詳細な新聞紙条例と讒謗律《ざんぼうりつ》を発令し、一八七五（明治八）年には出版の統制を文部省から内務省に移管していた。一八七五（明治八）年六月の讒謗律及び新聞紙条例によれば、告発を受ける心配をせずして政府、その役人あるいは条例そのものさえ批判することはほとんど不可能になった(30)。最も衝撃的な改正は、それまでの曖昧な禁止規定に代わって、違反者の刑期が明細になったことであった。この新たな条例によって、いわゆる新聞恐怖時代が始まることになる(31)。

一八七五（明治八）年の新聞紙条例においては、内容に対する責任は出版社自体が取るのではなく、編集者や著者が個人として負わなければならなかった。新聞社では身代りの編集者を立て、彼等が投獄されるたびに代役を立てて反政府的な題材の出版を続行した。一八七五（明治八）年には九人、さらに政府が西郷、江藤新平、及び勢力を拡大していく彼らの部隊を次第に恐れるようになると、一八七六（明治九）年には、四〇人の逮捕者が出た*。

*彼らには通常五円程度の月給が払われていたが、獄中にいる間は、日給三〇銭から五〇銭に切り替えられた（月当たり九円から一五円にもなった）。馬屋原、一七頁。「恐怖政治」に関するさらに詳細な統計については、美土路、七三―七七頁、八六―八七頁参照。

こうした軍国主義の張り詰めた空気の中で、一八七六（明治九）年七月五日には従来の改正版新聞紙条例を補う布告が公布された。この布告は以後太平洋戦争終結までのあらゆる新聞紙法の基礎となった。「已ニ准允ヲ受タル新聞紙雑誌雑報ノ国安ヲ妨害スト認メラルルモノハ内務省ニ於テ其発行ヲ禁止又ハ停止スヘシ」(32)。要するに、戦前の出版統制の全体制は、未だ揺籃期にあった明治政府が存亡の危機に立たされていた時期に制定した、戦時緊急法令の拡大版であった。奥平康弘によれば、ペリー艦隊の来航から終戦にいたる日本の歴史は、まさに非常事態であった。言論の自由の抑圧をねらう政府の企みは第二次大戦中に頂点に達したが、これは一八六八（明治元）年の維新の直後と本質的に変わるところがなかったのである(33)。

明治政府が抱いていた不安は、専ら政治的なものであったため、一八七五（明治八）年の条例の起案者は猥褻条項を条例中に組み入れなかったが、一八七六（明治九）年の出版条例が一八八三（明治一六）年の新聞紙条例に改正された時には、治安及び風俗に関する暫定的布告（一八八〇（明治一三）年一〇月一二日）が盛り込まれており、後の一八八七（明治二〇）年の新聞紙条例第一九条に対してほぼ逐語的に同一の先駆的条例となって現れたのであった。「治安ヲ妨害シ又ハ風俗ヲ壊乱スルモノト認ムル新聞紙ハ内務大臣ニ於テ其発行ヲ禁シ若クハ停止スルコトヲ得」(34)。以後一〇年間において、第一九条及び第二〇条（発売ないしは頒布の禁止）の改正あるいは廃止の声は、政府の言論界に対する統制の緩和を求めるスローガンとなった。

一八七六（明治九）年七月五日の太政官布告により、内務省が裁判と関わらず行政処分によって発禁処分の権限を有するようになったのとほぼ同時期に、同省の絶大なる権限を示す先例となる事件が起きた。当時とりわけ反政府的であった雑誌の一つ「草莽雑誌」は、発禁処分の是非を争って、東京上等裁判所に訴訟を起こした。処分を受けたのは七月一一日で、布告の六日後であった。布告の発令の日から発禁処分執行の日の間に、同雑誌はまったく刷り出されてはいなかったので、同布告による禁止処分は違法である、と雑誌側は主張した。上等裁判所、大審院＊の両者ともこの訴えを却下したが、その根拠は、内務省の発禁権は同布告によって生まれたものでなく、慣習法によって固有の権限としてすでに備わっているもので、同布告は既存の権限を成文化したにすぎない、というものであった(35)。

＊戦前の上等裁判所は、フランスの制度をモデルにしたものであった。Dan Fenno Henderson, "Law and Political Modernization in Japan," p. 424.

この内務省の絶対的な権限は、政府が検閲基準の明確化とか訴訟への道を開くといった妥協案を拒絶したために、太平洋戦争の終結にいたるまで強化されていった。「国安ヲ妨害ス」とか「風俗ヲ壊乱ス」とかの文言は、あまりに茫漠としているとの不満が頻出したが、発行者が遵守すべき具体的な検閲基準は何ら公表されなかった。実際には、検閲基準は存在していたのであるが、一九二〇年代の後半にいたるまで成文化されなかったらしい。しかも、その時期が到来しても、内務省内部用に編集された警保局の定期刊行秘密報告に記録されたにすぎなかった。少なくとも、一九三〇年以降毎年発行されたこうした内部検閲基準の一覧に付された序文によると、前記の文言が法文に見られるすべてであったから、「発売禁止令を発動する検閲基準は、必ずしも明確ではない」と率直に指摘している（事実、政府は二本立てになっている従来の新聞紙法と出版法を、単一法に一本化する法案を一九二六〈大正一五〉年の帝国議会に提出したが、全般的に束縛が多すぎるとして廃案になった(36)）。

さらに控訴の問題に関しては、出版物を発禁処分にすることのできる内務省の権限は、「絶対且つ無制限」であった(37)。それというのも出版業者が検閲官の判断に不満な場合に、控訴する仕組みを法が欠いていたからである。裁判所は検閲官の決定を覆せなかったし、またほかの行政処分とは異なり、この処分は、行政裁判所（違法な行政処分の事例を処理する目的で制度化されたもの）に控訴することが不可能であった(38)。

以上が武士階級出身の最後の反逆者や、それに続いて起こった自由民権運動に対する明治政府の闘いの成果であった。かくして明治帝国憲法が一八八〇（明治二二）年に発布され、「法律ノ範囲内ニ於テ」言論の自由を保証したが（第二九条）、その範囲は、それ以前に明確に定められてしまっていたのである(39)。

この実態を改善しようとした帝国議会の無力な試みを振り返る前に、一八八七（明治二〇）年に発令された新聞紙条例及び出版条例の目につく別の構成要素を眺めておこう。ただし、文学にとってより問題となったのみならず、より関係も深く、また文学の多くが新聞・雑誌に掲載されたところから、新聞紙条例に焦点をしぼることにする。

新聞紙条例の最初の五つの条文が扱っているのは、所轄の警察を窓口にしてあらゆる定期刊行物を登録するということであった。中でも第五条は、出版物を停止する決め手となったもので、届出の日より五〇日を過ぎても発行をしなければ、届出の効力を失うことが明記された。断るまでもなく、新聞が発行されないのは内務省が発行を停止したためというのが、いちばん大きな理由であった。

第八条は、届け出の際に保証金の納入を義務付けた。これは、自主的であれ、強制的であれ、発行停止に伴い返還されることになっていた。東京では、法外な一〇〇〇円、それ以外の大都会では七〇〇円、地方では三五〇円を納めなければならなかった。一八八三（明治一六）年にそれが制度化されると、保証金を積めなかった四七の新聞がこの制度によって廃刊に追い込まれた。その内訳は、東京で一六、大阪で四、地方で二七であった(40)（同様の制度は、欧米では「知識に課する税」として廃止されつつあった(41)）。

発行部数が僅かで、保証金が積めないような雑誌は、新聞紙条例によらず、出版条例による扱いを求めることが可能であった。反面、こうした財政上の利点に引き替え、その内容は、無害な学術的なものか芸術的なものに限られた（これは時事的な事件にふれることを禁じた徳川時代にかなり似ていた）。言うまでもなく、書籍の場合と同様、頒布に先だって納本が求められた（これらを扱ったのは、一八八七〔明治二〇〕年の出版条例の第二条、及び一八九三〔明治二六〕年の出版法の第二条であった）。

第一一条によると、内容に関する法的責任は、新聞社との正式の関係如何を問わず、発行者、編集者、印刷者、及びそれぞれの記事に署名した執筆者に平等に負わされた。内容に関する制約は、第一六条から第一八条に明記された。第一六条によって、軽罪、重罪を問わず予審に関する報道は許されなくなった。日本の当時の裁判制度では、予審の結果がおおよそ公判の判決を決定したので、これらの条項は新聞が審理を取材するのを防ぐ効果があった(42)。刑法の違反を不当にかばう論説や、刑事被告を弁護する記事を掲載することは、第一七条によって禁じられた。第一八条は政府の秘密文書の内容や、傍聴が禁じられている公会の議事を許可なくして引用ないしは要約することを禁じた。

第二一条は、内務大臣の権限を拡大して、通常の条件で風俗を壊乱すると内務大臣が「認ムル」外国の新聞をも販売頒布を禁止することができるようにした。第二二条は、軍機軍略に関する情報を記事にして発表することを禁ずる権限を、陸軍大臣と海軍大臣に付与した（この点は、内務大臣が出す記事差し止め命令を合法化するものと解釈されたが、こちらのほうは慣行として生まれたものであり、二つの条項は、実際にはまったく別のものであった(43)）。

これら最初の二二の条項は、主として、定期刊行物と警察との関係を扱ったものであった（すなわち、内務省警保局への登録に関する指示のほか、好ましくない事柄を記載した刊行物に対して警察が直接取締るような状況の説明がなされていた）。これとは対照的に、第二三条から第三四条までは、編集者が法廷で裁かれて、処罰を受けるような状況について解説していた（最後の三つの条項の法的手続きの中に、控訴の出訴期限を六カ月とするということが含まれていた）。裁判所は、内務省の警察権を抑制するどころか、風俗を壊乱する事項の出版を処罰する独自の権限を有し、出版業者が行政命令を遵守するよう強制したのであった。裁判所は内務省のように審理抜きで略式で禁止命令を出すことは（この時点では）できなかったが、処罰のほうは、内務省の禁止命令に追加して、あるいはその代りに適用することができた。さらに、たとえ裁判所で無罪判決が出ても、内務省が発禁命令を出していれば、これに何の影響も与えなかった。内務大臣は、その意向があれば発禁命令を解除することができたが、この点に関して法律は、何らふれるところがなかった。法的な咎めと、風紀やイデオロギーを抑制する行政上の要求とは別である、というのが大原則であったからだ。実際には、発禁命令は一度出されれば解除されず、没収された刊行物は、返還されないのが慣例であった(44)。

第二三条は、起訴した新聞を差押える権限を警察官に与えると共に、状況次第では、裁判官が新聞を没収することができるようにした＊。

＊戦前の司法制度では、それぞれの裁判所に所属の検事がいた。「検事は強力な権限を有していた。明治時代から、検事は裁判官と同じ制服をまとい、法廷でも同じ高さに席をとり、裁判官たちと自らを同一視していた。（中略）実際、検事によって裁かれて、有罪の判決が言い渡されることも珍しくなかった」（Mitchell, *Thought Control in Prewar Japan*, pp. 35-36.）。

第二四条及び二五条は、掲載された記事に対して誹毀の民事訴訟が起きた場合の新聞の権利と義務に関するものであった。もちろんこれらの条項は、一八七五（明治八）年の恐怖政治を生み出した条例ほど厳しいものではなかったが、新聞の責任（ないしは無責任）は、戦前のあらゆる時期に問題となり、さらに占領軍にとっても難題の原因となることが多かった。新聞がでっち上げたスキャンダルが日本の小説に表れることは珍しくないが、この問題は、本書の範囲を越えるものである。

第二六条が規定したのは、裁判所の判決が確定してから一週間以内に罰金及び損害賠償金を完納できなければ、新聞社が積んであった保証金からこれらを差し引くということであった。新聞社が一週間以内に保証金を補塡しなければ、警察はそれが支払われるまで発行を停止した（保証金を当てても不足の時は、刑法徴収処分によった）。

第二七条は、罰金を規定し、新聞の登録を怠った場合、保証金を積まずに営業を行った場合、さらには、新聞の事前提出を怠った場合、といった技術的な違反を犯した発行者には、五円以上一〇〇円以下の罰金を納付させることとした。詐称については、同額の罰金か、あるいは一カ月から六カ月の禁固刑を科した。こうした刑罰は（保証金の積み立てを避けるために）出版条例によって扱われることを要求しながら、しかも新聞に適した（すなわち、時局に関わる）記事を掲載した学術専門誌、芸術専門誌にも適用された。

第二九条によれば、第一六条、第一七条、第一八条（予審内容の報道の禁止）に違反した編集者には、一カ月から六カ月の禁固、あるいは二〇円以上二〇〇円以下の罰金が科せられた。第三〇条は、発禁処分を受けている外国の新聞を発売して罪に問われた者に同様の処罰を科す条項であった。第三一条は軍事を扱った第二二条の違反を対象とした。この条項に違反した発行者及び編集者には、一カ月から二年の禁固あるいは二〇円から三〇〇円の罰金が科せられた。

第三二条は、とりわけ厳しいものであった。「政体ヲ変壊シ」*、あるいは「朝憲ヲ紊乱セントスル」**論説を掲載した新聞発行者、編集者及び印刷者を、二カ月から二年の禁固刑のほか、五〇円から三〇〇円の罰金刑に処した。この犯罪を犯すために使用された機械も没収された。第三三条は、猥褻な新聞の発行者と編集者を処罰し、一カ月から六カ月の禁固あるいは二〇円から二〇〇円の罰金を科した。

*この一節は「政体の変壊」ということで、「変えることと破壊すること」を混合した標準的でない使い方である。

**「朝憲紊乱《びんらん》」（あるいは「紊乱《ぶんらん》」）は、特にこの当時、記述された法令に先行して使われた異様にまわりくどい語句であった。ミッチェルは、これを〝subvert the laws of the state〟（国家の法を破棄する）と訳しているが、その意味は一八八二（明治一五）年に初めて使われて以来、法学者、法律家、立法者にとって決して明瞭なものではなかったと指摘している。*Thought Control in Prewar Japan*, pp. 48-49. 参照。

以上が一八八七（明治二〇）年の新聞紙条例の要点であるが、この条例によって新聞や雑誌は、行政、司法の両方から処分を受けることになった。この条例の中核をなしている発売頒布を禁ずる内務大臣の権限は、世界の法制史に類を見ないものであった(45)。この権限はまた、開設間もない帝国議会の自由主義的な議員にとってはとりわけ苛立たしい問題であり、議員たちは以後第一〇議会にいたるまで九回連続して、新聞に対する全面的な規制緩和のほか、特に内務大臣の絶対的な権限を弱める法案を議会に提出した。しかるにこの法案は、委員会で毎回廃案になった。第一〇議会にいたって、政府は、保証金制度を存続させる妥協案の通過を阻止しないことに漸く同意したのであった。一八九七（明治三〇）年三月一九日、第一九条と第二〇条が新聞紙条例から削除された。

こうしたことは、読者が考えるほど重大な成果ではなかった。それというのも、帝国議会が憲法開設以前にすでに発令されていた条例を、議会独自で創案したまったく新しい法律に置き換えたわけではなかったからである（これを行うには、さらに一二年の年月を要したが、その結果、法律は苛酷なものになっていた）。実際、制限付きの新法は、政府が新聞に及ぼす警察権の形態を変えたにすぎず、中身は無傷のままであり、ともすれば、強化さえされていた。

たとえば第二二条は、陸・海軍大臣のほかに外務大臣を加えて、それぞれの部門に関わる記事差し止めの権限を有する閣僚の数を増やした。第三二条は、「政体ヲ変壊シ」たり「朝憲ヲ紊乱セントスル」考えを支持して厳罰の対象とする事項に、「皇室ノ尊厳ヲ冒瀆シ」という事項を加えた。この新たな規定は、太平洋戦争が近付くにつれて、いよいよ狂気じみた厳しさで発動された(46)。

第三三条は、猥褻に対する裁判所による処罰からさらに範囲を広げ、意味の広い普通の表現に変えて、「社会ノ秩序マタハ風俗ヲ壊乱スル事項」(47)にふれた記事に対して発行者や編集者を裁判所で処罰できるようにした。罰金の最高額も三〇〇円に上がった。

さらに第二三条は、第一九条、第二〇条を廃止する形で内務大臣から削除した権限を間接的に復活させた。またこの条項によって、内務大臣は裁判所に申し立てて、第二二条、第三二条、第三三条に規定してあるような題材を掲載した新聞の発売頒布を禁止できる権限を有することになったのであった(48)。内務大臣は、刷り上がった新聞を一時的に差し押さえて、問題となる題材を扱った論説や記事の印刷を停止させることができた。この場合には審理の必要がなかったから、これは、旧法の行政処分による発売禁止処分に、新たに手続きを一つ増やしただけであった。もっとも、実際には最終的な権限は内務省から裁判所に移管された。こうした「変則」は、一九〇九（明治四二）年、帝国議会が自らの手で、完成した新聞紙法を作り上げた時点で、漸く修正を受けることとなる。

出版条例は、新聞紙条例ほどには詳しく検討を加える必要はない。この二つの条例は、同時に発布する意図で制定されたものであったから、条項の大半はほぼ同じであった。そのうえ、すでに示したように、出版条例、出版法は、新聞紙条例や新聞紙法ほど問題にはならなかった。なぜなら論争や文学は、新聞紙条例・新聞紙法の対象となるマスメディアに現れることがはるかに多かったからである。帝国議会は、一八九七（明治三〇）年の新聞紙条例の部分的改正案を通過させるすでに四年前に、新しい出版法を制定していた。新法は、旧出版条例に法の名称を冠したにすぎず、何の物議を醸すこともなかった(49)。しかしこの時には、発行の一〇日前に三部を提出する代りに、三日前に二部提出すればよいことになった。発売禁止に違反して書籍を発行したために裁判所から受ける処罰も、幾分緩和された。出版条例の第二七条で、一カ月から二年の軽禁錮、あるいは二〇円から三〇〇円の罰金を科していたのを、出版法の第二八条では、一一日から一年の軽禁錮、あるいは一〇円から二〇〇円の罰金に減じていた。

ほかの多くの領域においても言えることであるが、明治政府は、検閲法の細部にいたるまできめ細かく注意を払ったのであった。これは、一つには世界の注目を受けていることを意識していたからであるが、少なくとも軍国主義時代が到来するまでは明治政府が完全に独裁的な政府ではなかったからでもあった*。正真正銘の警察国家であったなら検閲官に向けられたような批判は、容認しなかったであろう。そして、実際、一九三〇年代の後半及び一九四〇年代の軍国主義者は、これを容認しなかったのである。しかるに、近代検閲関係の法律や法令には、検閲官と発行者の二〇〇年にわたる協力があり、両者共にこの協力関係を放棄することを望まなかったのである。

＊一九二八（昭和三）年三月一五日に起こった急進主義者の大量逮捕のような事件さえも、法律の細部にきわめて注意を払い、言論の侵害に対しても入念な事前の対策をたてながら行われたのである。警察は、捜

査令状が下りるまで動かなかった。Mitchell, *Thought Control in Prewar Japan*, pp. 83-85, 97. 参照。

法の枠外において

日本の伝統のどこを見渡しても、個人の権利を譲ることのできない神聖なものとした例は一つもない。このことは明治憲法においても明白に言える。日本で検閲制度が批判された際に、個人の権利が主張されなかったのは、何も不思議なことではない。検閲制度批判の合唱の中で多分最も頻繁に歌われた反復句《リフレイン》ははるかに現実的なものであって、出版業界の財政危機軽減のために業界側から出された、原稿段階での事前検閲の依頼であった。

一九〇八（明治四一）年に、事前検閲制度支持者の一人は書いている。「吾等の有する自由の時価は、決して額面通りではない。（中略）分別は、（中略）内務大臣といふ肩書のある人間の仕事である（中略）誠にみじめなものではないか」。この論者はこういう奇妙な前提から出発して、初版本は発売禁止令が出る以前に配布されることが多く、その結果、禁止令そのものは効力を持たず、出版業界に一層利益の多い再版、増刷を差し止めることによって、業者に財政負担を課すだけである、と述べた。彼はまた、完成品の書籍の検閲よりも、原稿段階で検閲を受ける方が財政的打撃を最小限に食い止め得る、と提案し、ついに以下の如き信じ難い結論に到達している。「著者又は発行書肆の希望によりては、原稿で検閲してやるといふ規定を、新たに設けるといふことは、美しく且つ慕はしい名の『自由』に対する、政府者当然の責務である」(50)。

作家もまた、発行者から前金受け取りの原稿料の返却を迫られることになり、金銭の損失を蒙る可能性がなかったわけではない(51)。しかしながら、検閲官との事前の「相談」（内閲と呼ばれた）を強要したのは明らかに発行者たちであり、一時期はその要求が実現した。警保局担当官内閲用のゲラ刷り（おそらく原稿そのものもあったであろう）の数は増加し続け、遂に一九二七（昭和二）年には、出版業界の急激な成長に対して、当局は人員、予算の面でまったく応じ切れなくなり、その理由で、内閲制度の廃止を通達した(52)。すると立ちどころに、同制度復活の要求が起こった。一九二七（昭和二）年の遅くに出たパンフレットによれば、内閲は「完全なる」検閲制度が案出されるまで、出版業者の不当な損失を未然に防ぐ、単なる暫定措置となるべきものであった。当事者にとっては革命的であったであろうこの目論見は、興業関係諸法規を含んだ全検閲制度の改正（廃止ではない）要求としては、最後の全国的規模のものとされているが、その一部は、制作費の全面的損失を防ぐために、演劇台本やシナリオの事前検閲をめざしていた(53)。一九三八（昭和一三）年には、警保局は一応内閲の門戸を開く旨を通告し、発行者が「検閲上少しでも疑問を感じた」場合には相談を持ち込むよう奨励したが、その一方、好ましからざる題材を印刷し続けた出版社に対しては、この特権を取り消した(54)。

　この内閲制度には何の法的規定もなかったけれども、だからといって、発行者と検閲官とが協力するために、高度に恒常化された制度を生み出す妨げにはならなかった。警保局の一秘密文書（内務大臣用に年一回作成された）には、当局が法令によって公布する種々の禁止令「の外」に、「法令に依らず便宜処分として行つてゐる」「多くの行政処分」が存在したことを事務的に指摘している。この処分には以下のものが含まれていた。(1)記事差止命令—禁じている類いの話題にふれることを、発行者たちに阻止する措置。(2)注意—発売禁止までにはいたらないが、好ましくない題材を印刷した発行者に、「厳重戒飭《ちょく》」として出されるもの。(3)削除—全章句や段落の除去。(4)分割還付—没収した出版物の切除と返却(55)。記事差止命令は、好ましくない話題の印刷を未然に防ぐべく意図されたものであり、注意は発行の後に出されたものであった。同様にして、削除は、問題ある箇所の未然防止を目的として、検閲官がゲラ刷り段階で命ずるものであったし、分割還付は、すでに発行されながら、発売前に警察に押収された出版物を削除する措置であった。

　記事差止命令は、事前制約をいっそう厳しく通告する一連の同系統の通達にと発展して行き（おそらく一九二〇（大正九）年頃までに）、これによって内務省は、ある種の話題に関する報道や書籍を印刷しないよう、発行者に勧告することができた(56)。一九二〇年代の後半までには、かかる内密の注意が受けられて発禁を避け得るような、内務省御贔屓の出版社に数えられることは、一種の名誉と見なされるにいたっていた(57)。国家総動員法が一九三八（昭和一三）年四月に公布されて、こういう法規外の慣習は、ついに法令の位置に格上げされ、それによって大衆に伝わる戦争情報は、すべて朗報に限られることが確実になったのである(58)。

畑中繁雄という、一九四一（昭和一六）年から一九四七（昭和二二）年まで「中央公論」の編集長を勤めた人が、興味深い体験談を綴っている。そこに記されているのは後の軍国主義に始まる状況であるが、それは、われわれが本書で着目する明治時代の間に進行していった検閲手段をもさすものである。畑中氏によれば、書籍を当局に提出して一〇日以内に何の音沙汰もなければ、万事無事故と考えてよかった。検閲官側に異議があるなら、普通は二、三日以内に言い渡されたからである。もし、問題があれば、発行者、または該当箇所担当の編集者が召換されて、厳重戒飭なり、販売禁止なり、司法処分なりのいずれか、あるいはそれらの重複した措置に付された。

発売禁止の折には、一部削除によって出版可能になることを検閲官は示唆できた。その時には、発行者は出版物の分割還付を申請し、申請が認められるとその出版社の社員は、文字通り社員総出で自動車数台に分乗して、押収されている書籍（品物が書店にすでに配布済みの場合であるが）を保管する東京中の警察を巡回した。そこでは、特別高等警察員立会いのもとに、問題の頁を破り取って、表紙に「改訂版」のゴム印を押した。その後書籍は発行者の手に戻って販売された。畑中氏によれば、一九三一（昭和六）年五月に見習として中央公論社に入社した時、最初の仕事の一つがこの作業であったということである(59)。こうした種々の処理方法は、法制の外で実施されたものであるが、実際には秘密の内務省統計に、検閲官の通常業務として記録されたのであった(60)。

出版物統制の法制外におけるもう一つの方法は、印刷された頁に直接痕跡を残すことによって、検閲の威力を自ずから象徴するものになった。皮肉にも、この技法は警保局ではなく、発行者自身によって実施されたのであった。それは、言うまでもなく伏せ字である(61)。伏せ字（×か〇のように表記される）は、普通それぞれ公表しない語に記号をあてて良俗に反する語を隠す（伏せる）ために使われた。たとえば、コミュニズムは日本語では「共産主義」と四字なので、「××××」と表される。あるいは「柔い絹の薄綿の寝衣越しに、慿れ合ふ女の肌の温かさを感じながら」は頁上では、「〇〇〇〇〇〇〇〇〇〇〇、〇〇〇〇〇〇〇〇〇〇〇〇〇〇〇」というように表される。

伏せ字は普通なら検閲官が挿入したものと思いたくなるが、実際には賢明な発行者が、大方の読者に十分なほのめかしをしながらも、問題になりそうな語彙を避ける手段として生み出した技術だったのである。伏せ字の初例は、一八六八（慶応四）年、明治への改元の数カ月前*に、ある政治的な危険をはらんだ新聞記事が、徳川最後の将軍慶喜の名を××と表したもの、と考えられている。この伏せ字の技術は、一八八五（明治一八）年頃までは、多分広く利用されるにはいたっておらず、内務省もその年に、それに対抗する通知を出した(62)。とは言え、実際に伏せ字の禁止が励行されたのは、太平洋戦争に入ってからであった。警察は、自己検閲の奨励という全般的方策に合わせて、発行者に原稿段階における編集方針の決定を要求するよりも、ゲラ刷り段階での×や〇への置換を好み、これを容認したのであった（発行者自身も、ゲラ刷りでの作業を望んだ。執筆者の原稿の勝手な変更はよろしくないと考えたし、しかも締切日が迫って来るので、問題になる可能性のある箇所を、ことごとく執筆者に相談する余裕はなかった）。少なくとも雑誌「中央公論」では、文学作品には細心の注意を払って伏せ字を使う方針を保持していたようである。編集部の全員が集まってゲラを読み合い、伏せ字に置き換える言葉に関して、意見を一致させる場合もあった(63)。

＊畑中繁雄『覚書　昭和出版弾圧小史』一七八頁。これよりもさかのぼる先行例は、一二世紀の説話集『今昔物語集』に見られるかもしれない。『今昔物語集』では、写本を作った者が、意図的に、多くの個人名や地名の代りに空白を挿入しているように見える。〈†『今昔物語集』の欠文には、表記すべき漢字が見出せない場合、依拠した文献に語が見出せない場合などがある。〉

検閲の自主規制は当局の協力まで得て、驚くほどあからさまに実行された。一九二三（大正一二）年に印刷されたあるマルクス主義者の著書には、夥しい伏せ字ばかりでなく活字面が抹消された長い空白部分が見られ、しかもそれが実に乱暴なために、鉛版に残った疵がそのまま紙面に印刷されていた。この書物の第一頁には、そのひどく見苦しい状態について著者が陳謝を寄せており、当局の「注意」に従って数カ所削除されたことが断られていた(64)。

また別の例を上げれば、一九二六(大正一五)年の刊行になる森田草平の小説『輪廻』の場合、計三七頁が、主として「官能的な」箇所を長短様々の伏せ字で代替させている。一番ひどいのは三〇四頁で、小さなマルが一二行並び、そのすべてが、見事に段落、句読点、引用符、疑問符等を施してあり、さらに二行の刺激的でない地の文にと続いているのである。いかに才能に恵まれた読者といえども、これほどの空白復元ができたとは思えないが、こういう長い伏せ字も、それほど稀ではないのである。草平のこの小説にはその他に、製本された本の中に二〇頁に及ぶ破り取られた跡が残っていて、分割還付されたらしいことを物語っている(65)。

編集者たちは伏せ字を重荷と感じないばかりか、それを検閲への対抗策と考え続けたために、一九四一(昭和一六)年秋に、軍部が伏せ字の使用を厳しく禁ずると、かえって過酷な強制と感じたのである(66)。あるリベラルな雑誌の元編集者によれば、出版物中の伏せ字の排除は、一九三六(昭和一一)年九月八日の全国特高会議で最終決定を見た後に、内務省に編集者たちが召喚され、読者が伏せ字の消滅に気付かぬ形で漸次使用を止めるよう、文書ではなく口頭で指示されたのだった。一九三八(昭和一三)年末までには、伏せ字の使用はほとんど除去された。当局が気遣っていたのは、しかしながら、日本人読者よりも外国人読者の方であったらしい。けだし、この長い歴史を有する伏せ字の慣行を、終局的に排除した根本の理由は、一致団結した戦時体制を打ち出す必要があったからなのだ。出版物は「聖戦」における「紙の弾丸」であるが故に、伏せ字の残存は国内の不統一を敵国に暗示することになり、紙弾の効果が弱まるからであった(67)。

かくの如き外部からの脅威がまったく存在しなければ、おそらく伏せ字の使用は、何人にもさほど問題にはならなかったであろう。畑中繁雄の見解によれば、権威主義は日本人の生活の一部として受容されきっていたので、検閲官は何も陰に隠れる必要はなかった。お上が存在し、尊大に従順を期待しているのは、当然のことであったからだという。この畑中氏の評言（筆者との会見で語られたものであるが）は、日本の検閲制度の公然性を実によく物語っている＊（これとは逆に、平等主義国家の伝統を受けついだ戦後の占領軍総司令部が、なぜ検閲活動を極秘にするよう主張したのか、その理由の説明にも役立つだろう）。

＊一九八一年七月九日のインタビューでは、畑中は、伏せ字が作家や検閲官によって挿入されたものではなく、ただただ編集者によるものだと主張した。完全に編集者による伏せ字によって禁止された章節の例については、内務省警保局編『出版警察報』を参照されたい。

本書の大半が扱う作家たちの活動は、ここで解説した法の枠外における措置（ただし、伏せ字は除く）が、未だ形成途上にあり、検閲制度も、未だ内務省の手中にあった時代のものである。一九二〇年代末期、及び検閲制度管轄官庁が急増し、その権限が、内務省から軍部支配の内閣に移行した太平洋戦争突入期、それらの間の諸々の展開に関しては、本書の第四部において概要を述べる予定である。

以下の二章では、政府、作家のいずれも、取引きのための道具を完備できず、互いに用心深く見つめ合っていた状況を眺めることにする。

第3章——伝統的風刺と旧態依然の駄作

「無用の人」成島柳北

明治新政府は、存亡をかけた闘いに躍起になっており、政治色のない出版物に対してはほとんど注意を払っていなかった。猥褻作品と思われるものでもさらに綿密に調べてみると、実は、政治的理由の故に発禁の憂き目にあったのだということが判明する。従って、明治時代の日本で最初に弾圧の対象となったと一般に考えられている文学作品は、単に不道徳なだけでなく、政治的な要素をも合わせ持った一新聞人《ジャーナリスト》の手になる気ままな随筆であった*。実際のところ、この二つの要素が近似していたために、政府当局がこのうえなく苦慮したであろうことは推測に難くない。また、その作者柳北（一八三七〔天保八〕年〜一八八四〔明治一七〕年）は、明治初期における紛れもない異端児として、異彩を放つ人物の一人であり、新体制に対する強力な批判分子であり、しかも新聞恐怖時代の大物の犠牲者として、四カ月の懲役を勤め上げたばかりであった。

*明治時代の検閲に関する統計については、信頼できる資料はない。発禁処分は、一八八三（明治一六）年

に創刊された「官報」に一九一〇（明治四三）年までは列挙されたが、それ以後は発禁の記録は秘密扱いとなった。柳北の『柳橋新誌第三巻』が出版の許可を拒まれたのは一八七六（明治九）年であった、ということでは、現代の注釈書は一致している。同書の第一巻、第二巻の出版も困難を伴ったであろう。斎藤昌三『現代筆禍文献大年表』二頁、三頁、六頁。『近代文芸筆禍史』八頁。Okudaira, "Political Censorship," p. 49.『明治文学全集第四巻』四一五―四一六頁。

内務省に対する書籍あるいは原稿の事前提出を定める諸規則が未だ流動的であった時期（一八八三（明治一六）年以前）にあたる一八七六（明治九）年一二月に柳北は、内務省に原稿を提出したが、出版許可の証明は下りなかった（二四頁参照）。この原稿はすでに明治維新以前に執筆され、柳橋という花柳界にまつわる幾多の挿話を収めた『柳橋新誌』と題する叢書の第三巻に、なるはずのものであった*。第三巻は、序文だけが公表されたが、それによるとこの巻は、既刊の前二巻同様に、芸者たちの生活を相当克明に描くものであったらしい。おそらくは猥褻文書として当局が飛び付いたのであろう。残念なことに今となっては、この序文しか残存していない。しかしながら、柳北が多用する――衒学的とは言わぬまでも――高揚したユーモア溢れる文体を考え合わせるならば、「帯下蒙茸《もうじょう》の芳草一たび摩して」(1)といった語句が散見する第一巻、第二巻以上にいかがわしい思わせ振りの個所が、果たして第三巻の中に含まれていたとは、どうも考えられない。こうした語句以上に挑発的だったのは、たとえば第二巻から抜粋した、以下のごとき挿話を幾つも列挙して、新体制の上流階級の体面をひどく傷つけたことであっただろう。

＊これらの書は、現代の製本にすれば二五―三〇頁程度の薄い紙装本であった。

妓にして夫有る、猶ほ酒中水を注《サス》ぐがごとし、其の味薄して醇ならず。妓にして兒《コ》有る、猶ほ酒中糖を加ふるがごとし、其の味重くして冽ならず。徃時妓の孕む者、皆羞怍《ハヂル》の心を懐く。薬を尋ねて胎を打する者有り、従良《ヒツコム》して籍を脱する者有り。頃年風習一変し、妓等兒を産む人家《セケンナミ》と一般、多く乳母を倩ふて之を育《ソダテル》す。賓客席上亦公然之を話して恬乎《ヘイキ》《(てんこ)》として愧る無し、亦怪なる也哉《かな》。一妓既に孕む。狎客《ワケアル》十人有り、其の父誰為るを審にせず。乃ち一客を招いて其の孕を告ぐ。客の曰く、卿《オマヘ》数客を擁す、何ぞ独り我を目《メザス》す。又一客に問ふ。答へて曰く、卿数客を擁す、何ぞ独り我を目す。歴《あまね》く十客に問ふ、答へ一口に出づるが如し。妓甚だ惑ふ焉。乃ち清正公(2)の祠に禱る。曰く、妾娠《ハラム》有つて其の父を識らず、願はくは神其の人を詰《ツゲ》よ。清正の神夢に見えて曰く、汝十夫有り均しく枕席を同じうす、神も亦其の主誰為るを弁ぜず。汝の腹内の兒当に自ら其の父を識るべし、汝其れ諸《コレ》を問へ。妓醒めて悟る。夜深て人無し。妓盥漱《ウカヒチヨーズ》《(くわんそう)》し香を焚き、坐して其の腹を撫で、俯して其の陰を窺ひ、従容《(しようよう)》として語つて曰く、神命有り、汝をして我に語るに汝の父の名を以てせしむ。汝其れ其の実を告げよ。忽ち肚裏《ハラノウチ》声有つて曰く、阿嬢《カヽサン》何ぞ疑ふ。阿嬢十夫有り、兒が体《ワシノカラダ》は則ち十人の力を協せて造る所に係る。一人首を造り一人腹を造り、胸を造る者有り背を造る者有り、両人両手を造り両人両脚を造り、臂と陽茎と亦各〻分けて之を造る。故に兒が父は十人有る也《なり》。豈に諸《これ》を一人に帰するを得ん耶《や》。而して兒の十指は別に之を造る者有り。阿嬢之を忘れたる耶《か》。未だ阿嬢の室に入らずして、徒らに指を阿嬢の鼎に染むる者往々有り焉。是れ吾が指の父也《なり》。

一妓口に長じて才に短なり、人皆命けて饒舌兒《オシャベリ》と曰ひ、又無眼娘《ベシラス》と曰ふ。一日衆妓と某《アル》公の宴に侍す。酒闌《(たけな)》はなり、妓従容として公に問ふて曰く、聞く公卿の西京に在るや皆合花牌《ハナアワセフダ》を造つて以て業と為す、知らず殿下も亦曾て之を造る耶《か》＊。公愕然語無し。少頃《シバラクシテ》答へて曰く、往時諸子閑散《ヒマ》、知らず或は戯れに之を造る歟《か》。縦《たと》ひ有るも焉、亦官爵適かに孤《オレ》の左《シモ》に在る者耳《のみ》。近来国家多事、復た一人の這様《この》の閑事《ツマラヌ》を為す者無きや必せり矣。妓膝を拊《(う)》つて曰く、解せり矣《ワカリマシタ》解せり矣。近来坊間《マチナカ》花牌甚だ乏し、価も亦随つて貴《タカシ》し。阿爺《オヤジ》毎に之を嘆ず。妾も亦其の故を知らず、今者《ケフ》殿下の話を奉承《オハナシウケタマハリ》し宿疑氷解《ワケガワカリマシタ》す。夫れ之を生《ナ》す者は寡《(すくな)》く、之を用ふる者衆ければ則ち牌恒に足らず、価の貴き亦宜なる哉。満座皆汗を其の掌に捏《にぎ》る(3)。

＊おそらく、明治維新に参加することで政治的重要性を高めた弱小公卿の三条実美に関わることを示している。実美の父実方は、カルタの絵付をして暮らしていたと言われている。維新前は貧しい手当を補うため

に楊枝を削っていた公卿もいたという。『日本近代文学大系第一巻』二二七頁、注一八。

翻訳をもってしては、重々しい漢語で彩られた、柳北の傲然たる嘲笑のこもる文体を伝えることはまことに難しい。柳北は、単なる大衆相手の戯作者ではなくて、教育された読者のためにその辛辣さを磨きに磨き上げた人だったからである。

一八五九（安政六）年、二二歳で『新誌』の第一巻を執筆した時、奥儒者の家柄を継いだ柳北は、まだ将軍の侍講の任にあった*。翌年には、幾種かの公史編纂の業績に対して徳川幕府より金子と衣服を下賜されている(4)。一八六三（文久三）年になると、徳川家重臣を誹謗したかどで侍講の職を解かれたうえ、自宅閉居五〇日の刑に処せられている。どうやらそれは、外国からの鎖国撤廃要求が引き起こした危機的状況に対して、徳川家が断固たる態度で対処することのできぬ無能さ加減を揶揄する川柳を柳北が幾つか作ったためらしかった。

*本書の年齢は西洋式に満年齢で数えている。

蟄居の中で憔悴するどころか、柳北はこの免職処分を、夷狄《てき》に関する知識を増やす機会として利用した。免職後の二年間は自宅で過ごし、英語を学習して、福沢諭吉(5)などのような西洋研究者たちと交わった。一八六五（慶応元）年になると、幕府が西洋の陣容に倣って軍事編成の政策に乗り出したため、西洋の新しい専門的知識を修得していた柳北は、幕府にとって再び有用な人材になった。そして瞬く間に重責の職務に昇進したが、一八六八（慶応四）年江戸城落城以後は、もはや奉公する主君もなく、今こそ世俗より退く潮時であると判断した。

一八六九（明治二）年、三二歳の時に、柳北は隠居した。明治政府が翌年用意した役職を断って、隅田川のほとりの寺に、英語と漢籍を教授する小さな塾を開いた。柳北は、自身の遁世を中国随一の隠遁詩人陶潜のひそみにならって、わが身は「無用の人」であると明言し、その役割を余生の間、一貫して演ずることになった。かくして彼は、近代日本文学史上において頭角を現しながら自ら進んで傍観者の道を選び取った、多数の文学者たちの嚆矢となった(6)。『柳橋新誌』第二巻は、つまり柳北の「無用の」存在の最初の成果であると同時に、次に続く世代の模範となったのである。

第一巻が柳橋界隈を賞讃する讃歌であったのに対して、第二巻は柳橋哀歌である。柳橋の女性たち（芸者であって単なる娼婦ではなく、従って易々とは褥を共にさせなかった、と柳北は力説している）の薄化粧と瑞々しく初々しい気品を通人らしく鑑賞することなしに、柳橋界隈を贔屓にするようになった無骨な田舎者や、そんな手合いに関わって、都会の華麗さを失ってしまった女たちへの痛烈な風刺がそこには込められている。言うまでもなく、こうした田舎者たちは、薩摩藩と長州藩が徳川倒幕を遂げた際に、九州や中国地方から江戸に雪崩れ込んで来た、政界財界の成上がり者たちであった。後に柳北は、こうした輩を観察し、手厳しく打ちのめすことを生業とし、日本のジャーナリズム界での「唯一のユーモア作家」となることになる。他の著名な新聞記者の面々が政府支持に回ったのに対して、柳北は敢えてそのまま不届きな姿勢を取り続けた(7)。

柳北は、欧米視察後の一八七四（明治七）年に、柳橋を扱った自作の一、二巻を揃って出版し、「朝野新聞」*の社長に迎えられた。ほかならぬこの「朝野新聞」紙上において、彼は一八七五（明治八）年、この年に出された新聞紙条例を批判し、それがために五日間の自宅禁固を命じられている。さらに翌年には、新聞紙条例及び讒謗律の立案者尾崎三良と井上毅に対する非難の一文を掲載したかどで、禁固四カ月、一〇〇円の罰金に処せられた。「朝野新聞」主筆の末広鉄腸の筆になるこの記事は、尾崎毅と井上三良という二人の架空の徳川官吏の批判として捏造されたものであるが、柳北と鉄腸が讒謗律を犯したことを認める気になったのは、伝えられるところによれば、冷酷な看守によって雪の中を法廷まで引きずられて行った後に、裁判官が二人に対して慈悲深く敬意を示したことに感謝する気持ちからであったという。鉄腸は、懲役八カ月及び二〇〇円の罰金に処せられている(8)。

＊この新聞がその後一〇年間、柳北の批判の主なはけ口になった。彼の一層文学的な作品——随筆は、彼の『新誌』とは違い、他人の手で作品集にまとめられた——朝野新聞社発行の雑誌「花月新誌」に一八七七

（明治一一）年一月一日から一八八四（明治一七）年一〇月三一日まで連載された。大島隆一『柳北談叢』（昭和刊行会、昭和一八年）、三六七頁。

柳北は、獄中にあっては挿絵入りの川柳を刊行し、釈放後は牢獄生活の直接体験談を連載し、新聞の売り上げを伸ばした。彼は一流新聞の記者たちが催した、祈祷会まがいの集会にも参加して、溢れんばかりの群衆を前にして、席上「新聞の御霊」に捧げる演説を行った。その演説の中で柳北は、「五官四肢を備へて生るれど、皆蠢然として芋蟲の如く、口に一言を吐く能はず、筆に一論を草するを得」ない人々の目を醒ますために、西洋より海を越えて渡って来た御霊を賞讃した。しかし、御霊の犯した罪も、ひけをとらず大きいものであり、作家たちに「賢明なる政府の律令を駁議し」、「又甚しきに至ては、恐れ多くも政府を変壊し国家を顚覆するの文章（とんでもない！——著者）を綴」らせた。御霊に煽動されて犯したそうした行為への懲罰は、同等に重いものであるように思われるかも知れないが、実は「賢明なる政府の慈仁を以て三年の禁錮千円の罰金に過ぎ」(9)ぬものであった。（この柳北の演説を）不興に感じて、政府は内務大臣に対して、特別の布告によって悪評高い絶対権力を与えた。

以上の如き経過が、内務省が『柳橋新誌』の出版許可を拒否する直前の顚末であった。一八八四（明治一六）年、四七歳で死ぬまで柳北が取り仕切った「朝野新聞」は、少なくとも一二回の発行停止処分を受け、その中には数週間に及ぶ場合も幾度かあった(10)。

『新誌』の中に見える散漫な風刺は、日本が近代文学を産み出すまでにこれからまだどれ程遠い道程を歩まねばならないかを如実に示しているが、『新誌』自体は明治の教育を受けた第一世代、つまりやがて近代文学を創り出すことになる人々の間では、愛読された。柳北を賞讃する最も著名な近代人の一人である永井荷風は、『柳橋新誌』を読んだことのないような書生はほとんどいない、と言い切っている(11)。

またもう一つの彼の文学上の有力な貢献である、ブルワー・リットン著『アーネスト・モルトラヴァーズ』の一八七八（明治一一）年の邦訳（邦訳題『花柳春話』丹羽純一郎訳）に与えた序文の中で柳北は、自分が視察して来た西洋は、実利主義一色で塗りつぶされた王国ではないことを、同胞に対して指摘している。西洋にも情緒的な生活があるし、喜怒哀楽の情に富む西洋の文学は、西洋文明の非常に重要な一部であると、柳北は力説した(12)。このような西洋は、明治初期の標語の一つにあるような「富国強兵」制度を築き上げるために、明治政府の方針として取り入れようとしていた西洋ではなかった。この時柳北がぼんやりとした形で示唆していたのは、外国文化の中に潜む個人主義を産み出す要素、言い換えれば、やがて政府が破壊力であると認識するようになるある要素であった。

ある小説の発禁に抗議して一九〇八(明治四一)年に筆を執った評論家の山路愛山は、「小説は歴史よりも更に真実なる歴史なり。人間の秘密を語るものなり。人間の眼界を広くして其同情を濃かならしむる者也」と語ることになる。愛山によると、彼自身に対してこうした働きを初めて果たしてくれた作品は、成島柳北の『柳橋新誌』であったという(13)。

新聞、政治、毒婦

柳北の「朝野新聞」はいわゆる大《おお》新聞の一つであり、この中にはほかに「横浜毎日新聞」「東京日々新聞」「郵便報知新聞」等があった。これらの新聞は政治色の濃い社説を展開することに眼目を置き、教育を受けた読者でないとはなはだ読みこなし難い文体で執筆されていた。こうした大新聞に寄稿する人々は、「読売新聞」、「平仮名絵入り新聞」、「仮名読み新聞」等の小《こ》新聞(14)の発行関係者とは、社会的に付き合うことさえしなかった。新聞の名称が示しているように、小新聞は大新聞と比べてもっと商業化されており、「読み書きの最も出来ない読者層のために(中略)平仮名を思い切り使って」書かれていた(15)。

こうした小新聞は、実際にも大新聞より幾分小さめの用紙に印刷されていた。社説を掲載することもなく、政治的姿勢を標榜することにはほとんど無関心で、政治の動向に関しては形ばかりの、ごくおざなりの報道記事しか掲載しなかった。その代りに、大新聞が沽券に関わるものとして意図的に排除した世俗的な出来事を集中的に取り扱った。花街や演劇界の最新の動向が、その他の醜聞や噂話と一緒になるべく強い性的興味を添えて書きたてられた(16)。こうした新聞は大新聞よりも値段が安く、街頭で呼び売りされた。

猟奇的殺人や性的冒険で読者の想像力を虜《とりこ》にした数人の「毒婦」の筆頭は、鳥追お松である。これら小新聞は、彼女の破廉恥な物語を一八七七（明治一〇）年に連載したのを皮切りに、連載記事（続き物）として掲載し始めた。話に味を付けるためにかなりの潤色を施すこともしばしばであり、そこには一枚の挿絵が常に添えられていた。まったくのところ、「続き物と挿絵の結び付きこそ小新聞の存在理由そのものであった」(17)。続き物は、究極的には新聞の連載小説に成長して行き、この新聞小説は、日本の近代小説発展の過程において重要な役割を担い続けた(18)。

鳥追お松や、人殺しをした原お衣《きぬ》、高橋お伝という女たちを描いた半ば虚構の混じった記事が「毒婦特集」の絶頂として一八七八（明治一〇）年から八〇（明治一二）年にかけて掲載された。最初に取り上げられたお松は、ある程度は社会的不公平の犠牲者——被差別部落の出身者であったので——でもあったが、お衣とお伝の二人は、自ら進んで悪事に手を染めたように思われる。『夜嵐於衣花廼仇夢《よあらしおきぬはなのあだゆめ》』というお衣の生涯を扱った通俗本によれば、寄席芸人だったお衣は一七歳の時にある大名の妾になった。大名が死ぬと、御家人の勇次郎という男が、未亡人になったお衣を紀角という地元の薬問屋の主人に引き合わせた。お衣は紀角の妻殺しに手を貸して紀角の後妻になった。やがてお衣は勇次郎とねんごろな関係になり、結託して紀角を毒殺しようとしたが、この企ては不首尾に終わり、そのために離縁される。

その後勇次郎と仲睦まじく同棲を続けるうちに、維新の兵乱が勃発した。勇次郎は戦死し、お衣の家も全焼にあった。それからは芸者として暮らしを立てていたが、そこでそれより数年前に面識のあった、小林金平なる高利貸しに再会した。ほどなく金平は、お衣がある人気役者と関係を結んでいることを察知したが、お衣は金平に手を打たれる前に金平に毒を盛り、金平殺しの真相が明るみに出るまで、さらにその役者との淫らな放蕩の歳月をぬくぬくと楽しんでいた。一八七二（明治四）年に彼女は裁きを受けて、三〇歳の身で処刑された。お衣の物語は、一八七八（明治一一）年に「魁《さきがけ》新聞」という小新聞に連載された。この連載は非常な大当りを取ったので、まだ連載が終わらぬうちに一五巻本として出版が始まったほどであった(19)。

毒婦の中でも特におぞましさで悪評が高かったのはお伝であり、その生涯に関しては、ジョージ・サンソムが簡潔に記している(20)。お伝は、癩病を患う自分の亭主を絞殺したのち、ある富裕な商人（お伝が関係を持った無数の男たちの一人）を宿屋に誘き寄せて、眠り込んだその男を刺し殺した。この商人殺しで逮捕されると、お伝は自分は妹の仇を討とうとしたのだ、と裁判官に明確に証言したが、実際にはお伝には妹などいはしなかった。獄に繋がれ、三年以上にわたって惨めな目に合わされた後になっても、お伝は決して自白しなかった。一八七九（明治一二）年一月、彼女は二九歳で処刑されている(21)。

いずれの事件の場合も（全部で五人の毒婦がいた）、小新聞紙上で大々的に報じられた後に、時を移さずして挿絵入り本のスタイルで出版されたが、この体裁は江戸時代から草双紙として知られているもので、当代きっての名版画師の描いた、身の毛もよだつ挿絵が毎頁に載せられていた。本の出版にそれほど遅れることなく舞台化もなされ、唄《うた》にも歌われて、毒婦たちのしでかした突拍子もない行為が詳しく語られ続けた。こうしたいかにも日本的な「ブーム」は、もし検閲官たちが関心を示していたら彼等の格好の槍玉に上がりかねないものだったろう。だが毒婦の記事のすべてが性や暴力を扱うことに熱中していた一方で、その筆者たちは毒婦の所業に対して相応に驚いて見せる儒教的姿勢も崩さず、善には果報があり、悪は罰せられることを証明するのだと主張していたのであった(22)。数年後に新聞掲載が一般化する伝統的語り物の「講談」形式もまた、旧道徳に対して口先ばかりの追従を並べて、何とか容認される状態を維持した。その半面、西洋の影響を受けてより急進的で真剣であった近代文学は、広範な層からの道徳的憤怒と、行政からの弾圧を受ける標的となった。

毒婦ブームが小新聞紙上で次第におさまり始めると、今度は大新聞が、後に日本近代小説の展開において重要な段階を画することになる、新しい種類の小説の連載を開始した。これが政治小説であり、自由民権運動の一側面として興隆を見た(23)。政治小説以上に大衆の評判を得た毒婦物連載の場合もそうであったが、政治小説も検閲官の関心を驚くほど僅かしか引かなかった。政治小説の最初のものは、『民権演義情海波瀾《みんけんえんぎじょうかいはらん》』という、戸田欽堂の一八八〇（明治一三）年の作品である。これは、典型的に高尚な寓話で、小説が真面目な意図を持ち得るものであることを初めて世に知らしめた作品の一つであった。物語の概略は、「魁屋阿権《さきがけやおけん》」という名の芸者と「和国屋民次《わこくやみんじ》」という青年との恋路を、「国府政文《こくぶせいぶん》」と名乗る男がいかに邪魔だてするか、というものである。しかし最後にその男は、二人のために結婚披露宴を催す。それはつまり国会の開設を示唆している(24)。

ジョージ・サンソムは、最も好評を博した政治小説である東海散士の『佳人之奇遇』（一八八五（明治一八）年作。一八九七（明治三〇）年末までに数編の続編）について生き生きとした筆致で語っている。また別の文脈の中では、ステプニャック作『地底のロシア』という、テロリストの活動や政治的暗殺や反逆罪裁判等々からなる物語などの、ロシアの虚無主義者を描く小説の「一時的流行」についても言及している(25)。これ以後に出て来たさらに過激な政治小説、すなわち、西河通徹著『露国虚無党事情』（一八八二（明治一五）年）や宮崎夢柳著『虚無党実伝記鬼啾啾』（一八八六（明治一九）年）は、ついに検閲官の目を引いてしまった。出版条例違反で有罪判決を受けた夢柳は、軽禁固三カ月に処せられた(26)。しかしながら、検閲制度が一八八七（明治一九）年に「完成」すると共にこうした過酷な懲罰に代って、内務省の権限を拠り所にして、そうした書籍の販売頒布自体を禁止する機運が強まっていった。

大新聞、小新聞の間にあった区別は、「朝日新聞」という大阪の一新聞が、両者の特色を兼ね備えることを決定した一八八一（明治一四）年以後、数年も経ないうちに霧散した。「朝日新聞」は、ニュースや社説を載せ、さらに「三面記事」と呼ばれる醜聞記事も掲載した。また、教育をあまり受けていない読者のために読み仮名を添え、小新聞が行って来た挿絵を入れるという慣例も採り入れたが、この挿絵が連載小説に添えられると、それは新聞の売れ行きを伸ばす一つの呼びものにまでなった(27)。

その後数年が過ぎ、農民が工場労働者として都会に移住し、三面記事に加えて、以前よりシリアスな連載小説を望む大衆読者層が生まれるにつれて、純文学と好色文学の区別さえ曖昧になり始めた。新聞を大事業に変貌させた資本主義の発展の一大飛躍は、小説の著述にとっても非常な刺激となったが、他方で、紛れもない好景気の経済と力強く変貌を遂げる社会がもたらした様々な問題のゆえに、小説自体は非常に暗い内容のものになってしまった。以後小説はさらに成長を続け、警察との最終的対決へと徐々に進んで行くことになるが、「近代」小説が一八八七（明治二〇）年の出版条例との軋轢を感じ始めるには、まだ九年の歳月が必要であった。

第4章——写実主義の発達……検閲官が注目を開始する

深刻小説、小栗風葉の『寝白粉』

日本の最初の近代小説が一八八七（明治二〇）年～一八八九（明治二二）年という早い時期に登場したことは、衆目の一致するところである。それは、ロシア文学を学ぶ二葉亭四迷という青年の書いた『浮雲』という作品であった(1)。しかしながら、近代日本文学発達史上のこのように早い時期には、口語文を用いたり、平凡な登場人物が作り出す単純な筋立てのありふれた日常的経験によって、暗に同時代の社会が分析されるような、西洋の洗練された文学的慣習に敏感に反応する読者は僅かであった。『浮雲』よりはるかに人気を博したのは、尾崎紅葉とその硯友社の人々の作品で、のちに「洋装せる元禄文学」(2)と見なされたものを彼らは作り出した。

紅葉とその門下は、様式化されたありふれたメロドラマを書くにあたって、写実的描写という舶来の技法を用いて、江戸の戯作者や毒婦物作家と提携した挿絵師のような存在に頼ることはなかった。ゾラを論評して紅葉は、「一間の中を三頁も四頁も書いてゐる。日本文学にはとても見ることが出来ないものだ」(3)と述べた。しかし、紅葉がこういう理解をもてたのは後年のことであった。紅葉は先ず最初に『二人比丘尼色懺悔』(一八八九〈明治二二〉年)という時代錯誤の大傑作小説(4)で名声を博し、また、この作品によって、文学の道を追求する次世代を担う作家たちを鼓舞した。

当時、再び作品がもてはやされていた西鶴の熱心な読者であった紅葉は、比較的地味な二葉亭の散文体にしっくりこない読者なら即座に美しい文章と感じられるような文体を、『二人比丘尼色懺悔』の中で作り上げた。浄瑠璃語りの大言壮語と抑揚に富む荘重さとの限りを尽くして、紅葉は、義理と人情に引き裂かれた一人の武士の物語を、江戸育ちの趣味人が理解できるような手法で展開したのであった(ついでながら、この本の表題は二つの点で誤解を招くおそれがあると言えるだろう。第一点は、物語は「好色」ではないし、姦通を扱ってさえいない。第二点は、お互いに過去を打ち明け合うと思われる「二人の尼」は物語とほとんど関係がない。作品の最後の眼目は、山頂の草庵で長い夜を語り明かした二人の女性に、一方の夫が実はもう一方のかつての許婚者であったことを、思いがけなくも悟らせる点にある。「此小説は涙を主眼とす」と紅葉は序文に書いている(5))。

紅葉は江戸時代物を書き続けることはなく、実際には、その文体は、西洋の影響を一層受け入れた作家が生み出していた口語体により似たものに発展したのだが、それでも彼は、緊迫感にあふれ、筋が入り組み、かつ巧みに仕上げられた人情物を書く大人気作家の地位を守って、一九〇三(明治三六)年に世を去った。

紅葉の文壇での権勢は、日清戦争(一八九四〈明治二七〉年〜九五〈明治二八〉年)までは安泰であったが、戦時になると、多数の農民が都会へ流入して軍需工場で働くという社会変化の中で、それまでとは異なる趣味を持つ新しい読者層が台頭して来た。戦争は単に工場の急激な発展を引き起こしただけでなく、農村も含めた伝統的な生活や価値観を突如として大規模に侵蝕して、多数の人々を不安や苦しみの中に沈めた。こうした暗い時世に反応して、紅葉門下である泉鏡花の「観念小説」が芽生えたが、これは広津柳浪、川上眉山、小栗風葉らの「深刻小説」あるいは「悲惨小説」とともに、「深刻な《シリアス》」主題を作品に導入することによって、硯友社の軽薄さを乗り越えようとする素朴な試みであった。

柳浪描くところの深刻な写実主義とは、いびつな人物や奇怪な傷を持つ男たち、あるいは異常性欲の白痴の矮人を題材にして書くことであった。眉山は作品によっては流血や屍姦を扱っているものもあるが、政治家や実業家の手にかかって苦しむ庶民の姿を、並外れて透徹した眼力で見抜いている物語も数編ある。『書記官』（一八九五〔明治二八〕年）は、資本家と政府との腐敗した癒着を暴露することを意図した作品で、金の亡者の資本家と共謀する、途方もなく性悪の大臣書記官が、その特権的地位を利用して得た情報と引き換えに、資本家の娘との結婚を望む様を描いている（娘には、穏やかな性質の青年哲学者の恋人がいて、娘に対して「彼様な奴の餌食になるのは死に優《ま》した大不幸だ」と忠告を与える(6)）。

眉山の『うらおもて』（一八九五〔明治二八〕年）は次のような書き出しで始まる。

　ゆくりなくも目を覚ましたる勝彌《かつや》は怪しき影の障子を掠《かす》めて消えたるを認めぬ。……夢か、あらず、僻目《ひがめ》か、あらず、何事ぞ、慈善家として、徳行家として少からず人に知られたる彼波多野《はたの》十《じゅう》郎《ろう》は、夜深く他《ひと》の家に忍び入りて竊《ひそ》かに財を掠去《かすめさ》れり。あはれ勝彌《かつや》が身を許し、身を尽くし、身を与へ、身を擲《なげう》ち、身を捧げて相慕ふ静子の父は、賤《いやし》むべき憎むべき盗賊《とうぞく》なりき(7)。

こうした衝撃的な痛打によって、眉山は上流社会が必ずしもうわべの見せかけ通りではないことをわれわれに示してくれている。

この「深刻」で、かつ「観念」的な小説の多くは、「文芸倶楽部」に掲載された。「文芸倶楽部」は戦争が引き起こした大量需要に応えるべく、大規模な企業再編の一環として、一八九五（明治二八）年一月に博文館が刊行した文芸誌であった。硯友社主宰のこの「文芸倶楽部」は、やがて急増した読者層を相手に、春陽堂の「新小説」と競合することになり、出版業界に新時代が始まった。この当時まで、文芸誌と言えば一部の特定の読者だけを満足させていたが、こうした発行部数の多い新刊雑誌の刊行は、今日知られている文芸誌の幕開けを告げるものであり、「文芸倶楽部」は一八九五（明治二八）年には五万部以上の発行部数を誇るにいたった(8)。

「文芸倶楽部」が一八九六（明治二九）年九月号に小栗風葉（一八七五〔明治八〕年?～一九二六〔大正一五〕年）の『寝白粉《ねおしろい》』を掲載すると、検閲官は、新しい文芸誌に対して下した最初の発禁処分、また新しい「深刻小説」に対する最初で唯一の発禁処分をもって、これに臨んだ。それはまた同時に、内務省が、一八八七（明治二〇）年の新聞紙条例によって定期刊行物の販売を禁止することで、その権力を、台頭する写実主義に対して行使した初めての例でもあった。写実主義の台頭は、政府にとってようやく大きな脅威と見なされるようになったのである。

こうした様々な初物尽くしと並んで、『寝白粉』は、のちに発禁となる風葉の数編の作品の第一作としてもわれわれ読者の興味をそそる。風葉は、まったく何のいわれもなく検閲官の槍玉に上がったわけではなかった。即ち、風葉の作風は不気味で煽情的なきわものへの愛好で一貫しており、掘り下げれば深刻な問題を取り扱いながら、皮相な手法しか用いないとして、同時代人から批判されていたのである(9)。『寝白粉』は、被差別部落の階層が直面する様々な困難を検証することを標榜する作品であり、その意味では、（毒婦お松の虚構混じりの物語を除外するならば）この主題に焦点をあてた最初の小説である(10)。とは言え、疎外された者の孤独感を捉えて、部落解放運動のために日本人の小説家が意義深い抗議の書を著すには、その後十年の歳月を過ごさねばならなかった*。だが、風葉の場合には、被差別部落出身者であるために絶えず結婚の機会を奪われてばかりいる、魅惑的なお桂（優に二六歳を越えてはいるが、相変わらず派手な色合いの着物をまとい、寝化粧を忘れない）という姉と、その弟である宗太郎との二人の間に生じた近親相姦を、生々しい筆致で描いたのである。

＊島崎藤村『破戒』一九〇七（明治四〇）年。Kenneth Strong による英訳 *The Broken Commandment*（University of Tokyo Press, 1974.）がある。

硯友社独特の練り上げられた文体で物語を展開しながら、風葉は紅葉仕込みの古風な言葉遣いや、メロドラマ仕立ての強調で筆を運んでいる。ことによると、お桂が男を見つけて喜ぶ描写が、検閲官にとってはあまりに強烈すぎたのかも知れない。たとえば「此甘味骨身に沁みて（中略）見苦しきまで熱上がりし」というようなくだりである(11)。発禁処分の公式理由は明らかではないが、現代の評論家たちは、近親相姦と部落差別という主題が非難の対象であったのだろうと推測している(12)。それにしても、小説の結末が作者の不健全な姿勢を如実に示している。姉弟の親密すぎる関係の噂話が、二人の素性の話以上にはるかに耐え難いものになると、二人は自分たちの営む煙草屋を町の場末へ移す。

其後《そののち》宗太郎は日増《ひまし》に沈勝《しづみがち》なるに引更《ひきか》へて、お桂は欝々病《ぶらぶらわづら》ふ事の絶えて無くなりければ、却《かへつ》て顔の光澤《つや》良く、肉緊《しま》りて姿一際《ひときわ》見好《みよ》げに、晩桜一枝今も春方《はるべ》と匂ひけるが、爰《ここ》に一つ合点《がてん》行かぬは乳首の色、腹の形《なり》も次第に異《をか》し、と風呂にて見し近所の女房等《ども》が陰言《かげごと》。抑《そも》誰《た》が種にやあるらむ、あさまし(13)。

「明星」の仏国裸体画

作家たちが、「深刻《シリアス》な」ものを求める苦労の多い探求を放棄して、代りに自分の才能にもっと見合った分野に身を転ずるにつれて、「観念小説」の流行はやがて終わりを告げた(14)。文章の巧みな硯友社の物語作家たちは、写実主義に関してはすでに最早、やれる限りのことはやり尽くしてしまったのかも知れない。文芸創作活動の最前線で、そうした作家に取って代りつつあったのは、文体よりも実質の方に一層精魂を注いだ人々であった。検閲官は概して、そうした若手の浪漫派詩人たちには無関心であったが、一九〇〇（明治三三）年に小さな衝突事件が起こった。文芸誌「明星」の一九〇〇（明治三三）年一一月号が発禁処分にあったのである。與謝野（当時は鳳(15)）晶子の情熱的な短歌のせいだと思われる方もいるかも知れないが、そうではなくて、フランスの原画から採られた二枚の裸婦のデッサンがその原因であった(16)。この事件は、裸体画に関する当時の一般的な基準の一つの目安として、さらにまた、明星派の主宰者であり、後に晶子の夫となる與謝野寛（鉄幹）の取った対応のゆえに、興味深い。

この年の「明星」は毎号かならず――発禁処分以前も以後も――「明星」のいわれであるビーナスが、左胸をはだけ、右胸は彼女が覗き込んでいる百合の花を持つ手によって隠されている図柄を表紙に掲載していた。問題の一一月号の二枚の裸体画が、この表紙の絵とも「明星」誌掲載のほかの同じような裸婦画とも異なっていた点は、一枚には臀《でん》部が、もう一枚には鼠径《そけい》部（恥毛や肉の丸みやその他の形状ははっきり見分けられることはない）が、明確な輪郭で素描されていたことである(17)。正面を向いた裸像の両眼は、見る者をまっすぐに見据えている。この二枚の線描画は、與謝野寛と詩人で翻訳家でもある上田敏とが、第六回白馬会美術展の講評の一部として裸像芸術をめぐって対談を行い、その対談と隣り合わせで印刷されたものであった。その議論の中で上田敏は、一九世紀の裸像は、かつての古典彫刻のように曲線美を研究するものでは最早なく、自然主義と結び付いた新しい写実主義の一環として描かれており、芸術家は、自らの個人の内面的精神を伝えるために、肉体の色合いや造形に力点を置く傾向があると述べている。さらにまた、日本社会にはその種のものを受け入れる下地がまったくできていないし、裸像の持つ官能に直接訴える力は、ことによると道徳上有害な影響を持つかもしれないと、彼は指摘している(18)。

明治政府も定めし同じ見解であったと見えて、次の白馬会展では、栗色のカーテンで裸像の下半身を隠蔽するように、警察は主催者側に命じたのである。これが、かの悪名高い一九〇一（明治三四）年の腰巻事件であった。一九〇三（明治三六）年になると当局は絵画にいちじくの葉を貼り付けたり、男性彫像から男性器を鋸で切断したりするまでにいたったが、それはすでに、特別展示室にその裸像を分離展示したうえでの措置であった(19)。

日本における裸像芸術をめぐる活発な議論は、山田美妙による一八八九（明治二二）年の物語に添えられた挿絵(20)によって口火を切られた。その挿絵が契機となって類似の挿絵が氾濫したために、内務省が一八八九（明治二二）年一一月に挿絵を禁止する省令を公布することになったが、ほとんど効果はなかった。白馬会の創始者黒田清輝の絵もまた、一八九五（明治二八）年に京都で展示されると騒動を引き起こした（前年の東京展では誰一人騒ぎ立てるものはなかったが）。この作品そのものの複製画は禁止されたものの、雑誌に裸像が再び掲載されると、幾つかの保守的な新聞の抗議に応じる形で、一八九七（明治三〇）年には一連の禁令が発布されるにいたった。西洋芸術の裸像の複製画は一九〇八（明治四一）年頃までにはありふれたものになっていたが、一九一八（大正七）年の大審院判決は、今日でもなお適用されている原則を確立した。すなわち、陰部は隠されなくてもよいが、見る者の注意をひくような細部描写があってはならないというものである(21)。今日〈†原書刊行当時〉でさえ日本では、「プレイボーイ」のような雑誌は、税関の審査官が恥毛のあらゆる痕跡を念入りにかき消した後に初めて販売されるのであり、ポルノ映画と銘打つものでさえ、性器はフィルムに描かれたチラチラする黒いしみによってぼかされている。

ドナルド・キーンが指摘したように、黒田清輝の作品は「ポルノ的な意図を持つ裸像を別にすれば、日本人の筆になる最初の裸像であった」(22)。西洋の美的基準を日本に紹介すべく努めていた作家や芸術家や編集者は、いざ裸像芸術の審美的問題になると、根深い文化的偏見に直面させられたのだった。與謝野寛は、自分の雑誌の発禁処分に関して次の特別号で抗議したが、彼は自分が途方もなく大きな課題と取り組んでいることに気付いたのだった。彼の発言は、以下のようなものであった。「我が国詩をして、ここに充分なる発達をなさしめ、以て我が文壇に貢献する所あらんと（するも）（中略）人心の腐敗甚しく（中略）没趣味没理想の行為に赴き、醜陋の風、実にその極まる所を知らざらんとす。（中略）余は我が一小雑誌（最高六千部―著者）の上に、為し得べきの範囲に於て、（中略）読者の理想を高尚なる地位に導かんことを期したるなり」(23)。

寛はさらにまた、西洋名画の紹介は、趣味の涵養にも資するだろうと述べた。フランスの裸体画こそが、そうした紹介のつもりであったのだ。選りすぐりの、ことのほか典雅な代表的名画を目の当たりにして気分を害するような人間などいるはずがない、と高を括っていた彼が、「呆然自失、殆どその言の出でん所を知らざりき」という思いにおちたのは、この禁止令が、「内務大臣文学博士（中略）美術の保護者（中略）心を泰西文学の上に潜め」、『源氏物語』の抄訳（一八八二〈明治一五〉年）を果たした「男爵末松謙澄の名を以て」発布されたためであった。作家の立場から、與謝野寛やその仲間たちは、この教養豊かで権勢ある政治家にかねて多大の期待を寄せていたのだが、こういう事態となった今では、どのような「推し量りかねる理論」がかかる措置を引き起こす羽目になったのか、一人「明星」誌のためでなく、日本芸術の将来のためにも説明してもらいたいと、懇願するばかりであった(24)。

他の作家同様、與謝野寛の悲痛な叫び声に対する報いは、黙殺だったようである。また、與謝野晶子がのちに『みだれ髪』（一九〇一〈明治三四〉年八月）の中に収めることになる官能的な短歌や、日露戦争たけなわの頃、旅順の弟に宛てた力強い反戦詩（第5章で取り上げる）を公にしているにもかかわらず、当局がその後再び「明星」を発禁処分にしなかった合理的な説明というものは、どうにも得られそうにもない。数年遅く出されていれば、それらの歌は見過ごされなかったことだろう。

社会批評家としての作家——内田魯庵の『破垣』

文学の発展は、文体的技巧よりは作家の個人的関与によって特徴付けられるものだが、「明星」と並んでそうした文学の発展に貢献したもう一つの雑誌は、「国民之友」であった。これは影響力の強い雑誌（最大部数一〇万部）で、明治二〇年代の知識人層に共通して見られた、擬似宗教的なエマーソン流の雰囲気を醸し出すことに多大な役割を果たした。「『国民之友』が創刊された明治二〇年は、まさに内面の時代の到来を告げるものだったということができる」とある評者は言った(25)。世紀の代わり目頃には、「国民之友」は、社会と個人の関係を描き出して、社会と何らかの関わりを持つ社会小説を推奨しようとする改革運動を先導したのだった。「社会小説」と呼ばれる作品を意識的に続けて発表し、この運動に応じた唯一の作家は、彼自身運動を提唱する理論家の一人であり、明治時代の最も鮮やかな批判精神の持ち主でもあった、内田魯庵(一八六八〔慶応四〕年?～一九二九〔昭和四〕年)であった(26)。魯庵の『破垣《やれがき》』は、「文芸倶楽部」一九〇一(明治三四)年一月号に掲載されたもので、大工の娘である一六歳のお京が、男たちに言い寄られるのを逃れて卑しい職業を転々とした後、最近さる高名な新男爵の女中になったという話である*。この貴族の家庭にいれば、高等小学校時代の恩師で、現在は苦学して法学校を終えようとしている理想主義に燃える青年から大事に守るようにとかねがね教えられて来た、女としての貞節を脅かされるようなことは決してない、とお京は思っていた。しかしながら、お京はすぐにこの「矯風倶楽部」の創設者でもある男爵が、実は家の下女を残らずかどわかす、人間の姿をしたけだものであることに気が付いた。しかもこともあろうに、男爵の所行をその妻は黙認しているのだが、その妻も幾つかの女性団体、とりわけ婦権のために尽力している団体の有力な会員であるのだった。この男爵夫妻は、模範的な西洋風の家庭《ホーム》を築いていると周囲からは思われている。従ってゴシップ雑誌に載った実情暴露の記事などは、とりわけ訂正記事が出されてからは真に受ける者などほとんどいなかった。

*一八八四(明治一七)年七月、新しい華族令は「創設される貴族院の議員を構成するために」制定された。John Fairbank et al., *East Asia*, p. 292.

お京の母親は男爵の正体を知っている者の一人であるが、僧侶の妾をしていた時分の思い出話にふける大酒飲みである。小説の冒頭部分でこの母親は、お京の新しい豪勢な環境のことをとうとうと喋り散らすが、やがて、男爵から言い寄られたのをはねつけたのはけしからんと、娘をたしなめる。そもそもお京は、男爵の慰みものとなるべくその家に送りこまれたのである。母親はそれまでに就いたどの卑しい仕事と比べても、はるかに出世の近道になるからだと暴露して、娘に衝撃を与える。さらに、「一度こツきりでも尋常大抵《なみたいてい》の枕金《まくらきん》で追払《おつぱら》ひといふ事アねヱ。お母《つか》さんだツて甘ヱ酒《うめ》の一と口も飲んで歌舞伎の一幕位覗《ぐれヱ》けるといふもんだ……」と母親は語る(27)。

言うまでもなく、お京の母親は信じ難いほどの性悪女であり、その邪悪さはお京や教員の純粋さと対比されている。もう一人の堕落の標本は男爵で、舅である高名な伯爵と杯を酌み交わしている。男爵の郊外の別荘で催された、園遊会をかねた「矯風倶楽部」の秋季例会を二人は抜け出して来て、道徳的なたわごとを辛抱して聞いていなければならない身をお互いに慰め合っている。若い娘と寝る話を、杯を交わしながら嬉しげに喋る様子は、いかにも狒狒爺《ひひじじい》然としている。

宴会の席へ戻る途中で男爵は、お京が書生と覚しき青年（むろん、お京の先生で、その倶楽部の真面目な会員である）に、男爵の屋敷から逃げ出したいと話しているのを立ち聞きしてしまう。お京曰く、一度など、いやな抱擁から逃げるために、噛みつかねばならなかった、と。教員は答える。「怪《け》しからん奴だナ。其様《そん》な真似をしたら殺したつて罪にならんから護身の刃物でも懐中してゐるが好い。……爾《そ》んな背徳な奴だとは毫《すこ》しも知らんかつた。僕は全く買被つてゐた」(28)。そこへ突然男爵が割って入り、教員に出て行けと命じる――すると、信じられないことだが――彼はお京を男爵のもとに一人残したまま、立ち去るのである。もっとも、必ず戻って来ると言ってお京を安心させはするのであるが。短い結びの言葉によって読者が知ることは、その男爵が以前にもまして羽振りがよくなり、お京と教員についてはそれ以上何の消息もない、ということである。

『破垣』は、義憤に満ちた作品であるが、その義憤を増幅させているのはもう一つ別の憤怒である。魯庵は、男爵を、最も有力な薩長藩閥政権の一員として維新の動乱期を生き延びた、西日本の名門武家の子息として描いている。成島柳北同様、魯庵は幕府御家人の出身であった。魯庵は、社会のアウトサイダーとして成長し、自分の家の経済的困窮は、どうやら明治の新体制に責任があるようだという意識を持っていた。

『破垣』を掲載した「文芸倶楽部」は発禁になった*。與謝野寛がかつて釈明を懇請した、あの文芸に明るい内務大臣末松謙澄の部下の者が、末松家の生活描写が作品中に見てとれると思ったようだった**。後年、魯庵は、その小説の着想は外国の三文小説から得たもので、それを末松家以外の家族に関する噂話と結び付けたものだと主張した。およそ、内務大臣の暴露記事だという解釈ほど自分の意図からかけ離れたものはなかっただろう、と魯庵は言っているが、自分の小説の創作によって、「当時の上流階級を一貫してドコの家庭にも有つた紊乱」(29)といったものを暴き出してしまったと、ごく愉快そうに記している。

＊発禁を受けた公式の理由は、実は明らかでない。馬屋原成男『日本文芸発禁史』一四五―一四七頁を参照。

＊＊小説中の男爵も末松男爵も九州出身で、藩閥政府の有力者であった。末松の義理の父親にあたる伊藤博文首相は、女道楽でつとに有名であった。一九〇一（明治三四）年に同じく検閲に引っかかったものに、伊藤の堕落した性生活をことのほか仰々しく暴露した『嗚呼売淫国』という、歌舞伎俳優と娼婦と一緒に伊藤が写っている写真を収めた作品がある。その序文は、「日本三大恥辱」を唾棄するよう、読者に呼びかけている。これは、著者の正岡芸陽という、有力誌「新声」（今日の「新潮」の前身）の中心的編集者が主張しているように、「梅毒と売春の権化」たちが「祖国を汚したこと」に対して頂門の一針となる、最も巧みなやり方であった。城市郎『発禁本百年』七八―七九頁、『明治文学全集』第八四巻の一七三―一八〇頁のテキストの一部を参照。

しかしながら、発禁当時、魯庵は当惑すると同時に激昂もしていた。一晩がかりで長文の抗議文を書き上げたが、結局、「文芸俱楽部」の編集者は怖気付いてその公表には踏み切れなかった。同じ博文館が出していた専門的な評論誌「太陽」も、これを掲載する危険は冒さなかった。ようやくその月の下旬になって、「『破垣』発売停止に就き当路者及江湖に告ぐ」という見出しのもとに、「二六新報」という新聞がそれを発表したが、そこには新聞社は責任を負わないという一文が添えられていた(30)。

魯庵のこの短い評論は注目に値するものである。先ず書き出しに魯庵は、自分も「文芸俱楽部」の編集者たちも、『破垣』の一体どの箇所が風俗を壊乱する可能性があるのか見極められなかった、と述べている。再三小説を読み返してみても、同じ疑問が残るばかりであった。問題は小説全体なのだろうか。ある特定の文章の一節なのだろうか。作者のねらいだろうか。淫らな関心をそそる点だろうか。猥褻語だろうか。猥褻図書と目されたものの発禁の際にこれまで引合いに出された、ほとんどあらゆる問題点を魯庵は持ち出すが、いずれの場合にも自分の小説がその非難に値するとは思えないというのである。

魯庵は政府の検閲に関する幾つかの問題点を強調し、文明に貢献していると自分では考えている立派な個人に対して、政府が「猥褻作家」の烙印を押すのであれば、政府には説明の義務がある、と主張している。「風俗壊乱」という万能の朱書きは曖昧であるから、本当に価値ある作品まで発禁にしてしまうのだ。さらに、審美的判断を下す鍛錬を受けた者のみが文学作品を評価できるのであり、政府役人では駄目なのだ。また、いかなる権力にせよ、それが政府の権力だろうと大衆の権力だろうと、思想を抹殺することはできない。政府が思想の自由な奔流をせき止めようと乗り出せば、文明そのものを傷つけることになるのである、と。

魯庵はまた、江戸時代の古典作品の最近の度重なる発禁処分に言及している。『西鶴全集』の発禁（一八九四〔明治二七〕年）をことのほかけしからぬことだと魯庵は考えている。魯庵も認めているように、確かに『好色一代男』や『好色一代女』などの作品には、猥褻な箇所があるけれども、少しでも審美眼のあるものならば、よもやそれらに、猥褻一辺倒のレッテルを貼ろうとは思わないであろう(31)。さらにまた言葉の問題がある。日本語の古語の完全な知識を持たずして西鶴をすらすらと読みこなせる人は数少ないであろう。従ってどのような弊害があるにせよ、その害はきわめて一部の読者に限定される。「当路者諸君と雖《いへど》も果して猥褻と認定し得るまでに理解せしや否や疑がはざるを得ず」(32)。

『破垣』に話を戻すと、作品に対して極端な現実味をそのためだけに付けることは、自分の本意ではない、と魯庵は述べている。寝室の営みを描写することを避けているのも、そうすることで小説が不快になる可能性を減らし得ると十分に弁えているからである。誘惑やその他の不義の営みを表す言葉は一言半句もないし、妄想を正当化したり、書き立てようという試みを意味するような、作者自らが注釈を入れたほのめかし（たとえば『寝白粉』に見られるような）もまったくないのである。

この点ではことによると、魯庵は法律上では、最も危うい立場にいた。一九〇〇（明治三三）年一〇月一一日、すなわち『破垣』公判のちょうど三カ月前に、大審院は下級審判決を破棄して、著者の論述において用いられる細部描写の程度のいかんに関わりなく、ある種の主題は公の風紀にとって（かつ、実際には、社会秩序にとっても）、有害であるとして発禁にできる、という原則を確立していたからである。この訴訟は小説に関するものではなく、「上は顕官より下は一商売に至る者の」「妻妾、後家、処女等」が、俳優を男娼として金で買う事件を扱った「万朝報」紙の連載記事に関するものであった。こうした出来事があった、という単なる報道記事までもが、猥褻で公序良俗に有害であるという判決を下されて、編集者兼出版者は懲役五カ月を宣告されたのだった(33)。

魯庵を憤激させた根本的な問題は、検閲制度というよりも、支配階級やその他の中にある公然たる不道徳は棚上げにしておいて、自分の書いた高度に道徳的な作品が不当にも発禁になるという事態であった。この出来事の後まもなくして、ある取材会見に答えて、魯庵は、猥褻図書の販売、煽情的な三面記事の掲載、「清潔な家庭では顔を赤らめるやうな売薬」の露骨な広告——英国ヴィクトリア朝の淫売宿と梅毒治療薬の広告を髣髴《ほうふつ》とさせる、合法売春の落し子——を非難している(34)。検閲制度を改善するための実際的な提言も幾つか魯庵は行っているが、のちには、そのような取り組みを放棄するにいたった。すなわち、当時の魯庵は、検閲の司法権が内務省から文部省へ移管され、「若し風俗を乱す恐れがあると認めたならば古人の作なら恰度英国でボツカチオの作を削除し若くは沙翁劇を訂正するやうに」、検閲業務は「学士会院の会員とか或は大学の教授とか若くはオーソリチイとして信認すべき学者」に委任されるようにして欲しいと述べた(35)。

そうした改革がすぐさま実施されるわけはないので、魯庵は、発禁処分が出される場合には、学識経験を有する複数の高官が関与するように提案している。不安を取り除く可能性のあるもう一つの方策は、内務省が教科書の制作者に配布される教科書編集細則のような細則を発行することであろう（これは、何らかの裁定基準を求めて内務省へ申請されたおびただしい請願の一つにすぎなかった）。魯庵はさらに続けて、今日の予測のつかない制裁措置は文学の発展を阻むものであると抗議しても詮なきことである、なぜなら、「当局者の方から言つたら文学の進歩なんぞは奈何でも好い、風紀の取締が出来たら好いのでせう」と述べている。

「尤も畢竟は」と、魯庵は言う。「社会全体が文学を軽蔑するから内務省も矢張軽々しく文芸の作物を蔑視するのです」。文学作品の発禁が英国やフランスで起きようものなら、文化や人権に危害が加えられているという抗議が湧き起こることだろう。魯庵は、「斯る何等の説明も与へない一片の命令の下に操觚者は屏息《へいそく》し出版者は緘黙《かんもく》し、而して社会は少しも怪しまないといふのを甚だ不思議に」考える。警察が動き出す前にすでに二、三千部の雑誌が出回っていたことは魯庵にとって救いではあるけれども、「著書印行を業とし、或は文芸を愛好せらるゝ方たちは、諸共に反響の声を挙げ」るように、かつ「これは決して、自分一箇の為め」ではなくそうするように、と説いている(36)。

魯庵は、民権運動によって政治への情熱をたぎらせた明治の青年知識人の一人だったが、その運動が強固な権力によって挫折する様子を目の当たりにして、非常に多くの者が単なる私的な関心事へ方向転換したような道は取らずに憤りを紙面にぶちまけたのだった。魯庵が辛辣な機知の矛先を向けたのは政府に対してだけではなかった。どちらかと言えば、魯庵が嫌悪した二つのもののうち、政府は比重の軽い方であった。上品な硯友社一派が一世を風靡した一八八〇年代後半の時代に、社会問題に目を向ける批評家として文筆業を始めたこともあって、魯庵は思想を欠く作家や自己を取り巻く世界に関心のない作家に対して、根強い反感を抱き続けた。一八八九（明治二二）年に『罪と罰』を読んで心底から感動する経験を味わってからというもの、同胞の文芸を評価する際に、ドストエフスキーが基準となった。一八九二（明治二五）～九三（明治二六）年には自ら『罪と罰』の翻訳を刊行し、そののち二〇年以上にわたって、近代文学の最も影響力のある翻訳を数編生み出した。その一方で、反硯友社の毒舌は『文学者となる法』（一八九四（明治二七）年）という、全巻これ嘲笑的忠告に終始する一冊の本となって結晶化し、その中で文学者の不可欠の資格として、容姿端麗と偏狭とを上げている(37)。

一八九八（明治三一）年九月に発表された随筆は、社会から顔をそむけている作家に対する軽蔑と、そうした作家の勢力を濫用する政治家に対する嫌悪を示している。「政治小説を作るべき好時機」の中で、恋愛小説にばかりかまけることをやめ、現代政治の舞台での様々な激動に目をしっかり据えるよう、小説家に促している。皮肉なことに、最初期の政治小説を大流行させた英雄的物語のようなものはこしらえないようにと忠告しているが、つまり、今日の政治を描写するのであれば作家は笑劇を作らねばならない、と魯庵は言うのである。

しかし、これだけでは人が政治や社会に背を向けることの説明としては不充分である。魯庵は政治や社会から離反した作家の「封建的」行為をその後も批判し続けた。

勿論欧羅巴人は何人も社会上の権利を重んじて苟くもせざる風習があるが、日本では為政家が独り権を擅《ほしいまま》にし他の階級の者は各自の一家を守る外惣て黙従したる封建の遺習が今でも消えぬから、殊に文芸の士は世外に超然たるを高しとして公生涯に入るを好まない傾向がある。であるから益々実際社会から遠ざかつて自分も隠者風になるが人からも仙人扱いされるんで結局《つまり》今の小説が何の時代を描きしか不明なるほど作家が社会の実情に通じないのも之が大原因である。尤も根が草双紙に養成された頭脳《あたま》では三面雑報以外の社会の出来事にインテレストを持つ事は出来まいが――又唯だ青年男女の恋愛だけを抒述するだけなら活動社会の事情に迂遠なるも差支へあるまいが、若し婦女子の翫読以外の目的を以て述作するものは今少しく社会と密接して実際活動の事情を審《つまびら》かにせざれば協《かなふ》まじと信ず。(中略) 今の作家の如く世間を煩《うる》さがりて隠君子を気取り却て社会の食客扱ひをされて一つには基実情に疎くなり一つには当然享有する権利 (人権、社会上の権利―著者付記) を放擲して文士の位置を高むることを為さゞるは余の与《くみ》せざる処である(38)。

魯庵がこの文章を書いた一八九九(明治三二)年は、自然主義の隆盛によって、小説の主流が「醜悪なる現実」と引き換えに「愛」を捨て去り、芸術と権力との軋轢が本格的に始まったことが明白になるおよそ七年前のことである。一九九九(明治三二)年以降ずっと魯庵は、作家が検閲官に対して敢然と立ち向かうことに及び腰なのは、居候的な自尊心の欠如が裏にあるからだと言って、作家たちを批判し続けるのである。現実と繋がりを持たぬのは、人間の多様性を自分なりに洞察している作家たちではなく、消滅寸前の封建的価値観を生き長らえさせるべく人為的に手を貸している、政治や社会の指導者たちであるということが、ようやく魯庵の目に明らかになった。

気楽な戦前時代

検閲制度の意味合いについて内田魯庵がわかりやすい見解を示してくれたので、問題点は今や明らかで、意図もはっきりしていたと思われかねない。しかし実際には、検閲はその後七年間にわたって、少なくとも政治的でない作家に関する限り、すこぶるいい加減なやり方で続いた。とは言え、台頭して来た社会主義運動に対しては、政府も徐々に圧力を強めていた。たとえば、発禁処分となる最初の詩集を書いたのは社会主義者であった(39)。左翼は、一九〇四(明治三七)年のロシアとの開戦を結果的には阻止できなかったものの、平和運動を展開した。そこで政府はこれを弾圧しようと奔走したのだが、その間隙を縫って、写実小説は大きな干渉を受けることもなしに発展することを許された。日本近代小説が結実したのはこの時期であった。「深刻小説」や「悲惨小説」に見られた誇張や怪奇は、一九〇一~二(明治三四~三五)年に、幾分抑制の利いた、主題にもまとまりのあるゾラ風の自然主義小説に取って代られ、一九〇六~七(明治三九~四〇)年の本格的な日本自然主義の誕生に向かって進んでいった。

一九〇二(明治三五)年に刊行され、姦通の主題を扱った二編の小説が、この時期の警保局の気紛れな取り組みを如実に示している。ゾライズム作家小杉天外の『はやり唄』は発禁にはならなかったが、この作品は冒頭の場面からこれでもかこれでもかと言わんばかりに湧き上がるような豊かな性的イメージに全編溢れかえっている。すなわち、農夫と人力車夫が、親譲りの色情女について並外れてあけすけなやりとりを交わす書き出しから始まって、その美貌の若妻が自宅の温室で情欲の誘惑に負けてしまうという、お決まりの結末を迎えるにいたる作品である。性の営みはいっさい描かれていない。「視点」は最後に、人いきれの蒸せかえるような匂いに驚いて、激しくはためく蝶の姿に移るのである。

一方、発禁となった作品は、饒舌な語り口の短編小説である。島崎藤村作『旧主人』では、描かれている情事はたぶん成就していないし、全体は結局、笑劇《ファルス》に終わっている。最後の場面では、戸を叩く音がして、歯科医である愛人は人妻と口付けをしていたのではなく、ただ歯を抜こうとしていたという振りをする。戸外では慶賀の群集がラッパを吹き鳴らし、太鼓を叩いて、「天皇陛下万歳！」を叫んでいる。藤村の接吻の写実的描写――接吻は、少なくとも一九四〇年代までは、日本では煽情的と見なされていた行為だった――が検閲官の注意を引いたのだ、と思ってもよいかも知れない。しかし、それですべての説明がつくわけではない。この作品を掲載した雑誌が一カ月も店頭に並べられていた後、藤村のモデルになった人たちの知人で有力な人が警保局に告訴して検閲官がやっと行動を起こしたのである(40)。

その場まかせ、不合理性、喜劇的な不定見は、一九四五（昭和二〇）年以降の日本を含めて、あらゆる時代や場所の検閲に特徴的であると言える。しかし、日露戦争後、「危険思想」を検閲官が圧迫し始めた時に進展した状況と比較するならば、これまで論じて来た時代は、まだまだ暢気で罪のないものにさえ思われて来るのである。

第Ⅱ部

日露戦争後

第5章――自然主義の発生

序幕――危険なる平和の思想

三国干渉が、日清戦争で「正当に」獲得した領土の返還という屈辱を日本に対して強制してからというもの、日本はロシアとの戦争に向けて準備を進めていた。干渉のあった一〇年間は、国民にとって辛苦と犠牲の時代であり、灯油や塩のような生活必需品に課された税金によって、国民は国家軍事力の増強を支援したのである(1)。ロシアに勝利することが人々の復讐になろうとしていた。報道機関は開戦を何カ月も前から主張していたが、一九〇四(明治三七)年二月、ついに開戦が布告され、一進一退を繰り返した後、一九〇五(明治三八)年五月、バルチック艦隊の壊滅とともに日本の勝利が確実なものとなった。しかしながら、石川啄木によれば、「明治三十八年夏の末に於ける日本人の多数は(中略)どうせ露西亜の奴と戦争を始めたからには、理が非でもウラルを越えなければならぬ――少くともバイカル湖までは推詰《おしつ》めなければといふやうな考へで殆んど躁狂《さうきやう》患者のやうな盲目的狂熱を以て、唯々戦争其物の中止に反対したといふ趣きがあった」(2)。

日本はこの興奮状態に対して一〇万人もの兵士の生命を犠牲にしたが、当時にあって、戦争反対を首尾一貫して唱えるほとんど唯一の声は、「平民新聞」であった。「平民新聞」は、一九〇三（明治三六）年一一月、社会主義者幸徳秋水と堺利彦によって創刊された新聞で、この二人は絶対非暴力の立場を取って、平和と社会改良を提唱した。政府は新聞紙条例を盾に、あからさまな強要手段を用いて攻撃し、新聞販売店や購読者を悩ませたが、一連の果敢な法廷闘争をくぐり抜けて、この新聞は命脈を守った。とは言え、一九〇四（明治三七）年後半になって、日本軍が旅順港をどう包囲しようと、日本兵の「肉弾」がロシア軍に打ち負かされるのを阻止できそうにない、と思われ始めた時、他の新聞は、ほとんど発行部数四千を下回るこの小規模な反戦週刊紙を非難したのだった。「戦争の進展には失望し、将来には不安を抱いて、日本国民は、国内の魔女狩りに転向してしまったようだ」と、F・G・ノートヘルファーは記している。実際、二月までには「平民新聞」は廃刊となり、幸徳は獄中にあって、平和運動は事実上幕をおろした(3)。

殺気だった世相を考えるならば、乃木希典将軍率いる第三軍に従軍して旅順港にいた弟の籌三郎《ちゆう》に宛てた與謝野晶子の以下の詩を載せた「明星」一九〇四（明治三七）年九月号の検閲に警察が踏み切らなかったのは、驚くべきことである。

君死にたまふこと勿れ
（旅順口包囲軍の中に在る弟を歎きて）

あゝをとうとよ君を泣く
君死にたまふことなかれ
末に生れし君なれば

親のなさけはまさりしも
親は刃《やいば》をにぎらせて
人を殺せとをしへしや
人を殺して死ねよとて
二十四までをそだてしや

堺《さかひ》の街《まち》のあきびとの
旧家《きうか》をほこるあるじにて
親の名を継ぐ君なれば
君死にたまふことなかれ
旅順の城はほろぶとも
ほろびずとても何事か
君知るべきやあきびとの
家のおきてに無かりけり

君死にたまふことなかれ
すめらみことは戦ひに
おほみづからは出でまさね
かたみに人の血を流し
獣《けもの》の道に死ねよとは

死ぬるを人のほまれとは
大みこゝろの深ければ
もとよりいかで思《おぼ》されむ

あゝをとうとよ戦ひに
君死にたまふことなかれ
すぎにし秋を父ぎみに
おくれたまへる母ぎみは
なげきの中にいたましく
わが子を召され家を守《も》り
安《やす》しと聞ける大御代も
母のしら髪はまさりけり

暖簾《のれん》のかげに伏して泣く
あえかにわかき新妻《にひづま》を
君わするるや思へるや
十月《とつき》も添はでわかれたる
少女ごころを思ひみよ
この世ひとりの君ならで
あゝまた誰をたのむべき

この戦争の中で最も犠牲の多かった戦闘は、旅順港を一望する二〇三高地という見晴らしのよい地点で戦われたもので、第三軍第四師団は決死隊を使って占拠しようとしていると噂されていた。弟の籌三郎は第四師団配属だったが、この連隊には、その忌まわしい任務が割りあてられていなかったことを、晶子は知らなかった。晶子が心配したのは、激しやすい性格のせいで弟が妻や家族のことも顧みず、志願してしまうことだった(5)。彼女の危惧の念はもっともなものではあったが、当時にあっては、晶子の大胆不敵さはまさに驚くべきものとしか言いようのないものだった。

かつてフランスの裸体画を口実に一九〇〇(明治三三)年に「明星」を発禁にした検閲官が、何故にこの問題をすんなりと見逃してしまったのかは、推測するしかない事柄である。しかし雑誌「太陽」の文芸欄執筆者、大町桂月は「国家観念を藐視《ないがしろ》にしたる危険なる思想の発現なり」、「日本国民として、許すべからざる悪口也、毒舌也、不敬也、危険也」と、その詩を非難する怒気に満ちた記事を続けざまに書いて抗議した。晶子本人のことは、「乱臣也、賊子也、国家の刑罰を加ふべき罪人なり」と断じ、幸徳秋水と同じ反戦活動家の範疇に分類しているように思われた。大町は、なかでも第三連にひどい屈辱を覚えてこれを次のように言い替えている。「天皇自らは、危き戦場には、臨み給はずして、宮中に安座して居り給ひながら、死ぬるが名誉なりとおだてて、人の子を駆りて、人の血を流さしめ、獣の道に陥らしめ給ふ残虐無慈悲なる御心根かな」。

この攻撃を受けて動揺し、また自分の詩を桂月は読み違えていると確信して、晶子は、「明星」に掲載した夫の寛宛の手紙で抗議した。「この国に生れ候私は、私等は、この国を愛で候こと誰にか劣り候べき」と、彼女は宣言した。「平民新聞」に掲載されたような思想は単にほのめかされるだけでも、「身ぶるひ」するのに十分だった。一人の女性として戦争を憎んではいるが、できるだけ早く勝利を――そして平和を――獲得するべく、みんながそれぞれの役割を果たさねばならないことは認識していると、晶子は書いた。詩の中で晶子が表現しようとしたことは、家族の者が息子を戦場へと送り出す時に、毎日鉄道の駅で耳にすることのできる言葉、「無事に帰れ、気を付けよ」「万歳」以上の何物でもなかったのだ。この手紙に風刺は込められていなかった(6)。

桂月が、晶子は処罰を受けるべきだと示唆した時に、與謝野寛は、全面的な文芸論争という愚行やそれによる遅延を冒さないことを決心した。文芸論争に踏み出すような論客たちであったなら、文芸誌上でお互いに攻撃を数カ月、ことによると数年にわたって繰り広げることもできたかも知れない。寛はそのようなことはせず、「明星」門下生の二人を同行し桂月に直接面会する手筈を整えた。そのうちの一人、平出修は、歌人よりは評論家、評論家というより法律家と言える人物で、一年半前に法律学校を卒業したばかりであった。この平出が交渉の大部分を担った。雄弁な弁士という評判の平出にひきかえ、桂月の方は明らかにしどろもどろであった。

両者の対決の模様は、桂月に対する括弧入りの嘲りの言葉まで揃えて、「明星」に取り上げられたから、平出の勝利は始めからわかりきっていたことだった。それにもかかわらず、議論の的である第三連に対する平出の擁護論は、最も弱い解釈を示したにとどまった。すなわち、「天皇陛下は九重の深きにおはしまして、親しく戦争の光景を御覧じ給はねど、固より慈仁の御心深き陛下にましませば、将卒の死に就て人生至極の惨事ぞと御悲歎遊ばさぬ筈は有らせらるまい」という読みである。桂月は、そのような読み方も可能であることは認めたが、自尊心のある歌人ならば、そんなつまらないことは書かないだろうと主張した。桂月の主要な反論は、「危険思想」に対してであり、国家と統治者に向けられた全般的な怒りの調子に対してであった。しかしながら桂月は、晶子を裏切り者呼ばわりした際に、自分で自分の雄弁に陶酔していたことを認めた。実際、晶子はそのような苛酷な扱いを受けるに値することはしていなかった。最後に、與謝野寛と平出は桂月に対して、文芸批評家として自らがまったく無能であることを認識して、「筆を焚かれむこと」をすすめた。

晶子同様に、平出は最も無難な歌の解釈の擁護論を取った。しかし、詩人がもしも誠実な感情に駆られて、桂月が危険思想と呼ぶものを含む詩歌を書いてしまった場合はどうすればよいのか、と平出は問題提起した。それに対する桂月の返答は、詩人はその作品を公表してはならないというものだったが、平出の見解は、そんな臆病な姿勢ではあらゆる進歩や革新は存在し得ないだろう、というものであった(7)。

おそらく、この論争に関して言い得る最良のことは、與謝野寛がこの論争をすんなりと切り上げることによって文学史家たちの労力を省いたことだろう。とは言え、この論争は「危険なる思想」(8)という桂月の言葉を際立たせたという点で重要である。それは、この後四〇年にわたって魔女狩りをする人々の十八番の文句となったからである*。かつ、桂月との直接対決も、平出修が「危険なる」側を擁護するための論陣を張る四度の機会の最初のものとして重要であるし、残りの三回は日本における知的自由の後退を招くような大きな法律論争にまでなった。平出修については以下、さらに詳しく見て行くことになる。

*佐藤春夫『晶子曼陀羅』（中央公論社版『日本の文学　三一』）四五一頁によると、桂月の與謝野晶子に関する評論の中でこの言葉が初めて使われたという。

さらにまた、以下の章節では、文学と文学が秘める危険なまでに私的な思想、すなわち、與謝野晶子の詩にあるような「第一次集団への愛着の素朴な表現」(9)を用いて、文学が国家的な価値観を拒絶するのみならず、まさに社会の骨組みを構成するように思われる考えを検討し、吟味し——場合によっては——放棄することを決意するということを、政府が次第に認識して行く過程も見ることになる。

幻滅と世代間断絶

一九〇五（明治三八）年元日に旅順港は陥落したものの、講和に向けての最初の暫定的措置がようやくなされたのは、同年六月だった。その交渉中は、このうえなく巧妙に暗号化された電信文といえども新聞社に届かぬように、政府はうまく抑えていた。桂太郎内閣（桂太郎外相代理）は、開かれた外交を、という報道関係の要求を無視したので、賠償金が日本に対してまったく支払われない、とする声明が突如として出された時には、幻滅が抗議の嵐を引き起こし、その嵐の多くは過激なものとなった(10)。

国民は明治の三七年間過度の努力をして来たが、日本の老人のやせ衰えた肉体にその苦悶の証を見ることができよう、と石川啄木は述べている。啄木は、日本のこれからの世代はふさわしい幸運に恵まれて育っていくだろう、とも言っている(11)。多くの人々が、自己犠牲の時代は終わったのだ、とりわけ、このような二枚舌の内閣が権力の座にあるような時は、と感じていた。一九〇一(明治三四)年になると桂は下野し、代って西園寺公望が政権を握ったが、そのリベラルな傾向が、桂や元老筆頭の山県有朋にとって心配の種になった。西園寺内閣は、発足後二、三週もたたぬうちに、社会主義者の請願者に対し政党設立の許可を与えたが、この行為を山県は自分にあてつけた侮辱であると受けとめた(12)。元老筆頭の山県が警戒した通り、国内には危険思想が――社会主義のみならず、それに劣らず有害な個人主義がはびこっているかに見えた。

戦後の「お祭りのやうに景気付いて居た」雰囲気の中で(13)、保守的な意見の人々は、幾つもの現象の中に個人主義の姿を垣間見た。つまり、明治初期に認められていたようには、家や国家の名のもとに自己を陶冶したり私財を蓄積することは、もはや正当化されなくなっていたし、若者たちは大っぴらに性の愉楽の追求にふけり、いたるところで、煩悶する青年たちが人生の意味を求めて、自由恋愛や女性解放という、伝統的家族制度と衝突する哲学をまくしたてていた。時を同じくして、こうした「悪しき傾向」を助長し、また代弁する形で、自然主義が優勢な文芸運動として起こって来た(14)。

日本の自然主義の種子が、悲惨小説やゾライズムにあることはすでに見たわけだが、思想としての個人主義は、開国以来日本人の意識の中に確かに浸透して来ていた。しかし、日露戦争後、国家の使命に全体的に献身することから解放されたことは、外国文学の輸入の増加と結び付いて、自然主義運動を文芸上の爆発へと転回させていったように思われる。

世紀の代り目までに邦訳された文学作品の大部分は古典作品であった。しかし、教育を受けた青年層が増加して、彼らが一九世紀後半のヨーロッパ文学の中に、意図の真剣さや知的親近性、すなわち、未熟な日本文学作品には欠落している特徴(大部分の日本作品は、読んでいるところを見つかれば恥ずかしい思いをすることだろう、とある評論家が言っている)を見出し始めると、同時代に一層近い思想や文学の翻訳が突如として始まった。一九〇二(明治三五)年から一九〇八(明治四一)年末の間に紹介されたのは、プーシキン、ツルゲーネフ、トルストイ、ドストエフスキー、ゴーゴリ、アンドレーエフ、チェーホフ、メレジコフスキー、クロポトキン、ガルシン、ゴーリキー、バルザック、ユイスマンス、ユゴー、フランス、モーパッサン、ニーチェ、ワグナー、ハウプトマン、ズーダーマン、ダヌンツィオ、フオガッツアロ、シエンキェビッチ、オルツェスコヴ、イプセン、ビョルンソン、キルケゴール、ストリンドベリ、シモンズ、ショー、ピネロ、メレディス、キプリング、ホイットマン、トウェイン、ポーの作品であった。「現代世界文壇上名作は殆ど一時に悉く輸入されたといふも不当でない位である」と、一九〇九(明治四二)年にこの一覧表を編集した文学史家は書き記した(15)。ドナルド・キーンは、正岡子規、石川啄木という、没年がちょうど一〇年しか離れていない(各々、一九〇二(明治三五)年、一九一二(明治四五)年)二人の歌人が経験した環境の劇的な相違について論じたことがある。「啄木は比類なく洗練された世界に生きたが、啄木が読んだ西洋の本は、ベンジャミン・フランクリンの自伝やサミュエル・スマイルズ(の『自助論』)ではなくて、イプセンやゴーリキーだった。文学上の趣味の点では、両者を一〇年ではなく一〇〇年が隔てている」(16)。

懐疑主義、伝統的に確かなものへの信仰の喪失、西洋小説の簡潔に叙述された、紅葉の雅文体の作品には見出すことのできない「現実生活の血と汗」(17)(一九〇三(明治三六)年の紅葉の死と、強力な硯友社一派の解体は、若手作家にとって別の解放感をもたらした)は、若者の中に素早く受け入れられていった。一九〇六(明治三九)年一〇月、こうしたいっさいを表現する語が生み出された。「失望」にあたる、当時の標準的な日本語の「幻滅」である。

この語の生みの親は長谷川天溪といい、当時最も重要な雑誌「太陽」の主要な文芸批評家だった、天溪は、自然主義とは因習を打破しようとする「幻滅時代の芸術」である、と宣言した。現代が求めている真理は高尚なものでも抽象的なものでもなく、日常生活を正直に良識を持って描いた絵である。女性像は星だの花だのとしては最早作り上げられない。進化論の教えるところでは人間は動物であって、神の似姿に作られてはいない。上流階級の人々はその他の人々と何ら変わるところがないことは今や自明だ――人間だれしも飲み食いをし、排便をするのだから。宗教の幻想は崩れ落ちた。自然の神聖さは細胞や気体や元素の一覧表に矮小化されてしまった。人知のこの進歩は、しかしながら、出来事の悲しい転換点であるどころか慶賀に値する根拠がある。幻影のように隠蔽されていたとは言え徳川幕府の打倒がなかったならば、また、明治維新による科学的世界観の紹介がなかったならば、明治時代の壮大な発展は可能ではなかっただろうし、アーリア人種の優秀性が幻想であることを示そうという日露戦争も勃発しなかったことだろう。イプセンこそは、天溪に言わせると、自らの芸術で将来の針路を示した唯一の人間であり、その芸術は軽薄な装飾や誇示とはまったく無縁であり続け、表層的な写実主義を再現する以上のことを果たしているというのであった(18)。

もしも天溪が、単に、新しい文学に対する理論的な呼び掛けにだけ貢献していたならば、彼の評論はそれほどの影響力を持たなかったかも知れない。しかし彼がこの一文を草した七カ月前に、新しい文学運動は最初の結実を生み出していた。島崎藤村の『破戒』（一九〇六〔明治三九〕年三月）である。一見したところでは、この小説は社会問題、つまり、偏見に満ちた世間での被差別部落民の苦難を扱っている。しかし、若い読者に受けたのは、必ずしもこの社会意識ではなかった。むしろ、藤村描くところの、父親の社会の価値観から疎外された多感な青年知識人像こそが、若い読者を非常に深く感動させたのだった。この小説は、社会的な実行の突発を引き起こすことはなかったが、文学活動を――そして世代間の非常に白熱した論争を――確かに強めさせた。「自然派と反対派との論戦は、要するに爺と伜との争ひだ」と、後日、天溪は記している(19)。

世代間の緊張の危機的な一領域は、驚くにはあたらないが「性」であった。『破戒』は、そうした性の問題にはほとんど無関心であったが、意義深いことには、天溪による新しい明敏な世界観の最初の典型は、あまりロマンチックには描かれていない女性像だった。藤村や田山花袋のような一流の自然主義作家たちは、恋愛崇拝のロマンチックな一時期を経験したのちに、ゾライズムのせいで「醜悪なる現実」の探求へと乗り出したわけだが、この姿勢は、どのみち女性像にとってはどうしても有害なものであり、そしてまた、自然主義革命を通じて首尾一貫して有害であった。

文筆業を始める前に先妻から見放されたこともあって、藤村や花袋の友人であった国木田独歩は、恋愛に関してはロマンチックな見解を小説の中に託したことは一度もなかった。長年にわたって独歩が描いて来た地に足のついた小説が、突然、自然主義的であると気付かれたものの、熱心な取材記者たちは、独歩の見解に失望はしなかった。「女は獣だ」と、一九〇八（明治四一）年、臨終の床で独歩は語った。「女は、禽獣なり、人間の真似をして活く。女を人類に分類せるは旧き動物学者の謬見なり」(20)。この考えもまた、必ずしも独歩独自の個人的見解でなかったことは、一九〇六（明治三九）年、独歩を広く世に注目させるのに役立った一編の影響力のある評論の中で明らかにされている通りである。その論者は、明治の作家がようやく恋愛を人生全体には及ばぬものとして扱うのを見て、満足の意を表明した。

独歩子は大体に於て女性を冷やかに見下《くだ》す人である。日本では明治になつて女性を見上げるといふ傾向が出来かけて居たが、昨今になつては、また女性を見下す思潮が顕はれたやうである。欧州でも近頃この思潮が認められるやうである。余は思ふに、日本人は昔から女性其者をよく〳〵知悉して居て、女性に対しても甚自然な正当な態度を取つて来たものである、明治になつてからの見上げる傾向は単に欧州の模擬を一時して見たに過ぎない。欧州は昔から女性其者を買冠つて来て無暗に崇め奉つて居たが、近頃になつてやつと目が開《あ》いて来たのではあるまいか、これは余の臆測である。それは兎に角余は今日に於ては子の女性観に同感の声を挙げる者である。（中略）余は女性には男子に得られない美質のあることを確に認める、併し先づ女性の見下げるべきものなることを十分に悟つた後でなくては其の真の美質を認めることが出来ない。これは不合理に似て決して不合理で無いのである(21)。

田山花袋は、一九〇七(明治四〇)年五月、女性に対する青年期の幻想への決別を『少女病』という、愉快な自己諧虐の形で発表したが、この作品は、不治の病の主人公が完全無欠の女性を一目見ようと切望するさ中、列車にはねられて終わっている。その四カ月後に世に出た『蒲団』は、花袋の名を最も有名にしている短編小説で、弟子の娘に哀れなまでに夢中になってしまった、花袋によく似た作家を容赦なく描いている。この作品は、性は抑え難い力であり、近代理性に対する原始的で非理性的な脅威であるというゾライズムの主題を結晶化したものであった(この作品の要約と評論については、以下の第7章、一三五―一三九頁を参照)。

確かに、自然主義の幻滅感の主な要因の一つは、近代生活における性的なものの位置付けの研究であった。ある熱狂的な評論家は、一九〇八(明治四一)年一月の文章で、そのことを視野に入れて以下のように記した。

昨年一月来の文学の変化は過去二〇年間に見たあらゆる驚くべき変化よりもさらに驚くべきものだったと、その論者は言った。とりわけ昨年半ばからの自然主義をめぐる激動――自然主義への賛否の立論、及び自然主義内部での様々な動きの詳細な説明――はたいへん大きなものであった。「日本は戦争以後、国民は自覚の尊さを知つた。従つて個人の権威を認める事が甚しくなつた。個人の権威を認めると共に、自個の権威を圧迫して止まぬ、旧道徳や、旧套習に、思はず知らず、反抗と嫌悪の眼を向けずに居られなく無つた」。新しい作家たちは、精神は気高く肉体は卑しいとする古い非科学的な人間観を退けた。今や彼らは、性や本能を人間の現実の一部として大胆に描いている。とは言え、専ら性にのみ執着するのはごく少数の作家たちに限られているが。新しい作家たちは美も醜も見ず、ただ真理のみを見る。新しい、解放感みなぎる雰囲気は、これまでのように紅葉の牛耳るお墨付きの信任状ではなく、作品の良し悪しによって作家が世に出ることを認めることとなり、そのために賞讃に値する多様性を生み出して来た。今や理想主義、自然主義ともども活躍する余地がある。一九〇八（明治四一）年は、まったく一新された次元の真剣さによって、これまでになく激しい論争が行われた画期的な年であり、その論争の成果は、わが国の文学の記憶すべき分岐点をなしている(22)。

こうして一九〇八（明治四一）年は、非常に大きな達成感と潜在的可能性とともに始まった。もちろん、万人がこの特定の論者のように、自然主義に満足していたわけではなかった。

道徳批評の開始

早くも前年（一九〇七（明治四〇）年）の二月に、どちらかと言えば地味な文芸誌「帝国文学」が、哲学、宗教、学芸における「不健全な」思想についての論争の高まりに言及していた(23)。一九〇八（明治四一）年一月には、「太陽」の編集者たちもその問題を重視して、「太陽」新年号の主要部分を「教育と小説――男女青年に小説を読ましむる可否」という問題提起にあてることにした。

「太陽」に取材を受けた七人の著名人の中でただ一人、中島徳藏（一八六四（安政一一）年〜一九四〇（昭和一五）年）という教育者で、日本倫理学会の前身にあたる丁酉《ていゆう》倫理会の設立者の一人（後の東洋大学総長）が、「劣情挑発だけあるやう」な「近時の写実小説」は、若者の手の届かないところに置かねばならない、と主張した。最近の小説は姦淫にあふれており、若者の精神に多大の害をなすだろうと彼は語った。

残りの人々の中には、一高校長の新渡戸稲造や、小説家小栗風葉、巖谷小波も含まれていたが、彼らの大部分は、実際問題として青年に小説を読ませないようにすることはできないだろうという立場を取った（連載小説が日刊紙になくてはならない記事になっていたことも一因である）。しかし、現実生活にある程度、文学を通してふれることの方が、想像上の有害な影響力から青年を護ることよりもはるかに有益であろう――後者の場合には、護るどころか逆に、悪に対する抵抗力を弱めてしまいかねないだろうと考えた。

これらすべての反応が暗黙に了解していたことは、言うまでもなく、新しい文学に対して浴びせられたおびただしい数の批判が、新しい文学をポルノグラフィー、もしくは少なくとも「不健全な」好色文学と同一視しているという事実だった。だが、上には上があった。藤井健治郎という人物は、文部大臣牧野伸顕（自由主義者と見なされていた西園寺公望の第一次内閣閣僚）が就任早々に三つの有害な影響のために当節の文学を批判する訓令を出したことに言及している。その悪影響とは、(1)劣情を喚起すること、(2)個人主義的、自由主義的思想を流布すること、(3)厭世的な世界観を教化することであった。藤井によれば、今日の青年の問題点は、世代間の断絶の結果を誇張する急速な過渡期の時代に生きていることである。つまり、青年たちは、一方では上の世代の極端な保守主義に、他方では極端に近代的な西洋思想に、捉えられているのである。「斯かる混乱せる思想界に、健全なる思想を有する青年の出て来らんを欲するは、真に木に攀《よ》ぢて魚を求めんとするが如きものと思ふ」(24)。

また田中喜一は、最近の文学にまったく奥行きも深みも気高さもないのは、その文学の担い手が円熟した大人に対しては一家言もなく、青年にとっては有害であり得るような考えを持つ教育も経験もない若輩であるからだ、と不満を並べた。それにもかかわらず、この世は天使に満ちた天国であるように見せかけるいわゆる「家庭小説」を読ませるくらいなら、人生に対する心の準備として、青年にそうした最近の文学でも読ませた方がましである、ということを認めた。

一方『寝白粉』の著者である小栗風葉は、自然淘汰の過程が、読者をただ単に食い物にしているだけの一部の作家の作品を取り除くだろうから、当局による文学の規制はまったく必要ないだろう、と読者に明言した。後になって考えてみると、なかなかアイロニーのある科白が風葉の口をついて出たものである。「自然派の作家が性慾を描くのは、好んでするのでなく敢《あへ》て書くのでもなく、書かねばならぬから書くのだ」と、嘘偽りのないところを風葉は付け加えた(25)。さらに性は若者にとって、無視するには重要すぎる事柄だ、と続けた。まったくの話、もし若者たちが性について何一つ学ばずに、独身のままで一生を送ろうものならば、親たちはぞっとしたことだろう。軽蔑的なしのび笑いをするような古い態度を取り続けている上の世代よりは、性に関して真面目な見方をしている自然主義作家から性知識を学ぶ方がはるかにましだ、と風葉は語った。

風葉が示唆したように、実際、自然主義運動に関与した作家の中には、性に関する事柄について非常に多くを学ぶことのできる作家がいた。風葉自身もそのうちの一人であったが、他には、佐藤紅緑や生田葵山といった、最後には通俗小説に転じて、今日ではほとんど忘れ去られた二流の作家たちがいた。なかでも紅緑は、この前年にたいへん手厳しい受けとめられ方をした。「中央公論」一九〇八（明治四一）年一月号は、紅緑を大いに期待の持てる新進作家の一人である、と記した。世間からは――またどうやら自称でもあったが――「春情文学」作家として知られている、とも書いている。にもかかわらずその記事は、ある物語を選び出して否定的な見解を付け加えた。紅緑の小説が陥っている、どことなく芝居がかったわざとらしさの一例として、『復讐』（「中央公論」一九〇七〔明治四〇〕年一〇月号所収）が取り上げられた(26)。さらに言えば、それ以上に作品に難癖を付けることもできるであろう。明らかに薄っぺらな作品である。ポルノ作家の嫌らしい目がありありと見てとれるのは、忘れっぽい木彫師の夫が二、三尺離れたところで待っている間に、過剰性欲の妻が情夫と蚊帳の中で懇ろにしている様を紅緑が描く時である(27)。

紅緑のように一時的な人気に終わった作家に比べると、当時作家活動の脂が乗りきっていた「本物の自然主義者」の場合には、衝撃的な性の主題を扱った作品は「比較的稀」であったとは、自然主義に関する権威、吉田精一の言である(28)。そして実際、今日なお忘れ去られていないこの時代の作家の作品に目をやれば、大部分の作品がすこぶる素朴なものであることがわかる。紅緑の『復讐』を掲載した分厚い「中央公論」別冊号には、徳田秋声の『犠牲』も収められており、この作品は、自分の弟たちが実社会に出られるように自己を犠牲にする、四〇代の田舎の小学校教員を中心に据えている。その前月には、秋声は『絶望』という、東京の下町を舞台にした下層生活の切り口鮮やかな一断面を見せる作品を発表した。哀れな女主人公が、男から男へと遍歴する様を描いているが、それは枝葉末節の付けたしと言ってもよく、地方色と、いがみ合う姉妹二人の粗野な言葉のやりとりが、この「自然主義風の短篇」の中心的な関心事である(29)。「中央公論」四月号は秋声の『二老婆』を掲載したが、これは、死に際した哀れな二人の老婆の対照的な姿を描いている。

紅緑と秋声の物語を掲載した同じ「中央公論」の有名な新年号には、国木田独歩の『竹の木戸』も収められていたが、これは、貧困のせいで庭師の夫とともに木炭を盗むまでに追いつめられ、首吊り自殺する妻の陰惨な物語である*。「太陽」の新年別冊号には、正宗白鳥の『玉突屋』という、眠たげな玉突屋の少年の単調な素描小品が載ったが、その同じ月に、白鳥の初期の最重要作品『何処へ』が「早稲田文学」に登場した。この作品の主人公は、家族制度が自分や友人の人生を台無しにしていると考える。妻帯を勧める圧力に抵抗し、「僕にゃ女てものあ肉の塊としてある」**と断言する。時折は娼婦にも会い、恩人の妻にも何となく心惹かれているのであるが、彼の態度は結局は、堕落の場面ではなく、むしろ禁欲に近い生活へと到達する。

＊英訳は、Jay Rubin, "Five Stories by Kunikida Doppo", *Monumenta Niponcia* 27, no.3（1972）: 325-41. 参照。

＊＊『現代日本文学全集　第一四巻』三五頁。白鳥の別の初期の単調な作品の英訳は、Robert Rolf, "Dust", *Monumenta Niponica* 25, 3-4（1970）: 407-14.

「早稲田文学」一月号に載った別の物語、田山花袋の『一兵卒』は、語りの視点におけるこの作家の飽くなき実験の一つであり、——この作品の場合は、ロシア前線での結核を病む兵士の緩慢なる死を、一人称で掘り下げたものである*。花袋の『隣室』（「新古文林」一九〇七（明治四〇）年一月号）は旅館の隣室で人が死ぬ様を耳にする体験を描いたもので、人間の獣性について相応に深みのある内容によって、作者の主な関心は語りのうえでの新しい工夫の方にあることが隠されている。

＊英訳については、G. W. Sargent in Donald Keene, ed., *Modern Japanese Literature*（New York : Grove Press, 1956）, pp.142-58. また、Kenneth G. Henshall, *The Quilt and Other Stories by Tayama Katai*（University of Tokyo

Press, 1981). 参照。

明らかに、単なる技術的な実験の他に、自然主義作家たちによって描かれた醜悪なる真実は、無産階級の人々の抑圧された人生模様や家族制度に対しての、また長谷川天溪が幻滅と表現した自己の内なる感覚に対しての青年の葛藤をあますところなく含んでいたのである。天溪自身は自然主義を肉欲と同一視することに抗議したが、その点では彼はまったくもって正当だった(30)。

ここまでのところは、主として主題の観点から自然主義の貢献と誤認について論じて来た。次の章で、作家への新しい職業的な姿勢を築くという、自然主義運動の果たしたはるかに根本的な業績にふれるに先立って、まったく異なった筋から自然主義に向けられた二つの注目すべき道徳的弾劾についてここで補足しておきたい。一つは、ジャーナリズム、もう一つは文学からのものである。

長谷川天溪は、最も影響力の強い自然主義運動の宣伝者だった。彼の時評は、雑誌「太陽」を通して、多数の教養ある読者の目にふれたが、この「太陽」には、英語版の増刊号 *Sun Trade Journal*（のちに *The Taiyo*）があって、政治的、経済的、――さらにはある程度の文化的、社会的――記事を日本駐在の外国人事業家に提供していた*。「太陽」の日本語版を説教で埋めつくした天溪のほとんど宗教的な熱狂は、“Japonicus”（ジャポニカス）と名乗るある人物が、外国人読者のために *Sun Trade Journal* 誌上に、“Literature and Zeit-Geist”（文学と時代精神）なる標題で、自然主義の発展を要約する文章を寄せるのを妨げなかった。

*一九一〇（明治四三）年一月、誌名変更にともない、「太陽」からの英訳が増えて論説の内容が明らかに向上した。英語版はまた、the Lynn Wood Heel company of Lynn, Masschusetts や the Monongahela Tube Company of Pittsburgh（ピトバラと読む――エジンバラにまねてであろうか）といったアメリカの企業に宣伝の場を提供した。

革命とも呼び得るような変化が昨今の思潮の中に、いや実は日本人の知的生活全般の中に生じつつある。宗教の中で、文学の中で、原則と願望の中で、国民は古い空念仏をことごとく捨て去り、新しいものをつかもうとしかかっている。今は移行と変容の時代であり、革命と画期の時代であり、進歩あるいは退歩の時代であり、すなわち国民の内面生活の面、つまり、極東の新興国家を構成する一人一人の人間の信仰や感情面での危機あるいは頂点であるが、この国家の運命たるや、全世界にとって依然として未知なる特質であり謎なのである。

ロシアとの戦争は日本の政治的地位に大きな変化をもたらす結果となった。日本は列強の地位に浮上し、他の諸国からある種の賞賛と恐怖を集めている。西洋列強はわれわれを日露戦争以前と同じ立場では眺めていない。日本の外交面でのこの変化は誰の目にも明らかであるから、贅言は要さない。

だが日本の内面的な生活について言えば、政治的変化以上にはるかに重要で興味深い変化が、西洋の目にふれることなくこれまでに生じたのである。

日本の精神的変容の最も著しい特徴は、自然主義と称される文学流派の興隆である。この言葉は、これまで様々に英訳されて来た。文字通り言えば、「自然の主義（natural doctrine）」であり、従って「自然主義（naturalism）」と訳された。しかしながら、その主義は本質的には、ゾラの説く写実主義以外の何ものでもない。この流派の作家たちは自分たちの目的はあるがままの姿の人間を描くこと、つまり、真実の立場で世界を表現し、真実を探求してあらゆる偽りの因習を踏みにじることだ、と宣言している。こうした専門的な願望を公言する一方で、ここ一、二年の文芸市場は、このうえなく残忍で写実的官能的な視点から人間性を描く小説を氾濫させた。要するに、自然主義とか写実主義とか、その他自然主義がどんな名称で呼ばれようとも、とにかくその名前のもとにきわめて肉欲をそそる小説が、青年婦女の劣情を興奮させようともくろんで非常に多く刊行され、なかには、風俗壊乱にあたるとして、当局の手で発売禁止になったものもあった。……

自然主義は、青年たちの弱点や生まれつきの傾向に大変強く訴えたので、たとえ文学上の主義としては支持できないにしても、日本国民の精神生活においては強力な要素となった。煎じ詰めれば、自然主義は裸体崇拝にすぎないのである。裸体崇拝者たちがその活動を芸術や文学の領域に限ってくれていたならば、害悪はこれほどまでにひどくはならなかったことだろう。しかし日本では、その主義は小説にかぶれた多数の青年によって一歩先まで押し進められて実践に移された。自然主義作家たちは下劣であったが、自然主義を地で行った者たちはなおさらだった。両者が一緒になって、日本の歴史に道徳的堕落と社会的退化の時代を引き起こした。……この傾向が、本質的にはロシアとの戦争の直接の結果であることに留意するのは興味深い。……

軍事上の成功のせいでわれわれの頭がのぼせ上がったのだという、外国人評論家たちの言葉はあながち間違ってはいなかった。……みんなが大喜びで浮かれて騒いでいる中で、若い日本人だけが一人生真面目なままではいられまい。政府が性急な財政計画を立案し、実業家が産業や商業で性急な事業を推進しているのだから、青年たちもまた性急な愚行を犯したわけである……当時は若い血潮が勝利を収めた時代であった。自然主義文学はそれに応えるような雰囲気の中で産声を上げた……今日の日本の小説家は盲信的な自然主義を唱道し、血気盛んな若者を道徳など顧みないように仕向けることで、国力を損ない、国家を破滅や退廃へと導きつつある。彼らは、何故日本が強大だったのか、そしてまたいかにして第一級の強国の地位を得たのか、知っているのだろうか。それは厳格な規律と軍国精神の賜だったのだが……。

政治家や実業家たちは、戦後の財政的拡張の愚かさに目覚めたところである。何故に、一人文学のみがはきちがえた自由や力の性急な乱用から目覚めるのに緩慢で、国家の青年層に悪影響を及ぼし続けるというのであろうか……。

日本国民は戦争を通して力の意識を抱いた。強靭な精神は、大昔の脆弱な原則によっては制御できない。荒野の声が新しい予言者を求めて叫んでいる！(31)。

ひょっとするとJaponicus（ジャポニカス）は、こうした予言者が「自然主義実践家」の裸の大群を、東京の街路から海に導いて行ける、と考えたのだろうか？

自然主義における性に関して最も強烈な批判の一つは、ジャポニカスよりもはるかに明瞭に文学的な信任を受けている人物の筆になるものであった。それは、すでに述べた日本における「最初の近代小説」である『浮雲』の作者、二葉亭四迷が書いた『平凡』である。一八八七（明治二〇）年から一八八九（明治二二）年にかけて発表された彼の『浮雲』は、はるかに時代を先駆けるものであった（前述五一頁を参照）が、二葉亭は、どうやら新しい世代の作品に触発されて一七年振りに小説に着手する気になったらしく、一九〇六（明治三九）年一〇月から一二月にかけて「朝日新聞」紙上にまず『其面影』を連載した。この小説では、新たな貪欲と伝統的な家族制度とが束になって、意地を通そうとする主人公を押しつぶすのだが、彼は「公債で持つているよりは此方がといふ勘定づく」*で考えられて、妻の家の養子になった人物である。

*『現代日本文学全集　第一巻』二四〇頁。英訳はBuhachiro Mitsui and Gregg M. Sinclair (New York : Alfred A. Knopf, 1919-1923), p. 81. から引用。

続く『平凡』の連載は、一九〇七（明治四〇）年一〇月に始まるが、その前月には花袋が、衝撃的な幕切れ（優柔不断なあまり誘惑しかねた娘を失って、作家である主人公は、娘の布団の薄汚れた衿の部分に顔を埋め、娘の臭いを嗅ぎながら涙に暮れる）の『蒲団』を発表している。二葉亭は、ジャポニカス同様、この結末には色めきたったようである。『平凡』を叙述する語り手の、中年のすたれた文人は、近頃はやりの自然主義の文体を採用するのだと語り、「何でも作者の経験した愚にも付かぬ事を、聊かも技巧を加へず、有の儘に、だら〳〵と、牛の涎のやうに書く」*のだ。小説の目的は「人間の堕落を潤色するものだ」と、主人公は辛辣な言葉を述べている(32)。この点で、明治時代の小説家は江戸時代の先輩を凌駕している。なぜなら、性描写をまやかしの哲学を用いて魅力的なものにする術を彼らは知っているのだから、と主人公は言う。その小説のいちばん盛り上がる場面で、主人公は長年満たされなかった性的な（つまり、文学的な！）欲望を充足させるか、それとも危篤の父親に会いに家へ急いで帰るか、どちらかを選択せねばならない。真夜中近くに劇場から戻ってみると、帰郷を迫る手紙を主人公は見つける。しかしほどなく、だらしのないお糸という、どうも最後にはものにできそうな唯一の女が、彼が布団で横になっている部屋に入ってくるのである。

＊『日本近代文学大系　第四巻』二二五頁。引用は、Glenn W. Shaw による英訳（Tokyo : Hokuseido Press, 1927）p. 7 による。これは正確というよりは予見的であった。というのは、日本の周知の「私小説」は三年余では成立しなかったのである。『蒲団』は当時は類のない作品であった。

一つ二つ芝居の話をしてゐると、下のボン〳〵時計が肝癪《かんしやく》を起したやうにジリ〳〵ボンといふ。一時だ、一時を打つても、お糸さんは一向平気で咽喉《のど》が乾くとかいつて、私の湯呑で白湯《さゆ》を飲むだり何かして落着いてゐる所は、何だか私が如何《どう》かするのを待つてるやうにも思はれる。と、母の手紙で一時萎《な》えた気が又振起《ふるひおこ》つて、今朝からの今夜こそは即ち今が其時だと思ふと、漫心《そゞろごゝろ》になつて、「泊つてかないか？」と私が常談《じやうだん》らしくいふと、「さうですねえ。家《うち》が遠方だから泊つてきませうか」と、お糸さんも矢張《やつぱり》常談らしく言つたけれど、もう読めた。卒然《いきなり》手を執《と》つて引寄せると、お糸さんは引寄《ひきよせ》られる儘に、私の着てゐる夜着の上に凭《もた》れ懸つて、「如何《どう》するのさ？」と、私の面《かほ》を見て笑つてゐる……　其時思ひ掛けず「親が大病だのに……」といふ事が、鳥影のやうに私の頭を掠《かす》めると、急に何とも言へぬ厭な心持になつて、私は胸の痛むやうに顔を顰《ひそ》めたけれど、影になつて居たから分らなかつたのだらう、お糸さんは執《と》られた手を窃《そつ》と離して、「貴方は今夜は余程《よつぽど》如何《どう》かしてらツしやるよ」と笑つてゐたが、私が何時迄経《た》つても眼を瞑《ねむ》つてゐるので、「本当《ほんと》にお眠《ねむ》いのにお邪魔ですわねえ。どれ、もう行つて寝ませう。お休みなさいまし」と、会釈《ゑしやく》して起上《たちあが》つた様子で、「燈火《あかり》を消してきますよ」といふ声と共に、ふッと火を吹く息の音がした。と、何物か私の面《かほ》の上に覆《かぶ》さつたやうで、暖かな息が微《かす》かに頬《ほゝ》に触《ふ》れ、「憎らしいよ！」

と笑を含むだ小声が耳元でするより早く、夜着の上に投出してゐた二の腕を痛か抓《した、つね》られた時、私はクラ〳〵として前後を忘れ、人間の道義畢竟《ひつきやう》何者ぞと、嗚呼《あゝ》父は大病で死にかゝつて居たのに……(33)

語り手の主人公が、その翌日になって帰郷してみると、ずっと自分のことを呼びながら父親が息を引き取ったことを知り、悔恨の気持ちでいっぱいになって、その後、絵に描いたような孝行息子に変身し、心を入れ換えて小説への興味を捨ててしまうのである。

二葉亭はここでもまた時代に先んじて、この『平凡』によって、未だ書かれていない小説のパロディを作り上げた。しかしながら、主人公の個人的欲求と家族の要求との葛藤というものが、これから以後日本近代小説の最も重要なテーマとして浮かび上がってくるのである。たとえば夏目漱石の一九一四（大正三）年の小説『こゝろ』*の語り手は、一方は伝統的で実の親、他方は近代的で心の親、という二人の死んでいく父親の間で引き裂かれ、後者を選んだ際に、家族からの勘当は避けられそうもなくなるのだ。

＊ Edwin McClellan（Chicago : Henry Regnery, 1957）によって翻訳されている。

先ほど引用した場面では、明らかに、家族の絆が情熱を押さえ付けるには無力であったのだが、その点こそが、書物の形で『平凡』を出版した人々の心配をさそい、この章のみ検閲官への提出が省かれたゆえんなのである。小説全体の主題のうえからも最高潮の場面であるし、新聞には省略されずに連載されたのだが、書物の中では「以下書肆の希望に依つて抹殺する」という但し書きをつけて、空白の頁で公刊された。グレン・W・ショーが一九二七（昭和二）年に訳出したのはこの版であった(34)。

風葉と漱石——職業作家

二葉亭やジャポニカスの行きすぎにもかかわらず、自然主義は人間の性的な本質の研究という狭い枠組みをはるかに越える——いや実際、自然主義派自体の垣根をもはるかに越える影響力を持った。このことを鮮やかに描き出す一例は、当時の二人の主要な小説家である小栗風葉（一八七五〔明治八〕年〜一九二六〔大正一五〕年）と夏目漱石（一八六七〔慶応三〕年〜一九一六〔大正五〕年）の対照的な経歴の中に見てとれる。

『寝白粉』が一八九六（明治二九）年に書かれた時、風葉は二一歳で、すでに四年、職業としての執筆活動を続けていたが、一方漱石はこの時もう二九歳で、地方の熊本高等学校の英語教師としての四年間の職務を始めようとしていたばかりであり、漱石が素人文人として初登場するのは、ようやく一九〇五（明治三八）年、すなわち、二年間のイギリス留学とさらに二年間の東京における研究と教育の後である。東京出身の漱石は、帝大を卒業後に学者としての経歴を開始し、日本の誇る最も博識で独創的な英文学者であることが示された(35)。風葉は、東京で文筆業を行おうと決心して、一五歳の時に田舎の実家を後にした。中学校の卒業に失敗して、典型的な江戸時代風の文学への手ほどき、——すなわち、風葉の事例では放蕩生活と、一流小説家尾崎紅葉に師事しながら執筆する、という一時期を経験した(36)。

風葉は、明治社会が、小説家はかくの如くあれと考えていたものをすべて備えており、役者や娼婦の世界に密接に関係した娯楽専門の作家であった。それ故に、漱石が官立の最も名声のある大学の職を投げ捨てて「朝日新聞」の専属作家となった時には、世間の耳目を驚かせた。漱石にとってそれは苦しい決断であった。当時（一九〇七〔明治四〇〕年三月）書いた手紙の中で、漱石は大学職の安定に執着する一方で、同時に、もし万一大学職を捨てる行動に出るならば、他の社員と同等の待遇で年に二回の賞与の支給を要求していることがわかる(37)。入社に際して朝日紙上に掲載された漱石の公式声明は自己防衛的だが、決然としている。どうしてみんなが、彼の決断を賞讃する人々も非難する人々もそんなに愕然としているのかが漱石にはわからない。「大学をやめて新聞屋になることが左程に不思議な現象だとは思はなかつた」。この文章で、漱石は自分を新聞屋と呼び、自分の新しい職業を、呉服屋や蕎麦屋の職業とほぼ同じものだと見なしているわけで、その平等主義的論理を貫き通すことを強く主張している。

新聞屋が商売ならば、大学屋も商買である。商売でなければ、教授や博士になりたがる必要はなからう。月俸を上げてもらふ必要はなからう。勅任官になる必要はなからう。新聞が商売である如く大学も商売である。新聞が下卑た商売であれば大学も下卑た商売である。只個人として営業してゐるのと、御上で御営業になるのとの差丈けである(38)。

坪内逍遙が一八八五（明治一八）年に、学位を持ちながら敢えて小説を書く最初の人物となった時にも世間の耳目を集めたかも知れなかったが、野心ある青年に対してそれまで官職のみを用意して来た儒教的偏見はなかなか滅びようとはしなかった——そもそも本当に滅びたのかも怪しいが(39)。一九一六（大正五）年の漱石の死後も、東京帝国大学総長は、外国人向けに英語で日本に関する著作を残して立派な業績を挙げることができたものを、「新聞で小説を書く」ことにせっかくの才能を浪費してしまったことを嘆いたのであった(40)。そして芥川龍之介（一九二七〔昭和二〕年没）や三島由紀夫（一九七〇〔昭和四五〕年没）の自殺の引き金となった心理的緊張の幾分かは、疑いもなく、イカルスのように芸術家の造り物の翼をこしらえることに、自らの人生を捧げることの価値について両者が抱いた不安な心情に根を持つものであった(41)。

自己を意識する文芸として自然主義が興隆するにつれて、職業としての文学の価値という問いが重要な問題となった。雑誌「新潮」は一九〇八（明治四一）年に少なくとも二編の会見記事を連載した。すなわち、八月号から連載の

「如何にして文壇の人となりし乎」と、九月号から連載の「何故に小説を書くか」である。一一月号にはもう一本別に関連特集として、「文芸は男子一生の事業とするに足らざる乎」が組まれていて、これはおそらく、価値はなしとする二葉亭の決意に喚起されたものであろう。ことによると、この会見記事の最も注目すべき特質は、全体的に誇張や気どりが見られないことであった。作家の果たす役割を理想的なものとして描くことで、一般の人々の小説家に対する低い評価を補ってあまりあるものにする必要があると明言する回答者はほとんどいなかった。回答者の発言は、驚くまでの自信と常識そのものを反映していた*。

＊島崎藤村が注目すべき例外だった。「生きんと欲する努力」「新潮」（一九〇八〔明治四一〕年一〇月号）一三―一四頁参照。

「誰だって自己の職業に対して、一度は然う云ふ疑ひを持つ時代はある」と評論家の島村抱月は言った。それは「或る程度まで達して自覚した人々には、誠に余儀なく起つて来る所の懐疑で、其所が取りも直さず近代思想の影響を受けた近代人の特色である」。小説家たちに虻のごとくつきまとって大いに悩ませた内田魯庵（前述、六四―六六頁参照）は、いかなる知的、学問的研究でも気晴らしとして営まれ、その結果陳腐なものになってしまいかねないし、実際的な利益を直接生み出さない企ては、いかなるものでも無益なものとして無視されかねない、と述べた。それでもやはり、人間の置かれている状況についての未回答の問題を解決すべく試みている点では、文学も科学も哲学も人類にとってみんな同じような利益を持っていると考えた(42)。

漱石は二度にわたって、「新潮」の会見記者を手こずらせた。「何故に小説を書くか」を考えた折りには、一度の会見で扱うには問題が面倒すぎると、言い切った。生計を立てんがために小説を書くのだとも言えようが、新聞社から俸給をよしんば得られなくとも、自分が小説を書くことは大いにあり得るだろう、と考えたのである(43)。さらに「文芸は男子一生の事業とするに足らざるか」と尋ねられると、文学が他の職業と比べて、本質的に優れているとか劣っているとか規定するようないかなる姿勢とも関わり合うことを――詳細にわたって――拒んだのだった。なぜならば、文学が、政治や豆腐作りや大工仕事や兵役と比べて、少しでも価値が低いとは言えないからである(44)。

しかし、小栗風葉は、異なった対応を示した。「新潮」に対して、会見記者連中に取り巻かれているが、自分は「世に疎い」人間、つまり昔ながらの三文文士だから、ほとんど何も言うことはない、と訴えたのである。小説を書くことは、どんな職業の場合もそうだが喜びと苦しみがあるのだけれど、どうも最近は苦しみの方が勝って来たようだ、と風葉は語った。何故小説を書くのかという理由よりも小説家を辞めることの方に口数を費やしているが、あたかもこの翌年、東京の文壇から決別することを予告しているかのようである(45)。

「朝日新聞」入社直後になされた講演の中で、漱石は自分の職業が社会的に正当性を持つという信念を、いささか諧謔を交えて――ことによると晩年ならば持ち得たような理想主義を少し上回る理想主義を込めて――表明した。

世の中では芸術家とか文学家とか云ふものを閑人《ひまじん》と号して、何か入らざる事でもして居るもの丶様に考へて居ます。実を云ふと芸術家よりも文学家よりも入らぬ事をして居る人間はいくらでもあるのです。朝から晩迄車を飛ばせて馳け廻つて居る連中のうちで、文学者や芸術家よりも入らざる事をして居る連中がいくらあるか知れません。(中略)私抔も学校をやめて、椽側にごろ〳〵昼寝をして居ると云つて、友達がみんな笑ひます。(中略)成る程昼寝は致します。昼寝ばかりではない、朝寝も宵寝も致します。(中略)私は只寝てゐるのではない、えらい事を考へ様と思つて寝て居るのである。不幸にしてまだ考へ付かない丈である。中々以て閑人《ひまじん》ではない。(中略)ひま人と云ふのは世の中に貢献する事の出来ない人を云ふのです。如何に生きて然るべきかの解釈を与へて、平民に生存の意義を教へる事の出来ない人を云ふのです。(中略)芸術家が自分を閑人と考へる様ぢや、自分で自分の天職を抛つ様なもので、御天道様に済まない事になります。芸術家はどこ迄も閑人ぢやないと極めなくつちやいけない。(中略)要するに我々に必要なのは理想である、(中略)さうして百人に一人でも、千人に一人でも、此作物に対して、ある程度以上に意識の連続に於て一致するならば、一歩進んで全然其作物の奥より閃めき出づる真と善と美と壮に合して、未来の生活上に消え難き痕跡を残すならば、猶進んで還元的感化の妙境に達し得るならば、文芸家の精神気魄は無形の伝染により、社会の大意識に影響するが故に、永久の生命を人類内面の歴史中に得て、茲に自己の使命を完うしたるものであります(46)。

この段階では、その経歴のために漱石は依然として、一般人の頭よりも幾段か高みにある講壇から教えを垂れていると考えていたのかも知れない。しかし、作家から読者へじかに心を通わすことができるという漱石の信念は、やがてまもなく、彼が聴衆の中に降りてゆくにつれて前面に押し出されるようになった。翌年（一九〇八〔明治四一〕年）になると、作家と普通の人はともに同じ姿勢を分け持っている、つまり、両者はともに、科学者の純粋な客観性と詩人の純粋な主観性との中間に位置しているのだ、と彼は主張するようになった(47)。小説においては、『野分』（一九〇七〔明治四〇〕年）に登場する道也先生の自信あふれる独善的な教えが、人格が不安定ならば普通の（すなわち、すべての）人間の場合には確実性などといったものが入る余地はないのだという、『坑夫』（一九〇八〔明治四一〕年）の暗中模索の悟りに屈していった。広田先生（『三四郎』、一九〇八〔明治四一〕年）の抑制された人物描写をもって、説教者としての漱石の降板は完璧なものとなり、『こゝろ』の先生に、「平生はみんな善人なんです、少なくともみんな普通の人間なんです」*という、謎めいた発言をさせる道を開いたのだった。

*『漱石全集　第六巻』七七頁。引用は Edwin McClellan による翻訳 *Kokoro*（Chicago : Henry Regnery, 1957), p. 61. また、Jay Rubin による翻訳 *Sanshiro*（Seattle : University of Washington Press, 1977). 参照。

一九一二（明治四五）年に書いた小説の序文で、漱石は、「文壇の裏通りも露地も覗いた経験」がなく、「全くたゞの人間として大自然の空気を真率に呼吸しつゝ穏当に生息してゐる」ような「教育ある且尋常なる士人《しじん》の前にわが作物を公にし得る自分を幸福と信じてゐる」と、語っている(48)。そして、他でもないまさしくこうした読者に対して、近代社会が専門化しすぎたために生じた孤独感に対抗すべく、小説を読むことを漱石は勧めているのである。

是は我が田へ水を引く様な議論にも見えますが、元来文学上の書物は専門的の述作ではない多く一般の人間に共通な点に就て批評なり叙述なり試みたものであるから、職業の如何に拘はらず、階級の如何に拘らず赤裸々の人間を赤裸々に結び付けて、さうして凡ての他の墻壁を打破するものでありますから、吾人が人間として相互に結び付くためには最立派で又最弊の少ない機関だと思はれるのです(49)。

漱石に見てとれるのは、最も広い意味での、小説の政治的意味合いの入念な把握である。たぶん、当時の作家で、文学と「高潔な社会意識」との関係をこれほど明晰に把握していた者は漱石の他にはいなかったであろう——とりわけ、小栗風葉のように、相も変わらず歓楽街のことしか念頭にない作家については言わずもがなである。今日、依然として盛んに読まれ、日本で最も優れた近代作家であると多くの人々から考えられている漱石が、今日、日本のどの本屋の文庫本の棚にも作品を見つけ出せない時代錯誤的な風葉と、だいたい同じように肩を並べたことがあったとは、今から振り返ってみればほとんど信じ難いことに思われる。漱石は東大界隈で最も人気のあった小説家で、一方風葉は、東京のあまり文化的でない地域で高い地位を占めていたのだが、当時の評論家たちは二人をすぐ近くに並べて評価した。二葉亭が様式上の大御所であり、風葉と漱石がともに次点だった(50)。

最終的に風葉と漱石を隔て、一方を忘却の淵に沈め、他方を永続する国際的評価にいたらしめたものは、自然主義革命に対しての両者の身の処し方であった。風葉にとって、この革命はこれまでにないいっそう写実的な文体で、性について描写しようという誘い水であった。漱石にとっては、この革命は、——良かれ悪しかれ——彼を諧謔と幻想から方向転換させて、近代の人間と社会についてこのうえなく深い疑惑を生み出させた触媒であった。

風葉が世紀の代り目に書いた作品には、一九〇七（明治四〇）年から一九〇八（明治四一）年にかけてすさまじい非難の的となった自然主義作家の作品と比べても、はるかに醜悪な性的関心がある、と吉田精一が記したことがある(51)。典型的な一例は、風葉の『涼炎』という作品で一九〇二（明治三五）年に書かれたものだが、一九〇八（明治四一）年に出した本に再録するほど風葉にはこの作品が気に入っていた(52)。この作品は、前半が「寒く」後半が「暑い」という点で、紅葉流の形式尊重の特徴を帯びている。すなわち、前半は冬の夜中を走る列車内に場面が設定され、後半は、トンネルの封鎖で列車が不通となったために男女の乗客が温泉と熱燗を目当てに出掛ける暖かい旅館が舞台になっている。

男は、義姉に付き添って、狩猟の事故で亡くなった兄——義姉からすると夫——の亡骸を引き受けに来たのである。凍てつくように寒い汽車の中で涙まじりに言葉を交わして、女は看護婦になって、今は亡き兵隊の夫の代りに、祖国に御奉公するのだと誓う。同じく兵士である男は、将来妻を未亡人にしてしまい、眼前で義姉が味わっているような悲しみをもたらす危険を冒すよりは、このまま独身を通すと誓う。

この二つの誓いの言葉は、弟である男が死んだ夫とまったく生き写しだと、女がふっと抱いた束の間の感情と結び付けて考え合わせれば、二人の間にきっと起こるであろう事柄の十分な暗示になっている。しかし、そんな鋭敏な推測は、典型的な風葉の読者には無理な注文である。ほんの数年後の「熟練した」自然主義読者であれば、小説の約束事にいっそう柔軟に反応することをあてにすることもできようが、いずれにしても明らかなことは、旅館の番頭が、宿帳の女の名前の隣に「右妻」と書き入れても、二人ともその間違いを訂正しようとしない結末で、風葉が読者を驚かせることを期待していたことである。「そうだとも」と作者はほくそえんでいるようだ。「あらゆるこうした善良な意図も、動物的本能の前には無に等しいのだよ」と。——一言で言えばゾライズムに他ならない。

しかしながら、小説の全般的な質が高まり始めると、風葉はそれに付いていくのが困難になった。風葉にとっては花袋の小説『蒲団』は、作家の行き詰まり状態の症状を切り抜けさせてくれる、新しい方便にすぎなかった(53)。風葉は、『恋ざめ』という、若い娘にのぼせ上がった中年小説家の私小説を連載したが(54)、これはその翌年、単行本になると発禁になってしまった(55)。

風葉に残された時間は少なくなっていた。自然主義作家としての経歴の終わり頃に書かれた別の小説『ぐうたら女』（「中央公論」一九〇八（明治四一）年四月号）は、たぶん、風葉の文体的秀逸と、知性の欠落の双方を示す、とりわけ興味をそそる例であろう。風葉は正確に場面と時を設定する。つまり、一四歳の松村賢次（すなわち、風葉）は、半田村という風葉の生地、東京の西方およそ三〇〇キロのところで暮らしている。時は一八八九（明治二二）年、明治憲法公布の年である。東京では、西洋列強との不平等条約の改正をめぐる不穏な動きが、このところ、公布式典の興奮やら、翌年に機能し始めるはずの代議政治への参加、さらには文学や新聞雑誌の創造的な盛り上がりに取って代られてしまっていた。この興奮も醒めやらぬままに、東京から来たばかりの青年教師が、村の小学校の男の子の胸中に、首都東京で暮らしたいという強烈な憧れをかきたてる。賢次はずっと昔から家業を継ぐつもりでいたのだが、世の中のことを新しく認識してすっかり心変わりしてしまう。一九年振りにしばらくの間里帰りしていた賢次の母親の幼なじみと一緒に東京へ行かせてくれと、賢次は両親に頼み込む。その女性には、上京した翌年に生んだ可愛い娘がいて、賢次はその娘に心惹かれる。賢次の両親はためらうが、最終的には父親が賢次を東京まで連れて行き、その女性に世話になるように賢次を残していく。

お作という名のその女には、しかしながら、いかがわしい過去があった。お作の人生のその陰の部分が、話が進むにつれて賢次の大都会との出会いよりも焦点となる。村の伝統的な生活様式、少年の希望、東京までの船旅の興奮が、とても生き生きと描かれて来ただけに、お作やその怠惰な娘、お雪の世界を構成する、姦通や性病という泥沼の苦境の方へと話がそれていくのには、大いに失望させられる。田舎から東京の大きな渦の中へ押し流されていく若者を扱った物語は枚挙に暇はないが、この作品ほど前途有望なかたちで始まる小説はほとんどない。

心を悩ます人間関係はさておいても、お作によってあてがわれた不潔な宿所のおかげで、およそ勉学に励むことはまず無理な相談だと賢次は思うにいたる。そこでとうとう、書生用の賄い付き下宿に引っ越すのだが、理由はいっさい明らかにされないまま賢次の学究生活は崩壊する。賢次は中学校も卒業していない。それどころか放蕩をかさね、小説家に弟子入りして、小説を書き始める。七年後、賢次は、小粋ななりをして、人力車に乗って、長らく未払いだった借金を返済するために、お作の家族を訪ねて戻ってくる。お作たちはすでに、新しく明るい地域に引っ越した後だとわかる。お作本人は亡くなっていた。かつてよく、娼婦を買いたいという話をしていたお作の実にいやな孫が、今では高等学校の二年生になり、つまり賢次が落伍した地点をはるかに追い越して、大学進学をめざしている。ここには、痛烈な皮肉が込められている。というのは、もしもお作たちが様々な問題に片をつけてしまうのが、賢次がこうして一緒に暮らそうとやってくる前のことであったならば、ことによると、賢次は自分が望んでいた教育を受けることができたかも知れないからである。

ところが実はこの皮肉は、当の作者の風葉には皆目わかっていなかったようである。自らを深く顧みる気になったり、酒と女がなくてはならない大事な訓練であるような、自らの生業の価値に疑いを差し挟むこともせず、賢次は怠惰なお雪を捜し出して、お雪の運命を虚ろな気持ちで思いめぐらす。お雪は二六歳で、暗い、崩れかかった路地の奥の家に囲われる妾になっており、病弱で、まだそんな年でもないのに老け込んでいる。賢次は、お雪のことを――自分自身のことではなく――お作の犠牲者であると考える。ここにいたって風葉は、どうやら自分では物語の名文句と思っているらしい一節を読者に示してくれる。「ああ、是が昔の那《あ》の若い美しかつたお雪さんかと思ふと、哀へ易い女の色香の儚《はかな》さを沁々《しみぐ》感じた」(56)。

この一文がきわめてはっきりと物語っているのは、小栗風葉には語るべきものがまったく何一つない、ということである。人生半ばの危機を扱った印象的な物語の執筆を、いかにすんでのところで取り逃がしていたかについて、風葉はまったく気付いていなかった。作品の前半で醸し出される、地方色だとか時代感覚は、たぶん国木田独歩の小説から会得したものであったろう――しかも独歩以上に生き生きと磨き上げられている。しかし風葉という作家には、自分という存在を完全無欠だとか独特無比であると感ずる感覚が少しもなかった。風葉の小説が読者に語るものと言えば、新しい文学とは陳腐な性の主題を追求するための新しい様式にすぎないと考えている、一人の天分ある作家の人生が悲劇的なまでに空っぽだった、ということである。

紅葉門下から身を起こしたので、風葉は深刻小説やゾライズムと歩調を合わせてきたのだが、自然主義の要求するものは風葉にとっては荷が重すぎた。自然主義とは様式でも教義でもなく、もちろん、限られた領域の主題を解消するための処方箋でもなかった。天溪やそのほかの理論家のご託宣を不変の教義と受けとめることを避ける知的器官を備えた人々にとって、自然主義とは、仮定の話などまったくないという仮定なのであった（実際のところ、天溪は、文学的装飾をまったく欠き、ひたすら客観的で、「科学的で」、「真実」のみと関わるもの、云々、と言ったふうに自然主義についてことあるたびに書き記したが、そのあまりに単純な熱情にもかかわらず、自然主義の重要な側面については気付いていた。すなわち、理論や様式の多様性がこの流派の必須条件であるが、一たび固定した様式が立ち現れればそれはやがて自然主義ではなくなる、と天溪は主張した(57)）。新たに小説や物語を書くたびに、作家は無の状態から出発して、ある者は自己の観察力を、ある者は知性を、さらには――きわめて重要なことだが――自意識を集中させたのである。

正真正銘、日本の自然主義作品を書くためには、作家は、包括的な「国体」から離れて、個人の存在について何らかの概念を抱くことがどうしても必要だった。それをやりとげたのは概して若い世代の人々だったが、それが出来る出来ないの分岐点は、世代というより教育の違いにあった。風葉は、独歩や花袋より四歳若かったわけだが、大局的に見れば、一八六七（慶応三）年生まれの師、紅葉を含む世代に属しているように思われる。ちなみに一八六七（慶応三）年生まれには、学究的伝統主義者の幸田露伴、江戸時代風の戯作者である斎藤緑雨、そして――非常に異例であるが――夏目漱石がいた。しかしながら風葉は、教育が途絶したために、功なり名遂げた自然主義作家や漱石が享受した西洋文学や思想に直接にふれることがなかったのである。かくして風葉は、その「流派」の表面的特徴のいくらかを模倣することには長けていたが、様式としての文学から人間洞察としての文学への、いちばん根本的な飛躍的転換を共有することはなかった。師の紅葉が亡くなった後、その最も有名なメロドラマである『金色夜叉』の続編を風葉が書くことには何の不思議もなかったし、また、自分の弟子たちに仕事の下請けをさせたことも、同様に当然のことであった＊。

＊藤村作編『日本文学大辞典　一巻』三八九頁、『自然主義の研究　二巻』二一五頁、市古貞治ほか編『日本文学全史　五巻』二六四頁。「中央公論」の特集（一九〇八〔明治四一〕年九月）で、正宗白鳥は、風葉の自然主義作家としての信用性に異議をはさみ、風葉が代理人を使ったことは彼の経歴の汚点である、と指摘した。徳田秋江は、創作のほかに風葉が話題にできるのは性だけだ、と語った。その他の文章も、風葉のことを悲しい人物で、自分には理解できない確固たるものがほかにあることを、痛感していた者として、合わせて描き出している。『明治文学全集　六五巻』三九五—四〇五頁、特に三九六頁〈†相馬御風「風葉の性格と其作物」〉、三九八頁〈†正宗白鳥「風葉氏」〉、四〇一頁〈†徳田秋江「小栗風葉氏」〉。

風葉の作風は、自然主義運動の短い全盛期の間、自然主義そのものと見なされていた。しかしながら、藤村、秋声、白鳥、岩野泡鳴がそれぞれに独自の小説を開拓していた一九〇九（明治四二）年になると、風葉は文壇に背を向け始めた＊。五月に、「中央公論」六月号発禁（以下の9章、一七〇—一七一頁参照）のもととなる原稿を「中央公論」に預けた後で、彼は永遠に東京を後にした。建築や鑑賞植物栽培に関心を持ち続けて、時折は雑誌に寄稿したが、一九一〇（明治四三）年後半には、「今は忘れ去られてゐる」風葉氏と引き合いに出されかねなかった(58)。一九二六（大正一五）年に亡くなるまで、通俗新聞小説が、風葉の文学的所産の大部分を占めた(59)。

＊明治文学史のために全頁をあてた注目すべき「太陽」別冊号の付録の、「附録　四十一年史」は、藤村、花袋、白鳥、秋声、風葉、漱石を一九〇八（明治四一）年の最も優れた自然主義作家として上げ、本物の新進作家と単なる模倣者を区別する人間洞察力を有するという基準を、この六人はみんな満たしていることを示唆している。風葉に関してだけ、匿名作家が異論を唱え、風葉の円熟した、真似のできない文体は、作品の中身が、個性的で異彩を放つ特色を欠いてしまうという残念な傾向を伴っていると指摘した。「太陽」（一九〇九〔明治四二〕年二月二〇日号）二三五—二三七頁。

風葉が東京を去った年（一九〇九〔明治四二〕年）は、夏目漱石が、六月から一〇月まで「朝日新聞」に『それから』を連載して、小説家として円熟期に達した年であった*。すでに一九〇五（明治三八）年、漱石は『吾輩は猫である』によって文壇に初登場を果たしていたが、これは、大衆の要望に応える形でその年から翌年まで続いた滑稽な小説で、長々と、筋書きもなく、非常に不均衡に、——そしてしばしばとても面白おかしく——明治社会の欲望や気取りを批判した作品として、最後にはその全貌を現した**。この物語調の小説を連載するかたわら、漱石は数編の短編小説と短い小説を一つ書いたが、その小説とは、一九〇六（明治三九）年四月に発表されて、田舎の中学校のけちくさい不正直さを容赦なく描いたことですぐさま有名になった『坊つちやん』である。その同じ年の後半に、漱石は、初期の傑作に肩を並べる別の短編小説『草枕』（英訳表題は *The Three-Cornered World*）発表した。これは、超然たる東洋的審美主義によって、世俗の現実を乗り越える可能性（と、主にその限界）を独特なやり方で探った作品である。『草枕』は流麗な文体で書かれており、真摯だが生硬な文体で被差別部落民の苦悩を掘り下げて自然主義革命の発端となった藤村の『破戒』と比較するなら、これ以上際立った対照を見せる作品は、他におよそ見られないであろう(60)。

*Norma Moore Field による英訳がある（Baton Rouge : Louisiana State University Press, 1978）。
**Katsue Shibata 及び Motonari Kai による英訳がある（Tokyo : Kenkyusha, 1961）。

ごまかしのない真実を求める叫び声や純然たる文体上の洗練を非難する声のただ中にあって、漱石が極めつけの不協和音を掻き鳴らしたのは、ある訪問記者に向かって、『草枕』の中で自分がやりたかったことは、ひとえに読者の頭脳に俳句から得られるかも知れないような美意識を残すことだ、と語った時であった(61)。しかしこの小説では、美は空虚の中に存在しているのではない。つまり、近代社会の病を癒す療法として、美は意識的に探し求められており、超越をめざす飛翔の度に、芸術家の主人公は地上に墜落し、——ある場合など、文字通り尻もちをついてしまうのである。漱石は『破戒』の重要性を十分に認識していた。ある若い門下生に宛てたよく引用される手紙の中で、漱石は『破戒』を『草枕』と間接的に比較している。

只きれいにうつくしく暮らす即ち詩人的にくらすといふ事は生活の意義の何分一か知らぬが矢張り極めて僅小な部分かと思ふ。で草枕の様な主人公ではいけない。（中略）苟《いやしく》も文学を以て生命とするものならば単に美といふ丈では満足が出来ない。

（中略）

僕は一面に於て俳諧的文学に出入すると同時に一面に於て死ぬか生きるか、命のやりとりをする様な維新の志士の如き烈しい精神で文学をやつて見たい。それでないと何だか難をすて丶易につき劇を厭ふて閑に走る所謂腰抜文学者の様な気がしてならん。

（中略）

破戒にとるべき所はないが只此点に於テ他をぬく事数等であると思ふ(62)。

しかしこれは、漱石が感じていた文学という仕事に関する責務について、私的に表明した言葉であった。公の場で漱石はまた、空論的な自然主義に反対する立場を取り続け、優雅に超然として美を追求することは現実世界との死闘に雁字がらめになった文学と同等の妥当性があるのだ、と主張した。こうした意味でいちばん有名な漱石の文章は、一九〇八（明治四一）年一月に出されたが(63)、これはまさに、自然主義運動があらゆる主要雑誌を一体化しているように思われた月であった。このちょうど一年前、ある評論家が一九〇六（明治三九）年の文学界は漱石の年であったと記し、漱石の江戸風の諧謔と『破戒』の極端な写実主義との対照について指摘した(64)。ところが一九〇七（明治四〇）年の回顧になると、別の評論家が、漱石人気は著しく衰えた、と伝えている。もっともこの評論家も、独歩的な直接的な人生観察と漱石流の超越的な人生観察とを二つながら生み出した文学状況の多様性は、歓迎していた(65)。

この時期までには、しかしながら、漱石は俳句の分野とすっかり縁遠くなっており、そのことは、漱石の『野分』を一九〇七（明治四〇）年の最優秀作品に位置付けた評論家本人も百も承知のはずであった(66)。大変愉快な場面がこの小説の中にあるにしても、金持ちの悪行を批判する主人公の子供じみた長口舌は大真面目そのものなのである。

漱石が大学を辞してのち、「朝日新聞」に初連載した小説である『虞美人草』の、過剰に芝居がかって大げさなところにきちんと反応を示した評論家はほとんどいなかったし、一九〇八（明治四一）年元日に連載が開始され、精神への降下を扱った不条理の寓話的作品である『坑夫』に対しての当初の反応は、総じて否定的であった＊。漱石は、初期の期待に応える働きをしていない、と書いたのは、「中央公論」の評論家であったが(67)、その同じ雑誌が、翌月（一九〇八（明治四一）年三月）特集記事を編むことによって、漱石に相変わらずしっかりと関心を寄せていることをも示したのである。その特集では、著名な作家や知識人一三人がそれぞれの漱石観を披瀝した。彼らの目に映る漱石は、独創的な名文家だったり、諧謔の分野の創始者だったり、現実世界を超越しようと企てる作家だったり、さらには、その作品が「到底近代的のものでな」く、「所詮悲劇の書けない」人だったりした(68)。

＊一九〇八（明治四一）年三月の「中央公論」の漱石論特集では、ことのほかに熱狂的な漱石支持者さえもが、『坑夫』に関しては大きな留保を見せた。この特集を編んだ「中央公論」編集者は結語に以下のように語った。「今日先生の評判稍々下り加減なのを見て先生が極端に褒められた反動で、作物がわるくなつた訳ではないと云ふ人がある。（中略）少くとも今度の『坑夫』などは確かに先生の今迄のものに比べて見劣りする事は疑はないと思ふ」「中央公論」一九〇八（明治四一）年三月号、五六頁〈†樗陰生「夏目先生」〉。『坑夫』は漱石の作品中最も評価の低い小説であるが、漱石の近代性を最も劇的に示す唯一の証を提供している。『坑夫』は、カフカ、イヨネスコ、ベケットと同列に位置するものであり、彼らを何十年も先取りしている喜劇の大傑作である。

この寄稿者たちの中で、他でもない小栗風葉は、自然主義の原則に従って漱石を考察しようとしている。その過程で風葉は、やがて自分の稼業に一頓挫を来すことになる理解力の衰弱をさらけ出す。風葉は、書くこと以外のことは何一つ知らない作家、という自分への評価に同意することから書き起こしている。――実際には、書くこと以外というよりも、自分の書いたものだけしか知らなかったのだが。自分は漱石の作品をたくさん読んで楽しい思いをしたけれども、ついぞ作品の中身には思いを馳せなかった、と風葉は述べている。自然主義作家全員になり代って、一人称複数で風葉は語り続けるのだが、そのぎこちない言い回しは、表現の裏の概念がしっくり板に付いていないことを示している。

予等は芸術の第一義に叶ふか叶はぬか知らぬが、作家と作品と全然有機的であつて、作家の煩悶なり懐疑なり努力なりが直ちに作品に現れてゐる――言換へれば、作家自身が作中の人間と一緒に藻掻いてゐると云つたやうな、極めて余裕の無い物を痛切がつて喜んでゐる。つまり作家が一段高い所に居て、人間を批判したり冷笑したり揶揄したりするまでに、予等は自分と云ふものが未だ出来てゐない、若いのである。（中略）（漱石の文章は大層機知に富むかも知れぬが――著者付記）予等は何でも大詰の打出しまで書いて、読者にヤンヤと言つて貰はねば満足が出来ぬ、食ふ為めには厭になつてもウン〳〵云つて書くし、又自分で骨を折つて書く以上は何所までも其れを吹聴もしたし、人からも其れだけに賞めて貰ひたし、又賞められたさに厭でも我慢して書く、我ながら浅ましいほど執着深い、名聞好きな、非俳味的の態度である(69)。

かくも公然と自分たちの運動に身を摺り寄せた作家の口から洩れる阿諛追従に、真摯な自然主義作家たちは身をすくめたことだろうと想像される。そして実際に、風葉の意見と共にその漱石観が印刷された、新進の自然主義作家や評論家たちは、――相馬御風や、大衆小説を書いて稿料を稼いでいた佐藤紅緑さえもが――自然主義の空念仏ではなく、柔軟性と鑑識眼とを持って漱石に対応した。紅緑は、近い将来漱石が方向転換をして、自然主義にさらに接近するだろう、という自分の信念を表明しさえしたのだった。これは、漱石がツルゲーネフを読んでいると聞いた噂に基づいたものだった(70)。

実際この当時、漱石がツルゲーネフを読んでいたにせよ（漱石本人が、自分の『虞美人草』の幾場面かが、いかに『ルージン』と酷似しているか、という驚きを書きとめている）*、漱石は明らかに、日本の自然主義を読んでいたのである**。この後二年にわたって『三四郎』と『それから』が登場した時、両作品には、新文学を踏まえた名残が漂っていた。

*『漱石全集　一六巻』一五七頁の漱石の余白への書き込みを参照。そこで漱石は、『坑夫』を書く前に『ルージン』を読んでいなかったことを後悔し、ツルゲーネフの模倣をしたという嫌疑を避けるためにもそのことを書きとめている。

**「新小説」一九〇八（明治四一）年六月号で漱石は、一九〇八（明治四一）年四月、最近の小説に追いつく時間を見つけて、記者に答えて、秋声の『二老婆』、独歩の『竹の木戸』、そして風葉の『ぐうたら女』を、漱石自身が見出したと思われる一様に陰鬱な調子の例として上げている。残念なことに、それらの作品については具体的に何も語っていないが、風葉及びその読者を低く評価していたことは書簡集から伝わって来る。『漱石全集　一六巻』五八四―五八九頁〈†「近作小説二三に就て」「新小説」一九〇八（明治四一）年六月〉、同一四巻三〇三頁〈†一九〇五（明治三八）年六月二七日付野村伝四宛書簡〉、三一一頁〈†一九〇五（明治三八）年八月六日付野村伝四宛書簡〉、三八四頁〈†一九〇六（明治三九）年三月三日付野村伝四宛書簡〉、五〇九頁〈†一九〇六（明治三九）年一一月一七日付松根豊次郎宛書簡〉。

今ではほとんど忘れ去られた自然主義作家、生田葵山の小説『都会』は、一九〇八（明治四一）年二月に出版された時には、たくさんの悪評をこうむったものだが、その理由をここで手短に探ってみる。多くの点で、この作品は、ある田舎の夫婦の大都会との辛い出会いを描いた見事な成果であると言える。この後、九月に「朝日新聞」に連載が開始される漱石の『三四郎』同様に、『都会』は、中心人物たちが東京行の汽車に乗っているところから始まる。ある駅で、妻が窓の外を見やると、外人の男女がホームを歩いているのが目に入る。「外国の人は大層仲が好いんですね」と、妻は夫に言う。「昼日中にもあんなに腕を組んで……」(71)。三四郎もまた、汽車の窓からそうした外人風の二人に目を止めて、「夫婦とみえて、暑いのに手を組み合せてゐる」と、決め込むのである(72)。『都会』において、溢れんばかりの群衆や轟々たる市電の東京に対して、夫が抱く恐ろしい第一印象は、『三四郎』の有名な第二章冒頭の文章で、主人公三四郎の抱く印象と注目に値するほど似通っているのである。『都会』に見出せるような広々とした青空、森、川、寺のある郊外の爽やかな心象は、近代都会人の悲劇的宿命を扱う漱石後期作品の大部分で、際立った役割を演じることになる。漱石ほどの想像力を持つ作家が、生田葵山のような作家から、仮にも意識的な借用をすることが必要だったとは思いもよらないだろうが、出典が何であろうと、認識の近似性は注目に値する(73)。

前に簡単にふれた(八六頁参照)正宗白鳥の『何処へ』は、独歩の小説ではっきりとした形を取り始め(74)、漱石の小説において最も明確な表現を与えられることになる幻滅や疎外の主題を、組み立てる際の明晰さゆえに、注目に値する。『何処へ』には、漱石の作品の一郎を苛むことになる、人と人との間の埋め難い隙間が見出せる*。そのほかにも若々しい浪漫主義から壮年の無感覚への転落、もと武士であった父親と近代教育を受けた息子との間の、結婚問題に焦点をあてた葛藤、『それから』に見える労働の固有の価値をめぐる論争が、ここにはある。さらには、漱石の完成した最後の小説の『道草』(一九一五〔大正四〕年)の中核をなす、人生においては完結がないという主題に、萌芽の形で、出会いさえするのである**。

*『行人』(一九一二〔大正元〕年~一九一三〔大正二〕年)。英訳については、Beongcheon Yu, *The Wayfarer* (Detroit : Wayne State University Press, 1967.) 参照。

**『現代日本文学全集　第三〇巻』二三頁、二六—二八頁、三二頁、三五頁。『道草』の英訳については、Edwin McClellan, *Grass on the Wayside* (Chicageo : University of Chicago Press, 1969.) 参照。

かくして、両者の対照的な経歴を見れば、風葉が性的な主題にのめり込み、例の「流派」に属すると自認はしていても、自然主義の成し遂げた近代個人主義的世界観への飛躍的進歩の一翼を彼が担ったとは認定し難いということ、裏返せば、漱石の近代的精神は、自然主義作家たちが問いかけているのと多くの同じ問いを発しながら、抑制のきいた、ほとんど性的なところのない自己の小説を、風葉の小説以上に飛び抜けて「自然主義的な」ものに仕立て上げたのである。

ウィリアム・スイブリィーはかつて、「自然主義という不完全な誤称のもとで、初めて、ある作家集団全体が、消化不良の影響とは無縁の作品を生み出すことに成功したのである。西洋文学の模倣でもなければ、凋落気味の日本の伝統への先祖帰りでもなく、これらの作品は自立している」と記した(75)。同じぐらい大事なことだが、「太陽」や「中央公論」のような広く読まれている知的な雑誌に新しい文学が掲載されるということは、洗練された読者層がすでに誕生している動かし難い証拠だということである。真摯な作家は、心底信じ合っている人々からなる、極く少数の集団とはもはや限られなかった。自然主義作家の陰欝な作品を味読することのできるかなり大きな読者層が発達したことは、漱石のように芸術的潜在能力を持つ人間には、電気の走るような影響を及ぼしたに相違ない。これは、単なる賞讃者としてではなく、同志として見なすべき読者であった。「朝日新聞」のために書く決心する以前から、自分の望みはそうした読者に到達することだと漱石は理解していた。ある友人に宛てて、「只尤も烈しい世の中に立つて(自分の為め、家族の為めは暫らく措く)どの位人が自分の感化をうけて、どの位自分が社会的分子となつて未来の青年の肉や血となつて生存し得るかをためして見たい」(76)と記していた。

天溪の語る「爺と倅との争ひ」において、漱石が加担したのは倅の側であった。漱石の成功を目の当りにして、学者であり詩人、翻訳家である森鷗外は、むず痒い羨望感を味わい、小説の新たなうねりに身を投じた(77)。自己の小説再生の初期に、鷗外は、近代小説の創造に必要不可欠であり、自然主義の中核に横たわる例の洞察を表明した。すなわち、小説とは、一切の常套句を放棄した個人、かつ自らの開かれた精神だけが残されている個人によって書かねばならない、という洞察である。つまり、鷗外は「一体小説はかういふものをかういふ風に書くべきであるといふのは、ひどく囚はれた思想ではあるまいか。（中略）小説といふものは何をどんな風に書いても好いものだ」(78)と表現している。

漱石も鷗外も、哲学的心理学的奥行きを小説にもたらしたが、その奥行きは、自然主義作家の能力にはあまるものであった。そして漱石は、典型的に報告調を取る自然主義の技巧を超越した虚構世界の独創的創造者として、ことのほか熟練していることを証明したのである。しかし、両者の作品に込められた世代間の緊張は、漱石が自然主義作家と共有していたものだったし、自然主義の業績があればこそ、自信を持って表明する気になったものなのであった。

第6章——出版における自然主義の拡大

『都会』裁判

文学に対する大衆の意識の拡大について仮に多少でも疑う者がいたにしても、その疑いは一九〇八（明治四一）年二月及び三月に身を置けば、数週間にしてかき消されたに違いない。その時期、明治のチャタレイ裁判とでも言うべきものが、文学とは縁遠い二つのスキャンダルを結び付けて、自然主義を新聞の大見出しに仕立て上げたからである。それは、真摯な作家たちが望んでいたような世間への知られ方ではなかったが、とにかく、このことによって、以後再び作家が自己のためにのみ執筆する見込みはなくなったのであった。

『都会』の作者生田葵山と、その掲載紙「文芸倶楽部」の編集者兼発行人石橋思案とに対する裁判が、一九〇八（明治四一）年二月二七日に東京地方裁判所で行われた。この裁判の最も顕著な特色は、何にせよ裁判が行われた、ということだったのである。というのは、警保局による発売禁止の典型例とも言える形で、「文芸倶楽部」の二月号はとうに店頭から姿を消していたからである(1)。にもかかわらず、検事小山松吉は訴訟を起こした。小山は、やがて大逆事件の捜査主任として事件の拡大捏造を計り、後に検事総長になり、最終的には司法大臣の地位にまで登りつめて、斎藤内閣（一九三二〜一九三四（昭和七〜九）年）が行った思想統制政策に重要な役割を果たす人物である。その小山が、ここでは、国民に対して自然主義が由々しい脅威となりつつある以上、世間への見せしめが必要だ、と考えたようである(2)。その点においては、小山の目論見は成功したと言えよう。日常茶飯事になっている一般的発売禁止の記事によれば、普通、新聞は片隅にせいぜい数行を載せるにすぎないが、この裁判はそれよりはるかに報道価値の高いものとして扱われたのである。

この事件に対する新聞社の報道の仕方自体が注目に値する。「朝日新聞」、「国民新聞」のいずれもが、ジャーナリストであれば言論の自由の問題に対する関心を被告たちと共有する、という素振りをいささかも見せなかった。それどころか、作家とはおかしな変り者だという古い偏見を記者たちが保持していたことを、両紙ははからずも露呈している。それらの記事は、個人的良心の自由に対する本物の奮闘を記録するよりも、笑いを引き起こすことを狙っていた。しかもそれが、日本の最も自由主義《リベラル》的な新聞である「朝日新聞」に見られるのは、とりわけ意外なことである。事実、政府との繋がりが深く、低俗新聞《イエロージャーナリズム》の傾向が強かった「国民新聞」の記者の方が取材が進むにつれて初めのうちの嘲笑を次第に忘れたらしく、信頼できる事実の報道を行っていった＊。以下の叙述は両新聞の記事に依る(3)。

＊長谷川天溪は、「国民新聞」には煽情的な記事の掲載が多すぎるから、新聞名を「俗民新聞」に変えるべきだ、と書いた。「余白録」（「太陽」一九〇八（明治四一）年三月）一六〇頁。なお両新聞の報道の質の違いには、当時の記者一般と「国民新聞」記者松崎天民との、記者としての水準の差も関係していたかも知れない。

「国民新聞」の記者松崎天民は、まず冒頭に、午前九時の開廷が一〇時に繰り下げられたと聞いて、時間の許す限り寝ていたと書いた。ついでそれよりも真面目な口調で、葵山が左の耳の下に膏薬を貼り、極度に憔悴して長くは弁じられずにいたことも指摘している（松崎は、『都会』が発売禁止になった同じ月のもっと早い時期に、すでに葵山を訪ねており、葵山が種々の感染症に冒されていたことを報じた(4)。小山検事は公判冒頭、『都会』全編が卑猥と考えられることを根拠に、傍聴の禁止を提案した。これに対して今村恭太郎裁判長は、卑猥な箇所を具体的に審理する時点で非公開にすればよろしい、と答えて検事の言を退けたが、これは今村が『都会』をまことに卑猥な作品と見なしていたことを明らかにしたようなものであった。しかしながら裁判長は、少なくとも検事の要求には屈しなかった。松崎記者は、傍聴者一同が腹の中で裁判長に喝采を博したことを特記し、軽はずみな批評の言は弄しつつも、被告たちに同情していたことを暗示している。

午前の審理の間に、葵山に対して裁判長は、この小説が姦通の成就を言わんとしているか否かを問うた。絶対に否であると葵山は答えて、以前松崎記者に語ったことを繰り返した。また、作品の執筆中にも決して野卑な考えは起こさなかった、とも主張した。何故にこうした醜悪なものではなしに、もっと高潔なものが書けないのか、と質問されて、生きた人生を描くのが小説の役割である、と葵山は答えた。裁判長は、より高尚なものに注意を向けるようにと葵山に忠告した。

検事は、石橋思案に二、三の訊問を行った後に、『都会』は確かに姦通を描いたものであって、風俗壊乱に相当し、傍聴を禁止して審議すべきである、という意見を述べた。今回は、裁判長はこれに同意した。

昼の休廷後、法廷は再び公開されて、三人の弁護人が次々に弁論に立った。「朝日新聞」の大見出しには「法廷の文芸論」と書かれている。「此公判は頓《とん》と文芸講演会だ。告発者の警視庁は催主、演者は検事と弁護人、会場は裁判所とも謂ふべきだ」として、朝日の記者は、この公判を、当法廷における本年開始以来の最大人気興行であったと報じて、渡辺輝之助弁護士を最大熱演者と評している。渡辺は、号を雨山、またの名を春風秋雨居士と称し、俳句も詠んだ*。渡辺は、検事がドイツ流で弁じ立てたからには、当方はフランス式を以ってしよう、と述べた。記者によれば、その実は、渡辺一流の美文口調であったという。渡辺は盛んに古今の書を――『古事記』『万葉集』『源氏物語』『平家物語』『徒然草』『紅楼夢』、漢詩の類から謡曲本、浄瑠璃本、近年の演劇脚本までも引き合いに出した。「此跡《あと》は反吐《へど》を吐くより外はなき迄に吐き出した」。渡辺は、当法廷が文学を弾圧するよりも、むしろ奨励役を勤めて欲しいと希望して、世間風俗の移ろいやすさについて力説した。しかし渡辺が「内務と警視を攻撃し、文芸作物の上には俗吏であると云《い》つた」時には、むしろ大向を意識して弁じ立てているように見えた。「国民新聞」の報道によれば、渡辺はまた、当局者が宮内省や海陸両軍に関わる作品をとりわけ苛酷に取締っている点を非難して、『都会』の内容が、軍人を巻き込んだ近時のスキャンダルに酷似することをほのめかした。

＊渡辺輝之助、宮島次郎の両人はまた、徳田秋声が『媒介者』（「東亜文芸」一九〇九〔明治四二〕年四月）を書いて告発された折りにも弁護にあたった。この事件は、生田葵山の事件ほど世に広く知られることはなかった。「朝日新聞」（一九〇九〔明治四二〕年六月三〇日）五面を参照。

二人目の弁護人は宮島次郎であった。宮島は、五丈原と号し、これまた俳諧に熱心な法律家であり、『都会』の題材、目的、描字の三方面から反論を試みた。宮島は、葵山を単なる肉慾小説家呼ばわりをするのは間違いであり、葵山の自然主義《ナチュラリズム》が葵山一流のものであること、小説が「ローマンチックから、リヤリズム、それからナチュラリズムと進むのは科学進歩」の結果であることを説いた。

平出修は、與謝野晶子が「危険なる思想」を普及したとして非難された折に擁護に勤めた明星派の歌人であって、「詳密な弁論」を開陳した。現実の人生を描くからには、作家には世間道徳との背反も許されねばならない、作家は自らが極端に走らないように注意を払うであろうし、読者や社会も、作品に対して同様の注意を払うべきである、時代に適する文芸を抑圧しようとするのは、洪水をせき止めるべく試みるのと同然である、――そのように平出は弁を結んだ。

小山検事は、内務警視にも文学的能力者はいる、と断固やり返し＊、本件の告訴は文芸の堕落を救うべく、社会風教を保護すべくなされたものである、随所に見られるかくの如き有害な傾向を、裁判所は阻止せねばならぬ、と主張した(5)。

＊長谷川天溪は、「随感随筆」（「太陽」一九〇八（明治四一）年四月）、一六〇頁において、「吾人は其の諸君が小説を書いたり、評論の筆を揮はれむことを切望する」と述べて、これに答えた。

「朝日新聞」同日の別の記事によれば、裁判を聴くために青年男女の大群が溢れかえっており、そのこと自体が学生の世代に「肉慾小説」が広く受容されていることを実証していた。場外では、自然主義や本能主義についてのやりとりが聞かれた。人混みの中に、自然主義作家徳田秋声の姿が見え、また身なりのよい紳士が、自然主義に異論はないが、みだらな作品は処罰するべきだ、と言っているのも聞こえた。「国民新聞」の報道も、傍聴席が若者で混み合っていたことを強調している。また両新聞はともに、葵山を「青年文士」（葵山三一歳、平出二九歳）と呼んでおり、この事件が世代間の争いであったという認識を、ある程度まで反映していた。

判決は三月五日に言い渡された。生田、石橋の両人は、共に、新聞紙条令第三三条違反の罪によって有罪となり、違反一件につき二〇円の罰金が課せられた。石橋は編集者兼発行人であるために、二件の違反を犯したと判断された。両人は、二〇円から二〇〇円までの罰金刑か、あるいは、一カ月から六カ月までの実刑を受ける可能性もあったのだから、軽い刑で済んだと言えるであろう（控訴は、四カ月後に棄却された(6)）。この事件のおかげで、作家としての人生は破滅した、と葵山は主張している。葵山によれば、自ら内務省を訪問し、発禁処分に対する説明を求め、憤慨して公開演説会を開いたりしたがすべては無駄であった、雑誌社は発禁を恐れて葵山の小説を買ってくれようとはしなかった、というのである(7)。今日入手可能な葵山の作品は極く僅かであるために、葵山のこの主張について客観的評価を下すのは不可能に近い。ともあれ、『都会』が持ち得たはずの近代的首都に対する批判力は、葵山が性的場面にこだわったことで、かなり弱まっているように見える。結局のところ、今日では葵山は、『都会』発禁問題との脈絡以外で言及されることは稀である。当時、自然派に対して肉慾主義者の群の如き悪名を与えるのに葵山が一役買った、と吉田精一は述べている(8)。

葵山のこの作品について、判事はおよそ以下のように評している。

右小説都会中河俣広太郎ナル者ガ田村忠蔵ノ妻お友ヲ挑ムノ事項ヲ記シ其描写ノ方法極メテ卑猥ニ有夫ノ婦ニ対シ姦通ヲ挑ムノ状態ヲ露骨ニ描出シタルハ風俗ヲ壊乱スヘキ事項ノ記載ナリトス。（中略）斯ル姦通ノ如キ不徳ノ事実モ亦社会上ノ一現象タレハ単ニ如斯事実ヲ採ツテ著作ノ題材ト為シタリトノ一事ヲ以テハ直チニ風俗ヲ壊乱スルモノト断スルヲ得スト雖モ（ここで判事は、ある種の主題は、本質的に卑猥になり得るという一九〇〇〔明治三三〕年に確立された原則を、覆している〔六二一―六二三ページ参照〕。さらに判事は、有罪の根拠になるものは主題よりむしろその扱い方であると述べた(9)――著者）本篇中若キ妻ノ題下広太郎カお友ヲ挑ムノ事項ヲ記スニ当リ有夫ノ婦ニ対シ姦通ヲ挑ムノ状態ヲ極メテ卑猥ナル言詞ヲ以テ露骨ニ描出シ其条項ハ普通ノ道義的観念ヲ有スル者ヲシテ一見厭悪羞恥ノ感情ヲ惹起セシムルモノト認ム(10)。

この卑猥という烙印を押された小説の筋を要約すると、次のようなものであった。田村忠蔵は中年の落伍者で、官能的ではあっても従順で貞淑な妻と、先妻の子を連れて、官吏の職を求めて上京する。忠蔵は、就職の望みを同郷の河俣広太郎という、宮内省の上層部にいる男に託す。広太郎は忠蔵に職を与えてはくれるが、忠蔵の妻お友を一目見て気に入り、すぐに誘惑しようとする。お友は、夫の恩人を冷淡にはねつけることもできず、また忠蔵自身も意気地がなくて、初めのうちは自分が抱いていた妻に対する疑いを晴らすこともできずにいる。やがて忠蔵がお友に二人の関係を問いただすと、お友は、忠蔵が彼女を犠牲《いけにえ》にしたのだと言って責めた。「貴方の様な方は上役の人から犬の食べ余しものでも食へと突附けられたら、御辞儀して喰べる方でせう」。

常識的に考えれば、夫婦がこうなるまでには、お友と広太郎の間には情事があったはずだが、作品の時間の設定や登場人物が交す会話は随分曖昧で、二人の関係を否定する余地も残っている。姦通はなかったとする葵山の法廷での言を額面通りにとれば、作品の幾分明るい結末には、今少し意味が出てくるだろう。妻に責められた後の晴れわたった肌寒い朝、忠蔵は戸外に出て、職を辞して心機一転、新しい人生を歩もうと決心する。「労れ切つた眼を上げて、多くの弱者が何の為めに労働《はたら》くか、理由《わけ》解らずと強者の奴隷となりながら、労働いて、子を生むだり、死んだりして居る市街《まち》の方の空を、宛《さなが》ら不可解の謎にでも接する様な見得で、不安らしう眺め入るのであつた」(11)。

今村裁判長が異議をはさんだ場面は、次のようなものだった。広太郎が突然登場し、酒の匂いをぷんぷんさせながら、お友の貞節を奪おうとする。忠蔵が家を出るのを見届けたから目の保養をさせて貰うよい機会だと、広太郎はお友に言うのである。うろたえたお友は外へ走り出し、言われた通り酒を買ってくる。酒を広太郎についでいるうちに、お友には自分が育った田舎の小料理屋の懐かしい雰囲気が蘇って来て、広太郎がそれほどいやらしいとは思えなくなって来る。彼女は誘惑に負けないよう、また人妻としての品位を落とさないよう用心する。「広太郎は又何処で覚えて来たかと思はるゝ程な下品な恥かしい言葉を平気で云つて、女の心を乱さうと懸る」(12)。残念ながらこの「下品な言葉」なるものは、読者を配慮して一語も作品には現れない。だが、広太郎の誘惑に打ち勝てず、彼女の頭はぐらぐらし、動悸が激しくなって来る。高ぶる気持ちを懸命に押えようとしている所へ突然忠蔵が帰宅し、危機は回避される。

単にみだらな言葉を使ったことを裁判長が猥褻と考えるのであれば、裁判所の動機が純粋であったか否か、疑問の余地が残る。と言うのは、『都会』の中の悪徳漢もまた魯庵の『破垣』の悪伯爵同様、ある有力な高官をモデルにしたと当時考えられていた、ということに注目した事件報告も存在するからである(13)。しかし当時であれば、作者が広太郎の職業を宮内省の役人にしようとしたことも、モデルらしき人物の特定と同じくらい重要な意味を持っていたに違いない。事実、広太郎が出世したのは、その妹が同省の上層部にいる男爵の妾になり、やがては妻の座に納まったからにすぎない、とまで葵山は仄めかしているのである(14)。

さらに裁判所側から見て葵山に不利であったのは、警保局がすでに葵山のこれより前の作二編、『富美子姫』『虚栄』を、それぞれ一九〇六(明治三九)年、一九〇七(明治四〇)年に発禁処分にしていた事実であった。この『都会』が、行政処分の典型にされた真の理由は推測するしかないにしても*、はっきり言えることは、葵山がこの一九〇八（明治四一）年以前に、すでに「国民新聞」紙上で、「風俗壊乱の人気俳優」とよばれるほど有名になっていたことであった(15)。

＊斎藤昌三『近代文芸筆禍史』の五〇頁が示唆しているところによれば、『富美子姫』の内容そのものは問題にすべきところはなかったのであるが、当時高貴な家族の一員に類似の名が実際にあったので、『富美子姫』という題名が不敬になった可能性があると言う。

さらに大事なことは、この事件にほぼ付随して、検閲官が従来も実施していた慣習と関わる重要な問題が表面化して来たことであった。この三度目の処分に憤慨した葵山が記者に語ったところによれば、葵山は『富美子姫』の問題となった部分を数回も書き改め、当局とも事前に打ち合わせていたにもかかわらず発禁処分を受けたのだ、ということであった(16)。法律的には、作家と検閲官との間にこうした都合のよい取り決めは無論存在しなかったが、こういう慣習は以後次第に重要性を帯びていったのだった。

またこの裁判は、葵山の作家歴には不利に働いたかも知れないが、一方の今村判事は、これによって検閲制度の代弁者として一躍脚光を浴びることになった。「早稲田文学」と「太陽」の求めに応じた彼の二度の会見が、人々が絶えず求めた検閲基準の公表に対しての唯一の公的回答になったからである。「早稲田文学」との会見において今村は、風俗壊乱にあたる文学とは、「醜陋なるもの、就中私通姦通などならば其の描写の方法が露骨に過ぎたり、これを挑発奨励するやうなところがあつたり、又はこれに同情し賞賛するなど、凡て嫌な感を与へるもの」と定義している。「法律家の持つてゐる判断の尺度」は、「国民一般の道義観念に照らして醜汚の感を催すと思はれる所」にある。この基準は、世間のいたって下劣な人間の好みに合わせて決めるものでもなければ、また最も君子然とした潔癖家の趣味に合わせて決められるべきものでもない。また裁判官自身の道義感によるものでもない。一事件を判断するに際して裁判官は、自らの基準が当代の「一般の」価値感に合うように「丁度のレベル」まで引き下げたり、あるいは引き上げたりせねばならない。ある作品が風俗を壊乱するものであるか否かを判断する場合には、現在の基準が問題なのであり、他の時代や、他国の文学的な基準や価値観は問題にならない、という。今村判事は、「一般の道義観念」なるものの決め方には、ある程度の主観が入る可能性のあることを認めている。だが、これは仕方のないことだ、と今村は言う。自分は、自分の所信に基づいて思う通りにやるのだから、作家も同じようにやればよろしい、と作家たちに助言した。「苟も文芸家が恁ういふ事は描いてよい、描くべきものだと信じたならば、どし〳〵と作つたらよいだらうと思ふ。唯これを広く社会に頒布《はんぷ》することは、時の法律によって禁止されるかも知れぬ」(17)。

「社会一般の基準」という表現は、アメリカの法廷にも、一九五七年の有名なロス事件において登場した。もっともそれは、ラーニッド・ハンド判事が、カムストック時代の終焉を画そうとして類似の表現を導入した一九一五年以来、アメリカの裁判所が格闘し続けて来た概念であった(18)。今村判事は、そのハンド判事よりも七年前にすでにその新見解とそれに付随する主観的混乱を表明していたことで同判事の先鞭を付けていたのだから、その先駆性は大いに評価されてよいのかも知れない。

自然主義的情死行と強姦

『都会』の裁判の判決が下されて未だその噂も消えないわずか三週間の間に、また新たなスキャンダルが新聞の大見出しとなり、それは自然主義にかぶれたインテリ青年層の道徳的な退廃を示す実例と見られた。「自然主義の高潮　▽紳士淑女の情死未遂　▽情夫は文学士、小説家　▽情婦は女子大学卒業生」と、三月二五日の「朝日新聞」の大見出しにある。情夫とは森田草平で、夏目漱石の弟子で秀才ではあったが、文学的野心を抱いた変り者であった。彼には、妻と四歳になる息子がいた。情婦は平塚明子（後、らいてう）で、日本で唯一の女子大学を卒業し(19)、母親に、一生独身で暮らすつもりでいるし、私の夫は文学だ、と宣言していた。二人は、草平が英語を教えていたある文学講座で出会い、恋に落ち、その苦境を脱するには死をもってするしかないと決めていたという。二人は尾花峠を徘徊しているところを警官に取り抑えられたが、すでに死ぬ覚悟を決めていた。「古来情死の沙汰珍しからずといへども本件の如き最高等の教育を受けたる紳士淑女にして彼の愚夫愚婦の痴に倣へるは実に未曾有のことに属す、自然主義、性欲満足主義の最高潮を代表するの珍聞と謂ひつ可し」(20)と、同新聞は報じた。

翌日の新聞はさらに紙面を大きく割いて、草平が別の女性とも情交があったことや、彼の文学上の興味にいたるまでを解説した。草平は西洋文学の優れた研究者で、夏目漱石、上田敏両氏の教えを受けていて「近代的香気強き」ダヌンチオの『死の勝利』を特に愛読していた。二葉亭四迷によれば、草平は、ダヌンチオの主人公がヒロインを胸に抱いて崖縁から飛び降りるクライマックスの場面がたいそう好きであったという。また某詩人によれば、「森田は彼が愛読せしツルゲネーフの小説『デスペレート・キヤラクタア』の如く絶望的の性格を有し」ていたともいう。草平が話題にしていたのは、主に頭に描いていた小説の梗概のようだった、と会見を求められた二人の文学者が記者に語った。與謝野晶子によると、草平は最近晶子を訪ねて来て小説の梗概を話していった。憎くて仕方がない女にいつも後を付けられている幻想を抱き、自殺を試みるが果たさず、ついには妻子のもとに戻って、炬燵越しに妻の手を握るところで小説は終わる。「最後は自然主義的です」と、與謝野晶子は、おそらく炬燵の場面の写実主義に感動して語った。

平塚明子の素性に関する記事も、やはり文学的要素を強調していた。女子大時代の級友の談によれば、明子は煙草をふかしてことさら尻軽女風に振舞っていたが、実のところは男性を弄んで楽しんでいるにすぎなかったという。明子をよく知る某女詩人の語るところによれば、「明子の思想は全く西洋流にして、男子を飽くまで已に引きつけ愈《いよいよ》傍まで来たれば突き離すことを最大の愉快と思ひたるほど」であり「露西亜文学を愛読し、ツルゲネーフの諸作の如きは一通まで備へて机上を離さざりし」ということだった。

漱石は短い談話において、おおむね草平を弁護して「新時代の青年の頭は複雑」だと述べたが、この事件に対する新聞の報道は概して批判的であり、日本女子大の学監麻生氏の談話で終わっているその記事は、当時支配的であった保守主義者が、文学、個人主義、及び青年に対していかなる姿勢を取っていたかを見事に要約している。

恋《ラブ》は神聖だとか言つて密通など恣《ほしい》まゝな挙動《ふるまひ》をやるのは自己中心の酷《はなは》だしいもので当校《ここ》の主義とは全然《まるで》反馳して居る。個人といふも社会あつてのもので世道人心に貢献してこそ始めて意味ありとの考へであるから彼の美的生活個人主義などと飛でも無い悪風潮の流行《はやり》出した当初より極力其打破絶滅に努力して居つた。それ故完全に我校の教育感化が及んだならば決して這回《こたび》の様な自己本位の無分別は出ぬ筈だが之も私共の力の足りぬからと思ふと残念で堪りません*。

けれども亦思ふに明子が今の様な自然主義的傾向に落ちたのは卒業後好んで嗜んだ流行の文学書が累を為して漸く周囲の風潮に化せられたものと思ふ。願はくは新聞杯《など》でも一つ調子を揃へて恁麼《こんな》悪風潮の撲滅に力《つと》められたい。憖《なま》じ此様《こん》な行動に同情を表することがあつては教育界は勿論広く世間に害毒を流す事になる〈†句点は適宜付加〉。

*麻生学監は「自己本位」という語を使っているが、この語は、漱石が一九一四（大正三）年の著名な講演で最も高い倫理的な原理に高めたものである。**Jay Rubin, "Sōseki on Individualism: 'Watakushi no kojin shugi',"** *Monumenta Nipponica* 34, no.1 (Spring 1979): 34. 〈†「朝日新聞」一九〇八（明治四一）年三月二六日の「恋の犠牲《いけにえ》」。小見出しは、「自己本位の無分別」「自然主義撲滅」〉。

新しい作家たちの文学上の功績が相当のものであったにもかかわらず、大衆が抱いていた自然主義に対するイメージは、この女子大学学監が前記のような談話を強調するほどに歪められていた。しかし、もしこの自殺未遂事件に対する世間の見方に影響を及ぼしたのが『都会』裁判を取り巻く状況であったとしたら、続いてある事件がマスコミにおいて表面化して、自然主義が社会に流す害悪を一層永続的に象徴し、自然主義に対する世間の見方を理不尽なまでに歪めてしまったのも当然である。その事件とは、いわゆる出歯亀事件である。

一九〇八（明治四一）年三月二二日の夜、庭師池田亀太郎という男（その特徴ある顔付きから「出歯亀」と仇名されていた）が、近所の銭湯で若い人妻を節穴から覗き、欲情をもよおして風呂帰りのこの女の後をつけ、人気のないところに引きずり込み、叫び声を上げようとした女の口にタオルを押し込んで強姦し、窒息死させたというのである。

犯人は当夜はうまく逃げたが、その後も女風呂を覗いては男風呂の浴槽で人目もはばからず自慰行為を続けていたということで（そのため「せんずり亀」という仇名も付けられた）、警察に逮捕された。池田は自白して裁判にかけられ、終身刑を言い渡された後、大審院へ上告したが、翌年六月に棄却された。この事件はマスコミを騒然とさせ、池田の悪事は自然主義小説に刺激された行為だとする見方が有力な見解の一つとなり、「出歯亀主義」という言い方まで生まれて自然主義の同義語とされた(21)。

出歯亀と自然主義が同一視されたのは、世間の常識というより偶然のタイミングのなせる業であった。誰にせよ、半文盲の庭師が自ら知識人の文学雑誌を読みあさり、自然主義的放蕩を見出している、などとは言わなかった。自然主義に対して世間が騒いだ大きな理由は、国民のごく一部の者だけが実際にこの新しい小説を読んでいるにすぎないという事実にあった。自然主義崇拝者に比べて、日刊紙に連載されていた講談の読者の数の方がはるかに多かったからである(22)。これは、伝統的な語り物の形式（講談あるいは講釈）で、どちらかと言えば実話に重きを置いていたが、その題材は有名な武士たちの行状から得ていた。池田亀太郎が何かものを読んでいたとしたら、近代小説より講談を読んでいたというのははるかにあり得ることであった。講談は当時まだ熱心な聴衆の前で語られていたのである＊。

＊講談師は、物語が印刷されていても、それらを書くのではなく、読むすなわち朗唱するのである。

「国民新聞」は、殺人犯発見の報道と同じ日に、当時一番人気の高かった講談師真龍斎貞水の『夜嵐お絹』の第八五章を掲載している。これは、お絹物語を貞水が語り直したものであり、一八七八（明治一一）年に大ヒットしたあの有名な毒婦物語であった（四六—四七頁参照）。お絹はここにいたるまでに信じ難いほどの冒険《アバンチュール》を重ねており、その多くは色情、糞尿、人殺しに関する内容のものであった。たとえば第一三章では、お絹が船縁で用をたしていると(「魚は上の方を見て無満足《さぞ》いたしたものでございませう」と貞水は評する)、突然、下男の一人が裕福な主人の息子と結婚しようとしているお絹の邪魔をしようと船からお絹を突き落とす(23)。海辺に月の光を浴びているお絹の裸体が発見される。これはこの連載小説の挿絵師が読者にお絹の豊満な乳房を見せるおびただしい機会の、ほんの初例にすぎないのである。

お絹を発見した男がお絹の父親を殺して牢獄に入れられると、お絹は、妊娠できない妻の承諾を得てある大名の妾になり、男の子を産む(24)。この大名が死ぬと今度は尼になる。池田亀太郎が婦女暴行を働いて殺害したとされる一九〇八(明治四一)年三月二二日の夜は、物語ではまた、お絹がいやらしい情事に耽り続けて、明治時代がすでにその幕を明けていた時であった。お絹は小林金平と称する高利貸しど同棲しながら、一方では歌舞伎役者たち、とりわけ嵐理白の寵愛を受けている。金平はお絹の誠意を疑って、第八五章でお絹の帯の間から落ちた手紙の主を問いつめる。女が打ち明けるのを拒むと、金平は女の着物を引き裂き、女を柱に括りつけて殴る。挿絵には、金平が着物を荒々しく剥ぎ取っている様子が描かれている。翌日の挿絵では、お絹が柱に縛られ、縄の間から乳房がなまめかしく飛び出し、顔から血が流れ落ちている。何も不貞は働いてなどいませぬ、とお絹は金平を説得する(その後、お絹は理白の子を宿し、金平を毒殺して裁判にかけられ、出産の二週間後に処刑される。こうして勧善懲悪が成立する)。

「日本国民が戦争に勝つてきたのは、講談のお陰だ」。大隈重信伯爵は、こう語ったと言われているが、おそらく勇を鼓す四十七士の物語を念頭においてのことだったのだろう(25)。とは言え、このお絹物語が貞水のいちばん人気のある作品であったようである。また国定忠治(26)の如きやくざの話には、性と暴力の場面がぎっしり詰まっていて、それが講談の出し物の大半を占めていた。にもかかわらず、生田葵山の裁判以後は、西洋かぶれの自然主義が性の堕落と同一視されざるを得なくなるのだし、他方、伝統的な講談は登場人物が一般道徳に従って(あるいは、違反して)行動しているが故に、疑いをかけられることは決してなかったのである。講談が、忠義と愛国主義というよき伝統的価値とぴったり合致するということで、文部省は一九一一(明治四四)年に講談の制作を奨励する政策を立案さえしたのであった。そしてそのため文部省が依頼した最初の講談師が、ほかならぬこの真龍斎貞水であった(27)。

政治の流れが明らかに保守主義に向けて進展して行く時代には、『都会』裁判、森田草平と平塚明子の心中未遂事件、出歯亀事件などといったマスコミを騒がせた出来事によって、自然主義に対する大衆の忿懣は、大きなうねりとなって盛り上がるのであった。

第7章――文学と人生、芸術と国家

膠着状態に向かって

世間一般の感情が新文学に対する敵意をあらわにするにつれて、政府は弾圧政策を取り始めた。当局の正式見解が打ち出されたのは、一九〇八（明治四一）年二月二九日、生田葵山の裁判から僅か二日後のことで、その日、法曹界の一流紙である「法律新聞」に、内務省警保局書記官井上孝哉なる人物の談話が掲載されたのであった。この裁判は警保局を深く憂慮させる問題であり、井上はこう語るのであった。「近来謂ゆる肉的文学若くは自然派文学と称し極めて卑猥なる恋愛を説き又た肉的事項を記述するもの漸く盛んならんとせり」。こうした自然派が有する文学的価値については自分の知る所ではないが、しかし、と井上は続けた。自然派の描く世界はきわめて卑猥であって、家族団欒の場で音読できるものではない。われわれの社会における青年男女は、文学者から品位を落とす方法など教わらなくても、そのままで充分に頽廃の様相を見せている。自然派の擁護者は自然派について、社会における事実をありのまま描くにすぎないと言うが、彼らは明らかにそういう社会の暗黒面ばかりを針小棒大に誇張しているのである。しかも、内務省の禁止を誤解する者も多く、上流社会を描く場合にことさら禁圧するとか、自然派を特に選んで圧迫するとか言って非難する者もいる。それはまったくの誤解である。われわれ当局者の願いは公共の道義を正すという一点のみである。「予は世人特に文学者諸君が当局者に対する誤解を氷釈すると同時に又た大に反省する所あらんことを希望する」(1)。

むろん井上のような意味合いではなかったが、大いに反省することなら、それこそ文学者がいつも行っていたことであった。文学者は、年上の年代の価値観を受け入れる代りに、自らの内面を凝視していたのである。こういう近代文学の作者は、家族全体で本を読み聞かせ合って楽しんだかつてのような音読の演者ではなく、若い世代が行っている黙読の共犯者であった。つまり猥褻さなどよりはるかに油断できないしろものによって、共同社会の結束をおびやかす破壊分子に他ならなかった。油断ならないものとは、私的自由《プライヴァシー》のことである(2)。

真面目な文学作品が、江戸時代の好色本、性行為の案内本、枕絵などに混じって、警保局のリストに現れ始めた。一九〇八(明治四一)年の間中、「文芸取締」問題は新聞や雑誌の中で重要な位置を占め続けた。そこで繰り返し論じられたのは、文学者と検閲官との相互理解の必要性であった。つまり、当局が未だ内密にしている猥褻さの基準を公表するなら、あるいは、検閲の仕事が内務省から文部省に移管されるなら、またあるいは、フランスに習って文芸院《アカデミー》が設立されるなら、たぶんその理解は達成されるということになっていた。

検閲官の基準は絶対に公表されなかったが、それでも意志の疎通を求める声が無視されていくことはなかった。一九〇九(明治四二)年一月に文部大臣は、文学者と会合を開いてそういう問題を討議した。しかしながら、一九一一(明治四四)年の五月までは、文芸院は設立されるにはいたらなかったし、やがて開設された文芸院も政府を二年間失望させた後で、国家財政の削減を理由として最終的に命を断った。それは、後の軍国主義時代を別とすれば、政府が文学者を組織して影響を与えようとする最後の試みになった。

当局との関係を問題にする文学者側の反応は実に多様であって、時代の厳しさが増すにつれて、また作家が自らの社会的役割に対してさらに確信を抱くにつれて、文学の統制を講ずる役人の方策に対するあからさまな軽蔑が増大していった。結局は文学者、政府、いずれの側も明快な勝利は主張できなかったが、それにしても文学は、この厳しい試練の中から断固たる高潔な姿を現して、決して妥協することはなかった。

文学・人生・曖昧な思考――天渓・花袋・啄木

一九〇八（明治四一）年三月に、評論家の前田晁は記している。日本の文学も、「文学と社会との交渉が、いよ〳〵密接になつて行く」。「今日の文学は、昔時《せきじ》の文学のやうに、徒らに弄ばれんことを目的として作り出さる﹅、閑人の閑事業でなくつて、確かに人生の真面目なる一大事業である」ので、政府にとって真の関心事となるものであった。去年までは、論争は新旧文士の間のみにとどまっていたから、文壇は賑かではあったが物騒ではなかった。ところが、今年はその筋の取締りが厳しくなり、論争もすべて去年と異なった色を帯びて来た。人々は、発売禁止された作品が自然派の作物であるのが当然のように思い始めている。つまり官権側に味方して、自然派を攻撃し始めている。「なるほど、官権の処置に常に満足して、喝采さへして居れば、間違つても刑罰を蒙るやうな虞はないから、其の身は無事安穏でよからうが、余所からは陋劣に見える。（中略）その暁になれば、今、発売禁止となつた一二の平凡なる作物も、高価なる犠牲となつて、世界の文学史上に特筆大書されるであらう。（中略）すべての権威、すべての理想、すべての空想を根柢から覆して全く、新たに人生研究を始めた所に自然派の意義がある」*。

*「文学界雑感」（「太陽」一九〇八（明治四一）年三月一日）一四二―一四四頁。意見のこの部分について憤慨を示した反応は衣水「文芸界の暗流」（「帝国文学」一九〇八（明治四一）年七月）一五一―一五二頁参照。「（自然派の道徳は）極端なる個人主義に走れるものにして、（中略）予輩の見る所を以ってすれば個人も亦社会の一員たり。されば他人のために換言すれば社会の共善のために、自己の利益欲望を放棄するはこれ

自己を滅却するものにあらずして却つて、大なる自我のために小なる自我を犠牲とせるのみ。換言すれば大なる道徳のために小なる道徳を棄てたるに外ならず。（中略）人類が他の動物と異る所は実に茲にあり。（自然派の道徳は）道徳そのものの打破を企つるものなりとなす」。

こうした前田の見解は、要するに、究極的な潔白の証明を時の流れに求めるという点で、いかにも典型的な論述だったと言えよう。それとは対照的に長谷川天溪は、一九〇八（明治四一）年六月の「太陽」に、文学者と政府との間にある対立の一解決策として文芸院の設立を唱え始めていた*。天溪は「幻滅時代」の到来を宣言した評論家であり（七九―八〇頁参照）、既成の価値観に対する反抗という点で自然主義を強力に唱導して来た。しかし文芸院を求める天溪の主張は、この評論家が自分の見解の及ぼす客観的意味をいかによく理解できずにいたかを暴露している(3)。

＊実際、天溪はすでに一九〇六（明治三九）年に文芸院の設立を求めていたが、当時は検閲問題は副次的なものにすぎなかった。当時天溪の理解するところでは、文芸院が文学にもたらす主な利点は、「国家の精神的名誉を昂進せしむめ」ることに対する国民の感謝の表明にあつた。「太陽」（一九〇六〔明治三九〕年六月一日）、一五三―六〇頁〈†「文芸時評　文芸院の設立を望む」〉。

あの生田葵山の『都会』事件が未だ解決されないうちに、小栗風葉の『恋ざめ』、ゾラの『巴里』、及び『モリエール全集』が検閲官の前に将棋倒しになった、と天溪は書いている*。天溪は、それが不幸な状態であることは承知していたにもかかわらず、風教維持という点からある程度の検閲の必要性も認めた。天溪は、家族と類比することによって文芸統制を支持すべきだと、筆を進めている。誰よりも自由主義的な家父長にしても、自分の子供が邪道に迷い込むのを防ぐために、読み物に制限を設けるものであり、われわれはそういう親を批判するよりも、その行為を、むしろ子供の幸福を願う人情の自然な表れと見なすものだと、天溪は述べている。「検閲官諸氏や、道徳家、教育家などはすべて此の親の情を以つて、厳命を下されるのであるから、社会は大に感謝すると同時に、なお大に取捨を励行せられむことを希望すべきである」と。

＊『巴里』の第二巻は、第一巻の翻訳が出た際に翻訳者の許に西園寺公望首相によって書かれた熱烈な讃辞が寄せられたにもかかわらず、一九〇八（明治四一）年五月四日に発禁になった。西園寺は「ゾラを手にせざるより殆三十年隔世の後相逢とでも申やうなる心持にて（中略）後篇の出現を鶴望仕候也」と述べている。以下を参照。『近代文芸筆禍史』一九頁、五三―五四頁。内務省警保局編『禁止単行本目録』八九頁。三巻本『モリエール集』の第二巻は一九〇八（明治四一）年四月三〇日に発禁処分を受けた。翻訳者は一九一六（大正五）年にこの三巻を一巻にまとめて出版しようとしたが再び差し止められた。『近代文芸筆禍史』一九頁、五二頁、及び内務省警保局編『禁止単行本目録』一一〇頁。

しかしながら、天溪は明らかに一つの懸念を抱いている。問題は結局、検閲官が文学上の判定を行う際に、「人間は元来欠陥多いものであるから、恒に紕繆なき解釈判断を為し得べしとも断言せぬ」ということである。天溪が、広く尊敬されている学者たちで構成される文芸審査院の設立を提案したのは、こうした理由からであった。天溪の考えでは、検察官と文学者が疑わしげに互いに注視し合っているのは、意志を交換疎通する機会がないからである。そうした疎通を計る種々の方法の中でも、さしあたり検閲官と作家批評家との連合大懇談会でも開くのが最善の策かも知れないと、天溪は記すのであった(4)。

一一月に入っても、天溪はなお文芸院を求め続けていた。天溪の考えに立てば、それは葵山の事件に見られるような「誤解」を避けるための、「双方接近」の道であるはずだった。検閲官の取締りが厳重になるのを天溪は喜んでいた。それによって、多くの誤解を招いて来た自然主義の便乗者が追い払われるだろうから、というのである。われわれ真面目な作家や批評家は、そういう贋物の排除を願っており、自然主義を実際生活に応用するなら獣慾主義者などとは正反対のものになり、「其極点は、禅僧の如き生活を送らねばならぬことになるであらう。何故なれば、自然主義は、何物にも価値を付帯せしめず、寧ろ傍観的生活を送るを本旨とするからである」(5)。

まるで天溪は、文学が政府に何ら関わりを持たない無害な娯楽であると主張しているように見えるが、仮にもそう見えるなら、彼は自然主義全体の代弁者ではなくなるし、また自然主義が実人生*に何ら関わりのない、純粋に芸術的な理論である、と宣言した唯一の人物でもなくなってしまう。ここで文学と政治との和解の必要性を説いている天溪の見解は、現状肯定から生じたものだが、この見解を、かつて彼が自然主義は「幻滅時代の芸術」である、とすでに公言していたことを考え合わせるなら、これは何とも意外なことだと言える。

*長谷川天溪「諸論客に一言を呈す」(「太陽」一九〇九(明治四二)年五月一日)一五四頁。島村抱月の自然主義論もまた傍観的観察を強調していた。抱月「芸術と実生活の界に横たはる一線」(「早稲田文学」一九〇八(明治四一)年九月)『近代文学評論大系　第三巻』二三三―二四五頁参照。日本の知識人の消極性についての古典的な見解については、抱月「今の文壇と新自然主義」(「早稲田文学」一九〇七(明治四〇)年六月)『近代文学評論大系　第三巻』五二―五五頁参照。ここで抱月は、作家の自我の自然への無条件降伏という禅に似た姿勢を提案している。理論家でなければこのような文章は書けなかったであろう。

「太陽」一九〇八(明治四一)年六月号に載せた二つ目の論文で、天溪は自然が芸術に課す制約について詳述している。「現実主義の諸相」と題して、「個人の生存を全ふす」る事の大切さを説くが、「この自我なるものは、我一身内に跼蹐することなく」やがて、国家全体を包み込む(これ以上の拡大は現実の範囲を越えるものであるから不可能である)。「五千万の同胞は、万世一系の皇室を戴き」、二六〇〇年の歴史を通じて日本国民は皆、同じ空気、同じ山川、同じ思想に育てられた。従って、わが国民はこの現実に基づいた「日本主義」の教育を受けるのが当然であり、仏教、キリスト教、あるいは社会主義から生まれた抽象的な人間観に根差した教育は現実にそぐわない。そういう理想主義の教育は、実際上の生活と理想上の生活と、二重の行動をする卑劣極まる偽善者を産み出すことになる。文部省は宗教本位の学校をすべて閉鎖する方が、むしろ国家の利益である、と天溪は主張した。

ここで天溪は、キリスト教をほかの好ましくない教義と同様の扱いをしているが、実はこの外国の宗教は、天溪にとって嫌悪の対象でさえあった。一九〇七(明治四〇)年五月及び一九〇八(明治四一)年八月の「太陽」で天溪はキリスト教を攻撃しているが、その理由は、彼の見解が明治国家とその帝国主義の使命とに完全に一致していることを示している。「吾れ等は、地的《ママ》発展を望むものである。国家の発展を希望するものである。然るに基督教は、超自然の理想を立て、ゐる。現実と没交渉の神的理想が、いかで克く此の志望を満たすことが出来やうぞ。（中略）されば其の教理に忠実なる信徒となるに従つて、国体と衝突する思想を懐かねばならぬ筈だ」。「人は二人の主に仕ふること能はず」という儒教思想に訴えて、日本におけるキリスト教の普及は益々多数の且つ危険な偽善者を産み出し、彼らは自己の宗教にもまた日本の法にも完全には忠実になれない、と天溪は主張した(6)。

天溪は、当時の国家主義的教育に対してもある面で反対していた。すなわち、人類一般から抽象した理想に基づいて人を創るという、おそらく西洋式教育技術に心酔した結果生まれたであろう傾向に対して、異を唱えたのである。今の教育の欠陥は、八百屋、農業、華族、軍人などすべての子弟を一つの理想的鋳型に投げ込もうとすることである。これでは、万人に已が身分に不相応の野望を抱かせるだけである。最上の教育とは、子弟一人一人に已が置かれた現実を自覚させることである。最上の文学もこれと同じで、人生の現実をあるがままに描くことにある。これがすなわち自然主義文学であり、それは現実を重視するがゆえに間違いなく国民の特徴を表現するものとなるのである、と天溪は主張した(7)。

長谷川天溪は、あらゆる伝統的価値の破壊に熱中する、西洋に触発された運動の先駆的知識人と考えられて来たが、ここに見られる天溪は、明治の寡頭政治の支配者は無論のこと、士農工商の四階級を固定したものとし、外国の影響を締め出そうとした徳川時代の支配者とも同質の思想を表明しているのである。「個人主義」「自我」といったような観念をしきりに使った天溪にとって、それがいかなる意味を持っていたにしろ（「現実主義の諸相」においては、「自我」は国体であると定義しても差し支えないだろう）、現実の文学は天溪にとっては、小栗風葉にとっとと同じように、政治的な潜在能力を持たなかった。「宗教の幻想は打ち壊され、自然の神聖は、細胞、気体などの要素に還元された」と天溪はすでに主張していた〈†「幻滅時代の芸術」、引用は原文そのままではない〉。しかしなぜか「国体」は無傷で生き残り、宗教においても、また天溪が自らの主張の影響を認識できていれば文学においても、個人の良心の入り込む余地を与えなかった。

天溪は批評家で、理論家にすぎなかったが、実践的作家の中に田山花袋というよく似た存在がいた。吉田精一は花袋を、日本自然主義の最も重要な唱導者であった、ゾラのような存在と見なしている(8)。花袋は、島崎藤村の見解を補足して、自然主義作家を「人生の従軍記者」であり、空想に浮き身をやつしている「臆病」な浪漫主義者とは異なると主張し、自然主義者は果敢に戦場に入るが、戦闘員の戦いを仔細に記録することに徹するのだと説いた。本物の従軍記者同様に作家は、必ず部隊からは邪魔物扱いされる。作家は「傍観的態度」を取って、「平面描写」に終始し、行きすぎた批評や解釈を述べてはならない。自己の主観的価値を押し付けて、現実を歪めることになるからである。花袋にとっても現実は与えられたものであった。作家には現実を批判したり、変革しようとしたりする権利はない。一体作家の使命が何であるのか、芸術的に「人生の真実の発見」以外には、それほど明確ではない。芸術が社会の変革に影響する可能性については、花袋ははっきり否定した(9)。

しかしながら、小説論は、作家自身が書いたものであってもあまりに額面通りに解釈するのは危険である。たとえば、一九〇八(明治四一)年九月号の「早稲田文学」に掲載された「『生』に於ける試み」と題した談話筆記中の「平面描写」の技法に関する花袋の最もよく知られている発言は、作品『生』の中で花袋が実際に使った手法を正確に語ったものではない。作者は登場人物の内部精神に入り込まず客観的な傍観者として描くのである、と談話筆録は述べているが、後の短い引用でも明らかなように、これは作品の実際に反している。事実、『生』の語り手は、すべてを知っている。作品の中心となる土地の歴史を展望するばかりか、登場人物の一人一人の考えていることまでを自由に語る。ある研究者によれば、談話の相手をした相馬御風が、おそらく花袋の見解を思いのままに解釈したからそういう主張になったのであり、花袋が「平面的描写」という用語で意図したところは、彼が後に注釈を加えたように、「空想を交へずに」という程度の理論であったろう(10)。

時には自作において、花袋は提言した理論通りに描くことがある。つまり小栗風葉とほとんど変わらぬ技巧家としてである。風葉もまた自己の芸術を語る時には、大真面目であった。花袋は、一九〇二（明治三五）年作のゾラばりの作品『重右衛門の最後』において、語り手には感嘆符の助けを借りて、現実が有する想像し難い真実と、人間の本性に潜む動物的力について喜んで解説させている。だが、作者の興味の中心は、このような似非の深淵さよりむしろ作中の一人となっている語り手が情報を入手する際の、様々な合理的な方法を探求することにある(11)。

次作『隣室』（一九〇七〔明治四〇〕年一月）においても花袋は手法の実験を試み、死や人間の醜悪さに関するおびただしい陳腐な表現を使って、さも何か深遠な言説を読者に得心させようとしている。作品は、ある宿屋で隣室に宿泊している男の臨終の様子に耳を傾ける体験を描いたものであるが、目で窺えるのは、戸の隙間からの数度の覗き見に限られている。花袋は語り手の仕掛けにあまりにも凝りすぎて、重要な倫理上の問題を提起していることをほとんど自覚していないようである。語り手は臨終の男が息を引き取るのを宿屋の主人が放置したままでいることを非難しているが、語り手自身これに関わりたければ、難なく戸を開けて入って行けたからである。宿屋の主人が死人の鞄の中をあさっている様子を見て嫌悪の感を抱くが、止めようとはしない。ついには、語り手は宿屋を出て、汽車に乗ろうと駅へ急ぐのであった(12)。

もし花袋が『隣室』を最後に筆を折っていれば、当時は日本におけるリアリズムの発展に貢献はしたが、小栗風葉、小杉天外のような現代では読むに耐えない文筆家と同じ道を歩んでいたであろう。ところが、花袋は傍観者という道義的に曖昧な立場で自己点検を続けながら一連の作品を世に問い、それらは鋭い自己批評と、明白な批評的盲点との生硬な混合物として注目を浴びた。花袋の小説は、その方法において天溪の批評同様矛盾に満ちている。二人は真の同時代人であり、因習打破と保守主義との奇妙な混合を共有していた。だが、花袋は自己の世界観を肉付けした登場人物を作り出す芸術家の能力を有していた。彼に文学史上不朽の地位を約束した作品は『蒲団』であり、一九〇七（明治四〇）年九月に発表されたこの自伝的短編によって、花袋は同年の新文学への卓抜した貢献者として「早稲田文学」の賞讃を博したのであった。

『蒲団』の語り手が主人公竹中時雄について最初に語ることの一つは、「文学者だけに、此男は自から自分の心理を客観するだけの余裕を有つて居た」というものである。ところがこの小説の注目すべき点は、この言葉が、まさに竹中時雄について誤った評価をしているがゆえに、作者花袋にも広く当てはまるものであると、読者に見事に納得させていることである。時雄は、尋常ではない自己欺瞞の能力を有した偽善者、西洋文学を読み、主人公になったような気持ちで暮らしている無能な本の虫、新世代人を自称しながら、伝統的価値観に心から共鳴し、自分に都合のよい時にだけ、より自由な新しい道徳を持ち出す人物として登場している。時雄の思索のすべては、妻に飽き、うら若い異性に憧れる三〇代半ばの平凡な男の姿を隠す煙幕の働きをしているにすぎない。

時雄は、うだつの上がらぬ作家で、三文恋愛小説を書くかたわら地理の本を編集して家族を養っている。八年連れ添っている妻は、三人目の子を身ごもっているが、時雄の方は道を歩きながらも若い女との情事を空想し、妻が万一難産で死んだらどんな風に生きようかなどと考えている。すると突然、横山芳子という女から手紙が届き、弟子にして貰えないかと依頼して来る。洗練された手紙の文章に興味をそそられるが、女の身で文学者を志すのは無理であり、子育てをするのが女の生理的義務であるとの返事を出す。そうしながらも時雄は、地図を調べて女の町の所在を確かめる。女から手紙の返事が来ると、女の望みに時雄は折れてしまう。芳子宛の手紙の隅に写真を送るようにと小さく書き、またそれを黒々と塗って消す。

芳子が父に付き添われて上京して来たのは、時雄の三男が生まれて間もない頃であった。芳子は厳格なクリスチャンの資産家の娘で、近年広まって来た女子教育を受けた女のあらゆる長所と短所を備えた理想主義者で、器量のよい、虚栄心の強い女であった。時雄は、旧式の丸髷、泥鴨のような歩きぶり、従順と貞節のほか誇るものを持ち合わせぬ女と結婚してしまったことを悔いるようになる。芳子が一時的に同居するようになると、時雄は彼女の数々の家事の腕前に胸をときめかせるが、妻の嫉妬心と家族、親戚の猜疑心のために、芳子を別居させなければならないと考えるにいたる。

それから一年半、時雄は芳子に「自覚」することを教え込むが、旧式な考え方をする妻が芳子は男友だちと遊び歩いていると言って中傷すると、芳子を懸命にかばう。ところが里帰りの帰路、芳子が京都の学生と「神聖な」恋に陥ったと告白すると、時雄は愕然とする。新しい生き方の弁護者として、時雄はこの若い二人を援助しなければならないと思うが、一方ではこれまでの人生で常に好機を逃して来たように、今また芳子を自分の手中から逃してしまったことで自らを責める。「ツルゲーネフの所謂 Superfluous man!〈†余計者〉」だと嘆いて、やけ酒を飲んで己を忘れる。

三日間、時雄はこの苦悶と戦う。そしてついに愛する女の幸せのために役立とうと決心する。「これはつらい、けれどつらいのが人生《ライフ》だ！」。芳子の師としての義務を果たそうと、時雄は芳子を自分の家へ連れ戻し、二階の部屋に置こうとする。「此の自然の底に蟠《わだかま》れる抵抗すべからざる力に触れては、人間ほど儚い情ないものはない」と彼は考えるが、こんな時、田山花袋と時雄との距離はなくなっている。

時雄の崇高な決意は、幾つかの厳しい試練に直面せざるを得なくなる。芳子と愛人が近代的な割り切り方で二人の将来を一緒に計画していると耳にすると、時雄はこの道徳規範の変わりようを認めたいとは思うが、また古い慣習に縛られた自らの疑いも押さえることができないと、読者に語る。やがて時雄は愛人から芳子に宛てた手紙をこっそり読んで、二人の「神聖な」愛が肉欲の要素を持っているのではないかと探ろうとし、近代的な言い方を装って、貞操を守ることが女の自由を保証するのだと芳子に語って彼女を戒める。

恋仲の二人が益々頻繁に、呆れるほどあからさまに会うようになると、乱心した時雄は、芳子の両親に報告して、二人の仲を裂くことができるということに気が付く。彼は、これを芳子自身のためを思って両親に願い出ている振りをした。ところが芳子は、両親の反対を押し切って結婚しようと決心するので、時雄の嫉妬心は募るばかりであった。彼はまた、彼女が保護者に対する義務を放棄していることを恨んだ（芳子は「義理知らず」だ、と昔風の言葉を使って時雄は言う）。芳子が霊肉ともに田中に許していることを確信すると、時雄は芳子の父に彼女を郷里に連れ戻させる手配をする。外の男に身を任せていた女の弱みに付け込んで、手を出さなかったことを悔やむが、とにかく恋敵の手から女をもぎ取れたことを喜ぶ。

彼女の帰京の時間が近付くと、自分が一人身であれば「無論」芳子と一緒になれただろう、と時雄は考える。芳子と二人で理想的な文学生活が送れたであろう。「耐へ難き創作の煩悶をも慰めて呉れるだらう」。将来運命が二人を結び付けてくれるかも知れない。一度芳子が操を破ったことが、妻子のある自分の妻になることを容易ならしめるかも知れない。

荒涼とした生活が竹中家に戻って来る。それは三年前、芳子が時雄の人生に現れる前に煩《うるさ》い子供たちの中で感じたのと同じ寂しさであった。芳子が去ってから数日後に彼女から手紙が届いた。そのいつもと違ったよそよそしさからすると、芳子は親の言うなりになったらしい。時雄は二階に上がり、失われた恋の名残りを忍ぼうとする。油の染みたリボンを見つけるとそっと匂いをかいだ。芳子が使っていた蒲団を見つけると、その上に重ねてあった夜着の襟の汚れている所に顔を押し付け、心行くまで懐かしい女の匂いをかいだ。「性欲と悲哀と絶望とが忽ち時雄の胸を襲った。時雄は其蒲団を敷き、夜着をかけ、冷めたい汚れた天鵞絨《びろうど》の襟に顔を埋めて泣いた」*。

＊『現代日本文学全集　第二〇巻』三二一―五八頁。『蒲団』『少女病』の両作品とも、英訳がある。Kenneth G. Henshall, *The Quilt and Other Stories by Tayama Katai*, University of Tokyo Press, 1981.

『蒲団』は、作者が己れの人格の恥ずべき、醜い面を包み隠さず正直に曝け出したこと、とりわけ結末で、性的憧れという形をとって肉欲第一主義を正直に告白したことで、一般読者に衝撃を与えた(13)。とは言えこの正直な告白にも、ゾラ主義者の伝統である、醜い真実への病的な興味で潤色されていたところがあった。従ってこの花袋の勇気も、彼の作家活動の根幹の部分、すなわち彼の西洋文学の知識に、見せかけと自己欺瞞の要素があることを正直に告白したことに比べればそんなに勇気のいることではなかったのである。この点における彼の自己分析は、西洋にのめり込んでいた明治後期の文学者には期待できないレベルの傍観の域に到達していた。もちろん花袋にも越えられない限界があったことは言うまでもない。花袋は、「皮剝の苦痛」については真剣そのものであったからである。それでも彼は、自己の近代的な思想が闘わねばならない伝統的な感情の頑強な層が存在し、その根が彼の力では及ばぬほど深く、思うように処理できないことを認識していた。そして何よりも花袋は、この洞察を文学作品において客体化できる芸術的な修業を積んでいた。

花袋は次の重要な作品で彼の中にある伝統的な感情がどれ程強いものであるかを表した。一九〇八（明治四一）年四月から七月にかけて「読売新聞」に連載された小説『生』がそれであった。おそらく出歯亀事件（一二四頁参照）の不潔な余韻のために、保守的な批評家たちはこの作品を自然主義のあらたな危険な例として非難した。公平な目を持つ読者にとっては、花袋の自己描写に具現されているおそろしく強靭な家族の繋がりは、明白であった。

『生』の中心的な主題は四カ月半にわたり、その間吉田家の女主人は、腸癌で徐々に臨終へと向かい、家族の皆がみじめな生活を送る。夫を西南の役で失い、四人の子供を一人で育て上げた母親は、常に気難しく横暴な家長であった。末期の病を煩い、彼女のあらゆる挫折感と恨みが堰を切って、子供と嫁たちの頭に降り注ぐ。だが、この状況はまことに特殊なもので、しかも子供たちの態度も実に物分かりのよいものであるから、『生』は、解放を切望する近代的個人にのしかかる伝統的な家族の重圧に対しての抗議では決してない。と言って、花袋がこの問題に気付いていないわけではない。老婆が死んで子供たちはもっと楽になるだろう、と葬儀の列が通って行く時に傍観者の立場で語っているのだが、この文脈での彼の観察は皮肉に満ちている。それは家族の一人一人の想像し難いほどに複雑に入り交じった感情を強調しているにすぎない。彼等のうちの誰も母の死を待ち望んでいたわけではなく、また伝統的な家族制度の権威を、間接的にさえも疑ったことなどなかったからである。ここには、古い様式を捨てて長く実現しなかった一人立ちを主張しようとする決意はまったく感じられない。事実、花袋の分身である銑之助は、母の死によって一人立ちする段になると、まるで幼な子のように啜り泣くのである。

母の死の四〇日の法事を済ませた夜帰って来ると、天の河が澄みきった空に美しく横たわっているのを見て、銑之助は感傷にうちのめされる。

理由《わけ》なしに涙が滴れる。子の為めに親は其総てを尽した。子は親の為めに果して何を尽したか。母は難かしかつた。けれど難かしい以上に温情であつた。われ等の為めに、真心から悲しみ、真心から憂ひ、真心から怒つた。難かしかつたのは優しかつた為である。……であるのに、子等は何を以てこれに酬いた？

人間の浅ましさが今更のやうに犇《ひし》と胸に迫つた。少時《しばらく》して思返して、『けれどこれが人間である。これが自然である。逝くものをして逝かしめよ、滅ぶべきものを滅ばしめよ』

汪然として涙が溢れた。

思返して序文を書いた。和文調で母の死に逢つた悲哀を叙した。『これよりは時雨《しぐれ》降り、木の葉散り、さらでだに悲しき秋を、かしの実のわれ唯一人、いかに侘しき世をば経べき』と書いた。最後に、

『大なるめぐみに酬ゆべきもの無し、せめてはこのはかなき小さき文をだに御前《みまへ》に奉らばや』

かう書いて筆を置いた。また涙がかれの頰を伝つた。かれは大きい手を顔に当てゝ歔欷《すゝりあ》げた。

垣根では虫が頻りに鳴く。

其処にお梅が来て、

『何うしたんですの？』

『母様《おつかさん》が死んで了つた。もう一人だ』

見ると、夫が泣いて居るので、お梅も悲しくなつた。慰むべき言葉も出ない。

『もう一人だ！』と銑之助は繰返して言つて、『もう力になつて呉れるものは無い。お前と二人で此世の中を渡らなけりやならない！』

お梅も催されて泣いた。

少時《しばらく》は沈黙に落ちた。

やがて、『本当に力になつて下さる母様《おつかさん》でしたのに……』とお梅は言つて、『けれども、もう、仕方がありませんから、……二人で一生懸命に、どんなことでもして』

二人は始めてうき世の波に触れたやうな痛切な悲哀を感じたのである。夫婦としての意味以上に、ある力強い密接な関係がかれ等の上に生じた(14)。

『生』は古い家族様式が、近代的な自我にいっそう適合した夫婦中心の家族に変わる過渡期を暗示しているとの主張がある。だが、この作品にはそのような近代的自我は存在しない。ハッピーエンドの結末になることはどんな家庭劇にもふさわしいことではあるが、次の世代を作り出す若い家族が伝統的な方向には向かわないという保証はどこにもない。子沢山の姉は田舎に帰り、酒飲みの夫のもとで苦労する。いちばん末の弟は自分の見染めた花嫁を貰って意気揚々としているが、軍人としての経歴に満足しており、変化を望んでいないことは明らかである。長兄は新しい嫁と仲睦まじく暮らせるようになる。病母の四六時中の看病がなくなり、二人の夫婦生活に遠慮がいらなくなったからだが、それにしてもこの兄は単純な古い型の男であった。さらには夫婦の性と子としての親への敬愛との相克という微妙な主題に答えて、西洋化された作家であるはずの銑之助すら、まったく因習から解放されていないことを自ら暴露している。

銑之助の多感な胸では、妻が懐妊したといふことが何だか不道徳な罪悪のやうな気がせぬでもなかつた。昔は親の喪三年の間、夫婦は室を異にしたといふことがある。（中略）古い支那の道徳の教《おしへ》が不思議にも新しく銑之助の胸に反響した(15)。

家族の封建的な根を象徴する家宝の絵を売ることにいちばん動揺したのも銑之助であり、母の死後子供たちに各人の臍の緒をあらためて配ることを嘆いたのも彼であった*。彼はまた長兄が家族の見栄から金をかけた葬式を出すと言い張っても異を唱えなかった。

＊日本の母親は、取って乾燥させた子供の臍の緒の小片をよく保存していた。

『生』の保守的な読者の感情を害したのは、母の長患いと死を描く際の花袋の冷淡な目であった(16)。若い頃の母の懐かしい思い出、母の病苦と死への恐怖に対しての同情心は表現されているが、母は敬われてはいない。描かれている母の様子は、不機嫌で、衰弱するにつれて体は醜くなり、蝿がたかるほどの悪臭を放っている。花袋によれば、この作品を書く決意をしたのは随分苦慮した後のことであったという。花袋が自らの不安を解消するために芸術の名において自らの家族を利用したにすぎない、とわれわれは非難できるかもしれない。しかし、花袋の冷ややかなまなざしは、何も家族に限ったわけではなく自らにも向けられていたのである。そして花袋の自己描写は、『蒲団』の大写しのそれとほぼ同じ程度の多くの歪みと矛盾を有している。

田山花袋は人生の断片的な心象を一貫した叙述にまとめる知的な能力に欠けていた。前述の涙にくれる場面のように、あえて自己の思想を表現しようとすると、唯々困惑するだけであった。それでも、冷静な目で、人生は要約するには複雑すぎるし、真実は捕えようとするといつも逃れてしまう、と仄めかしている。長谷川天溪の理論では決してできなかったことであるが、花袋は日本の自然主義が実は幻滅の時代の芸術であることを立証したのである。

花袋の中立的な描写力が伝統に対する挑戦にはなっていないという点では、天溪の理論――そして花袋自身の理論もそうなのだが――と五十歩百歩である。これはまさしく石川啄木の見解であって、啄木は、二人が「一種の恥づべき卑怯」を実践していることを非難した(17)。天溪のそれは「日本人に最も特有なる卑怯」であるという。自然主義の手法は現実の観察に限られているため、古い道徳との戦いは国家、家族と矛盾するものではない、と天溪が主張しているからである。自然主義の客観性が国家にとって脅威でないのであれば、それは古い道徳にも脅威を与えないことになる、と啄木は指摘した。ひるがえって花袋の小説については、その文学者としての一貫した傍観主義が花袋自身の個人的な卑怯さの表れだと指摘した。平面描写は、現実的な経験に基づかない要素を文学から除去するための有効な手法ではあるが、花袋は人生の諸問題に対する解決が観察可能な現実の外にあることを主張して、あまりにも性急に作家の批判精神を捨ててしまった、と啄木は批判したのである。

啄木は花袋の批判精神の欠如を示す証拠として、その作品に描かれている自己描写の幼稚さを引き合いに出している。しかし、この作品に表れている花袋の分身が浅薄で偽善的なのは、花袋が自己を暴露していることにほとんど気付いていないからだ、と考えなければ、啄木の批判は意味をなさなくなる。つまり花袋は、自らのあらゆる欠点を『少女病』（八二頁参照）の主人公の中に何の思慮もなく詰めこんで、単にこの作品に終止付を打つために主人公を轢死させたのだ、とわれわれは考えざるを得なくなる。また、われわれは『蒲団』におけるこの自己描写の明らかな深まりを無視しなければならないであろうし、己れがいかに偽善家であり得るかを大胆に曝け出したことで批評家が花袋を賞讃すれば花袋は憤慨した、と考えざるを得なくなるであろう。花袋がどこまで行けば啄木は満足したのか、それを言い切ることは難しいことである。おそらく、宣伝活動《プロパガンダ》に類する粗野なレベルの見解でも一席ぶてば、目的は達したことだろう。このことは、大逆事件の時に書かれた啄木の後期の評論や、また花袋に関する啄木の評論に見られる。最近の転向に対する苛立ちにも暗示されている。啄木は、短い断片的な評論の中で、「昨日」まで自分自身が他人を攻撃していたのと同じ類の卑怯な自己欺瞞に花袋は陥っている、と二度も述べている。これは広がっている不快な状況で、緊急に治療する必要があり、人生の客観的な平面描写などといった間接的な方法ではどうにもならないだろう、と啄木は示唆している。

啄木のこの告白でわれわれが思い出すのは、伝統的な考えがいかに根強いものであったかということであり、またそのために、検閲とは公的価値観が私的な領域に侵入して行くものだという認識の広まるのが見事に妨げられていたということである。つまり、新しい文学の波さえもが——それはあらゆる既成の価値観を打ち壊そうと意図していたのであるが――国家の使命の一部だと見なされるならば、いかなる個人の領域も存在し得なくなる。仮にも自然主義の先頭に立った知識人である長谷川天溪が、教科書改訂などといった手段にその組織的な宣伝が反映され始めた「国体」と自己同一化をはかるのであれば、この一枚岩の体制からの決別を主張した作家たちに対する広い支持などはほとんど望めなくなるはずである。

もっとも天溪の見解は、個人と国家や社会の関係に関する一つの見方にすぎなかった。内田魯庵は、天溪自身の編集になる「太陽」において、この問題にはるかに自由な知性を傾注して見せた。魯庵は、一九〇一（明治三四）年の自己の作品『破垣』の弾圧に激しく抗議した作家であった。一九〇八（明治四一）年六月号の「太陽」における談話で、魯庵は、彼自身も以前考えたことではあったが、厳重な検閲の問題は管轄を内務省から文部省に移せば解決できるとする考えには同意できないと語っている。問題は検閲官にあるのではなく、もっと根本的なものである、と彼は述べた。

『モリエール全集』が発禁処分を受けるのは、おおいに問題ではあるが、警察が文学に鈍感だと嘆いても意味がない、と魯庵は語っている。「警察」と聞くと恐ろしげだが、その警察にしても、最近の小説が発禁処分を受けたことに大喜びして検閲官を励ましている教育者や学者に比べれば何ほどのものでもない。魯庵が認識していた通り、検閲制度の問題は、実はこうした伝統主義者の倫理感と、発禁処分を受けた作家たちの倫理感との落差から起こったことであった。検閲制度の機能を文部省に移したとしても、事情は何も変わらないであろう。なぜなら、作家たちは依然として東京大学哲学教授井上哲次郎の如き人物のなすがままになるだろうと魯庵は感じていた。そしてこの井上は、キリスト教は忠義心と孝行心とを教えない宗教であると非難した人物であった*。実を言うと、われわれには教養のない警察の検閲官の方がずっと楽だろう、彼等はシェークスピアやショーペンハウエルのことなど何もわからないから、これを発禁処分したいなどとは思わないだろう、と面白そうに目を輝かせながら魯庵は付け加えている(18)。

*井上とキリスト者内村鑑三の間の葛藤については、Tatsuo Arima, The *Failure of Freedom*, pp. 34-36. 参照。

魯庵のこの発言があってから一カ月後に、旧道徳を大義名分としていよいよ積極的に権力を行使する政府が政権を取った。彼等こそ、ついには天溪の主張する文芸院を認めた人たちであった。

第8章——政府の右傾化

第二次桂内閣

明治政府初期の結束が崩壊しようとしていた時期に、維新の巨人の一人、山県有朋（一八三九〔天保一〇〕年～一九二二〔大正一一〕年）が大きく姿を現した。山県は軍人で、おそらく日本の近代化を進めた独裁者の生き残りのうちでも最も頑固な保守主義者であった。山県は西園寺公望首相をあまりにも自由主義的すぎるとして、決して評価しなかった。とくに山県は、社会主義に無関心な西園寺の姿勢を非難した。山県は社会主義を危険きわまりない外国の思想だと恐れていたからであった(1)。西園寺の先輩であり、山県自身の弟子でもあった桂太郎に、社会主義に対して強力な方策を講じるよう山県は、すでに念を押していた。山県は西園寺に圧力をかけて強硬路線を取らせることに成功した。しかし西園寺は、山県が満足するほど強硬ではなかった。幾つかの事件の後、ついに一九〇八（明治四一）年六月二二日の赤旗事件（刑務所を出所した同志を出迎えた左翼が「無政府共産」「無政府」と書かれた旗を振った事件）が起こると、山県はあらゆる危険思想を根絶するには、西園寺を下野させるしかないと確信するにいたった。彼は西園寺を辞職させ、七月一四日に、陸軍元帥で山県の「四天王」の一人であった桂太郎を首相に返り咲かせた(2)。

危険思想の不安に憑り付かれていた政府にとっては、社会主義、自然主義、無政府主義、個人主義、自己中心主義、自由恋愛(3)など、あらゆる主義は同じものであった。それら(あるいは「それ」)と闘うために、弾圧と教化の計画が必要だったのであろう。政府の指導者たちは、田舎の青年に忠義、孝行、愛国心といった古き良き美徳を見出し、それをさらに深く根付かせることができると信じていた。これらの若者は、やがて都会に出ることになり、その結果地方改良運動は勢いを増した。西園寺のもとですなわち行政による村落の改組、神社の統合、底辺組織の中央集権化、といった諸方策はほとんど内務省の管轄下で扱われた(4)。桂の政策の一つは、危険な思想に対する警察の取締りを強化することであり、もう一つは、やはり山県の「四天王」の一人であり、かつて山県のもとで内務省総務長官を勤めて警視庁を配下に置いた経験もある小松原英太郎の指揮監督によって、文部省が国民再教育計画を立てることであった。

小松原は新たな勅語、戊申詔書の立案に参画した。草案は内務大臣平田東助が作成したが、小松原は平田のもとで地方改良運動に加わったこともあった(5)。この勅語の目的は、「国家的動員への参加」を奨励し、「奢侈軽佻の弊風を矯正する」ことであった(6)。一九〇八(明治四一)年一〇月一三日に行われた奉読式で、文部次官岡田良平は、「自然主義とか、或は極端なる個人主義といつた……種々の好ましからぬ現象」に原因する国家統一精神の衰退が、戊申詔書の渙発を急がせたと語った(7)。

内務省の地方改良運動に合わせて、小松原は生涯教育と、いわゆる通俗教育の計画を立てた。さらに、小松原の指示によって、「委員会が設置され(中略)『小学校の修身、歴史、国語の教科書を検討・修正せよ』」という通達が出された(8)。これによって、一九一〇(明治四三)年に、国民道徳、あるいは世の学者たちから「家族国家」思想と呼ばれることの多い、明確に公式化された思想表現が修身教科書の中に新たに盛り込まれた。これは、維新の指導者たちが教えこまれた勤皇倒幕思想の成文化であり、精髄化であった。こうした思想は、明治時代全般にわたってある程度自明のことと考えられていた（長谷川天溪は決して新しい教科書の産物ではなかった！）し、近年の社会不安と闘うための国家的な神話として、意識的に宣伝されていた＊。

＊この神話は決して事実無根の作り話というわけではなかった。一六世紀の最も絶望的な状態であった時期でも、皇室はその神秘性を保持していた。皇室が委譲する将軍の権限は、最高の褒美であり、これを求めて武将たちは争った。皇室の神秘性については、John Whitney Hall, *A Monarch for Modern Japan*, pp. 11-64. 参照。

この時期から、日本の学童は神道の神話を歴史的な事実として教えられることになった。天皇は「万世一系」の家系により、天照大神の「神聖にして侵すべからざる」子孫であった。「国民は家族のようなものだというのではなく、日本人の一般家庭の遠い昔の先祖は、幹である皇室の家系から枝分かれした子孫という事実のために、家族そのものであった」。それぞれの家父長に対する孝行は、この国家家族の暖かく優しい父親つまり天皇に対する忠義の現れの一つであり、それとまったく同質のものであったのだし、また愛国主義と同義的であった(9)。これと並行して、軍令と軍範の精神の練り上げが一九〇八（明治四一）年から一九一四（大正三）年の間に行われた(10)。

この暖かい、情緒的な国家主義は正統な神話となって、一九四五（昭和二〇）年の敗戦を迎えるまで国民道徳をますます強調しながら教えられた。そこで文学は、家族の神聖さを疑問視した時、解放された女性を描いて家族の構造の変化を暗示した時、個人は国家家族の一員として家族のために生きるのではなく自分自身のために生きることが可能なのだと示唆した時、あるいは自己の性的衝動を満足させることはそれ自体正当な目的であり、家系の保存とは別のことであるとした時はいつも国家の正統性と対峙することになった。

自然主義が疑問視したのは、まさにあらゆる家族中心の価値観であった。そして自然主義の台頭を、政府は家族及び社会の崩壊の兆候の一つと考えた。文学と政府との衝突と、その結果としての検閲制度の拡大は、避け難いものであった。つまり、日本の小説が成熟段階にさしかかって近代人の幻滅を生み出そうとしていた時期に、政府は国民に対して逆に幻想を宣伝するための独自の計画を練り上げていたのである（皮肉にも桂内閣は、南北朝に分裂していた一四世紀時代の不明確な記述を取り上げて天皇の万世一系神話に異議を差しはさんだ教科書を作成したという非難を受けて、自縄自縛に陥った。この失態は内閣の崩壊の一端となったし、小松原英太郎を桂内閣の構成員で、ただ一人、貴族の爵位のないままにした(11)）。

文芸院の問題――小松原邸における晩餐会

桂内閣の成立は、政府と保守的な社会が文学をいよいよ厳しく糾弾しているという強い印象を与え、そのため善後策の必要性が感じられた。文芸院の設立に向かって政治的な動きがあるという噂が広がり、数編のエッセイや対談が発表され、そうした組織が果たす機能について提案がなされた。

パリから帰朝して間もない永井荷風は、フランス・アカデミーについて語ったが、こうした組織の設立には懐疑的であることを明らかにした。フランスにおいてさえも文学の本物の創造者は、アカデミーから保護を受けるよりも、弾圧や非難を受けることの方が多い、と荷風は注意を喚起した。「吾々日本の自然派も、もつと社会及び政府の圧迫と迫害を受けても、誠実さへあつたならば、決して其発達に害はない、圧迫に依つて、却つて益々向上発達して行くと私は信ずる」。荷風はさらに、青春の情熱を失った老文人の文芸院なぞ何の役にも立たないであろうし、思想の普及の妨げになろう、と付け加えた＊。

＊永井荷風「アカデミーの内容」「新潮」一九〇九（明治四二）年二月、『荷風全集』第二七巻、六―一〇頁。荷風を自然主義と同一視したことは、それが会見者あるいは荷風自身のいずれによったものであっても、自然主義が当時いかに包括的な流派であったかを示している。

この段階で、ほかにも少数ながら荷風と同じ懐疑心を抱いた評論家は存在した(12)。一九〇九（明治四二）年一月号の「太陽」が談話特集を企画したが、「文芸取締問題と芸術院」というその表現から、文芸院設立に対する関心の増大が検閲制度の結果であるということは明らかであった。この記事によれば、参加者の大半が、文芸院の設立は作家と政府との相互理解の第一歩になり、困難な場合には文芸院が検討委員会の役割を果たすことによって発禁処分の度数を減らすことができるかもしれない、と期待していた。

参加者のうちただ一人、小杉天外だけが、もし政府がこうした文芸院を自己の目的のために利用しようとすれば、「取締」の問題はいよいよ厳しくなるだろうと示唆した。他方、評論家の三宅雪嶺は、規制は作家に婉曲表現の腕を磨かせて文学表現の進歩に寄与することになるから、積極的な善である、とまで主張した。彼は文芸院に関しては、政府はあらゆる類いの委員会を好んで設置しながらそれらの委員会の答申を無視している、と注意を促した。とりわけ桂内閣は山県の方針を受け継いでいるので、西園寺のもとでなら考えられなくもなかったであろうような機関に、検閲制度を委ねようとはしないだろうと推察した。

参加者は皆、検閲制度は避け難いと考えていた。その主な理由は、警察は大衆に合った基準を採用せねばならず、大衆は進歩的な少数者の考え方に毒される可能性があるということだった。しかし、内田魯庵によれば、問題は主として作家たちの態度にあり、政府の対策にあるのではなかった。彼の潑剌とした受け答えは、注目に値する。

魯庵は語った。私のごとき創作の才能を欠く者としては、能力に恵まれた人を尊敬するが、ただ、彼らには自分をもう少し尊重して貰いたいと思う。彼らは、まるで犬のように出版社や、権威にへつらっていて、投げ与えられたパン屑を有り難がるが、もっと下さいとは怖くてとても言えない。「或る本屋などにきいて見ると――なぜもつと出さないかと言ふと――だつて向ふからこれだけで可いと言つて、喜んで持つて行くと言ふ」。政治家たちが、作家たちをいかにもコセコセした取るにたらない小者と見なすのも当然のことだ、と魯庵は公言した。知性的潮流の勢いをくいとめる力など政府にはまったくないということを、作家たちは認識すべきである、と語った。

文芸院の設立の計画が完成しそうだと記者から聞いても、魯庵はまったく信じなかった。

鷗外さんが建議したとか何とかいふやうな事が伝へられたが、信じられない話だね。鷗外さんはもつと悧巧な人だよ*。そんなことは嘘だ。第一今の政府がそんなことをする痛切な必要も価値も認めては居まい。そりや、政府の者が、何処かでそんな話をしたことがあるかも知れないが、それはほんの一寸した個人的の思ひ付きだらう。よしんばさういふ形式のものが出来たとしたところで、今の文学や文学者ではどうかねえ。

そりや、さういふものが出来ることになれば無論結構なことさ。私だつて大に希望もし賛成もする。けれども、出来るか出来ないかも分からない、まだ空漠とした、つかまへどころのないことだからね、どうも別に問題にもならないぢやないか。その問題などに就ても居候根性は出さぬことだ。言ふところまで言つて、その上一致しないところは戦ひさ。取締るなら取締つても宜いといふ覚悟でやつて貰ひたい(13)。

*しかし鷗外が建議したというのは、事実であった。一九〇八(明治四一)年一一月五日の日記に鷗外は、「小説家に対する政府の処置」と題する意見書を、時の文部次官岡田良平に送ったと書いている。さらに意見書が報道機関に漏洩したとわかると鷗外は、その後一一月九日に急いで電報を打っている。報道によると、鷗外は、日本の退廃は社会の指導者の中に芸術家がいないことに起因すると述べている。鷗外は、漱石、風葉などを含む詩人、小説家を幅広く代表する約五〇人で構成する、外国式のアカデミーを設立することを推奨している。森潤三郎『鷗外森林太郎』一七九頁参照。

魯庵は長く待つ必要はなかった。「太陽」の談話特集は、一九〇九(明治四二)年の正月号に掲載されたのだが、政府による作家たちとの和解の最初の動きが、この月の内にあった。一月一九日夕刻、文部大臣小松原英太郎は、官邸に文学者たちを招待した。招かれたのは、森鷗外、夏目漱石、上田敏、学者の上田万年、芳賀矢一、自然主義評論家の島村抱月、伝統的な作家の幸田露伴、巖谷小波、塚原渋柿園などであった。招待者は、内務省、文部省の高官たちで、その中には内務大臣平田東助自身も入っていた。

文学者と政府高官との会合は、まったく先例がなかったわけではなかったが、その先例である、西園寺首相の雨声会（一九〇七〔明治四〇〕年に始まる）は、どちらかと言えば、文学に対する西園寺の個人的な興味を反映した私的なものだった＊。それに比して小松原は、「文学の健全な発達」を促すにはどうしたらよいか、政府の見解を模索している、と客たちは語った。

＊今井泰子は、西園寺首相は、自分が関心を示したことを無邪気に喜んだ作家たちに気をよくして文芸アカデミーの設立を考えた節がある、と主張しているが、説得力がある。第二次西園寺内閣が瓦解すると、すべては無に帰した。今井泰子「明治末文壇の一鳥瞰図」三三一―三八頁参照。

酒宴に入ると芳賀矢一は、酒を味わっている漱石にシェリーとヴェルモットの違いを説明した。一同は、「新しい文芸」とはどんなものか、それは若者にとってどんな魅力があるのかを議論した。話題は外国のアカデミーと日本におけるそのような機関の設置が文学の発達を促す可能性があるかどうかに集中した。漱石は、文学を政府が「奨励」することに絶対反対ではないが、望ましからざる影響があるのではないかと心配だ、まず、賞を授けるやり方は、いずれにせよ審査委員の主観に左右されるから不公平だろう、政府から是認された集団は、彼らがよしとする類いの作品のみを奨励し、他のものは認めないだろう、と語った。

抱月は、行政官から有害と見なされた作品でも文学的価値を認めるような何かの手立てが必要だと述べた。そして一方、小波は、その価値が認められるものには、発売禁止の処分の解除を行う組織の設置を求めた。発禁になった書籍を、基準が変わったら再販できるよう、文芸委員会が実際に買い取ってはどうかという提案もあった。

配膳された晩餐が終わったあと、平田東助は詫びるような口調で、作家と検閲官の間に時折生ずる見解の相違について、どの作品を発禁にするのかを決定して来たのは警察の方で、私は内務大臣として書類に署名しただけだった、このように率直に話し合える機会に恵まれて満足している、と語った。上田敏も、こんな機会は有り難いと同じように繰り返し、自然主義が好色文学だという非難を弁護できるからだ、と付け加えた。

概して話し合いは和やかで、ずいぶん取りとめのないものであった。ある時には、佐賀県の男色の話まで話題になった。後日小松原は、会合はいろいろなことがわかってたいへんよかった、文学を道徳の退廃を防ぐ手段としてではなく、文学そのもののために奨励することができるような、具体的な案が今後の集まりで出て来ることを望んでいると語った。文部次官の岡田良平は、鷗外に日本の組織のモデルとしてシラー賞の仕組みを調べるようにと依頼していた。この会合が長い実りのある意見交換の第一歩になるということでは、皆の意見は一致していた(14)。

その後数カ月間に流れた噂によると、政府が文芸委員の候補を選ぶ目的で、一部の文学者たちの私生活を調査しているということだったが、期待されていたその後の会合は一度も開かれなかった。ある推測によれば、あのようなぜいたくな晩餐会の費用そのものが許されないということだった。費用の問題よりさらに可能性のありそうな障害は、最初の会合と、平田の内務省の検閲がその厳しさを増したこととの、両方に対する世間の反響であった。特にきわめて重大なのは、その年の七月に、委員の候補の重要な一員である森鷗外の作品が検閲に引っかかったということであった(15)。この時期に表面化して来たのが、作家や批評家たちの政府に対する不信の姿勢と、政府の役人たちの理解を超えた彼らの独立心とであった。

おそらく、小松原の晩餐会の情報を聞いていちばん意外な反応を示したのは、それまで一貫して文芸院の設立を主張して来たことから考えると、長谷川天溪だったと言えるだろう。日本の近代文明の中で政府の保護を受けずにこれほど発達したものは、文学をおいて他にはほとんどない。これまで文学を無視して来たか、あるいは弾圧して来た政府が、今になって突然友好的な態度を取り始めるやり方は、実に薄気味悪い。「うつかり先方の甘言に乗つたならば硝子屑のある飯や、モルヒネの混じてゐる酒を、胃中に入れねばならぬ大事になるから、大に警戒せねばならぬ。吾が輩が、常に文芸院の設立を主張するのは、政府の保護を受けむが為でない。むしろ当局者に、文芸の何物たるかを説明し、講義するために必要あるからだ。(中略)物質上の保護を受けむと欲する者(中略)は、窮したならば自殺すれば宜しい」(16)。

松逕(雅号)という人物の筆になるもっと偏りの少ない時評が「中央公論」に現れた。現内閣の検閲がどれほど厳しかったか、小松原が表記法の改正にいかに保守的、いや反動的であったかという事実や、公立学校での演劇の禁止などを考え合わせると、松逕の目には晩餐会の文部大臣が意外に率直で、感じよく映った。もちろん近代小説に英雄譚が十分でないことに失望するという文部大臣の文学に関する発言は、大臣の近代文学に対する無知を露呈していた。しかし、作家たちと接触する機会が増えれば、政府の圧力は弱まるだろうと松逕は述べた(17)。

ある種の大衆的な熱意をはっきり表していたのは、政界の総理大臣から相撲界の横綱にいたる、各界毎の最も前途有望な人物を読者に選ばせるという、「太陽」が企画したバカげた人気投票であった。ある分野では、かりに芸術院が設置されたなら、その会員の中から(純文学、批評、美術、音楽の各分野で一人ずつ)いちばん理想に近い人物に投票することになった(結果は、夏目漱石が一位に選ばれたが、受賞を断った(18))。

しかしながら、以後起こることをさらに象徴していたのは、「中央公論」の定期寄稿家の痛烈な時評であり、西園寺が文人たちと交際するのはわかるが、小松原や平田が交際するなど考えられもしないというものであった。桂内閣の鈍感さに対するこの侮蔑感が高まるにつれて、一たび内閣が文芸院の設立が必要だと確信すると、その運命は決まった(一九一一(明治四四)年五月)。その時までに権力者たちは、言論の自由に対する彼らの唯一の関心事がそれを弾圧することであり、文学に対する唯一の関心事が、それを儒教思想の訓戒を垂れる道具にすることであることを、知識階級に見事に得心させていたのであった。

夏目漱石、1910年

内田魯庵

谷崎潤一郎、1913年

平出修、1913年

伯爵乃木希典

森鷗外（「太陽」1909 年 2 月）

総理大臣兼大蔵大臣桂太郎
（「太陽」1908 年 8 月）

文部大臣小松原英太郎
（「太陽」1908 年 8 月）

「夜嵐お絹」第 85 回
（「国民新聞」1908 年 3 月 24 日）

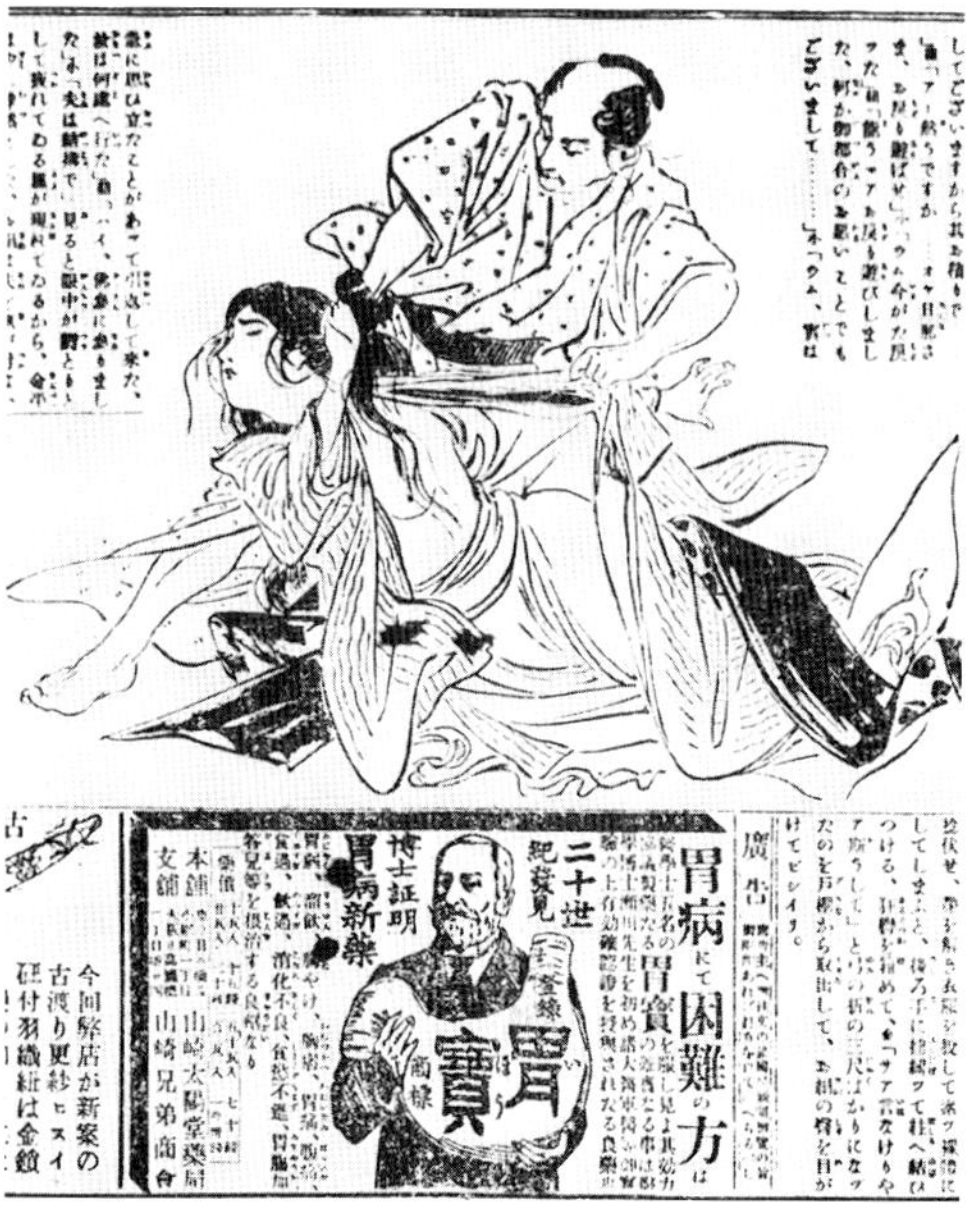

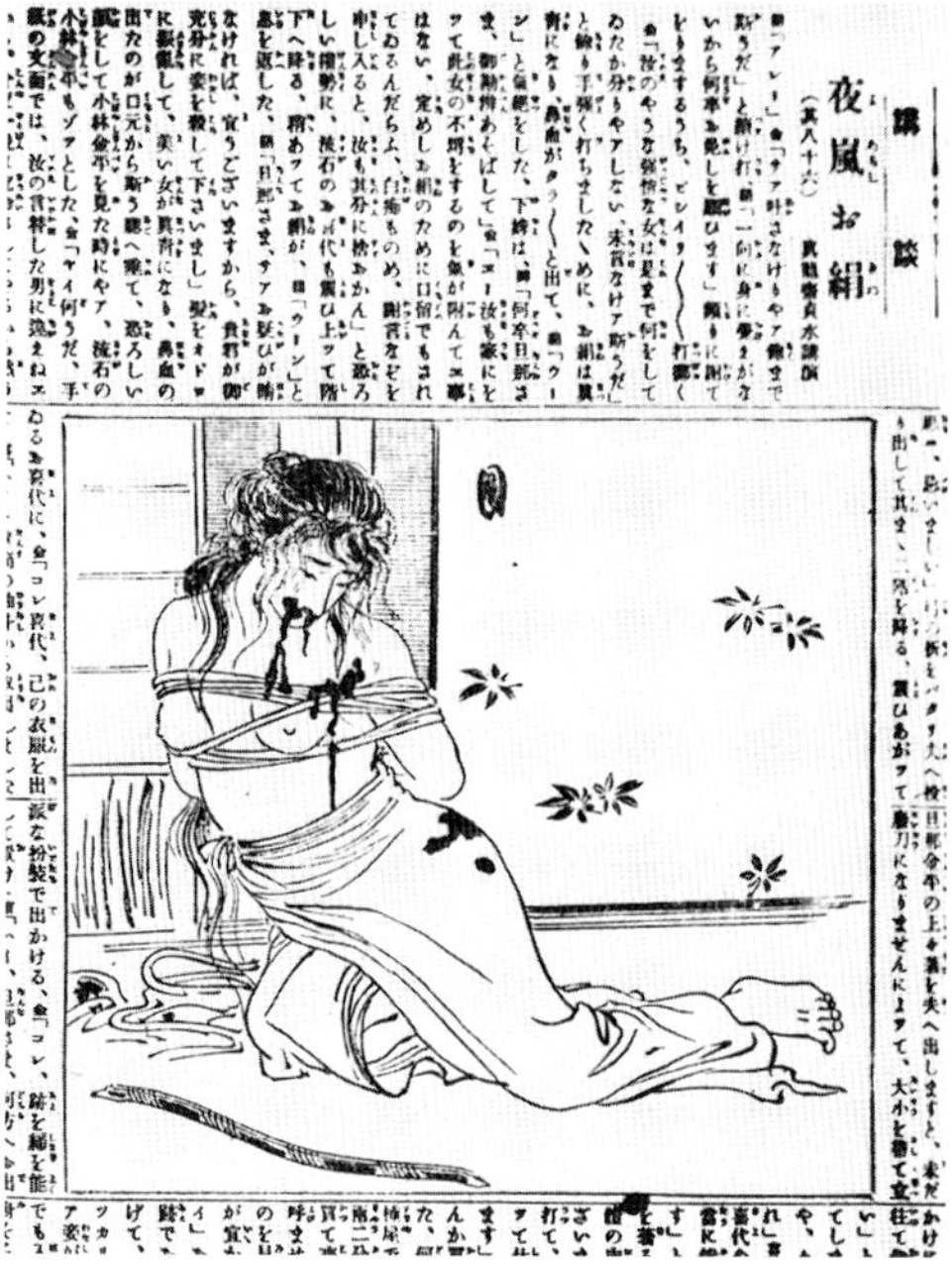

「夜嵐お絹」第 86 回
（「国民新聞」1908 年 3 月 25 日）

明治天皇の葬列
（「朝日新聞」1912年9月13日、挿絵）

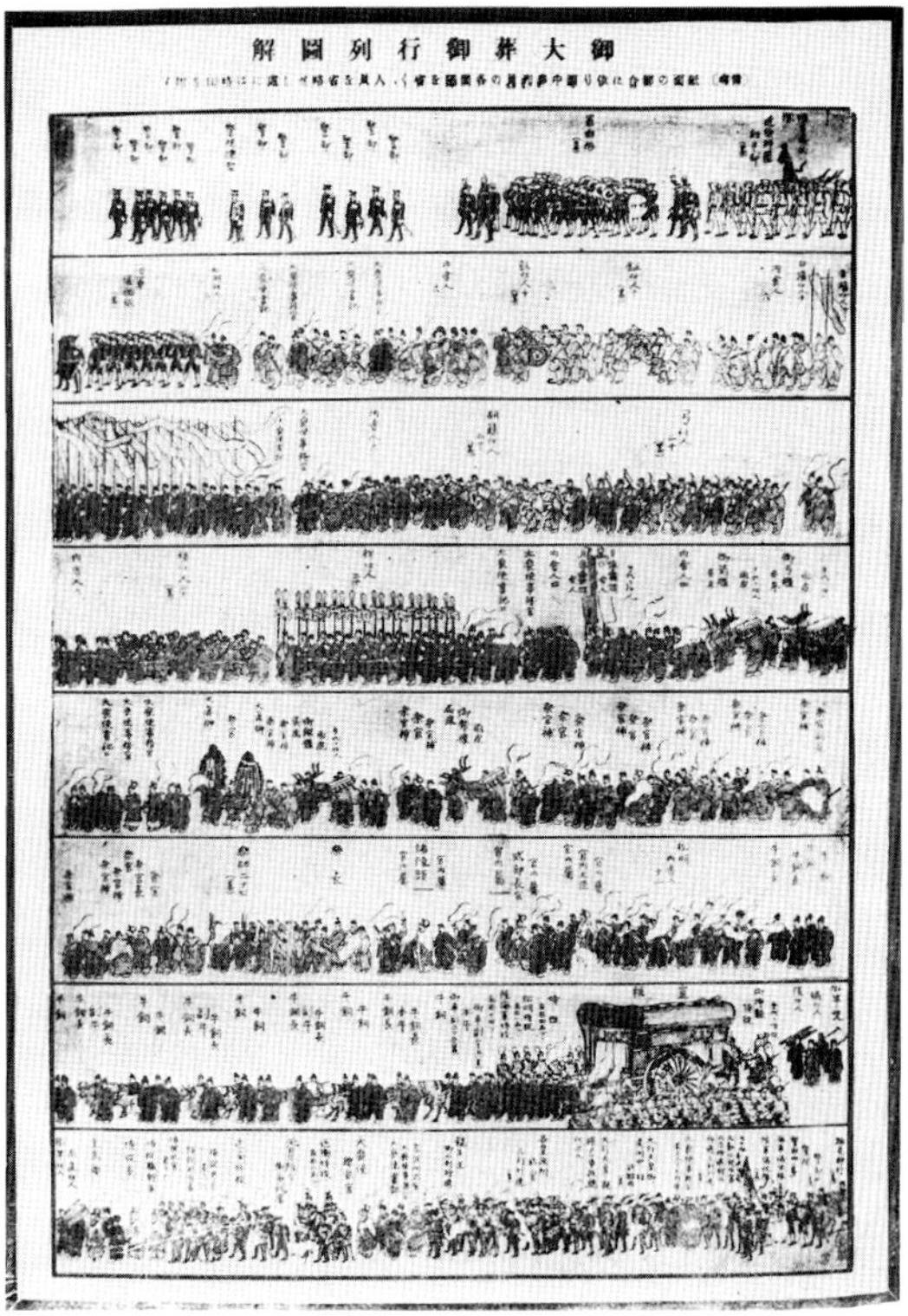

乃木将軍、鎌倉片瀬で学習院水泳部とともに
（「日本及日本人」1912年10月）

第9章——成熟した制度下の活動

国会が新聞紙法を通過させる

小松原文相の懇談会は検閲緩和の種々の期待を呼び起こしはしたが、それも長くは続かなかった。一九〇九（明治四二）年も終わる頃になると、今年は文学抑圧の最悪の年だったと論評するものが何人も現れた(1)。一九〇八（明治四一）年の三〇件から一九〇九（明治四二）年の四三件へと、数字が、道徳上の発禁の増加を物語っている(2)。しかしながら、数字にもまして印象的なのは、発禁処分を受けたのが重要な作家やその作品であったことである。永井荷風、森鷗外、徳田秋声といった一流作家が発禁処分を受けたし、後藤宙外、内田魯庵などの疑いなく真摯な作家もしかりだった。トルストイ、シェンキェヴィチ、アンドレーエフ、ゴーリキーの邦訳も禁止された（モーパッサンが禁書のうちに「文句なしに」選ばれたことは言うまでもない）。

一九〇九（明治四二）年は、一八八七（明治二〇）年の国会開設以前の新聞紙条例に取って代わる、新聞紙法が議会を通過した年としても際立った年であった。

この村松法案〈†衆議院議員村松恒一郎らが提案〉は、そもそもは一九〇八（明治四一）年に開会された第二五議会に提出されていたので、新聞紙条例の重要な規制の多くにそのまま手をつけずに済ませていた。しかし、この法案は裁判所による有害雑誌の出版差止めの法的能力だけでなく、苦役を伴う懲役期間も撤廃することになっていたはずだし、裁判の予審の報道を許可する運びにもなっていたはずである。だが、この国会で、桂首相は、未曾有の絶対過半数を占めた反山県の政友会と「協調」関係に入った。桂内閣は、かつてないほどに議会機構を操作することができたのである(3)。かくして翌年、委員会から法案が上程された時、自由化の内容が骨抜きにされてしまっていただけでなく、幾つかの大事な点で、法案は政府にいっそう強い自由裁量権を与えるものとなっていた。

第一一条によると、印刷物は、地方検察官、地方警察、内務省の三者のほか、あらたに管区検察官を加えた四つの検閲機関に提出しなければならなくなった(4)。

第一二条では、時事に関する文章を載せる新聞、雑誌がその創刊前に納めるべき保証金は、東京、大阪及びその周辺では倍の二〇〇〇円になり、人口七万以上のその他の市では一〇〇〇円、郡部では五〇〇円に引き上げられた（補足条項として、既存の新聞には変更の猶予期間として三年が与えられた）。

第二三条では、行政上の発禁の最終的権限は裁判所から内務大臣に移管され、治安を乱し公序良俗に有害であると大臣が判断する、いかなる新聞の販売も頒布も禁じることができた。とは言え内務大臣は新聞の刊行を禁じることはできなかった（その権能は一八九七（明治三〇）年に失われた）が、登録が無効になるまで（一〇〇日間、一号も出さなければたいていは無効になった（第七条））、もしくは歳入不足で廃刊になるまで、新聞のあらゆる号を発禁にすることができた（一部の左翼雑誌の場合には実際に発禁にした(5)）。新聞廃刊の差止め業務は裁判所の手に残されたが、それは陸軍大臣、海軍大臣、外務大臣の権限下にあったニュースの流出制限を犯した違反に対しても行使されたし、あるいは「安寧秩序ヲ紊シ又ハ風俗ヲ害スル」記事を載せたり、「皇室ノ尊厳ヲ冒瀆」する素材の印刷禁止を犯した違反に対しても執行された。こういう強化された権限は、第二七、四〇、四一、四二、四三条に詳しく規定されている。

苦役刑罰を課することを幾らか軽減している一方で、第九条では今後、名義上の編集人及び実際の編集人の双方がともに編集責任を負うことを規定している。第一九条と第三六条では、予審報道の禁止罰則がいっそう強化され、五〇〇円の罰金が加えられた。

国会が通過させたこの新聞紙法は、国会開設以前に生まれていた従来の新聞紙条例にはまだ見られた表現の自由に対してあらゆる制限を設けており、かつて国会が内務大臣の掌中に無制限の権力を委ねることを恐れて慎重であった姿勢を覆しているという点で、本質的に反動的な法案であった。

「協調」関係があったとはいえ、桂内閣がこの法案を衆議院で通過させるには、かなりの懐柔工作をすることを余儀なくされたのは確かだが、その通過後は貴族院が喜んで追加承認をしてくれた。新聞紙法は一九〇九（明治四二）年五月六日に公布された(6)。

英字新聞の *Japan Chronicle* 紙は新法を論評して、架空の編集人を一掃することは中傷記事の数を減らすことになるだろうと示唆している（というのは、政治的問題ではなく、中傷記事において、架空編集人を使う慣行が悪用されて来たからである）。同紙はまた、より多額の——しかし多過ぎはしない——保証金に関心が向けられていることも指摘している。しかしながら、時代に逆行するこのような法案を国会の両院が実際に通過させてしまったことを憤慨し、裁判所のある種の権限強化は行政と司法の癒着に繋がりかねないと予想している(7)。

公布後数週間と経ぬうちに、新聞紙法が引き起こす様々な弊害に関して新聞社は苦情を並べ始めていた(8)。翌一九一〇（明治四三）年三月二二日の次の国会会期末までには、強化された検閲は、衆議院五四名の議員たちの心中に後悔の念を呼び覚ましていたようである。ある代議士が新しい新聞紙法を皮肉を込めて呼んだように、「改定新聞紙条例」を騙されて通過させられたという思いを彼らは味わい、また実際、非難の声を上げげた。政府は、新法には国民の権限を制限する可能性が潜んでいるかも知れないが最大限に慎重に実施する、と繰り返し彼らに断言して来た。ところが今では、きわめて真面目で愛国的な内容の出版物といえども政府の目を逃れられる保証はないのだった(9)。

この代議士たちがどのような政治ゲームを演じていたにせよ、実際には新しい新聞紙法公布以後、おそらく幾分かは警察にとって実務がより簡便になったということもあってか、検閲官の歩調は格段に早まっていたのである。しかしながら結論として言えば、法文上での変化は、その変化が表している政策における変化に比べれば、さほど重要ではなかった。一八九三（明治二六）年の出版条例は、出来上がった本を発行三日前に提出することを義務付けていたが、この部分はそのまま手を加えられずじまいでいた。にもかかわらずこれもまた、提出の強制がいっそう厳しくなるにつれて論議を引き起こした。桂内閣は弾圧新時代の到来を告げていたのだった。

二つに分かれた世界――永井荷風

普通、内務省が行動を起こすのは、本が数日間店頭に並んでその初版が完売した後なのだから、出版社にとってまったく財政的負担にならないわけで、書籍の発禁処分は効果がないのだと、原稿検閲に賛同する人物が一九〇八（明治四一）年に主張していたのはすでに見た通りである（前述第2章、三三頁参照）。それゆえ、五五〇頁を超える分量の、小説、戯曲、印象主義的小品、随筆からなり、その多くはすでに雑誌に発表されたものである浩瀚な書物が、検閲官に提出されたまさにその当日に発禁になった時には永井荷風とその『ふらんす物語』の出版社は、驚愕した。現存する「仮製本」の数冊の奥付には三月二五日という発行日が見えるから、多分一九〇九（明治四二）年三月二二日のことだったはずである(10)。いずれにしても、警察は印刷したばかりの書籍を実に迅速に没収したので、書店へはただの一冊も配本されなかった。「禁止する側から云へば誠に機敏な大成功でありました」と荷風は辛辣に述べている。出版社は投資した費用を丸損したので、荷風に初版の印税を返還してくれという「言語道断の」要求を行った(11)。

この著書に収められた他の作品の大部分は何の問題もなく雑誌にすでに発表済みのものだったので、共に初登場の未発表作品としてこの本の中で一際目立っていた二作品、小説『放蕩』と戯曲『異郷の恋』が原因だったのではないかと荷風は推測した。言うまでもなく、雑誌掲載のある作品を警察当局が見過ごしたというだけでは、次の機会がめぐって来た時にその作品が当局の審査基準に合致しているという保証にはまったくならないことはすでに見て来た通りである。これ以外の他の作品数編とその後の出版史を検討すれば、この二作品だけが検閲官の注目を引いたのではないことがわかってくる。

小説の標題にもなっている放蕩が良俗を害すると見なされたのは、それが平凡な市民ではなく、パリ駐在の日本人青年外交官という政府官僚に関わるものであったからに違いない。この青年は、故国にも、任務にも、また酒で悲しみを紛らそうとする折に支えを求めた娼婦たちにもすっかり幻滅してしまい、自殺を図ろうという気になっている。「しかし、彼の態度は威勢のよいものではないし、彼が市電に轢かれて死にたいと思うなら思わせておこうではないか。この作品はひどく冗長であるが、勤勉な検閲官がこれを読み進んだときには、さらに冗長であったに違いない」とエドワード・サイデンステッカーは述べている(12)。

だが、サイデンステッカーが読んでいたのは一九四八(昭和二三)年刊行の全集版に収められたものであり、その時にはこの小説はほぼ原形に近い形に復元されていたのである。この作品は一九一五(大正四)年の改訂版(すなわち削除版)の『ふらんす物語』単行本にも、一九一九(大正八)年の全集にも収められなかったのだが、荷風は一九二三(大正一二)年の選集にはこれを『雲』と改題したうえ、「伏せ字」*を用いて削除した箇所が十カ所、全部で五一〇字――つまり約一頁相当――含まれる形で出版した。全集の再版は大正デモクラシー最盛期の一九二六(大正一五)年に出版されたのだが、この当時は検閲方針が概して寛大な方であったので、『雲』が初めて『ふらんす物語』に収録された。さらに注目すべきことには、七カ所の伏せ字の箇所が埋められた。それ以後、その本文がずっと標準版となって来たが、岩波書店の全集(一九六二〔昭和三七〕年～一九六五〔昭和四〇〕年)を担当した編集者は残りの三カ所を注釈の形で補っている。三カ所のうち、一カ所だけが好色で、裸体に対して傍の煖炉の灼熱を簡潔に描写している。残る二カ所は、祖国に奉仕することの価値に疑問を投げかけていることと、総じて検閲をくぐりぬけた日露戦争関係の報道は戦勝の記事だけであったと決め付けたことである(13)。

＊「伏せ字」の説明については前述、三五―三六頁参照。

サイデンステッカーは『異郷の恋』を、「上演されることがほとんど想像できそうにない類の戯曲である。この作品が描いているのは、二人の若い日本人で、一人は、若いアメリカ女性と心中をするが、もう一人は、悩みをすべて見事に克服して、ついには日本に帰国するが、人間の感情はすべて抹殺されている」と説明している(14)。荷風自身は、明治の文明開化を揶揄する以下の演説が検閲官の決断にいくらか関わりがあるのではないかと推測した。

レデース、ヱンド、ゼントルメン。満場の淑女よ、紳士よ。私は、親愛なる米国の諸君に向つて、二十世紀の最新形――アップ、ツー、デートの日本帝国を紹介する光栄を感謝いたします。（中略）紳士は乱酔して、道路を家とし溝《どぶ》を枕にして睡眠する程和気靄々とした社会であります。政府と警察と人民とは、父と子の如き密接なる関係を有して居ります。其れ故、政治上の集会から凡ての興行、運動会、凡そ人の集る処と云へば、警官は必ず出張していかめしい制服を以て、人民に無上の光栄を与へます。（中略）祖先が眠る墳墓の土地を出来得る限り豊沃ならしむる目的で、下水を作らず、汚物を一滴一塊たりとも魚の餌にはさせまいと、地の下へと吸ひ込ませます(15)。

荷風はまた、日本が卑俗になったのはアメリカのせいだ、という科白に警察の検閲官が動揺したのかも知れないと示唆している。赤裸々な日本像が描かれたもう一つの作品は小説『悪感』で、これはすでに一九〇九（明治四二）年に活字にされていたが、その後日の目を見たのは、ようやく戦後であり、『新嘉披《シンガポール》の数時間』と改題されて全集に収められた時であった＊。

＊ Edward Seidensticker, *Kafū the Scribbler* の三〇―三二頁で論じられている。三〇頁の『ポオトセット』（初出

原題『砂漠』）からのサイデンステッカーの引用も参照のこと。これは一九一八（大正七）年六月に初発表され、一九一九（大正八）年の全集に収められた。

この分では、公式発表とは裏腹に、『ふらんす物語』発禁に関しては道徳上の要因よりも外交上、政治上の要因が強く関係していたように思われる。『異郷の恋』と『悪感』は一九二六（大正一五）年の画期的な全集にも再録されず、実際、戯曲『異郷の恋』の公刊は、荷風自身による決定版と合一される前の戦後一九五三（昭和二八）年の完全版全集の戯曲の巻が刊行されるまで待たねばならなかった(16)。しかしながら、一九〇九（明治四二）年の時点で読者がこの二作品を読む機会をまったく奪われていたというわけではなかった。なぜなら『早稲田文学』五月号に掲載された、『ふらんす物語』発禁に抗議する文章が両作品の詳細な梗概を添えてくれたからである(17)。

『放蕩』と『異郷の恋』だけが、おそらく一九〇九（明治四二）年三月に検閲官が異議を唱えた作品ということではなかったであろう。『舞踏』（のちに『夜半の舞踏』と改題）や『舞姫』（初出の題は『オペラの舞姫』）は、一九〇八（明治四一）年一二月にある雑誌に一緒に発表された。両作品が一九二六（大正一五）年の全集版まで、『ふらんす物語』に無修正で収められることがなかったのは、多分『舞踏』の中でむき出しの腿がちらちらと見えることと、『舞姫』の語り手がリヨンのオペラ劇場の舞台にいる舞姫によりいっそう肉体的に憧れていたせいであったのだろう。「その消え得べき時ありとなさば、（中略）わが手わが唇をして、親しく君が肉の上に触れしめん夕べのみ」(18)。小品『ひるすぎ』（初版の題は『午すぎ』）はこの初版まで未発表だった作品であり、戦後の全集に収録される一九四八（昭和二三）年まで読むことはできなかった。この短編は、語り手が昼下がりに目覚めて、あでやかなポレット嬢が自分の片腕に頭を載せて裸でまどろんでいる（おそらくは一夜の情熱的な愛の営みの後で）のに気付いた時の語り手の夢見心地の気分を生き生きと描き出している。「豊《ゆたか》なる胸は熟《みの》りて落ちんとする果物の如く吾が頬に垂れたり」(19)。このような自由な性愛描写《エロティシズム》を受け入れるには日本にはまだ四〇年の準備期間が必要だった（あるいは、検閲官はまわりから思われている以上に優れた文学的判断力を持っていたのかも知れない。本書は、「自らをパロディー化することに熱中している（中略）若い芸術家たち」(20)で満ちているので、我慢できない愚かさゆえに発禁になったのかも知れない。『モーパサンの石像を拝す』が戦後版以外のあらゆる版から削除されているのは、良識以外の何ものをもってすれば説明が付くであろうか。モーパッサンの石像の前で荷風が卑屈にひれ伏す様は気恥ずかしくなるほどである(21)。

前年のモリエールやゾラの発禁に関してひとくさり憤りをぶちまけた後、自作の発禁はそれほどひどい衝撃に感じられなかったと、荷風はある新聞記者に語っている。そして『放蕩』にしろ『異郷の恋』にしろ、どうして公序良俗を乱すことになるのか自分にはわからないけれども、「私だけが然う思つたところで仕方がありません」と結論付けた。荷風は、自分は強力な政府に立ち向かう一介の弱き詩人にすぎない、と言う。フローベールやボードレールたちがフランス芸術を今日ある自由の状態になすべく行ったように、己の権利を守るために法廷闘争を行った者は日本にはかつて一人もいない。今やるべき正しいことは闘うことなのはわかっているが、勝算を考えれば、芸術が高く評価され、自由を愛するフランス社会の国民全般の基調が想起される。「当局者と権利を争ふ場合には是非とも社会の気運一般の同情と云ふことが必要になります」。現代日本社会は自由も芸術もそれほど必要としていない。自由や芸術を求める者は西洋の書物を読んだことがあるような、ごく少数の社会的継子《ままこ》たちだけである。大多数の人々は日本の栄光が軍事的勝利にあればご満悦なのだ、と言うのだった(22)。

荷風には同年、検閲に関して意見を表明する機会がそれ以外にも二度あったが、いずれの場合にも、社会的継子、つまり国家から敵視されている鋭敏な青年芸術家たちとの一体感を強調した。「日本の小説発売禁止については、自分は文学者としては別に何等の感想をも有して居ない」と、小栗風葉の『姉の妹』を掲載したため六月号が発売禁止となった後の「中央公論」七月号で聞き手に答えている。「当局者は吾々の発表する小説を、文学、芸術として観て居るのでない。凡て活字を以て印刷された出版物として取扱つて居る」。荷風はさらに続けて、当局が用いている審査基準を作家たちは知りもしなければ、知る必要もないのだと言っている。「小説を発表するものと此れを禁止する当局者とは各自異つた世界に立つて居る」。さらに辛辣に、当局が風葉の小説を発売禁止にした理由は、「したいと思つたから然うしたのであらうと甚だ無造作に看て居る。無論此の如き事件の起るのは日本の文芸上嘆ずべき事ではあるが、然し其れは吾々少数の文学者社会だけの話で、小説其の他凡て芸術の存在を認めない国家から見れば其の位の事は有り得べき事だと思ふ。（中略）日本の小説全体は、国家から見れば（中略）不潔なる腫物に等しいのだ。（中略）国家をして芸術の存在を認めさせるには、先づ国民の一個々々が芸術を解しないまでも其れに対して尊敬の念を抱くやうにならねばならぬ」と述べている(23)。別の会見で、荷風は付言して、「我々は文学者として我々の信ずるところを書くばかりで、当局者は当局者の感ずるところを実行して行つたら、それで差支へないと思ふ。然し時代が進めば、此の問題もだん〴〵やかましくなるからして、到底此のまゝには済まずに、遂に何等かの解決を見るだらうと思つて居る」と語っている(24)。

荷風自身はこの問題を無理やり押し進める覚悟はなく、作家たちは検閲官に対して訴訟を起こして当然だと示唆はしたものの、それができるような司法機構が存在しないことぐらいは十二分に知っていた。結局、荷風は、抜き差しならぬ状況に直面して、作家と警官は二つの別世界に住んでおり、芸術は社会と関連がなく、逃避手段であると結論付けることしかできなかった。荷風は、この見解を小説や詩、随筆、談話で繰り返し繰り返し何度も結論として語ったので、しまいには国家にとって尊敬すべきもの、従って国家に受け入れられるものの一切を、辛辣に拒絶する姿勢を体現しているような比類のないペルソナを公私ともに身に付けたのだった。独裁国家においては自分の居場所がないという理由で、江戸の芸術や性愛文学に手を染める無用のアウトサイダーが日本にも当然いたはずだが、彼らのことはよく知られていない。彼らは、荷風のような公的な活動をしなかったからである。「私を見るがいい。私はお前のような醜悪で、物質万能主義の、偽善的警察国家にあっては無用なのだ」と荷風の作品は語っている。これを見せかけと呼んでもよいし、臆病さの正当化と呼んでもよい（実際には荷風の同胞のほとんどは最初からずっと検閲を支持するつもりだったのだが）。だが、独善的な自己満足ほど荷風の姿勢にほど遠いものはなかった。荷風は自分が何から逃避しているか、また何故逃避しているかを教えてくれる。それればかりかその逃避が必ずしも満足のいくものでないということを認めることも、恐れてはいない。

一九〇九（明治四二）年七月に荷風が発表した作品は、彼が一生をかけて生み出したペルソナの初期の例としても、また検閲官相手に作家や編集者が講じた対策を具体的に示すものとしても興味深い。サイデンステッカーが指摘するように(25)、確かに「冗長」で、「散漫」な傾向はあるけれども、『歓楽』は四〇代の作家がこれまでの人生の三度の情事を、年下の同僚に語って聞かせる簡潔な物語である。その主題は情欲と現実との葛藤であり、作家の生涯における情欲の衰えを丹念に述べながら、書き手は永井荷風自身が実践したような芸術論めいたものを――確かに叙述の一貫性を犠牲にしてはいるが――提示している。

この作品は現在、四種類の形式で手に入ることを記憶にとめておかねばならない。すなわち、(1)編集上の書込みがある雑誌掲載の校正刷《ゲラずり》、(2)雑誌掲載の本文《テキスト》で（事情は込み入っているが）発禁になったもの、ただし発禁は『歓楽』のせいではなかった(26)、(3)一九〇九（明治四二）年九月二〇日出版の単行本『歓楽』に記載された本文《テキスト》で、明らかに表題作ほか一、二の作品のせいでこれまたすぐに発禁になったもの、(4)現在の本文《テキスト》、である。

『歓楽』の中で描かれているように、作家（つまり「詩人」）は情感のために、つまり人生の官能的体験によって目覚めた無我の恍惚感や深遠さを様々な形で再現するために、生きているのである。

目的もない、計画もない、私はたゞ私の眼が見て、心が感じた人生自然の凡てを歌ひたい、この熱情、この欲望より外には何《なん》にもない……（中略）よき詩を作るには、寂寞を愛さねばならぬ。血縁の繋累、社会の制裁から隔離せねばならぬ。（中略）私は父母親族兄弟《けいてい》の、私に対する最初の憤怒、中途に擯斥、遂には憐憫また恐怖の情をも、今では全く念頭に置いてゐない。私は詩人だ、彼等は普通の人間である。即ち互に異なる国の種族である。私は私が属する国家対芸術の関係をも更に憤慨しては居ない。私は父母と争ひ教師に反抗し、猶且つ国家が要求せずして、寧ろ暴圧せんとする詩人たるべく自ら望んで今日に至ったのである。（中略）詩人は実に、国家が法則の鎌をもつて、刈り尽さうとしても刈り尽し得ず、雨と共に延び生ずる悪草である。(中略)博徒にも劣る非国民、無頼の放浪者、(中略)私は其れ故、三十歳の今日まで随所に下宿住居《げしゅくずまひ》を喜んだ。善良なる家庭の人と交る事を此方《こなた》から屑《いさぎよ》しとしなかつた。醜業汚辱の巷は私が唯一の公園であつた。ボオドレエルの詩集「悪の花」は私が無上の福音書《ふくいんしょ》であつた。(中略)空を飛ぶ鳥も及ばない、何と云ふ放恣な自由な境遇であつたらう。親の安否も兄弟の生死も気に留めないばかりで無い、私は実に私の明日《あした》をも考へなかつたのだ(27)。

雑誌編集人は、この文章の大部分を難なく受け入れたが、末尾の文章では荷風が度を過ごしていると感じたものと見える。元の原稿は「親の死も国の存亡も気に留めない」となっている。傍点部分に自分は難点があるとは思わないが、編集人がそうしたければ伏せ字にしてもよい、と荷風は校正刷《ゲラずり》の余白に書き入れている。そして実際、伏せ字になった(28)。さきに引用した現在の本文は、単行本にまとめるためにその後まもなく荷風が書き改めた通りの表現に従っているわけだが、この本も、いずれにせよ発禁となったのは言うまでもない＊。

＊漱石の『三四郎』(一九〇八〔明治四一〕年)の中では、主要人物が日本は「亡びるね」と事もなげに言い切っている。検閲官は新聞連載時も単行本時点でもこれを見逃した。『漱石全集　第四巻』二一二頁参照。英訳は、**Jay Rubin, *Sanshiro* (Seattle : University of Washington Press), 1977, p. 15.** 参照。

作家が人生を充実させて官能的に生きる決意をした、この恋愛の歓楽をめぐる小説において、数箇所は検閲官の存在をにらみながら、筆を運ばねばならなかった。そうした問題を念頭において執筆したことなど一度もなく、判断は編集人や出版社に任せた、と荷風はある談話で語っている(29)。これは実際には必ずしも真実でないことは、次の文章で明らかな通りである。「やがて暁方から突然変る気候の寒さに、二人は抱《いだ》ける身を我れ知らず、猶々堅く抱《いだ》き寄せて、遂には其の苦しさに過ぎて目を覚す」。この傍点部分が校正刷《ゲラずり》では削除されて、雑誌には伏せ字となって掲載された。単行本の場合も現在の本文も、「やがて暁方から突然変る気候の寒さを感じてふと目を覚す」となっている(30)。もう一カ所の改稿は、もともとは次のような一節だった。「私は小窓や縁の柱に身を倚せて、柔い絹の薄綿の寝衣越しに、凭れ合ふ女の肌の暖さを感じながらふところ手して、樹の枝振りを眺めている」。この一文と先程引用した文章を含む校正刷《ゲラずり》には、印を付けた箇所を書き直すように荷風に依頼する編集人からの欄外書込みがある。この箇所もやはり、雑誌では傍点部分が伏せ字に置き換えられ、後の単行本で荷風は次のようにこの文を書き改めた。「柔い絹の薄綿の寝衣《ねまき》にふところ手にして、私は縁側の柱や小窓に身を倚せ、樹の枝振りを眺めている」。この書直しは発禁となった本に掲載されたものであり、全集の現在の本文でも踏襲されている(31)。

『ふらんす物語』の初版印税を出版社が返還要求したことにかつて業を煮やしたことがあるものだから、『歓楽』の出版社(別の出版社)が一〇〇円の前金の返還をおくびにも出さなかったことを、荷風は喜ぶとともに恩義を感じた。九作品すべてすでに問題なく発表済みだから発禁の危惧はまったくないのだと決めてかかって、荷風は原稿を真正直に提出したのだった。本が発禁になると即座に、無難な原稿を提出し、一九〇九(明治四二)年一〇月下旬(『歓楽』の発行日のちょうど一カ月後)、『荷風集』が、九作品中の六作品にあらたな一作品を追加して出版されたのだった。漏れたのは『歓楽』と、『監獄署の裏』と題する社会に不適応な荷風流の人物についての感動的な散文詩と、『祝盃』と題する波乱に富んだ過去を扱う小説であった(32)。

正宗白鳥の一九〇八(明治四一)年の小説『何処へ』(前述、八六頁、一〇九頁参照)と同様に、『監獄署の裏』は社会の偽善を知り尽くしているので、進んで社会の一員になろうとはしない明治の知識人青年を描き切った漱石の作品『それから』の先行文学の一つと見ることもできるだろう。『それから』は一九〇九(明治四二)年六月に新聞連載が始まる。漱石作品の主人公は、『監獄署の裏』(一九〇九(明治四二)年三月)の語り手同様、富裕で道徳に厳しい父親の脛をかじり、自分に相応しい職業を思いつくことすらできない三〇歳の男である。どちらの作品でも四季の変化が大事な役割を演じているが、漱石の西洋風恋愛メロドラマにとっては、四季は主として背景である。より伝統的で観念的な荷風の短編小説においては、季節の移ろいを繊細に官能的に感じ取ることが中心的な関心になる。荷風には、漱石の小説に見られる思想の広がりのある展開に対して、そうしたゆとりもなければ、知的な道具立てもなかったが、『監獄署の裏』は鋭い社会論評に事欠かない。以下は、この作品が無難な作品集から外される原因となったかも知れない一節である。

芸術家とならうか。いや、日本は日本にして西洋ではなかつた。これは日本の社会が要求せぬばかりか寧ろ迷惑とするものである。国家が脅迫教育を設けて、吾々に開闢以来大和民族が発音した事のない、T、V、D、F、なぞから成る怪異な言語を強ひ、もし之れを口にし得ずんば明治の社会に生存の資格なきまでに至らしめたのは、蓋《けだ》し他日吾々に何々式水雷とか鉄砲とかを発明させやうが為であつて、決してヴェルレーヌやマラルメの詩なぞを読ませる為めではない。況や革命の歌マルセイエーズや軍隊解放の歌アンテルナショナルを称へしめる為めでは猶更ない(33)。

このような見解は、主人公の口を通して気紛れに語られたものではなく、主人公の抑圧された生活様式や作品全体の陰鬱な調子の根本的理由として理解されるべきものであった。内田魯庵が、荷風のことを日本に初めて現れた「欧羅巴で云ふ意味の真の芸術家」、つまり社会と関係のない娯楽作家ではなく、「純潔なる空気が実際のライフから発散する悪瓦斯に圧迫されたる軋轢の響である」ことを描ける作家と評して、『監獄署の裏』を熱烈に賞讃した時、魯庵は現実逃避文学に対する嫌悪の念を再確認していたにすぎない(34)。

『荷風集』から除外されたもう一つの小説『祝盃』は、作者についてよりも、伏せ字の使い方について多くを教えてくれている。もし道徳を重んじる評論家が、読み物のせいで青少年が堕落することがあり得ることの証拠を必要とするならば、『祝盃』こそがまさしくそれであった。この醜悪な短編の主人公は、性に関して知るべきことのほとんどを江戸の好色文学、近代小説、医学書、新聞——及び大衆演芸や床屋談義から学んでいる。その後、遊廓通いが始まり、まだ学生で定職に就く覚悟もできていないというのに、女を誘惑して、「何等の後難なく弄んでゐたいといふ誠に自分勝手な怪しからぬ浅間しい考」を満足させるために、別の手立てを探し回っている。彼の最も唾棄すべき行為は、同じように教育を受けた友人、岩佐を、彼が妊娠させてしまった女給からかくまう手助けをしたことである。一〇年の歳月が流れ、今では所帯を構えて立派な銀行員になっている岩佐は、例の女給が流産し、羽振りの良い小料《おち》理屋《やや》の女将になっていることを仄聞する。岩佐は友人の主人公に歓喜の声をあげて言う、「祝盃を挙げざるを得ないぢやないか（中略）我輩のむかしの罪悪もとうとう消滅してしまった（中略）あの時さうと知つてゐたら僕は今日までこんなに良心に咎めて苦しみはしなかつたのだ」[35]。最終場面で、われわれ読者が二人の男の高笑いに加わるべきなのか、それとも彼らの偽善振りを非難すべきなのかは、定かでない。

　このどっちつかずの道徳上の姿勢のせいで、『祝盃』は嫌な後味を残し、「中央公論」一九〇九（明治四二）年五月号に発表された時、賛否両論の書評を得た[36]。伏せ字となった箇所が異常に多いことに言及する書評子も二、三あった。その伏せ字の多くは単に読者の好奇心をかき立てるために何でもない箇所にも挿入されているし、しかも『祝盃』が「中央公論」にとって大当りだったから、六月号ではさらに伏せ字を多用していっそう大胆な作品を掲載する計画でいるのだということを遠回しに言う文章さえ明らかにあった。編集者曰く、「吾人は其誣妄の余りに甚しきに惘れもし、又笑止にも感じ、（中略）驚きたる次第なるが、更らに驚きたるは、警視庁の今回の拳は、かゝる記事を信じて本誌の発行を今か〳〵と待受け、発行するや否、（中略）慌てて発売禁止の命令を発したるものなりとの噂あること是也」。編集者がこう語ったのは、前月号での風葉の『姉の妹』発禁に寄せられた七月号の特別付録の中である。編集者の話は続く。「我々は文学を崇拝する者であると同時に、法を遵守する国民である。そこで『祝盃』という佳作が、この国の法と調和するように、いくつか伏せ字を入れるという手段を講じた。一つ一つの語句を苦慮し、半日かけて皆で議論したのである」[37]。

　だが『祝盃』には「処々」どころでない多くの伏せ字があり、不必要なのに入れられたと思われる伏せ字も中にはある。「中央公論」が一九四〇年代に自由思想の最後の砦として賞讃されたのはもっともなことだが、その歴史のこの段階では——とりわけ「太陽」と比較して見ると——必ずしも真面目な雑誌と言うわけではなかった。風葉に関する付録を始めとして、文学の検閲をめぐって「中央公論」が引き起こした騒動は、知的自由のためというより商業上の利益のためだったように思われる。

「中央公論」初出の『祝盃』の伏せ字の例を幾つか見れば、編集者の取り組み方を示すのに役立つであろう。語り手の人物は夜になると寝付かれないので、足しげく本屋通いをするが、本屋でしばらくためらった後、彼は「次第に大胆破廉恥になって、〇〇〇〇〇〇〇小説絵画又は、〇〇〇〇〇〇〇〇〇医学類似の書籍を手に入れ、苦悩の一時的慰安にしたのみならず又冷静に他日実験の参考に供しやうと熱心に熟読した」。現在の全集では、最初の省略は「あらゆる種類の」で埋められており、二つ目の省略は——「解剖」や「生理」といった名詞よりもさらにひどい言葉をはめ込むのは文法からは不可能であろうが——そのまま削除されたままになっている(38)。現在の本文では、語り手が初めて吉原の娼婦と出会う場面の描写は、彼があらかじめ研究して事に手慣れているようにぎこちなく振舞うところから、すぐにその翌朝歓楽街を後にするところに飛んで、その間のことは一切描写されていない。「中央公論」版も同様に黙して語らないが、一行まるまる読点を添えて、その沈黙を強調している。少し後の本文では、「経験豊富な」という語が伏せ字に代えられている(39)。

『祝盃』をめぐる論争に検閲官がまったく無知であったはずはなく、最初の折にこの作品を見過ごした帳尻合わせのためにも『歓楽』を発禁にしたことはまず間違いない。しかしながら、『歓楽』発禁に際して『ふらんす物語』の場合よりやや時間をかけたことは確かである(40)。『歓楽』はあちこちで書評を受けるばかりか、ついには「早稲田文学」によって一九〇九（明治四二）年の優れた小説として賞讃されるほど十分な部数が出回っていたのである。

「早稲田文学」は自然主義派の雑誌と目されており、また荷風は退廃的な反自然主義作家と目されていたから、この出来事は明治後期の最も熱をおびた文学論争の一つを（例によって焦点ぼけのものではあるにせよ）引き起こした。

自然主義者たちは決意がぐらついていると批判され、「早稲田文学」を擁護する者たちは、荷風の著作は自然主義として申し分なく容認できることを証明しようとした（結局、荷風はゾライストとして出発したのではなかっただろうか?）。言い換えれば、一九一〇（明治四三）年の数カ月にわたって吹き荒れたこの理論闘争は、法律上は販売が許されていないものの誰もが読了したように思われる一冊の本を対象にしていたのである。本が発禁になったという事実は、荷風を賞賛した「早稲田文学」の編集者によってさえも、まったく問題として取り上げられなかった(41)。『ふらんす物語』の場合と同様に、個々の作品は最後には出版されるにいたったが、一巻本としての『歓楽』が原著の形で採録されたのはようやく一九六四（昭和三九）年、岩波書店が現存の全集の第四巻を出版した時であった(42)。

抗議と反撃

永井荷風の警保局での運命が、小栗風葉の運命といかに密接に絡み合っていたかを、これまでにも見て来た。風葉の『姉の妹』のせいで「中央公論」一九〇九（明治四二）年六月号が発売禁止になった際、かつて『祝盃』を見逃してしまった帳尻合わせを検閲官は試みているのだ、と論評する者も現れた。発禁の実際の理由が何であったにせよ、この事件で最も注目すべき側面は、「中央公論」が取った対応であり、それは文芸検閲に対する組織的な反抗と思われる最初の例であった。七月号の本誌に検閲官の行為に対する強い批判が掲載されただけでなく、編集者たちは自らの憤り（『祝盃』の伏せ字を論じた時にある程度はすでに引用した）と広い範囲にわたって文壇を代表する三〇人の作家、評論家の声明文を収めた三〇頁の付録を付けたのだった。

「中央公論」及びその支援者にとって残念なことには、問題の小説がそれだけの努力に値するものだったとは最早思われていないことである。たとえば、荷風の『歓楽』の場合なら話が違っていたことだろう。荷風は成熟しつつある作家だったが、風葉は消えかかっており、そのつまらない短編がそれを物語っているように思える。うんざりする調子で、家計を助けるために操を犠牲にする税官吏の妻の物語が語られている。彼女をこの道へ引き込んだのは、警官の妻であった姉で、夫亡き今は売春宿の女将として羽振りがいい(43)。

人生の苛酷な現実を自然主義の観点から描く風を装いつつも、この小説は、あらゆるまっとうな女性の皮膚の下には娼婦が潜んでいるのだという、およそ客観的とは言い難い命題をすこぶる安っぽく指し示して見せたにすぎない。女主人公とその姉が薄給の官吏の妻でなかったなら、検閲官たちはおそらくこの小説を歯牙にもかけなかったであろう。荷風の描く放蕩外交官の小説に対してと同様の反応を、たぶん検閲官は示したのである。もしこの小説に描かれたように、日本では人々が生活しているとすれば、それは総理大臣の責任であって、風葉の責任ではないと、ある評論家が語った時、彼は正鵠を射ていた。そして別の評論家は、検閲官たちが異議を唱えたのは狭量な官僚世界を描いたことに対してであることに同意したが、大部分の者は道徳上の禁止を文字通りに受け止めて、文書化された基準がないことに不満を言ったり、この小説は——心のいやしい検閲官たちとは大違いに——猥褻ではない、と主張したりした。

多数の寄稿者があったにもかかわらず、この付録はさほど印象に残らなかった。結局のところ、それは雑誌の出版上の冒険であって、共通の信念に基づく社会的行動のために作家たちが団結して組織したものではなかった。検閲一般に関してわざわざ意見を述べた人々も、猥褻物は政府によって取締られるべきだという点では一致していた。上訴手段の制定、検閲官が専門家の文学的な意見を見出すまでの暫定的発禁という新制度、定まった評価のある作家に対する自由放任政策など、幾つか実際的な提言も出るには出た。しかし、これらは散漫な取組みの一部として思い付くままに話題になったものだった。「中央公論」のあるコラムニストは、トマス・ハーディ、ジョージ・メレディスその他のイギリス作家は、メーテルリンクの『モンナ・ヴァンナ』が上演禁止になった時*、ロンドンの「タイムズ」に団体で抗議したことがあるが、そうした団結行動はまだ日本では期待できないだろうと述べたが、その理由は言わなかった。彼がコラムを書いている「中央公論」の付録が、その発言の確証となっているようであった。

＊この事件はイギリスより日本で大きな印象を与えたようである。この「中央公論」一九〇九（明治四二）年七月号、一八五頁〈†星雲子「出版物の取締について」〉だけでなく、同一九一〇（明治四三）年四月号の九〇頁〈†坪内逍遙「文芸取締問題」〉、「日本及日本人」一九一〇（明治四三）年一一月号九五頁〈†捕風捉影楼「文芸取締りの行衛」〉でも言及されている箇所を偶然発見した。この「抗議」とは、「タイムズ」編集者宛の二二行の書簡（一九〇二〔明治三五〕年六月二〇日）で、「我々、末尾の署名者は、道徳的名声も高い優れたフランス作家の芝居のフランス語によるイギリス上演を禁止した検閲決定に対して、抗議がなされるべきだと考える」と結んでいる。書簡そのものよりも、署名者の顔ぶれのほうが印象的で、ハーディ、メレディスは勿論のこと、スウィンバーン、シモンズ、イェイツほか八人が含まれていた。同じ紙面の社説は悦にいった口調で、禁止された芝居の支援者たちが「当日一回きりの『協会』を結成して前売券を予約販売し、郊外の小屋を貸し切って上演する」のはいかに容易なことであるか述べているが、実際、まさしく『モンナ・ヴァンナ』や、最近の作品では『薔薇の刺青』、『橋からの眺め』の場合、この方法が取られたのだった。イギリスの演劇界は一八四三年の劇場法が今でも適用されている。Morris L. Ernst and Alan V. Schwartz, *Censorship*, pp. 142-43. を参照。

この抗議運動に際して永井荷風が寄稿した文はすでに引用したが（前述、一六〇―一六一頁参照）、あくまで抵抗した者は他にはほとんどいなかった。最も注目に値するのは青柳有美という、自身しばしば発禁処分を受けた作家の強烈な発言であろう。女は愚かかも知れないが、と青柳は認めつつ、家計のやりくりにいかに役立つか風葉が示して見せたからといって、ただそれだけで売春に走るほど愚かではない、と述べる。青柳は冗談交じりに語っているにすぎないが、「中央公論」の何冊かが青柳の馬鹿げた性的類型理論(44)にかなりの紙幅を割いている事実は、当時の「中央公論」の知的水準や、「中央公論」が果たしていた言論の自由擁護のためのいささか突発的な活動にとって、よい印象を与えるものではない。風葉擁護の七月号に続く八月号には、日本の最近の「暗い」小説を、デュマの小説や中国の悪漢小説『水滸伝』と比較して劣ったものと見なして、「行政官が之を罪する、其の志風教の維持にありとせば、識者は之を是認せざる能はず。（中略）芸術に神あらば、行政官を待たずして之を禁絶すべきのみ」と説く記事も載った(45)。

数カ月後に、「中央公論」は再びまともに三流小説を弁護した。「中央公論」一九一〇（明治四三）年二月号が、自然主義の青年作家水野葉舟の小説のために発売禁止になったのである。『旅舎』は、今は人妻となり母でもある昔の恋人を、男が再び誘惑し、別れの時になって二人とも辛い思いを味わうという、メロドラマじみた一編である。ゾラに傾倒した時期の風葉に先祖帰りしたかのように、人生の無意味さについての少しの心理描写と、重厚な哲学がふんだんに織り込まれてはいるが、「中央公論」がこの作品を擁護したことはむろんのこと、そもそも掲載する気になったことこそがこの小説の謎である。

しかし、「中央公論」が実行したのは闘いであり、翌月号には「中央公論」主催の講演会が一九一〇（明治四三）年三月一三日に開催されることを告げる大広告が掲載された。「文学擁護」の問題に関して講演を予定していたのは、著者葉舟を含む、数名の作家、評論家であった。一九一〇（明治四三）年四月号は講演の速記録を掲載し、一二〇〇人を越える聴衆が集まったと記している。編集者たちは、いかに当局が不当に文学を弾圧して来たか、この特集がその目を開かせ、文学を未だに浅薄なものと考えている人々に文学の真面目さをはっきりと示すことになってほしいものであると述べた。

しかし、当局はこの退屈な速記録集からは新しいことは何も学ばなかったようである。水野葉舟にせいぜいできたことと言えば、犯罪者を扱うような姿勢で検閲に臨むことのないように、もう少し寛大な姿勢を示すことを検閲官に対して要望することであった。評論家の金子筑水は、「文学と道徳の衝突」という演題で講演して、文学者は本当にひどい作品は国家によって発売禁止にしてもらうことを望んでいる、と相も変わらず危険な論陣を張ったが*、そういう類いの内容の講演会であった。

*この主張のもう一つの例としては、長谷川天溪「太陽」（一九〇九（明治四二）年七月一日号）「発売禁止

問題」一五九―一六〇頁参照。こうした一切の成果は葉舟の存在を検閲官の目に大写しにしただけだったのかも知れない。というのは再び一九〇九（明治四二）年六月と八月、及び翌年四月に検閲官は彼を狙い撃ちにしているからである。葉舟作品が発表された場合には、伏せ字にならないことは滅多になかった。しかしながら検閲官が彼を滅ぼしたのではなかった。葉舟の人気は自ずと急速に落ちていった。

「中央公論」のこうした行動に商売気があったかどうかは別にして、最終的にこの雑誌が軍国主義の時代において自由の価値を擁護する闘士になるまでには、この先長い道程を歩まねばならなかったことは明らかである。ことによると、「中央公論」が初めて政府の反感を買ったのは、軍部の力が政治の領域を侵していることを警告する吉野作造の文章を一九一六（大正五）年から一九三〇（昭和五）年にかけて掲載し、彼の思想の宣伝手段の役割を果たしたためかもしれない(46)。後の章では、この雑誌が極度に反左翼的であり（10章）、かつ、日本における人権消滅に反対した最後の砦の一つ（16章）でもあったことを見ることにする。

「中央公論」だけが検閲の特集記事を組んだわけではなかった。「太陽」の一九〇九（明治四二）年八月号は、自分の作品が発売禁止になった時にどう感じたかを、六人の作家に談話筆記の形で語らせている。内田魯庵は一九〇一（明治三四）年の『破垣』の経験を物語り、今日では当局が禁止処分に訴えることが当たり前のようになっているから、その禁止行為が無意味なものになりつつあると述べている。「モリヱルが禁止になるやうな、アンナ馬鹿々々しい事があると、禁止は却て栄誉となる形がある。（中略）今日では自分の作が今後禁止せらるゝ事もあつても、寧ろ、我は禁止を恥とせず、と云ひたいやうな気がする。恐らく他の諸君も同様であらうと信ずる」（この三カ月後、ヘンリック・シェンキェヴィッチの小説の魯庵訳が発禁になり、長谷川天溪の憤激を呼んだ。天溪曰く、確かに、少しばかり口付けや抱擁が描かれているにしても、煽情的なものは何もない。この調子で行くと、「花嫁花婿」という言葉も近いうちに禁句になってしまうだろう。当局は、外国人に知られたら恥ずかしいようなことをしないようにいつも国民に命じているが、われわれがシェンキェヴィッチやモリエールやゾラを発禁にして来たことを万一外国人が聞いたなら、どんなに恥ずかしいことであろうか！）(47)。

小杉天外は、その人気小説『魔風恋風』を、警察によって帝国図書館で閲覧禁止にされたし、舞台上演も禁じられたが、この一九〇九（明治四二）年八月号の「太陽」では次のように語っている。「我々は当局者に向つて、決して文学者たれとは言はない。小説家たれとは言はない。敢てまた必ずしも批評家たれと言はない。然しながら、普通の読者が認めて異とせぬことを異とせぬほどの趣味はあつて貰ひたい。その位の鑑賞眼はあつて欲しい」。天外もまた、本当に猥褻な作品は警察の手で根絶してもらいたいものだという、耳にたこができるほど聞かされる主張を表明している。「太陽」のその同じ号で、「東亜文芸」一九〇九（明治四二）年四月号発禁の原因となったお粗末な短編『媒介者』を書いた徳田秋声は、「標準が分らないのは、当局者にも標準がないからかも知れぬ。いや、おそらくはさうであらう」と語っている*。

＊「太陽」（一九〇九〔明治四二〕年八月一日号）一三五―一四四頁〈†「発売禁止の命を受けたる時の感想」〉。小田切は『発禁作品集』（一九四八〔昭和二三〕年）四二三―四二四頁で、「まったく文学的価値のない」作品『媒介者』は弟子が秋声に代わって書いたのではないかと疑っている。自作か否かはさておき、その小説を書いたことで異例にも起訴処分となった時、秋声はちゃんと出廷している（前述第6章の一一六頁の割注を参照）。

検閲が恣意的で不公平であるという非難の声がしきりに上がるのに答える形で、警保局長の有松英義は、警保局図書部には四名しか検閲官がおらず、すべてに目を通すのは無理な話であると、ある新聞会見で事情説明をした。警保局の審査基準が以前にもまして厳しくなったのではなく、発禁に値する作品の数が増加したのにすぎない、と有松は主張している。さらにまた、新聞小説よりも書籍や雑誌に対して強硬な姿勢であるというのも正しくない。新聞小説は断片的な形で掲載されるものだから、追跡するのがいっそう困難なだけである。自然主義文学を偏見を持って敵視しているという非難はあたらない。作家がどういう「流派」に属するのか皆目知らないばかりか、いかなる作品にも予断を抱かないように、個々の作家の名前もわざと覚えないようにしている。以上が有松の発言であった(48)。

この会見を行った新聞記者は、会見を果たすには、どこへ足を運べばよいかわかっていたことは言うまでもない。だが「日本及日本人」一一月号に掲載され、検閲行政に関する大方の無知を特に物語っている興味深い記事を執筆した記者には、このことはあてはまらないだろう。発禁本の数がこのところ桁外れに多いことに懸念を抱いて、この記者は最初に警視庁を訪ねたが、そこでは検閲課職員から、警視庁独自の方針というものは何もなく、ただ内務省の命令に従っているまでだと告げられた。警視庁検閲課ではある程度の検閲業務は行っているけれども、その職務担当者一、二名では出版物のほんの一部分しか読めないというのである。実際、そもそも警視庁検閲課にはほとんど書籍は届けられていなかったのである。つまり、この課は、書籍よりも新聞の方に関係していたのである。日本国内で出版されたすべての書籍――及びすべての新聞、雑誌――を納本されていたのは内務省なのであった。「警視庁の図書検閲など、云ふ事は正しい意味に於いて言へるものでは無い」。警視庁が様々な発禁処分を行う責任官庁であるかのように新聞各紙が書き立てるのは誤りであって、警視庁は単に内務省警保局の指示を執行しているだけであり、さらに詳しい話が聞きたければ警保局へ赴くべきだと、別の職員はこの記者に伝えたのだった。

こうしてようやく初めてこの記者は内務省の有松英義のもとへ取材に出掛け、有松は警視庁職員の発言をまったくその通りであると明確に認めたうえで、われわれの責任ではない、「実際此頃の出版物を見玉へ、実に酷いのがあるからね」と言い添えた。有松はこの記事でも同様に、三、四名の職員しかいない実情ではすべてに平等に注意を払うわけにはいかないのだと説明して、無定見であるという非難に対し警保局を擁護している。さらにまた、審査の過程は穏やかで慎重なものである、として以下のように述べている。

検閲官が見て、如何はしいと思つてる処は書記官に見せる、夫れから僕と云ふ順序だが、書記官が居らぬ時は直接僕が見る、僕が見て内務大臣に見せると云ふのだが、大臣も中々忙がしい、夫に大臣は却々文芸の事は大切にして居るからね、もう少し考へて見やうとか何とか、そう無茶にはせぬよ。何も我輩だって、そう無茶な取締りをするのぢやない、実際止を得ぬ作物が多いのだからな。つまり警保局は文芸は取締らぬ。風俗上から見た出版物を取締る者と思へば、別に恨みも非難も起らぬ筈と思ふ。世間の文士と云ふも、少しは此の苦労を察して、余り手数を懸けて貰ひたくないものだ（中略）今の文士と云ふ人には、斯んな事ばかり書いて居ずに、健全な文学を発展させやうとする文士は無いのだらうか(49)。

森鷗外の『ヰタ・セクスアリス』

「中央公論」が風葉の作品の発禁に抗議する付録を掲載した一九〇九（明治四二）年七月、読者層の厚さでは大きく遅れをとる文芸誌「スバル」が、陸軍軍医総監という高級官僚の性の遍歴をたどる短編小説を掲載した時には、大変な物議を醸した。この小説は発禁にすべきだろうか――あるいは発禁になるのだろうかと誰しもが想像を逞しくし、陸軍省、文部省、内務省のすべてがこの事件を狼狽の体で迎えた(50)。だが、軍医総監自身は激昂してはいなかった。というのは、その小説の筆を執り、自伝を書こうという意図が紛れもなく明らかなほどに自分の生活との類似点を作品にちりばめたのは、軍医総監その人だったからである。

森鷗外の読者ならば彼がこうした個人的な調子の文章を書くのを見ても意外には思わなかっただろう。一九〇九（明治四二）年三月に家庭の危機を描いた作品『半日』で、諦めたも同然だった文筆活動を始動していたからである。『半日』は不快なまでに実際の家庭生活に似通っていたため鷗外の妻がその後の出版を禁じた作品である(51)。さらに一八九〇（明治二三）年に遡って思い起こすならば、鷗外は作品に描かれたような情事を経てドイツから帰国したばかりの時、処女作『舞姫』でかなりの大騒動を引き起こしていた。

しかし、小説家としての鷗外は、ドイツ体験に由来する三作品を発表しただけで、あっという間に影が薄くなった。

この三部作の完結編が一八九一（明治二四）年一月に出版された後、鷗外はその文芸活動を評論と翻訳に限定した。日露戦争後に新進作家が台頭し出すと、尾崎紅葉、幸田露伴、坪内逍遙といった、文体の洗練と巧みな筋を取ったなら後は何も残らない「金鍍金《めっき》の」文章家で、今では無用の「老人」作家になった連中に混じって、鷗外は過去形で自分の名前が挙げられているのを読む、という居心地の悪い経験を味わわされていた(52)。

『キタ・セクスアリス』で述べているように、そもそもは夏目漱石の作品が、自分にだって知的な文章が書けることを示したいという欲望で腕が「うずく」思いを、鷗外にさせたのだった。これは漱石の『吾輩は猫である』が出た一九〇五（明治三八）年のことだったようだが、鷗外がことを実行に移す前に、ほかの作家が『吾輩も猫である』や『吾輩は犬である』といったパロディ作品を発表したので、鷗外は考え直したのだった。

> そのうち自然主義といふことが始まつた。金井君は此流義の作品を見たときは、格別技癢をば感じなかつた。その癖面白がることは非常に面白がつた。面白がると同時に、金井君は妙な事を考へた。
> 金井君は自然派の小説を読む度に、その作中の人物が、行往坐臥《ざぐわ》造次《ざうじ》顚沛《てんはい》、何に就けても性欲的写象を伴ふのを見て、そして批評が、それを人生を写し得たものとして認めてゐるのを見て、人生は果してそんなものであらうかと思ふと同時に、或は自分が人間一般の心理的状態を外れて性欲に冷澹《れいたん》であるのではないか、特に frigiditas とでも名づくべき異常な性癖を持つて生れたのではあるまいかと思つた(53)。

鷗外の主人公は臨床的と言ってよいほど（退屈的なとは言わないが）突き放した調子で、六歳に始まり二一歳まで続く自分の性の遍歴の主要な転換点を探求し続け、確かに性の衝動はとても強い衝動だが、少し努力すれば抑制することができるし、抑制すべきでもあると結論付けている。この主人公の場合には「自分は少年の時から、余りに自分を知り抜いてゐたので、その悟性が情熱を萌芽のうちに枯らしてしまつたのである」(54)と言い切っている。これはまったく余計なことかも知れないと感じながらも彼がこの手記を息子に読ませることをためらっているのは、息子を堕落させるのではという心配よりも、これを読んだ子が父のように性に無関心になったらどうであろう、という懸念のせいであるという。作品の最後で金井は手記を出版しない決意を固めている。――これは『ヰタ・セクスアリス』として発表することで鷗外自身が翻意した決意であったが、当局がしばらく逡巡した後、この作品は発禁になってしまった。

この短編小説で鷗外が試みたことは、自然主義の作家たちが自分たちの一八番だと主張しているように、性を「科学的に」研究することである。しかし鷗外は彼らとは非常に異なる結論に達した。性の衝動は抗い難い力ではなくて、時おり見舞われる煩わしいものであるという結論である。しかし冷感症の主人公を描いて見せる過程での、鷗外は、自然主義に対して公正とは言い難い。先に引用した自然主義の特徴なるものは、すでに見たように、性を主題に据えることが珍しかった出歯亀事件以前の時期に局限されているからである。かつその後一年半の間に、もっとあからさまに好色な文学作品が現れたが、その点で一際注目をひくのは、それが反自然主義作家永井荷風の筆になることで、しかも森鷗外は一月に荷風を慶応大学教授に推薦するのである。鷗外自身の『半日』は、嫁姑の確執には性的に張り合う要素が濃いことを示唆するものだった。ある箇所で若妻が主人公の母親を「色気違」(55)呼ばわりさえしている。『ヰタ・セクスアリス』より一カ月早く「スバル」に掲載された『魔睡』は、女性患者を誘惑するために催眠術を使う医者を描いていることで人々の非難を招いた。自然主義小説によくあるように、この小説に関しても「モデル」となった人物の問題があったようだが、この場合には鷗外は桂首相その人から譴責された(56)。子細に検分すればするほど、自然主義とその対立者たちの間の区別は馬鹿げたものに見えてくる。

森鷗外がゾラの名を日本に初めて紹介したこと（ドイツから帰朝した翌年の一八八九（明治二二）年）と、当時、鷗外が筆を執る大事な目的の一つがフランス自然主義をポルノグラフィーだと非難する点にあったことは、よく知られている。リチャード・バウリングによると、この初期の段階の鷗外は、ドイツ滞在時（一八八四（明治一七）年～

一八八八（明治二一）年）に流行していたルドルフ・フォン・ゴットシャルの主張をすっかり受売りしていたのだということを、小堀桂一郎が説得力ある文章で明らかにしているという(57)。一八九三（明治二六）年に、鷗外は「所謂実際派の筆次第に卑褻に流れ、苛刻に奔る（中略）そもそも実際派とは何ぞ。心理上の研究を旨し、或は残忍、或は淫猥なる刺激の手段を用ゐるを、実際と申さば申されむ」(58)と書いている。

従って、鷗外が二〇年前に拒否した「自然主義」というラベルを、日本の作家が一九〇六（明治三九）年以降自分たちの作品に貼り付け始めた時、これは必ずや「性の本能にとりつかれた」(59)文学上の先祖返りになるであろうと推測し、「出歯亀主義」への非難に加わるのに他の誰よりも準備ができていたのである。『ヰタ・セクスアリス』に見える自然主義観は、ヨーロッパ自然主義に対する鷗外の積年の偏見の表明以上のものでは決してない。

しかしながら、これは鷗外の生涯での最も思索と創造力に富む一時期の始まりにすぎなかった。『ヰタ・セクスアリス』は『半日』のわずか四カ月後に掲載されたが、『半日』は近代の口語体で鷗外が書いた最初の作品であり、かつてないほどの激しい勢いで書き下ろしや翻訳の小説を出す口火を切った作品であった。自分の作品が発禁になる衝撃を味わった後、さらには社会主義と個人主義という双子の悪に対する内務省の反対運動を見た後、鷗外は『ヰタ・セクスアリス』に見える見解を放棄した。「文芸は印象を文章で現さうとする。衝動生活に這入って行くのが当り前である。衝動生活に這入っていけば性欲の衝動も現れずにはゐない」(60)と、一九一〇（明治四三）年一一月に鷗外は書いている。

鷗外は、こうした「暴露」を翻訳でも書き下ろしでも大いに行った＊。自然主義文学者の性への関心――この関心は鷗外も抱いていたし、新人作家たちが明らかに真面目に関心を持っていたために鷗外も刺激をうけて探求しようとしたのだが――にもまして鷗外が毛嫌いしたのは、若手の小説家の「危険な」作品を弾圧しようとする内務省の企てであった。『ヰタ・セクスアリス』という、実は人々や政府の自然主義に対する誤解のいくぶんかを反映した作品を発禁にしてしまうことで政府が功を奏したのは、体制打破の若い作家たちに寄せる鷗外の共感を煽り立てることだけであった。「危険だとして公にしないとすれば、トルストイでも、イプセンでも、マアテルリンク、ホフマンスタールでも現代的思想の作といふものに一つとして翻訳して好いのは無いのです。現代文学の全体を排斥しなくてはなりません。文学上の鎖国を断行する必要があります」(61)と一九〇九(明治四二)年一〇月に彼は述べている(検閲に対する鷗外の文学者としての反対姿勢の検証は、この先第10章を参照)。

＊これらの著作を詳しく考察するには Richard John Bowring, *Mori Ōgai and the Modernization of Japanese Culture*, pp. 171-81, 228, 264, 266.

鷗外の特別な地位のせいで、『ヰタ・セクスアリス』発禁は官僚制にとって微妙な問題になった。「スバル」は七月一日に発売されたが、当局が行動を起こすことを逡巡していた七月の間中ずっと噂が駆けめぐった。一つには、鷗外の文学博士号――ポルノ作家とラベルを貼られたばかりの人物に与えるには気まずい称号――の授与に関して文部省が審査中であった。博士号は七月二四日に授与され、雑誌のほとんどがとっくに売切れてしまった二八日に、「スバル」は発禁になった。有害と判断された具体的な作品について公式発表は一切されなかったが、鷗外は『ヰタ・セクスアリス』に問題があったと「仄聞」した。鷗外はこのことを寺内陸軍大臣に「それとなく」伝えたが、八月六日に警保局長がこの件に関して直々に陸軍省を訪れた。その結果、鷗外は陸軍省次官石本新六から厳重注意を受けた(62)。

これを「日本及日本人」がどういうわけか嗅ぎ付けて、石本が鷗外に文筆活動を打ち切るよう要請した会談の記事を付加した。伝えられるところでは鷗外は顔色一つ変えずに傾聴したものの、その時の鷗外は最早上司から九州へ「左遷」させられるままになっていた一〇年前の男ではなかった。鷗外は執筆を続ける決意でいた(63)。もちろんその通り鷗外はやってのけたのだが、石本の厳しい要求はさらに続いて、一一月末に「新聞紙に署名すべからず」と、つまり戸籍名であれ筆名であれ新聞に作品を発表してはならない、と鷗外に命令した(64)。

『ヰタ・セクスアリス』をどう取り扱うかをめぐって官僚の間で紛糾と遅滞があったせいで、他の作家ならば即座に発禁となるだろうものでも鷗外ならば発表できるのだという噂が広まり始めた(65)。ある記者がこの件に関して特に警保局長有松に問い合わせた。有松は、そんなことの「元来があらう筈が無い」といらだち、検閲官への雑誌提出に関して書式の不備が多少あったために訂正に一週間を要したので検閲作業が遅れる結果となったのだ、と断言した(66)。これでは発売から発禁までの二七日間の隔たりの説明は到底つかないのだが、しかし、内務省による発禁決定の日付と文部省による博士号授与の日付を、一方が他方に影響を及ぼしかねない位置にまで近付けることにはなっている（博士号審査委員会は七月六日付けで最新の履歴書を提出するように鷗外に要請していた）(67)。

非常に遅れた時期に発禁処分が下されたという事情で、『ヰタ・セクスアリス』は発禁本なのにあちこちで書評が書かれたり、論評された作品の一つになった。「中央公論」一月号はこの小説をその年のより注目に値する小説の一つと呼んだが、発禁になったことはわざわざふれるまでもなかった。その場限りのある記事によれば、この「スバル」の発禁号をもともとの市価の四倍の値段で売っている古本屋もあったという(68)（事実ならば、刑法第一七五条で最高罰金額五〇〇円と規定されていたのだから、かなり向こう見ずな真似をしていたことになる(69)）。

処分されるか否かが依然流動的であった七月の間に『ヰタ・セクスアリス』擁護に回った評論家は、かつて旅順に出征している弟に宛てた「大逆罪に値する」書簡体詩のことで與謝野晶子を激しく非難した人物大町桂月であった（第5章参照）。桂月の論敵であった平出修によれば、桂月という男は人生の憂鬱で醜悪な側面を描写することに対して、内務省や文部省の官僚にもまして激しく反対していた。ところが『ヰタ・セクスアリス』に対しては、桂月は最上級の賛辞を送るばかりであった。「啻《ただ》に風俗を害せざるのみならずひろく天下の少年青年に読ましめたきもの也（中略）われ謹んで今の青年に告ぐ、鷗外翁の性慾史を味ふにつけても、間接に紙表に躍如たる翁の人格抱負の非凡なることを洞察せよ」と桂月は言った(70)。

内田魯庵は「朝日新聞」文芸欄に三回連載の記事を書いているが、そこでは、鷗外の「最も大胆」で「最も科学的」な性の研究書に対して下した当局の発禁処分に嘆息している。桂月と同様、魯庵は教育的文書としてこの小説の価値を見たのである*。このような重要作家のこのような重要作品がもしヨーロッパで発禁になったならば、大きな社会問題になったことだろう、と魯庵は言う。しかし「スバル」を読む者はほとんどいないのだから、発禁になったところで、人目にふれないという状態が別の形に変わったにすぎないのだ、西洋では、生殖に関する原始以来の謎はクラフト＝エビング（一八四〇〜一九〇二年）やエリス（一八五九〜一九三九年）らの研究に取って代わられつつあるが、日本では伝統的な非科学的道徳と伝統的偽善が依然として幅をきかせている、と魯庵は論じた。鷗外の書は真面目な研究書であり、曖昧宿で政治家や紳士たちがひけらかしているような「事実上の」性生活《ヰタ・セクスアリス》が禁止されるまでは発禁にすべきではなかったのだ、と彼は言う(71)。

*この作品の評価がまだそれほど浸透していないために、ワシントン大学図書館では、たった一冊しかない『ヰタ・セクスアリス』の英訳書を健康科学部門に閉架で配す決定を下してしまい、性（及び麻薬）関係の書物と同様に、施錠して保管されている。この情報に関してリンダ・ルーベンスタインに感謝する。

雑誌が発売されてからほんの数日後に、ある出版社が『ヰタ・セクスアリス』を本の形で出したいと考えていることを鷗外は耳にした。その企画からはもちろん何も生まれなかったのだが、鷗外の死から二年後にあたる一九二四（大正一三）年に、ある検閲問題の研究者は、その当時刊行が開始されていた初の鷗外全集の中に、この小説が果たして収録されることになるかどうかをなお怪しんでいた(72)。発禁処分では「スバル」とだけ名指しされたのだから、『ヰタ・セクスアリス』出版に法律上の障害はなかったわけで、実際、この時はこの作品をまったく無削除の形で全集に入れることを検閲官は禁じなかった。戦前には幾種類かの完全版が出されている。

超法規的措置——森田草平と谷崎潤一郎

成熟した検閲制度のもとで活動する作家や出版社の状況を示す最後の例として、超法規的な手段で処理された二つの事件を検討して見よう。一つはそうしたやり方がますます公に広がって行く性質を表すものである。二つには、それをさらに詳しく述べ、日本で最も有名な小説家の例を用いて、桂内閣時代に文筆活動を始める困難さをある程度示すものである。

一九〇九（明治四二）年後半の出版界での一大事件——あるいは期待に外れて事件にならなかった事件——は、平塚らいてうとの関係を森田草平が小説化した物語、『煤煙』の第一巻が遅れて刊行されたことであった。この二人は、一九〇八（明治四一）年三月に計画していた心中が未遂に終わった時、「自然主義の最高潮」として大騒ぎを引き起こした間柄であった（前述、一二一―一二三頁参照）。この事件そのものは時代錯誤にも「煤煙事件」として知られている。この騒動のせいで、森田草平は事実上社会ののけ者になったが、夏目漱石は草平が一九〇九（明治四二）年の一月から五月にかけて「朝日新聞」に小説を連載するように計らってやった。女の子たちがみんな『煤煙』を読んでいるからと、ある女教師が語ったが、何が生徒たちに面白いのかを知るためには自分もまた読まざるを得なかったのだと、彼女は主張した。「朝日新聞」は、平塚らいてうの母校日本女子大では閲覧を禁止された(73)。毎日毎日の読み切り分を待ちうける熱望の一端は、同じ年に漱石自身が「朝日」に書いた、連載小説『それから』によって知ることができるが、漱石の主人公が、多数の読者を引き付けていた舶来のハイカラぶりも「肉の臭ひ」も軽蔑していることは明らかである(74)。

検閲官たちもまた引き付けられ、実際に禁止処分に訴えないまでも、「朝日新聞」に対して何度か警告を発した。本にまとめて出版する段になると、彼らはそこまで寛大ではなかった。早くも七月の段階で、もし森田草平が少し手直しをしなければ、出版が差し止めになるか、少なくとも禁止の脅しがあるだろうと噂されていた(75)。その間、漱石と森鷗外はこの近刊書に寄せる序文を執筆していた。漱石は、一九〇九（明治四二）年一一月二五日の「朝日新聞」文芸欄発足に際しての寄稿文として、「『煤煙』第一巻序」と題してその序文を掲載した（鷗外の序文は「スバル」の一〇月号に出た）。

漱石の序文は、『煤煙』第一巻なるものは世に存在する予定ではなかったこと、五月に連載が終了次第、小説全巻を出版することを草平としては望んでいたことを明らかにしている。しかし、新体制の厳しい検閲は、始めの何章か——およそ原著の五分の一——を除く一切を印刷禁止にした。出版社はすでに活字を組み込もうとまでしていたが、警保局長に照会したところ、販売は絶対に禁止するとの警告を受け、出版計画は頓挫した。その後、せめて支障のない部分だけでも本の形で出版し「第一巻」と称しては、と持ちかける者がいた。これは、主人公要吉が、堪え難いほどに平凡な妻と生まれたばかりの赤ん坊の待つ、生まれ故郷の田舎に久し振りに里帰りする様子を描くものであった。やがて再び彼は上京するものの、近代的な解放された（煙草を吸う！）女主人公が登場するわけでもなければ、大いに議論を呼んだ例の情熱的な情事を描いているわけでもなかった。

作品のこの部分にはよもや誰も異議を挟むまい、と漱石は述べている。「其上余の視る所では、肝心の後編より却て出来が好い様に思はれる。（中略）『煤煙』の後編はどうもケレンが多くって不可《いけ》ない」(76)。漱石の厳しい見解を具体的に示す例の一つは、表題の由来となる一九章〈†後の単行本版。新聞版では一四章の八〉の会話にも見出せる。「私、煤煙の立つのを見てると、真実《ほんとう》に好《い》い心持なんです」と朋子が語る。要吉は答えて、「貴方の心の中の動揺を象徴的《シムボリカル》に表はしてる様だから？」と言う(77)。

第一巻はようやく一九一〇（明治四三）年二月に刊行された。出版社はまたしても超法規的手段に訴えて、小説の煽情的な箇所を「伏せ字」に置き換えて、残りの三巻を一九一三（大正二）年一一月までに刊行した。とは言え、出版社がどういう基準で隠蔽の箇所を選んだのかは必ずしも明確でない。たとえば一九三〇（昭和五）年版には、「自分が男の欲望を燃やしつゝあると云ふ自覚は女の胸を擾《みだ》さずには置かなかつた」という地の文の解説の残っている箇所がある。そしてその同じ頁に、以下の傍点部分の代りに、×が幾つか並び、「がたりと椅子が倒れた」と挿入されているのが見出せる。「再び給仕が去る。要吉は透《すか》さず身をずらして女の指先に触れたかと思ふと、今まで平静に構へた朋子の姿勢が急に崩れて、矢庭に男の手頸《てくび》を執《と》つて引寄せた。始めて四つの唇が合ふ。両人は耐へられるだけ永く呼吸《いき》を詰めた」(78)。ここでは実際に口付けを交わしたことよりも、女のほうが主導権を握った——しかもきわめてふしだらに——ことのほうが衝撃的だったのである。

超法規的措置を講じて公刊されたのは『煤煙』だけではなかった。だが、漱石の序文やその他の資料から、そうしたやりとりのためのルートは決して規則化されたものではなかったことがわかる。ある三面記事の主張によれば、某作家が自分の本は発禁になることはないと自信満々だったのは、文部省にいる知人の官僚に口添えを依頼し、発禁となる恐れのある箇所を検閲官に目を通して貰えるように警察関係の友人に要請してあったからである。そこまでしてようやくその作家は出版に踏み切ったのであった(79)。佐藤紅緑は、自分の著作集の収録作品を出版社が検閲官に一度に一作品ずつ（多分、組版作業が進行中だったのだろう）提出し、『復讐』という、既に言及したつまらない短編だけが出版を禁じられたことを、ある聞き手に話している（前述、八五頁）(80)。しかし、一九二〇年代までにはこれら超法規的措置の手続きは公式化され、警告書や削除命令の交付数が警保局の統計にも収載されることになる。

文学の作り手と検閲官の間の協力関係が公的に認知された、私の知る限りの最も驚くべき事例は一九一七（大正六）年に起こった。これに関わったのは、『鍵』（一九五六〔昭和三一〕年）や『瘋癲老人日記』（一九六一〜一九六二〔昭和三六〜三七〕年）＊などの好色な傑作で西洋では有名な谷崎潤一郎（一八八六〔明治一九〕年〜一九六五〔昭和四〇〕年）が書いたある小説であった。この出来事を論じてしまうと、この章で扱う時代から随分と先回りする形になるのだけれども、そうすることは、この時期に始まり、検閲問題に終始悩まされ（だからこそ私たちにとっても繰り返し興味は尽きないのだが）ながらも、「国体」には収まる余地のないような人間心理の暗黒面をうまく掘り下げることのできた、一人の作家の活動の初期の頃をたどるまたとない機会を提供してくれるであろう。

＊英語訳は Howard S. Hibbett, *The Key* (New York : Alfred A. Knopf, 1961). 及び *Diary of a Mad Old Man* (New York : Alfred A. Knopf, 1965).

谷崎と、東京帝国大帝の文学仲間数人とは、谷崎が二四歳、すなわち一九一〇（明治四三）年の九月六日に雑誌

「新思潮」の創刊にようやくこぎつけて、その初版五〇〇部を販売し始めたのだが、その矢先に内務省が販売禁止の断を下したのだった。この発禁処分は内容が好色だからというのでもなければ、また、谷崎がそこに投稿した作品で、一一世紀のある重要人物の誕生をめぐって迷信に満ちた雰囲気をもてあそんでいるいささか要領を得ない一幕劇『誕生』のせいでも、もちろんなかった*。義務付けられた内務省への見本誌の提出が遅れたという理由で、警察が雑誌の在庫をある夜急遽、没収したのだった。少額の罰金を納めると発禁は数カ月後に解除され、没収された雑誌は返還された。この顚末について、新刊雑誌を芽のうちに摘み取ろうという警察の冷笑《シニカル》的な試みだったと考える向きも一部にはあった(81)。

*この作品に「肉によって形成された歴史」という谷崎の主題を見ることもできようが、念仏を唱える僧侶、憑依した霊媒の生み出す荒々しい雰囲気を別にすれば、この作品の要点は歴史的な少しばかりのペダントリーである。この作品は一〇〇八年に明子皇后が後の後一条天皇（在位一〇一六～一〇三六年）を生んだ時のことを、従って藤原道長の確固たる皇室支配の始まりを、描いている。このことこそが、作品の最後でこの赤子が道長に「囁く」ことに違いない。

内容ではなく手続上の技法の面で狙い撃ちにされたこの発禁処分には驚かされたにしても、谷崎たちは新雑誌刊行にあたって検閲官の存在を考慮する必要性は認識していた。そういうわけで、すでに書き上げていた有名な『刺青』ではなく、『誕生』が谷崎の最初の発表作品になったのである。つまり、雑誌の同人たちは創刊号の内容を検討するために集まって、発禁の可能性を低くするためには『刺青』を書き直す方がよいだろうという結論に達した。およそ速筆の作家ではなかったために、谷崎には出版締切時までにその作業が終えられず、『誕生』と差し替えられたのである。

発表時期は後になったが、谷崎は『刺青』を自分の処女作だと常々考えていた。『刺青』には性に対する谷崎らしいサド・マゾ的、拝物愛的な見解を述べる原型的言説が確かに含まれている。かねてより美女の肌にその技を刻み付けたいと願っていたサディスティックな刺青師《ほりもの》が、ちらっと女の足を見ただけで完璧な生けるキャンバスを見出す。女は無垢な若い娘であったが、刺青師は、娘の内面に潜む妖婦性をたちまち目覚めさせ、自己の生命の血を犠牲にする雄蜘蛛さながらに、大きな女郎蜘蛛を娘の背中に彫るのである。これは谷崎の最も精緻な作品ではないが、それでも印刷に要した六ないし八頁には収まりきれないくらい大きな姿で脳裏に焼き付いて来るような、技巧の点で非の打ち所のない作品である*。江戸後期という舞台設定が作品の官能美にしっくりと溶け合い、刺青《ほりもの》という御法度の技術が徳川社会における反逆児のようなその職人を象徴するのにうってつけであったので、この作品を江戸時代以外を舞台にした作品として想像することはなかなかできないほどである。とは言え、このことは検閲の脅威が芸術作品の改良に役立った一例なのかもしれない。と言うのは、谷崎によれば、今日あるこの珠玉の名作は、その年の一一月の「新思潮」第三号のために書き改められるまでは、もっと長い分量のものだったし、また作者と同時代に設定されていたからである(82)。

＊ Howard S. Hibbett, *Seven Japanese Tales*. 所収の"The Tatooer"(New York : Alfred A. Knopf, 1963). として英訳されている。

第三号には小説そのものだけでなく、『刺青』の改稿を議論した生の編集会議と称する、英語で『Real Conversation』(本当の会話)と題された一篇も掲載された。「まあ見給へ」と木村荘太が言う。「好い句が思ひ切り悪さうに抹殺してある。無惨至極だ」。和辻哲郎がその原稿を開いて答える。「成る程肌といふ字が皮膚と直つてる」「そりやまだいんだ《ママ》」と木村がやり返す。「此れなんざあ作者の無念さ思ひやられるぢやないか『眠れる肌は柔かに一本一本尖った針の鋒端を啣むだ』まだそれから後の方へ行つて風呂の倏り」(83)。

慢性的な財政難に翌年三月の再度の発禁が追い討ちをかけて、「新思潮」は七月限りで廃刊になったが、谷崎は、「スバル」や、慶応大学の「三田文学」などの小雑誌にその後も作品を発表し続けた。発禁を招いた最初の谷崎の作品は『颷風』という小説で、「三田文学」編集者の永井荷風が一九一一(明治四四)年一〇月号に収録する決定を下したものだった。検閲官の目を免れるように荷風自らこの小説にふんだんに伏せ字を施したのかも知れないが（もっとも荷風は、原稿が余り遅く届いたので印刷屋に回す前に目を通すことすらできなかったと言い張っている）、その努力も水泡に帰し、「三田文学」は四号にして二度目の発禁を受けた＊。

＊その結果、慶応大学当局は荷風に対して印刷前に編集原稿を検討のために提出するように命じた。荷風は喜んでこれに応じ、世評に関する問題は大学当局に下駄を預けたので、編集上の決定は文学上のことだけに限られた。「文反古」『荷風全集第一四巻』三四七—三五一頁参照。

谷崎の第一〇作にあたる『飈風』は『刺青』や衝撃的な糞尿譚でサド・マゾ的な『少年』（一九一一（明治四四）年六月）や、男のマゾヒズムを扱い、倒錯度はやや低い『幇間』（一九一一（明治四四）年九月）に匹敵する作品である(84)。途方もない筆力と風刺を込めて、谷崎は、二四歳までは童貞を守って来たものの、「鼻の孔を下から覗き込んで、少し不気味な所がある」(85)と思われた吉原の最高級娼婦に夢中になってしまって、たがすっかり緩んでしまう直吉という画家の物語を語る。その鼻孔のせいで、直吉は性的な放縦に耽り自滅寸前まで行ってしまう。そこで健康を回復するために、彼は六カ月間の徒歩旅行に出掛け、恋人のためにずっと身を清くする誓いを立てる（彼女はもちろん自由に体を売り続けてよいのだ）。しかし、体力が戻って来るにつれて、誓いを貫くための勇壮な闘いが始まる。一切の誘惑を寄せ付けず、北国の恐ろしい吹雪をどうにか切り抜けたものの、結果的には出立時よりもいっそうひどい肉体的衰弱状態で帰京する。このとてつもない喜劇に暗黒の終幕が降りるのは、やつれ果てた直吉が性的刺激を受けて脳卒中で死ぬ時である。

発禁となり伏せ字（それを谷崎はついぞ解き明かさなかった）にもされたが、『飈風』発表の結果は実際、谷崎にとっては僥倖であった。この物語が「中央公論」の有力編集者である滝田樗陰の目に留まり、樗陰は若き作家谷崎を下宿先まで訪ねあてて商業出版物として最初の作品執筆を依頼したのである(86)。それ以来、谷崎作品の主要部分は中央公論社の刊行物に発表され、谷崎の作家活動が始動し出した。

「中央公論」がいくらか谷崎を支援したとはいっても、少なくともほんの僅かの間、逡巡した時期があったように思われる(87)。それは一九一六（大正五）年、谷崎作品が矢継ぎ早に四度、うち二度は同じ月（一九一六〔大正五〕年九月）に別々の二雑誌で——記録的なことには違いない——発禁になり、警保局の恰好の標的であるような観を周囲に与えた時に訪れた(88)。「中央公論」は、かつて谷崎が原因で一九一六〔大正五〕年三月に発禁になったことがあり、一重に谷崎という名前のおかげでまた同じ轍を踏むことには明らかに二の足を踏んだのであった。問題の作品『異端者の悲しみ』は、谷崎という名前の他には当局の攻撃材料となるものはほとんどなく——谷崎を騒ぎに巻き込んだ他の小説のようには、歴然と好色なところは少しもなかったのは確かであった。以前に、先回りになる話題だが云々、と言って遠回しな形でふれようと仕掛けていたのは、一九一七（大正六）年のこの小説の発表に関する法の枠外においての交渉のことなのである。

英文翻訳で谷崎に精通している海外の読者は、彼の強烈な官能性がしばしば検閲官が我慢できる程度を越えていたと知らされても意外には思わないことだろう。だが、高度に精巧な小説を生み出したこのきわめて想像力豊かな作家が、日本文学の主流により近い自伝的様式を用いて作品を書くことも実は時折あったということは、もしかするとそれほど知られていないかも知れない。『異端者の悲しみ』はそうした作品の一つであり、谷崎特有の憑かれたような官能性は微塵もない。だからこそ、この小説と共に「中央公論」にもともと掲載された序文の中で谷崎自身が述べているように、この小説がとても慎重に扱われて来たという事実には皮肉めいたものがある。以下はそれからの抜粋である。

> 此の一篇は昨年の九月の中央公論定期増刊号に載せる積りで、その夏の八月に脱稿した。さうして既に校正刷まで出来上つた時分に、突然、編輯局の一部から発売禁止の惧れがあると云ふ意見が出た為に、当分掲載を控へる事になつたのである。

その意見によると、此の小説の根底には、予が筆に成る物として、珍しくも顕著なる道徳的の情操が流れて居る。しかし、篇中の到る所に、親子の衝突が極めて露骨に無遠慮に描かれて居て、父と悴とが聞くに堪へない罵詈《ばり》を云ひ交はす光景などは、やゝ深刻に過ぎるかと感ぜられる程に叙述してある。それ故、大体から云へば寧ろ世道人心を裨益する作品であるが、一行一行の文句の末に拘泥する当局者の標準を以てすると、或は此のまゝでは低級の読者に害ありと認められて、禁止の厄に遇ふかも知れない。何はともあれ、ちやうど警保局長の更迭のあつた際であるから、今暫く時機を待つて、出来得べくんば当局者の禁止に対する方針を聴いた上で、訂正する箇所は充分に訂正した後に発表したい、と云ふ事であつた*。

予は従来、或る実在の人物をモデルにして、物語を書いた事は殆んどなかつた。故人は兎に角、現在生きて居る人間の経歴を書けば、書かれた人に取つて、迷惑する場合が多からうと思つて居た。況んや自分自身の事を忌憚《きたん》なく曝露するのは、余りに忍びない心地がした。周囲の人物は別として、少くとも此の中に出て来る四人の親子だけは、その当時の予が心に事実として映じた事を、出来得る限り、差支へのない限り、正直に忌憚なく描写した物なのである。此の意味に於いて、此の一篇は予が唯一の告白書である。

予は此の一篇を、四五年前から是非一度書きたいと思つて居ながら、当時辛酸な日を送つて居た両親に対し気の毒に感ぜられて、長い間筆を執る気になれなかつた。ところが予の両親は二十余年の艱難の後に、善良な人間に適はしい報いを受けて、漸く順潮にめぐり合ひ、捨てられた世の中から再び拾ひ上げられて相当な商売を営むことが出来るやうになつた。予が妻は両親の為に一人の初孫を産み落とした（それは予の長年の親不孝を埋め合わせてくれたように思われる）。

予は安じて書き上げる気になつたのである。小説の公表は九月に延期されたが、この年の五月に母が突然亡くなった。

今こそ、予はよき記念として、此の一篇を公けにしようと思ふ。此の小説は、我等親子が不幸の絶頂に沈淪して居た七八年前の一時期（一九〇九〔明治四二〕年〜一九一〇〔明治四三〕年─著者）予の作家としての経歴が開始された時を材料にしたものである。嘗て地上にあった母と妹は、ただこの小説に留めるのみである。予は此の物語の中で、亡くなつた母や妹の事を、決してえらい人間のやうには書いて居ない。彼等はえらい人間でなかった。彼等は定めし、もっと長生きをしたかつたであろう。死は Nothing である。生は、兎に角 Something である。予は、予の芸術の中に、彼らを Something として生かして置きたい。予はせめても、芸術家として世に立ちし事の、徒爾ならざりしを喜ぶべきか。

終りに臨んで、此の原稿の発表に先だち繁雑なる公務の余暇にわざ〳〵検閲の労を取られ、加ふるに精細なる評論までも書き添へて下すつた永田警保局長の好意を、予は深く深く感謝するものである(89)。

＊永田秀次郎（一八七六〔明治九〕年〜一九四三〔昭和一八〕年）は一九一六〔大正五〕年の秋にこの職に就くまで三重県知事であった。『永田秀次郎選集』（『精神文化全集・第一四巻』潮文閣、一九四二〔昭和一六〕年）一〇一頁参照。その後、東京市長及び、閣僚に二度就任している。俳人高浜虚子の同窓で、青嵐の雅号で句集を出している。また神聖かつ愛すべき皇室を手放しで賞讃する書『平易なる皇室論』（敬文館、一九二一〔大正一〇〕年）、及び帝国拡張の喜びを表明した『国民の書』（人文書院、一九三九〔昭和一四〕年）を著している。

この文章に僅かでも冗談めかしたところを探しても無駄である。谷崎はこの小説に関しては大真面目であり、序文に漂うしみじみとした調子は小説そのものの延長であった。作品を初めて読んだ読者でさえ、これは自伝だという事実に注意を喚起された。読者は私小説作家の典型的な理解に足を踏み入れて、技巧ではなく作家の誠実さを基準にこの作品を評価することが自由にできた。そして実際、『異端者の悲しみ』を読むと、谷崎ほどの鋭敏な──自ら意図して悪魔主義的な──作家でさえ、罪を洗いざらい吐露することに没頭している時には心の平静さを失っているのは興味深い(90)。

『異端者の悲しみ』は発禁を免れたが、後の章で見るように、谷崎と検閲官との悶着がこれで終わったわけではまったくなかった。谷崎は戦前も戦後も、議論を呼ばずにはいない作家であった。『鍵』は一九五六（昭和三一）年に国会でポルノグラフィーだと非難された(91)。しかし、谷崎ほどの創造力を持つ作家にとっては、検閲制度はたまに味わう厄介ごと程度のものにすぎず、谷崎独自の世界から探求と伝達を続けることができるというのなら、些細な妥協をするのもやぶさかではなかったのである。

谷崎に言及したために、これまで論じて来た一九〇九（明治四二）年〜一九一〇（明治四三）年という時期から随分先回りしてしまったが、この時期の谷崎の文壇登場、鷗外の復帰、永井荷風の人気は、いずれも自然主義に引き続く日本小説の華々しい活力の一部として認識されねばならない。様々な作家や評論家のおかげで、近代文学への躍進が達成されたのだった。自然主義と反自然主義の論争が時代錯誤で見当外れであるということは、「早稲田文学」の荷風賞賛によって引き起こされた馬鹿げた騒ぎで実証されている（一七一—一七二頁を参照）。自然主義の指導的理論家の一人であった長谷川天溪は、自分にはもうこれ以上なすことがないと判断して英国へ渡り、それまで「太陽」に毎月書いて来た刺激的な自然主義宣伝の文章の代りに、旅行印象記を寄せた。天溪の後任の金子筑水は抽象的な哲学上の問題の方を好んだ。金子はヨーロッパ文学に関心を集中していったので、一九一〇（明治四三）年七月以降は「太陽」の文学的主張はすっかり変貌してしまった。

自然主義やそれに対立する諸々の主義の定義よりもはるかに重要なのは、近代文学への躍進を果たした人々と、近代文学が個人の生活を自由に探求することを伝統的価値観への脅威と見た人々との区別であった。一九一〇（明治四三）年にある役人が語っている。「善用すれば国家に大功あるべき文芸を害用して国家に損害を及ぼさんとして居るものが少なくない。文芸家と雖も国家の一員である以上は少しく念ひを国家に致して、国家衰亡の素をなす如き作を出ださぬやうに心懸けて貰ひたい」(92)。

これは、この五年間に作家たちが日本で達成してきた業績を少しも理解していない人の発言であった。そしてもし一九一〇（明治四三）年半ばの時点では、検閲官が国家の作る家族からまだはじき出せない作家がいたにしても、この数カ月後に起こった驚くべき事件がその進行を完成するはずなのである。

第Ⅲ部

大逆事件とその後

第10章——森鷗外と平出修……大逆事件の内幕

政治的風潮と思想的風潮

山県は、西園寺を桂と交替させるのに手を貸した（一四七頁参照）後も、左翼に対する弾圧はゆるめず、警察が社会主義者を追跡し続けるよう、にらみを利かせていた。特に警戒されていたのは幸徳秋水の周辺であった。幸徳は長い間、日本で最も目に付く社会主義者であり、平和主義者でもあって、「平民新聞」の発行印刷人をつとめていたが、先頃、アナルコ・サンディカリズムの「直接行動」に立場を変えたばかりであった。

幸徳が天皇に対して不穏な行動を企てている、という噂が流れており、それどころか実際にも、一九〇九（明治四二）年二月に幸徳の一読者である、宮下太吉という名の機械工が幸徳に接近して、天皇暗殺計画に加わるよう求めて来た。幸徳は巻き添えになることをためらったものの、やがて、警察の弾圧を考えれば計画の実現が自らの責務ではないか、と納得するにいたった。幸徳の熱は二、三週間後に冷めたが、その時幸徳の愛人、管野須賀子は、政府による迫害のために極度の神経衰弱に陥っていた。幸徳の態度が曖昧なままであったのに対して、管野の側は計画の遂行を決意して宮下他二名の仲間との接触を一九一〇（明治四三）年五月に再開した。そして、最初の爆弾を投げるという特権を獲得した。だが、何も行動を起こせないうちに警察が動いた。これらの一連の展開に気付かずにいた幸徳は、六月一日に突然投獄され、次いで全国的規模であらゆる種類の左翼運動家が一斉に検挙されたのだった(1)。

一九一〇（明治四三）年一一月九日に、大審院の検事総長が調査結果を公表するまでは、報道機関は逮捕の意味について噂や推測の類いしか伝えなかった。というのも、記事差し止め命令が即刻出て、事件についての確かな新聞情報を抑えただけでなく、新聞紙法が当然ながら、予審尋問についてのいかなる報道も禁じていたからである。何が起こったにせよ、事件はきわめて恐ろしいものであり、爆弾に関係しているということを、報道機関は匂わせていた。九月頃までには、「朝日新聞」は、計画が天皇への反逆であったことを示唆する電信記事をニューヨークから受け取っていた。そして結局、一九一〇（明治四三）年一一月に入って裁判所の記録が発表されたのだが、それには四、五人ではなく、実に二六人もの被告が列挙されており、しかも被告たちが想定していた大陰謀は、幸徳が、急進主義的なアメリカ人及び移住日本人とサンフランシスコで、一九〇五（明治三八）年一一月に開始した接触にまで遡るものとされていた(2)。

事件に対する人々の最初の反応は、陰謀家たちへのある種の怒りであり、政府が暗殺を未然に防いだことへの感謝であった。しかし、その一方では、政府の高圧的な取締りに対する批判的な態度も形成されていった。すでに、幸徳及び一一名が処刑される頃（一九一一（明治四四）年一月二四日、二五日）には、政府が社会悪の矯正に失敗したことが、社会主義の台頭や左翼の急進化を促したのだ、と非難されていた。この批判に答えて政府は、社会福祉を充実する方向へと、わずかではあるが動き始めた(3)。

左翼運動家の一斉検挙から検事総長による報告公表までの混乱した数カ月の間、言論の自由の問題についても、政府は多くの批判にさらされた。発禁処分を受けた書籍の数は、まさに未曾有と言ってよいものであった。検閲官たちは、見出し得るすべての左翼文献を根絶する仕事に取り掛かった。そこには最近公刊されたものだけではなく、一九〇二（明治三五）年頃に出版されたものまでも入っていた。九月の一カ月間に、検閲当局は九〇冊近い書物を発禁処分にしたが、その中には幸徳秋水の全著作や、社会主義者木下尚江の全小説が含まれていた。文部省は、図書館に、社会主義の蔵書を施錠してしまい込むよう命じて協力した。書店や図書館の本棚から、社会主義という表題の付いた本は一掃された。このような状態は、社会主義の「冬の時代」として知られている次の一〇年間に、広まったのである(4)。

こうした大がかりな取締りの直後に、魚住折蘆（一八八三〈明治一六〉年～一九一〇〈明治四三〉年）という若い評論家が、「朝日新聞」紙上に刺《とげ》のある批評を書いた。その中で魚住は、検閲官の見境のない無謀なやり口を非難するだけでなく、日本の「穏健なる自由思想家」（魚住は自分の論文をこう名付けたのだが）に対して、自分たちが陥っている危険を認識するよう要求した。魚住は、最近の多くの発売禁止（たとえば、文芸雑誌「ホトトギス」一九一〇〈明治四三〉年九月号）は、特定のイデオロギーやあからさまな猥雑さにとどまらず、自由な思想と呼び得るものは何でもかんでも制限しようとする当局の決意を示している、と主張した。「従来気の宣《い》い自称自由思想家《フリーシンカー》や文士達は、社会主義や無政府主義が蒙《かうむ》りつゝあつた抑圧を対岸の火災視して、其或ものは自分の立場のそんな危険な極端なものと一つでない明りを立てようとした。彼等は其自由思想家たる点即ち文明史上に於ける位置に於て彼我同列に或る事を気付かなかつたり、気付いても気付かぬ振りをして居つた」。今や検閲官は、すべての自由思想を抑圧しようと、彼らの論理で事を進めているのだから、自由思想家たちも自らの立場に立つ時が来ている、と魚住は言うのであった(5)。

魚住だけが、当局に対して遠慮のない反対意見を述べたわけではない。もしもその年の一二月に、腸チフスのために二七歳で死ぬようなことがなければ、魚住はさぞ満足したことだろう。なぜなら、検閲の犠牲者たちは、当局への抵抗に際して厳しさと皮肉を次第に強めていったし、さらには、社会主義と自然主義とを一対のものと見なす政府のやり方を、単なる歴史的偶然ではないと認識したのだから。魚住の論文が書かれた月の「太陽」には、ことに激しい調子の一編が掲載されていた。同誌の政治評論家、浅田江村（彦一）が、政府は「知的クー、デ、ター」を行ったと非難したのである。浅田の論の大筋は、以下の通りである。

出版界は真の恐慌状態に陥っている。我が官憲は過去の住人であり、彼らは人民を信ぜず、社会における個人の役割を誤解し、間髪を入れぬ権力の行使によって、現状を維持している。今のところは官憲側が勝利をおさめていると言えるかも知れないが、思想家に対するこのような勝利は、一時的で、皮相的で、無意味なものである。一世紀にわたる闘争が、ロシア人にいかなる利益をもたらしたかを見るがよい。結局ロシア帝国は、世界でも類を見ない、急進的で自暴自棄的な革命家を擁するに至ったが、とすれば、桂内閣は、何を成しとげうると思っているのだろうか？　桂内閣は、思想界を改造して支配する大望を抱いているが、これはまったくの幻想である──特に時代精神を理解することのできない政治家にとって。社会は、生きており、厳しい淘汰力を有するのだから、劣等思想や危険思想は、自然に駆逐されるであろう。出歯亀式の風俗壊乱、幸徳式の公安紊乱でない限り、他は放任して差支えない。

浅田はまた、桂内閣につつましい提案も行っている。もし政府がほんとうに、時代の知的風潮を変えたり、支配できると信じているなら、発売禁止のような消極的な対策はやめたらどうであろう。政府が出版、印刷業を起こして、「出版原稿買上条例」のようなものを制定し、公認の著述家の公認の言葉で書かれた原稿のみを買上げることにすればよいのだ、と。浅田は他の対策も提案している。以前に出版されたものすべての権利を買上げ、望ましくないものは絶版にすること。国中のあらゆる家を家宅捜索すること。外国の出版物を同封していそうな海外郵便物にはすべて目を通すこと。海外留学を禁ずること。官報を拡張して唯一公許の新聞にすること。官営のタバコがまずいのと同じように、官営の出版物は面白くないものなのだから、品物の売れゆきを確保するには、「図書強制購読法」が、きっと必要になるだろう。政府がそこまでやるつもりがないなら、今政府の行っていることは無意味だ、というのが、浅田の論理の帰結であった(6)。

検事総長の記録が公表される前、一〇月、一一月の間に、「太陽」は当時の状況に対する様々な見解を幾つか掲載した。それは、一切の「危険思想」に対する恐怖をヒステリカルに表明したものから、社会主義の意味をより理性的に考察したものまで、多種多様であった。その中で断然支配的だった主題は、大衆を教育する必要があるというものである。社会主義と無政府主義とは同じではないし、ましてや、この二つは自然主義とまったく異質なものだ、と執筆者たちは指摘している。「太陽」の知的な読者でさえ、これらの問題がはっきりわかっていたとは思えない。

法学博士鹽澤昌貞は、ヨーロッパで生じた社会主義の様々なタイプを注意深く観察している。鹽澤は、社会を分析する学問をすべて「有害」だとして排除することの愚かさを批判した。社会の複雑さは、偏見のないたゆまぬ研究を必要としており、一つの排他的イデオロギーによっては説明され得ない。もし思想の自由が社会主義の絶滅のための犠牲にされるなら、合理的な長期計画が不可能になり、そのことが国家にとって多大の損失を招くだろうと、鹽澤は主張した。

それとは対照的なのが、前の警保局長の言であった。検閲官は「社会主義」による道徳や国家の破壊を阻止すること以外に特別の基準を持ち合わせてはいけないと、彼は述べている。内務次官の一木喜徳郎も、文筆家の「無責任」に対して驚き、厳しい処置を取らねばならないことを悲しんではいたが、「然し近来文芸に関する諸出版物の中には有害な著作が「非常に増えて来たことは事実である」と観測していた。一木は、検閲が実りのない行為ではないことを力説して、特筆に値する見解を述べている。かつて連載した小説を単行本にまとめた時点で発禁にすることは、それなりの意味がある。なぜなら、一冊の書物としての連続性が、短く分割されたものよりも読者にとってははるかに刺激的な場合もあり得るからだ、というのである。

一方、ある匿名の先輩官吏は、様々な主義の違いに対する検閲官の無知に苛立っている。検閲官は、讒謗律がしかれていた一八七五(明治八)年の恐怖時代に政治をもどしているように思われる。健全な思索の自由を奪うことは恥ずべきことだし、それだけでなく、発禁によって現在忘れられている書物に対する興味を呼びさますことなど、愚策中の愚策であると、その人物は語った。

井上哲次郎でさえ、日本民族の神秘的な一体感について雄弁を振るう一方で、もっと理にかなった道を求めていた。日本の社会主義者のかなりの者が、無政府主義になったのは残念なことだ、と井上は言う。社会主義にはすぐれた目的があるが、しかし幸徳一派は、国民を統一する建国以来の、かけがえのない習慣を破壊しようとしたのである。そこで政府は、彼らを阻止しなければならなかったのだが、不幸にして、この仕事に関する政府のやり方は賢明とは言えず、「社会」という文字があればことごとく発禁にした。それは「学術上及び社会進歩の上より見れば容易ならざる大問題」である、という。また、自然主義と「社会主義とは大に其趣を異にし」ているとも井上は付け加えた。井上は芸術上の自然主義には何の異論も持たなかったが、青年を際限もない性欲の充足追求に駆り立てるような、自然主義の「本能主義」的側面には批判的であった(7)。

一一月に、事件について検事総長の説明が公表された後も、「太陽」はおおむね客観的な調子を保っていた。浅田江村は、一二月の回顧号の中で、一九一〇(明治四三)年に最悪の印象を残したものは、無政府主義者が企てた事件であり、また、政府の思想界に対する処し方だったと書いた。直接行動を唱える無政府主義を取締った労は多とするが、当局は、社会主義と無政府主義とを混同し、国民の思索の自由を奪おうとした、というのであった。

島村抱月も、この年の文壇の出来事を概観して述べている。ここ数年来の自然主義による独占的な支配と、非常に多様なものとが入れ替ろうとしているのは、喜ぶべきことである(一九一〇〔明治四三〕年は、確かに、小説の豊富さと多様さにおいて注目すべき年であった。それらの大部分は自然主義を否定せず、自然主義が打ち立てた近代的基盤の上に築かれた)。しかしながら、今年の大問題の一つは、政府の圧迫政策であって、社会主義に対する世間の反感を自然主義に押しかぶせるために、社会主義と自然主義を無理やり一括りにしようとする「老獪」な方法が取られた。こんな政策の実際的な効果は、究極のところないに等しいが、これを「現内閣の悪政の一として記録するものである」と。

この抱月の文章とは別にもう一つ、ある匿名の筆者が「太陽」で一九一〇（明治四三）年における文学事象を概観して、所信を述べていた。桂が西園寺に代って迎えられた唯一の理由は、社会主義と自然主義をさらに厳しく取締ることにあった。不幸なことに、検閲官は自然主義と、佐藤紅緑や生田葵山のごとき作家の猥褻性とを区別できなかったが、そうした作家たちこそ、自然主義に悪名を与えたことで責められるべきである、と。そして、たとえそういう無意味な肉感的作品が、しばらくの間出版しづらくなったとしても、そんなことは、文学にこれといった影響を及ぼすものではない、と匿名の筆者は保証するのであった(8)。

思想上の混乱には、滑稽な面もなくはなかった。社会主義関係の書籍が追及された一九一〇（明治四三）年の九月中に、ある熱心すぎる検閲官は、フランスの昆虫学者ジャン・アンリ・ファーブルの『昆虫社会』と題された翻訳本を発禁にしたのだった(9)。三月頃までには、「社会的」という言葉は、必ずしも「社会主義者」を意味するものではない、という考えが広まっていったようだが、それでもなおこの言葉は、頭のよい企業家に利用されるほど人騒がせなものであった。「朝日新聞」に載ったある広告は、「社会的試験とは何ぞや」と、まず問いかけている。次に小さな活字で、社会的試験とは、できるだけ広範な人々がまさにこの会社の薬を使うことで行われるものであり、ニキビのある全市民を治す試みを言う、と答えている(10)。実は、「朝日新聞」は、あの九月の大騒ぎの折りに、「危険なる洋書」と題する論陣を張って、騒ぎの一端を担っていた。それは道徳を破壊するという理由で、すべての近代ヨーロッパ文学の輸入禁止を説く論説であって、そのため論争の嵐を巻き起こしたのだった。さらには、永井荷風ほどの享楽的な作家までが、『冷笑』の中で、日本文化の偏狭さについてあまりに痛烈な考えを披瀝したために、社会主義者ではないかと疑われたのだった(11)。

ほとんど急進主義者の問題にふれた論評が見られないのが、裁判が軌道にのるまでの「日本及日本人」である。その文芸コラムには、この年の検閲について、今まで見て来たものと似たような意見が一編載っており、また巻頭の社論の一つが、読者に、増大する圧迫のもとで耐えるように勧めている。自由とは耐えることであり、発禁によって妨げられるような文芸上の進歩は、真の進歩ではないのだから、何も失うわけではない、というのである。同誌の「文芸雑事」欄には、時たま、検閲についての関心の高まりを反映する寸評が載った。また、出版業者が発禁に先回りして、問題になりそうな語を伏せ字に置き換える試みも、耳目を集めていた。一部の作家は、伏せ字では芸がないと考えて、いつもの「○○」の代りに外国語を使ったが、その「先達」は他ならぬ陸軍軍医総監森鷗外その人であると、「文芸雑事」欄の記事の一つには書かれている。（事実、鷗外の書くものには、外国語が自在に撒き散らされているが、それは別に、この記事が仄めかしているような、「きわどい処」に限られているわけではない。）ほかの同欄には、あるロシア文学の翻訳家にまつわる逸話が載っている。若い読者が、○○の部分をどう読むのかを知りたくて、ぞろぞろやって来た。そこで、その人物は青年たちに、伏せ字にした言葉のリストを示してやったという(12)。

言論の自由のためのそれまでの活動（そして、ことによると、それで売れ行きが伸びたかも知れないこと）を思えば、「中央公論」は、不思議なほど検閲問題について沈黙を続けており、左翼の人々に関してはほとんど何も語らずにいた。例外として、彼らのした行為が何であれ、かなり悪いことだったに違いないという推測を立て、また、内務大臣が日常の犯罪を無視していると批判した。内務大臣は、東京の中央警察たる警視庁を国家本位に動かして、社会主義と無政府主義の取締りに駆り立てた、というのである(13)。しかし検事総長の報告が公開された時、同誌の編集人は、その程度の批評を匂わせたことさえ後悔したことだろう。巻頭の社論は「嗚呼乱臣賊子」*と怒りを爆発させているのだった。

＊反逆者に対するこの伝統的な言葉は、與謝野晶子が、弟が日露戦争で死んではならないと詩の中で懇願したのを、大町桂月が非難した時に用いられた（七五頁参照）。日本では、これは特に強い語調の言葉であった。「我日本国に於いては、古来今にいたるまで真実の乱臣賊子なし。今後千萬年も是れある可からず」（福沢諭吉「帝室論」一八八八年）。Albert M. Craig, "Fukuzawa Yukichi: The Philosophical Foundations of Meiji Nationalism," Robert E. Ward, ed., *Political Development in Modern Japan* (Princeton: Princeton University Press,

1968), pp.132-33. 参照。

その編集子が特筆するところによれば、二六人の被告は、刑法第七三条の下で裁かれて、その条項の死刑の規定を適用されるはずであった。「国外に於ける社会主義者の言動にも拘束せらるゝことな」く、「必ずや極刑厳罰に由て、其の孽類を根絶せずんば止まざらんとす」と、その執筆者は断言した。なぜなら、わが天皇が最も新たな犠牲者として、世界の無政府主義者による、一八八一〔明治一四〕年におけるロシアのアレキサンドル二世、フランスのカルノー大統領〔一八九四〔明治二七〕年〕、オーストリア・ハンガリー帝国のエリザベート皇后〔一八九八〔明治三一〕年〕、イタリアのウンベルト国王〔一九〇〇〔明治三三〕年〕、アメリカ合衆国のマッキンリー大統領〔一九〇一〔明治三七〕年〕、ポルトガルのカルロス国王〔一九〇八〔明治四一〕年〕、といったような、長い暗殺史の末に位置したかも知れないからである。

我が国体は世界に冠絶す、皇室の尊厳は絶対無二にして、苟くも冒瀆するを許さず、況や危害を加へんとするをや、我が国情及び国民の思想は自からあり、之に原きて作られたる我が法律は炳焉として日月の如し、我が司法官亦一分も之を蔽ふ可けんや

この号には検事総長の報告決定書が「全文を掲げて永く後世に貽らん」ために収録されており、そのほかに建部遯吾《たけべとんご》の論文も載っている。建部は、ロシアとの講和条約の内容に憤慨して、天皇に上奏文を呈したような愛国的人物であったが、この論文には、外国からの影響に対する恐怖と、社会主義と自然主義は等しく危険な力として国家に作用する、という混乱した見解とが、手際よく述べられていた(14)。

その後の「中央公論」の雑報が記すところによれば、無政府主義者の裁判は、社会の安寧秩序を乱すおそれから、一二月一〇日の初公判で傍聴禁止が宣告された。治安の保全は異常なまでに厳重であった。大審院は、不忠の徒の死

刑を要求する何万通もの手紙を受け取っており、おそるべき国民の憤怒を見せ付けられた、と言われていた。アメリカの社会主義者から抗議があったが、日本の「神聖」な法廷が、その抗議を受け入れて法を枉《ま》げることなどは、決してあり得なかった*。

*「中央公論」（一九一一〔明治四四〕年一月）一九四頁。裁判の公開禁止に対する当局の理論的根拠が何であれ、山県が、天皇の神聖を損なうおそれのある見解の公表に反対していたことはよく知られている。F. G. Notehelfer, *Kōtoku Shūsui, Portrait of a Japanese Radical*, p. 187. 参照。

かくして、裁判をめぐる空気は混沌としたものであったし、公判を非公開で行うという政府の本能的決定は、社会と政府のあらゆる層に広まっていた混乱の象徴であったと言える。後に自由主義的《リベラル》な国会議員が、不満を生んだ要因として、政府の社会政策の貧しさを持ち出した時、内務大臣平田東助は語ったものである。「今度の如き事件は我国に於て新なる事なるを以て政府は或は社会主義と社会政策を誤り居れりと誤解するもあらん、此の如きは遺憾の次第なれば之が区別を明白にせんとは切に希望する所なり、前述の感化事業、出獄人救護所若しくは産業組合発達の如き、不完然ながらも社会政策を実行したるものと称して可なるべきか、余は誤解され易きが故に此語を用ゐざるのみ」*。

*付録「大逆事件(2)」（一九一二〔明治四四〕年五月一五日「太陽」）四九頁。Richad H. Mitchell, *Thought Control in Prewar Japan* (Ithaca : Cornell University Press), 1976, pp. 24-25. 一九一一（明治四四）年の夏には、政府はより文化的《ソフィスティケーティッド》になろうとしていたことを示す。

啓蒙家としての鷗外

日本の文学者の中で、森鷗外は、社会主義に関する知識の混乱を把握し、啓蒙をめざす一連の小説や評論を著したただ一人の人物である。鷗外は、社会主義、無政府主義、自然主義、個人主義といった論争の的になっている概念の相違を正確に説明しようと試み、また、知的自由の必要性を主張した。
この時期よりも後に書かれたある短いエッセイの中で、鷗外は、文学に貼られた様々な「イズム」のラベルは、せいぜい当たらずと言えども遠からずと言ったところで、あまりまじめに受け取るべきではないと警告している。自然主義に対して邪魔なものとか、恐ろしいものとかいったラベルを貼った人たちは、無知か、何か表に現れない動機からそうしたのだ、というのである。

最も可笑しいのは自然主義は自由恋愛主義だと云ふ説である。自由恋愛は社会主義者が唱へてゐるもので、（報道機関は、幸徳と管野の関係に注目していた——著者）、芸術の自然主義と云ふものには関係がない。（中略）近頃は自然主義といふことが話題に上ることが少なくなって、その代りに個人主義と云ふことが云々せられる。芸術が人の内生活を主な対象にする以上は、芸術と云ふものは正しい意義では個人的である。（中略）家族とか、社会とか国家とか云ふものを、此個人主義が破壊するものではない（中略）。無政府主義と、それと一しよに芽ざした社会主義との排斥をする為めに、個人主義と云ふ漠然たる名を附けて、芸術に迫害を加へるのは、国家のために惜むべき事である。学問の自由研究と芸術の自由発展とを妨げる国は栄える筈がない(15)。

一九一〇（明治四三）年九月の「三田文学」には『ファスチェス』が掲載された。この作品は、一九〇八（明治四一）年の生田葵山の裁判を担当した今村判事に対して、鷗外が与えた答であった。「現在の我国社会一般を標準とする」という今村の主張は、広く知られていた。検閲基準の公表が要求されており、今村の発言は公式の回答とは言えないまでも、ほぼそれに近い唯一のものだったからである。この対話劇の第一部には、痩せて、敏捷そうな三〇代の記者が登場して、血色のよい、太った四〇代の判事と会見している。その判事が確信を込めて弁じる言葉は、文芸誌や思想誌のために種々の記者たちが、今村判事に面会して引き出した見解、そのままなのである。

劇中の判事は、三つの基準の重要さを説明している。中でも強調されているのは、まずは諸外国の標準が日本の場合にはあてはまらないことであり、また、文学者がたまたま時代に先んじていれば、平凡な好色作家なみに頻繁に処罰されるのも当然だということである。では、同時代の書籍なら少なくともみな同じ標準で扱われるのですね、と記者は畳みかけるのだが、それは理にかなった問いであった。だが、「それも行けないですな」と、判事は相変わらず自信たっぷりに答えるのだった。検閲を行うのは警保局、警視庁、検閲局の三つの役所なのだから、と判事は注釈を加える。それぞれの役所が、その検閲の仕事に様々な予見を持ち込むのはよくあることだ。実際にも、同じ人物が日によって違う反応を示すこともあるだろう、たとえ検閲官に、折々見落としがあったところで、われわれ裁判所の関知するところではない、見落としによる検閲実務の不統一は、検閲官の手落ちですな、と。そうして判事は、この、検閲に関する一切の不合理な話を力説するために、記者に注意を促している。こういう話をしたからといって、私個人が標準だというわけではない、判断の基準になるものは「我社会一般」である、と。記者は納得した様子で、会見の記事をまとめるために去ってゆく（鷗外の念頭にあったのが、今村判事の談話の中でも、「太陽」に載った最も至近のものだったことは間違いない）(16)。

対話劇の第二場では、顔の蒼白い、蓬髪の文士が紹介される。その文士は、前述の記者の会見記を読んでいた。そこで、自らの考えを試そうとして判事に会いに来たのだった。それというのも、その文士が語る通り、この判事の声明は、今まで検閲に関して述べられて来た当局者の意見の中では、最も明快だったからである。文士が話すお世辞たっぷりの口調は、伝統的な作家のイメージにふさわしく、安っぽい芸人風のものであった。しかしその考えは的確であるし、批発的でもある。文士が知りたがっていたのは、道義上認め得る「一般思想」などといった曖昧なものを、判事がとうして確定できるのか、ということだった。だが判事は、そんなことはいとも簡単だと言う。その時々の問題を我輩の頭脳で少し冷静に考えれば標準ができる、というのである。文士は、この急所と言える点についても、その他についても、追及を進めはしない。そうして、二人が別れようとしたまさにその時、悪魔《デモン》が現れる。笠のような麦藁帽子をかぶり、足首まで達する長いマントを着ている。悪魔《デモン》は二人のどちらにも、容赦のない叱責をあびせるのであった――文士に対しては、判事に媚びへつらい、真の文学的理想主義として自らの当然の権限を主張しなかったことを。また、判事に対しては、勝手に独善的に、権力《オーソリティ》を利用して、芸術や学問にしかるべき尊敬を払わなかったことを(17)。

鷗外は、検閲を主題にした別の作品を、二カ月後（一九一〇〔明治四三〕年一一月）の「三田文学」にも発表している。その短編小説『沈黙の塔』が取る見解は、政府に対して一層批判的であった。政府は、社会主義や自然主義を導き入れたという理由で、「危険なる洋書」を禁圧したが、この作品はそれを難じている。その「危険なる洋書」という一句は、九月の「朝日新聞」の論説に書かれた後で、たいへん議論を呼んだ言葉であって、それがそのまま繰り返されているのである。「翻訳をするものは、その儘危険物の受売《うけうり》をするのである。創作をするものは、西洋人の真似をして、舶来品まがいの危険物を製造するのである。安寧秩序を紊る思想は、危険なる洋書の伝へた思想である。風俗を壊乱する思想も、危険なる洋書の伝へた思想である」(18)。

インドを舞台にしたこの寓話の中で、パアシイ族は、そういう本を読んだ一族の若者を大量に虐殺し続けており、そこで毎日、車が死骸の山を沈黙の塔へと運ぶのである、この作品の語り手は、自然主義と社会主義の組み合わせを、奇妙なものと指摘している。また、パアシイ族の自然主義に見られる性的特色が、西洋を真似た薄い影、つまり今まで遠慮がちであったのが、さほど遠慮せずに書いてあるぐらいのものにすぎないと、鷗外は、作品中の新聞記事を借りて評している。にもかかわらず、それがひどく過酷に弾圧され続けているのは、たまたま激しい革命運動が起こったからだ、とも言う。革命に対する病的な恐怖が反自然主義の炎をあおったのだ、という見方に対して、魚住折蘆なら間違いなく異議を唱えたことだろう。

パアシイ族の目で見られると、今日の世界中の文芸は、少し価値を認められてゐる限は、平凡極まるものでない限は、一つとして危険でないものはない。

それは其筈《そのはず》である。

芸術の認める価値は、因習を破る処にある。因習の圏内にうろついてゐる作は凡作である。因習の目で芸術を見れば、あらゆる芸術が危険に見える。

芸術は上辺《うはべ》の思量から底に潜む衝動に這入つて行く。（中略）衝動生活に這入つて行くのが当り前である。衝動生活に這入つて行けば性欲の衝動も現れずにはゐない(19)。


鷗外が活字にしたもう一つの啓蒙的な作品、『食堂』は、一九一〇（明治四三）年一二月の「三田文学」に載っている。この小説の舞台は、ある役所の食堂であり、無政府主義者の陰謀について検事総長の報告が公表された直後、ということになっている。木村という名の役人（余暇を学問にあててもいる）が、ある無邪気な若い同僚の、過激思想に関する質問に答えている。その職場の密告者《スパイ》、犬塚という男が同席して、木村にかまをかけ、上司に報告する価値のありそうな、何か言質になる意見を言わせせようとしている。もしも犬塚（文字の上では「犬《ドッグ》」と「塚《マウンド》」。ただし犬とは、日本語ではスパイをさす）がその場にいなければ、木村はもっと自由に発言しているはずだ、という印象を読者が得られるように、この話は設定されている。「全く無効ではないでせう」。木村は、暴力を煽動するような書物の発売禁止について、そう語るのである。「只《たゞ》僕は言論の自由を大事な事だと思つてゐますから、発売禁止の余り手広く行はれるのを歎かはしく思ふ丈《だけ》です。勿論政略上已《や》むことを得ない場合のあることは、僕だつて認めてゐます」(20)。

鷗外はこの小説を使って、無政府主義のごく簡単な歴史を紹介するほかに、政府の権力者たちに間接的な忠告を与えているように思われる。彼ら当局者こそ、弾圧によってではなく、社会の虐げられた人々を減らすことで急進主義者の増加を妨げる人たちなのである。さらに木村は、陰謀者たちが、殉教者として死にたがっているので、政府は彼らを生かしておくのが上等ではなかろうかと言う。ここにはまた、官界の同僚に対して、鷗外が直接にものを言えるおよその限度が示されてもいる。と言うのは、木村が犬塚に話す時には、誰に対するよりも丁寧であって、それが犬塚に、自分が敬して遠ざけられているような気持を起こさせているからである。

鷗外の「啓蒙的」な活動は、創作のみに限定されるものではなく、大逆事件の裁判訴訟そのものにまで——この場合もやはり、間接的だったが——及んでいた。鷗外は、長年、「明星」派の近代詩歌人たちから指導者として仰がれ、同誌廃刊後の一九〇九（明治四二）年一月に、旧「明星」の数人の詩人、歌人が「スバル」を創刊して後は、主要な寄稿家として参加していた。その関係で、法律家にして歌人でもあった平出修を、鷗外はよく知っていた。平出の自宅には「スバル」の発行所が置かれていたのである。すでに論じた通り平出は、『都会』裁判で被告側弁護士の役割を果たしていたが、大逆事件にも深く関わることになった。「明星」の、元編集発行人であった與謝野寛が、彼と間接的に繋がりのある、あまり重要でない事件被告二人のために、弁護を平出に依頼したからである。

その申し出は、八月になされたらしい。その時から、一九一〇（明治四三）年一二月二八日に法廷で弁護に立つ日までの間、平出は、膨大な量のにわか勉強に取り組まざるを得なかった。與謝野の提案で、平出は、社会主義と無政府主義の背景について知識を得るために、鷗外に援助を求めた。平出と與謝野は、一〇月中に幾晩か鷗外宅を訪ね、鷗外は快く、ヨーロッパの左翼運動史について最新の図書と現下の新聞を引きながら二人に語ってくれた(21)。

つまり、まさに鷗外の貢献があればこそ、平出は、無政府主義の歴史について学問的な説明を展開することができたのであり、弁護団の年輩者たちに強い感銘を与えるにいたったのである。さらに鷗外は、平出を高く評価していたので、文部大臣と繋がりのある恵まれた社会的位置を利用して、平出の書いた意見書を、さる重要な政府高官に手渡してもいる（二二二頁参照）。鷗外研究家たちがいつも驚嘆して来たことは、鷗外がいったいどのようにして、日本の最高級官僚と対等の資格で付き合い——元旦には皇居の参賀や首相官邸訪問を行い、時には山県と歌を詠み、盃を交わす、（何と、『ファスチェス』を脱稿した当夜にそうしているのである）といったように——しかも一方で、文学者たちとまことに親密な絆を保ち、あまつさえ鷗外自身、芸術や学問に対する政府の弾圧を批判的に描き得たのか、ということである*。鷗外が官界の同僚に影響を与えて、文学仲間と同じような物の見方にさせようとしたか、否か、という問への答は、おそらくつねに推測（希望的観測とは言わないまでも）の域を出ないであろうが、しかし、鷗外の平出との関係やその他の諸活動は、鷗外が実際に背後で活躍していたことを物語っている。一つには、鷗外のそうした面を明らかにし、今一つには、大逆事件に関わる問題や人物について、まだほとんど知られていない見方がある、という二点から、平出修の経歴は、少々立ち入って検討する価値がある。

*鷗外の政府高官との接触の頻度は、その文学的閲歴のうち特にこの時期が注目される。鷗外日記、一九〇九（明治四二）年一月一日、八月二一日、一九一〇（明治四三）年八月二一日の記述参照（『鷗外全集』第二〇巻、三九三頁、五三五頁）。森山重雄『大逆事件＝文学作家論』は、一九一〇（明治四三）年一〇月二九日の夕刻に、山県有朋の椿山荘で、鷗外が、平田内相、小松原文相、穂積八束教授（倫理教科書の解釈に絶大な力を振るった）とともに、晩餐を饗せられたことを記している（八三頁）。この日の三日前に、『沈黙の塔』が「三田文学」に発表され、同時に、検事総長は、全員有罪の意見書を大審院に提出した。

弁護士としての平出

平出は、修《しゅう》が二度目に養子に入った家の苗字である。生まれた時は児玉修《しゅう》と称しており(22)、一八七八（明治一一）年、新潟県のとある農家に一〇人兄弟の末っ子、八男坊として生を享けた。成績抜群の学童だったところから、ある商家で学歴を付けてくれる手筈になって、一五歳の年に養子入りしたが、約束が果たされないことがわかると、修は児玉家に戻ってすぐ小学校の教師になった。修は文学にも興味を抱いて、一八九八（明治三一）年に露花の雅号で短歌、俳句、評論を地元の新聞や雑誌に投稿し始めた。一九〇〇（明治三三）年頃までには作品を與謝野寛のもとに送っており、與謝野の指導を受けながら、それを「明星」に発表していった。その一方で修はさらに教育を受けるために、平出ライの婿養子になることを承諾した。ライは平出善吉という弁護士の妹であった。一九〇一（明治三四）年に、修はライを連れて上京し、義兄の母校である明治法律学校に入学した。そこを一九〇三（明治三六）年に首席で卒業し、わずかの期間司法省に勤めたが、翌年には法律事務所を開くべく、その職を辞した。

上京によって、平出と「明星」との関わりは、それまで以上に深まっていった。著者不明の小冊子が一九〇一（明治三四）年に世に現れて、與謝野を中傷し、「明星」の発行部数を減少させた時には、平出は、與謝野を強力に支援した(23)。またすでに述べた通り、與謝野や他の文学仲間に同行して、自らも反論を述べるために、評論家大町桂月のもとに乗り込んだこともあった。桂月が與謝野晶子の有名な反戦詩を、逆賊呼ばわりして非難したからであった（七五頁参照）。

平出と與謝野との縁はいっそう緊密になり、文学上のある紛争の結果、「明星」が一九〇八（明治四一）年一一月に終幕を迎えた後でさえ、その関係は変わらなかった。「明星」の廃刊後に、平出、石川啄木、その他「明星」の詩歌人たちは、平出の家を発行所として「スバル」を創刊した。その家は平出が弁護士活動を営む場所でもあった。平出に発行所の責任が負わされた理由の一つは、弁護士稼業のおかげで、平出が日本ではおそらくただ一人、発行業務を引き受けるにたりる広い家を所有するほど、余裕のありそうな詩人だったからである。平出は雑誌の運営資金の調達にも協力した。平出にとっても「スバル」は文学活動の主要舞台になっただけでなく、宣伝広告の媒体にもなっていた。平出はその誌上で、「民事訴訟事務特許弁理に関する一切」について尽力する旨を、読者に約束しており、その広告文の住所や電話番号は、「スバル」の発行所のものと同じであった。当然ながら、平出の息子、彬が記すように、その家はいつもごった返していた(24)。

それゆえ、二人の被告が弁護士を探していた時期に、與謝野が平出を頼りにしたのは自然のなりゆきだったと言えよう。その被告たちは、大逆事件に深く巻き込まれてしまった與謝野の友人の信奉者であって、気付いてみると、自分たちも広がる泥沼にはまり込んで弁護士を必要としていたのである。平出が事件に取り組み出して、大陰謀なるもののおおかたは政府の捏造ではないか、と思い始めた時に、「スバル」の発行所から極秘の情報が流れ始めた。平出は、弁護準備のために、検事調書を部分的に自宅に持ち帰ることが許されていた。とは言え、それらは即刻返却すべきものであったから、平出と平出の実兄は、夜を徹して薄い上質の和紙に鉛筆書きでそれら資料を写し取ったのだった。

石川啄木はこの時期に思想を一段と急進化させていて、平出の家で大審院の記録一七冊を見せて貰っている。かろうじて啄木が読み終えたのはそのうちの二冊であった。啄木は「後々への記念のため」にと決意して、若干の書類を平出から借り受け、夜更けまで何時間もかけて書き写した。啄木の死は一九一二（明治四五）年の四月であり、事件の詳細な記録を、主に新聞記事や平出の資料の一部に依拠してまとめた後のことであった。こうした事実は、太平洋戦争終結後にようやく明るみに出たのである(25)。

啄木の場合の方が有名ではあるが、平出もまた病気のために夭逝した。しかし一九一四（大正三）年三月に平出が亡くなった後、平出の妻は、鉛筆書きの資料、判決に対する反論を添えた平出の法廷弁論の複写、幸徳や管野やその他獄中の被告たちから平出が裁判直後に受け取っていた感謝の手紙、そういう書類をすべて白い風呂敷に包んで保存した。一家はいつも、この包みを「貴重品」と呼んで押入れの奥深くに保管し、引越しのさいにはその都度、特に気を遣っていた。ライは子供たちに、「いつかはこれが発表できる日が来るでしょう」と再々語ったものだったが、家族がその日を待つうちに、白い風呂敷は少しずつ薄汚れていった。

この経緯を伝えてくれた息子の彬は、太平洋戦争の最中は前線にあって家を離れていた。そして平出家は東京大空襲で壊滅するのだが、「貴重品」は守られて、最終的には完全な形で公刊されたのである――平出修の死から五〇年、ライその人の死からも一七年が過ぎていた(26)。長年誤解されていた大逆事件について、最も重要な事実が明らかにされたのは戦後であった。かつて平出とその兄とが作成した検事調書の写しは、そうした新事実のうちの一部の礎になったのである(27)（この物語は期待に反した結末に終わる。平出の長男、禾《ひいず》は、有名な法律学者になって、戦時中の検閲制度を強力に支持する書物を著し、自らも思想係検事を勤めたのであった(28)）。

さて、大逆事件で平出に弁護を依頼して来たのは、高木顕明（四六歳）と崎久保誓一（二七歳）であり、旧紀州（現在の和歌山県紀伊半島の沿岸地帯）から出た左翼主義者、いわゆる紀州グループ五名に属していた。このグループの指導者が與謝野寛の友人、大石誠之助だったのである。大石はアメリカで教育を受けた医者であり、一八九七（明治三〇）年には社会主義に興味を抱き、幸徳秋水、片山潜、堺利彦といった有名な社会主義者たちと早くから親交を深めていた。大石が「平民新聞」やその他幸徳の主宰する定期刊行物に寄せた文章は、地元のたくさんの支持者を魅了し、その結果、大石は故郷新宮町周辺地域における文化的、ないし思想的な中心人物になっていた。診察投薬の折の無欲な献身ぶりや、地元の被差別部落民を喜んで治療する態度が、その地域での賞讃と尊敬を集めてもいた。高木は檀家の被差別部落民の窮状に憤慨している僧侶であり、崎久保はその土地の新聞記者であった。不幸なことに、二人は一九〇九（明治四二）年一月のとある会合に居合わせてしまった。その席で、大石は東京で幸徳と最近交わした会話を詳しく物語ったのである。病気でもあり（大石はちょうどその時、幸徳を腸結核と診断したばかりだった）、警察に追われて次第に自棄的にもなっていた幸徳は、物思いに沈んで語ったと伝えられる。「四、五十人の決死の士あらば富豪を却掠し、官庁を焼払ひ、尚余力あらば進んで二重橋にせまらん」(29)と。

平出は法廷で主張した。紀州グループを糾弾する当局の論拠は、すべて、幸徳の話したこの「夢物語」をまた聞きする場に人々が居合わせた点にある。だがこの会合と、宮下太吉による爆弾計画の発覚（その話を宮下が幸徳に切り出したのは、あくまでも大石が離京した後であった）との間には、一年半が経過しており、その期間中、被告二六名のうち二〇名は、何事も知らず、何事もなすはずがなかった、というのである。紀州グループが行った最も確かな行為は、大石の話に賛意を示したことであるが、それは違法ではないし、もちろん刑法第七三条にも抵触していない。第七三条が死刑と規定しているのは、「天皇」あるいは皇室の他の成員に対して「危害ヲ加ヘ又ハ加ヘントシタル者」だからである(30)。

平出は次のようにも論陣を張った。当局による論告は、検事平沼騏一郎が提出した通りであり、自分の弁護依頼人二名（ひいては平出が無罪と考える被告一八名）の有罪は証明できずにいる。二人が大逆罪を犯そうとしていた――あるいは、犯すつもりになっていた（当時の日本語の刑法条文はそうも解釈できたのだ）とさえ言えないのである。平沼が行ったことは、世界的に統一された無政府主義の陰謀なるものを想定することであって、無政府主義の実際の歴史にはまったく理解を及ぼしていない。実際の無政府主義は、個性の異なる様々な人物に指導されて、諸国の状況ごとに発展して来たものだが、平沼は、それらの中でも過激で、恐しい悪漢の像を、日本の無政府主義者に負わせようとしたのである、と（ここの詳細な分析、すなわちドイツ皇帝が、無政府主義者に対する心配なしに、ベルリンの公道にいつも散歩姿を見せていたという発言には、明白に鷗外の影響が見てとれる）。事実、平沼の主張は、日本の無政府主義者及び社会主義者が、危険な外国思想の悪影響で天皇暗殺の意志を誘発させられた、というものであった*。

*これらの「危険なる外来思想」が、平沼にとって、どんなにいやなものであったか、また、司法省における重要人物で、右翼の研究グループのまとめ役として（そのグループの一つに東条英機も加わっていた）、いかにして平沼が、戦前の思想統制の基調を用意し続けたかということを、リチャード・H・ミッチェルは示した。幸徳について平沼は、日本の過去の「欠陥のある」教育が陰謀事件に責任があり、もし幸徳の教育が、漢学にとどまり、イギリス学やフランス学を含まなければ、事件は決して現実のものにならなかっただろう、と書いた。『平沼騏一郎回顧録』六一―六三頁。*Thought Control in Prewar Japan*, pp. 36-38, 43-44.

平沼の主張に対する平出の答は、次のように要約できるだろう。

新思想というものは現状を尺度として判断するなら、すべてが危険だと言える。ただし、国内で不必要な外国思想は実を結ぶはずがないし、国内で必要とされる思想なら、弾圧したところで効果はあがるまい。実際上は外国思想を取り入れることが国是とされているが、井上哲次郎のような人物は、キリスト教と日本の国体とは衝突すると主張したものである。一方、本件の板倉検事は、ある二人の被告がメソジスト協会への入会を勧誘されて拒否した点に注意を促して、無政府主義の危険性を証明するもの、と称している。けれども、もしこれが一五年も前の出来事であれば、この二人が「危険な」宗教に改宗しなかったことは、むしろ有利な条件と見なされたであろう。つまり思想には、それ自体で危険と言えるものはないのである。今回の事件においても、極端な制圧は反抗を引き起こすこと、無政府主義の思想そのものは危険ではないこと、そういう点が明らかになったにすぎない。

ことに高木と崎久保の場合に、無政府主義がどんな形をとっていたかを我々の調査から窺うなら、二人とも社会主義者であると称してはいるものの、「社会主義」の何たるかについての理解さえ、まるで曖昧なままなのである。高木は、とくに、理想郷を求める社会主義と仏教徒の極楽浄土観とを混同してしまって、完全円満な天地を未来に想定した。皇室や政府を認めず阿弥陀を認めるのみ、と高木は称しているが、その意味するところはかくの通りなのである。高木、崎久保の両人は、よりよい生活に対する漠然とした願望を抱いて、そのために不満を大石と共有するにいたったにすぎないし、その大石すら、熱心な革命家にはほど遠い人物である。なるほどこれらの人々は、社会の不公平さには失望しているかも知れない。しかし彼らにしても、真正の日本臣民であって、日本特有の皇室を尊崇する精神はともに持ち合わせており、告発されているような極悪非道な罪をあえて犯すはずは決してない、と言えるであろう。

被告たちは一、二を除けば一様に皇室を尊敬し、日本の国体の意味するところを熟知しており、そこで当法廷においては口を揃えて、予審調書の不当性を非難している。彼らは、大逆の汚名をそそぎたいと切望しているのである。

忠良な日本人として大逆罪を憎む点で、私は人後に落ちないし、そのような罪をあえて犯した者に対しては、強く極刑を求めるだろう。しかし本件の被告たちが、言ひとたび皇室に及ぶ時には、常に、どれほど畏敬の念に打たれてここに坐しているか、御覧いただきたいものである。よしんば、彼らが一九〇九（明治四二）年一月の企てに関わった、というようなでっちあげの論旨を受け入れたところで、七三条の「加ヘントシタル」という条文は、危害の実際の計画中に発見された者の処罰を、結局のところ予定しているのである。言い換えれば、この法文の精神は、計画してやがて後悔した人々まで罰するものではない。高木にせよ、崎久保にせよ、そうした大逆罪実行の意志は毛頭持たなかったのだから、七三条を以て律するべきではない。如上の主張は、単に彼らの二人の弁護人である自分一個の言葉ではなく、実に、忠良な日本帝国国民の世論なのである(31)。

平出は判決を聞いて衝撃を受けた。法廷弁論の三週間後に、二六名の被告全員が有罪になり、しかもそのうちの紀州グループを含む二四名が、死刑を宣告されたからである*。その日（一月一八日）、平出は自分の弁論の正式な手控えに短い後記を付け加え、その中に検事調書が事態の真相からはほど遠い、という確信を書きとめたのであった。つまり爆弾計画が宮下太吉、管野スガ、新村忠雄三名のしわざであることは明らかにしても、その計画に参加したあと一人の被告、古川力作の動機さえすこぶる曖昧だった、というのである。また続けて書いている。幸徳秋水には主義の伝播者としての責任があるし、大石誠之助に不利な証言を釈明しきることでもできなかったが、その他二〇名に対する調書の主張は、拘引の開始から一年半も前に幸徳が述べた、あの馬鹿げた座談に依拠していると**。

*他の二人は、爆発物取締罰則違反で有罪になった。彼らは数年間服役した後、釈放された。『大逆事件アルバム』一〇二―一〇三頁参照。

**判決が下される前に、平出は、石川啄木に、もし自分が裁判長だったら、四人の陰謀家を死刑に、幸徳と大石を無期懲役に、もう一人の被告を不敬罪で五年の懲役刑にして、後は、無罪にすると語った。啄木の

日記の一九一一（明治四四）年一月三日の記述参照。『啄木全集』第一六巻、一二九頁。

けれども真相を見極めて正しい判決を下すには、と平出は書きつぐのであった。「先づ透明なる頭脳と時代を、解釈する新智識と、上に阿《おもね》らず、下に迎合せざる硬直と、更に真に人類の自由と平等を愛するの同情とを具へたる人にあらずしては、とてもなし遂げられるべきものではない」。平出は、初めはこの事件の裁判官を羨んで、日本の司法制度の公正さと威厳とを明らかにする、稀有な機会を与えられた者たちと見なしたが、しかし、彼らはその好機をつかみ損ねてしまった。では、二四名の囚人は、爼上の魚のように、ことごとく実際に死刑を執行されるのだろうか。「余は十有六回の法廷に何の必要ありて立会したか、二時間の弁論は何の必要ありて之を為したか、何の為に憂へ、何の為に論じ、何の為に泣いたか、（中略）されど、（中略）余の確信は此判決によりて何等の動揺をも感じて居らぬのである、余が見たる真実は依然として真実である、（中略）此発見は千古不磨である。余は今の処では、之れ丈けの事に満足して緘黙《かんもく》を守らねばならぬ」(32)。

この後記を平出が書いた翌日、恩赦の勅令によって、死刑囚二四名のうち一二名——高木も崎久保もそこに含まれていた——が、無期懲役に刑を変更された。幸徳、大石、共謀者四名、その他六名の者たちの方は、わずか数日後に処刑された＊。

＊高木は、結局、三年半服役した後、自殺した。他の四人は獄中で死亡した。崎久保は、一九二九（昭和四）年に仮出獄し、亡くなる七年前、一九四八（昭和二三）年に市民権を回復した。大日本帝国よりも長生きできなかった運の悪い生存者が他に二人と、仮出獄者が三人いた。『大逆事件アルバム』七八—一〇一頁。

平出は、決して沈黙を守ることに満足してはいなかった。再び鷗外に助力を求めたのである。それも、小説を書き始めた時の相談役というだけのことではなく、どうやら、この裁判に対する自分の意見を政府内部に広める手蔓としてでもあったと思われる。平出は、弁護の手控えと後記とを一緒にした文章に、「大逆事件意見書」という表題を付けた。ことによると、これはこの年六月の鷗外日記が言及している文章、「平出修の意見書」だったかも知れないのである。それをその日に、鷗外は福原鐐二郎という文部省の役人に手渡したのだった。もちろん鷗外の言う「意見書」とは、何か別の文章をさす言葉かもしれないし、鷗外が福原を介して何をしようとしていたかという問題が、所詮は疑問として残る。とは言え、後述するように、福原の意見が以前より目立って緩やかになっている点を、当時のある雑誌が感じ取っていたことは確かなのである。

大逆事件を扱った平出の小説の検討を始める前に、平出自身の心理葛藤についても多少概観しておくのは無駄ではないはずである。平出の執筆したたくさんの文章の中に見出されるものは、制度がよく機能していると信じたい、という必死の願望である。たとえば、法廷で展開された皇室に対する平出の論評は、単なる修辞と受けとめるべきものではない。この時代に繰り返し言われていた意見として、天皇に危害を及ぼす気になれるような者は、真の日本人ではないという主張があったが、平出はそれと同意見であった*。にもかかわらず平出は、その生涯を捧げた法律制度については、「中央公論」の編集者よりはるかに合理的な見解を持ち合わせていた。その編集者は日本の法律を、日月の光のように「炳焉《へいえん》」たるものであり、「自ら《おのずか》」生まれでた日本独特の「国情」に基づいて作られた、と考えていた。だが平出から見れば、明治の法律機構が正しく運用されるなら、日本は近代的な文明国として西欧法の受容に成功したことになるのであった。

＊著名なフランスの法学者ギュスターブ・ボワソナードは、一八八二（明治一五）年から一九〇八（明治四二）年まで、初期明治政府が、刑法施行の草案を作るのを助けた時、皇室に対する犯罪を特別の項目を立てて条文化するようにとすすめた。ボワソナードの忠告は不必要なものとして無視された。そのような犯罪は考えられないとする日本国民の完全な統一を、外国人としてボワソナードは、理解できなかったと考えられる。付録「大逆事件（二）」一九一一（明治四四）年五月一五日「太陽」四七頁参照。

制度に対する平出の信頼は、時には常識の範囲を越えそうなほどであった。大逆事件の判決を待つ間に書かれたある小論で、平出は主張している。日本国民が言論の自由や集会結社の自由を失ったのは、国会の責任ではあっても、政府当局の責任ではない。日本の政治は、国民の政治であって、政府の政治ではない、というのである。国民の手になる国会が、種々の法律を承認し、政府にそれらの施行を求める。もし、税金や軍備拡張の議論に国会があれほど熱中していなければ、政府が憲法の精神を越えるような「制度」を「法律」に加えることなぞ、許されなかったであろう。ましてや、無政府主義の陰謀を引き起こすような、過度の弾圧が現出することもなかったであろう、と(33)。

平出の意見は、制度というものは本来どう機能しなければならないか、という視点に立てば、もちろん正しい。しかし、一九〇八（明治四一）年に選挙権のあった「国民」とは、総人口中わずか三パーセントの人々、つまり一五九万人の有権者にほかならなかった。選挙権を与えられたのは「男子の国民」で「十円以上の直接税」が支払える(34)ほどの、富裕な人々であった。

平出は、こうした苦しい思考の過程を経た末に、憲法は表現の自由を「絶対」に保証する、という当初の信念を取り戻した。表現の自由は法律によってだけ制限されるべきものであり、それも真にやむを得ない場合に限られる。そういう自由は、平出に言わせれば、日本の国民性の正しい発揚を保障するために必要なのであった。というのは、日本の国民性は、いつの時代にせよ最も愛国心を要するような場面では、海外の影響を取捨選択して吸収する力を示し、日本の習俗と相容れない要素を拒否して来たものだった。こうした国民的な自然淘汰の作用は、自由な状況の中でこそ、いちばんうまく働くのである（奪うことのできない個人の権利という問題意識は生まれていない）(35)。

制度に対する平出の信頼感は、思うに、この時期より少し後のもう一つの法廷事件で、厳しい試練にさらされたであろう。不敬罪と新聞紙法違反で告発されたある青年の弁護が、不首尾に終わったからである。その青年は、幸徳と多少縁があったことを官憲に知られていたし、「革命の暗流」と題する文章を活字にしたために調べられていた。すると、警察の手入れを受けた青年の部屋から、天皇に不謹慎な言辞を弄した日記が発見された。そのために青年は、皇室に対する「不敬ノ行為」を禁じた刑法第七四条によって、裁判にかけられ、有罪を宣告されたのである。平出は大審院に上告したが、上告は一九一一（明治四四）年三月三日に棄却された。そしてこの判例は、戦前の法規の中で歴史的意味を持つものだったところから、その後、刑法第七四条には次の解釈が含まれることになったのであった。「不敬罪ハ不敬ノ意思表示ヲ為スコトニ因リテ成立シ（中略）他人ノ之ヲ覚知スルト否トハ問フ所ニ非ス」(36)。

作家としての平出

森鷗外が、平出の処女小説二編の校閲に手を貸したのは、その年の春、平出が小説で腕試しを思いたった時のことであった。しかし、大逆事件の体験から生まれた作品は、翌年の九月になってようやく発表されたのだし、さらにもう一年を経た後に、あの公判の雰囲気を捉え、日本の裁判に対する辛辣な見方を披瀝した短編小説『逆徒』が公表されたのであった（平出の他の小説は、大方が今では忘れ去られてしまった。そこには芸者との情事のごたごたを扱う陳腐な数編が含まれるのだから、当然の話である(37)）。

幸徳事件に題材を得た平出の作品、三編の中で、第一作の『畜生道』がいちばん出来が悪い。それは、かつて有名だった弁護士が物語る短い「自画像」である。幸徳事件の弁護団に参加を断って以来二年間、その男の良心は痛み続けている。男は、獣のように好色な物欲本位の暮らしをしているが、自分が参加しなかった弁護は、実は日本の裁判制度の公正さを世界に示そうとするものだった、ということを承知している。その男の辞退には、二つの卑怯な理由があったのだった。つまり、殺すぞ、という脅迫状が何通も他の弁護士に送られて来て、男をおびえさせた。また、官選弁護人としてその事件を引受けたところで、金になるはずがないことを知っていた。平出彬によると、この小説の主人公は、実際に幸徳事件の弁護を拒否したある弁護士をモデルにしている、という。また、何人かの弁護士が脅迫状を受け取ったという話にしても、事件に多少なりと関係した弁護士に怒りをぶつけたのが無教育な者ばかりではなかったとしても、やはり事実である(38)。

第二作目の『計画』は、その翌月（一九一二〔明治四五〕年一〇月）に発表された。これは評価すべき労作で、幸徳秋水と管野須賀子（作品では秋山亨一と真野すゞ子）との関係を分析し、爆弾計画に対する幸徳の曖昧な関わり方を解明している。秋山と真野は、幸徳と管野が二人の最後の日をともに過ごしたような、温泉場にいる。そのあと管野は幸徳のもとを去り、そしてあの検挙が始まったのだった。秋山は、二人に対する警察の尾行をやめさせるために、当局との取引きを思いついて、幾分かの安らぎをその田舎で取り戻している。だが真野の方は、自分がいつの間にか秋山の家政婦に堕したことに気付いており、そこでひそかに、二人ともども結核で死ぬより前に、「あの計画」にもう一度加わることで主体性を貫きたいと、願っていた。秋山が行動を共にしてくれて一緒に死ねたらどんなによいか、と真野は思うのだが、しかし秋山を説得して暴力行為に加担させることなど望み得ないこともわかっていた。秋山は、内心で考えている。「自分はかう云ふ暴逆的×××主義（無政府主義。平出か、あるいは編集者が無政府を伏字にした）を宣伝する積《つもり》ではないのであつた」と。さらに、当局の弾圧が今にも自分を押しつぶすといって、かつて真野や他の同志をそそのかしたことを後悔していた。けれども真野が別れようと言い出すと、秋山は、真野が何を考えているかを察知して、その計画への仲間入りを申し出るのであった。こうした思いがけない成り行きに衝撃を受けた真野は、秋山を守って秋山の学問が捗るようにしなければ、と決意する。真野は嘘をつく。私は貴方とも、計画とも、別れたいのだと言うのである。別れの時が来ても、秋山は願い続けている。行くのはやめにした、という言葉が真野の口から出てくれたら、と。だが真野は、もはや決心してしまったのだった[39]。

この作品は幸徳と管野を効果的に――しかもおそらくきわめて忠実に――紹介している。幸徳は煮えきらない、気持のいつも揺れている空想家として描かれており、管野は別の種類の夢想家――落ちつきのない破滅型の人物とされている。それは、法廷での見解には決して取り入れられなかった皮肉や不信の念を匂わせており（あくまで匂わすだけの話だが）、二人を美化する態度からはほど遠い。幸徳は哀れな、絶望している男であって、最後のチャンスが与えられれば爆弾計画に参加したかもしれない、と見られているのである。

『畜生道』や『計画』が「スバル」に発表された一年後に、「太陽」の一九一三（大正二）年九月号が、発売禁止になった。この雑誌は、その一九年の歴史の中で何度も論争を引き起こして来たが、発売禁止はこれが初めてだった。それというのもその号に、大逆事件裁判の印象をまとめた平出の力作、『逆徒』が掲載されたからだった(40)。この小説は細評に値する。なぜならこの作品は短編記録小説として見事なだけでなく、当時としては、この題材を扱った唯一の小説だったからである。

平出の主張によれば、平出は、この作品が当局から「誤解」されないように、相当に妥協し続けて話の筋を変えたという。だが、そもそも平出や編集者はどういうつもりだったのか、検閲官が、表題や冒頭のパラグラフなどはほとんど読みすごすだろうと考えていたのか、その点を想像するのは難しい。小説の舞台は一九一一(明治四四)年一月八日における法廷である。今まさに、「秋山亭一」やその他の被告に対して、有罪の判決文が読み始められたところである。裁判長が読む判決理由の説明文は、「長い長い」ものなのだと、小説の語り手は注視している。なぜならあれほど多くの人物によって、あれほどばらばらに行われた行動を寄せ集め、全員を一大陰謀団のごとく見なそうとするなら、長くなって当然なのである。説明文を読む裁判長の声は、威信を秘めながらも冷静に響いている。その客観的な調子は公判冒頭から変わらなかったから、何人もの被告が、正しい裁判を受けられるものと確信したのだった。だが語り手は思い出すのである。あの大検挙後の報道管制下にあって、噂で持ちきりだった世間の空気。また全容疑者に対する立ちづめの冷酷な訊問。やがて語り手の追憶は、ある若い被告の行動にしぼられていく。法廷で見せた突拍子もない振舞いから察するに、その男は一種の痴呆らしかった。

その男、三村保三郎は、三浦安太郎という二三歳で逮捕されたブリキ職工をモデルにしており、哀れな性格に描き上げられている。三村の革命家風の強がりは見せかけのものであって、自分がいかにひどい罪で告発されているかに気付くと、すくみあがるような完全な恐怖に変わってしまったのだった。小説の場面はそこで過去に一転して、独房でのとある一夜に移る。その後、三村は混乱と孤独の極みにあった。突然、誰かに来て欲しいという切羽つまった気持ちに襲われて、三村は独房の戸をどんどん叩き始めた。看守が駆け付けて錠を開けると、三村は喜々として、戸が開くのも遅しと彼らに抱き付いたが、もちろん三村の方が床にたたきつけられただけの話であった。三村は独房に押し戻され、傷を負い、手錠まで掛けられた。だが少なくとも、その夜の恐怖からは脱げ出せたのだった。さらに後の法廷で行われた陳述によれば、三村は縊死をはかって止められたという。その話を三村は、法廷中に失笑が溢れるほど、子供じみた熱っぽさで言い立てたのだった*。

*三浦安太郎は、一九一六（大正五）年に狂死したと考えられている。墓はどこにもない。『大逆事件アルバム』九三頁、絲屋寿雄『大逆事件』二七四頁。

物語の視点は再び公判廷に戻される。法廷は、目前の判決申し渡しを待ち受ける空気で張りつめていた。傍聴席は満員で、学生がその大部分を占めていたが、労働者も少なくはなかった。警備は厳重で、被告と被告との間に一人ずつ看守が付きそって着席していた。裁判長が見解を読み始めると、それまでにも、様々な事件の観察者として登場して来た「若い弁護人」は、たちまち見抜いたのであった。「みんな死刑にする積りだな」と。そして結局、三名を除く被告全員に死刑が宣告されたのである（実際の判決との違いは、明らかに意識的なものである）。判事たちはすぐ一斉に席を立った。

若い弁護士は、このあわただしい退席の理由について、考え込まずにいられなかった。「日本の裁判所が文明国の形式によって構成されてから三十有余年」、その法律制度は判事たちに、主観をまったく排した法律の運用を求めて来ている。死罪に値する時には、判事たちは「忍びざるを忍ん」で刑を課さなくてはならない。だがいったん、その義務を終えてしまえば、彼らとて凡人にかえる。となれば、自分たちが今しがた有罪を宣告したばかりの相手と向き合い続けることには、耐えきれなくなるのだ。そんなふうに若い弁護士は、判事たちの素早い退出を善意に解釈してみたが、それと同時に、心中に葛藤が起こるのであった。この裁判の公正さについて、彼はひどく疑っていた。中心にいた陰謀家と、ごく表面的に巻き込まれた者とを、一まとめにするようなやり方について。傍聴席の人々は冷淡なもので、何の疑いも持たずに静かに列を作って退室していき、かくして「文明」の法廷制度は、今や責務を果たし終えたのであった。だが深い疑惑に捉われている若い弁護士にしてみれば、それほどの信頼感をこの裁判に寄せるわけにはいかなかった。この裁判は、予審の復習に他ならなかった。聴き取りに際して、検事は自白を強要し、さらに自分たちの解釈と矛盾するような部分は省く形で、調書を作成したのだった。

彼は、彼の弁護依頼人二人を慰めるために、彼らの席に足を運んだ。二人は「犯罪の中心からは遠く離れて居た」のだから、最長五年の科刑でよかったのである。その途中で彼は立ちどまり、真野すゞ子に黙礼した。すゞ子とはまだ一度も話したことがなかった。訴訟法上の手続きで最後の陳述が許された時、二人の被告がその機会を捉えて発言したが、すゞ子はそのうちの一人であった。「私が只残念なのは、折角の（計画）が（失敗）に終ったこと、それ丈であります」と、すゞ子は語った。「私はいつの時代にか」、私が犠牲者になった意味の、「明らかにされる時代が来るだろうと信じて居ます」。若い弁護士には、すゞ子の話が理屈に合わぬものに見えたし、犠牲などとは馬鹿げているように思われた。当局がこの事件を大げさに受けとめて、異様なまでの防御策を講じたから、この女やその共犯者は、皆、ますます得意になっただけではないか。とは言え、すゞ子にはまだ言うべきことが残っていた。説得力を込めて、胸をつまらせながら、すゞ子は述べ続けた。私は、陰謀を謀った四人の一人だから死を充分覚悟していたけれど、しかし、いかに多くの者がこの計画に不当に巻き込まれたかを知ってみれば、死んでも死にきれない思いがする、と*。すゞ子の言葉は、若い弁護士を心の底から感動させた。だが、もはやその言葉も無駄になってしまったのだった。

＊これは、管野が判決を言い渡されて処刑されるまでの一週間の間に書かれた情熱的な回想録「死出の道草」に記された彼女自身の見解と一致している。「死出の道草」は、太平洋戦争後にやっと明るみに出た大逆事件に関する多くの文献のうちの一つである。森山重雄『大逆事件＝文学作家論』七―一一頁参照。作品中では、すゞ子によってなされたとされている管野の最後の暇乞いも森山の書中に記録されている。

すゞ子は法廷を去るにあたって、仲間たちに最後のさようならを呼びかけた。すると、その一語が反抗的気分を誘った。「、、主義万歳」、三村が叫び、他の者たちもそれに和した。無政府主義を信じているからではない、判決に対する軽蔑感を示したいからだ、若い弁護士はそう考えるのだった(41)。彼自身の気持も引き裂かれていた。死刑になった人々が助命されるのを見たいという願いと、判決の威信を信じなければという義務感の間で。そうして最後には、この判決の考え方を支持するわけにはいかないと、彼は心の中で認めるのであった(42)。

平出は馬鹿馬鹿しくなって、その翌月の「太陽」に書いた。自分は自らの芸術的良心に反するほど少なからぬ妥協をして、当局者の誤解を避けようとしたものだが、その結果は当局者に、知的上流階級と言える「太陽」の読者層を、色情狂的革命家集団のように扱わせただけだった、と。また、検閲官から多少とも納得できる答えを引き出すことなど不可能なのだから、自分はそれより雑誌の読者がよく理解してくれることを望んでいる、自分が「今の愚かな政府」を懸念して、原稿にいかに周到な注意を傾注し尽したかを読者にわかって貰えたら、と述べている。そこで平出はどうやら続けて、発禁されたばかりの小説から何箇所か引用したらしい。しかしこの評論のその章には、その項が当局によって削除されたという「太陽」の編集者による簡単な注記が残されているだけである。

当局を批判しながら平出は明晰に説いている。平出の側には芸術至上主義から立論する気持ちはないこと、それに反して政治家の側は、政治至上主義とでも言えそうな誤謬に、間違いなく陥りがちであること。平出の論旨は次のように展開されるのである。

誰もが耳にすることだが、政治家は、世界の文明に日本が何も貢献せずに来たことを不満に思っている。だがそういう人たちにその意味を考えさせたいものだ。もし日本が何かに貢献するつもりなら、それは、芸術や学問の分野においてのことになろう。政治家でさえ『源氏物語』を自慢できるけれど、日本が、立憲政体以上に優れた政治制度を、世界に示せるはずもなければ、戦争に強いことを文明の寄与と見なしてもらえるわけでもあるまい。政治の役割だけが、国家の存在を保証できた時代は遠い過去のことである。今や政治は国民の発展を、つまりは、個々人の発展を支えるものでなければならない。それが正しい政治のあり方である。その一方で、警察手段は非常時における活動に他ならない。にもかかわらず日本の政治家は、そういう非常手段の無造作な使用が、自分たちの大変な道徳的敗北になることには、気付いていないように思われる(43)。

この評論を書き上げた頃、平出は脊髄カリエスの診断を受けていた。鎌倉に一九一三（大正二）年一月に保養に赴き、それを機に、「スバル」は廃刊されるが、翌一九一四（大正三）年三月には、もう平出はこの世にいなかった。当人の希望によって、宗教儀礼を廃した告別式が営まれ、およそ五〇〇人が参列した。人々の前で弔辞や挨拶を述べたのは、與謝野寛、相馬御風、阿部次郎、森鷗外といった名のある文学者、また加うるに幸徳裁判の重要な弁護人、花井卓蔵などであった*。

＊古川清彦「平出修・人と作品」（『定本平出修集』）四三六頁。一九一一（明治四四）年一月二六日、予算委員会に出席した際、国会議員である花井は、内務大臣に向かって、赤旗事件以来、政府が社会主義者を迫害したことは、道徳上誤っていると主張した。けれども、桂、平田、小松原は、この時、他の国会議員から、無政府主義者に対して、強硬な手段を講じなかったために、強い批判にさらされた。付録「大逆事件（1）、（2）」（一九一一（明治四四）年五月一五日『太陽』）四四―四九頁。

平出はもちろん偉大な文筆家ではなかったし、多分、偉大な弁護士でもなかっただろうが、『逆徒』という生々しい小説を、自分の稀有な体験を効果的に生かして書き残したのだった。また、平出の書いたものから浮かび上がって来るのは、きわめて分別のある男の姿である。つまり、自分がいかに憎んでいる犯罪であろうと、その底に潜んでいる政治的な、また人間的な複雑極まる問題について解決できる人物、そのための知的能力も、他人への情愛や勇気も、持ち合わせている人物なのである。たとえば平出の死没直後のある手紙に、與謝野晶子は情ない気持ちで「ざんげ」していると書きとめている。「大ぎやくざいを犯せし女」から歌集を求められながら、「臆病」すぎてそれに応じられなかったというのである。そしておそらく晶子は知らなかったろうが、あの白い風呂敷の中には一通の書簡が残されており、今ではそのおかげで、平出が晶子の歌集を一冊獄中に送り届けて、管野須賀子を大変喜ばせた、ということがわかっているのである(44)。

恐怖と無知

その他の文学者が大逆事件に示した態度を検討していくにあたって、注意してよいのは、與謝野晶子が巻き添えを恐れたことであろう。晶子は、夫が受刑者の一人と友人であったし、自分も平出修、森鷗外の双方と親しく付き合っていた。しかも晶子は、意志強固な、知的な女性であった――あらゆる条件から見て、事件と関わる時に生ずる危険性などについては、もっと理性的に判断できたはずであった。にもかかわらず晶子は恐れていた。多分、警察そのものを恐れたのではない。公式筋の見解、けだし無政府主義者というのは恐しく危険で、乱暴な野獣であるという考えが、実は広範な人々の意見だったのである。判決が下った日に、ある新聞は、微笑している幸徳の写真に「悪魔の顔」という説明を付けた(45)。また「太陽」は、編集方針としては決して、「中央公論」のような激怒した論調を取りはしなかったが、その代わり、色めきたっている人々の厳しい論難を掲載し、一方、それより穏健な作品も載せて、均衡を保っていた。それゆえ、一九一〇(明治四三)年一二月号に載った一枚の大きな写真を眺めて、気楽な気分でいられた読者など、いそうにもなかった。そこにはロサンゼルスの「タイムズ」社のビルディングが写っているが、その七、八割が破壊され、黒い煤煙が、ほとんど残っていない窓枠から立ちのぼっている。その土地の、ある労働組合(組合員は無政府主義者であった)が爆弾を仕掛けた後の写真であって、その結果、一人が死亡し、何十人もが負傷したのだった。

庶民の中の、さして学歴のない人々の意見を代弁して、新橋のある芸者屋の女将が、幸徳について「太陽」の取材に答えている。「御名前を申すさへ恐ろしい方、恁様《こんな》方が出たのもわたくしは現代《いま》の社会《よのなか》の罪ではございますまいかと存じまして、最初申上げました通り却々迂闊《なかなかうっかり》してはゐられません唯だ恐《こわ》い社会《よのなか》だと存じます」。

一方、浅田江村は、当局に辛辣な提案を行ったことのある人物だった。政府が本心から個人主義思想を破壊したいなら、あらゆる本の執筆や出版を、官営に切り変えてはどうか、と浅田は主張したのだった。また浅田は、幸徳事件についても政府を鋭く批判していた。幸徳の一味が実際の罪状を上回るほど大きな恐怖感を引き起こしたのは、政府が、やたらに彼らに対する防衛策を誇示したり、裁判を秘密裏に行ったからである、と。だがその浅田にしてもやはり、国民は今や安堵の吐息がつける、と喜んでいた。無政府主義者の大方が処刑されることになったからである。無政府主義者は当然の報いを受けたのだし、それこそ国民の予期したところだった、と浅田は言うのであった(46)。

浅田の態度は、幸徳事件に対する政府の処置を批判したり、同じ政府が強行した、言論の自由への抑圧を論難する人々の好例だったと言える。つまり、桂内閣は社会的配慮に欠けていて、それが棄て鉢な無政府主義者を出現させたと非難する人々は、世に存在していた。しかし、そういう人でさえ、無政府主義者とは全員が棄て鉢で危険である、という考えに、まったく疑いをさしはさまなかったのである。平出がこの事件に対して取ったような、調和の取れた意見を共有できる者は、——芸者にせよ、政治評論家にせよ、作家にせよ——この国にはほとんどいなかった。平出その人にしても、一九一三（大正二）年の九月までは、『逆徒』を発表しようとはしなかったのである——死刑の執行からほぼ三年近い月日が流れ、その時桂は政権の座を下りていた。では、「太陽」を発禁にした警察の統括者である内務大臣は、と言えば、それは他でもない、西園寺の協力者である原敬、完全な反山県派の政治家だったのである。

政府が捏造を行ったという見方は、まったく世間に広まってはいなかった。政治に無関心で不正が行われたことも知らない作家に対して、批判的な作品を書き出すだろう、などと期待するのは、およそ無理な相談である。社会主義者や無政府主義者でさえ、批判的な筆を執ろうとはしていなかった。間違いなく、「冬の時代」がそこに始まっていたのである。その後およそ十年間、書店が社会主義者の名を記した本を、再び気軽に売り出すことはなかったし(47)、それより後の時代になれば、幸徳の手になる本や幸徳に関する文献もかなりたくさん出版されたが、太平洋戦争が終わるまでは、捏造事件の細部までが再構成されるようなことはなかったのである。中産市民階級出身の作家たちが迷うことなく、検閲制度に反対の声を上げ、当局を啓蒙する方策まで語ったことは、後の方で眺める通りである。しかしまずさしあたりは、ごく僅かにせよ存在する、大逆事件に対する文学者の意見を扱うことにする。それらは事件を、良心の危機ではなく恐怖の源のように思う傾向が強かった。さらに、そうした意見にしても、平出の小説がすぐには書かれなかったように徐々に現れて来るのであった。

第11章──他の文学者の反応

逃避主義の問題

「幸徳事件の間、日本の自然主義者たちは、政府の圧制に一向に反発しなかった」と、タツオ・アリマは一九六九年に書いている。これより以前すでに、マリウス・ジャンセンは、「当局により検閲が行われても、幸徳事件に関する事実は、広く入手可能であった」が、文学者の唯一の反応は、「逃避、隠遁、あるいは無関心」であったと主張していた。さらに最近では、大逆事件の被告たちの処刑によって、「個人の政治的自由が明治の後期には達成すべき目標ではないということが明らかになる」と、自然主義者たちの政治に無関心な傾向が固定した、とジャネット・ウォーカーが述べている(1)。

大逆事件によって誰にも何も「明らかに」ならなかったのではないかと、私は長らく思って来た。また日本の研究者たちも、この事件に対する文学者の反応について、一致した意見など抱いていない。正義のために協力して闘った経過を記録に残そうというような血気盛んな者は一人もいなかった。そういうことはついぞ起こらなかったのである。

そうした記録の整理という方向で最も積極的に動いたのは、戦後のマルクス主義の学者であり、彼らは大逆事件や事件を取り巻く雰囲気を、何らかの点で反映している作品の簡単なリストを提供してくれた。このリストは、量的に見て、事件に対して社会全般が沈黙した状況ではなかったことを物語っている。とは言え、大逆事件に対してどのように、どの程度に反応したかを示す論評の類は、ごく最近まで（森山重雄の著作が出るまで）ほとんど書かれたことがなかった(2)。

この章では、比較的引用されることの多い、当時の「反響」の幾つかについて検討し、大逆事件に関して自らの意見を表明した少数の作家が、沈黙を守った仲間が知らない、あるいは知らないふりをしていた事実をわかっていたか否かを見極めることにする。事情は決して単純なものではなかった。白か黒かというようなはっきりした「良心の危機」が存在し、一方では一握りの勇気ある作家が不正に対して思い切って発言し、他方ではそれ以外の者（特に自然主義者）が事態を知りながら背を向けたというような簡単なことではなかったのである。事態を単純に「良心の危機」と見なす見解は本質的に反文学的なある種の偏見から生まれたものであり、こうした偏見を持つなら、文学者はもの書きをやめて政治活動家にならねばならない。少数の「勇気ある」人物についても、彼らが何を語ったか、それがいつであったかということまで知ってみれば、さほど英雄的とも言えなくなるのである。しかも、見逃してはならない重要な事実は、桂政権下の暗黒の日々を通じて自然主義者やポスト自然主義者が衰えを知らない筆力でものを書き続けていたということなのである。

徳冨蘆花『謀叛論』

大逆事件における事態の方向を変えようと願って行動を起こした一人の作家がいた。内田魯庵と同様、キリスト教と強い社会的関心を特色とする民友社*を背景として文壇に登場した人物、徳冨蘆花である。

＊民友社は「国民之友」と「国民新聞」を発行していた（五八頁参照）。

民友社を創立した徳冨蘇峰（猪一郎）の弟である蘆花は、涙をさそう家庭小説『不如帰』＊（一八九八（明治三一）年～一九〇〇（明治三三）年）によって経済的な独立を勝ち得た後でさえ、なかなか精神的な自立を達成することができなかったようだ。蘆花が民友社を離れたのは、「国民新聞」の編集者が蘆花の寄稿した記事から反政府的な表現を削除した一九〇二（明治三五）年のことであった。その翌年に書いた小説に蘇峰からの独立を宣言する序文を付したことで、蘆花は小波乱を引き起こした。一九〇五（明治三八）年に富士山で蘆花が体験した「精神革命」は二人の間に表面上の和解をもたらしたが、蘇峰はあまりに厳格な体制主義者であり、また蘆花はあまりに不安定だったので、持続した関係は発展しようがなかった。聖地の巡礼や、ヤスナヤ・ポリャーナのトルストイ訪問は、蘆花に日露戦争を支持したのは間違っていたと確信させ、また、東京郊外の粕谷で田園生活を始めることにも影響を与えた。

＊塩谷晶、E. F. Edgett の訳による *Nami-ko* (Tokyo : Yurakusha, 1904)、及び Isaac Goldberg の訳による *The Heart of Nami-san* (Boston : Stratford, 1918) がある。

一九一一（明治四四）年一月一九日、この地で蘆花は、前日に被告二四名に死刑が宣告されたことを新聞で初めて知った。蘆花は妻にその事実を告げることしかできなかった。二一日に、二四名のうち一二名だけが恩赦によって無期懲役に減刑されたというニュースが届くと、蘆花は桂首相と親交があった（後にその公式の伝記を執筆することになった）蘇峰に手紙を書き、総理大臣に慈悲深い措置を取るように願い出てほしいと依頼した。蘆花はその手紙に桂首相宛の直訴状を同封していたらしく、その写しが少なくとも一九二九（昭和四）年までは残っていたことがわかっている。その年、蘆花の全集に収録されることになっていたのである。しかしその代りに、当局の意向により削除を余儀なくされたという全集編纂者の注記が残されているだけであり、今日の研究者は今なおその行方を知りたいと願っている(3)。

ともあれ、手紙に返事がなかったので、蘆花は「朝日新聞」の主筆池辺三山に天皇への公開直訴状という形の声明を送り、残り一二名の減刑を嘆願した。「彼等も亦陛下の赤子」と蘆花は書いている。彼らはただの賊徒ではない、常々人のためにと心がけて来た者たちであると蘆花は続ける。このたびの「不心得」は、彼らを自暴自棄に追いやった当局の過剰な熱心さによるところがないではない。「大御親の御仁慈の程も思ひ知らせず、親殺しの企したる鬼子として打殺し候は如何にも残念に奉存候」(4)。

蘆花は一月二五日の昼前に至急最寄りの郵便局から手紙を送ったが、三時に粕谷に届いた新聞で、最初の一二名は前日のうちにすでに刑を執行されており、管野須賀子はその日の朝に処刑されたということを知った。ケネス・ストロングがその事情を詳細に述べているところによると、蘆花(健次郎)と妻は、

その知らせを聞いて泣いた。すでに死者の友人たちが手配していることがわかるまで、遺骸を引き取って自分たちの土地に葬ろうと語り合った。だが蘆花夫婦にとってこの事件はこれで終わりではなかった。二二日に一高から学生が二人粕谷にやってきて、一高弁論部の学年末の大会(二月一日)で講演してくれるように健次郎に依頼した。健次郎が承諾すると、学生たちは演題を尋ねた。健次郎はみんなで囲んでいた火鉢から火箸を取ると、灰の上に「謀叛論」と書いた。その文字を見て驚いたと、学生の一人は回想している。そのような演題をあらかじめ公表することはあまりに危険なので、大会当日の朝まで内容は「題未定」とされていた。その朝、その激しい言葉が掲示板に示されると、すぐに会場は学生であふれんばかりになった。会場に入れなかった学生は開いている窓に外から押し寄せた(5)。

蘆花は講演では草稿なしで話したが、講演のために二つの若干違った草稿を書き上げており、この二つの草稿に幾らかの断片を付加して校訂・編集した、今日ではこれまでで一番信頼のおける定稿が復原されている(6)。

蘆花は、何か新しいことをしようと思った者は誰でも謀反人と見なされた徳川時代の抑圧された生活についてふれ

ることから話を始めた。今の世の中は、一定の関所を越えて初めて行き来できる、境界によって分割された六〇年前の日本と同じであると、蘆花は言う。しかし、日本に流れ入る大きな世界の潮流は、人類が一つになることを理想としている。この理想の実現のためには、多くの犠牲が必要だろう。日露が握手するために何万人もの血が流された。「今、明治四十四年の劈頭《へきとう》に於て、我々は早くも茲に十二名の謀叛人を殺すこと、なつた」（終わりの方の三つの語は、太平洋戦争前の版では削除されていて、「茲に×××の×××を×すこととなつた」となっている。以下の×は、そうした場合を示している）。蘆花の演説は、大略次のように続いてゆく。

諸君、僕は××［幸徳］君等と多少立場を異にする者である。僕は臆病者で血を流すのが嫌である。彼らに真剣に××［大逆］を行《や》る意志があったが、なかったか、僕は知らぬ。×××××［大石誠之助］君が言ったというごとく、今度のことがすべて嘘から出た真《まこと》なのかどうか、僕は知らぬ。舌は縛られる、筆は折られるで死にもの狂いになって、××××［天皇陛下］と無理心中を企てたのか否か僕は知らぬ。大逆の企てがあったとすれば、その企ての失敗を喜ぶと同時に、彼等十二名も殺したくはなかった。彼らはただの×［賊］ではない、自由平等の新天新地を夢み、身を献げて人類のために尽さんとする××［志士］である。××［政府］には彼らを無害な社会主義者から××××××［無政府主義者］に変えた責任がある。

我々の脈の中には今も勤皇の血が流れている。……………………［僕は天皇陛下が大好きである］。天皇陛下は日本男児の標本たる御方である。十二名の罪を許す同情心に欠けていたのは陛下ではなくてその補弼《ほひつ》である。もし、明治初期の元老が生きてさえいたならば、もし、皇太子殿下が×××××××××［皇后陛下の御実子であったなら］、皇后陛下は恐れ多いほど実に聡明な御方である（たぶん蘆花は皇太子の母親が側室であったために、皇后が常に天皇に進言できる立場にいたわけではないと言いたいのであろう――著者）。誰一人正面切って進言する忠臣もなく、我々は十二名の無政府主義者を殺して、無数の無政府主義者を生む種を播いてしまった。真の忠臣は閣臣ではなくて、死をもって皇室に警告した十二名である。

今度の事は、列国が見守る中で日本の面目を立てる千金の機会であった。天皇陛下が寛大な御方であり、手に負えない臣民を処刑せずに彼らに反省の機会を与えられたという事を示す好機であった。閣臣の輩は機知も親切心もなく、冷淡で打算的である。もし××××××××××××［(死刑判決を受けた者が)二十五人であったら、減刑は十二人半宛《ずつ》にしたかも知れぬ］。彼らは陛下を盾として、その背後に隠れて醜い暴力の見せ物に従事した。

だが、非難すべきはただに政府ばかりではない。議会の中に「大逆」の名によって吹き込まれた恐怖に打ち勝ちえた者が一人でもいたか。我々五千万人がひとしくその責を負わねばならぬ。しかし、最も責むべきは当局者である。彼らは国家のために行ったつもりかも知れぬが、天の目からは正しく闇中にやってのけた××［謀殺］である。死の判決で国民を威嚇し、十二名の恩赦で少し機嫌を取り、そこで歩を進めて残りの者を××［暗殺］したのである。

しかし、それでもなお我々は公平であらねばならぬ。当局者の苦心はもとより察せねばならぬ。地位は人を縛り、歳月は人を老いさせる。当局者は統一と秩序の事しか考えられぬ頭の禿げた政治家である。彼らは自分自身の血気盛んな青年時代を忘れてしまっている。

諸君、謀叛を恐れてはならぬ。自ら謀叛人となるを恐れてはならぬ。「身を殺して魂を殺す能わざる者を恐るるなかれ」(マタイ伝、第一〇章二八節)。死んだ霊魂とは生きることをやめた者であるし、生きるためには謀叛しなければならぬ。幸徳らは政治上に謀叛して死んだ。しかし、彼らは死んでもはや復活した。墓は空虚だ。彼らは乱臣賊子となって絞首台の露と消えた。その行動について不満があるとしても、いったい誰がその純粋で愛国的な動機を疑いえようか。西郷隆盛もまた逆賊であった。しかし、今日西郷以上に国の英雄としてあがめられる者はいない。幸徳らも誤って乱臣賊子となった。しかし百年たてば、皆彼らの高い志の挫折を悲しむことであろう(7)。

ストロングは講演の後日譚について次のように記している。

講演が終わると場内は静まりかえり、ややあって長い熱狂的な拍手がわきおこった。しかしながら、健次郎が予想もしなかった反応があった。公演の内容が知れわたると、演題を知らずに健次郎を招くことについて正式の許可を学生に与えた校長の新渡戸稲造は、直ちに文部大臣に辞表を提出した。学校の内外であわただしい動きがあった。学生たちは新渡戸校長や文部大臣に「謝罪」して、健次郎の危険な思想に誰も「影響」されなかったことを確約した。健次郎は文部大臣と総理大臣に手紙を書き、新渡戸の辞表を受理しないように請願した。結局のところ、新渡戸は譴責処分を受けただけであった。健次郎自身にも何のとがめもなかったが、それは兄の縁故ゆえであったろう。とはいえ、しばらくの間健次郎は、「愛国心の欠如」のために、新聞や公的な会合で激しく非難された。また、健次郎に講演を依頼していたあるキリスト教系の大学は、その招聘を突然取りやめた。健次郎は後悔していなかった。当時その草屋に小さな書斎を増築したばかりであったが、今や処刑された急進主義者の指導者にちなんでその書斎を「秋水書院」と命名したのであった(8)。

ストロングが脚注で指摘しているように、太平洋戦争後にこうした事実が知られるようになると、蘆花が事件の間、示し続けた勇気は惜しみなくたたえられた。そして、前記の要約の範囲で見ても、確かにこの講演は情熱的で大胆である。けれども、この注目すべき講演記録には、二、三の特色がある。まず第一に、蘆花は大方の日本人と同様に、政府当局の事件捏造に関する詳細についてまったく知らなかった。二四名の被告が天皇暗殺を企てたという当局の結論を蘆花は受け入れていた。それゆえ蘆花の批判は、主として政府がとった過酷な政策が被告たちと同じ危険な陰謀家をふやすにすぎないという点に向けられていた。

第二に、天皇に対する蘆花の「恋闕」の情の表明には虚偽の美辞麗句は少しも含まれていない。蘆花は、天皇と、天皇の悪質な補弼との間の伝統的な区別をわきまえていた。政府に対するほぼすべての批判者が、日本史の大部分を通じてそういう区別を行って来たし、今後も行うだろう。別の例を上げれば、これは三宅雪嶺の基本的な主張であった。一九一一（明治四四）年二月六日、保守的な国学院大学で開かれた「大逆事件講演会」で、雪嶺は出席していた千人以上のあふれんばかりの聴衆を前にして、数名の演者の一人として講演した。幸徳その人が孝子であり、忠臣であるにもかかわらず、君側の奸者どもは君恩の神聖なる光を幸徳から隠し、裁判では幸徳に自らの立場を弁明する機会を与えなかったと、雪嶺は述べている（招待客である荒川五郎という代議士は立腹のあまり、雪嶺を論駁する機会を与えるよう要求した。司会者が制止しようとすると、荒川は司会者を聴衆の中に体ごと突き飛ばした。群衆は多くは学生であったが総立ちになり、喧々囂々の騒ぎになった。荒川がかろうじて雪嶺の政府批判は「浅薄だ」という感情的な一撃を述べ終わると、学生たちは微笑する雪嶺を拍手喝采で見送った(9)）。

これら悪質な閣臣に対する蘆花の批判には、さらに別の伝統的な要素も含まれていた。蘆花は、高邁な理想主義者が一般犯罪者なみに扱われたことに対して憤慨したのであった。被告たちの、ひいては幸徳の思想はなるほど現代的で、コスモポリタン的かもしれないが、彼らの精神は日本の歴史において特に偉大であった「高貴なる敗北者」と等しく純粋なのであった。一八七七（明治一〇）年に起きた西南の役における神格化された指導者西郷隆盛もこの「高貴なる敗北者」*の一人なのである。

＊ Ivan Morris, *The Nobility of Failure* (New York : Rinehart and Winston, 1975), pp. 217-75. 蘆花は正しかった。F. G. Notehelfer が *Kōtoku Syūsui, Portrait of a Japanese Radical* で論証しているように、幸徳は近代的革命家ではなく、志士であった。

最後の第三の点として言い繕うわけにはいかないのは、蘆花の正義に対する情熱が真摯であるにしても、彼は再々現実感覚がまるでないに等しい主張をしている、という事実である。言葉通りに取れば、蘆花は、（両国が「握手」していれば存在しなかったはずの）日露戦争で死んだ兵士たちと、幸徳のように世界の統一という理想を追求した「他の」反逆者たちを同一視している。また、皇后に対する蘆花の言及は大胆な痛撃と見なされるかもしれないが、それがいったい何をなしとげたと言えるのであろう。「蘆花によると、彼の目の異様な光から他人を守るために」、蘆花は黒眼鏡をかけていた(10)。でも、黒眼鏡をかけるような類の男の勇気など額面通り受け取るのは無理である。蘆花が桂内閣から干渉されなかったとすると、それは政府がその兄との関係を配慮したからというよりも、蘆花の幾ぶん混乱した攻撃をさほど重大な脅威とは見なされなかったからであろう*。

＊中野好夫は教科書問題の突発（一四四―一四五頁参照）が政府の注意を、その比較的孤立していた事件からそらせたのかも知れないと示唆している。『蘆花徳冨健次郎　第三部』筑摩書房、一九七四（昭和四九）年、四二一―四四頁。

森山重雄は、『謀叛論』がゾラの『私は告発する《ジャキューズ》』の日本版と言えるほどの質を持つと認めたがっている。ただし、大逆事件がドレフュス事件のようには広範な人々に重要な結果を何ももたらさなかったことを前提にしたうえでのことである(11)。ドレフュス事件はフランスを内乱の瀬戸際にまで追い込み、それ以後、フランスの国政と宗教生活を半永久的に変えることになった。だが、日本は不正であることが明々白々であるような問題で真っ二つに割れることもなかったし、蘆花は天皇に対する信仰心の篤さから関連する諸問題について特に洞察力ある見解を示すこともなかった。この時代をさらに明らかに認識するために、蘆花よりも現実世界に対して信頼できる見識を有していた新文学の作者たちの検討に移ることにしよう。その中でも、最も有能な批判者の一人を取り上げなければならない。

石川啄木――自然主義の無力

大逆事件に関わったと考えられるすべての作家のうちでただ二人だけが、一九四五（昭和二〇）年に明治国家の検閲制度が崩壊した後で、その名にかすかなヒロイズムをともなって立ち現れてくる。一人は徳冨蘆花である。蘆花はその無知にもかかわらず、大胆にはばかることなく発言した。もう一人は石川啄木である。啄木は、事件当時は、慎重に沈黙を守っていたが、友人の平出修を通じて事件に関する詳細な情報を入手し、後世のために真実の記録を残そうと決意した（二一六頁参照）。

先にわれわれは、啄木を自然主義者の理論に対する有能な批判者と見なしたが、一九〇九（明治四二）年に啄木は、新文学と国体を調和させようとする長谷川天渓の試み（一四二頁参照）の中に見出した「日本人に最も特有なる卑怯」を非難する文章を書いた。大逆事件が進展するにつれて、啄木の桂政権に対する嫌悪と、社会主義へのますます深まっていた認識は、自然主義に対する失望と結び付いて、近代日本文学における逃避主義に関する、この時期の最も有力な批評として結実した。それは「時代閉塞の現状」と題された評論であった。ここでわれわれは、大逆事件の間に啄木の反自然主義的な思想に急速な発展が見られることを、啄木の短歌及びその文学全般と大逆事件との密接な関連を念頭に置いて、考察してみよう。

周知のように、「時代閉塞の現状」は一つには桂体制の圧政に対する批判であるが、その公表の時期についてはあまり論議されていない。冒頭で啄木は、この評論を一九一〇（明治四三）年八月二二日、二三日付けの「朝日新聞」の文芸欄に掲載された魚住折蘆の評論に対する反論として執筆し、その「数日」後に同じ文芸欄に掲載するつもりであったと述べている。啄木がこの評論を公表しなかったという事実は、しばしば検閲を恐れたために公表できなかったという意味に取られているが、これを支持する証拠はない。啄木の評論は「オーソリティ」への批判という点では、魚住のものほど遠慮のないものではないように思える。事実、「朝日新聞」の一九一〇（明治四三）年の九月一六日付けの記事では、魚住は一歩進めて、検閲や「穏健なる自由主義者」に対して激しい非難を公表するにいたった（二〇一頁参照）。一方、啄木の「時代閉塞の現状」は啄木の死後何の困難もなく一九一三（大正二）年五月に公表された。啄木がこの評論を執筆した時、啄木と「朝日新聞」の関係は良好で、ますますよくなりつつあった（啄木は「朝日新聞」の依頼で、二葉亭四迷全集の編纂にあたっていたし、一九一〇（明治四三）年四月には同紙に新しく設けられた短歌欄の責任者となった）。これらのことは、「時代閉塞の現状」を公表しないと決めたのが啄木自身であることを示唆しているだろう。

啄木の評価を触発した魚住のエッセイそのものが、先に書かれたものに対する応答であった。「自己主張としての自然主義」で魚住は、自然主義は最近一〇年間に明瞭になって来た自己主張的な思潮の一つの表れであるとし、保守的な老人たちに、青年を抑圧するよりも善導することを勧めている、ある書き手の見解に賛意を表している。このことは軟弱であるように思われるかもしれないが、しかし、魚住は青年の「怨敵」としての国家、社会、それに日本においては何世紀にもわたって国家と結び付き個人の発展を阻害して来た家族の名を上げることをためらってはいない。また魚住は、長谷川天溪、田山花袋、岩野泡鳴らの「不徹底な自然主義」のような、国家主義と自然主義を融和させようとする試みを馬鹿げたことだと見なしていた(12)。

「不徹底な自然主義」というような言葉に頼った時、魚住は明らかに用語上の矛盾を抱え込んだ。啄木が噛みついたのは、魚住の「自然主義」に対する曖昧な定義付けに関してであった。啄木は若い知識人と国家との関係を大きく分析して、魚住のか細い小さな努力を押しつぶしたのである。けれども、結局はそのたいそう熱のこもったレトリックが暗示している以上に啄木は、魚住の意見に強く共感している。魚住は、「自然主義」がもはや、必ずしもすべての新しい作品を包含することができなくなったという事実を、考慮に入れることができなかっただけであった。そして魚住は自然主義という名称が不適当だと結論するよりもむしろ、その名称の再定義を試みたのであった。啄木はこの弱点に注目する代わりに、共通の敵である国家に対して意識的に共謀しようとして、「純粋自然主義」の「科学的、運命論的傾向」と新しい世代の自己主張的傾向とが、すでに結びついていたのだと魚住が主張するのは間違っていると非難した。これは魚住の論点に対する啄木の極端な（そして結局は無意味な）誇張であり、事態をさらに混乱させただけであった。

啄木にとって実際、国家は敵であった。「我々青年を囲繞する空気は今やもう少しも流動しなくなつた。強権の勢力は普《あまね》く国内に行亘《ゆきわた》つてゐる。（中略）我々は一斉に起《た》つて先づ此時代閉塞の現状に宣戦しなければならぬ。我々は夫《それ》を阻害するべき何等の理由も有《も》つてゐない。但し我々だけはそれにお手伝ひするのは御免だ！』これ実に今日比較的教養のある殆ど総《すべ》ての青年が国家と他人たる境遇において有ち得る愛国心の全体ではないか」。自然主義はその初期において有効な機能を果たしていた。当時自然主義は、根拠のない理想主義や宗教的な白日夢から世俗的な現実の発見と確認へと青年の心を向けさせたからだ。しかし、今や現実の認識が批評としての刺激を持っていた時代は過ぎ去った、とまで啄木は言い切っている。自然主義は今やただの記録・お話のレベルに落ちてしまった。必要とされているのは、「明日」の形を決定するために「今日」を大胆に、自由に、厳密に、批判的に分析することである、と啄木は宣言する。というのも一つのことが確かであるからだ。すなわち「一切の『既成《きせい》』を其儘にして置いて、其中《そのなか》に、自力を以て我々が我々の天地を新《あらた》に建設するといふ事は、全く不可能だといふ事である」(13)。

この啄木の見解は、彼がどこまで行こうとしていたのかという問題を提起する。啄木が八月に書いたように大逆事件に関する事実は、徐々に漏れ始めており、平出修は裁判の弁護に取りかかろうとしていた。そして啄木は一月まで裁判記録を見る特権には恵まれなかった。今井泰子は、啄木が「時代閉塞の現状」の中で無政府主義者を「盲目的反抗」と捉えていて、同情心に欠けていると論じた。しかし、この段階でさえ、啄木はごく少数の者しかあえて異議を唱えなかった天皇制の合法性というタブーを問題にしようとしていたと、今井は主張している。

啄木が批判した「自然主義」の典型として今井が特に指摘しているのは、先に引用した天溪の評論（一三〇―一三一頁、一四二頁参照）である。天溪は、自然主義は現実に基づいているのだから、万世一系の天皇に統治されている日本の現実に完全に調和すると主張している。「日本人特有の或論理」という言葉で啄木が言おうとしているのはこの種の理論であると、今井は指摘している。この「日本人特有の或論理」のおかげで強権に対する自由な討究が遅れたのだと啄木は述べている(14)。

私は、「時代閉塞の現状」において、啄木は自分があまりにも極端なところまで行ってしまったと感じたのではないかと思う。それは次のような啄木の婉曲な言い回しによって推測される。それは箱の「最も板の薄い処」という表現であり、この箱の中では、「我々の中最も急進的な人たち」が「盲目的に突進」をしなければならないところまで、いつの間にか圧迫されているという(15)。もし、これらの表現が啄木の心の中では、あまりに明快に天皇制についての言及を示しているとすれば、の決意と仮定しての話だが）は、より理解しやすいものとなる。今井の理解はたぶん正確だが、反天皇的な要素を抽出するにはいかに周到な思慮深い読みが必要とされるかということを鮮やかに示している。没後に出版された啄木全集の編纂者は、この論評が、収録するにはあまりに過激なものだとは考えなかったようだし、発禁処分をこうむった作品のリストの中にこの評論は入っていない。

もし啄木が政治的大変革の必要性を暗示し、また自然主義（というよりむしろある種の時代遅れの自然主義の理論）がこの課題を担うには不十分だと思っていたのならば、啄木は文学にいかなる役割を振りあてていたのだろうか。換言すれば、歌人として啄木は自らをどう位置付けたのか。ドナルド・キーンによれば、「時代閉塞の現状」は広く引用される評論だが、啄木の名声は主にその詩、とりわけ短歌によるものである。啄木の短歌は「今日、この形式の一千年の歴史の中で、かつて書かれたもののうちで最も絶大な人気を博している」と言う(16)。

啄木は短歌の三一文字という一見古くさい枠組みを、個人の心琴にふれる表現を生み出すために巧みに活用して、近代日本の主要な作家の一人と位置付けられている。おそらく啄木だけがごく少ない作品によって批判的な高みに達することができたのである。実際、今日私たちが手にし得るものが生前に出版された『一握の砂』という一冊の歌集だけだとしても、啄木の名声は減じることはないだろう。『一握の砂』は、一九一〇（明治四三）年一二月に出版されたが、この頃啄木はまだ社会主義と大逆事件について学びつつあった。五五一首（このうち四二〇首は、一九一〇

（明治四三）年に作られた）(17)の短歌のうち約半分は、啄木の目覚めつつある政治意識をどうにか反映している。そのうちの四首は、啄木が投獄されている人々と同じ危険な方向に動きつつあるという懸念（他の場所ではもっと直接的に述べられているが）を暗示している。例示してみる。

そのむかし秀才《しうさい》の名《な》の高《たか》かりし
友牢《ともろう》にあり
秋《あき》のかぜ吹《ふ》く(18)

我《われ》に似《に》し友《とも》の二人《ふたり》よ
一人《ひとり》は死《し》に
一人《ひとり》は牢《ろう》を出《い》でて今病《いまや》む(19)

検閲に関する歌が二首ある。

赤紙《あかがみ》の表紙《へうし》手擦《てず》れし
国禁《こくきん》の
書《ふみ》を行李《かうり》の底《そこ》にさがす日《ひ》(20)

売《う》ることを差《さ》し止《と》められし
本《ほん》の著者《ちょしゃ》に

路《みち》にて会《あ》へる秋《あき》の朝《あさ》かな(21)。

また当時の政府についての少し面白い作がある。

やとばかり
桂首相《かつらしゆしやう》に手《て》とられし夢《ゆめ》みて覚《さ》めぬ
秋《あき》の夜《よ》の二時《にじ》(22)

以上の歌を作った夜（一九一〇〔明治四三〕年九月九日）、啄木は多少なりとも幸徳事件に関わりがある八首の一群の歌も作っている。これらの歌は「九月の夜の不平」という題にまとめられて発表されたが、他の歌とともに歌集に加えられることはなかった。これは実にもっともな文学的理由のためであった。次の二首は注目すべきものである。

つね日頃好みて言ひし革命の語をつゝしみて秋に入れりけり(23)

今思へばげに彼もまた秋水の一味なりしと知るふしもあり(24)

裁判と処刑の後、秘密の資料をまとめ終えた時、啄木は一連のより長い現代的なスタイルの詩を書いた。それは、一九一一〔明治四四〕年七月に「はてしなき議論の後」という題で発表された。この題はクロポトキンの『ある革命家の思い出』の英訳から引用されたものである(25)。今井泰子が述べているように、詩そのものは啄木がクロポトキンを読んで思いついた空想的な場面以上のものとは言えない。この詩には日本人革命家たちの想像上の部屋が描かれている。幾人かは臆病な理論家だが、少なくとも一人の機械工（宮下太吉をしのばせる）は行動を起こす用意がある。彼らは暗い屋根裏部屋でひそかに会い、蠟燭の明かりの下で激論をたたかわせている＊。理想化された知的な青年の語り手が最も強い言葉で訴えてくるのは、「ココアのひと匙」という詩である。語り手は「奪はれたる言葉のかはりに／おこなひをもて語らむ」とし、すすんで「われとわがからだを敵に擲《な》げつくる」テロリストの悲しい心を知っていると語る。「激論」という詩では、もう少しで殴り合いになるところだった五時間にわたる激論の後で、「若き経済学者」は語り手に対して、「新しき社会」における権力の処置についての君の考えは、「煽動家」の言葉だと叫ぶ(26)。

＊この一編は、Geoffrey Bownas, Anthony Thwaite, *The Penguin Book of Japanese Verse*（Harmonds worth：Penguin Books, 1964）に、“After a Fruitless Argument”という題で、英訳されている。

「はてしなき議論の後」の語り手はむろん啄木自身を理想化したものである。そしてこの時期に啄木が未来を方向付ける活動に最もふさわしい計画として考えていたのは、まさに「青年の思想を煽動すること」であった(27)。暴力の信奉者では決してなかった彼は、雑誌を創刊することに決めた。一九一一（明治四四）年一月二二日付けの手紙で啄木は、平出修に宛てて書いている。

僕は長い間、一院主義、普通選挙主義、国際平和主義の雑誌を出したいと空想してゐました。（中略）金があって出せたにした所で、今のあなたの所謂軍政政治の下では始終発売を禁ぜられる外ないでせう。かくて今度の雑誌（名は文学雑誌で、実は文学雑誌でないもの――著者）が企てられたのです。「時代進展の思想を今後我々が或は又他の人かゞ唱へる時、それをすぐ受け入れることの出来るやうな青年を、百人でも二百人でも養つて置く」これこの雑誌の目的です。我々は販売を禁ぜられない程度に於て、又文学といふ名に背かぬ程度に於て、極めて緩慢な方法を以て、現時の青年の境遇と国民生活の内部的活動とに関する意識を明かにする事を、読者に要求しようと思つてます(28)。

慢性腹膜炎のために一年以内に命を落とすかも知れないという医師の警告にもかかわらず、何とか文学を超えようというこの新しい冒険の計画に取り付かれていた啄木は、自らの健康を顧みなかった。啄木の友人で歌人土岐善麿は、雑誌の創刊のために必要な資金を工面したが、印刷所が倒産したため刊行は失敗に終わった。啄木は一年後に二六歳で逝ったが、この時二冊目の歌集を準備中であった(29)。土岐は、一九一三（大正二）年九月に「生活と芸術」＊という雑誌を創刊して、啄木との計画を何とか進展させた。この雑誌には堺利彦、大杉栄、荒畑寒村のような著名な左翼が寄稿した。しかし、発行部数は一〇〇〇部から一五〇〇部で、「冬の時代」の間に日本の左翼の活動が著しく衰えたことを反映している。

＊『現代日本文学大事典』六〇三頁。『日本プロレタリア文学大系・第一巻』四〇六頁。大杉と荒畑は、一九一二（大正元）年一〇月から一九一四（大正三）年九月の間、「近代思想」を発行することができた。毎月、文学的、知的な理論に限られた四〇頁を割き、時事的な話題を避け、出版法第二条に想定されているような定期刊行物（雑誌）として登録しないで、発行できたのである（第2章、二七頁参照）。これは、その雑誌扱いしないものを、あたかも一冊の書物である如く、出版の三日前に検閲に供することを求められていた、ということを意味するだろう。このような「知識的手淫」にうんざりした二人は、「近代思想」を廃刊し、幸徳が出していた「平民新聞」を再刊した。しかし、度重なる発禁処分のため、新聞が挫折した時、二人はもう一度「近代思想」を始めた。この時は、多少大胆な内容であったために、一九一五（大正四）年一〇月から一九一六（大正五）年一月までしか続かなかった。

「夭折した啄木を、未熟だといって責めるのは愚かなことだ」「しかしながら、啄木は最後まで才気あるわがままな子供のままであり、強い情熱を抱くことはできたが、それらを常に理解してはいなかったという感じを免れることは困難だ」(30)と、ドナルド・キーンは書いている。「はてしなき議論の後」には、社会主義が政治的、社会的不正を解決する手段になり得ると期待する実にたくさんの人が共有したあのロマンティックな気分が認められる*。啄木にあるもう一つの傾向は左傾した思想家にしばしば見受けられるものだが、それは文学を政治的な目的のために用いる一つの道具として見ようという動きである。啄木が平出修に書き送っているように、新しい雑誌は「名は文学雑誌で、実は文学雑誌でない」ものである。極端に進むこと、これが社会主義リアリズムの常道なのである。これはまた、一部の西欧の偏狭な日本史研究者に都合のいいように用いられる議論でもある。彼らは日本の作家や知識人の政治的無力さを証明したくて躍起になっている。彼らにとって、次のような自然主義の果たした役割はどうでもよいものであった。ライオネル・トリリングの小説の擁護論『自由な想像力』の表現を借りて言えば、自然主義は「社会における人生の複雑さ、困難さ、面白さを極めて直接的に我々に示してくれ、人間の多様性と矛盾を我々に最もよく教えてくれる文学形式」として、日本の小説を確立することに成功したのである(31)。

*第二歌集の『悲しき玩具』に政治的な歌が少ないのは、思想が進展したというよりも、むしろ時代の雰囲気(森山重雄『大逆事件＝文学作家論』四一頁を参照するなら、一九一〇〔明治四三〕年秋。だから秋の歌が多いと言う)をそれら政治的な歌がまず初めに表現したということを示唆している。たとえば、『日本近代文学大系　第二三巻』一八八頁三首目、一九二頁三首目、一九九頁六首目、一九九頁七首目、二〇一頁九首目を参照。「家」という詩は、「呼子と口笛」の「社会主義」詩の一連のものである。「家」は、啄木が真に望んでいたものが、居心地のよい家やパイプとスリッパであったという、衝撃的な告白であるように見える。

政治的行動を取ることに「失敗した」一人の作家に対する、批評家たちを満足させるただ一つの答えは、その作家が自分の専門の仕事をまったく離れて政治活動に従事するか、あるいは作品が専ら作家の政治的見解を表明するかのいずれかであろう。こうした批評家たちは文学に用がないか、そうでなければ作品にプロパガンダを見出したいのである。彼らは「感情、思想、芸術、そして人間精神のあらゆるエネルギー、これらは自発性、複雑さ、多様性によって特色付けられているが、そういったものすべてを無償で表明する」(32)ことに価値を認めない。左右両翼の空論的批評家は文学的な自由をひどく嫌っているのである。社会的な問題を扱うことに「失敗した」作品に浴びせかけられる、作品の世界が狭いという非難は、結局は、戦争の推進に協力することに「失敗した」ために狭くなったという非難に道を譲ることになるだろう。長谷川天溪は幻滅の時代の到来を予告をした時、そのことの意味を必ずしも十分に理解していなかったかも知れない。だが、実践的な多くの作家たちは、さらに一歩進めて、伝統的な偏見から比較的自由に自分たちの生活や、自分自身のことをよく探究した。自らの独創的な考えと感情を同胞に伝えることによって、彼らは「すべての多様性、複雑さ、困難さにおいて個人の存在の価値を断固主張する」という意味の政治的な活動に従事したのであった(33)。

「食ふべき詩」と自ら称したものの必要性を認識した時、啄木は実質的には前述の立場に立っていたのである。「食ふべき詩」という言葉は、「両足を地面に喰つ付けてゐて歌ふ詩といふ事である。実人生と何等の間隔なき心持を以て歌ふ詩といふ事である。珍味乃至は御馳走ではなく、我々の日常の食事の香の物の如く、然く我々に必要な詩」(34)ということを意味している。一九〇九(明治四二)年の末に以上のように記した時、啄木は「因襲的な感情と自意識の強い気取りに満ちた自分の初期の作品を否定した。「食ふべき詩」を書いてから二年間、それは大逆事件の真っ最中にあたるが、啄木は二、三百首の歌を作った。この短歌によってこそ、啄木の名は最もよく記憶されている。それらの短歌の多くは、カール・セザールによって美しく訳されている。

wrote GREAT
in the sand
a hundred times
forgot about dying

and went on home(35)

大《だい》といふ字《じ》を百《ひゃく》あまり
砂《すな》に書《か》き
死《し》ぬことをやめて帰《かへ》り来《きた》れり

kidding around
carried my mother
piggy-back
I stopped dead, and cried
She's so light…(36)

たはむれに母《はは》を背負《せお》ひて
そのあまりに軽《かろ》きに泣《な》きて
三歩《さんぽ》あゆまず

give me
the creeps
some memories
like putting on

dirty socks (37)

よごれたる足袋《たび》穿《は》く時《とき》の
気味《きみ》わるき思《おも》ひに似《に》たる
思出《おもひで》もあり

pathetic, my father —
tired again
of reading the paper
he plays with ants
in the garden (38)

かなしきはわが父《ちち》！
今日《けふ》も新聞《しんぶん》を読《よ》みあきて
庭《にわ》に小蟻《こあり》とあそべり

late at night
no hat, a man
enters the station
stands, sits down

finally leaves (39)

夜《よる》おそく停車場《ていしやば》に入《い》り
立《た》ち座《すわ》り
やがて出《い》でゆきぬ帽《ぼう》なき男《をとこ》

late at night
from a room somewhere〔in the hospital〕
a commotion
guess somebody died ——
I hold my breath (40)

夜《よる》おそく何処《どこ》やらの室《へや》の騒《さは》がしきは
人《ひと》や死《し》にたらむと、
息《いき》をひそむる。

私は、自然主義を拒否するように駆り立てたのと同様の浅薄な政治的理由によって、啄木がこのようなすばらしい歌を否定したとは考えたくない。しかし、次の程度のことは確かだ。すなわち、もし自然主義が見当違いのものなら、「食ふべき詩」もまたそうなのである。いずれも「時代閉塞」を通り抜ける計画や信条や方法を与えてはくれないのである。

現代社会の合理的な組織は、個人の内的な生活のまとまり、——個々人の知的、感情的、そして時に不合理な欲求によってぞれぞれの個人のために定義された「幸福の追求」——を保証するために存在しているということを、トリリングは思い出させてくれる。しかしながら、組織が持つ衝動に内在しているのは、緩んでいる端を切り落とし、予見し難い、複雑な感情的要因を除去する傾向、自由な目的を忘れ去ろうという傾向であるが、この目的のためにこそ組織が作り出されたのである。人間の幸福と苦しみは、複雑な変化に富むものであるという感覚を保つことによって、文学が活動し始めるのは、この状況においてである。というのは、「文学というものは多様性、可能性、複雑さ、困難さをきわめて十分かつ正確に考慮に含めた人間的な営み」(41)であるからだ。

人間の多様性についてのこうした感覚がなければ、自由な組織のめざすところは、単なる組織化に堕してしまうと、トリリングは警告している。同じように確かに思えるのは、こうした感覚を欠いては、何もないところに自由な組織が成立する見込みはないということである。かくして、強烈な心象によって内的な生命感と好奇心を伝える能力を有する作家こそが、社会の自由化に寄与するのである。仮に夏目漱石が日本近代の最も偉大な小説家として頭角を現したとすれば、それは漱石の小説の登場人物の話す言葉のためではないし、また登場人物が滔々と弁じる信条やスローガンのためでもまったくない。それは、漱石が自分の世界観を伝えるのに用いたあの忘れ難い心象、言葉を換えて言うなら、谷崎潤一郎（谷崎はおそらく漱石に次いで第二の「偉大な」小説家の候補の可能性が高い）のような感覚主義者と共有しているものであって、吉野作造のような自由主義的な理論家と共有するものではない。次にあげる二首の啄木の短歌のうち、二首目の歌にある生き生きとした個性は、一つの問題となる抽象性をそなえていて、一首目の歌よりも明治国家にとってはるかに危険であったかもしれないと、言えるだろう。

つね日頃好みて言ひし革命の語をつゝしみて秋に入れりけり

よごれたる足袋穿《たびは》く時《とき》の
気味《きみ》わるき思《おも》ひに似《に》たる
思出《おもひで》もあり

近代日本の文学の、そして社会の発展に対する自然主義の唯一の最も偉大な貢献は、その混乱にこそある。自然主義は、過去においても、また現在にいたるまでも決して明確に定義されなかったという事実、二人の自然主義の作家を見ても（彼らの独自性が明確になり得る時には）自然主義の諸理論のいずれにもぴったりあてはまらないという事実、自然主義は、いかなるイデオロギーをも代表していないという事実、「自然主義」とは実は変化と現状に関して様々の位置を占める多くの作家のことだという事実。これらの事実がすべて、自然主義が日本文学における「多様性、可能性、複雑さ、困難さ」の表徴の芽生えを示す便利で紛らわしい標識にすぎなかったことを、十分に証明している。このことを「早稲田文学」が、一九一〇（明治四三）年二月に具体的に解説したが、それは前年一年間に際立った活躍をした作家として「退廃的な」永井荷風の名を挙げた時であった。この時宜を得たラベルの賞讃者たちは、自然主義のものとされていたこの雑誌が、自然主義の精神を知らないといって憤慨し責めた（一七一―一七二頁参照）。しかしこの雑誌は、妥当な専門用語を使った正しい教養を探そうとはしなかった。同誌が寛容な反応を示したのは、「新芸術」の特有の例と考えたためであり、「新芸術」は「生に対する一切の拘束を呪ふ」けれども、「現実より遊離」はしないのであった(42)。

この柔軟さは次に私たちが取り上げる作品にはあてはまらない。それらは、個人の生活を文学的に表現しようとする左翼の焦燥を示す未熟な例である。

荒畑寒村――左右への逃避者

平出修の『逆徒』は大逆事件の裁判そのものの経過に直接焦点を合わせた当時のほぼ唯一の文学作品であった。一九二〇年代になってプロレタリア文学運動が起こり始めるまでは、事件に対する関心は事実上ほとんど存在しなかったようである。森山重雄によれば、プロレタリア文学の主要な雑誌は幸徳事件を題材にしたいかなる文学作品も掲載していないが、ただ一つ、ある四幕劇の一幕がまあ例外と言えそうだという。それも間接的な関わりが幾らかあったかも知れないという程度のことだという。また森山は、幸徳と管野の関係を小説化した、読みがいのある唯一の戦前の作品は、平出の『計画』だとも述べている（二二四―二二五頁参照）(43)。しかし、事件当時左翼が大逆事件を論評した作品となれば、『逃避者』という小説を上げることができる。『逃避者』は土岐善麿の「生活と芸術」一九一三（大正二）年一〇月号に、すなわち『逆徒』が発禁になった翌月に掲載された。作者の荒畑寒村は著名な社会主義者であるが、若い頃には小説の発表にかなり力を入れていた(44)。この小説は、「冬の時代」の雰囲気に対する一つの意見として、また中央文壇の逃避主義に対する一つの論評として興味深いものだ。

作品は短いもので、「S」（堺利彦）の家でもたれた二〇人ばかりの「同志たち」の会合の話で、会の後、A（荒畑）とO（大杉）が連れだって帰宅するのを描いている。作品は一貫して、警察の弾圧のために誰もが「運動」をやめるという強い誘惑にかられていることに焦点を絞っている。

堺の家の床の間には、幸徳が獄中で死の間際に書いた漢詩が飾られ、また大逆事件で刑死した同志や外国の有名な社会主義者、無政府主義者の肖像画が壁に掛けられている。会の始めに堺は中央文壇の人々を批判する。彼らは犯罪の原因や貧乏人の苦しみを理解せず、それを宿命として受け入れるし、また資本家が戦争を引き起こすことを見抜けずに「正義」のためという、軍部が掲げる大義名分を支持しているからである。文壇人にとってはすべてが無解決で、彼らは醜悪で不愉快なこうした諸現象を直視せずに酒食におぼれ、人生の局外に立つ傍観者になり、逃避者の態度をとっていると堺は語る。「然し実は無解決でも何でもない、（中略）若し彼等にして社会進化のプロセスが（中略）新社会を作るといふ事を知るならば、（中略）社会主義の運動に身を投ずるに至るであらう」。

断るまでもないが、新しい作家たちが解決不可能だと考えたのは、特定の社会問題ではなく、人間の置かれているより広い状況であった。正宗白鳥は後に「人生を追究していつたすぐれた文学ほど未解決の人生を表現していることになるらしい」と書いている。この発言はさらに、ヘミングウェイやフォークナーについてのライオネル・トリリングの次のような分析を思い起こさせる。「彼らはけっして型にはまった解決をはかろうとはしない。彼らは『消極的でいられる能力』に満足している。そしてこの消極的でいられる能力とは、不確実さや神秘や懐疑にとどまろうとする意志で、現代の心情のある傾向が示すような知的活動の放棄なのではない。まったくその反対に、それはまさに彼らの知性の一面を示すものであり、また彼らが主題の持つ迫力と複雑さを認識していることを示している」(45)。

堺の次に発言するのはＭ（守田有秋）である。守田は大逆事件以来、この種の集まりに一度も出たことがなかった。大逆事件に大変な恐怖を感じて、その結果自分も逃避者になったのだと告白する。さらに、彼はこの訪問を最後として、もはやここに来るつもりはない。今では父であり、家族の扶助や子の養育という「首枷手枷」をはめられている。運動から身を引いたにもかかわらず、警察は依然として尾行を続け、私服刑事が家族から聞き込みをするため、家族は守田に苦痛を訴えている。子供もまた、父の行ったことでゆくゆく苦しまなければならないだろうと、守田は恐れているのである。

そうしてますます厳しさを増す弾圧のもとでたくさんの同志が投獄され、言論・集会・出版の自由が奪われ、仕事や家や友人が失われたと小説は語っている。獄中で死んだ者もいれば（獄中では看守たちは囚人に話しかけるのを拒んだ）、発狂し、自殺した者もいた。また公然と運動を捨て、今や実際に労働者に向かって分に安ずるように熱心に説いてまわっている者もいた(46)。ただ時節を待つだけの者や、主義のために沈黙を守る者も幾人かはいたが（ひどく修正されたこの一節の意味することが以上のようなことであるとすればだが）、大逆事件で拘引を免れた者の中には、国中に散らばって、宗教や酒や性に自分を見失う者も少なくなかった。

同志たち自身の心に潜む疑いの念を映し出すように人々を動揺させた後、守田は会を去って行く。延々と抽象的な議論が続き、この議論の間に荒畑は運動から離れた者だけではなく、議論のほかにすることのない者もまた逃避者にほかならないということを悟るのである。この結論は啄木の「はてしなき議論の後」に似ていないこともない。

会が果てて、同志たちが帰って行くのをスパイが監視している。荒畑と大杉は一緒に歩きながら、熱心に（時には感情をおさえて）逃避者問題の議論に没頭する。二人の顔は若い活力にあふれており、目は知性と情熱の鋭い輝きにもえている。一人になっても心中で議論を続ける荒畑は、中等階級、知識階級の青年が恐れて去って行くなら、それは大いに歓迎すべきことだという結論に達する。なぜなら、そうなれば真の労働者階級による運動が始まって、「中等階級の人間によつて導かれ、知識階級の青年によつて代弁せられるのでなく、○○○○○○○○、○○○○○時が来る」からである。荒畑は満天の星空の下を家路に向かう。近くの山王の社に荒畑が大声で歌うラ・マルセイエーズが響きわたる。フランス語ではなく英語で歌うのであるが(47)。

たぶん、この作品の長所として指摘し得るのは、気の毒な守田が変節漢として簡単に片付けられていない点にある。守田（というよりむしろ、この作品には、いわゆる小説の登場人物というものは存在せず、思想的な立場があるばかりなので、守田の立場は、と言ったほうがよいが）と他の同志たちは、現実的なジレンマ、すなわち、何が真実かという肝心な問題を棚上げにしておきながら、人は真実といかに関わるべきかを考えるという矛盾に直面しなければならないように描かれている。堺は作品の中のあるところで語っている。「主義をやめたからつて誇る事もないし、十年苦節を守るからつて威張る訳も無い。僕等はみんな境遇に制せられる弱い凡人なんだ。（中略）止めて都合のいゝ人はやめる、止めないで意地を張つてる方が○○○○○○○○○○○。」(48)。

この作品に欠けているのは、大逆事件裁判、及び事件に関わった人々や事件の諸問題についての分析である。この作品では、大逆事件は単に急進運動を吹き倒した恐ろしい嵐のようなものである。嵐の結果、後に残ったのは潜伏する刑事の一群であると捉えている。大逆事件に関してこの程度の考えなら、「逃避者」である文壇主流の作家の作品にも見出すことができる。以下に見る通り、少なくも二つのそういった作品が誠実な自然主義者の手で書かれている。

白鳥、杢太郎、花袋——市民の見方

長谷川天溪が白鳥に「虚無主義」的作家というラベルを貼ってから、警察はその言葉に反応しすぎてしまい、白鳥を幸徳の一味として尾行するよう刑事に命じたと考えられている*。白鳥は警察との関わりを『危険人物』という小説に描いている。死刑執行のほぼ三年後に発表された『逆徒』や『逃避者』とは違って、この作品は処刑が行われてからちょうど二週間後、一九一一（明治四四）年二月の「中央公論」に掲載された。

＊『現代日本文学全集　九七巻』四〇一頁〈†『文壇五十年』〉。これが通例の説明であるが、森山重雄は『大逆事件＝文学作家論』（一七二—一七三頁）に、白鳥が嫌疑をかけられたのは、もしかすると幸徳訳のクロポトキンの書物を郵送されたためで、平民社の郵送先名簿に彼の氏名が載っていたのが発見されたのかも知れないとしている。幸徳の生誕地である四国への旅も怪しく思われたのかも知れないと、森山は記している（同書、一七四頁）。内田魯庵「小説脚本を通じて見たる現代社会」（「太陽」一九一一（明治四四）年二月一五日、一〇八頁）によれば、自然主義作家徳田（近松）秋江の田舎の生誕地も、本人はもうあえて離京しようとしなかったにもかかわらず、捜索を受けた。警察は告発に値する動かぬ証拠を求めて、田山花袋の屑籠漁りもしたと言われる。小田切『発禁作品集』四二五頁。

『危険人物』に見られるのは、主義主張の言説ではなく、暴力的な急進主義者と内省的な文学者の見分けもつかないような政府の愚かさと、税金の無駄づかいに対する軽蔑の念である。小説の主人公であるいつも不安にかられている若い作家は、うまく原稿料が入ったので、その金で自分の田舎の家からあてのない旅に出る。彼は出発後に四国にある母の故郷を訪ねることに決めた。その土地に行ったことはこれまで一度もなかったが、心の中の苦悩を見定めるのに役立つ何かをその土地で見付けたいものだと、漠然と考えたのである。

岡山で乗換えのため五時間の待ち時間ができた。そこで彼が市内の友人宅を訪ねていると、来訪者が現れる。先にこの家までの道を彼に教えてくれたたいそう薄気味悪い男が入って来て、口ごもりながら岡山署の黒塚刑事だと名乗った。黒塚は、作家が家に帰るまで、「行動を共に」するよう命じられているのである。作家は、ずっと尾行されているように感じ続けており、その理由がこれではっきりしたが、不快の念が、すぐさま疑いが晴れたという満足感に取って代る。しかし、それは恐怖ではなく、不快の念にすぎなかった。この作品には、こそこそ嗅ぎまわる刑事に普通は付きものの恐怖の念が少しも感じられない。何と言ってもここでは、刑事自らが無邪気にも自分の任務を打ち明けているからである。「六時の宇野行きで立ちますから、此家でゞも停車場でゞも待つてお出なさい」と作家は言った。作家は黒塚が玄関脇の火鉢にあたって暖をとるにまかせておいた。

作家は面白がっている友人に、今の作家でほんとうに「危険なる」著述をなし得るものは一人もいないかもしれない、と語る。そしてさらに言葉を次いで、自分の村で警官が行うスパイ活動についてまで詳しく語る。その警官は、作家の日常生活について細密で十分な調査を行わなかったために、一〇〇分の二五の減俸処分を受けたことを、当の作家に向かって愚痴をこぼしさえしたのであった。たとえ賭博や泥棒に対する注意を怠っても、作家の取り調べはすることになっていたのである。「毎日二階に閉篭つている者を調べるんだから困つたらしい。無い種を報知は出来んからね」と作家は語る。政府がそのようにくだらないことに金を使うなら税金が上がっても不思議はないと、友人は批評したのであった。

作家は刑事とともに友人の家を辞去した。刑事は駅への近道を案内しながら、「貴下方《あなたがた》文士の方《かた》のお邪魔をするのはお気の毒だけれど、役目ですから」と話す。二人は列車の中では一緒に腰掛けなかったが、しばらくして刑事が作家の所にやって来て、次の駅が宇野であるという。そこで二人は別れることになるのだが、降りる時に「御挨拶は致しませんから」と黒塚は断った。

作家が四国に渡る連絡船に乗り換えると、別の刑事に宿まで尾行されることになった。その夜はその宿で一泊したが、翌朝作家はこの二人目の（あるいは三人目の）刑事を駅で見失ったようだ。そのことを喜ぶどころか、作家は駅長室でその刑事を探しさえするのである。列車に男が乗っている様子はなく、作家は気がかりに思う。途中には名所旧跡もないので、その線の終点まで行くのだろうと刑事たちが決めてかかっているのだと、作家は考えた。そうしてこの時ようやく彼は母の郷里で途中下車して自由の身になろうと思いついたのであった。作家はよい気分になるが、しかしその愉快さは、自分が呼んだ土地の芸者に不快を感じたために消えてしまった。

翌日の車中で、作家は、何か心配そうな顔付きの警官たちが途中の駅の構内をせかせかと歩きまわっているのに気が付いた。そして「手帖」について何か話しているのが聞こえて来た。手帖には心覚えやこの三年間の日常生活の小断片や秘密にしておきたかった事柄が書きとめられていた。手帖は奪ったけれど、その内容が無害なので警察はさぞ失望したことだろうと、作家は想像する。手帖に書かれている内容を思い浮かべながら、作家が淋しい夜を過ごしたという叙述で、この小説は終わっている(49)。

この退屈な短編に登場する幾人かの刑事でさえ、警察のやりかたは馬鹿が考えているのではないかと疑っているように思われる。こうした刑事たちや、皮肉で超然とした主人公の態度を通じて白鳥が語っているのは、当局の方針を無批判に受け入れるよりも、大きく開いた各人の目や耳や心によって、現実を理解すべきであるということだ。『逃避者』においては、寒村は、いわゆる真理ほどには現実を信用していなかったのである。

『危険人物』に欠けている恐怖感は、ある一幕劇では主要な要素になった。翌月の「スバル」に発表された木下杢太郎の『和泉屋染物店』がそれである。この小品は、大逆事件の文学的反映がさぐられる時には決まって引用される(50)。しかし、これはまったく未熟な作品である。「スバル」の仲間である平出修、石川啄木、森鷗外のものに比べることにそう言える。この劇は逆上している大勢の人物の出入り、疑いをひそめたささやき、恐怖のあえぎ、そして（元旦の夜の雪で絵のようにまだらになったマントを羽織った）美青年が口にする高潔な科白などからなっている。けれども、この作品にあまり多くのことを期待してはいけないのだろう。杢太郎は鷗外の門人の一人であり、鷗外の門弟たちは、とにかく近代日本演劇の嚆矢となるべき作品の創造に力を注いでいたのである。

杢太郎自身が語るところによれば、主眼は情熱的な（若い）人物たちが古風な染物店に飛び込んで来る時に放つ燃えるような眼差しや雰囲気を描くことにあった(51)。そしてそれは、この劇の中心的主題、伝統的な職人である家長と理想主義者であるその息子を隔てる超えようもなく大きな思想の断絶と無関係ではないのである。理想家肌の息子は労働者階級とともに生きることに人生の意義を見出している。東京の「あの事件」には遅れて加われなかったが、逮捕された人々は「えらい人」だと息子は断言する。なぜなら、古いしがらみよりも拘引された人々が従った「自分の心の命令」のほうが重要であり、彼らは結果として罪人の烙印を押されたにすぎないからである。聴衆には聞こえないようにして、息子は父に自分が何を東京で「本当に」やって来たのかを耳打ちする。老いた父は恐怖におののいて、頭を地面につけろ、お上＊にも御先祖さまにもお詫びを申せと命ずるが、息子は夜の闇に姿を消すのである(52)。

＊「お上」とは、英語の"Honorable superiors"にあたり、支配体制全体を包含する言葉である。父親は「自首して出ろ」とか、さらに抽象的に「陛下にもあやまれ」と言っているのであろう。

劇の時代は意識的に変えられており、一九〇七（明治四〇）年に起こった足尾銅山事件を思わせる鉱山の暴動が背景になっている。これは劇の内容が幸徳事件の事実と同一視されるのを避けるためである。しかし、劇中の「あの事件」という言葉が暗示するのは、明らかに幸徳事件のことである。杢太郎が事件に関する平出の解説の恩恵に浴したという証拠はないし(53)、さらには暗殺を企てた陰謀家たちとの空想的な一体化が行われているのを見ると、杢太郎が事件関係者の政治思想に対してほとんど不案内であったことが窺われる。

『和泉屋染物店』に見られるような、無知な人々に広まっていた恐怖感は、田山花袋が一九一四（大正三）年三月に発表した作品『トコヨゴヨミ』の素地にもなっている。花袋は、現実とは関わらない傍観者的作風（前述、一三四頁参照）の主唱者の一人であったが、この作品は「冬の時代」の重苦しさを『逃避者』よりはるかに効果的に描き出している。二作品とも実在の人物をもとにしているが、『トコヨゴヨミ』のほうが読後に主人公が体験した苦悩をより切実に感じさせてくれる。主人公の勇吉のモデルは、花袋の門人で、社会主義者であると誣告されて一生を棒に振った詩人の鳴海要吉であった。

小説の筋は広がる恐怖感を背景に展開してゆく。ある新聞記者によると、大逆罪による被告拘引後の八月に、文部大臣は全国の学校長に密かに通達を出して、社会主義の名を口にしただけでも生徒は放校、教員は解雇の根拠になると訓令した(54)。勇吉は決して社会主義者になったことはなかったが、東京にしばらくいた間に、処刑された一二名のうちの一人と親しく交際した。その歌の中には社会主義的な傾向を示すものもあった。警察や、勇吉が教鞭をとっていた地域の郡視学官にとってはそれだけで十分であった。勇吉は、裁判や審理も受けずに、つまり正式の告訴さえなしに解雇された。失職すると身重の妻は、勇吉が「そんな」であればすぐ出て行くという。「恐い、死ぬのが恐い」と妻は言う。妻は、もし勇吉がほんとうに社会主義でないのなら、正しく申し開きができるはずであり、「お上」がそこまでおかしなことをするはずがないと言う。

勇吉は妻に家を出ないように説得することができたが、上司のほうは強硬であった。勇吉一家はその冬を貯金をはたいて過ごすことになる。刑事がやって来て談笑し、勇吉は自分の歌を解説したり、死んだ友人の手紙を見せたりしたが、何の効果もなく復職の機会は決して与えられなかった。勇吉は零落して北海道の奥地を放浪したり、売薬の行商をしたり、一家がその時暮らしていた荒蕪地に貯金の全部を投入したりした。それでも足りぬと言わんばかりに、その辺境にまで、社会主義者の取締りが始まったという噂が聞こえて来る。警察の取締りや自分の哀れな境遇から逃れようとして、勇吉は土地を売り、上京する決意を固める。東京なら群衆に紛れることができるし、昔発明した万年暦の製作に金を投資することもできるからである。勇吉がこの二つの試みに失敗するところで物語は終わっている。

暦は売れなかったし、どこに行こうと刑事に見つかるように思えるのであった(55)。『トコヨゴヨミ』は花袋らしい作品ではない。この時期の花袋の興味は、自らの私生活にほぼ限定されていたからである(56)。しかし『トコヨゴヨミ』は、花袋らしい作品ではないにせよ、現実の傍観という点で他の作品と何も矛盾していない。もちろん、寒村のように「現実参加」を旨とする作家にとっては、傍観者的立場にその文学理念を変更することは、矛盾であるばかりでなく、思いも及ばぬことであったろう。

批評家荷風

厳密に言えば大逆事件が対象ではないにしても、政府の弾圧政策に対する当時の反応の一つとして、ここで言及する価値がある作品がもう一編ある。『戯作者の死』という永井荷風の小説で、一九一二(大正元)年の末に起稿され、一九一三(大正二)年四月まで「三田文学」に連載された後、大幅に改訂され、その翌年に『散柳窓夕栄』と改題されて公刊された(57)。

エドワード・サイデンステッカーは『戯作者の死』が「遊び、すなわち(荷風の—著者)経歴の中で歴史小説に手をのばしたたった一度の遊び」(58)の作品だと書いているが、彼は、この作品と時代との関連を過小評価しているきらいがある。荷風は明らかに、一八四二(天保一三)年に場面を設定したこの小説が、荷風の生きている時代への批判として読まれるように意図している。作品の中の幾つかの箇所で、登場人物たちは時流を歴史小説や歴史劇になぞらえて、あるいは歴史的絵画にさえ見せかけて批評する、という伝統的な手法について話題にしている。それはまるで、荷風のしていることがまさにそれだと読者に気付かせるためのようなのである。小説の主人公である江戸の小説家柳亭種彦(一七八三〔天明三〕年~一八四二〔天保一三〕年)は、一一世紀の古典『源氏物語』を換骨奪胎して支配層の退廃を遠回しに暴露したというので、その筋の手で捕縛されそうになっている(59)。

徳川幕府が種彦の『修紫田舎源氏』に突然関心を示したのは奇妙なことであった。なぜなら、「この作品は、すでに一二年も前に出版が開始され、しかも悪趣味なものではなかった」からである(60)。種彦の作風が変わったわけでもなければ、他の人々の芸術的、社会的営みに変化があって、それを今や幕府が不埒なものと見なすにいたったというわけでもなかった(主として、奢侈贅沢が武士の手にもはや金がないことを証明するにすぎなくなっていたことが、不埒なのだ)。荷風のねらいは、天保の改革における奢侈取締令が日常生活からあらゆる彩りや楽しみを奪おうとしていたが、それは、所詮過酷な幕府の手で始められた気紛れな改革にすぎないということを語ることにあった。

荷風がこの作品で描いているのは、幕府が一般庶民の苦しみに対する思いやりに欠けていること、その庶民の苦しみは、平和な徳川時代よりも、戦時や災害時にこそ必要な厳格な空気を取り戻したいという、幕府の願望が引き起こしたということである。お上のやり方は、天下泰平のしるしとして現れた鳳凰の首を締めて食ってしまうようなものだと、種彦の若い弟子の一人がぼやく。こんな時節にもの書きにできることは、せいぜいお上をなぶる巧い落首を作ることぐらいだとも言う。けれども、取締りがゆるむのを待つうちに、種彦のような年老いた作家は失明するやもしれない。さらに悪いことには、この新たな危険によって種彦の中に笑いごとではすまされない苦悩が生まれていたのである。

種彦はそれを弟子たちには話さない。種彦は自分が処罰されるか否かを親交のあった奉行に問い合わせた結果、予想以上のことを知ったばかりなのである。その奉行はつい最近まで種彦の放蕩仲間であったが、異国の「黒船」があちこちの港に威嚇的な姿を現すようになったのを知るや、突然真面目になり執務に熱心になった。種彦は友人の変化を見て驚いた。そして幼少時に身に付けた武士の心得が、自分の心を未だに捕えていることに気付いて、さらに衝撃を受けた。実は、種彦は今も武士なのである。友人の奉行が、庶民の情に通じているその知識を生かして、倹約の御触れの主旨をお上のために下々に説いてくれるよう種彦に依頼すると、種彦は、この差し迫った状況下に、自分がそれまでの浮ついた生活のために、まるで無用の存在と化していることを顧みて後悔し始めるのであった。だが、種彦は町人同様御奉公に束縛されておらず、とうに町人と運命をともにすることに決めていたので、町人の暮らしに突然幕府が介入して来たことを不愉快に思うのであった。

江戸中の行く先々で、種彦は新しい御触れが人々の生活を圧迫しているのを見る。しかし種彦にはなすすべがない。長年、意気地のない芸術的妥協を重ねて来たために、種彦は抵抗しても無駄だと心得ていた。種彦は「恐れ」が存在する現在から心を引き離し、「益もない過去の追憶」(61)に身をゆだねる。荷風は、あたかも自分の臆病さを強く責めるかのように、奉行所への出頭を命ずる使者の到来によって引き起こされた脳卒中で種彦を死なせている（種彦の死にまつわる正確な状況は知られていない）(62)。

『戯作者の死』は、過酷な体制下を生きる作家の役割について、あれこれ思いあぐねて来た作家によって書かれた。もう少し具体的に言えば、その作家は良い家柄の出身でありながら、意識的に体制側の偽善に背を向けて、花柳界こそ実のある情味が存在する唯一の場所であるというロマンティックな観念を抱いていた。とは言え、「侍」から「町人」への荷風の回心は、決して完璧なものではなかった。立派な社会に認められるような仕方で「有用」でなければならないという意識に、荷風はまだ苛まれていたのである。おそらくは、この緊張こそ、荷風の全作品の背後にある生命力として評価されるであろう。

荷風の作品がこうした緊張を示していることを強調することは重要である。そうした作品は、型にはまった世界に安住している作家に書けるものではない。荷風自身は一九一九（大正八）年に書いたエッセイ『花火』の有名な一節で、自らの作品に間違った評価を与えている。『花火』は、大逆事件が、作家という職業に対する荷風の態度に及ぼした影響をあまりに手際よく要約しすぎているように思える。

明治四十四年慶応義塾に通勤する頃、わたしはその道すがら折々市ヶ谷の通で囚人馬車が（幸徳と他の被告を乗せて──著者）五六台も引続いて日比谷の裁判所の方へ走つて行くのを見た。わたしはこれ迄見聞した世上の事件の中で、この折程云ふに云はれない厭な心持のした事はなかつた。わたしは文学者たる以上この思想問題について黙してゐてはならない。小説家ゾラはドレフュー事件について正義を叫んだ為め国外に亡命したではないか。然しわたしは世の文学者と共に何も言はなかつた。私は何となく良心の苦痛に堪へられぬやうな気がした。わたしは自ら文学者たる事について甚しき羞恥を感じた。以来わたしは自分の芸術の品位を江戸戯作者のなした程度まで引下げるに如くはないと思案した。その頃からわたしは煙草入をさげ浮世絵を集め三味線をひきはじめた。わたしは江戸末代の戯作者や浮世絵師が浦賀へ黒船が来やうが桜田御門で大老が暗殺されやうがそんな事は下民の与り知つた事ではない――否とやかく申すのは却て畏多い事だと、すまして春本や春画をかいてゐた其の瞬間の胸中をば呆れるよりは寧ろ尊敬しやうと思立つたのである(63)。

しかし荷風は小説の中の種彦同様、現実世界をしめ出すことには成功しなかった。そのことは小説（『濹東綺譚』＊一九三六（昭和一一）年～一九三七（昭和一二）年の随所に現れる警官に注目せよ）にばかりか、このエッセイ『花火』の中にさえ明示されている。『花火』は洗練された軽い読み物を装っているが、じつは明確な主題によって構成されている。

＊ Edward Seidensticker による英訳がある。*Kafū the Scribbler*, pp. 278-328.

作品の冒頭で、荷風は遠くの花火の「ぽん」という音を聞いて東京全市が欧州戦争講和記念祭で休日であることを思い起こしている。この時、荷風は古い手紙や反故にした草稿の断片を読むという優雅な気晴らしにふけりながら、それらを使って壁の崩れかけたところを貼っている。荷風は自分が世間の人々の関心からいかに遠のいてしまったかを、しみじみ実感し、さらに鋭い観察に到達する。今日のような式典は西洋から移入された近来の現象であり、伝統的な神道の祭礼とはまるで異なっている。新しい祭典の特色は、大げさな新聞の見出しや国旗の掲揚や決まって子供、老人、女たちを踏み殺す大観衆などに認められる。そして「新しい形式の祭には屢政治策略が潜んでいる」。荷風は、他の幾つかの演出されたナショナリズムや幸徳事件を含む様々の国家的出来事に対して自分が最小限しか関わらないことを説明し、国家的祭日と騒動とは、たいへんよく似ていると述べる。官僚が鼓吹するナショナリズムが大いに成功したことを物語る一例は、大正天皇の即位の式典に厚化粧した芸者の一団を動員したことであった。不幸にも芸者たちは残虐な群衆に襲われ、しかも、白昼強姦された例さえ二、三にとどまらなかったと荷風は語る(64)。

荷風が「ゾラのような人物であった形跡はなにもない」し、また「荷風の作品に幸徳事件が何にせよ決定的な影響を与えたという通説には（中略）結果論的な趣が感じられる」というサイデンステッカーの指摘は確かに正しい*。荷風はゾラではないし――また漱石でもないことを認めるとしても、彼は近代小説家であり、内面生活と社会との関係についてあまりに意識的であったので、単なる江戸の戯作者にはなり得なかったのである（むろん、江戸時代の作家が「単なる」戯作者だとすればの話だが）。このことを念頭に置いて内田魯庵は、荷風をヨーロッパ的な意味で日本最初の本物の芸術家と呼んだのであった（前述、一六九頁参照）。

* Edward Seidensticker, *Kafū the Scribbler*, pp. 46-7. この文章が文字通り真実を述べているかどうかを問題にするなら、サイデンステッカーだけが疑いを抱いているわけではない。森山重雄『大逆事件＝文学作家論』二二四―二二五頁参照。

社会における芸術の役割に関する魯庵の結論

新しい文学と大逆事件の関係について評価したこの章を閉じるにあたっては、明治文壇の社会的、政治的良心の代弁者内田魯庵のエッセイを取り上げるのが最も適切であろう。この時期、すなわち一九一一（明治四四）年二月頃までには、魯庵は明白に、意気地のない居候のようだと作家を責める必要は最早ないと考えていた（六五―六六頁、一五一―一五二頁）。桃源郷に住んでいるのは作家ではなくて、新文学を読まず、そのため現代思想を論ずる資格のない政治家・事業家・教育者・道徳家たちだと、魯庵は言う。新しい世代の作品には、それぞれの作家の個性を通して眺めた現代日本の社会や現代思想の真の姿が見出せる。もちろん、新世代の思想は、忠孝を基礎とした、人を支配者に隷属させるにすぎない伝統的道徳観と衝突する、と魯庵は記している。仰ぎ見る君主がいない今日（天皇がその例外であるのは明白だが）、こんな伝統的諸観念を教え込もうとするのは、日本が実際にはデモクラシーに向かおうとしているのを、封建時代に逆行させようとするようなものだと、魯庵は考えている。

魯庵はさらに続けて、内務省や文部省は旧道徳に対する反抗を若い世代の作品の中に感じ取っているという。そして彼らはそうした「危険思想」を非難するが、しかし思想とは自由なものであり、政府が家畜を去勢する時のような頭脳改造の技術でも発明しない限り、思想の統制などできるものではないと、魯庵は老人たちに忠告する。もし彼らが桃源郷から抜け出て若返りたいなら、自然主義者の作品や「白樺」「三田文学」「スバル」などいわゆる反自然主義の文芸雑誌が掲載する自然主義以外の若い世代の作品を読むべきであると魯庵は言う(65)。

ここに見られるのは、明治期で最も論理的に厳しい批評家の一人が、「自然主義」「反自然主義」という空疎なレトリックを打破して、日本の新文学の大いなる民主的な潜在力を評価している姿なのである＊。

＊岡義武「日露戦争における新しい世代の成長・下」一〇四頁は、民主思想の成長に関して一九一四（大正三）年に書かれたある分析を引用している。それによると、民主主義精神の種である個人主義思想を植えたのは、若い自然主義者たちであるという点が、特に評価されている。〈†岡義武が言及しているのは、茅原華山著『動的青年訓』である。〉

第12章――完全な膠着状態……文芸委員会

官製表彰への漱石らの軽蔑

前章で論じた作家たちの中には、明確な政治的立場に与した者は少なかったが、彼らは当時の政治状況を創作（あるいは、蘆花のように講演）という手段を取って、包み隠さず批評したのであった。本章ではそれらの作家に、それほど明確な政治信念を持たない幾人かの作家を加えて、彼らが今までにふれた以外の、どんな手段を選んで大逆事件以降の当局の政策に反応し、あるいは反抗したかを見ていくことにしたい。

一二名の「無政府主義者」の処刑後一カ月もたたないうちに、夏目漱石は桂政権にある衝撃を与えたが、桂政権はこれに対処する構えができていなかった。検閲に対する抗議は、それまでまったく聞き入れられなかったが、突然、一作家の非政治的な行動が官僚たちを狼狽させたのである。検閲や幸徳事件について公言せず、またおそらく何らの政治的意図も念頭に置かずに、漱石は文部省から授与された文学博士号を辞退した。漱石はただ単に自己の個人としての誠実さを守るために辞退したのだが、それを公的な行為として遂行した。つまり、公的な「名誉」に対する単純な無関心によって、社会的に責任ある個人が、自らの価値観に従って生きることができるということを証明したのである。

同世代の多くの高等教育を受けた人々とは対照的に、漱石は青年時代は言うに及ばず、以後も政治問題にはいささかの興味をも示さなかった(1)。漱石の作品の中に幸徳に関する言及を見出すには、一九〇九（明治四二）年の『それから』まで遡らなければならない。『それから』には、当時の政府が喜劇的と思えるほど幸徳を恐れていたことを示す暗愚の見本があり、幸徳の張り番をするために、新宿警察署だけで月々一〇〇円も使っていたという記述がある(2)。大逆事件というドラマが終幕を迎えるまでの七カ月の間、漱石の関心は専ら政治問題よりも自分の胃潰瘍に向けられていた。東京の病院で長期にわたる治療を受けた後、修善寺温泉で静養していたが、一九一〇（明治四三）年八月二四日、漱石は大吐血し、危うく一命を取りとめた。幸い一九一〇（明治四三）年一〇月には十分回復し、東京の病院に戻って執筆を再開した。当時、漱石は石川啄木と交際があり、また後に平出修の葬儀に参列してはいるものの(3)、大逆事件に関する記録は残さなかった。だが、学位授与に対する漱石の反応はすばやく断固としたもので、しかもこれを公然と行った。

文部省は学位授与の通知を一九一一（明治四四）年二月二〇日に送った。漱石は妻が二月二一日の午後、病院にその通知を持って来た時に、初めてそのことを知った（妻鏡子はそれまでに、漱石が式に出席できないであろうと、電話で文部省に伝えてあった）。漱石は担当の官吏である専門学務局長福原鐐二郎に手紙を書き、その写しを朝日新聞に渡した。その写しは、漱石が博士問題の詳細について語った談話とともに二四日付けの紙面に掲載された。漱石は書状によって学位授与を丁重に辞退した。理由は、「小生は今日迄たゞの夏目なにがしとして世を渡つて参りましたし、是から先も矢張りたゞの夏目なにがしで暮したい希望を持つて居ります」というものであった*。談話の中で漱石は、辞退の手紙と文部省からの証書が行き違いになり、すぐその証書を返却したと語っている。「此通知状を御覧なさい」と、漱石は「朝日」の記者にこぼしている。通知には挨拶の言葉もなく、それは単なるぶっきらぼうな出頭命令書であった。通知は夜の一〇時に届けられ、もし翌朝一〇時の授与式に出席できない時は代理人を立てるように、との指示があった(4)。こうした横柄さこそ、漱石には我慢がならなかったのであった。

＊『漱石全集　第一五巻』三三頁。「太陽」の英文欄にこの論議についての簡単な報告が載っている。漱石が "Mr. Prain" (誤綴、正確には Plain) として知られたいと願っていることに注目している。*The Taiyo*, April 1, 1911, p.4.

漱石はこの問題について「朝日新聞」に記事を書き、再び談話にも応じた。記事は一九一一(明治四四)年の三月六日から八日にかけて「朝日新聞」に掲載された。腹の虫がおさまりかねたのは、文部省が学位を望むか否か事前に打診して来なかったことだと、談話の中で漱石は語っている。当局に迷惑をかけるのは、はなはだ気の毒に思うが、人を玩具のように取り扱うのはやめてもらいたいし、今後は個々の学者の感情を考慮に入れてもらいたいと思う。だんだん個々人の自覚が発展することから察すると、当然学位を断る人も出て来るだろうから、もし法律に、学位の授与と、学位を授与された者が道徳的にそれに値しないと判明した場合の学位の剝奪との両方の規定があるのなら、この剝奪という不名誉を含むものを背負わされる必要がないように、学位の辞退に関しても規定が設けられるべきだ。個人の道徳観と文部省のそれが常に一致するなどとはとうてい言えないからである、というのである(5)。

一九一一(明治四四)年四月一一日、漱石は学位を持つ二人の学者、上田万年、芳賀矢一と、福原専門学務局長その人の訪問を受けたが、合意に達することはなかった。福原はその翌日、文部博士号を授与するという勅令は、取り消すことができないという手紙を書いてよこした。この手紙に対して漱石は、法律が曖昧で漱石の都合のよいように解釈できる余地があるのに、自分の希望を無視した当局に対して不快の念を抱いている、と答えた。ともあれ、漱石はすぐにも証書(学位記)を返却するつもりであり、文部省がこの事態をどのように見ていようとも、自分は文学博士であるとは考えていない、と漱石は述べている(文部省の見解は、漱石が文学博士であるというもので、漱石の名は当局の公式の名簿に載り続けた。一方、漱石は「誤った」称号が自分の名に冠されないように注意した＊)。漱石はまた、博士制度には長所よりも欠点の方がたくさんあると記している。この見解は、朝日に書いた記事で展開され、その中に福原に宛てた二通目の手紙を引用している。文部省から博士を授与する制度の最も大きな危険は、アカデミックな権威があると思われる政府公認のエリートを作るところにある。一方、たいへん有能な学者がたまたま学位を持っていないと、価値がないと思われるかも知れない。漱石はフランスのアカデミーに反対したのと同じように、博士号授与に対しても自己の信念に従って反対したのであった**。

*『漱石全集　第一五巻』三三三頁。藤原喜代蔵『明治大正昭和教育思想学説人物史二』六六六頁。一九一四（大正三）年、学習院で有名な個人主義についての講演をする準備をしていた時、漱石は講演予告の掲示の自分の名前に「誤った」肩書きを付けないように特に依頼している（『漱石全集　第一五巻』四五九頁参照）。Jay Rubin, "Sōseki on Individualism" p. 26, n22.

**「博士問題の成行」『漱石全集　第一一巻』二七一―二七三頁。漱石は一九〇九（明治四二）年に、「太陽」の名家投票のようなまったく官製ではない侵害に対しても自己の個人的な潔癖を守り、「己れを評価し得る自由」を間接的に危険にさらす恐れがあるので賞の金盃を返却したと、小宮豊隆は記している（一六〇頁参照）。夏目漱石「太陽雑誌募集名家投票に就て」『漱石全集　第一一巻』二〇九頁参照。小宮豊隆『夏目漱石　三』（岩波書店、一九五三〔昭和二八〕年）一一〇―一一一頁に引用されている。

漱石は、彼が取った姿勢に対して、賞讃と共感の手紙を多数受け取ったが、その中には不朽の名著*History of Japan*を著したジェームズ・マードックからのものもあった。二〇年前、マードックに英語と歴史を教わったことがあったからであった。マードックは手紙の中で、漱石の「モラル・バックボーン（徳義的脊髄）」を喜んだ。そして、この年の八月、ある講演会で学位辞退の件にふれた時、漱石は聴衆に拍手を控えるようにと断らなければならなかった(6)。

これらすべてのことが森鷗外にどんな印象を与えたかは、ただ想像してみるしかない。鷗外自身、文学博士として漱石に学位を与えた委員の一人であった(7)。その二年前に学位を授与された時の鷗外自身の公的な反応は、漱石とはまったく対照的なものであった。授与について「嬉しきよりは寧ろ心苦しき次第なり」と、鷗外は「朝日新聞」の記者に語った。「予よりは先きに博士たるべき人物澤山あるべし」と鷗外は言う。さらにたいそう謙遜して、一八九一（明治二四）年に授与された医学博士にすら自分は値しないと主張している(8)。

鷗外は公的な顕彰に弱かった。雑誌「太陽」の人気投票をしりぞけた漱石とは対照的に、鷗外は『文章世界』に最も人気のある翻訳家として指名されたことを受け入れたばかりでなく、この雑誌が賞品として贈ることにしていた自らの石膏半身胸像製作用の写真のために快くポーズを取ったりした(9)。そして、漱石が「たゞの夏目なにがし」として生きることを選択したのに対して、鷗外が世俗的名誉を放棄したのは、死の床についてからのことであった。一九二二（大正一一）年七月六日付けの遺言の中で、「余ハ石見人森林太郎トシテ死セント欲ス」*と書いた鷗外は、軍人や官吏としての高い地位にふさわしい入念な儀式を行うことなく自分を葬るよう指示した。

*『鷗外全集　第一九巻』三〇四頁。皇太子妃の選考をめぐる論争で、山県有朋の帝権に対する忠誠心が非難された際に、山県は自分の世俗的な栄誉をすべてはぎとるようにと願った。一九二一（大正一〇）年二月二一日の手紙に、「予の一身は勤王に始つて、勤王に終るを本領とする。幸にして予の願意允許さるゝに至らば、予は一個の山県狂介と為り、皇室の為め、国家の為め斃れて後已むの決心である」と書いている。Roger F. Hackett, *Yamagata Aritomo in the Rise of Modern Japan*, pp. 339-40.

しかし、鷗外が自己の栄誉にうぬぼれて満足していたなら、雑誌のグラビア・ページに登場し、勲章を付け、国家としての家族の長の側近であるという誇りを発散させている官僚と何等変わるところはなかったであろう。そして、三八巻の不朽の鷗外全集も存在しなかっただろう。三八巻の全集のいたるところから、義務を果たさねばならないという不屈の欲求と、無意味な人気取りとは関わりたくないという絶え間ない願望との狭間で、鷗外が経験した内的な苦悩の呻きが聞こえて来る。

漱石が学位を辞退したことは、鷗外にとっては顔に平手打ちをくらったようなことだったに違いない。しかし、鷗外は漱石を理解していたばかりか、漱石をひそかに羨み、自身が同じ態度を取ろうと考え得るほど世俗的価値の誘惑に動じない人間であったらときっと願っていたことだと思う。このことは、一九一一（明治四四）年の八月に完成された『青年』の、毛利鷗村としての鷗外の自己風刺に合致するだろう。鷗外自身は、官僚制のために働いていたが、『青年』は漱石が教職を捨てて作家を本職としたことにたいそう感銘を受けたことを示している。一方で鷗外自らは官吏としての仕事を続けていた(10)。漱石の行動は新文学の担い手である作家たちが共通に抱いていた態度を代表しているが、この態度は、それほど思慮深くない官僚たちにはまったく推し量ることができなかった。

かくして、文部省がそのアカデミー（その組織は公的には文芸委員会と呼ばれていた）を、幸徳事件後の国家の威信を回復するための試みの一つとして制定すると、文部省はまたもや失望を味わうことになった。漱石のように即座にそれを拒否する者もいたし、他方政府に認められることを喜ぶ者も少数いた。そしてまた、鷗外や、批評家の島村抱月のように新文学に有利な方向に政府を動かそうという希望を抱いて、積極的に関わる道を選ぶ者もいた。一九〇九（明治四二）年一月、小松原邸で催された丁重な夕食会以後、実にいろいろなことが起こったために、文芸委員会が平穏のうちに認められて、期待されたように円滑に機能することはなかった。

政府の贈り物

大逆事件の被告たちが処刑された一九一一（明治四四）年一月の衆議院予算委員会で小松原文相は、「今回の事件発生以来」、国家に奉仕するための教育原理を確立した一八九〇（明治二三）年の「教育勅語」の精神を、学校が教え込むように確認する手段を講じて来たと述べた。「併し、学校以外の社会教育を全うする要あるを以て、文芸の改良、若しくは、補習教育等施設すべきもの多々ある」(11)と小松原は主張した。

小松原は他のところでも、「善良にして風教に益ある」読み物を奨励することの必要性を説き、さらに「今日腐敗堕落に傾き、動《やや》もすれば危険なる思想に感染せんとする青年社会を匡救するに於て、寔に国家の一大急務」(12)だと述べている。

通俗教育に関する計画推進の具体策を出すために、小松原は勅令（一六五号）に基づいて通俗教育調査委員会を設置した。これは一九一一（明治四四）年五月一七日に公表された。委員会は結局、望ましい書物・幻灯・活動写真の作成、それらの資料を収容する図書館の設立、講演や寄席、忠勇義烈の事蹟を伝え孝子節婦の美談を語る目的で養成されていた講談師による講談の上演を奨励した(13)。「固有の武士道を発揮する」ために委員会が採用したのは、ほかならぬ『夜嵐お絹』の作者で講談の第一人者、真龍斎貞水であった（一二五―一二六頁）＊。

＊「文芸雑事」（「日本及日本人」一九一一〔明治四四〕年六月一五日）六五頁。武士道に関する引用は通俗教育調査委員会の幹事田所の談話から取った。「通俗教育の手段」（「朝日新聞」一九一一〔明治四四〕年五月一九日）五面。

文部省は通俗教育調査委員会の発足を公にしたのと同じ日に、勅令第一六四号による文芸委員会の設置も発表した(14)。両委員会の委員長は文部次官の岡田良平が兼ねることになり、文芸委員会の幹事は文部省の専門学務局長の福原鐐二郎が務めることになった。福原は漱石の学位の返却を拒絶した当人であった。

文芸委員に任命された人たちは小松原邸の晩餐会の招待客名簿に載っている人たちとほとんど同じであった。名簿の筆頭は正四位勲二等功三級医学博士文学博士森林太郎で、その後の肩書きの立派さが次第に減じていく順に、一五人が続いている。この中には上田万年、芳賀矢一のように文部省のお気に入りの人物も含まれていたが、この二人は福原とともに漱石に学位を受けるように説得した人たちである。小説家で古典に造詣の深い幸田露伴、大町桂月（与謝野晶子に激怒した批評家）、塚原渋柿園、佐々醒雪、饗庭篁村らのように文学者としては伝統主義の色の濃い者たちがいた。新文学に深く関わっていたのは上田敏で、象徴詩の翻訳家として影響力を持ち、友人の鷗外と協力して永井荷風を慶応大学の教員に推薦し、平出修の長女の名付け親にもなった(15)。一方、自然主義に直接関係のある委員が一人いた。それはしばしば検閲を批判していた理論家の島村抱月である(16)。その他著名な委員としては、徳冨蘆花の兄で「国民新聞」の発行者の徳富蘇峰、主として少年文学によって知られていた巖谷小波、それに高名な宗教学者姉崎嘲風（正治）がいた(17)。

文芸委員会の官制には、「文芸ニ関スル事項ヲ調査審議ス」ということだけしか示されていなかったので、幹事の福原は、新聞と雑誌に文部省が思い描いていることを説明する任を引き受けた。会が開かれた時に委員会はその明確な方針を決定するであろうが、試みに政府は三つの役割を提案していると福原は語った。すなわち、現代の文芸作品に賞金を与えること、新しい作品の募集を呼びかけること、「大思想」を含む海外の「大文学」を委員会の手によって翻訳することであった。「文部省は予て文芸に対しては、積極的の見地を有し、大に之を奨励して、（中略）健全な大文学大思想の振興を希望して居た」(18)。文部省は委員会に対して提案や要望をするかも知れないが、とにかく委員の自由を妨げるようなことはしないと福原は結んだ。

「朝日新聞」に載ったもう一つの半公式的な見解によれば、日本の軍事力は他国のそれに遜色ないが、芸術や文学においては世界に誇るものはほとんどない。委員会の設置はこの恥すべき状態を改善する試みの第一歩であるという。

委員会の構成が発表されると、多くの意見が新聞に現れ始めたが、福原や彼の上司にとって気分のよいものは少なかったであろう。「無益の文芸委員」という見出しのもとに、三宅雪嶺は独特の遠慮のない調子で、「朝日新聞」の記者に自分の見解を述べた。雪嶺はこの委員会には最初から関係がなかったという。そしてもし文部省が自分に頼んで来たとしても断っただろうと述べた。文部省はあらゆる種類の調査会や委員会を任命するのが好きだが、そのどれもが任務を果たしていない。夏目漱石、坪内逍遙、池辺三山を含めた何人かの作家たちが文部省の申し出を拒絶したと聞いたが、受け入れた一六人のうちの大部分も同様に拒絶すべきであった。漱石などの人たちが委員になっていないので、委員会の価値はあまりない。委員会によい点があるとすれば、それは委員会の設置に反対した作家たちが発憤して委員会のメンバーをしのぐすぐれた作家になろうという気になることだけだろう。誇りや能力のある作家は、誰も文芸委員会に作品を提出したりはしないだろう。「矢張文学など云ふものは屁《へ》の様な文芸委員などを眼中に置かず一向専念に研究し創作する意地張つた人々の努力に待つより他に仕方はない（中略）兎に角、無益無害なものだ、二三年経過すると又その存在さへ疑はしいものになつて了ふだらう」と雪嶺は述べた。

島村抱月は自分が文芸委員に任命されたことは知らなかったが、文芸委員会の設置はよいことだと思うと明言した。今まで国家が文学に対して向けた唯一の注意は、警察力の発動による消極的なものであった。今や文学は国家に属しているものとして取り扱われるだろう。抱月は委員会と検閲官の間の争いという「面白い」出来事を期待している。「国家が右手で是とした処を、左手で非とする、是れ明らかに国家自らの矛盾であるが、此の矛盾の間を甘く切り抜けて、独自の地歩を失せざらんとする」、「全力を尽して斯る行政上其他の拘束を脱却せねばならぬ」(19)。

坪内逍遙は「朝日新聞」に次のように語った。自分は委員になるようにとの申し出を辞退したが、それは自分があまりに多忙だからだ。委員会の一万円の予算はあまりにも少額すぎて十分な仕事はできまい。人々は委員会に多くを期待してはいけない。

他にも少額の予算について意見を述べた者があった。ある作家は予算が少ないので委員会はあまり悪いことはできないだろうとずいぶん満足げに語った。ある者は、このような外部の専門家で成り立っている委員会が、文部省内から人選された委員長を持つのはきわめて異例のことで、このような委員長の人選は政府が文芸を奨励することよりは統制することを目指しているという数多くの噂をあおるだけだと指摘した(20)。

以上のような意見の大部分は新聞の談話記事のかたちで現れた。ただ一人の作家、漱石だけは、委員会設置の発表が間近に迫ったという噂にいたく心を乱していたので、その発表を予期して事前に自分の考えをまとめ始めていた。一九一一（明治四四）年五月一八日、委員会設置が公表された時、漱石は「朝日新聞」に掲載する三部からなる記事を用意していた。漱石はまったく局外者であったので、鷗外や抱月と一緒に内部から文部省に働きかけようとする行動に加わることができなかったが、自らが局外者であるという社会的に有利な立場を利用して、今こそ自分の見解を主張する時だと決意した。漱石は記事の題を「文芸委員は何をするか」とし、まもなく発表される「文芸院」のメンバー宛ての公開状というかたちで書いた（漱石が委員会の正式名称や委員の姓名を知らなかったということは、政府が五月一七日に委員会の設置を発表する前に、この文章を書き終えていたということを示しているように思われる）。

委員に任命されるであろう「諸君」に向けて、漱石は文壇を代表して記事の冒頭で、ある重要な区別をしている。

政府はある意味に於て国家を代表してゐる。少くとも国家を代表するかの如き顔をして万事を振舞ふに足る位の権力家である。今政府の新設せんとする文芸院は、此点に於てまさしく国家的機関である。従つて文芸院の内容を構成する委員等は、普通文士の格を離れて、突然国家を代表すべき文芸家とならなければならない。しかも自家に固有なる作物と評論と見識との齎した価値によつて、国家を代表するのではない。実行上の権力に於て自己より遥に偉大なる政府と云ふものを背景に控へた御蔭で、忽ち魚が龍となるのである。自ら任ずる文芸家及び文学者諸君に取つては、定めて大いなる苦痛であらうと思はれる。

諸君がもし、国家のためだから、此苦痛を甘んじても遣ると云はれるなら、まことに敬服である。其代り何処が国家の為だか、明かに諸君の立脚地を吾等に誨へられる義務が出て来るだらうと考へる。

政府が国家的事業の一端として、保護奨励を文芸の上に与へんとするのは、文明の当局者として固より当然の考へである。けれども一文芸院を設けて優に其目的が達せられるやうに思ふならば、恰も果樹の栽培者が、肝心の土壌を問題外に閑却しながら、自分の気に入つた枝丈に袋を被せて大事を懸ける小刀細工と一般である。文芸の発達は、その発達の対象として、文芸を歓迎し得る程度の社会の存在を仮定しなければならないのは無論の事で、其程度の社会を造り出す事が、即ち文芸を保護奨励しようと云ふ政府の第一目的でなければならない事も亦知れ切つた話である。さうして夫は根の深い国民教育の結果として、始めて一般世間の表面に浮遊して来るより外に途のないものである。既に根本が此処で極まりさへすれば、他の設備は殆んど装飾に過ぎない。（其弊害を勘定に入れない時ですら。)

漱石がさらに列挙した弊害の中には、必然的に主観的にならざるを得ない批評的な判断が、基本的に文学に何も関係のない政府の威信に支持される時には、最も権威あるものであるという誤った印象を作家志望の人たちに与えるということがあった。さらに悪いことには、次のようなことがある。

政府は又文芸委員を文芸に関する最終の審判者の如く見立て、、此機関を通して、尤も不愉快なる方法によって、健全なる文芸の発達を計るとの漠然たる美名の下に、行政上に都合よき作物のみを奨励して、其他を圧迫するは見易き道理である。公平なる文芸の鑑賞家は自己の所謂健全と政府の所謂健全と一致せざる多くの場合に於て、文芸院の設立を迷惑に思ふだらう。

この時漱石は、文部省美術展覧会(文展)にその先例を見ていた。文展は一九〇七(明治四〇)年に発足し、美術審査委員会が運営していた。日本の絵画が年々進歩したことを漱石は認めたが、絵画の進歩が専ら文部省の政策のためであるとすることを嫌った。「果して、日本の画家があの位の刺激に挑発されて人工的に向上したとすれば、彼等は文部省の御蔭で腕が上がると同時に、同じく文部省の御蔭で頭が下がつたので、一方から云ふと気の毒な程不見識な集合体だと評しなければならない」*。

*おそらく漱石は、西園寺内閣の文部大臣牧野伸顕が「国枠美術の正統的発達」を促すことを願っていた京都の教育者の進言によって文展を創設したということを知っていたのだろう(藤原喜代蔵『明治大正昭和教育思想学説人物史二』八二二頁二行目)。森鷗外は一九一一(明治四四)年八月一七日、この委員会の第二部主任となった。

政府は今日まで、わが文芸に対して何らの保護を与えていない。むしろ、干渉のみをこととした形跡がある、と漱石は断言する。それにもかかわらず、月刊の文芸雑誌に掲載された多くの小説の芸術的完成度は、英国で創作されている作品のそれと比べても遜色がないし、事実はるかにすぐれている。野性のままですばらしく成長するものを、人工的な温室に移すことは意味がない、と漱石は述べている。

現代の文士が述作の上に要求する所のものは、国家を代表する文芸委員諸君の注意や批判や評価だと思ふのは、政府の己惚である。(中略) 現代の文士が述作の上に於て要求する所のものは夫等ではない。金である。比較的容易なる生活である。彼等は見苦しい程金に困つてゐる。所謂文壇の不振とは、文壇に供せられたる作物の不振ではない。作物を買つてやる財嚢の不振である。文士から云へば米櫃の不振である*。

*自然主義に対する熱狂がさめるにつれて一九一〇(明治四三)年には自然主義関連の本の売れ行きが少し落ちた。「日本及日本人」の文芸ゴシップのコラムはこの現象に何度か言及している。たとえば、自然主義は下火になった、講談ものは売れるなどと書かれている(「文芸雑事」一九一〇(明治四三)年九月一日二九頁、一九一〇(明治四三)年九月一五日八四頁、一九一〇(明治四三)年一〇月一五日七三頁)。道徳的な井上哲次郎は「現代思想の傾向に就いて」(「太陽」一九一〇(明治四三)年一一月、六七頁)の中で、「社会の風教上」、「自然主義の作物が漸く售れなくなつた」ことに満足の意を表した。

もし文芸院が此の不振を救おうとするならば、いかにしてこれを実行するか漱石にもわからないが、その時には彼は文芸院に対して同情的になり、目下の文士たちの財政上の困難を救う方便として賛意を表するかも知れないという。漱石はさらに、文学の保護と奨励のために政府が交付する金を分配するための比較的無難な方法を提案する。「或る水平以上に達した」その月に発表されたすべての小説の作家の間で平等にこの保護金を分けることによって原稿料の不足を補うことができると漱石は言う。

固より各人に割り宛てれば僅かなものに違いないけれども、一つの短篇に就て、三十円乃至五十円位な賞与を受ける事が出来たなら、賞与に伴ふ名誉杯は何うでも可いとして、実際の生活上に多少の便宜はある事と信ぜられるからである。（中略）

余は以上の如く根本に於て文芸院の設置に反対を唱ふるものであるが、もし保護金の使用法に就て、幸ひにも文芸委員が此公平なる手段を講ずるならば、其局部に対しては大に賛成の意を表するに吝かならざる積である。其他の企画に就ても悉く非難する必要は無論認めない。けれども大体の筋から云つて、凡て是等は政府から独立した文芸組合又は作家団と云ふ様な組織の下に案出され、又其組織の下に行政者と協商されるべきである。惜いかな今の日本の文芸家は、時間から云つても、金銭から云つても、又精神から云つても、同類保存の途を講ずる余裕さへ持ち得ぬ程に貧弱なる孤立者又はイゴイストの寄合である(21)。

漱石のこの主張以上に率直で具体的な明確なものを想像することは困難であろう。文芸に於ける政府の唯一の正しい役割は人々に本を読む方法を教えることである。それ以上のいかなる干渉も抑圧と無気力を招来するだろう。作家たちは政府によって人工的に作り出された、批評家の「権威ある」意見を必要とはしない。彼らは金を必要としている。漱石はかなり露骨である。そして、政府の補助金を認める段になって、もし漱石がすすんで軽口をたたいているのだとしても、われわれは彼が思想的な純粋さに欠けるといって責めるより、芸術や学問と近代的立憲政府との間のいかなる関係にも内在している曖昧さに、漱石が気付いていたことを理解することにさらに熱意を示すべきである。芸術や学問と政府の関係は灰色の領域であり、この領域では今日、大学と政府の契約や個々の学者や芸術家への政府補助金の給付が盛んに行われている*。活動する作家の職業としての必要経費の査定の中に、私たちは漱石が一九〇七（明治四〇）年に官立大学の職を辞して「朝日新聞」の社員になった時に自ら選んだ作家としてのアイデンティティを擁護している姿を見る。このアイデンティティによって漱石は、体制的な権威に対する局外者であると同時に、社会的な役割を担った一人の国民であり得たのであった。漱石にはなすべき仕事があった。それは生計を立てるためのものであり、他の仕事と比べて良くも悪くもないものであった。

＊全体主義的な政府と芸術や学問との関係には何ら曖昧な点はない。しかし「民主主義における二重の問題は、独創的な芸術家と独創的な思想家の作品の状況を改善すること（すなわち彼らを大衆市場の通俗的な圧力から守ること）と彼らの自由を守ること（すなわち彼らが宣伝活動の目的で政府に利用されないように守ること）である」(Richard Mckeon, Robert K. Merton, and Walter Gellhorn, *The Freedom to Read*, p. 17)。

漱石は、芸術家と政府の間では協定を結ぶことはできないと、結局は考えている。もし芸術家が世間から直接収入を得ることができないならば、「餓死するより外に仕方がない」と漱石は講演で述べている（「道楽と職業」一九一一〔明治四四〕年八月、『漱石全集　第一一巻』三一七頁）。芸術的堕落から身を守る最良の方法を漱石は個人主義と多元主義の中に見ている。そしてこの個人主義と多元主義は広範囲に亘る自己表現に対して寛容な態度を取ることを可能にする。というのは「芸術は自己の表現に始まつて自己の表現に終る」からである（「文展と芸術」一九一二〔大正元〕年一〇月『漱石全集　第一一巻』三八九頁、四二〇頁、特に三八九頁、三九五頁、三九九頁、四〇一頁）。漱石と興味深い対照をなしているのがジョージ・スタイナーである。漱石が国家は芸術の自由のために便宜をはかることができないと信じているのに対して、スタイナーは、高邁な芸術は大衆の汚染から国家によって守られるべきであるという絶対主義的な立場に固有な危険性について明らかにした。"Reflections (Anthony Blunt)," *New Yorker* (December 8, 1980), pp. 158-95.

自己の作家としての独自性を自覚することによって、漱石は自然主義者やそのほかの新しい作家たちのための申し分のない代弁者となることができた。新しい作家たちの社会的な役割に当然備わっていた権威に対する態度は、当初から文芸委員会の活動に付きまとい悩ませ始めていたのである。

委員会の成立と崩壊

委員会の最初の活動は、このたび新しく委員に任命されたメンバーのために小松原邸で晩餐会を開くという半ば公的なものであった(22)(徳富蘇峰はこの時新たに日本の領土に併合された朝鮮を旅行中で欠席した。蘇峰は、結局会合には一度も出席しないということになった)。一九一一(明治四四)年五月二二日夕刻のこの集まりのハイライトは、かつてのような参加者にもオブザーバーにも心地よい驚きとなった意見の率直な交換ではなかった。今回の目玉は、参加者が唖然として声も出なかった小松原の激越な演説だった。この演説は過去二年の間に小松原が何も学ばなかったということを示しているように思われたからであった。

小松原は語った。国民の元気が充溢する、栄光の明治を飾るような雄大な著作が未だ現れないことはたいへん遺憾である。代りに淫靡、卑猥な作品が横行し国家の道徳的な堅固さを害している。当委員会は、それに対して健全で雄大な文学の発展を促進することを急務とした、と。小松原はさらに、文部省が提案した対策の概要を話した。その中心となる方策は小説・脚本の懸賞募集であった。

小松原の演説が終わった後、たいそう気まずい時が流れた。六角生と自称する戯文家はその時のことを『悲劇　文芸委員会(一幕劇)』という短い戯曲に仕立てて、一九一一(明治四四)年六月の「新潮」に掲載した。この作品は、幹事の取りなしにもかかわらず、支離滅裂なことをぶつぶつ言うことでしか小松原に応答することができなかった委員たちの滑稽な姿を描いている。この幹事は博士号を面前で返却されるという最近の苦い経験のために、接し方が過度に控え目になっている人物として描かれている。

新聞がこれを報じると、最初に沈黙を破ったのは鷗外であった。鷗外と露伴ほか数人の委員は、小松原が提案しているような懸賞募集をかつてある複数の雑誌が行ったことがあると指摘した。しかし、こうした懸賞募集は無益だったし、おそらく懸賞によって健全な文学を誘い出すことは、有益な試みというよりむしろ有害であろう、と鷗外たちは主張した。しかし、こうした意見に小松原の意気込みは、挫かれることはなかった。「夫れは新聞社雑誌社の懸賞ですから不結果なのでせう」が、「苟《いやしく》も文芸委員会の名で天下に傑作を募る以上は必ず傑出した小説脚本が出るに違ひありません」。小松原は明らかに、一八世紀の支配者がそうであったと同じように、儒教的な統治方法の信奉者であった。すなわち、民衆が手に負えなくなろうとしていた時、松平定信は、しばしば、抑圧し、教化し、そして、「純潔や敬虔やそれと同様に美徳に対して褒美」(23)を与えるという政策を採った。晩餐会は上述の意見の相違を調整することなく終わったと、「朝日新聞」の記者は書いている。そして文部省は、「文学を政治上の一機関として取扱はうとして居る様が見える」と、結論している。

この点に関して僅かな疑いも残さないようにと、「朝日新聞」の記者は、二、三日後、小松原を訪ねた。文芸委員会を設けた真意は、文芸の向上発展をはかるためなのか、それとも単に、大逆事件によって生じた恐怖に対応して、国民、特に青年の思想を健全ならしめ、その統一をはかるためなのか、と小松原に直接尋ねたのである。記者が「如才なき」答弁と見なしたその発言の中で、小松原は、直接の目的は文芸の向上発展のためであるが、その他の結果も副産物として期待していると述べた。記者は小松原ほど狡猾ではなかったので、「健全」の定義を小松原に尋ねようと考えていたが、文芸における道徳的価値の必要性について儒教的な格言を聞くために老人を追いつめたくはないと、記者は思った。

こうした懐疑を雑誌が表明するのにさほど時間はかからなかった。諸雑誌の一九一一(明治四四)年の六月号は、広範囲にわたる、多種多様な否定的見解を掲載した。すなわち、六角生の笑劇から、文芸委員会は思想統制のための官僚の企ての一部であるという、冷静な所説(正宗白鳥、金子筑水、徳田秋声)、驚きの叫び、辛辣な皮肉、そして憤りの爆発にいたるまで、様々であった(24)。文芸委員会から大いに期待できる、唯一の恩恵は、翻訳の保護であったが、しかし、この楽観論においても意見が全員一致していたわけではなかった。徳田秋声は、翻訳は文芸委員会の最も有益な仕事になりそうであるが、作品の選択について風教上の制限が付されるであろうと論じた(25)。

馬場孤蝶は、翻訳の助成について奨励すらしていない。「之等は殆ど滑稽だ」と、孤蝶は明白な矛盾を抱えていることを指摘していきまく。「外国思想を悉く危険だとして居る現政府が、その危険な外国の本を翻訳させて出すなどは、何といふ事だか、吾々には解らない。（中略）一方では極力忠孝思想を普及させるやうにし、又他方では之をぶちこはすやうな本を翻訳して出すといふのは、何ういふ了見なのであらう。政府といふものはさういふ矛盾をやるべきものであらうか。文部大臣の演説によると、文芸委員を設けた目的は日本の文学を雄大にするとか、健全にするとか、いふにあるのだそうだが、（中略）本当に国家の為めになる、人類の為めになる雄大にして且健全なる文学は、現政府が極力保護しやうとする旧精神を頭から破壊するものであらう」(26)と、孤蝶は将来に花開くであろう世界主義《コスモポリタニズム》の特徴をおびた調子で結論付けた。

旧精神に対して新精神の代弁者たちが抱いた嫌悪感は、委員の顔ぶれに対して出された多くの反対意見の中に歴然と現れている。委員のほとんどが新思想に理解を示していないと、徳田秋声ほか何人かの人たちが述べている。委員には純然たる戯作者、紀行文家、何人かの国文学者、二人の新聞記者、相当数のうだつの上がらぬ文芸批評家、そして「文芸の店は息子に任せて然るべき好翁さへ二三氏」が混じっていると「中央公論」のコラムニストは書いている(27)。ある皮肉屋は、巖谷小波の児童文学者としての名声を、「報徳文学＋お伽文学＝文芸委員会」(28)という「方程式」で表した。田山花袋は、能力を有する委員は森鷗外、島村抱月、上田敏だけだと評した。一方、馬場孤蝶と佐藤紅緑はこの三人を、政府と見解を同じくする人間が牛耳る委員会における、新思想の名ばかりの代表者であると見なした。

六角生の『悲劇　文芸委員会（一幕劇）』の最後の場面は特に興味深い。そこでは、鷗外と抱月がおしゃべりと紫煙から逃れて、小松原邸の玄関にいる。たまたま、この反自然主義の作家と、第一流の自然主義の批評家は、委員会の反抗的な一派の指導者になったのである。藤村や花袋のような当然選ばれるはずの作家が委員会から除外されたのは、彼らが自然主義者だからであり、夏目漱石が除外されたのは、もちろん博士号を辞退したためだと、佐藤紅緑は言う(29)。水野葉舟は書いている。委員会は紛れもなくバベルの塔そのものになるだろう。「自然主義と言ふと、すぐ性欲を恣にすると言ふ事のやうに言つて居る」。水野と後藤宙外は、このような種々雑多な人々に選ばれた作品は、通俗的な平凡な水準のものになってしまうであろうと、委員会に反対を唱える(30)。秋声は、あのような多種多様な人々が確固たる公的な政策を反映することなどできない、と筋の通った立場を取った。そして、作家や学者や過去の文芸の愛好者といったような雑多な人々からなるこの委員会が、正当な文芸の鑑賞という仕事をなし得るかどうか、秋声は疑問を呈している(31)。

少数の作家たちは、幾らかの警告の言葉を発する必要を感じた。「狼が人に化けて来て羊を食はうとするのではないか」と、戸川秋骨は警告した。上司小剣は次のように言う。「徳川幕府の役人に似た人も少くはなかった」。彼等は「文芸を撲滅」しようとしている。委員会は「高等警察の分店」にすぎない。「官報にも『文芸』という字が発売禁止告示以外に印刷されるやうになつたのは、進歩に違ひない」と。圧政的な政府が提供しようというある種の奨励には、十分注意するようにと、佐藤紅緑は作家たちに忠告する。一方、水野葉舟は、ただ無関心でいることは最早不可能だと見る。作家たちが、「誤つたオーソリチー」と闘わねばならない時がやって来る。この「誤つたオーソリチー」のおかげで、「感受性の幼い、理解力の不足な」民衆が必ず混迷するだろうと、水野葉舟は説くのである(32)。

委員会は無害で、無力で、ただ消え去るのみであるという三宅雪嶺の見解に賛成するものはほとんど誰もいなかった。もっとも、雪嶺が言及した、プロの作家たちの誇りと自立心が、結局はその予言を達成する唯一最大の要因となったのであるが。芸術に対する政府の実質的な保護を要求している島崎藤村、田山花袋、森田草平の弱々しい意見は別として、文壇からの反応は、作家たちが決して意気地のない居候ではないということを示している。意気地のない居候とは、ずっと以前に内田魯庵が当時の作家たちを表した言葉であった(33)。

委員会が奨励するのは、まさに居候のような二流作家たちのへつらいであろう、懸賞が競争方式で与えられる場合には特にそうなるだろうと、佐藤紅緑、後藤宙外、正宗白鳥は考える。雪嶺の意見と響き合うように彼らは、真剣で自尊心のある作家なら誰もこのような委員会に、実際に作品を提出しはしないだろうと言う(34)。暗愚な大衆は、委員会をかなり重要なものと考え、そしてその結果、さらに多くの人に文学の重要性を認識させることになろう。だが純粋な作家は、委員会のことなど考えずに、ただひたすら自分の信じるものを書き続けていくだけであると、秋声は述べる(35)。「我々作家側から云ふと、何処々々までも政府のお世話を受けずに進んで行きたい」と秋声は言う。この委員会が行うことになっている「文学ニ関スル事項」についての調査は、一般読者によってはるかに効果的に行われ得る。しかもその判断は、これまで常に公平であった(36)。

文学と政府の関係について熟考して行くうちに、作家たちは、漱石や天溪が到達した結論、すなわち、日本の近代文学は、政府の介入があったが、世界の他のどんな国の文学に比べても引けをとらぬほど進歩したという結論に、繰り返し行き着いた。今日では、日本の小説を西欧の言葉に翻訳するということが真剣に論じられている。これは文芸委員会の最初の会合の一つにおいて、実際に奨励された方針（一度も実行に移されはしなかったが）であった(37)。日本文学の成果に関する最も強力な意見の一つは、イギリス文学の翻訳を多数こなしていた戸川秋骨によるものであった。

凡そ日本のもので外国に誇るに足るものは先づ余計にはない、茶と生糸と軍隊と位なものであらう。如何にも此の軍隊丈けは何億と云ふ金を費し、之が為に多大な犠牲を払つて居る故に少しは見るに足るらしい。此の外只独り文芸のみは全く独立独歩、迫害は受けるも、何等の保護なくして、やゝ見るに足るべき、外国に出しても恥かしからぬものを出すやうになつた。飛行機や無線電信を西洋に逆輸入する事は到底出来ぬ。（中略）夏目さんの小説ならロンドンへ出しても、パリへ持つて行つても立派なものだ。否豈に夏目さんを労せんやで、毎月出る雑誌の小説は西洋の小説雑誌に出るものに比べて遜色はない、この独立独歩で育つて来た文学を今迄迫害して置きながら今更ら保護するの奨励するのとよく今の政府に云へたものだと、私はその厚顔と云はうか盲目蛇と云はうか、その図々しくて蟲の良いに驚いた。

創作活動は、厳密には個人的な活動であり、政府の権威を借りて文学の基準を定めるなどというのは卑怯であると、秋骨は続ける。この点に関して秋骨はまったく漱石と同意見であった(38)。

水野葉舟は、(漱石と同じように)見解を求めてやって来る記者を待つよりも、むしろゆっくり時間をかけて自分の考えを書いてまとめたもう一人の作家であった。葉舟もまた、政府が文学に干渉することによって生じ得る悪影響を指摘して、きっぱりと委員会に反対した。水野は言う。政府がこのような企てをするのは、日本において個人の存在が十分に認められていないことに起因している。保護費の予算が僅かなので、委員会が化け物にならずに済むと安堵したのは水野であった。保護、すなわち奨励は、芸術の自由を尊重する時にのみ有効に働く。しかし、保護者がある特定の芸術を起こそうと思っている時には駄目である。特に保護者の性に合わないものを破壊することがその目的なら、決して有益に働かない。「芸術には自由の発達と云ふ事が第一である。(中略)現在の日本では、この『自由』の発達を計る事が、最善の方法である。吾国民を今日よりもBETTERな位置に運ぶ上に於て、最善の方法である」と水野は言う(39)。

この騒ぎが委員会そのものの雰囲気を悪くすることはないだろうと文部省の役人たちが信じていたとしても、その幻想は長くは続かなかった(40)。いちばん穏やかな会合は、おそらく、一九一一(明治四四)年六月三日に開かれた第一回の委員会であったであろう。そこで、規定が立案されたのであったが、こうしたありきたりの規定の幾つかでさえ、後に混乱を起こすことが判明する。委員会では以下の決定を見た。授賞や表彰の件以外のすべての議決は、出席委員の過半数によること。懸賞と表彰の議決は、出席委員の四分の三の多数決によること。文芸委員会の議事は秘密とすること。文芸委員が、委員会全体で審査する価値ありと認めた作品は、委員会に報告すること。著作者は、自己の著作物の審査を文芸委員会に請求することができること。文芸委員会の委員及びその著作物に関しては、前述の規定は適用しないということ等々。規定には盛り込まなかったが、表彰の対象になる著作物を選んだ場合、まず当人に受賞の意志を内密に確かめることで委員の意見は一致した(41)。明らかに漱石の学位辞退の影響がここに及んでいた。また、内務省が発売を禁止した著作物を、委員会が万一選んだ場合はどうするかという疑義が生じたが、これは二日後に開かれる次の委員会の検討事項として持ち越された。この二日の間に、森鷗外と上田敏は平出修と昼食をともにしている(42)。

委員会が、一九一一(明治四四)年六月五日に再開されると、島村抱月は二つの問題について議論を開始したが、これらは重大な事柄であることが明らかになっていった。一つは、現今の文芸の発展に大功労のあった著作者の遺族に、委員会が財政的援助を行うよう求めたことであった。これは、以前から抱月が考えていたことで、適当な機会があるたびに抱月は主張していた。もっとも、役人の方は、この委員会では文学のそのような「間接保護」が合法であるかどうか調査してみなければならないということしか回答できなかった。二つ目は、内務省が発売禁止を実施する場合には必ず文芸委員会と協議するという制度を確立するよう、文部省から内務省に協議を持ちかけることを求めた。

これが契機となって、福原局長、岡田委員長側と、抱月、鷗外、上田敏、姉崎嘲風の間に活発な論争が起こった。抱月は、文学的水準が高い好著と目されているにもかかわらず発売禁止となっている作品に対して、文部省はどう対処するつもりか是非知りたいと主張した。たとえば、永井荷風の作品やモリエールやモーパッサンの翻訳は、すでに内務省に発売禁止の処分を受けている。このようなケースは今後たびたび起こり得るはずである。発売禁止処分を受けた作品を、委員会は審査すべき対象から自動的にはずすことになるのだろうか。そうであれば、委員会は内務省に盲従するものだと考えられる。森鷗外は、内務省を批判して、ドイツでは発売禁止が時折解かれることがあるが、日本ではそういうことはこれまで起こった試しがないと指摘した。

文部省側は、この猛攻撃に非常に苛立った。委員たちが言及した衝突は、そんなに起きることではないし、そのような「極端なる」場合は、その都度取り扱うことが可能だと主張して、岡田委員長は、その問題を切り抜けようとした。結局、福原は四人の論客に何事かをささやき、四人は微笑を浮かべ軟化して、この問題は棚上げになった（たぶん、鷗外が福原に平出修の意見書を手渡したのはこの時であろう*）。

*『鷗外全集　第二〇巻』五九二頁。前述、一五五頁、一六〇頁参照。平出の弁護の「手控」と「後に書す」とをまとめたものは、「大逆事件意見書」という表題を付けられたが、鷗外の日記が何か他のことに言及していた可能性は考えられる。平出は、「発売禁止論」と題した、一九一〇（明治四三）年以降に書かれた、未刊行の原稿を残した。平出は、大町桂月の既発表の評論を引用することによってだが、『ヰタ・セクスアリス』を取り上げている。『定本　平出修集』一七四―一七五頁。

文部省の役人が一部の委員に怒りを感じたとしたら、委員の方は委員の方で、小松原文相から文芸懸賞に関して提案された意見を議論するさいに、感情を害することになったのである。委員会の規定は、こうした文部省の提案を許すほど曖昧なものであった。だが、六月三日の委員会では、作品の募集を行わないことにすでに決めていた。代りに、前年度の初め、すなわち一九一〇（明治四三）年の四月以降出版された作品を審査することに決定し、委員会のたびごとに、委員が審査すべき作品を提出すること、結果の発表は、一年に一度に限ること、その際、賞金、賞杯、賞状が授与されることとした。文部省側は、このような地味な方法には不満だったらしく、大々的な宣伝による懸賞募集のような、華々しくかつ人目を引く企画の実施を執拗に迫り、賞金を授与することが傑出した小説や戯曲を生む最も確かな方法であると主張した*。それはまた、抱月が提案した方法よりもずっと直接に文学の奨励という委員会の任務に適合するであろうと、文部省側は主張した。しかし、委員の中にただ一人の味方も、文部省は見出すことができなかった。そして、もう一度、鷗外、抱月、嘲風が、反対の先頭に立った。作家は、金だけが目的で作品を書くのではない。そのうえこうした懸賞募集は必ずしも公平に行われるとは限らない、と言うのが彼らの主張であった。この議論もまた、岡田と福原を苛立たせるということ以外には、何ら明白な結果を見ずに終わった。岡田らはそれでもなお、自分たちの案を採用して貰いたがっていると、数日後、ある新聞が報じた。しかし、実際はこの件は再び取り上げられることはなかった。

＊最近の似た例として次のようなことがある。一九七九年の夏のことであるが、七月のアメリカ出版社協会の決定に従って、公的で正統的な推進者がよりいっそうの脅威を与える可能性の強い利益集団に取って代られたのである。「すなわち、年一回、七つのジャンルにわたって、作品に、作家と文芸批評家からなる委員会の推薦に基づいて賞を授与するという、『国民文学賞』がある。これが、『アメリカ文学賞』という新しい文学賞に取って代わられたのである。この『アメリカ文学賞』というのは、ウェスタンやミステリーなどを含めた一七のジャンルにわたる作品が無記名投票で選ばれるというものである。（要するにこの『アメリカ文学賞』は）人気投票とまったく同じものであり、ベストセラーのリストを再確認したものになっている」ことは明白であろう。Thomas Whiteside, "Onward and Upward With the Arts / The Blockbuster Complex II," *The New Yorker*, October 6, 1980, pp.118-20.

こうした事情は、まったく、あるいはほとんど、われわれにとって知り得るはずのものではなかったが、文芸委員会は見事に秘密の洩れる委員会であった。「斯る非紳士的の男が吾々の仲間に居るかと思ふと誠に慨嘆に堪へぬ次第である」と、大町桂月は不平を漏らした。「正確に洩れて居た所を見ると正しく文部省の方へも委員会の方へも臨む事の出来る人の口から洩れたものであらう」と、桂月は言う。つまり、それは、上田万年か芳賀矢一を示唆しているように思われる。しかし、それは誰にでも、たぶん全員にあてはまることであった（もっとも、桂月自身は、守秘の誓いを自分は決して破ったことはないと言い張ってはいるが）(43)。

確かに翻訳特別委員会の情報はすぐに洩れた。委員たち、すなわち鷗外、抱月、敏、嘲風は、六月八日に会合を持った。鷗外は、結果の報告を目的に翌日、福原を訪ねた。一九一一（明治四四）年六月一〇日付の「朝日新聞」は、委員会全体が後援する無害な翻訳とはいかなるものかを推論する目的の、大略次のような内容の皮肉たっぷりの匿名のインタビュー記事を載せた。「ダンテにセルバンテスは動かないね、（中略）露文学を持出すのを遠慮するとして（中略）おきまりのゲーテかね、月並に考へるとファウストだが、（中略）今の青年に関係あるものとしてだね、（中略）悪くすると姉崎が梵文学を擔《かつ》ぎ出して嚇《おど》かすかね」＊。

＊この記事は、岡田と福原がただひたすら、伝統的な価値と「シヤカビク主義」のために行動しているという非難に対して、皮肉にも両者を守ってやるという内容を含んでいる。ちなみにこの「シヤカビク主義」というのは、「社会主義のシヤカを聞くとビクリとする」という意味で、すばらしい新語である。「朝日新聞」一九一一（明治四四）年六月一〇日五面。

七月三日の定例の全体会議において、特別委員会の選択は承認された。鷗外は『ファウスト』、上田敏は『神曲』、抱月は『ドン・キホーテ』、姉崎嘲風は『ラーマーヤナ』を翻訳することに決定した[44]（結局、『ファウスト』が完成までこぎつけた唯一の翻訳となった＊）。

＊鷗外は、一九一二（明治四五）年一月五日に、第一巻と第二巻の無削除版の翻訳を終えた。このことはそれ自体で見事な偉業である。そして、この訳業が、鷗外が最も面白い小説の幾つかを生み出し、しかも陸軍省の仕事をこなしたうえでのことであることに思いいたる時、そのすばらしさに驚く。校正は、一九一三（大正二）年になってようやく終わった。それは、翻訳が刊行され、第一巻がはなやかに上演される一カ月前のことであった。「朝日新聞」一九一二（明治四五）年三月二三日五面〈†「『ファウスト』劇雑俎」〉、「朝日新聞」一九一二（明治四五）年三月二五日一面〈†冨山房刊の『ファウスト』の広告〉、「朝日新聞」一九一二（明治四五）年三月二七日六面〈†「ファウスト」〉、『鷗外全集　第二二巻』四頁、八五頁。

ほかの点では、この委員会はどちらかといえば波乱のないものであった。芳賀矢一は、神話、俗謡、俚諺等の収集・編纂の長に任命された。一見無害な作業であったが、同種のものが、一九〇九（明治四二）年に、すでに発禁処分を受けたということはあった。出版社のほうで、土俗語の露骨な部分は、その資料的価値をおおかた犠牲にして削除したにもかかわらずであった(45)。記念の金メダルの意匠制作に関しては、鷗外、上田万年、幸田露伴に一任された。抱月は文士遺族扶助に関して返答を得た。文部省が議会から割当金を獲得した折りの条件では、このような文学の「間接奨励」の用途にあてられない、という返答であった。これは、文部省が賛成した「直接的」方法を、委員会が拒否したことに対する報復として決定されたといっても差し支えないだろう。ともかく法をそれほど窮屈に解釈することに抱月は納得しなかった。抱月はこの委員会で、もう一つ失望を味わった。抱月が提案していた、青年文学者の海外派遣に関する件も、資金不足という理由で見送られることになったからである(46)。

優秀作品決定のための予選投票は、この七月三日の委員会と九月一六日に開かれた次の委員会で、日常業務のごとく進められた＊。九月の委員会における唯一の目立った出来事は、(『ラーマーヤナ』があまりに大部なので翻訳を延期したいという嘲風の嘆きを除けば)福原鐐二郎が文部次官に昇進したという発表であった。これは、一九一一(明治四四)年八月三〇日、第二次西園寺内閣が成立した結果であった。この昇進により、福原は今や文芸委員会の委員長に就任したのである。幹事として、新しい人物が紹介された。文部大臣には、小松原に代って、長谷場純孝が就任した。長谷場は、この委員会に一時間も臨席したのであった(47)。

＊とはいうものの、著者自身が委員会に作品を提出した場合、それをいかに扱うべきかということに関しては、いささか不明確な点があった。最初でたぶん唯一の例は、与謝野寛の場合で、『檞之葉』という歌集を委員会に提出した。委員会では、他の作品と同じように扱うことに決定した。

桂政権の末期は、検閲がそれまでほど厳しくない時代の到来を告げるものであったが、委員の交代は、委員会の機能にそれほど影響を及ぼさなかったように思われる。しかし新たに要職に就任したことで、福原は非常に多忙になったに違いない。一〇月に予定されている会合を延期するように、福原は委員会に要請した。実際に、委員たちは一二月二日まで再び参集することはなかったのである。

一九一一(明治四四)年の最後の委員会で、予選投票の結果、六〇の作品が選ばれた。これを四つの部門、すなわち小説、詩歌、戯曲、及び雑に分け、各部門について特別委員会を設け、その委員に最終投票の準備を一任した。各部門の優秀者には、金メダルと、総額三千円の賞金を等分して授与することに決定した。委員会が延期になったため、最終投票は、一九一二（明治四四）年三月三日まで行われなかった。その時までには、期待が高まり、特に小説部分に関しては、雑誌に憶測記事が出るほどであった。いつものように正確な情報が洩れていた。もっとも、それは決定的な言葉ではなかったが(48)。

詩歌部門の長である幸田露伴は、與謝野晶子の『春泥集』（一九一一〔明治四四〕年一月）を推した。一方、小説部門の長の鷗外は、夏目漱石の『門』（一九一一〔明治四四〕年一月）、島崎藤村の『家』（一九一一〔明治四四〕年一一月）、正宗白鳥の『微光』（一九一〇〔明治四三〕年一〇月）、永井荷風の『すみだ川』〔最初は一九〇九〔明治四二〕年一二月に発表され、一九一一〔明治四四〕年三月に作品集として刊行された〕、及び谷崎潤一郎の『刺青』（一九一〇〔明治四三〕年一一月）を推した。

これは、小説部門の特別委員会の鋭い批評眼を強力に示すものであった。どの作品も重要な作家の重要な作品として、その後長年にわたって生き続けたのであるから。しかしながら、「自由主義的な」西園寺内閣の文部大臣ですら、前述のいずれの作品にも公式の表彰を渋ったであろうということは想像に難くない。

與謝野晶子は、ずっと以前から「空想的淫靡趣味を流行せしめた」る女性という世評を得ていた。晶子の歌集に、乱れた髪や、脈打つ胸などの描写が現れるためである(49)。そのせいで、落ち着いた物悲しい雰囲気を持つ『春泥集』でさえ、世評を打ち破ることができなかった。

漱石の『門』*は、性愛を扱った作品ではないが、そこに描かれているのは、姦通事件をともに切り抜け、事実上、社会の追放者として生活している夫婦の苦悩である。文学博士を強情に辞退した漱石を文部省がどんな風に可愛がったか、わざわざ述べる必要はないであろう。

* *Mon*（London : Peter Owen ; Tokyo : Tuttle, 1972）として、Francis Mathy によって英訳されている。

藤村は、『家』*において、伝統的な家族制度の重圧によって押しつぶされてゆく人間の苦悩を描いている。登場する二人の家長は、詐欺師で、性病持ちであり、作者は様々な不義の関係や、制御しがたい衝撃をも匂わせている。

＊ *The Family*（Tokyo : University of Tokyo Press, 1976）として、Cecilia Segawa Seigle によって英訳されている。

白鳥の『微光』は、寝室の場面だと思われるところでは、礼儀正しく沈黙を守ってはいるものの、妾になった女の生き生きとして複雑な姿が描かれている。家族の絆が希薄なために女は、堕落した生活に落ちていかざるを得なかったのであった。一六歳の時に誘惑され、田舎に私生児の娘を残し、今は男から男へと渡り歩く売春婦の生活へと転落してゆく。

荷風の有名な作品『すみだ川』*には、役者と芸者の世界に生きる人々が、社会的地位に引き付けられる様が暗示されている。しかし、結局はこの作品では、官僚としての出世という窮屈な偽善に比べれば、淀んだ江戸の黄昏の中の自由と誠実さのほうがずっと好ましいという、荷風の持論が再確認されている。

＊ Edward Seidensticker によって訳されている。*Kafū the Scribbler*, pp.181-218.

谷崎はその作品が猥褻だという理由で五回発禁処分を受けたが、その最初は桂内閣の時ではなく、西園寺内閣になってからであった。それは一九一一（明治四四）年一〇月のことで、発禁処分を受けた作品は、荷風の「三田文学」に掲載された『飈風』である。この作品は前述したように（一九〇―一九一頁参照）、魅惑的な鼻孔の持ち主である売春婦に対する若い芸術家の破壊的な愛情を、荒々しく誇張して描いたものである。『刺青』（一八九―一九〇頁参照）は、江戸時代に題材を求めた、谷崎の有名な作品であり、若い娘が自分の肉体に潜む悪魔的な力に目覚める物語である。

不運なことに、明治時代の栄光と日本国民の湧き出るような活力を表現した作品は、一冊も選ばれていなかった。――おそらく、この年に書かれた作品は多くなかったからであろう。長谷場純孝を大臣にいただく文部省が、前述の作品に潜む退廃性にどの程度敏感であったかは明らかではない。一九一二（明治四五）年三月五日付けの「国民新聞」によれば、三月三日の委員会の最終投票が行われようとしている席上で、福原は話した。文部省が選ばれた作品に頭を悩ましているという噂が流れているが、それはまったく事実無根である。「文部省側にては（中略）文芸委員会の決議」を尊重するし、自分も文部省の他の誰も予選作品に関する意見は公表しない。「日本及日本人」の記事を信じるとすれば、福原は「新派」の作家たちとの交際によって、事実、影響を受けていた。最初福原は、「教育の為の文芸」という考えを抱いていたが、それが「文芸と教育の調和」に変わり、次に「文芸を主とする」説に傾いた(50)。福原は一八九二（明治二五）年の東京大学法科大学の卒業生で、抱月とほぼ同年輩であり、抱月やその他の人、おそらく平出修の影響をまったく受けていなかったわけではなかったであろう。

しかし、投票に関する「朝日新聞」の記事は、「文部当局の悪辣」、「文芸委員の激昂」という見出しのもとに、まったく違った状況を報じている。文部省側は、道徳的にいかがわしいと思われる作品を確実に落選させる画策の一環として（それでは何が残るのか、と問うてもよいのだが）、上田万年と芳賀矢一に根回しをして、官僚派を思うように動かそうとしたという。しかし彼らは、大いに驚いた。丸一日を費やし、再投票しても、委員会は一冊の当選作品に絞れなかったからである。戯曲と雑の部門は問題はなかったが、小説と詩歌部門の審査の段になると、意見は絶望的に分裂した。自らの選択に最も頑固だったのは、姉崎嘲風、幸田露伴、島村抱月であった。

『門』については、官僚派から、漱石は学位までも辞退するような人物だから、賞を受けることはないだろうという意見が出された。一方、反官僚派は、受ける受けないは本人の自由であり、委員会の仕事は受賞者の心中を忖度することではなくて、傑作を推薦することにある、と応酬した。すると、官僚派は、漱石の傑作は『吾輩は猫である』であって、『門』ではないのだから、劣った作品に賞を与えるのは残念なことだと反論した。

午前中はそうした議論に終始したため、実際の採決は昼食後に行われた。道徳問題が反対理由の主だったものだったためであろうか、「国民新聞」によるといずれの作品も得票が、出席総数一三人の四分の三を満たす一〇票に達しなかった。最多得票は、『家』と『春泥集』の九票であった。行き詰まりの打開が計られている時に、官僚側は、反対派の顔色を見て狡猾にも投票のやり方を挙手に変えたが、まったく違いがなかったらしい。

一〇票以上の得点を得た唯一の作品は、戯曲部門の坪内逍遙訳『ロミオとジユリエツト』であった。しかし、委員たちは、合意に達した奨励作品が、たった一冊だけだと発表することが不本意であった。この時点で、ある委員が提案した。逍遙の文芸協会は、長年にわたって日本の演劇の発展に多大の貢献をして来たので、文学に対する逍遙の顕著な功績に対して、賞を与えるのがよいだろう。この提案は満場一致の賛同を得た。逍遙は、戯曲における功績に加えて、日本の近代写実主義理論の父として、また自ら写実主義の小説の実験者として広く認められていたからである*。委員会では、逍遙にメダル及び総額二二〇〇円の賞金を与えることを決定した。

* Marleigh Grayer Ryan, *The Development of Realism in the Fiction of Tsubouchi Shōyō* (Seattle : University of Washington Press, 1975). 参照。

おそらく漱石の前例があったからであろうか、事はこれでは終わらなかった。委員会が開かれた当夜、逍遙の同僚で、自らも文芸協会の主要な一員であった抱月が、気持ちよく賞を受けてくれるかどうかを逍遙に尋ねに行くことになった。逍遙は最初、賞を受けることに積極的ではなかった。そして、自分は文学に功労があった唯一の人間ではないのだから、そうした名目で賞を受けることはできないと語った。文芸協会の長としてなら、賞を受ける気があるかと、抱月が尋ねると、逍遙はそれならいいでしょうと答えた。抱月は、その知らせを持ち帰り、賞状は書き改められ、賞金が贈られた。しかしながら、逍遙は、賞金を自分のものとはせず、半額を文芸協会に、残りを二葉亭四迷、国木田独歩、山田美妙の遺族に贈った。この三人は皆、生前「文芸功労者」だったからである。逍遙のこの処置は、抱月を(驚かすことはなく)喜ばせたに違いない(51)。

奨励作品なしという大失態に対する反響は、多様で、広範囲に及んだ。漱石は、「読売新聞」紙上で、大いに安堵したと語った。自分の作品が選ばれたという噂を聞いて、文部省とのごたごたが再燃するのではないかと漱石は心配した。文部省は漱石の博士号の辞退を認めてはいなかったので、その賞状に文学博士の肩書きを記入しなければならなかったであろう。そうなると、賞を貰うわけにはいかなくなった。また、もともと文芸委員会には、主義として反対しているのだから、賞を受けるわけにはいかない。もっとも、自分の作品が選奨されれば、むろん感謝はする。とにかく、今回受賞作品がないとすると、それは、今の作品がたいした甲乙がないか、あるいは、いずれも傑作ばかりといってさしつかえなく、やはり自分の意見通り、それらの作品にそれぞれ五〇円ずつでも分ければよいと、漱石は述べている(52)。

藤村の作品は、あと一票あれば、受賞が決定するところであった。藤村は、かつて芸術を心底愛し、保護したメディチ家に「慕はしい美しい心持」を抱くと書いたことがあり、委員会に腹を立てた。作品が「真に理解され、誠意を以て取扱はれることを望むものである」と、藤村は主張した(53)。

選考の挫折に終わった委員会に関する記事の結論で「朝日新聞」は、文部省の「撹乱」が、非官僚派の怒りをあおったのだと書いた。非官僚派の委員たちは、翌年の奨励作品選考に向けて共同戦線を張るために、自分たちだけの会合を持つ計画をすでに立てていた。たとえ、このような相手の裏をかく計略が実際に首尾よく緒に就いたとしても、それは長くは続かなかった。その後の二、三カ月のうちに、委員会は、針を刺された風船のようにしぼんでしまうからである。「太陽」は次のように論評した。すべては、出発点から間違っていた。委員会はいずれそのうち、うやむやのままに葬られるだろう。ただし、葬られたところで、誰も遺憾に思うことはない、と(54)。「日本及日本人」は、ずっと楽観的な取り上げ方をした。この大仕掛けの見せ物のような文芸委員会が終わると、委員会への割当金は予算から削られるかも知れない。削られれば、作家たちが初めて首尾よく「敵」に打撃を与えたということを意味するだろう(55)。

まもなく、「朝日新聞」は、文芸委員の怠慢を非難することになる。森鷗外を除けば、課せられた海外文学の翻訳及び、神話、伝説、俗謡の編纂を完了せず、しかも月五〇円を受け取っている(56)。五月の委員会は、対決の場面になりそうだと、後の記事は述べている。文芸作品選奨の試みが流産したため、数人の委員は、文芸奨励の方法を変更したいと望んだが、しかし、文部省は目下のところ、いかなる変更にも反対であるらしい。鷗外は「朝日新聞」紙上で率直に語った。現在のやり方は断念すべきだと考えている、と(57)。数日後(一九一二(明治四五)年五月五日)、「朝日新聞」は勧めた。経費削減計画の一環として、文部省の他の不必要な委員会といっしょに廃止されるべきである。委員会は、文芸を奨励する風を装って、委員を操ろうとして失敗した。委員会に割りあてた予算は、別のところでもっと有効に使われ得るはずだ、と(58)。

一九一二(明治四五)年五月の委員会は、延期になった。その主な理由は、対決の機運が高まっていることを文部省が嗅ぎ付けたからであると、月末の「朝日新聞」は伝えている。しかし、これは、混沌とした状態に対する単に一つの説明にすぎなかった。内務省が委員会と文部省に対して、まったく無関心であったということが、委員たちの苛立ちの原因であった。この苛立ちは、一九一二(明治四五)年五月、警察がズーデルマン作の『故郷』の上演に干渉しながら、文芸委員会に一言の相談もしなかったために、さらにつのっていた(『故郷』は、一八九二年の作品で、イギリスでは『マグダ』、日本では『故郷』及び『マグダ』で知られている)。『故郷』は、島村抱月が翻訳し、抱月と逍遙の文芸協会が上演した。文芸協会は、文芸委員会によって選奨されたばかりの団体である(幕切れの場面をさらに改変して、「新」思想が「旧」思想に対して勝利をおさめるふうには見えないようにしない限り、上演を禁止すると、警察は迫った。ヒロインが「故郷へ帰つて来なければよかつた」と、曖昧に言うよりは、むしろ、父親が脳卒中で死んだのは、自分のせいだと言って自分を責める場面を、警察当局は望んだ。抱月は、新旧の思想の衝突は単なる問題提起にすぎないから、はっきりした勝ち負けなどない、と懸命に説明していたが何の効果もなかった。自分は喜んで改変に従う。そうすれば、明らかに数週間の公演の成功が可能だと、抱月は語った*)。まるで、それまでにはっきり結論が示されていなかったかのようだが、これで検閲というような事態に対して委員会は何等の影響力も持つ可能性がないということを、疑いの余地なく立証したことになる。ある委員は、取材を受けて、「折角成立したる文芸委員会を閉鎖するも残念なれど此儘にて存置する時は何の効果も無かる可し」と語った(59)。

*この『故郷』という戯曲が、次のような点でヨーロッパでも批判されたことを抱月はよく知っていた。批

判されたのは、複雑なヒロインを一面的な父親と対抗させているという点である。ヒロインは、解放された「自由な女」であり、苦労して勝ち取った独立は、古い因襲によって今なお脅かされている。一方、父親は頑固な軍人で、芸術の価値（特に娘が生涯を捧げているオペラの価値）をまったく理解しない人物である。しかし、実際には、この状況は、この劇が設定されているヨーロッパよりも、日本の社会にぴったりとあてはまると、抱月は主張した。「文芸協会の『故郷』」『抱月全集　第二巻』四〇六頁、四〇一―四二〇頁。

絶望的な雰囲気の中で、委員会は事実上ほとんどその機能を停止した。一九一二（明治四五）年六月になってようやく委員会が開かれ、第二年目の活動が始まった。この委員会で、八世紀のすぐれた歌集『万葉集』の定本を編む決定がなされたが、これも日の目を見ることはなかった。

おそらく、夏期には委員会はどのみち開かれなかったのだろうが、一九一二（明治四五）年七月二一日、突然、天皇重篤のニュースが報じられた。この日から、七月三〇日の天皇崩御の発表、八月一日の明治から大正への改元、九月一三日の御大葬にいたるまで、国民の関心はただ一点に釘付けにされた。その興奮が冷めやらぬうちに、乃木大将殉死の報が日本中、世界中をかけめぐった。乃木大将は、軍人の英雄であり、世界中を旅した旅行家であり、活力と高潔を表す国民的模範であった。その乃木大将が、天皇の後を追って妻とともに、古式にのっとり殉死したのである。

これに関連した社会的な混乱が、一九一二（大正元）年一二月の西園寺内閣の瓦解、一九一三（大正二）年二月の立憲政治の危機下における第三次桂内閣の崩壊などの政変と相俟って、政府と文学界との、そのいずれかの側から和解をはかろうとするいかなる考えが生き残っていたとしても、消滅してしまったに違いない。一九一三（大正二）年三月に、鷗外訳の『ファウスト』が出版された。発行者名は、文芸委員会となっている。五月に鷗外は、翻訳の援助に謝意を表する目的で、福原鐐二郎や他の文部官僚を招いて、食事をともにした(60)。しかしながら、この頃には、『ファウスト』は、「文部省の文芸委員会が残した唯一の事業」と呼ばれていた(61)。そして、一九一三（大正二）年六月一三日に、山本首相は、前任者西園寺、桂両首相が果たし得ず、両内閣を挫折させる主な原因となった国家財政の削減と官僚機構の再編を実施した。この大改革のあおりで、文芸委員会の消滅は、ほとんど気付かれなかった。この間の事情について「朝日新聞」は、冷淡な調子で次のように述べている。手間取っていた翻訳事業は『ファウスト』を除いては結局完成を見ず、「通俗教育調査委員会と異なり」、文芸委員会は完全に機能を停止するであろう。通俗教育調査委員会は予算を半分に削減されたが、文部省の他の部局で機能し続ける予定である。雑誌は、文芸委員会の廃止に関して完全に沈黙していた(62)。このことよりもはるかに一般の関心を集めていたのは、島村抱月と文芸協会の主演女優松井須磨子の恋愛事件に関する詳報であった。この恋愛事件が原因となって、抱月と逍遙との間に不和が生じ、文芸協会は解散にいたるのである。

この頃、山本内閣は政権を担当してからほんの四カ月程経過したばかりで、きびしさを増して来た検閲活動への不満が再び浮上して来たが、今や検閲の矛先は、主に女性運動に向けられていた。女性運動は教育者の間に、自然主義と同程度の憤激を呼んでいたからであった*。ある評論家は教育雑誌の中で述べている。ある外国人は、最近の日本の政情を「民主々義に傾き来れり」と観察しているが、「彼等が我国体を知らず、欧米的精神を以て我が国の事物を評するに依ることにて、全然たる誤解」であり、「我が皇道は、君民の一心同徳《ママ》たるにあり」と(63)。

*「太陽」一九一三（大正二）年六月号と、「中央公論」一九一三（大正二）年七月号は、紙面をたっぷりさいて、「新しき女」の特集記事を載せた。「中央公論」のこの特集号は婦人雑誌「婦人公論」の創刊に結び付く。編集長は嶋中雄作で、太平洋戦争中、中央公論社を率いた。一九〇八（明治四一）年の平塚らいてうと森田草平の「自然主義」的な心中未遂事件は、国民に衝撃を与えた。平塚らいてうは、最も傑出した「新しき女」であった。婦人雑誌発売禁止に関しては、「婦人雑誌発売禁止問題」「大阪朝日新聞」一九一三（大正二）年四月二三日を参照。これは、中島健蔵編『新聞集録大正史』全五巻（大正出版社、一九七八年）第一巻二六七―二六八頁に再録されている。この記事を見付けたマーギット・ナージィ女史に感謝する。

また、同じ巻の二〇〇頁に載っている記事は、平塚らいてうが編集主任となっている「青鞜」の二度目の発売禁止を扱っている。〈†「読売新聞」一九一三（大二）年二月九日「御苦労な事雑誌青鞜の発売禁止安寧秩序を害すとて」。「文芸雑事」（「日本及日本人」一九一三（大正二）年六月一五日）一〇〇頁参照。〉

第二次西園寺内閣のもとで、文学は、検閲が一時休止して束の間の小春日和を享受していたのであるが、それもついに終焉を迎えていた。状況はすでに、文学と政府の「協調」を要求する以前の時点に、本質的に逆戻りしていた。漱石と同様のアウトサイダー的な見解を抱く作家が示した軽蔑の念と、文学擁護のためにインサイダー的な特権をうまく利用したいと考えた鷗外や抱月のような文学者の姿勢という両方の理由により、文学者たちを組織化しようとする政府の最初の企ては失敗に終わった。文学者は、警察に影響を与えることが不可能になり、官僚は文学者からいかなる妥協も引き出すことができずにいた。一九三〇年代の狂信的な軍国主義の勃興が両者のやり取りのルールを変えるまで、膠着状態は続くことになる。

明治の終わり

漱石の『こゝろ』を読んだ者ならよくわかるように、一九一一（明治四五）年七月三〇日の明治天皇の崩御は、大多数の日本人の心に深い衝撃を与える出来事であった。『こゝろ』の若い語り手は、天皇の病気の知らせについて述べている。「新聞紙ですぐ日本中に知れ渡つた此事件は、一軒の田舎家のうちに多少の曲折を経て漸く纏まろうとしていた私の卒業祝を、塵の如く吹き払つた。（中略）崩御の報知が伝へられた時、父は其新聞を手にして、『あゝ、あゝ』と云つた。『あゝ、あゝ、天子様もとう〳〵御かくれになる。己も……』」(64)。

天皇崩御の知らせは、この素朴な田舎の紳士のみならず、暗く内省的な主人公「先生」の心をも動かす。「すると夏の暑い盛りに明治天皇が崩御になりました。其時私は明治の精神が天皇に始まつて天皇に終つたやうな気がしました。最も強く明治の影響を受けた私どもが、其後に生き残つてゐるのは必竟時勢遅れだといふ感じが烈しく私の胸を打ちました。（中略）御大葬の夜私は何時もの通り書斎に坐つて、合図の号砲を聞きました。私にはそれが明治が永久に去つた報知の如く聞こえました」(65)。

確かに、日本史の上で最も活気と創造力に満ちた一つの時代が終わりを告げていた。しかしながら、明治天皇の死は、明治国家の終焉を画すどころか、明治国家体制の完成を象徴し、天皇に対する愛と忠誠を結晶化する出来事とされたのである。この「立派でおそらく影響力のあった人物」*が統治したほぼ四五年間を通じて、明治の指導者たちは、天皇に対する敬愛と忠誠を、大衆の中に育成したのであった。

* John K. Fairbank, Edwin O. Reischauer, and Albert M. Craig, *East Asia*, p. 227.

標準的な歴史の論文から取った以下の引用文が示唆しているように、神秘が天皇の魅力の大きな要素であった。今日でさえも、歴史家たちは明治時代の形成において、天皇の考えが正確にどんな役割を果たしたのかということについては、確信を持てないでいる。大逆事件の裁判の行われている間、浅田江村は、明治の指導者たちが行った天皇という象徴の操つり方を巧みに皮肉っている。

国家統一の中心力は、政府でもなければ、勿論帝国議会でもない。今上天皇陛下こそ実に此卓越せる国家統一の中心力であり、而して此統一の上に現はるゝ強大なる国民元気の不断の淵源である。又実に国民道徳の儀表であり、国家の進路を不断に照らしたまふ光明である。（中略）只畏れるのは、多数国民中には、伝来的若くは習慣的に皇室に対する敬虔の念慮は勿論之を失はざるも、現に君臨したまふ聖天子の御聖徳、御稜威、御人格に関して余りに無識に過ぐると思はるゝ、事実の少からぬことである。（中略）九重雲深き処に在《をはし》ますが故に、有司はたえず神聖にして尊厳なる御消息を国民に宣伝するに努め、以て蒼生をして苟くも聖意に背戻《はいるい》するの行為なからしむることを念としなければならぬ。雲上の御消息は努めて詳かにすべく、努めて明白にすべきものであって、決して秘密に付すべきものでない、又断じて曖昧に付すべきものでない。上御《かみ》一人の喜憂は即はち下万民の喜憂でなければならぬ。（中略）古今の英主英雄の伝記を講ずる前に、今上陛下の御平生を講ずべきであると思ふ(66)。

明治の指導者たちの操作が大成功であったことは、天皇重態のニュースが報じられると、国民の不安が表れ出たことで明らかになった。一九一二（明治四五）年七月二一日以降、日刊新聞は大見出しのもとに長々しい悲しみの文章と、天皇の病状に関する詳細な記事を載せた。「朝日新聞」は、刻々と追加される医学的データを図示し、天皇の体温、脈拍、呼吸数の変化、さらには、政治家についての完全な情報公開を熱望する現代のアメリカにおいてさえも、めったにお目にかかれないような身体上の詳細な報道をする欄を、毎日一、二段付け加えた。天皇は神だったかもしれないが、朽ちる肉体を有する日本人の「生き神」(67)であった。たとえば、医師団が七月二〇日午後七時三〇分にカテーテルを使って天皇から〇・五リットルの尿を採取したといったようなことを、最もうやうやしい言葉で新聞が報じるのは、きわめて自然なことであった。こうした記事のおかげで、私たちは、天皇の尿の量のみならず、便の量、ガスのたまる頻度、そして舌の色や組織の様子（舌は七月二二日には舌苔が生じ、茶色味を帯びた黒色であった）まで知ることができる。七月三〇日、ついに、天皇の手足の指先は暗紫色に変わり、翌日の新聞は、天皇が「崩御」したことを報じた。

「掛巻《かけま》くも畏《かしこ》き」というのが、「朝日新聞」の記事の書き出しの言葉であった。この響きのよい言葉は、もともとは、神である天皇の死を畏れおののきながら嘆き悲しんだ七世紀の万葉歌人の用いたものである(68)。政府はさらに、この感情にふさわしい葬儀を執り行おうとして、その準備に九月半ばまでかかった。この間、天皇の最後の安息所にするために、京都の南に位置する未踏の山を開くことに大方の時間を費やした。事実、この桃山の御陵は、日本における最も立派で、堂々たる記念建造物の一つであり、厳密な神道様式で作られ、古代の天皇陵の簡素ささえも思い起こさせるものであるが、その規模において古代の御陵をはるかに凌ぐものであった。

九月一三日午後八時に一発の号砲が鳴り響くと、大葬の行列は宮城を出立した(69)。行列は、新聞の見出しが何度も宣言したように「空前の大喪儀」であった。日本の歴史において、天皇の死がこれほど経費、時間、労力を要する国家行事になったことは、かつてなかった。軍隊が出動し、全国津々浦々からあらゆる階層の会葬者が葬儀に参列したからである。行列自体は、一万名を越える陸海軍の近衛連隊を含めて、少なくとも二万五千人から成り立っていた。葬列の全長は四キロにも及び、行列全体が道中の一点を通過するのに二時間以上かかった。特別に取り付けられた九〇〇個のアーク灯が道筋を照らした。皇居内で最初の号砲が鳴り響いた後、市内の二基の大砲が一分間隔で各々一〇一発の射撃を続けた。一方、東京湾に停泊中の軍艦は、三百発の号砲を撃った。この壮大な葬儀の費用を支出するために、緊急に帝国議会が召集され、一五四五、三八九円の歳出が決定した(70)。

皇居の門から青山斎場仮の祭壇までの約五キロの道筋に明け方に並び始めた群衆は、その日の午前四時までには、立錐の余地のないほどになった。兵士が人の壁のように道路の両側に立ち、そのうちの二三、九三七人は、国内のすべての連隊を代表して派遣されて来た者であった。五千人をわずかに割る警官が群衆規制の任務に付いた。計画は細心の注意を払って立てられていたので、大きな事故は避けられた。二、三の押したりこづいたりの事故はあったが、警察官の警戒線を突破するような者はなく、会葬者は、おおむね丁重に振舞った。会葬者の中には、約六万人の学童がいたが、葬儀参列は文部省が手配したものであり、これらの学童のために四カ所の広い芝地が確保され、そこには応急手当の準備を整えた校医が配置され、また、便所は近くの庁舎に割りあてられた。学童は、天皇の棺（古代の貴族に用いられた牛車で運ばれて来た）や外国の王族が通過の際には、特に静粛にするように注意を受けた。その際、児童は、一九〇七（明治四〇）年の文部省令一八条に規定されているように、上半身を三〇度傾けて礼をすることにより、最大級の敬意を示さねばならなかった。

外国人に敬意の念を表すことは、学童にのみ求められたのではなかった。葬儀の準備の進展ぶりをあわただしく報じる記事のほとんどすべてに、日本の「五千万の同胞」は、世界列国代表の目の前で、この国家的儀式を挙行することになっており、従って華美な服装を慎み、外国の特派大使に無礼のないように礼儀正しく振舞わなくてはならないという注意が含まれていた。作法に関する忠告は、数多くの役人の手によって新聞紙上を通じて伝えられた。

外国の王族の中で、いちばん身分が高かったのは、英国御名代アーサー・コンノート親王殿下であった。コンノート殿下は一九一二（大正元）年九月一一日、旗艦三隻を伴った戦艦ディフェンス号で到着した。コンノート殿下は艦上で、乃木希典大将や供奉員として大将に随行していた他の役人から歓迎を受けた。新帝は、ただちに桂太郎侍従長を派遣してコンノート殿下に大勲位菊花章を贈った。

新聞は、この偉大なスペクタル全体を熱狂的に報じた。記者は、読者と同様の深い喪失感を抱き、文章を響きのよい擬古体で飾った。道筋には群衆だけではなく。八世紀の聖なる書物である『古事記』の宇宙に神秘的に生えたのと同一の「青人草《あおひとぐさ》」も存在したのであった。人々の涙は単に流れ落ちたのではなく、「曇と凝り、雨と降」ったのである(71)。この特別に敬愛を受けた天皇の臣民たちは、天皇の死への旅立ちを見ようとして殺到した。棺の京都への夜の旅をも見守ろうと、臣民たちは線路沿いに並んだ（汽車は、午前一時に東京を発ち、翌日の午後六時に桃山に着いた）。

この壮大な葬儀のニュースの只中に、「朝日新聞」は数段にわたる衝撃的な記事を掲載した。それは翌日以降、葬儀そのものの報道をたちまち圧倒することになった。日本軍人の鑑であった乃木希典と、その夫人の殉死であった。これは政府が明治という野外歴史劇に対して求め得た最高のクライマックスであったろう。タイミングも、形式も非のうちどころのない完璧なものであった*。

＊乃木とその死に関する研究は、Robert Jay Lifton, shūichi Katō, and Michael R. Reich, *Six Lives / Six Deaths*, pp. 29-66．参照。以下の記述は、本書及び「朝日新聞」一九一三（大正二）年九月一二日、一四日の記事に基づいている。

西南の役（一八七七（明治一〇）年）の際に、敵に軍旗を奪われた乃木は、その神聖冒瀆とも言える行為を処罰してくれるよう嘆願した。にもかかわらず、乃木は許されたばかりか、国際的に認められた軍人指導者、日露戦争の英雄

（この戦争で、乃木は二人の息子を喪った）、学習院院長、そして武士道の体現者として、日本で最も尊敬される人物の一人にまでなった。しかしながら、最早「主君」に仕えることができなくなった以上、乃木は、長らく延期された処罰のための絶好の機会として、天皇の後を追って死ぬ決意を固めた。コンノート親王殿下を訪問する前、朝食時に大礼服を身にまとった乃木大将と夫人は、座して写真を撮った。おそらく、その夜のコンノート親王殿下にお供ができないことを伝えるために、喪服を身に付けた夫人とともに伯爵乃木は、宮中に参内した。その後、乃木夫婦は、召使いたちに葬列を見にゆくように命じて、自宅二階に閉じ込もり、辞世の句を認め、葬列の出発を知らせる号砲の音とともに、昔ながらの武士の作法にのっとって自決した。乃木大将は切腹し、夫人は懐剣で心臓を突いたのである。天皇の御陵の麓に、乃木夫妻を記念して小さな神社が建てられた。この神社は、永久に天皇に仕えるために、ぬかずいているように見える。

最近の研究が示しているように、「明治政府も、大正・昭和の政府も、乃木希典を軍国主義・ナショナリズム鼓吹のための強力な武器に仕立てた」のであった(72)。とにかく、乃木大将の死は、重要な歴史的意味を持つ出来事であり、言論界はただちにそれを認めた。一九一二（大正元）年九月一四日の「朝日新聞」の論説は、乃木大将の死は、日本人に対する挑戦であると論じた。「これ大将一個のことにあらず、又一時の驚駭を以て終るべき問題にもあらず。日本の風教道徳の上に尠少ならざる疑案を提出したるものといふべし」。

論説は続く。欧米新文明の洪水は、一時本邦の旧道徳、旧信仰を破壊した。しかし、日清、日露の戦役によって自国の価値観を再認識した国民は、旧文明の破壊に対して反動し、武士道を復活させたのである。今や、武士道はまことに本邦道徳の基礎だと主張する人もいる。なるほど、武士道は完全な軍人規範であるかも知れないが、社会全般に無理強いすることはできない。

先帝の霊に殉死した乃木大将にわれわれすべては感動せざるを得ないが、現代の観点から見れば、乃木大将の行動は厳密には、個人的選択の問題である。乃木大将が国家に尽くすべき自己があるということを忘れたことを残念に思う。「乃木大将の死は之を以て日本の旧武士道の最後を荘《かざ》れるものとして、其の情に於ては大に之に尊敬の意を表すると共に、理に於ては遺憾ながら之を取らず。永く国民道徳の前述を誤らしめざらんことを希はざるを得ず。大将の志は感ずるに堪へたり、其の行ひは終に学ぶべかざる也」(73)。

『こゝろ』の中で、まさにこの古い感情と新しい知性の間の葛藤を表現するために、夏目漱石は、乃木大将の殉死に大きな関心を寄せた。漱石は乃木の殉死を、冷静で理性的な主人公の遅らせていた自殺の、計り知れない動因となったと考えたのであった*。この時期に書かれた森鷗外の切腹を主題とした短編歴史小説が持つ最も力強い特質は、侍のヒロイズムに対する畏敬の念と、個人の生命の破壊に対する嫌悪の念が入りまじった感覚である**。日本政府が一身同体の家族という特有の雰囲気を保持しようとする計画のために、多額の資金と人的資源を投入している間に、大半の日本人(中でも作家たち)が国際社会の中でますます洗練された一員となってゆく過程で経験するであろう葛藤こそが、乃木大将の死後数時間以内に執筆した「朝日新聞」の記者が捉えていたものであったと言えるかも知れない。日本が第一次世界大戦後のコスモポリタニズムの潮流に押し流された時でさえ、天皇の神話への感情的吸引力が根強く残っており、政府はその方向を保つような政策を採ったのであった。

*「朝日新聞」一九一三(大正二)年九月一五日六面の一連の写真〈†「水泳場の乃木将軍」という写真が掲載されている〉、そして「日本及日本人」一九一三(大正二)年一〇月一日号の付録で、乃木大将が学習院の水泳部のメンバーの褌姿の中に埋もれている写真は、漱石に『こゝろ』冒頭の海岸の場面を書く時のインスピレーションを与えたと、私は考えざるを得ない。手拭い、男と青年、衣服を着けていない人間の集団、そして猿股姿の孤独な素性のよくわからない西洋人さえも、すべてこの写真からヒントを得た可能性がある(外国人は「日本及日本人」に載っている写真では、右端の方に見える)。近代的な思索家である先生と時代遅れの軍人乃木大将との間のあまり印象的ではない類似を実証するのは、静子(乃木)と静(先生)という二人の妻の名である。そしてもし、私たちが小説の結末の行を真剣に読み取れば、静もまた夫の後

を追って死ぬことは確実である。

** 一九一二（明治四五）年九月一八日、乃木大将の葬儀の日に、この短編の完成した初稿を「中央公論」に送ったことはよく知られている。その背景と翻訳については、David Dilworth and J. Thomas Rimer, eds., *The Incident at Sakai and Other Stories*（Honolulu : University Press of Hawaii, 1977）. を参照。

第Ⅳ部

国家的動員に向けて

第13章――概観・明治以降における思想統制と検閲

純文学の作家たちは、大正（一九一二年～一九二六年）、昭和（一九二六年～一九八九年一月）を通じて、政治と芸術はそれぞれ独立したものであるという、明治後期に確立された伝統を常に保持して来た。一方、政府筋の考え方も首尾一貫したもので、健全な日本のあらゆるものに敵対するのは、治安妨害やデカダンスというような外国の勢力であり、死を招くその細菌が常に神聖な国体に今にも感染しようとしているというものであった。その結果、作家と国家との関係は本質的には以前と変わらないままであった。

保守の立場は、その一貫性のみならず、迷える魂を地獄に落とされた人々のいるところから呼び戻そうと努める伝道者のような熱情においても、目を見張るものがあった。伝道者にたとえるのは、決して誇張ではない。もし、多少誇張があったにしても、それは過剰なものではない。非正統派が屈服させられた複雑な圧力を正しく認識するには、原理主義者《ファンダメンタリスト》の婦人禁酒連合会が国中の飲酒者の精神的救済に乗り出した姿を想像していただきたい。婦人禁酒連合会は、最初は博愛主義的な民間の団体によって援助されているが、やがて国家予算から潤沢な財政援助を受け、さらには、警察、裁判所、教育制度、マス・メディア、宗教法人、ソーシャル・ワーカー、そしてアルコール中毒患者の友人や家族等の助けに支えられることになる。その仕事は、主として、地域の多数のアルコール中毒治療センターでなされる。センターには、多くの場合、元アルコール中毒患者や一般のボランティアたちがスタッフとして配置されている。初期の段階では、悪魔のような酒に反対する宣伝があまりに行き届きすぎて、結果として完治したアルコール中毒患者さえも、世間からは白い目で見られ、仕事に就くこともままならなくなる。禁酒連合会に所属する婦人たちは、元アルコール中毒患者に関して世間の人々を教育する必要性をすばやく見てとる。しばらくすると、世間の不信感は徐々に消えてゆき、「一部の実業家は、元アルコール中毒患者を雇用しようと特に骨を折ったりする」。アルコール中毒患者は、犯罪者として扱われるべきではなくて、病人であり、愛と理解を必要としている同胞として扱われるべきであることが世間一般に理解されて来る。元患者は、「良い本を読み、よい講演を聴くように」と励まされる。しかし、元患者が自分の利己的な振舞いから手を切り、信者の仲間に加わることができるのは、自分のまわりから降り注がれる愛のおかげなのであり、その結果、常習者の率は、驚くほど低い一〜三パーセントに減少するというわけである。

私がここで言及しているのは、大逆事件以降に進展した思想統制の体制である。その仕組みは、「治安維持制度」として知られ、リチャード・H・ミッチェルが驚くほど詳細に記述している。前述のアルコール中毒患者についての引用は、ミッチェルの著書『戦前日本の思想統制』によるものである(1)。思想統制の価値観が一貫していた理由は、幾分かはこれに関わった人物によって説明が付くだろう。幸徳事件裁判で主任検事をつとめた平沼騏一郎は、昇格してついには法務省における唯一の最も有力な政策立案者となっていたが、法務省で思想統制政策が法案化された。「外来思想」に対する彼の恐怖は決して消えていなかったのである(第10章、二一八頁注参照)。

この制度の核をなしていたのは、平沼の治安維持法であった。治安維持法は、最初一九二五(大正一四)年に左翼取締りの方策として施行された。一九二八(昭和三)年と一九四一(昭和一六)年にこの法律は、改定され、拡大された。やがて「この法規が適用されない行為はほとんど残されていないほどになる。たとえば、近くの神社の薄暗い人目につかないところで、用を足した酔っぱらいでさえも、この法律の違反で告発されるかもしれないのである」(2)。法律の適用範囲が広がると、それを施行するために暴力の使用も増大した。一九三三(昭和八)年、過激主義者とおぼしき者たちを大量検挙した際に、最も著名なプロレタリア作家小林多喜二が警察の拷問によって死亡した事実はよく知られている。戦時中、検察と警察は、この治安維持法を利用して幾人かの有名なジャーナリストを逮捕して拷問にかけることを正当化したのである(第16章参照)。

その際、「逮捕、拷問(又は拷問されるという恐怖)、訊問、裁判、懲役刑、そして死刑の恐怖」が正当性(国体)を可能な限り無垢な状態に保持するのに重要な役割を果たしたことは疑う余地のないことである(3)。だが、日本の思想統制のシステムは、歴史的に見てユニークなものであった。それは、すべての人々は、——法律の施行者も違反者も——幸福な大家族の一員であって、愛と忍耐をもってすれば、再び調和した家族になれるという仮定のもとに成り立っていたからである。「平田勲検事はこの点について次のように要約している。『希望をもてない思想犯はいない。(中略)彼らもすべて日本人である以上、おそかれはやかれ、全員が自らの思想の誤りに気づくであろう』。(中略)日々の教化によって、筋金入りの思想犯ですら改悛するであろう。彼らの日本人らしさが、そのうちに必ず表面に出てくるはずだから」(4)。

法律違反者を法廷で裁き、投獄して罰するために治安維持法を適用する代りに、法務省は巧妙な行政的方法を案出した。それは、容疑者が地方の保護観察所で治療を受けている間、容疑者をある種の法律的中間地帯に置いておくというものであった。一九三六(昭和一一)年の国会で、二二の保護観察所が設立され、それらが、以前は博愛主義者の諸団体が果たしていた役割を引き受けることになった。「この重要な法案〈†思想犯保護観察法〉が可決されたのちに、刑事局保護課長森山武一郎は、思想犯取締りのための厳父慈母の態度の政策が確立されたと述べている」(5)。この、親のような態度を取るという方針は、投獄と処罰よりも、断念や転向を強調するものであった。この方針の展開に関するミッチェルの記述を読むと、思想犯に対する家族的救済法は、「赤化への威嚇」以上のことをめざしていたということがわかる。

中国との交戦状態が長引き、さらに、一九四一年に合衆国との外交が危機に陥ると、転向の新しい基準が生み出された。思想犯は日本人であるという事実に目覚め、その日本思想を日々の実践に移して、国体観念を完全に認めかつ理解し、そして西洋文化のなかで日本文化へ同化不能な部分（たとえば個人主義、自由主義、マルクス主義、その他「劣悪な」思想）を棄てさらなければならない。（中略）いつの日か、彼らは、日本人としての自分の真の姿に気づくことを妨げてきた「近代的個人主義、唯物主義」の泥沼を脱する道を見出すであろう*。

＊ Mitchell, *Thought Control in Prewar Japan*, pp. 137-38.「目覚めた」ある左翼作家は、このことを次のように語っている。「マルクス主義が日本人の魂の永久的な支えに決してなり得ないことは確かである。（中略）マルクス主義のために殉死できない転向者であっても、大義のためには喜んで死ぬことができる。転向者もまた日本人なのだから。」Donald Keene, "Japanese Literature and Politics in the 1930s", Journal of Japanese Studies 2, no.2 (Spring 1976) : 241.〈†林房雄の言葉である。〉

この制度が拡大するにつれて、自分の日本人らしさを想起させられねばならなかった日本人の数は、驚くべきものだった。一九二二（大正一一）年に創設された非合法の五〇人からなる党が野火のような勢いで瞬く間に広がったことを考えても、自分自身を共産主義者と呼ぶであろう者の数を凌駕していることは確かである。一九二八（昭和三）年三月一五日には、急進主義者と思われる者たちの悪名高い大量検挙があり、その際、治安維持法が制度として初めて運用された。一九四一（昭和一六）年には、戦時の総動員令が出された。一九二八（昭和三）年から一九四一（昭和一六）年の一三年間の間に六五、〇二一人の逮捕者が出、この内の一四、四二六人のみが、司法的措置（五、五五九人）と、行政的措置（八、八六七人）を執行されるにいたったにすぎない。政府の代理機関として正式に設立された二年後の一九三八（昭和一三）年までに、「保護観察所は、およそ一三、〇〇〇人の人々を指導した。（中略）再犯者の数は一パーセントという低率であった」(6)。

先に上げた逮捕者の数が驚くほど多かったということは、この制度の適用が、狭い少数の共産党の細胞に限られていなかったであろうということを示している。事実「筋金入りの主義者」の数は、この数年間で約二〇〇人に達しただけであった(7)。この制度は隅々にいたり、国民のあらゆる精神に手を伸ばそうと試みる、足を四方八方に広げるタコのようなものであった。そして幸徳秋水事件の発端で、魚住折蘆によって非難された、国家と家族の間の、あの「共謀」の近代的制度化であった（二四五頁参照）。一九二八（昭和三）年にある人物は、政府に次のように助言している。「思想戦争における国家の最強の武器は『愛』である」と(8)。政府はこの助言に従い、多量に蓄積した国民の退行的感情を、異端者をおびき寄せるために巧みに利用した。国家と家族の「共謀」は、今日でもなお効力を発揮しているという徴候がある*。

＊一九六七年に発表された安部公房の戯曲『友達』（translated by Donald Keene as *Friends*, in Howard Hibbett, ed. *Contemporary Japanese Literature*, New York : Alfred A. Knopf, 1977.）の主人公は、隣人愛という福音を広める家族によって監禁され、ついには殺されるのである。またさらに驚くのは、日本政府の代理機関である日米通商委員会によって、一九七二年から海外に配給されている日本についての三〇分ものの映画である、『成長する日本人』（Growing Up Japanese）という題名で、伝染しやすい活気と善意に満ちあふれた日本の生活を生き生きと多彩に描いたものである。手を握り合ったり、寄り添ったり、母乳を飲ませたり、よくある「スキンシップ」の光景を重ね合わせて映し出しながら、ナレーターは、「日本人はたいへん他人にふれることの多い民族である」と語る。この宣伝映画がめざしているのは明らかに、「エコノミック・アニマル」という日本人のイメージを無効にしたいということであり、自然にわき起こる笑いや楽しげに仕事や遊びに参加する瞬間の様々な日本人をとらえる。会社のピクニックに参加するのが大嫌いな日本人がいる

かも知れないということは少しも示唆されていない。題名とは裏腹に、これは成長についての映画ではない。なるほど、いかなる文化も自立という重荷を背負う成熟した大人が、時には子供のような帰属意識に身を任せ得るオアシスを提供することは確かであるが、戦前の日本政府には、あんなにも整然と徹底的に、永久に大人にならないピーター・パンのような状態を提供することを約束して、公然と反抗し続けた少数の人々を服従させることが必要だったのである(9)。

このように要約してみると、思想統制は、一九一一（明治四四）年の幸徳秋水の処刑の日に確固たるものになったように思える。その進行速度は、一九三一（昭和六）年の満州事変が勃発するまでは、むろん比較的緩やかなものであった。

一九一二（明治四五・大正元）年、元号が明治から大正に変わっていく時、政党が他の支配的なエリートたちから権力を奪い始めていた。一九一七（大正六）年に、教科書が改訂され、第一次世界大戦と関連した国際主義がある程度取り入れられた。そして、一九一八（大正七）年の第一次世界大戦の終結とともに、世界の諸国を席捲していた平和主義、立憲主義、そして国際協力を支持する風潮が日本にもたらされた。同じ年の米騒動では、家族主義的国家体制を損なわないように、警察が広範囲にわたって公然と戦いを挑むであろうという可能性が示された(10)。一九二〇（大正九）年に日本で最初のメーデーが祝われ、労働運動の勃興によって、幸徳事件後の「冬の時代」が終わりに近付いていることが示され、社会主義関係の書物が再び店頭に現れ始めた。一九二一（大正一〇）年には、最初のプロレタリア文学雑誌である「種蒔く人」が創刊された。一九二五（大正一四）年には、満二五歳以上の男性に普通選挙法が公布され、有権者数が三〇〇万人から一三〇〇万人に増大した(11)。

しかしながら、「大正デモクラシー」華やかなりしこの時期でも、主流となっていたのは、調和のとれた国家の再建ということであった。森戸辰男が一九二〇（大正九）年に、クロポトキンの客観的な研究書を出版したことで裁判沙汰になり、投獄されたことにより、日本の学問の自由には限界があることが示された*。

＊イギリスの学問の自由には限界があるということは、バーランド・ラッセルが一九一八年に戦争に反対したという理由で、ケンブリッジ大学のトリニティ・カレッジを解雇されたという点に示されていると指摘することができるかも知れない。

「大学は急進主義の温床とみなされていたために、原内閣（一九一八〔大正七〕～一九二一〔大正一〇〕年）は、『人格ノ胸治及国家思想の涵養』によりいっそう注意を払うように指示するために勅令を利用した」(12)。それでいて、原は民主主義の主要な擁護者と考えられていたのである。明らかに幸徳に対する「復讐」であった一九二三（大正一二）年の摂政宮の暗殺未遂に対する反応はというと、他の左翼の「突発的事件」や、関東大震災が個人主義の行きすぎに対する天罰であるという感情を結び付け、急進主義の運動に対する政府の統制への反対の動きを徐々に弱めるのを助長した。代議制民主政治が最高潮にあったと思われる一九二五（大正一四）年に（おそらく最高潮に達していたがゆえに、幾分取引きという認識があったようだ）、平沼一派は、「圧倒的支持を得て」治安維持法を国会に通すことができた。彼らは、神秘的な国体を初めて成文化し、広範な支持を得ていた天皇を国家の一機関と見なす合理的な見解を否定したのであった(13)。

大正天皇が一九二六（大正一五）年一二月に崩御し、昭和天皇の時代が始まった。大正時代でも経済は決して強固なものではなかったが、この頃には崩壊状態に陥っていた。広範囲にわたって困苦が存在し、多くの者にとって、民主主義や国際主義はすでに消えゆきつつあると思われていた。腐敗した政党にその責任があった。愛国的な青年将校たちは、日本が抱えている問題に対して「精神的」解決の道を模索し始め、これが右翼的なテロリズムのうねりを生み出していく(14)。

この重大局面に政権の座についた田中義一内閣（一九二七〔昭和二〕年～一九二九〔昭和四〕年）は、平沼と深い結び付きがあり、破壊分子を根絶すると決意した点では、第二次桂内閣を思わせるものがあった。この内閣が一九二八（昭和三）年三月一五日に、急進主義者と思われる者一、六〇〇人を全国規模で逮捕し、治安維持制度の機構を始動したのである。田中内閣は、特別高等警察の拡大をはかるために、二〇〇万円の特別予算を議会から獲得した。警保局の検閲関連の予算は、一九二七（昭和二）年から一九二九（昭和四）年の間に二倍以上になった（人員は二四人から五八人に増員された）(15)。そして、桂内閣の時と同様に検閲件数は、うなぎ登りに増え始め、戦時中を通して止まることなく、かつ劇的に増加する傾向を生み出したのである。

検閲が思想統制制度に重要な役割を果たしたのは、先に活動の様子を見て来た警保局の機構によるものと、内務省の特別高等警察課（思想警察）を含む幾つもの新設された相互に競合する機関、すなわち、漸次権限を強めていった内閣の情報部や、軍部の課報部などのもとにおいてであった(16)。大正時代の間は、幾分検閲がゆるめられ、出版社と検閲係の間の非公式の協議が重要な役割を果たした。しかし、この時期の終わり、一九二六（大正一五・昭和元）年には、商業出版ブームが起き、出版件数は警保局が個別に相談し得る能力をはるかに超えた。一九二七（昭和二）年六月に、警保局が非公式の協議の中止を宣言すると、ただちに検閲制度改正の動きが生じた。この動きは、田中内閣によってすばやく封じられ、検閲制度の批判を禁じるという、前例のない処置が講じられた。

しかし、これはことの始まりにすぎなかった。一九三〇（昭和五）年に出版された多くのものが、一九三五（昭和一〇）年には、日の目を見ることがなくなった。一九三〇（昭和五）年には、多くのマルクス主義の理論が出版物としてまだ見られたし、時折行われた逮捕は、書物のよい宣伝になると考えられたほどであった。出版業界はたいへんな好景気であった(17)。決定的な転換期となったのは、一九三一（昭和六）年の満州事変である。この後、戦争の緊迫した状況が、厳しい思想統制の論理的根拠となった。共産主義に対する断固とした取締りは、それまでは合法的と考えられていた左翼的傾向の文化人や文学者のグループの抑圧にまで拡大された。それから、一九三三（昭和八）年の瀧川事件を皮切りにして、一連の発禁処分、裁判事件が起こり、それらは、左翼的傾向の出版物の単なる弾圧を越えて、さらに徹底して政府がいかに弾圧を進めてゆくかを示すものであった。

京都帝国大学刑法学教授瀧川幸辰は、幾人かの「古き自由主義者」の中で、その著作が突如「非日本人的」というレッテルを貼られ、出版不可能になった最初の人物であった。こうした新しい動きの最も有名な犠牲者は、東京帝国大学の法学教授美濃部達吉であり、彼の「天皇機関説」は、すでに憲法学説上の主流としてその位置を占めており、公文書にも収録されていた。美濃部に対する反対運動は、夏目漱石の旧敵三井甲之や、「国体明徴」を要求する人々によって、開始されていた*。

*『覚書　昭和出版弾圧小史』一三―一四頁参照。美濃部達吉がいかなる「機関」を考えていたかについては、混乱があることは明白である。三井甲之と夏目漱石については、Jay Rubin, "Sōseki on Individualism", pp. 47-48.『出版警察概観　第三巻』（一九三五〔昭和一〇〕年）一〇三―一〇八頁には、国体明徴運動が政府に対して加えた狂乱的な圧力に関して、警保局のすばらしい説明が載っている。

古い自由主義者たちが非難されていたこの時期に、内務省は、伝統的、消極的な検閲の役割から手を広げ、文学の保護と奨励という新しい領域に乗り出そうとした。この領域では、かつて小松原英太郎が文部大臣であった時、文部省は見事にしくじっていたのであるが、今回もまた、作家たちは扱いにくいことがわかった。この新しい文芸委員会を作家たちがほぼ完璧に覆したことは、彼らの独立心を再びしっかりと見せてくれるものであったが、これが最後のものとなった。

この時期、警保局は依然として検閲の中心であった。しかし、一九三七〔昭和一二〕年の日華事変後、文章の検閲権をめぐって、軍の情報部が警保局と互いに張り合い始め、また、幾つかの半官的右翼組織とも競合し始めた。この頃から、編集者や出版業者たちは気付いてみると、ある強制的な「友好的な懇親会」から、別の懇親会へと飛びまわるのが日常となっていた。懇親会では、戦争遂行に協力した場合には賞賛され、非協力の場合は批判され脅かされた。そして、妨害や口頭での指示を受けたりしたが、それらはあまりに鋭いものだったので文筆に専念できないほどだった。編集者や出版業者がまだ保持していた編集上の僅かの自立性をもついにすべて軍部に任せてしまったのも、この友好的懇親会においてであった。

検閲官の人数が増加するにつれて書かれたものに関する法律の数も増えた*。

*新聞紙法、出版法、治安維持法に加えて、出版業者たちは、以下に記す法律に関しても懸念しなければならなかった。すなわち、不穏文書取締法(一九三六〔昭和一一〕年)、軍機保護法(一八九九〔明治三二〕年、一九三七〔昭和一二〕年に拡大強化)、軍用資源秘密保護法(一九三九〔昭和一四〕年)、国家総動員法(一九三八〔昭和一三〕年)、国防保安法(一九四一〔昭和一六〕年)、言論集会結社等臨時取締法施行規則(一九四一〔昭和一六〕年)、新聞事業令(一九四三〔昭和一八〕年)、出版事業令(一九四三〔昭和一八〕年)等。『覚書 昭和出版弾圧小史』一三三頁参照。

しかしながら、戦時下の出版事業に対する唯一最大の制限は、検閲官や法案のかたちをとったのではなく、紙不足というかたちでやって来た。紙消費量の実質的カットという指示は、一九三八(昭和一三)年という早い時期に出されていた。そしてその状況は深刻なもので、配給計画が必要になり、一九四一(昭和一六)年から開始された。紙の配給に際しては、最も「資格のある」定期刊行物が優先的な取り扱いを受けた。出版業者が紙の配給を受ける前に、ついに原稿の詳細な記述の提出を求められ、これでほぼ完璧な発行前の検閲が達成されたのである。この段階での検閲は、警察や軍部によるのではなく出版業者自身が行うことになり、見事に徳川時代へ逆行してしまったのであった。

以上述べた簡潔な概観からでさえ明らかになったことは、一九一三(大正二)年から一九四五(昭和二〇)年の時期に関してある程度まとまった研究を行うには、本書と同じ分量の書物がさらに一冊必要とされるであろうということである(しかも占領時代には今までと違った一連の問題が生じる。つまり、作家たちは、日本の「封建」社会に内在していると感じた軍国主義的傾向を除こうと決意していた外国人の検閲官と対決することになる。そして、戦勝国側が未曾有の軍事的残虐行為、すなわち原子爆弾投下や、さらに致命的な焼夷弾攻撃等に対する罪の意識があったために、犠牲者の苦悩の叫びや激怒を抑えようと焦っていた時期にさえも、作家たちは対決を続けていたのである。アメリカのピューリタニズム精神は、一九五〇〔昭和二五〕年に出版された『チャタレイ夫人の恋人』の翻訳に関する七年間にわたる裁判闘争を起こさせるのに一役買った。この裁判の結果、『チャタレイ夫人の恋人』の完訳は、一九五九（昭和三四）年の合衆国においてその正当性が立証されたにもかかわらず、今なお日本では違法とされている〈†一九九六年に完訳版として新潮文庫、伊藤整、伊藤礼訳『チャタレイ夫人の恋人』が刊行された〉。皮肉なことに、チャタレイ裁判は、近年では最も有名な、ある作品に関する猥褻裁判の先例となった。それは、連合国軍が戦前の出版条例を破棄した後に続々と現れたポルノグラフィの氾濫とはまったく関係のない、一九七二（昭和四七）年にあるユーモア雑誌に転載された、一風変わった好色的な大正初期の永井荷風作『四畳半襖の下張り』である(18)。

以下の章をもって、一九一三（大正二）年から一九四五（昭和二〇）年の時期の包括的な考察の代用とするつもりはなく、またこの時代を典型的に示すエピソードとするつもりさえない。むしろ、これらの章では、明治後期の官僚が抱いていた価値観が、完全な国家総動員を支える強力な教化計画に直接貢献したこと、また、明治後期と同じように、知的独立に傾倒する作家たちの直接的な抵抗が生じたことを実証しなければならないと考える。従って議論は次にあげるテーマに限られるであろう。(1)政治嫌いの大正時代の作家としての谷崎潤一郎の経験。谷崎の作品はしばしば著作や演劇関係の検閲官の攻撃の的となった。(2)昭和出版ブーム、及び内務省が果たせなかった文芸委員会再生を取り巻く諸問題。(3)軍部と思想警察のもとでの作家たちの検閲と動員。これには自由主義者としての、かつまた、あまり熱心でない戦争支持者としての谷崎の最後の状況についての一考察を含んでいる。

第14章——大正時代の谷崎

第9章において、検閲官がいたるところで谷崎潤一郎の初期の作家活動を妨害しはしたが、中断することができなかった状況を見て来た。谷崎は小説や劇作によって人間の性欲と暴力について独自の探究を行ったが、大正時代を通じて新しい次元の創作上の工夫を生み出すにいたると、警察は時折介入する必要を感じた。しかし谷崎の豊かな文学遺産は、断固たる決意を抱いた作家、とりわけ漱石が「社会の大意識」と称した世界に入る作品を書ける力量を持つ作家に対しては、検閲制度がいかに無力であったかを示す、生き生きとした証拠として残っているのである。

検閲官たちは小説家としての谷崎より、劇作家としての谷崎を妨害した（小説が自然派の時代に成熟した批評の媒体となるまでは比較的無傷で済んだのに対して、大正時代に近代日本の演劇界が繁栄すると、演劇に対する検閲の重要性は次第に増して来た）。われわれは谷崎の『飈風』が一九一一（明治四四）年に発禁処分を受けたことに注目したが、以後、即刻発禁処分を受けた彼の小説は僅か三編にすぎなかった。このうち『華魁《おいらん》』（遊廓の遊女の最高位の者をさす名称）は、一番不運な例であった。その初回の掲載によって一九一五（大正四）年五月に雑誌「アルス」が発禁処分を受けると、谷崎は必ずや楽しい読み物になったであろう作品の継続を断念したのであった。『飈風』同様、この作品においても童貞の主人公が突如肉欲に目覚めることになったであろうが、実際にはこの断片は、一六歳になる丁稚が遊廓に遣いに出されるところで終わっている。遊廓には謎めいた華魁というものが住んでいると、男たちがその噂をあれこれ話しているのを丁稚は耳にする。彼が華魁に微かに好奇心を抱いたことは、肉欲に対して彼が身にまとっている完全な無関心という鎧の弱点である。彼は店のほかの誰よりも遅くまで働き、深夜まで勉学に励み、腹が膨れればよいのに、なぜ大人が食べ物屋のより好みをするのかが納得できない。身のまわりの清潔に時間と精力を浪費する人間を彼は軽蔑する。おそらく谷崎の多くの喜劇的な潔癖家の中でも彼は上位にランクされるであろう(1)。

谷崎は一九一六（大正五）年九月に退屈な短編二編で発禁処分を受けた。「新小説」に掲載された『亡友』と「新潮」の『美男』であった(2)。この異例の二編同時の発禁処分が『華魁』が中絶した僅か一年後に起こり、しかも谷崎の劇作が「中央公論」の発禁処分を引き起こしてから僅か二カ月後であったため、谷崎は要注意人物としてマークされているように見え始めた。明らかにこうした事情から、第9章で論じたように、『異端者の悲しみ』に関しては検閲官に驚くべき折衝を持ちかけることになったのであった。

谷崎が劇作家として直面した困難を述べる前に、さらに二編の小説『痴人の愛』（一九二四（大正一三）年～一九二五（大正一四）年及び『友田と松永の話』一九二六（大正一五）年）にふれておくべきであろう(3)。『痴人の愛』は、谷崎が一九一〇（明治四三）年に出した短編『刺青』の中で最初に創り上げた男女関係を、現代の状況において長編小説化したものである。この作品でもまた、若い女の中に隠されている官能性に敏感な男が女を自己の理想的な女性に育て上げ、その結果女が自らの肉体の持つ力を自覚するようになると、男は女の無条件の奴隷となる。『刺青』は、女がかつての支配者の活力を吸い取ってしまったと自覚するところで終わるが、『痴人の愛』の女主人公ナオミは、さらに一歩進んで様々な男たち――その中には外国人さえもいる――との情事の中で、西洋風の官能を開拓する。このことは譲治にとっては決定的な打撃となる。もともと譲治がナオミに魅かれたのは、メアリ・ピックフォードに似ていて、「ナオミ」という名の響きが西洋的であり、彼自身の名前「ジョージ」とこのうえなく釣り合ったからであった。譲治はナオミとの関係から身を引くことに耐えられず、八年が経過しても譲治はナオミと結ばれたままでいるばかりか、いっそう絶望的に彼女の虜になっていくところで小説は終わっている。

譲治は、読者にとって貴重な参考となるであろうという確信を持って自分たちの関係の記録を提示すると語る。「殊に此の頃のやうに日本もだん〳〵国際的に顔が広くなつて来て、内地人と外国人とが盛んに交際する、いろんな主義やら思想やらが這入つて来る、男は勿論女もどし〳〵ハイカラになる、と云ふやうな時勢になつて来ると、今まではあまり類例のなかつた私たちの如き夫婦関係も、追ひ〳〵諸方に生じるだらうと思はれますから」(4)。

『痴人の愛』が執筆されたのは、一九二三(大正一二)年の大震災で東京がほぼ壊滅状態に陥った後、谷崎が阪神地方に移り住んでからであった。このような事情から、この作品は日本文化における西洋の影響、とりわけ京浜一帯に現れていた気取った生活について谷崎が再考しているという点で重要な記録になっている。文化の純正さに関心を持つ検閲官の立場からすれば、この作品は共鳴するはずの多くのものを含んでいた。しかし、小説の中で西洋がデカダンスの源と見なされてはいるが、そのデカダンスは紛れもなくエロチックな魅力を伴って提示されている。ことに若い読者はモダンガールの具現であり、封建的な抑制、特に性に関する抑制を破壊しようと努めるナオミに共感する。「ナオミズム」という言葉がしばらくの間流行した。

この大衆の関心を警察は見逃さず、一九二四(大正一三)年三月二〇日から紙上に連載を始めた「大阪朝日新聞」に対して頻繁に警告を発した。結局「朝日」は圧力に屈して連載を一九二四(大正一三)年六月一四日の第八七回で打ち切ったのであった。とは言えこの小説は谷崎にとってはたいへん重要な作品であり、彼の人生の重要な過渡期に大きな位置を占めるものであったから、単に放棄するというわけにはいかなかった。谷崎は読者に以下のように述べている。「此の小説は、私の近来会心の作であり、且は非常に感興の乗つて来た際ですから出来るだけ早く機会を求め、他の雑誌か新聞紙上で続きを発表いたします。右、作者としての立場から、一言読者へのお断りをし、お約束をして置きます」(5)。

約束を守って谷崎は、大阪を基盤にしている雑誌「女性」に一九二四（大正一三）年一一月から『痴人の愛』の連載を再開した。この連載は一九二五（大正一四）年七月に完了したが、明らかにその間は何の事件も起こらなかったのである。

谷崎は、一九二六（大正一五）年一月から五月まで婦人雑誌「主婦の友」に『友田と松永の話』を連載した。八〇頁あまりのこの短編には、『痴人の愛』、『蓼食ふ虫』*や谷崎の他の多くの作品に見られる東洋と西洋の間の心理的葛藤が、魅力的な別の形で語られている。しかしこの作品は、伏せ字の使い方が実にばかばかしいほど恣意的であるということ、神聖にして冒してはいけないということになっていた日本社会の根底を、この時期ではまだ作家たちが自由に侮辱できたこと、の二つのことを示す実例としてもまた注目に値する。

＊『蓼食ふ虫』は、Edward Seidensticker が *Some Prefer Nettles*（New York : Alfred A, Knopf, 1995）として訳している。

松永儀助は地方の資産家の長であり、誠実で献身的、そしてあきれるほどに涙脆い夫であり、父親である。しかし不可解なことに、彼は四年間故郷で過ごした後はいつでも次の四年間は自分の家から姿を消すのである。彼は家を飛び出すと幾つかの偽名を使う。パリではジャック・モランと称し、上海、横浜、神戸では友田銀蔵と名乗り、酒を飲み、売春婦を買い、白人女性《ホワイト・スレーブ》の売春婦を斡旋する仕事にさえ手を出すといった放蕩三昧の生活を送る有り様である。彼は西洋の最も洗練された文化的で官能的な趣味を心得ていて、タンゴを巧みに踊り、体重が二倍ほどに増え、外見からは日本人には見えないほどに完全に変貌している。当然予想が付くことであるが、友田は西洋のデカダンスを存分に味わうと、元の自分に減量して、故郷の馴染んだ住み心地のよい環境へと戻る。だが彼のその過程はそこでは終わらない。彼にはどうにも抑え難い何かがあるからである。田舎で四年間過ごすこと、松永の心身は西洋の刺激を渇望し始め、再び友田となって放蕩生活に突入せざるを得なくなる。この循環からのがれるために彼が望んでいるのは、老衰することのみであり、人生のその段階には抑制された日本文化がいちばん合っていると考えている。

大学を卒業した時、未亡人になっている母から結婚して家長の責任を果たせと強いられるが、松永は都会の歓楽に憧れを抱く。「そのうちに母親が死んで、眼の上の瘤がなくなつてしまつた。（中略）もう恐い者は一人もない。（中略）」「日本の酒や日本の女は大嫌ひだ。一から十まで極端な西洋崇拝だ。今考へると僕が斯う云ふ傾向を持つやうになつたのは、そんな田舎の旧家に育つて、古い習慣に圧迫された反動もあるだらう」。松永（ここでは身を持ち崩した友田として語っている）はさらにその後、谷崎の有名な陰影の美学*を逆転させて、日本の抑制と暗示の礼賛をその中核のところで否定するのである。

*「陰翳礼讃」は、T. J. Harpr と E. G. Seidensticker による英訳 *In Praise of Shadows*（New York : Leete's Island Books, 1977）. がある。

ちやうど柳生村のあの家の中が薄暗いやうに、東洋の趣味は皆薄暗い。雅致だの風流だのと云ふのは、天真爛漫の反対のものだ。健康な人間、若い人間、一人前の生活力のある人間のすることでなく、ヨボヨボの老人などが、仕方がなしに詰まらないところへ有難味を付けて喜んでゐるので、要するにそれは引つ込み思案のヒネクレ主義、卑屈なゴマカシ主義に過ぎない(6)。

彼はこの調子で話を続け、日本文化における受動的な否定的なものすべてを酷評し、日本人が半ば隠された美学を好むのは、日本人の肉体が醜悪であるからであり、西洋文化の力強い表現をするために必要な体力がないからであると主張する。

物語全体の文脈の中に置いてみても、このくだりの皮肉は部分的なものにすぎない。というのは、放蕩三昧によって彼の肉体は衰弱し、日本の神秘と自己抑制に憧れるのである――日本女性の心地よい黄色の肌、朝の嗅ぎなれた味噌汁の香り――これらもまたやがては嫌になり、再び放浪の旅に出る――ついにいつか年老いて西洋の強烈な刺激に反応できなくなる時まで。彼は旅に出るたびに、日本文化の揺籃の地大和に近付いていく。年老いてついに体に自由がきかなくなると、多分最後は大和に骨を埋めることになるのだろう。

検閲官がものごとを文脈の中で解釈することはほとんど期待できない。先に部分的に引用したような激しい非難の場合は特にそうである。だが検閲官はこの物語は気にしなかったようであった。発禁処分を受けなかったからである。谷崎の意図を曖昧にするために使われた僅かばかりの伏せ字もまったく何の役にも立たなかった。戦後この作品を出版するにあたって谷崎が伏せ字を埋めても、それは警察のとがめを予測しようとして編集者たちが如何に神経質になり、無定見になり得るかを例証して見せたにすぎなかった。削除されたとはいえ、「燃えるやうな唇」とか「絡み合う腕」などは残された。だが「いたはるやうに擦り寄つて来た」とか「スーザンと甘い囁きを交してゐた」という箇所は削除された。多分より長い時間戯れていることを暗示するためか、「彼はスーザンを膝の上に載せてゐた」という一節は削られたが、「フローラを、グイと膝の上に引き寄せて抱いた」という箇所は削除されなかった(7)。

谷崎の長編小説『卍』(一九二八〔昭和三〕年〜一九三〇〔昭和五〕年連載)についても伏せ字が無意味なものである例としてここでふれてよいであろう。『卍』は、その表題が示すように、異性愛や同性愛の絡み合った破滅的な関係を年代記的に描いたもので、戦前出版になった版には伏せ字がたっぷりばらまかれていた。しかしながら、旧版の伏せ字を谷崎が埋めたかのように、伏せ字なしの完本という広告に惑わされた「東京新聞」の読者に一九四七〔昭和二二〕年に谷崎は詫びを入れている。実際谷崎がこの版で行ったのは、出版社に伏せ字を削除するよう指示しただけであった。それは伏せ字の部分は回復するに値しないと判断したからであった(8)。

これまでの事実の検討によって、英訳で谷崎の作品を読んでいる読者は、訳されている数編の作品が実は多彩な谷崎の全作品のごく一部にすぎないことに注意を喚起されたことであろう。もっとも劇作家としての谷崎の作品は欧米ではほとんど知られていない。これは不幸なことである。谷崎の小説の魅力は演劇性に負うところ大きいが、一方その戯曲は常に舞台で演じられることを考慮して書かれていると言えるかも知れない。特に谷崎の誇張愛好癖に合わせて派手な歌舞伎の約束ごとを取り入れる際、その演劇には本を読むような動きのなさを暗示するものはまったくない。こうした事情と、谷崎が舞台に取り上げた衝撃的な素材とが相俟って、出版物関係の検閲官よりも舞台関係の検閲官の注意を引くこととなったのであった。

府県警察は出版物よりも娯楽メディアを取締ることに主要な役割を果たした。現役の劇作家として谷崎はその作品が上演される地域を管轄する東京警視庁と厄介な関係になった。警視庁は、上演許可の手続きをはじめとして演劇に関する一連の独自の規制と指針を持っていた。

興業主は、検閲課に事前検閲用に脚本を提出せねばならず、もし許可無しに上演した場合には逮捕、罰金を免れ得なかった。しかし出版社とは異なり、興業主は遵守すべき基準のリストを入手できた。基準の第一項は、おどろくほど古風な表現で、東京警視庁をまさに一八世紀の徳川幕府の立場に逆戻りさせている。勧善懲悪の原則に反すると思われる脚本は上演してはならない、というのである（二二二頁参照）。さらに、不快、卑猥、残酷と思われるもの、犯罪を誘発し、その助けとなるもの、時事的な出来事に関する不穏当な戯画化や政治的論説の意味合いを帯びたもの、良好な外交関係に干渉する可能性のあるもの、教育上悪影響を及ぼすと考えられるもののほか、これら以外に公序良俗を乱す可能性のあるものなどに対する禁止条項があった。しかも警視庁から公演の許可が下りても、警察官なら誰でも劇場に入り、その場で上演を禁止する権限を有していた(9)。

谷崎は、一九一三（大正二）年頃には早くも、こうした条項の多くに抵触し始めていた。同年五月に「中央公論」に谷崎の三幕劇『恋を知る頃』が掲載された。この作品は内務省の発禁処分は免れたが、警視庁は上演を認めなかった。

この劇の主人公伸太郎は、ひどく神経質な、甘やかされて育った一二歳の少年で、癇癪を起こして女中を足蹴にする癖があり、観客（読者）を含めてみんなに嫌われる。ところが一六歳のおきんが女中として一家に加わると、伸太郎は彼女の無垢な美しさに心を奪われて、突然従順になる。だがおきんは無邪気などとは無縁の女である。伸太郎はやがて、おきんが待合の女将の娘として生まれ、仲太郎の母違いの姉ということになっているが、実はおきんと彼女の母が父を欺いてそう信じ込ませているだけのことだと知る。おきんは恋人の店員と共謀して、家と繁盛している呉服問屋を乗っ取ろうとしている。仲太郎は、おきんとその恋人が彼らの計画の唯一の障害である、跡継ぎである自分を殺害しようと相談しているのを立ち聞きする。仲太郎は二人の悪巧みを暴くどころか、自分はおきんのために喜んで死ぬと言っておきんに衝撃を与える。仲太郎のこの言葉をおきんは計画に偶然一致するものと考える。その夜仲太郎は自分をおきんに暗い物置小屋に案内させて、計画通りに殺されるのである(10)。

勧善懲悪どころか、『恋を知る頃』は明らかにおきんの完全な勝利で終わる。おきんの悪は自己諷刺と言えるほど極端なものである（何と言っても谷崎の初期の「悪魔的な」作品のほとんどは、かなりばかげたものである）。言うまでもなく、おきんは仲太郎が彼女への愛情から自己を犠牲にしたこと、道徳的には彼が勝利者であることを知らない。ここがこの劇の核心であるのだが、検閲官もこのことに明らかに気付いていない。付言しておけば、検閲官は、おきんが第一幕で、風呂上りに長襦袢一枚を身にまとっただけで舞台に登場することに、彼女の恋人やこの劇を見て悪影響を受ける観衆をまちがいなく大いに興奮させるという理由で反対したのだ。

八年後に書かれた、この発禁処分に対しての谷崎の反応を検討する前に、一九一六（大正五）年に発禁処分を受けた、さらに大きな成功をおさめた重要な作品を見てみよう。谷崎は数多くの多様な小説形態で、欺瞞のテーマを探究しているが、『鍵』、『夢の浮橋』、『春琴抄』*ほど、微妙かつ巧緻なものはない。これらの作品において、一見真実と思われる層が次から次へと明らかになるが、それらは相容れない証拠によって否定され、やがて読者は気が付いてみると不安な気持ちで何か崩れない足場を探っている。この点で『鍵』はとりわけ読者の神経をまいらせる。お互いを利用し、ついには破滅にいたる六人の気味の悪い人物の醜悪な姿を描きながら、読者を虚偽の日記から別の虚偽の日記へと投げ出すのである。

*『夢の浮橋』（一九六〇〔昭和三五〕年、『春琴抄』（一九三三〔昭和八〕年）には、英訳 Howard Hibbett, *Seven*

Japanese Tales（New York : A. Knopf, 1963）がある。

確かに『鍵』の登場人物は不愉快ではあるが、一九一六（大正五）年に出された華麗で血生臭い戯曲『恐怖時代』の悪の権化にはかなわない。江戸時代を背景とするこの劇で、谷崎は誇張された歌舞伎の約束事を利用して、虚偽の世界における人間の精神的、肉体的な脆さについての自らの現代的な見解を表現している。この劇の一〇人中九人までが最後に舞台の上あるいは舞台裏で命を落とすが、一〇人目の臆病な道化役の茶坊主は、むごたらしく殺害された六体の死骸の真ん中で失神して倒れている。これはブラック・ユーモアを利かせた間違いの喜劇の愚かな結末にふさわしく、陰謀者の悪事は彼らの愚かさと完全に釣り合っている。

悪事は春藤家の大守に始まる。大守は、家来たちを殺したり、拷問にかけたりすることに喜びを感じるが、そのことが彼に対する謀叛を生む。しかしこの謀叛人も決して正義の闘士ではない。最初の謀叛人は、お銀の方である。芸者上がりで、春藤の正室が儲けることのできなかった男の跡継ぎを八年前に出産し、以来側室として春藤の寵愛を受けている。だがこの子の実父は春藤の家老の靱負で、お銀の現在の表向きの共謀者兼恋人である。妊娠している春藤の正室に盛る毒を手に入れようとして、お銀は典医に正室の子は典医の子だと言う（そう言われてももっともな理由は十分あったからである）。いったん毒を入手すると、その一部を医者に盛り、医者があらゆる体の穴から血を出して悶え苦しむ有り様に狂喜し、恍惚状態になって見つめる。

良心のかけらさえ持たないお銀に仕える女中梅野は、謀叛を暴こうとした若い娘をめった切りにする。その後娘の父親を脅して、春藤の正室に毒を盛ることに同意させ、この父親は実行する。最後に梅野は恋人の伊織之介に無惨な殺され方をするが、伊織之介の本当の恋人はお銀であった。伊織之介が梅野を殺害したのは春藤の命によるものであった。春藤は、伊織之介が城代の密偵である二人の廉直な侍を殺害するのを見て、血を渇望し狂暴になる。この二人の侍は春藤の乱行によって家臣が謀叛を起こす前に、春藤を諫めて非道を改めさせ、悪人であるお銀の命を奪おうとしたのであった。伊織之介とお銀が梅野を殺害して狂喜しているのを靱負が立ち聞きして叫び声を上げると（靱負を欺くために伊織之介は梅野を愛している振りをして来た）、伊織之介は靱負を殺し、さらに謀叛を知ったばかりの春藤をも殺害する。その後伊織之介とお銀は刺し違えて死ぬ（以上のことを整理しようとしてはいけない。要点は、谷崎が典型的な、歌舞伎のこみ入った筋を作り上げたということである）。

この劇全体が極端な華やかさによって描かれているために、実際に上演したとすれば、おそらく喜劇すれすれのものになるだろう。劇中で、お銀が自分の性的魅力に対する自信を誇張して見せながら、舞台を気取って歩く場面があるが、これは歌舞伎の女形か、あるいは今は亡きメイ・ウエストによってのみ演じられるものである（メイ・ウエストはこれまで女性を演じる女性と呼ばれて来たからである）(11)。だが谷崎が最も大胆に誇張した要素は血であった。彼はト書をおびただしい血の滴り、血の噴水、華麗な血の海で満たしたので、舞台演出でこれをどう扱うのか想像することすら困難である。読者の胃に与える影響がよくないことは明らかである。検閲官も同じ反応を示したらしく、「中央公論」の一九一六（大正五）年三月号は発売禁止となった。

谷崎は四年後にこの作品の改訂版を出した。「此の戯曲は実はむしろト書の方がよかつたのである」と谷崎は書いている。「ト書の中に作者は血みどろな幻想を描いた。然るに此れを載せた『中央公論』が発売禁止になり、その後今のやうに改作したので、長いト書が殆んど削り取られてしまつた。此れでは気の抜けたビールのやうなものである」(12)。

事実、ト書のほかでは拷問と死体の切断の念の入った描写以外はほとんど削られていなかった。会話は実質的には手付かずであった。様々な不義の関係についての情報、お銀が産んだ男の子の本当の「種」の暴露などは無傷であった。血の滴りや、女が片手を男の膝に載せるというような好色な動作を別にすれば、ただ一つの興味深い削除は、明治政府が生かし続けたいと望んだ封建的価値観に関するものであった。二人の城代の密偵がお家を守りたいと願って春藤を諌めている姿を、改訂前には「馬鹿に忠義に凝り固まつて」と描写しているが、改訂後には「馬鹿に」が消えている(13)。

なるほど劇の意図は改訂版においても明白であるが、谷崎が舞台の実演を見ることのできない読者に伝えたかった生々しい恐怖感や嫌悪感は、大方薄められていて、谷崎が作家として失望したのは無理からぬところである。生身の人間がばかばかしいほどたやすくごみの山に還ることを、読者に身をもって感じとって貰いたかったのである。また、人間精神の表層のすぐ裏には残虐な本能が潜んでいて、一たび解放されればこうした破滅を生み出すということを実感して貰いたかったのである。五感の真実性を信じている谷崎のような作家にとっては、梅野に「人間と云ふ者は、脆いものでござんする」と言わせるだけでは十分ではなかった(14)。谷崎は観客に文明と野蛮を分かつ微妙な線を自らの感覚で感じとって貰いたかったのであった。

三月号が発禁処分を受けると、「中央公論」は一九一六（大正五）年の五月号で検閲制度に関する論集を特集に組んだ。谷崎はたいして力作でない小論を寄稿し、演出家が与えられている事前検閲の特典を出版社も持てるように、疑わしい原稿について検閲官と協議ができるようにして貰いたいとの要求をした。谷崎はまた、自分の作品が発禁処分を受けたために雑誌のほかの記事も巻き添えになることの心痛をも表明した(15)。

四カ月後、『亡友』と『美男』が発禁になり、『異端者の悲しみ』は発禁を恐れた出版社が発行を棚上げにした。一九二一（大正一〇）年、谷崎はついに『検閲官』と題する短編を執筆した。この短編は表向きは八年前の『恋を知る頃』が発禁処分を受けた際の経験を題材にしているが、おそらくはこれまでの検閲に対する谷崎の考えや感情の結晶であったろう。谷崎はこの短編を雑誌に発表して他の文筆者の作品を危険にさらしたくなかったのであろうか、雑誌ではなく自身の最新の作品集で初めて発表するという異例の方策を講じた。検閲官Tと劇作家Kとの対話形式をとっているこの作品は、強烈な批判を含んでいる。

TとKは以下の二つの原則を中心に、広範囲の問題に関わる、長く、しばしば白熱した議論を闘わせる。(1)検閲官が文芸批評家気取りをする権利はない。(2)検閲が避け難い場合、谷崎のような作家は不本意ながら文学的効果に関しては妥協するが、芸術の根本思想に関しては妥協できない。

第一の原則は、ある有名な――しかし結局は危険な――一九三三（昭和八）年に合衆国で判決が下された検閲裁判を思い起こさせる。それは『ユリシーズ』を国内に入れてもよいとするジョン・M・ウルズイ判事が下した啓蒙的な判決である。判決文が『ユリシーズ』の序文として流布して以来、この判事は文学的洞察力を広く賞賛されて来た。しかしこのことは、次の点を曖昧にすることに役立ったにすぎなかった。それは文学的に洗練されている判事でさえも人々にどんな本を読むことが許されるのかを語るべきではないということであった。「もし批評を判事や陪審員の手に委ねたら、不当な結果を被る危険にさらされるからである」[16]。

谷崎の短編『検閲官』に登場する検閲官Tは大学出で、平素からKの書くものを愛読しており、芸術に深い理解のある「インテリジエント・フイウ」（T検閲官は英語を使う）であると自ら主張する。しかし彼が心配しているのは、比較的教養のある観客でもその大部分は、Kが書いた『初恋』を見るなら、風呂上がりの場面の芸術的意図を誤解するだろうということである。女主人公が薄い長襦袢一枚の上から恋人につねられる場面である。観客はこの場面でしかるべき芸術的反応を示さず、劣情を挑発されるであろう。

Kは以下のように言う。

「ちよつと伺ひます。あなたは先《さつき》から、劣情を起す起すと仰しやるが、一体あなた御自身はどうなのでせうか？　あなたが此の脚本を読んで劣情を起すが故に、多数の人士もきつと起すと違ひないと、さうお考へになるのでせうか。」

「あはゝゝゝ、そいつはちつと手厳しいお尋ねですな。――――私は此れでも少しは芸術が分るつもりです。私自身は決して劣情なんか起しやしません。」（中略）

「（中略）しかし此の場面がもと〳〵男女の痴情を描写したものである以上、芸術の分る者にでも劣情を起させるのは当然でなければなりません。若し劣情を起させない者があるとすれば、それはその者が芸術を理解しないからではなく、寧ろその者が人間でないからです。或は又、此の場面を写し出した作者の筆の力が、まだ十分でないからだとも云へませう。（中略）」

次第に、そしてつねにKはTより優勢な立場に立ち（この表し方はもちろん本質的に片寄っている）、KはTに文学的自負を捨て、厳密に警官として話すように強いる。

「（中略）劣情を起させる——のが芸術としては差支ないかも分りませんが、当局としては捨てて置く訳に行きませんから。」

「承知しました。長襦袢の上へもう一二枚着物を着せて、抓ると云ふ為種《しぐさ》を止《よ》せばい丶んですね。」

「え丶、さうです。（中略）」

こうしてKは快く特定の場面の効果を和らげる。しかしTがほどなく明らかにしたのは、彼がそれ以上のことを望んでいるということであった。一二歳の少年を殺すのはあまりにも残酷すぎると言い、殺さないで誘拐してはどうかと示唆する。Kは、ここが劇の山だから、少年は殺されねばならない、そのうえ、在来の芝居には幾らも残酷な殺し場があるではありませんか、と弁明につとめる。それはそうです、とTは認めるが、しかしそういった場面では勧善懲悪という必要条件が満たされているのです、と言う。今では誰も、検閲官自身だってそんなくだらないものに夢中になりません、とKは断言する。Tは半ば同意するが、殺さずに誘拐されたことにしておけば、少年が後から逃げて正義を手にする可能性が残される、と注意を喚起する。こうすれば女中に対する少年の「初恋」の感情は不明瞭にならないでしょう、結局、ここが重要な点なのでしょう、とTは言う。

いやそれはこの劇の重要なところじゃない、とKは長々と説明する。自分は激しい超越的な愛を描きたい、観客に、肉体から遊離した精神世界を示唆したいのだ、とKは語る。もし、検閲官が子供だましに等しい道徳よりこちらの方がどれほど価値が高いかわからないようなら、縁日の植木を少しずつ値切り倒すようなことはやめて、あっさり発禁に処する方がよい、財政的の損害は我慢できるが、芸術的な完全さを損なわれるのには我慢がならない、とKは語る。

Kは自分の戯曲を承認してもらう希望を捨て、Tに役人としてではなく、一人の人間として自己の良心に恥じない行動を取ってはどうかとさえ言う。KはTに助言する。社会に害をなし、自分もほかの誰も信じていないような時代遅れの道徳的な規則を強いて芸術の進歩を妨げ、それでいて自分の義務を果たしているだけだなどと主張して良心を慰めることなどは止して、この道徳的規則を撤廃するよう尽力すべきです、と。だが、Tは、規則を変えることは自分の力の及ぶところではない。自分は警視総監、内務大臣、総理大臣の意のままに動かされており、「首相以上の、或方面から叱られる場合もある」と主張する。自分にできるのはせいぜい時折、規則をわずかに曲げることとくらいである、作家の方では、自分の信ずることをどんどん行い、政府の方針などは眼中に置かないことだ、とTはKに助言する。「われわれは是れからあなたを軽蔑する、卑屈な人間として取扱ふ、――――それで差支はないでせうな」。その規則を改良することが自分の力ではできないのであれば、「役人を辞職するのが当然だ」とKは反論する。

Kの姿がドアの向こうに消えてしまうと、検閲官は腕を組んで溜息を洩らして、長い間物思いにひたっていた(17)。

谷崎はその後一年あまり自分の戯曲を上演するのに大変な苦労をした。『永遠の偶像』(一九二二(大正一一)年三月出版)と『愛すればこそ』(一九二一(大正一〇)年一二月、一九二二(大正一一)年一月出版)の二作は、上演許可を得ることができず、『お国と五平』(一九二二(大正一一)年六月出版)は、大量の削除を経てようやく上演にこぎつけたのであった。これらの事情を谷崎はまた、演劇雑誌のインタヴューの形で公にした。『永遠の偶像』に関するインタヴューでは、警察が行っているのは、芸術に対してよくないだけでなく、国家を治めるのにも決して健全ではない、と谷崎は結論して、ほぼ『検閲官』を繰り返しているような口調であった(18)。別の雑誌のインタヴューで谷崎は、警視庁の空気の完全な入れ替えをして、検閲官が抱いている奇妙な偏見を除去すべきだと要求した。「むつかしい話ではあるが、汎く輿論の力によつて動かすのほかはない」(19)と谷崎は語っている。

それでも谷崎は精力的に戯曲を書き続け、その大半が上演された。彼の劇作家としての評判は小説家としてのそれには及ばなかったが、近代演劇が大正時代に全盛期を迎えるのに大きな貢献をした(20)。一九二六年一二月に始まる昭和時代は、谷崎にとって、日本の過去への長い旅を意味した。それは、谷崎自身の創作と、『源氏物語』の現代語訳の両方を通じてのものであった。この作業で、谷崎は新たな、しかもさらに威嚇的な、検閲官、軍部が仕掛けて来た障害に遭遇することになったのであった。

第15章——昭和の出版ブームと文芸懇話会

一九〇八（明治四一）年の自然主義に関するスキャンダルの後、作家の行動（たとえ彼らの作品は対象とならなくとも）は報道価値のある記事になった。とは言っても、今日の作家のように、作家として成功を収めれば富裕な著名人になることができるというような現象は、昭和時代に出版産業が急成長してからのことである。本章では、昭和の出版ブームを現代文化の大衆的普及の一要素として検討し、さらにこの成長を抑制しようとする政府（そして半官半民）の試みが、どのように政府と作家たちとのさらなる対立を招くことになったのかを考察する。

定期刊行物出版の急増は、第一次世界大戦後の新聞の拡大と近代化とともに始まった。第一次世界大戦前の定期刊行物の発行部数は四〇万部から五〇万部であったが、一九二〇年代には一〇〇万部に急増した。大衆向け出版社の講談社は数多くの娯楽雑誌を創刊して「雑誌王国」を創り上げた。数ある娯楽雑誌の中で最も成功したのは「キング」で、一九二五（大正一四）年一月に創刊され、その発行部数は創刊号の七四万部から一九二八（昭和三）年には一四〇万部にまで伸びた。まもなく「キング」のライバル雑誌が多数創刊され、菊池寛や久米正雄のような「純文学」畑の作家たちもこの大衆向け雑誌に執筆するようになって、大衆小説、推理小説、剣豪小説などといった新しい波が生じたのである(1)。

出版ブームは一九二六（大正一五）年一一月に、改造社によってさらに一層推進されたが、それは大正天皇崩御の一カ月前のことであった。改造社は「震災恐慌」から会社を救うために大博打を打ち、明治大正文学の主要な作品の大要を年代順に編集した『現代日本文学全集』と銘うった六三巻からなる全集の刊行を宣言した。全巻予約制で、価格は一冊一円、隔月に一巻ずつ刊行されることになっていた。この一円という価格は、まもなく「円本」という言葉を生み出すことになった。「円本」とは、改造社のこの全集や改造社の大成功を目にした他の出版社があやかって刊行した同種の全集のことである。

円本がかくも魅力あるものになったのは、低価格に加えて内容がよく詰まっていたためであった。小さな活字で三段組みで印刷されていたので、小説一冊分のスペースに四冊分に相当する内容が詰め込まれ、定価は普通の本の半額だった。それに、時代の感性に訴えるものがあった。つまり、一九二三（大正一二）年の大震災の後、人々は新しい時代が始まったという意識を抱いたし、全集は現代日本文学の総決算というキャッチフレーズで売り出された。このような謳い文句や格安の値段には抵抗し難く、まもなく、改造社は二三万人の予約購買者を獲得した。この数は後に概算で五〇万人に達した(2)。長期にわたって貧乏と言える生活に慣れ親しんでいた正宗白鳥は、改造社からの印税を携えて、妻を伴い一年がかりの世界漫遊の途についた。名声を確立した作家たちが突然怠け者になって困ると不平をもらす出版社が出て来た(3)。この改造社の思いもよらない成功も新潮社の『世界文学全集』には及ばなかった。新潮社は、同全集を一九二七（昭和二）年一月から刊行すると発表し、三カ月のうちに予約購買者数は五八万人に達した。このことは日本文学よりもおそらく外国文学に関する関心が広く行き渡っているという、説得力ある証拠になった。

ともあれ、「円本戦争」の火ぶたが切って落とされ、以後六年間に出版された円本の種類は実に二〇〇種類を越えた。明治後期以来、警保局に届けられた定期刊行物以外の出版物の数はそれほど変わらなかったが、一九二四（大正一三）年から一九三四（昭和九）年の間にその数は二六七パーセントもの増大を見た。これと同じ時期に警保局に登録された定期刊行物の数は一七三パーセントも増大している。結局、合計すると明治後期に対して五六〇パーセントの増加を示していることになる。そしてこの出版ブームは、不況という最悪の時期に起きたのであった(4)。

大衆小説市場の数字に比較すると、きわめて小さいが、左翼関係の出版物の目覚ましい増加が出版ブームの実質的な要素になっていた。「戦旗」や「文芸戦線」のようなプロレタリア雑誌の発行部数は、一九二九（昭和四）年から一九三〇（昭和五）年において両誌合わせて五万部に近かった(5)。一九三〇（昭和五）年初めに出版された「危険な」円本シリーズの中には『マルクス・エンゲルス全集』のようなものがあった(6)。また左翼系の小説は左翼系の雑誌に掲載されるとはかぎらなかった。一九二九（昭和四）年一一月に世界漫遊から戻ってきた時、かつて自分に小説を書くように執拗に迫った編集者たちが今や小林多喜二や徳永直のような花形プロレタリア作家の所に押しかけているのを知って、正宗白鳥はひどく驚いた(7)。プロレタリア運動を専門とするある歴史家は、「改造」や「中央公論」のような一般的な雑誌において、プロレタリア関係の作品が一九二九（昭和四）年から一九三〇（昭和五）年（三月末まで）に、全掲載小説の二九パーセントを占め、一九二〇（昭和五）年から一九三一（昭和六）年にかけては四四パーセントを占めていると計算した(8)。

このようにその規模と内容の点で、出版ブームは検閲官に衝撃を与えた。一九二七（昭和二）年六月二八日、内務省は空前の負担増のため、警保局内の検閲部門に置かれている内閲制度を即刻廃止するよう決定を下した。検閲官にはかつてのように、個々の編集者と会見して原稿の出版が可能か否かに関して助言を与える時間が、まったくなかったからである(9)。

二週間後の七月一二日、自らを「検閲制度改正期成同盟」と名乗る一団が行動方針を採択するために東京の築地小劇場（ここは日本における左翼系劇場の活動の中心であった）に結集し、「大衆的闘争」形態を採ることを決定した。この改正期成同盟の先頭に立っていたのは左翼系の劇作家たちであったようだが、中産階級出身の芸術家、映画関係者、演劇人、出版業者、作家等に幅広い支持を訴えていた。警保局長との実りのない話し合いや、その後数カ月にわたって開かれた幾つかの会合の後、この時期に左翼芸術家に対する弾圧は益々厳しいものになっていったのであるが、改正期成同盟は一九二八（昭和三）年一月一八日から二四日までの一週間を「検閲制度反対週間」と名付け、検閲制度改正（廃止ではない）を要求するパンフレットを印刷し、報道機関の多少なりの注意を何とか引くことができた(10)。しかしながら、この同盟に関してはほとんど何も知られていない。というのは、同盟は、一九二八（昭和三）年三月一五日に田中内閣が遂行した左翼主義者の悪名高き逮捕を乗り越えて、生き延びられなかったように思われるからである(11)。確かに同盟を継続しようとする者はいなかった。同盟が与えた影響で唯一知られているのは、同盟が契機となって、内務省が初めて検閲制度の批判の弾圧を開始したということである(12)。しかしながら、この同盟のパンフレットの中に明確に記載されている幾つかの要求には興味深いものがある。それは、これらの要求がマス・メディアにおける現代の文化の弾圧に向けて、政府の中で準備中のある方向を明らかにしていたからである。

パンフレットの誌面の大部分は、専ら検閲に関わる法律を転載し、検閲制度の具体的規則に関して、さらに広範囲の一般の人々に情報を知らせることにあてられていた。期成同盟の要求に含まれていたのは、法律の改正、内閲制度の復活、不当処分に対する行政訴訟の道を開くこと、脚本検閲の基準を全国的に統一すること、制作者の希望がある場合には映画脚本について事前検閲を行うこと、没収した品物の返却、劇の上演初日の夜の禁止といったように明らかに不公正な場合には、その損害を政府が賠償すること、検閲法規に依らない処分を行わないことなどであった。美術品に対する特定の法規は存在しなかったが、警視庁の保安課から差し向けられた検閲官が、いつでも美術品の撤収（たとえば、ロダンの『接吻』）を命じていた、とパンフレットには記されている。一九二五（大正一四）年公布の内務省令では、映画制作者にフィルムの提出を要求したばかりか、「検閲料」をも課したのであった。検閲料が免除になることもあったが、それは文部省推薦映画とか陸海軍宣伝フィルムにかぎられた(13)。

日本はアメリカの「狂乱の二〇年代《ローリング・トゥウェンティ》」の日本版を経験していた。検閲官は、これが気に入らなかった。一九二〇年代後半、一九三〇年代前半の日本の都市部の雰囲気の特徴は、「エロ・グロ・ナンセンス」や、「スクリーン・セックス・スポーツのいわゆる三S」という言葉で表現された。ラジオ放送が一九二五（大正一四）年に開始され、まもなくヒット・ソングやメロドラマが放送されるようになり、早慶戦のラジオ中継に耳を傾ける両大学のファンで国内は二分された。「円タク」と称する車（使用された車は日本で組み立てられたフォードやシボレーで最低料金が一円だった）は「円本」と同様、現代文化の大衆的浸透の象徴となった。無声映画が一九二九（昭和四）年にトーキーになった。この同じ年、「カジノ・フォリー」のレビューが浅草の歓楽地帯で初めて行われた。カジノ・フォリーの人気は、「朝日新聞」に連載されていた若き「新感覚派作家」川端康成の新聞小説に負うところが大きい。東京のあちこちに「フロリダ」のようなダンス・ホールができた。このようなダンス・ホールでは、断髪で丈の短いスカートを身に付けたモガ（モダン・ガールの略称）が、長髪でたいていは裾広がりのズボンをはいたモボ（モダン・ボーイの略称）と夜通し踊り明かした。ネオン・サインは赤々と街を照らし、クララ・ボウ、グロリア・スワンソン、マレーネ・ディートリヒ、グレタ・ガルボといった外国の魅惑的な女性が映画館のスクリーンに登場していた。社会のあらゆる層、モボやモガのみならず、学生、子供、サラリーマン、そして年輩の人々にさえも影響を及ぼした最も奇妙な大流行の一つは、ヨーヨーであった。現代のある歴史家はこのヨーヨー・ブームについて「どうみても世紀末のニヒリズム」であるとの結論を下している(14)。

以上のような現象はどれも、日本固有の汚れなき精神を取り戻そうとする人々には不愉快きわまりないものであった。そして、一九三一（昭和六）年の満州事変と共に戦争行為が開始された時、不健全な傾向を浄化するために、国家非常時の原理が頻繁に喚起された。今や治安維持法が違法な政治組織に対してのみならず、突然共産主義活動と見なされた左翼系作家の団体といった文化組織に対しても適用された。中野重治や蔵原惟人といった作家が一九三二（昭和七）年に逮捕された。この逮捕は内務省が日本プロレタリア文化連盟（コップ）を弾圧しようとする一連の組織的活動の最初のものであり、結局、コップのメンバーのうち四〇〇人が逮捕され、六カ月以上拘留されて、時には激しい拷問を受けた⒂。思想警察組織は、その年、課に昇格し、課員の人数も増員された（東京だけでも一九二八（昭和三）年には七〇人だったのが一九三二（昭和七）年には三八〇人に増員されている⒃）。一九三三（昭和八）年二月に、この思想警察の仲間の一部がプロレタリア作家小林多喜二を逮捕し、拷問の末殺害した⒄。

ちょうど、社会主義と個人主義が桂内閣にとって一対の脅迫観念であったように、共産主義と「モダニズム」（後には「自由主義」）こそ、満州事変後、警察や文部官僚が絶滅をはかろうとしたものであった。儒学の改革者たちが江戸の町人たちの華美な生活様式を何とかせねばと考えたように、警察や文部官僚は長髪とダンス・ホールに狙いを付けた⒅。一九三四（昭和九）年文部大臣は小学校教員に対して「ママ」「パパ」などという外国語を児童生徒に使用させないようにという要望を出した⒆。一九三四（昭和九）年出版法が改訂されて、レコードの制作が規制を受け、さらに即刻、流行歌のレコードの大規模な発禁処分が行われた＊。そして映画も益々圧力をかけられていった。

＊最初これにはポピュラー・ミュージックとユーモアが含まれていた。真珠湾攻撃の六カ月前に「不健全なジャズ」が禁止され、第二次世界大戦中は、公の場で演奏を許された西洋音楽はドイツとイタリアの作曲家の作品のみであった。"Poitical Censorship in Japan from1931 to 1945", Mimeographed paper distributed by the Institute of Legal Research, Law School, University of Pennsylvania (1962), pp. 81-82.〈†出版法第三六条「本法ハ発売頒布ノ目的ヲ以テ音ヲ機械的ニ複製スルノ用ニ供スル機器ニ音ノ写調セラレタルモノニ之ヲ準用ス但シ著作者トアルハ吹込者トス」〉

一九三四（昭和九）年、斎藤実首相は、他国の映画制作に関する調査をさせ、映画産業を中央集権的政府の統制のもとに置くための法律の草稿を作成させる目的で、警保局長に松本学を任命した。松本はこの法律のモデルとしてファシスト治下のイタリアを選んだ。そして松本の映画統制案をもとにして、一九三四（昭和九）年の三月に「映画統制委員会」が設立された。この委員会は内務大臣の管轄のもとに置かれ、内務大臣が常に議長を務めた。委員会の方針は、映画を子供に見せてはならない、悪い影響を及ぼすものであると見なして露骨に検閲することを避けて、代わりに映画というメディアが潜在的に持つ教化という能力をうまく利用できるような、健全で精神を高揚する映画を奨励することであった[20]。

この松本学という人物はなかなかの使命感の持ち主であったように思われる。彼は映画統制のみならず、教育統制、宗教統制にも関わった。彼はまた自らも古代の天皇による統治に特徴的な祭政一致の復活を求める著書を何冊か著した。彼の掲げる「日本主義」という謳い文句には外国語習得無用論も含まれていた[21]。松本は一九三四(昭和九)年七月、斎藤内閣の総辞職にともなって警保局を辞任した後でさえも(彼は貴族院議員となった)、文化組織や、固有の日本精神の認識と理解を促進するための出版事業を維持する等、驚異的な能力を示した。松本は日本文化連盟という団体の傘下に一八もの異なった団体を有していた。松本は日本文化連盟を日本プロレタリア文化連盟に対抗させるために創設したのである。(松本の外国語教育に関する見地からすると)皮肉なことに、国際文化連盟というような組織が *Cultural Nippon* という英文の季刊誌を出版したり、「アジア学生協会」(日本で学ぶアジア出身の学生のためのもの)や「外国女性のための生け花協会」のような団体を後援したりした。松本は国際文化連盟の創立を提案した英文のパンフレットを出版までした。この連盟のねらいは「終局的には、初代の神武天皇によって伝えられた世界家族主義の実現であり、これはあらゆる時代に絶対に誤たず、かつあらゆる場所で真実であると思われる『神聖で普遍的方法』に従う」ものであった*。

＊Matsumoto Gaku "The Cultural League of Nations / Proposition" *Nippon Bunka Renmei* (June 1936) p 4. 松本はさらに以下のような説明までも行っている。日本は「幸せな世界家族」を創るという希望を抱いて、国際連盟や海軍軍縮会議に参加した。「幸せな家族」という理念は日本帝国の基礎を築くにあたって、神武天皇が二五九六年前に述べられたもので、「崇高な日本国の理想であった」。しかし、国家の理想を守るために日本は国際連盟や海軍軍縮会議から「脱退せざるを得なかった」(pp. 7, 8)。

文化統制への満州事変後の一層の攻勢の直中に創設された松本の組織の一つは、小松原英太郎の文芸委員会の正当な跡継ぎであった。最終的に組織化された時には文芸懇話会と称されたが、文芸委員会を取り巻いていたものとほぼ同じ状況下で成立した。つまり、その折りには、増大してゆく社会的な退廃であると政府が認識したものを弾圧しようとして、政府はあらゆる方向に対策を講じていたのであった。文芸委員会の場合と同様に、設立が噂されている委員会に対して賛否両論を闘わす時期があった。そして、委員会を設立する政府の真の動機は何か、「統制」か、それとも「奨励」か、いずれが最終目的なのか、様々な憶測が流れた。しかしながら、桂内閣の時に比較すれば、今回は文学的状況も日本社会もずっと複雑になっていた。今や主流の純文学畑の作家たちは十分に成熟したプロレタリア運動と大衆文学を考慮に入れなければならなかった。このことが、文芸懇話会の設立と運営に対するそれらの影響をそれだけ一層注目に値するものにしているのである。

初めから、文芸懇話会は松本学と「ファシスト」的大衆作家の合作であった。「ファシスト」的大衆作家とは、直木三十五（大衆小説部門の直木賞は彼にちなんで名付けられた）、久米正雄、三上於菟吉、吉川英治、白井喬二、佐藤八郎（サトウ　ハチロー）である(22)。これらの作家たちは自らファシスト宣言を行っただけではなくて、彼らは一部陸軍の行動的な青年将校と共にある会を組織した。これは満州事変が、台頭するファシズムに関する記事で新聞の紙面を満たして始めてからちょうど六カ月後の、一九三二（昭和七）年二月のことであった。これら青年将校の幾人かは、また超右翼的「桜会」の会員も兼ねていた。この文芸懇話会の前身は、毎月五日に定期的に会合を開いたので「五日会」と命名された。

五日会の最初の会合は、将校の一人が満州で撮影して来た一六ミリ映画を鑑賞したり、これに関する詳細な説明を聞いたり、様々な軍事行動、近代兵器、中国の国民生活、中国本土における諸外国の外交的な争い等に関する説明に耳を傾けたりすることに費やされたらしい。一九三二（昭和七）年一一月に、作家のメンバーの幾人かはメンバーの将校に招待されて陸軍大演習を参観したりしている。そして、会員の間では「ファシズム」の正確な意味に関しては、ほとんど一致していなかったものの、彼らは軍部にこのように注目されたことに満悦していたように思われるし、また独特の日本精神とか、国際的危機の時代に特別な光を放って輝くと考えられた日本国民の反個人主義的民族的伝統という典型的に曖昧な見解を、招待者たちと、また仲間の間でも互いに共有していたように思われる(23)。

自由主義的な知識人たちはファシズムの台頭に決して無関心ではなかった。一九三三(昭和八)年三月一〇日、ナチスが悪名高き焚書を行った時、一七名の著名な日本の自由主義者が、これには哲学者の三木清や中央公論社社長嶋中雄作も含まれるが、集まってヒットラーに対する抗議文を作成した。三月末に瀧川事件が起き、古きよき自由主義思想の弾圧という新しい波が到来していることが明白となった(三二四頁参照)。これに反対するために、三木とその仲間は、数人の作家を含む広範囲にわたる知識人の代表的なグループに、学芸自由同盟と称する団体に加わるようにと要請した。一九三三(昭和八)年七月一〇日に開かれた最初の会合で、徳田秋声が委員長に選出された。遺憾なことに、この学芸自由同盟という団体には、潮流を止める力はなかった。それは各大学が瀧川教授の追放に対抗する力がなかったのと同様であった(三木自身は一九四五〔昭和二〇〕年、思想犯として獄死することになる(24))。

一九三四(昭和九)年の新年を迎える前に、将校の会員たちが定期的に会合に参加できなくなったために、五日会はすでにほとんど機能しなくなっていた。直木三十五は自分のお気に入りの計画が瓦解するのを見て、今度は官吏との繋がりを確立しようと骨を折った。直木は、当時まだ警保局長であった松本学と密かに会い、二人で、大衆作家と政府の代表のための会合を一月二九日に開くことを公表した。議論のテーマは、松本によれば、文学においてひどくなおざりにされている分野である「日本精神昂揚」についてであった。直木は精神問題が重要であることには同意したが、しかしそれに先立って、まず文士の身分地位の向上が必要であり、それは文芸院の設立によって最もうまく達成されるだろうと考えた(25)。

この最初の会合が開かれる前にさえ、文芸院設立に反対する意見が一九一一(大正元)年の時と同様すでに噴出し始めていた。三木清は、検閲と思想警察の本部である警保局が文芸院を後援することの異常を指摘した。警保局が文芸院を思想の「向上」や「善導」のために利用しようとするに違いない、と三木清は批判している(26)。

会合そのものでは、検閲の問題も議論されたが、しかし、焦点は文芸院の設立と国家に役立つ文学作品を奨励するための文芸賞制度の設立に絞られた。文芸院創立の第一歩として半官半民の文芸倶楽部のようなものを作るという結論に達した。直木は松本の名前で会にふさわしい三〇人の作家を招待するという仕事を与えられ、松本自身は「非国家的」(左翼的)文士を除くという条件を出しただけであった。新聞は、この会合を大変和やかなものであり、双方ともこの倶楽部を作ることに「異常なる熱意」を示していると報じた。しかしながら、直木のリストにあった純文学畑の作家たちが関わって来た時、事態は思うように進まなくなった。「ファシスト」作家たちなら軍人にお世辞を言われて自尊心をくすぐられたり、警保局の官吏と親交を結ぶことを楽しんでいたかもしれないが、「純」文学畑の作家たちは、自分たちは明治時代に作られた独立の伝統を堅持せねばならぬと主張したのであった。そのような主張を代表して述べた純文学畑の作家の中で著名な人物は、明治の自然主義作家正宗白鳥と徳田秋声であった。

大衆作家と官吏との間の前述の予備的会合の二、三日後、正宗白鳥は「朝日新聞」(一九三四〔昭和九〕年二月二日、三日)に二日にわたって記事を載せた。その中で、正宗はそれ以前の政府の文学統制の企てを跡付け、今後の新しい動きに対する不安を表明している。「『思想善導』に利用される程度の文学に、文学者が甘んじるやうだつたら、明治以来の文壇の先輩が貧窮の間に努力して築き上げたものも、退却することになる訳だ」。文芸院が設立されても文学に裨益するところがあるとは思われない。だが、参加者は多分何かと画策しているようだ、自分は興味を持って傍観していよう、結んでいる(27)。

翌月の「改造」(一九三四〔昭和九〕年三月)に寄稿した冗長な論文の中で、徳田秋声も同じような静観的態度を取っている。白鳥と同様、秋声は作家全体を向上させ得る真に独立した文芸院ならば受け入れるが、しかしこのことを実現することができるほど十分に芸術の目的を理解している官吏はいないだろうと述べる。秋声は特に大衆作家と軍人の結び付きに対して疑念を表明する。そして、とにかく、「民衆の興味に媚び低級なヂヤアナリズムに投合する傾向に陥りがちな大衆文芸」の利益を促進する必要性を認めない(28)。

秋声の警告の背後には、出版界における卑俗な金儲け主義に対する懸念があった。秋声は金儲け主義によって、大衆文学が育てられ、結果として純文学畑の作家は不利益（金銭上の不利益をも含めて）を被る、と感じた。秋声と白鳥の二人とも純文学畑の作家たちが新しく設立される文芸院に、たとえそれがまったくの私利私欲からであってもよいから、影響を及ぼすことが必要であると認識した。彼らは三月二九日に開かれた下準備のための会合への松本学の招待を受諾した二〇人の作家の中に入っていた*。

*榎本③、六二九頁。出席を拒否したのは伊原青々園、幸田露伴（この二人は一九一一〔明治四四〕年から一九一三〔大正三〕年の文芸委員会の委員だった）、そして坪内逍遙、谷崎潤一郎、志賀直哉、小林秀雄、泉鏡花、大仏次郎、菊池幽芳、久米正雄、平山蘆江、である。招待を受け入れたのは、川端康成、横光利一、島崎藤村、佐藤春夫、里見弴、岸田国士、菊池寛、吉川英治、山本有三、宇野浩二、加藤武雄、上司小剣、白井喬二、近松秋江、中村武羅夫、広津和郎、三上於菟吉である。

この会合の演説で松本は、一個人として政府が後に文芸院を作るまでの準備として、いわゆる「私設文芸院」を設立したいと思うと発言する。その理由は、政府は今まで文学に対して「冷淡に過ぎた」と感じたからであった。すると松本の真向いに座っていた徳田秋声がその特徴的なかすれたような声で発言した。「日本の文学は庶民の間から生れ、今まで政府の保護を受けずに育ってきましたので、今更政府から保護されるなんていわれても、われわれには一寸信用できませんね。（中略）われわれとしては、このままほって置いて貰いたいと思いますね」(29)。

しかし松本は、会合を続行し続け、秋声は純文学畑の作家の利益が損なわれないように注意を払う。秋声はこの集まりを文芸院として大げさに呼ぶことには反対であると意見を述べた。そこで、議論の末、文芸懇話会という名前に落ち着いた。純文学畑の作家たちはあらゆる点で秋声を支持した(30)。

文芸懇話会の不運な出発から一九三七（昭和一二）年七月の解散までの間、松本は自分が作り上げた怪物から逃れるよい機会を窺っていたように思われる。下準備のための会合が開かれる一カ月前の一九三四（昭和九）年二月二四日に、直木三十五が急死したために、松本が当初支援しようと思った懇話会に漂っていた大衆的「ファシスト」的要素がかなり薄まった。元々の直木の計画は、懇話会が毎年、大衆小説を一編、純文学を一編選び、それぞれに文芸懇話会賞を与えるというのであった。しかしながら、結局は懇話会が存続している間、受賞したのは二編とも純文学ということになった*。一九三六（昭和一一）年一月、「文芸懇話会」という機関誌も刊行された。この機関誌は毎号交代で全会員が編集にあたることになっていた。しかしながら、一八号発行したうち六号だけが大衆作家によって編集されたにすぎない**。

*受賞作家と受賞作品は次の通り。一九三五（昭和一〇）年、横光利一『紋章』、室生犀星『兄いもうと』（Morris による英訳 *Modern Japanese Stories* に収録）。一九三六（昭和一一）年、徳田秋声『勲章』（同前書収録）、関根秀雄、『モンテーニュ随想録』。一九三七（昭和一二）年、川端康成『雪国』（かの有名な **Edward Seidensticker** の英訳 *Snow County* あり）、尾崎士郎『人生劇場』。『日本近代文学大事典』四巻、四七〇頁。

**榎本③六三三頁。雑誌「文芸懇話会」は各号の頁数は最も少ない時で六四頁、最も多い時で九八頁である。榎本①一六―一七頁。

松本は最初から、自分が文学に対して個人的な関心を抱いていたので、文芸懇話会という会を組織、維持して来たのだと主張していた。従って斎藤内閣の崩壊とともに、一九三四（昭和九）年七月に、警保局長を辞任した際に会を解散するとしたら、松本にとっておかしなことであったろう。事実、文芸懇話会賞の賞金や毎月の会合での食事代は内閣省からではなくて、三井・三菱財閥から松本が個人的に集めた寄付金があてられたようであった。しかるに松本が作家の広津和郎に告白したところによると、実は、彼は以前に教育統制や宗教統制を行ったのとまったく同じように、文学を統制する方法としてこの会を設立する考えを斎藤総理に説明していた。松本はまた三、四回会合を開いた後で、広津に文芸統制はできないことがわかったと述べた(31)。

松本と純文学畑の作家たちの間にはたえず緊張感が漂っていた。純文学畑の作家たちの用心深さが会の性格を決定した。松本が「反国家的なものは困るが、その他の点では文芸の絶対自由」を保証すると述べた時、松本のこの言明を忘れないように書き付けておくことを申し出た者がいたほどであった(32)。

もちろん、作家たち自身も松本の左翼系作家を排除するという提案に唯々諾々と従ったために外部から大いに批判を浴びた。一九三四(昭和九)年九月に懇話会で物故文士の慰霊祭が行われた時、殺害された小林多喜二の名前がこれみよがしに外されていたことが苦々しげに言及された(33)。一九三五(昭和一〇)年の文芸懇話会賞の受賞作のうち、一編は投票の結果に従えば、島木健作の作品集『獄』になるはずであった。だが、松本は島木が受賞することを拒否した。その結果、室生犀星の短編集『兄いもうと』が受賞した＊。怒りのこもった非難の文章が外部の批評家と委員会のメンバーの双方によって書かれた。佐藤春夫は委員会を脱会した(もっとも後に説得されてまた委員会に加わったが)。批判の多くは匿名でなされた。警保局が事態を詳細に記録していたという事実を想起する時、匿名の形を取ったことは必ずしもまったく謂れのない用心というわけではなかった(34)。新しい左翼系雑誌「人民文庫」が武田麟太郎によって発刊された。発刊の目的の一つは懇話会の機関誌の排撃であった(35)。

＊この短編集の表題となった作品は Edward Seidensticker によって英訳され、Ivan Morris 編 *Modern Japanese Stories*(Rutland and Tokyo : C. E. Tuttle, 1962), pp.144-61. に収められている。島木と『獄』に関しては、Donald Keene の"Japanese Literature and Politics in the 1930s", p. 231. 参照。

文芸委員会が文芸統制のための手段であるという非難に反撃した委員は川端康成であった。「松本氏等が会員の文芸家を統制したと云ふよりも、寧ろ会員の文芸家が松本氏等を統制した」と川端は主張した(36)。また機関誌の自由主義的編集方針も川端を支持しているように思われた。雑誌の内容は多岐にわたっていて、一つの党派の思想だけを表明していたわけではなく、また懇話会の委員の中では最も左翼色の強い青野季吉や武田麟太郎に誌面を開放していた。なるほど、文芸懇話会賞こそ左翼系作家には与えられなかったにせよ、彼らの意見は誌上に表明されていた。

かくして、松本はおそらくかなり安堵して一九三九(昭和一二)年六月の帝国芸術院創設を文芸懇話会解散の契機として迎え入れたことであろう。文芸懇話会は文芸院設立のための「基礎工事」をどうにか成し遂げることによって、その規定された役割を果たした。そして今や、日本は文学を含めたあらゆる芸術のための包括的な芸術院を持つにいたった。再度、作家たちは何とかして文芸統制の企てを食い止めようとした。だが、この新しい文芸院が設立されたのは、一九三七（昭和一二）年七月七日に日華事変が勃発する、ほんの三週間前のことであった。そしてこの文芸院は一九四五（昭和二〇）年、八月一五日まで続く、総力を上げた戦争遂行の中に大衆を統合する意図を持った、おびただしい数の新組織や新政策の一つにすぎなかったのである(37)。

第16章——軍部と特高警察に引き継がれて

委員会、当局、そして懇話会

一九三六（昭和一一）年七月、内閣情報委員会が設置され、「積極的な」宣伝活動に専念し、皇室への敬意に満ちた言及以外はすべて狂信的弾圧を受ける時代が始まった。今や、植字工がよく似た活字を混同して、「天皇陛下」と活字を組むべきところを、うっかり「天皇階下」と組んだとしたならば、その雑誌は「皇室の尊厳に対する神聖冒瀆」という理由で発禁に処せられることになった(1)。

翌年には日華事変が勃発し、内閣情報委員会は内閣情報部に昇格した。南京事件が起こり、太平洋戦争に直結する戦争が再開された。内閣情報部は、新聞の編集者に一連の基本的な指針を配布したが、日清戦争・日露戦争（一八九五〔明治二八〕年、一九〇五〔明治三八〕年）の一〇年間の献身の日々に不可欠であった、まさしくあの態度を民衆に教え込もうとする試みとして注目すべきものだった。「現在戦闘中の日華事変や今日の世界情勢に関して、読者に極度に楽観的な印象を与えないように注意せよ。国民に不撓不屈の精神をかきたてよ」(2)という忠告を、各社の編集者たちは受けた。

内閣情報部で指導力を発揮したのは検閲に参加した陸海軍省情報部将校であり、彼らのもとで出版産業の消極的「取締」(検閲)は積極的「指導」(宣伝機能への転換)に変わった。情報部が、新聞社、雑誌社の重役、編集責任者に対して、毎月一回ないし二回開催される「懇談会」への出席を命じたのも、陸海軍省情報部の慣行にならってのことであった。懇談会への出席の目的は、報道制限、具体的な編集内容についての注文、望ましい編集方針に関する全般的な指導を情報部から受けるためであった。陸海軍省情報部の月に一度の懇談会は、依然として別個に続けられていた。その結果一時は、出版社側は気が付いてみると、内閣、陸軍、海軍主催の懇談会のみならず、外務省情報部、警保局、そして大政翼賛会や国民精神総動員本部のような公式・非公式の右翼組織の主催する懇談会にまで出席を要請されていた(3)。各社の編集長は、また時折、個別の相談のために、これらの事務所のいずれかに出頭するように命じられたりした。個別の相談というのは、通常は、ある特定の記事を載せたために批判を受けることを意味していた。警保局の検閲を無事通過した小説や随筆が、陸海軍情報部に「反戦的」とか、戦争遂行に対して非協力的であるという印象を与えることは、とくに厄介な状況であった(4)。

こうした、心身を消耗するような手続きは、一九四〇(昭和一五)年一二月五日に幾分か緩やかになった。近衛内閣が勅令によって内閣情報部を拡大改組し、内閣情報局に名称を改めたからである。内閣情報局は、先に述べた様々な情報局を代表する六〇〇名あまりのスタッフで構成されており、陸海軍の現役将校が重要ポストを独占した。その結果、軍人と内務省官僚との間の権力闘争が続いた。やがて検閲の職権は内務省から内閣情報局へと移り、内閣情報局は戦争中の検閲と宣伝の両面における最高の権威を持つ機関となったのである(5)。

畑中繁雄は、一九四一(昭和一六)年から一九四七(昭和二二)年まで「中央公論」の編集長であった(軍部の命令により、退任させられていた時期を除く)。彼は陸軍報道部と交渉した際の経験の幾つかを記録に残している。陸軍報道部は、内閣情報局に統合された後も、依然として雑誌の検閲機関であったからである。

早くも一九三七（昭和一二）年に軍部はすでに、自由主義的色彩の濃い「中央公論」、「改造」、「日本評論」、「文藝春秋」の「総合雑誌」四誌が、知識人に与える潜在的影響力を見抜いていた。軍部は、これらの雑誌社をまとめていわゆる「四社会」を組織した。「四社会」は毎月各社ごとに、陸海軍省報道部との会合を持つことを要請された(6)。これらの会合のほかに、真珠湾奇襲攻撃直後、軍部は毎月六日に全雑誌社のために会合を開き、これを「六日会」と称した。これらの集まりを通じて、軍部は総合雑誌の「戦争傍観」というまことにけしからぬ傾向を打ち負かそうとしたのである。

「中央公論」は、軍部においてことさら悪評が高かった。「中央公論」は特に大正デモクラシーの偉大な理論家吉野作造の宣伝板の役割を果たしていたからである。吉野は、一九一六（大正五）年から一九三〇（昭和五）年にかけて、帝国主義や、軍部勢力の日増しに募る政界への介入に対する警告を、「中央公論」誌上に少なくとも三五編載せた。懇談会で幾度となく「中央公論」は、国民総動員が必要とされている戦時中にもかかわらず、「外国の」伝統である「自由主義」に執着しているといって、非難を浴びた*。

*「自由主義」という語は「リベラリズム」を意味する標準的な用語であるが、この文脈では、主に非難の意味で用いられている。畑中繁雄『覚書　昭和出版弾圧小史』二五―二八頁、六〇頁、八三―八五頁、一一四頁。

中央公論社社長嶋中雄作は、同社の自由主義的伝統の信奉者であったが（警察は、一九三〇（昭和五）年の時点で、同誌の急激な左傾化は彼の責任であると見なしていた*）、彼は、「中央公論」に対する非難に対しては、以下のように返答することを常としていた。「貴下たちは、命令さえ下せば、国民は思うように意に従うと考えておられるが、それは軍隊式の考え方であって、言論指導となると、それほど単純なものとはおもえない。第一、国策遂行という点についてならば、われわれとて、基本的にはすこしも異なっていない。ただ知識階級を相手とする言論指導となると、まだだわれわれのほうが専門である。だから藉すに若干時日をもってして、思想指導はむしろわれわれに任していただけないか」と。そして「複雑な知識階級」を真に納得させるためには、相当筋の通った合理性を持って説得する必要があり、そうでなければ真の意味での協力になり得ない所以を述べ、そこまで到達するには、なお幾分の時間を必要とする、とも述べた(7)。

＊嶋中の反ファシズム的姿勢に関しては、三六一頁参照。大正初期の女性運動と嶋中の関係については、12章の三〇一頁の割注参照。畑中は、嶋中が「中央公論」の編集部を常に支持していたことを賞讃している(『覚書　昭和出版弾圧小史』九一—九三頁)。軍部に抵抗する心理的重圧が嶋中の早過ぎる死を招いたのだと、谷崎潤一郎は確信していた(『谷崎潤一郎全集　二二巻』三七〇頁〈†「嶋中君と私」〉、『谷崎潤一郎全集　二三巻』二三五頁〈†「嶋中雄作弔詞」〉)。嶋中に対する検閲官の意見に関しては、内務省警保局図書課(編)『新聞警察概観』二四〇頁、一九三〇(昭和五)年一月、(内務省、リール第一番)参照。

しかしながら、武官でさえもこの言葉を真に受けはしなかった。通常の反応は脅しと怒声であり、その結果編集の自律性はさらに侵された(「非協力的な」出版社の編集の自律性への特に悪質な干渉は、一九四一(昭和一六)年二月に別の領域でなされた。この時内閣情報局は雑誌社に通達を出し、各社の発行図書雑誌の購読者カードの提出を要求した。その結果、幾つかの地域では所管の警察が読者の活動を実際に取り調べ、定期購読者であることが発覚した現役の兵士は、処罰を受けた(8))。

戦争中に行われた検閲の多くは、内務省による法律の官僚的な適用という領域から、軍部による一層不明確な弾圧の領域へと移行した。そして、それは様々な種類の個人的関係を通じて行われた。あるものは必ずしも公的とは言えないにせよ、形式をふまえて行われたが、形式にほとんどとらわれないものもあった。とくに形式をふまえないで行われた実例は、中央公論社から出版された一一世紀の古典『源氏物語』の谷崎潤一郎による現代語訳の場合に見出せる。

谷崎は『源氏物語』の、自身にとっては最初の現代語訳(現代語訳は合わせて三種類出された)を一九三五(昭和一〇）年、嶋中雄作の「熱心なる慫慂《しょうよう》」によって始めた。一九三九（昭和一四）年一月から、一九四一（昭和一六）年七月の間に全二六巻が刊行された。出版に際して谷崎は、この翻訳の出来栄えに満足しているわけではなく、もし余生があれば老後の楽しみとして完璧なものにしたいと思う、と付け加えている。谷崎は、また、――漠然とした物言いではあるが――「現代にそのまゝ移植するのは穏当でないと思はれる」「構想のほんの一部分」をきれいに削除したと「正直」に述べている。しかし、削除しても「全体の物語の発展には殆ど影響がない」と谷崎は読者に保証している(9)。

戦後、谷崎は現代語訳に対する不満は文体の問題に限定されていないこと、「分らずやの軍人共」の忌避にふれないように、原作の筋を歪めざるを得なかったことを明らかにした。谷崎は明治大正時代の方がはるかに自由な時代であったと認識しており、このような「暗黒時代」がそういつまでも続くはずはなく、やがて再び自由な時代が戻って来るに違いないと確信していた。「その後我が国は無謀な大東亜戦争に突入し、敗戦の憂き目を見た結果として、私の望んでゐた自由な時代は予期以上に早く復つて来、源氏の翻訳を完全なものにしたいと云ふかねての夢を、ここに実現し得る選びになつたのであるが、それにつけても今日これを喜んでよいのか悲しんでよいのか、私は云ふべき言葉を知らない」(10)。

谷崎はこのように、一九五一（昭和二六）年五月から一九五四（昭和二九）年一〇月にかけて刊行した『源氏物語』の新訳の序文に記した。しかし、これよりも遥か前に「中央公論」（一九四九〔昭和二四〕年一〇月）の特別号〈文芸特集第一号〉で、彼は「軍部の怒りを買ひさうな」*かつて削除した部分（削除したことを示す伏せ字は使用しなかった）の中でも最長の部分を発表する機会を得た。畑中繁雄によれば、現代語訳の出版は約半年「強制的に延期され」、その間内容的に「かなりの手ごころ」を加えた(11)。畑中も谷崎もこの強制力が適用される形式がどのようなものなのか、皆目見当がつかなかった。後の作品で谷崎はいかに軍部が直接的に介入して来たかについて問題提起を行っている。

*「藤壺」〈†「藤壺―『賢木』の巻補遺」〉『谷崎潤一郎全集　二三巻』二四一頁。削除部分は、Edward Seidensticker の英訳（New York : Alfred A. Knopf, 1976.）第一巻、一九五頁二九行から一九八頁二〇行に相当する（"distasteful"で終わる文章）。この部分には、源氏との密通により引き起こされた藤壺の精神的・肉体的苦悩が描かれている。源氏が女房によって塗籠《ぬりごめ》に押し込められる場面である。

谷崎は序文で、著名な国文学者山田孝雄（一八七三〔明治六〕年～一九五八〔昭和三三〕年）に忘れずに謝意を表明している。山田は『源氏物語』現代語訳の最初の二つの詳細な校閲にあたったからである。事実、山田の名前は本の扉に谷崎の名前と並んで印刷されている。一九五九（昭和三四）年、山田孝雄追悼文において、谷崎は山田の好意ある援助がなければ、現代語訳という企てに着手しようとは思わなかっただろうとまで言い切っている。二、三カ月準備を行った後、一九三五（昭和一〇）年春、谷崎はまず老教授山田の家に挨拶に出掛けたと書いている。山田教授は何よりも先に、谷崎を援助する際の条件をきわめて真剣にそして力のこもった口調で述べた。『源氏物語』の構想には、それをそのまま現代語訳にするには穏当でない三つの事柄がある、と山田教授は語った。その一つは、臣下たるものが皇后と密通していること（すなわち源氏とその義母藤壺）、他の一つは皇后と臣下との密通によって生まれた子供が天皇の位に付いていること（すなわち冷泉天皇）、そしてさらに、臣下たる者が太政天皇に準ずる地位に登っていること（晩年の源氏）である。この三つの事柄は筋の根幹をなすものではなく、そのすべてを抹殺しても、全体の物語の展開にほとんど影響がない。谷崎がこれらの事柄を削除せねばならぬと理解しているのであれば、この企てに参加してもよいと、山田は言った。

世が軍部の支配の時代であってみれば、以上のような削除の必要性に関しては、すでに覚悟していた、と谷崎は述懐している。しかしながら、谷崎は次の点を指摘していない。すなわち、最初の二つの物議を醸す事柄は、筋の根幹をなすものではないどころか、『源氏物語』の読者であれば、誰でも即座に認めることであるが、この物語の循環構造と因果応報のテーマを規定する、きわめて決定的な要素であるということを。谷崎は山田が極端な右翼主義的姿勢を取ったために、戦争中に作った敵に対しても山田を弁護までしている。戦後、無削除の完全な翻訳を企てた時、老教授は快く校閲の任を引き受けることに同意した、と谷崎は記す。このことは、山田教授が「時勢の変化を理解されてゐたからで、頑迷固陋な似非国粋主義者でない」ことを示す所以であると谷崎は述べている(12)。

谷崎の恨みは「軍部」のために貯めてあったもので、「国粋」の悪名高き支持者には向けられなかった。後者と谷崎はかなり仲よくやっていたように思われる。もう一人の著名な国文学者岡崎義恵は、山田の東北大学での同僚であるが、削除を谷崎の責任にした。岡崎は一九三九（昭和一四）年、五月二三日から二六日付けの「朝日新聞」紙上で、谷崎の翻訳の批評を四回にわたって行った。岡崎は谷崎の行った広範な外科的手術に「何とも言いようのない悲しみ」を感じると述べている。この手術のおかげで「物語の脊髄ともいうべき所」を取り除いてしまった。物語のこの部分が削除されたことによって、この現代語訳はほぼ無意味なものになってしまった。あたかも何も起こらなかったかのように、伏せ字も使用せず、削除した部分を巧みに綴り合わせる谷崎のやりかたは「大きな残虐」であり、芸術家としての誠実さが疑われる。江戸時代の批評家たちは、不穏な内容を含む藤壺の物語を切り捨てるのではなくて、解釈することによって、うまく処理することができた。昭和の文士がこのようなけちな仕事をする必要がなかったということは確かだ、と岡崎は主張する。もちろん、藤壺の物語を知らない読者は岡崎が何について言及しているのか、推測できないであろう。岡崎は、削除が現代語訳を一般大衆に受け入れやすくするためになされたのだと論じることによって論点をぼかしているからだ。岡崎は非常に立腹はしたが、それでも一九三九（昭和一四）年の時点で、どの程度までなら許されるのかを認識していた＊。

＊岡崎義恵『源氏物語の美』（宝文館、一九六〇年）四六五―四七一頁。戦後、岡崎は谷崎に対して同情心を欠いていたと非難されたが、しかし谷崎のような態度が検閲を助長させることになるのだと言いたい、と述べている。

では、今度は懇談会という仕組みを通して軍部によってかけられた圧力のより特徴的な例を見てみたい。一九四一

（昭和一六）年五月一六日、内閣情報局によって各雑誌社の編集部との懇談会がもたれ、その席上で内閣情報局は、各雑誌社に毎月一〇日までに次号の編集企画プランと予定執筆者とを完全な目次の形にして提出するように命じた。その結果、以後、情報局が好ましくないと判断した記事やブラック・リストに載っている執筆者は容赦なく退けられ、それに代わる「官選」作家による記事の押し付けが行われるようになっていった。こうした歩みは、一九一〇（明治四三）年の浅田江村には不可能であるように見なされていた。当時浅田は、改良を加えた「知的クー、デ、ター」を冷笑気味に桂政権に提案したのであった（二〇一—二〇二頁参照）。しかしながら、このような官選原稿に抵抗するどころか、リベラルな雑誌は、狂信的なほど国粋主義的な原稿を意識的に探し出し、これを「お呪《まじな》い原稿」と呼んで、この国粋主義的原稿が掲載されていれば、さらに議論の対象となる他の原稿がお呪いによって守られるようにと願ったのであった(13)。

目次を認めてもらう一つの技法は、内容を必要以上に好戦的にすることであった。畑中繁雄はアメリカのフロンティア精神を論じた「アメリカニズム」という毒気のない原稿を受け取ると、自らその題名を「敵としてのアメリカニズム」と変えた。ところが、雑誌の発行後、陸海軍省情報部と内閣情報局の双方から激しく糾弾されたのである。もっともこの原稿は意外にも、事前の警保局図書課の検閲では何ら問題にされてはいなかった＊。

＊『覚書　昭和出版弾圧小史』七九—八三頁。この原稿の著者は清水幾太郎である。彼は自由主義的批評家として重要な人物であり、漱石の「私の個人主義」という講演の重要性を認識した最初の評論家でもある。しかし、後に保守主義的傾向の論文も執筆した。

六日会の代表的な会合で（一九四二（昭和一七）年一一月六日）、ある陸軍少佐は、前の月に出た様々な雑誌の内容を批判した。他方彼は、講談社発行の「現代」を賞賛した。「現代」は西田哲学があまりに個人主義的であり、「武」の哲学的裏付けが欠如しているという点を批判していたからである＊。同少佐はまたある右翼系の雑誌が「尊王攘夷」（徳川時代の末期に開国に反対する人々が、このもとに結集した）の特集を組んだことを高く評価した。これらの雑誌に現れた国粋主義的なレトリックに関して、畑中繁雄は次のように言う。「このように翻訳しても（だいたい翻訳できるかどうかも問題であるが）世界のなにびとにも理解されそうもない、そして日本人であるわたしたちにとっても理解することのできないような高度な思想や考えかたというものは、中央公論にとっては、所詮は縁なきものというほかなかった」(14)。

＊西田哲学の京都学派は、決して戦争反対の立場を取っていたわけではない。京都学派は正統的学説よりもむしろ「西欧的思惟方法」に基づいて戦争を正当化していたために、受け入れられなかったのである。しかしながら、京都学派の批判者、とくに夏目漱石（一九一〇〔明治四三〕年）と美濃部達吉（一九四〇〔昭和一五〕年）の双方を酷評した人物であるファシスト批評家三井甲之のレトリックに耳を貸すならば、京都学派と「中央公論」はまったくの裏切り者であると思われるであろう。『覚書　昭和出版弾圧小史』六一―六六頁、八七頁参照。

少佐が他の雑誌を賞賛したのと対照的に、自由主義的色彩の濃い三誌はおおむね批判を浴びた。「中央公論」に載ったソロモン海海戦のドキュメント作品である丹羽文雄の『海戦』を、この少佐はあまりおもしろくないと述べている。『海戦』は長すぎるきらいがあるし、しかも丹羽の従軍記者としての活動に関わるあまりにも多くの見当外れの資料が含まれている、と少佐は思った。ドナルド・キーンはこの作品を、戦争中に出版されたこの種の作品の中ではおそらく最良のものであると評価している。この作品には「迫りくる戦闘への緊張、実際には短いが、非常に長く感じられた敵艦隊との接触の時間、そして日本軍が大勝利を収めたと知ったときの半ば信じ難い歓喜」が描かれているとドナルド・キーンは指摘している。少佐と同様、ドナルド・キーンもこの作品は長すぎるとの印象を持った。だがそれは、少佐とは異なった理由からである。キーンによれば、丹羽は「海軍将校の比類のない精神や海軍士官学校で同級だった男たちの友情に関して（これは一介の民間人である彼の嫉妬心をかき立てるのであるが）、あまりにも長々と書き過ぎているが、しかし戦闘そのものの記述は非常に鮮やかであり、かつ主人公が榴散弾でうたれる瞬間は、小説家としての丹羽の特徴を紛れもなく示す、堂々とした態度で書かれている」(15)と言う。おそらく、少佐は、語り手の個人的反応を補うに足る「精神」が存在しないと感じたのであろう。

次に「改造」は感情に訴える要素に欠けるとの批判を受けた。一九四二(昭和一七)年、八、九月号の「失敗」(異論のある論文を掲載したこと、後述)の後、転向の真摯な気配は認められるが、「当面、国家が要請している重大課題」については、依然「きわめて冷やか」であると、少佐は批判した。また彼は「日本評論」の編集者に対して、正宗白鳥、里見弴等の小説を掲載しないようたびたび注意を受けながらも、未だに同じ傾向に偏していると警告した。一〇月号の岡本一平(16)の「再婚記」にいたっては「まったく個人的問題に執着せるもの」という欠点があり、そのようなものは戦時下の読物としてふさわしくない、とした(17)。

すでにこの頃までに(事実、一九四一(昭和一六)年後半までに)「文藝春秋」は編集内容の「一八〇度」転換を行っており、六日会の会合では反自由主義評論家の合唱の仲間入りをしていた(18)。自由主義的色彩の濃い残り三誌に対する軍部の撲滅運動は、一九四二(昭和一七)年一一月の同会合において唱えられたような異論から発展したものであった。「改造」は編集部全員の更迭を条件に、八、九月号の「失敗」後も生き残ることが許された(19)。「中央公論」は、一九四三(昭和一八)年七月に同じ運命を辿った。軍部との苦痛きわまる一〇〇パーセントの協力体制を以後数カ月間取ったが、「中央公論」と「改造」は一九四四(昭和一九)年七月一〇日、内閣情報局によって、「自発的廃業」に追い込まれた。「日本評論」は一九四四(昭和一九)年三月にすでに経済雑誌への転向を強いられており、最早脅威にはなり得なかった(20)。

「中央公論」と「改造」の悶死

「中央公論」と「改造」二誌の廃刊によって、無条件降伏前に商業ベースで出版されていた、官権の支配を受けない思想の最後の生き残りも消滅した(21)。この二誌の死に際の苦悶は、ある程度詳述するに値する。それは、一八七六(明治九)年に成島柳北が検閲の犠牲になって以来きわめて顕著になって来た、良風を損なう文学的素材と政治的素材の間の相似を示す注目に値する実例であった。「中央公論」は文学の独自性を奪うであろう規範的、教条的文学観に内在する危険性を例証し、一方「改造」は、最も偏狭でしかも最も残忍な形式においてなされた思想統制を明らかにしているからである。

まず、「中央公論」の解体から見てみよう。一九四二(昭和一七)年一一月の会合で、ある将校が明らかにしたように、軍部が文学の中でいちばん嫌ったのは、「個人的問題」に対する関心であった。個人的問題を書き連ねた小説を執拗に掲載し続けて、「中央公論」は徹底した戦争「傍観」の態度を表明していた。同誌は、後に現代日本文学の不朽の名作と称されることになる谷崎潤一郎の『細雪』を掲載しようと試みて、その滅亡の速度を早めてしまった。

『細雪』の読者は、『細雪』が掲載禁止になったということを知ると、たいていは驚く。とりわけ谷崎の他の作品に親しんでいる読者は驚愕する。『細雪』は谷崎の作品中、検閲官の気分を最も損ねそうにないように思える作品だからである。魔性的な女性も、被虐的な恋人たちも、足に対するフェティシズムも、そして実に奇妙な好色や糞尿譚《スカトロジー》的なものの意図的な追求も姿を消している。これらに代わってそこに見られるのは、大阪郊外の芦屋の上層中産階級の郷愁を誘う、ゆったりとした生活のパノラマで、これが四人姉妹の三女に、ふさわしい伴侶を見付けようとする家族の試み程度の問題しか起きないこの小説の筋を優雅に覆っている。谷崎は後に書いている。元々は現在の『細雪』よりも、もっと長いものにするつもりで、その頃の芦屋の裕福な階級の退廃的な生活を書くつもりだった。しかし、そうした題材は当時あまりにも「危険」であった、と(22)。

『細雪』の末尾近くで、末娘の放縦な生活が描かれているが、その描写は谷崎のおぼろげなエロティシズムをほんの僅か仄めかしているにすぎない。しかも、小説の連載はわずか二回、一三章の終わりで打ち切られた。ここまでで読者は、姉妹が化粧をし、一九三六(昭和一一)年の夏を乗り切るために、互いにヴィタミンBの注射を打ち合い、新聞に妙子と間違って雪子の名が出たことで雪子が蒔岡家の家名にふさわしい結婚をする可能性が脅かされ、かなり平凡な最初の求婚者に会ったことを知った。雪子の生理の前後に顔に現れる染みについて、読者は蒔岡家の人々と一緒になって心配し、蒔岡家と瀬越家の両家が互いに相手方の経歴をきわめて注意深く調べ上げるといったことを見て来た。しかし、蒔岡姉妹が今にもある決断を下そうとしたちょうどその時、連載は打ち切られる。この後さらに、八七の章が続き、そしてあと四人の求婚者が登場することになる*。

* Edward Seidensticker による英訳がある。*The Makioka Sisters* (New York : Alfred A. Knopf, 1957)

本来の計画では、『細雪』は一九四三(昭和一八)年の「中央公論」の新年号から隔月掲載されることになっていた。この新年号にはまた、島崎藤村の最後の小説となった『東方の門』(年に四回連載の予定)の第一回も併載されていた。そこで「中央公論」の新年号は、「ひからびた軍記もの」に食傷気味の読者にとって、文学的掘出し物となった。新年号を買い求める人々が東京の丸の内の書店で行列を作る騒ぎとなった(23)。新年号に対するこの大反響は、軍部や情報局の注意を引き、当局は、「時局をわきまえない小説」の掲載を取りやめるよう「勧告」を始めた(「時局をわきまえない小説」には藤村の『東方の門』は含まれていない。『東方の門』は藤村の死により、一九四三(昭和一八)年一〇月掲載の第四回で中止になった。この小説の長い歴史的展望は、アジアの指導者としての、またおそらくは世界の光としての日本の役割を正当化する方向に向かっていたように思われる。評論家の中には、この中断は戦後の藤村の世評にとっては決して不運ではなかったことを匂わせている者もいる(24))。

『細雪』の第二回が、一九四三(昭和一八)年三月に掲載された後、四月の六日会の席上、畑中は、杉本少佐という人物に激しく非難された。「緊迫した戦局下、われわれのもっとも自戒すべき軟弱かつはなはだしく個人主義的な女人の生活をめんめんと書きつらねた、この小説はわれわれのもはやとうてい許しえないところであり、このような小説を掲載する雑誌の態度は不謹慎というか、徹底した戦争傍観の態度というほかない」と杉本少佐は極言して憚らなかった(25)。

また、畑中が陸軍報道部に呼び出された時、杉本少佐は「米英の第五列的論文」と称した清水幾太郎の「敵としてのアメリカニズム」を掲載したことで畑中を罵倒した。「あるいはその時私の〝ひたすら恐懼陳謝〟を期待していたかもしれない杉本少佐や同席将校らのその期待を裏ぎって、私はそのとき、まだなにかを抗弁しようとした。といっても、それはもはや、〝意識した抵抗〟などといえるような、りっぱな態度とはおそらく縁遠い、まさに負け犬の遠吠えにすぎなかったのである」と畑中は記している(26)。

四月の六日会会合から四日後、杉本少佐は他社の雑誌編集者の前で「中央公論」に対する非難を繰り返した。五月の会合で、杉本少佐は他の雑誌社は時局をよくわきまえ、軍の要請に対して誠実に協力していると言って賞讃し、一方「中央公論」に対しては「反軍行為」であると非難した。それは同誌だけが、陸軍記念日の標語を一九四三（昭和一八）年三月号の表紙に載せるようにという軍の要請を尊重しなかったからである(27)。『細雪』や他の好ましくない内容に話題を転じた後、杉本少佐は「このような論文や小説の掲載を、この期におよんでなおつづけて恥じない雑誌の発行は即刻にも取止めてもらうつもりである」と結んだ。

『細雪』の掲載中止の決定は、六月号の校了間際になってなされた(28)。読者は三月号掲載分の末尾で、雪子が瀬越と結婚するか否かを知るには六月号まで待つようにと予告されていた。ところが、約束されていた物語の代りに読者が目にしたのは、次のような掲載中止のお断りであった。「決戦段階たる現下の諸要請よりみて、或ひは好ましからざる影響あるやを省み、この点遺憾に堪へず、ここに自粛的立場から今後の掲載を中止いたしました」(29)。

最も不自然な行間の意味を読み取らねばならない戦時下に書かれた日本語の古典的例において（前述のお断りはドナルド・キーンによって非の打ちどころのない英文に翻訳されているが）、編集者たちは冒頭の文にためらいがちな調子を（「や」という疑問の助詞を挿入することによって）しのばせることによって、幾分かの慰めを得た。しかし、谷崎は自分の小説が好ましからざる影響を与えるかも知れぬという示唆を決して喜ばなかった。そこで、彼は「中央公論」に電話をして不満をもらした(30)。谷崎は自身が書いた謝罪文を編集者たちが利用してくれる方を好んだであろう。谷崎は謝罪文において、『細雪』は「戦時下の読み物にあらざる」ものであり、この小説が完成して発表が実現可能な遠い将来まで、残りの原稿を保存することを約束した(31)。軍国主義の時代がいずれ終わる運命にあるという示唆は、確かにあまりにも大胆である。谷崎は後に、自由な創作活動が封じられることや、一言半句の抗議ができないことよりも、そのような状態を当然のことと受け取る時代の風潮のほうが強く自分を圧迫した、と述べている。江戸時代の作家たちが禁じられた領域にあえて踏み込んだことにより、手錠や禁固を科せられた時に経験したに違いない「鬱屈は人ごとならず察せられた」(32)。

谷崎は「中央公論」社の費用で、一九四四(昭和一九)年七月に『細雪』の上巻の私家版を二四八部印刷した(33)。彼はこの私家版を「出来るだけ目立たぬやう」特に文壇関係者以外の友人たちに贈呈した(34)。当局はこのことで、谷崎を罰しようとはしなかったが、谷崎から寄贈を受けた者の氏名と用紙の出所を知ろうとして特高課の役人が芦屋の谷崎家に実際にやって来た。特高課の役人は谷崎に続巻は出版しないという誓約書に署名するように求めた。しかし、この時谷崎自身は芦屋から数百キロ離れた熱海にいた。特高課の役人は熱海に出向くと約束したにもかかわらず、実際は谷崎のところには現れなかったが、芦屋での特高の伝言は効力を発した。谷崎はもはや続巻を出版しようとはしなかったからである(35)。その後の空襲から逃げることで精いっぱいの混乱の時期には、下巻に着手したもののあまり筆を進めることはできないでいた(36)。上、中、下巻の全巻は結局戦後になってから出版された。

杉本少佐が五月の会合で「中央公論」を潰すと脅すのを聞いて、畑中は編集者としての自分の人生は終わったと感じる。この会合の直後に、畑中は六日会から正式に除名された。彼は自分がもはや会社のために役立てないという理由で辞表を提出したが、嶋中雄作はそれを却下した。しかしながら、畑中が六月号に載せた作品に関して新しい問題が生じた時、彼が事情を釈明しようと、陸軍情報部に出掛けたところ、入室することさえも拒否された。実際、これがおそらく編集長として出す最後の号だと思った「中央公論」七月号を校了した直後、今後「中央公論」編集部員は陸軍報道部への出入りを禁ずる旨の正式の絶縁状が届いた。今度は畑中の辞表は受理された(もっとも、嶋中は退職を休職に変更するよう主張した)。畑中の直属の部下は譴責処分を受けたと発表され、それ以外の編集部員は社の他の部局に転属させられ、より従順と思われる一団と入れ代った。しかしながら、七月号は旧編集部員が編集したという理由で、軍部は刊行を望まなかった。よって「中央公論」は発刊以来四八年間で初めて欠号を出したのであった。一九四三(昭和一八)年八月から一九四四(昭和一九)年七月まで軍部が雑誌の「自発的廃業」を強いた際、「中央公論」は超国家主義の宣伝雑誌としての任務を果たすこととなり、軍部にとって苛立たしい傍観への傾斜を徹底的に矯正されたのである(37)。

畑中は、戦後、編集長に復帰することになるが、それより先に横浜事件によって押し流された。横浜事件というのは、警察と裁判所による陰謀事件であり、「改造」の最後の時期に関係した、時代の流れに影響されないジャーナリストたちを東京から追い払おうとして企てられたものである。

先にも述べた「改造」の大失敗とは、マルクス主義の学者細川嘉六の「世界史の動向と日本」と題する論文を一九四二(昭和一七)年八月、九月号に掲載したことであった*。警保局は、この論文を少しも問題にしなかったが、一九四二(昭和一七)年九月に開かれた六日会の会合はまったく違っていた。平櫛少佐(杉本少佐の前任者)は、この論文を読んだ時、いかに衝撃を受け、ぞっとしたかを語る。「筆者の述べんとするところは、わが南方民族政策において、ソ連方式に学べということにつきる。南方の現地において、日本民族が原住民と平等の立場で提携せよというのは民族自決主義であり、敗戦主義以外のなにものでもない。しかもその方式として、ソ連の共産主義的民族政策をそのまま適用せよといわんばかりのものである。かくてこの論文は、日本の指導的立場を全面的に否定する反戦主義の鼓吹であり、戦時下、巧妙なる共産主義の煽動である」。細川は、帝国主義に明確に反対することによってではなく、敵国捕虜の人道的取り扱いを勧めて平櫛少佐を立腹させたのであるということに注目せねばならない。事実、この論文は満州国傀儡政権創設の際に掲げられた公式のスローガンとまったく矛盾しないものであった**。

＊細川は大原社会問題研究所に所属していた。そして民族研究、植民地政策の権威でもあった。美作太郎他

『横浜事件』九四頁。

＊＊『覚書　昭和出版弾圧小史』八九頁。美作太郎他『横浜事件』九一―九二頁。島木健作は一九三九（昭和一四）年に同じテーマを扱った『満州紀行』を首尾よく出版した。この頃までに、島木は「転向」しており「政権には本質的に友好的である」と考えられていた。Donald Keene, "Japanese Literature and Politics in the 1930s," pp.232-33.

この懇話会の一週間後、細川嘉六は、この論文で治安維持法違反に問われ、東京警視庁に検挙された。「改造」の編集長大森直道と細川の原稿担当者である相川博は四日後に引責退社し、結局は横浜事件の犠牲者として、細川と共に投獄された。「改造」は編集部全員の更迭を条件として、雑誌の継続発行はかろうじて認められた。しかし、畑中が容赦なく述べているように、「迎合雑誌と同列の域に転落していったのである」(38)。

横浜事件

横浜事件で検挙されたのは、細川嘉六が最初ではなかった。一九四二（昭和一七）年九月一四日、細川が東京で検挙される日の三日前に、横浜市に本署のあった神奈川県特高警察は、川田寿と妻の定子を逮捕する方針を固めた。川田夫妻は、一九四一（昭和一六）年一月、横浜税関において所持品の中に社会主義関係の文献を所有しているところを発見され、嫌疑をかけられていたからであった。夫妻は、アメリカで労働問題を研究して来たことが判明した。特高は、マルクス主義志向の世界経済調査会の主事である川田が、西洋から共産主義を再び日本に導入する計画を練っていると確信するにいたった。ここまで来ると、その後この「陰謀」に関わったものを一人残らず検挙することになるのは、きわめて容易なことであった(39)。

拘置令状はすべて、横浜地検の二人の検事が出したものであった。取調べは、世界経済調査会の川田、細川以外の会員や、その友人から始まった。このようにして一九四三（昭和一八）年五月二六日に検挙された友人の一人の押収品の中から、まさかと思われる証拠品が見付かった。それは一葉の写真で、この男のまわりに細川嘉六自身や細川の問題とされた論文を担当した「改造」の編集者相川博、もう一人の「改造」の編集者、「中央公論」の出版部の社員のほか二人の男が写っていた(40)。この写真は、共産党再建を企む準備会の記録であることは明白だとされた。写真に写っていて、まだ拘置されていないものは皆検挙された。身元が判明すると、写真を撮った人物も逮捕された。

実際には、同じ浴衣姿の七人の男が写っているこの写真は、一九四二（昭和一七）年七月五日、細川が執筆した「改造」の論文と著書一冊に対する印税を受け取ったことを祝って、温泉地で開いた晩餐会の記念写真として撮られたものであった。だが警察は、この典型的な日本的記念品を、共産主義の地下細胞が、有り難いことに彼らのために作ってくれた証拠と見なしたのであった。警察は、細川嘉六及びこの写真と何らかの関わりがあると考えられる数十人の人物を逮捕した。

四九人の「陰謀者」は全員、一九四二（昭和一七）年九月一一日から一九四五（昭和二〇）年五月九日の間に検挙され、大戦後まで神奈川県下各地域の拘置所に留置された。細川を含むほとんどの者が東京から連行されなければならなかった。彼らは東京でジャーナリストや、そのほかの研究団体に加入していたからであった。もっとも、満鉄の四人の社員は上海から送還されて来た。司直の手は、朝日新聞社、岩波書店、昭和塾（昭和研究会の外部組織）*にまで伸び、そしてわれわれの論点に最も関係の深いところでは、中央公論社の編集部員（八人）、改造社の社員（七人）、及び日本評論社の社員（五人）へと広がった。要するに、この事件は東京地区から戦争遂行に非協力的と見られた多数の知識人を一掃する絶好の機会を提供したのであった**。この事件が世界に開かれた日本の最も重要な窓である横浜税関での検挙から広がっていったということは、事件にこの時代を象徴させただけでなく、政府転覆をめざす外国の影響力に対する政府の長い闘いをも象徴させていた。

*昭和研究会は、一九三六（昭和一一）年一一月、近衛文麿の「国内外の事情に関する専門家集団」として

の役目を果たすべく設立された。その使命は、国民の合意を結成できる政策を考案することであった。同研究会は、「アカ」呼ばわりされると同時に、ファシスト呼ばわりされた。James B. Crowley, "Intellectuals as Visionaries of the New Asian Order," in James W. Morley, ed., *Dilemmas of Growth in Prewar Japan* (Princeton : Princeton University Press, 1971,) pp. 319-73.

**投獄された者の一人、小野康人（「改造」の編集部員で細川の弟子）は、後に次のように記している。自分は共産主義者であるどころか、そしてまた戦争遂行に非協力的であるどころか「寧ろ、日本の軍閥・官僚の恣意によって強行されている大東亜戦争を、本当の民族解放の聖戦たらしめんとする純情から編輯と云う職域によって、粉骨していた愛国主義者であったのであります」（美作太郎他『横浜事件』九九頁）。

一たび容疑者を拘留すると、特高の次の課題は、陰謀の存在を証明することであった。証拠が見付からなかったため、特高は供述録取書を必要とし、これを手に入れるために思いのままに拷問にかけた。四九人の犠牲者のうち、一三人は失神するほど厳しい拷問を受けた。三二人は、出血するほどのひどい傷を負わされた。二人（「中央公論」の元編集部員で畑中とともに二人とも職を辞していた）が拷問と拘留所の生活条件が直接の原因で獄死し、もう一人は釈放後間もなく死亡した。予備審理も受けられずに一年から三年にも及ぶ期間拘留された者も何人かいた。一九四五（昭和二〇）年八月一五日、日本の敗戦の後、検事は彼らをあわてて裁判にかけた。一九四五（昭和二〇）年九月四日の「中央公論」社員の裁判においてさえも、検事は依然として三年の実刑を勝ち取ろうと懸命に努力した。全員二年の執行猶予を言い渡され、即日保釈された（畑中と数人の著名な編集者は、一九四四（昭和一九）年一月二九日にすでに検挙されていた(41)）。

吐き気をもよおすほど詳細な拷問と虐待の記録が戦後集められて、三三人の被害者が残虐な行為を行った三〇人以上の特高を相手どって刑事訴訟を起こした。拘留尋問の際に、容疑者は床に正座させられ、検察官は彼らの大腿部を内出血で腫れ上がるまで竹刀《しない》で殴り続け、化膿した傷を負わせたまま放置した。川田定子は下半身に何もまとわずにこれに耐えなければならず、そうでない場合は性的な辱めを受けた。「改造」の社員の一人は額をタバコの火で幾度も焼かれた。獄死した二人の「中央公論」編集者のうちの一人は、自分の血で文字通り窒息死し、もう一人は独房で凍死した。特高は、時には尋問さえせず、ひたすら拷問を加えた後、彼らを独房に投げ返した。

肉体の虐待には、言葉による虐待が伴うのが通例であった。拷問を担当した特高たちは、プロレタリア作家の小林多喜二が一九三三（昭和八）年に拷問によって獄死した様子を再三再四想起させて、被疑者を脅迫した。特高たちがよく口にしたのは、「共産主義者は殺しても差支へないことになつてゐるのだ」、あるいは誇らしげに、「貴様のやうな痩せこけたインテリは何人も殺しているんだ」というものであった。ある犠牲者は、彼の妻が自殺して、子供たちは入院しているが、自白するまでは会わせないと脅された。

畑中の書いているところによると、蚤には無関心でいられるようになり、汚物にもまったく感じなくなってしまい、下痢で苦しんでいる仲間が数尺離れたところで排便をしているのを見ても、彼は平気で食事ができるようになった。特高が畑中から聞き出そうとした自白は、彼が共産主義者で、階級闘争の武器として「中央公論」を利用していること、同誌が行ったことはすべてコミンテルンと日本共産党を援助するために計画されたというものであった。特高はまた「中央公論」社の社長嶋中が共産主義者であるという署名入りの供述書をも畑中に求めた。これに抵抗すると、特高たちは、彼の太股を竹刀で打った。苦痛のあまり彼が前方に倒れると、そのたびに引き起こして顔を血塗《まみ》れになるまで殴った。畑中の語るところによると、ついに特高たちは、嶋中が「共産主義的自由主義者」だという供述に甘んぜざるを得なかった(42)。

何も驚くことではないが、四九人全員が自白調書に署名し、法廷で否認しようというはかない期待を抱いて自らを慰めた。同様にむなしくも、戦後の裁判による法的救済を希望していた。三件をのぞいてすべての訴訟は証拠不十分として却下された。しかもこの三人が有罪となると、わずか一年あるいは一年半の懲役刑を受けただけであった。左翼係長松下英太郎警部が一年半の刑を宣告された。その残忍な行為が犠牲者の証言で反吐をもよおすほどであったと立証された警部補の森川清造が、わずか一年の刑をつとめるだけであったことは、特に、唖然とさせられることであった(43)。

畑中によれば、警察官及びその上司であった検事たちを低劣な行動に駆り立てたものは、戦時政策への狂信的な迎合心理を彼らの心に引き起こした、性急な出世欲であった(44)。彼らは自らがいかに忠義な臣民であるかを証明するためには、どんなことでもしようとしていたのであり、戦争に対して傍観者の立場を取り続ける道を選択した「共産主義者」を拷問にかけることも、その中に含まれていた。

出版業界の自主規制

戦時中に隆盛をきわめた印刷物取締のための閉鎖的で、重複の多い機構の大半は、日本の運命が崩壊への道をたどり、印刷用紙が不足し始めると、ほとんど無意味なものになって来た。昭和の出版業界の盛況が警保局の限られた処理能力を圧倒しそうな情勢にあったとしたら、太平洋戦争は、出版業界を統制可能な範囲にまで縮小する役割を果たしたと言えよう。実際、出版業界はまったく麻痺状態に陥っていたため、その状況は、昭和以前の日本を思わせるより、明治以前の日本を思い起こさせるものであった。その当時江戸の役人は、文書を統制する権限（及び義務）を出版業者自身の手に委ねたからであった。

内閣情報部が局に格上げされてから二週間後、一九四〇（昭和一五）年一二月一九日に日本出版文化協会と自称する組織が設立された。表向きは国家への奉仕によって「健全なる新日本文化の建設」に専念する自主的な団体であったが、同協会の人事及び政策は、内閣情報局が握っていた(45)。設立当初から同協会は、印刷用紙の配給計画を立てる権限を与えられていた。一九四三（昭和一八）年三月二六日、同協会が日本出版会として組織を改めると、配給そのものを実施する権限を掌握することとなった(46)。

早くも一九三八(昭和一三)年八月に、紙消費の統制を商工省がすでに行っていた。同省は前年の消費量の二〇パーセントの削減を通達した。さらに二五パーセントまでの削減通達が一九三九(昭和一四)年八月に各省間で組織された企画院から出され、この委員会と、この後作られた政府の機関が発展させた配給計画が、最後に一九四三(昭和一八)年、日本出版会に引き継がれたのである。

一九四一(昭和一六)年の第二四半期と一九四四(昭和一九)年の第一四半期の間に、同会が割当のために入手できる紙の量は、八四パーセント削減されていた。紙の配給に対して各出版社をランク付けした第一の基準は、各社が戦争遂行にどれほど協力しているかということであった。たとえば、いわゆる「官製」原稿の掲載を拒むと、非協力的な会社としてマークされた。こうした出版社は、配給量の削減をすると脅迫され、生き残りのために官製原稿をめぐって争うという醜態を演じることになった。協会の割当量は八四パーセント減じたが、一方「中央公論」への割当量は九二パーセント削減された。同社の女性向き雑誌「婦人公論」は、一九四三(昭和一八)年末には、九七パーセント削減され、その後「不要不急」として廃刊を命じられた(47)。

書籍に関しては、日本出版文化協会は一九四二(昭和一七)年三月二一日に発行承認制を始めた。同年四月から、出版社は書物の印刷に要する用紙を受け取るために、詳細は計画書の提出を求められた。この計画に盛り込まなければならなかった内容は、著者あるいは編者の履歴、目次及び装丁の説明、刊行予定年月日、必要な用紙の量であった。もし計画が承認されれば、出版社は協会会員番号とともに奥付に載せる承認番号の発行を受けた*。

*『覚書　昭和出版弾圧小史』五三―五五頁。たとえば、森潤三郎が一九四二年四月一日に著した兄の伝記『鷗外森林太郎』には、承認番号 A-11018 と会員番号 135013が記載されている。藤原喜代蔵著『明治大正昭和』の第四巻は、出版社が強制合併をさせられた後に刊行されたので、出版社二社の番号が記載されている。戦時中(及び占領時代初期)に刊行された出版物は、用紙を見れば即座にそれとわかる。その用紙には、哀れなほどに粗悪な素材が使われ、製本が悪く、すぐ破れる黄ばんだ紙を使ったものが今も生き残

っている。

こうした厳しい状況のもとでは、日本の巨大な出版業界は、以前無制限に原料があった時代のようには営業を続けることが不可能になったので、日本出版協会は「企業整備」として当時知られていた任務を与えられた。これは実際には、多数の会社の強制合併及び整理、あるいはそのいずれかを意味した。一九四三（昭和一八）年には出版社の数は、二、二四一社から僅か一七二社に減らされた。発行されていた二、〇一七の雑誌のうち、一、〇二七誌が排除の対象となった。こうした過程の一環として、一九四四（昭和一九）年三月一一日、六種の総合雑誌は三種類に削減され、残ったのは狂信的な軍国主義雑誌「公論」、古風な天皇崇拝誌「現代」、及び（それまでに）骨抜きにされてしまっていた「中央公論」だけであった。「改造」は、解説や論評を加えない時局雑誌に転換され、その結果、純文学のみに限定された「文藝春秋」同様、総合雑誌の地位を失い、「日本評論」も経済問題に制限されて同じ運命をたどった。先に見たように、「中央公論」と「改造」は、この四カ月後に廃業に追い込まれた。同じ方向が「日本評論」と岩波書店にも計画されていたが、敗戦で中断した(48)。

同業者の死活に関わる決定を下すべく選考された出版業界の代表者たちは、大いなる苦悩を味わったであろうと想像するのが当然だが、畑中はこうした人々について辛辣な文章を残している。失職した編集者たちで政府の管轄機関や日本出版協会において「嘱託」の地位に就き、当初は当惑したように見えたものの、まもなく意欲的にその役割を果たし始めた者も少なくなかった。また、新たに就いた地位によって得た権限に明らかに満悦し、電話一本で編集者たちを召喚し、戦争遂行に「非協力」的な記事、あるいは「戦時下」にはふさわしくない「純然たる私小説」を掲載したとして彼らを公然と非難する者も多かった。同業者の中には、日本編集者協会（一九四一〔昭和一六〕年六月設立）といった愛国主義的組織を作り、中央公論社のような出版社が「個人自由の西洋近世哲学」を主張したという批判を発表し、また編集者のために神道の「みそぎ」や、「国体より見たるキリスト教批判」といった演題の「深刻なる感動を与えた」錬成講座の後援を企てる者もいた(49)。

「知性あるものにとっては、およそ正気のさたとはおもえない」と、畑中は編集者たちの宗教に対する狂信ぶりを批評し、紙不足の状況で生き延びようと半狂乱になって自由と良心のかけらさえも懸命に投げ捨てようとした出版業者たちの有り様の説明に窮している。近代企業を装いながら、内情は伝統的な中小企業であり、互いに争う商戦に従事する準備ができていなかったと畑中は言う。戦時中に編集の自律と言論の自由を掲げて、率先して店仕舞をする出版社は一社もなかった。「一部出版企業でさえ、徐々に進歩主義の旗を捲き下して、かえって軍門にひれ伏すことの得策を選ぶにいたった」(50)。

ついに愛国的になった作家たち

小田切進、平野謙、その他の仕事を典拠にして、ドナルド・キーンは、日本においては文学者の戦争への抵抗が不十分であったことを豊富な例で立証している(51)。事実、抵抗するどころか「開戦の年の勝利に歓喜し、戦況不利の不吉な兆候が現われると、戦争遂行の努力を倍増するよう熱心に唱道した」。アメリカやイギリスでは一流の作家が愛国的な創作に才能を向けることは稀であるが、「日本においては、多くの優れた作家や詩人たちは非難を公にするはずであったが(中略)いったん戦争が始まると、日本の作家たちは、ごくごく少数を除いて、何よりまず日本人になり、文学者であることは二の次となった」。キーンが豊富な例で示しているように、作家たちの愛国心のほとばしりの多くには、「明らかにどこか真剣なところ」があった(52)。積極的抵抗だとか、消極的抵抗だとかの抵抗の内容を広く定義しても、戦時の日本における散発的な抵抗は、「ひどく不十分なもの」であった、と歴史家の家永三郎は結論せざるを得ない。しかしまた、「日本人が皆批判能力を失い、精神異常的な熱狂状態に陥っていたこの時期においてさえも、現実をしっかり把握していた鋭敏な人物がいた」(53)と家永は書いている。

ここで筆者は、作家たちの中にこうした鋭敏な人物が少数ではあるが存在したことを記し、文学に対する軍部の勝利は不完全で、しかも膨大な犠牲を払うものであったことに言及したい。キーンの研究から現れるそうした作家は二人だけで、彼らはその芸術の高潔さを軍部とほぼ妥協せず貫いたのであった。彼らは二人とも「旧作の再販の印税で（あるいは出版社の寛大さにすがって）生計をたてることができる、名声がすでに定着している作家」であった(54)。二人はともに明治人で、権威筋には好ましくない作家として本書にも繰り返し登場して来た、谷崎潤一郎と永井荷風である。一九四三（昭和一八）年、『細雪』の「中央公論」連載が打ち切られた後、谷崎がこれをいかに執筆し続けたかを先に見て来た。だが谷崎は以後敗戦にいたるまで、ほかにはほとんど何も書かなかった。荷風もまた執筆を継続した（実際、真珠湾攻撃の日に、一九三八（昭和一三）年以来初の作品を書き始めた）。しかるに一九四二（昭和一七）年一二月、「中央公論」が荷風の作品『勲章』の掲載を禁じられると*、荷風は掲載原稿の提出を止めてしまったが、日記の中で軍部を痛烈に糾弾した(55)。両者は自分たちに開かれていると理解した唯一の抵抗、すなわち沈黙を選択したが、これとても谷崎の場合は絶対的なものではなかった。

*この作品は、一九四六（昭和二一）年に発表され、Edward Seidensticker によって *Kafū the Scribbler*, pp. 329-35 に英訳されている。

これら二人の老境に入ろうとしていた作家（一九四一（昭和一六）年一二月の時点で、荷風は六五歳、谷崎は五五歳であった）の間には、一九一一（明治四四）年に書いた荷風の反響の大きかった随筆において、荷風が谷崎を「発見」して以来、長い友情のこもった関係が続いていた。二人の日記にはお互いに交わした贈り物や、出版社中央公論社の嶋中雄作と時折ともにした夕食のことが記録されている。一九四四（昭和一九）年三月四日の荷風の日記には、谷崎が娘を連れて熱海に行く途中立ち寄ったこと、谷崎の東京の家がアメリカ軍の空襲のためにきわめて危険に思われるということが記されている。嶋中との一二月の夕食会の席上荷風が谷崎に処理を依頼した、自身の全集と遺稿に関する幾つかの問題を二人は話し合った(56)。谷崎は噂されている空襲が本格的に始まる前に本気で東京を出たがっていた。中央公論社に嶋中を訪ね、あわただしくあちこち電話をかけた後、谷崎は何とか東京駅に家族を呼び集め、午後六時四〇分発熱海行きの汽車に乗り込み、安堵の胸をなで下ろした(57)。

一九四五(昭和二〇)年の三月一〇日、あの壊滅的な空襲で荷風の家と蔵書が炎に包まれる前に、谷崎は数百キロ西へ移り、岡山市の奥に位置する山間のある町に疎開していた。荷風はかろうじて鞄に日記と原稿を詰めて逃げ、その後さらに二カ所の疎開地で焼け出され、ついに岡山に向かった。八月一三日に荷風は岡山を発って谷崎を訪ねている。荷風はまず三つの作品の原稿を谷崎に預けた。翌日二人はその町を散策し、荷風はこの町に来て住みたいとぽつりと言った。谷崎は率直に、保証できるのは一部屋と燃料だけだと答えた。岡山のように日々の食料の配給はないようだったからだ。食料が確保でき次第迎えを出すと谷崎は請け合った。

それでも当日は、二人は何とか牛肉を手に入れ、すき焼きを味わいながら先日の大阪と尼崎の空襲には、「新型爆弾」が使われたという風説を話題にした。翌朝、荷風が岡山に戻る前に、大阪、尼崎、神戸のほぼ全区域が爆撃で壊滅状態になったが、新型の爆弾ではなかったというニュースが届いた。午前一一時二六分の汽車に乗る荷風を谷崎は見送り、駅から帰宅して正午の玉音放送を聞いた。ラジオの受信状態が悪く、午後三時のさらにはっきりした放送を聞くまでその内容に誰も確信を持てなかった。放送の内容がはっきりすると、涙と大きな興奮があった。荷風は岡山に着いて敗戦のニュースを聞いた。彼はその夜はほろ酔い気分で床に就いた(58)。

かくして谷崎と荷風は戦争に対して最小限の関わりを持つだけで戦時を生き延びた。彼らは他の多くの作家たちとは異なり、徴兵されるにも、宣伝の目的で海外の占領地に派遣されるにも年を取りすぎていた。とにかく荷風は、徴用の制限年齢六〇歳をすぎていた(59)。家永三郎は、戦争協力以外の仕事に就いた作家は僅かであったと記している(60)。だが、ほとんどの場合、作家という職業の印象は、全体として出版業界と似ていて、作家たちは何かと生計を立てるために必要なことなら競って何でも行った。一九四二(昭和一七)年五月以降では、それは一般的には、明治国家の最後の、そして最も成果の上がった「アカデミー」に加わることを意味した。

その「アカデミー」とは、内閣情報局の直接の支配のもとに一九四二(昭和一七)年五月二六日に創立された法人団体、日本文学報国会のことであった＊。政府はこの組織に大いなる期待を寄せていたので、六月の発会式典には、情報局総裁谷正之、文部大臣橋田邦彦、それに内閣総理大臣東条英機自身も、それぞれ代理人を送って祝辞を代読させることをせずに、自ら祝辞を述べた。

＊文芸院（第15章、三五三―三五四頁参照）は機能し続けていたが、正宗白鳥によれば、戦時中は、報国会よりはるかに影響力をなくしていた。『現代日本文学全集　第九七巻』四二一頁〈†『文壇五十年』〉。

同会の偉大なる目標は、その宣言書に明確に述べられているように、国民をして新たなる世界観に目覚めさせることであり、とりわけ「皇国文学者トシテノ世界観ノ確立」(61)であった。左翼から転向した評論家窪川鶴次郎が、あらゆる作家は今や緊密に協調して仕事を行い、既成の世界観の存在に疑問を発しなければならないという東条首相の見解に関する疑義を遠回しに書くと、会のある仲間は、「ナチ独逸は、ユダヤ人を追放した。ユダヤ人は一見しても分明であるが、日本人の皮を被れる米人、英人、又は某国人は発見容易ではない」(62)と激しく怒り、反論をした。

内閣情報局が好ましくない作家たちのブラックリストを作成していることうした時期に、作家としての仕事を何なりとやろうと望むなら文学報国会の会員にならざるを得なかった(63)。入会応募の資格審査が行われることや、入会を認められることが潔白の印のようなものであることは、よく知れ渡っていた。真珠湾攻撃の翌日検挙され、その後釈放された数人の左翼作家の一人中野重治は、入会を認められようと大いに骨を折ったが、自分や宮本百合子及び他の数人のブラックリストに載った左翼作家たちが入会したのは、実は、出版を認めて貰いたいという希望を抱いていたからであった、と書いている。後に、一九三三（昭和八）年から一九四五（昭和二〇）年まで投獄されていた夫に、敵に協力したのだと批判された百合子は、「抵抗すれば逃れられないであろう恐ろしい孤独に耐える強さがなかった」ことを認めた(64)。

こうした感情が広まっていたことは疑いない。会員数は二、五〇〇人あまりに上ったからであった。これらは、皆現代の小説家であるというわけではなかった。小説家は同会のほんの一部会を構成するだけであった。二、六二三人

（一九四二（昭和一七）年八月一日現在）のうち、五六九人が俳句部会、五五二人が戦時中の「大和魂」と最も緊密に関係していた伝統的な詩形である短歌部会に属していた。小説家は三五七人で、外国文学は三二九人も占めた。現代詩は二六二人、国文学が一九二人、演劇が一八九人、残りは評論随筆で一七三人であった＊。

＊久保田正文「『日本学芸新聞』を読む」一一七頁。一九二六（昭和元）年に設立され、愛国協会の創設と同時に解体された文芸家協会は一九三四（昭和九）年には、会員はわずか二四五人であった。その戦後の後継団体である日本作家協会は、一九五〇（昭和二五）年には会員数四七六人、一九七五（昭和五〇）年七月には九四五人である。『現代日本文学大事典』九九三―九九四頁。『日本近代文学大事典　第四巻』四一八頁。

文学者個人の戦争への関わりの程度もまた常に問題になる。純文学から大衆文学に転向した作家で、出版人でもあった菊池寛は、一九三〇年代から一九四〇年代を通じ、また戦後になっても多くの作家協会の組織者でもあったが、ここでも明らかに中心人物であった(65)。菊池とは完全に対極にいたのが、大衆小説家中里介山と永井荷風であった。介山は入会をきっぱりと断り、荷風は日記に憤慨して書いた。「菊池寛の設立せし文学報国会なるもの一言の挨拶もなく余の名を其会員名簿に載す。同会々長は余の嫌悪する徳富蘇峰なり」＊。一方先に見たように、文芸委員会の常時欠席会員であった蘇峰は、同会及び大日本言論報国会の両会の単なる名誉会長であったと、戦後説明がなされた。作家の尾崎士郎によれば、報国会の会合で、尾崎が蘇峰の顔を見たことは一度もなかったと言う（おそらくこれは事実だろう。当時蘇峰は重病であった）。久米正雄（五日会というファシスト的会の会員であった。三四六―三四七頁参照）により蘇峰は会長にかつぎ出されただけなのに、この二つの会の会長職にあったことが、戦後、蘇峰が戦犯として罪を問われた第一の理由であると尾崎は述べている＊＊。

＊一九四三（昭和一八）年五月一七日の日記『荷風全集　第二三巻』三四六頁。荷風自身にも幾分責任があったのかも知れない。荷風は同会から数通の手紙を受け取りながら一度も返事を書かなかった、とある友

人宛の手紙に書いている。『荷風全集　第二五巻』三五一頁、一九四二（昭和一七）年七月一三日付中川与一宛の手紙。

**尾崎士郎「文学報国会」「文学」（一九六一〔昭和三六〕年五月）八五頁、八七頁。尾崎はまた、蘇峰が一言も弁解せずに、巣鴨へ引き立てられて行ったのは、なかなか立派であると述べている。だがおそらくこの尾崎の証言には疑いの余地があるようだ。高齢（八三歳）で、病気であった蘇峰は、熱海の自宅で軟禁状態にあったからである。John D. Pierson, *Tokutomi Sohō, 1863-1957, a Journalist for Modern Japan* (Princeton : Princeton University Press, 1980), p. 382. 個人が戦争遂行にいかほど協力したかという問題は、しばしば醜い口論を引き起こした。谷崎は一九四六（昭和二一）年に志賀直哉に語っている。日本の作家の中には真の意味での主戦論者はいなかったと思うが、「性格の弱さかなにかで、気がついてみると戦争に引きずり込まれていた。われわれもその仲間だったのであるから、今になって他人を責める訳には行かない」。志賀直哉著『志賀直哉対話集』一九頁参照。平野謙、中野重治、荒正人が関わった論争については、大井広介、「文学報国会は無為」「文学」（一九六一年五月）九一頁参照。

報国会の活動に胸をときめかせて参加した会員も少なくなかったに違いない。共栄圏の他国の代表とともに大東亜文学者大会に出席したり、全国巡回講演会や朗読会に加わったり、建艦献金を呼び掛けたり、日本の母讃仰の文を書いたり、恋愛と四季を主題にした伝統的な百人一首の代りに愛国百人一首を選定したり、駅で荷物運びの勤労奉仕をしたり、忠霊塔建設の勤労奉仕をしたり、皇居の草むしりの奉仕をしたりした(66)。

しかし、この時代に関する戦後の研究や回想から浮かび上がって来る覆うすべのない印象の一つは、退屈であったということ、つまりこの無意味なばかばかしい状態が終わるまで時間潰しをしていようというものであった。情報局創立から一九四三（昭和一八）年五月の辞職にいたるまで情報局嘱託として報国会の行事を監督した批評家の平野謙は、一九六一（昭和三六）年に発表して反響を呼んだ彼の報国会に関する研究について、自身の記憶よりむしろ同会の機関紙から拾った資料に依拠したと述べている。その理由は、平野は当時自分の仕事にほとんど興味を抱かなかったため、依拠できるような記憶が残っていなかったからであったという。一日一日をまったく空費し、心はいつも他のことに向けられていた(67)。

平野の同僚の評論家大井広介は、出版業界から閉め出されないようにという平野からの助言を受けて、同会に加入した。大井は会費を一度払っただけで、報国会の会合には一度も出席したことはなかったし、いかなる活動にも参加しなかった。平野が大井を出席者の少ない批評随筆部会の会合に連れ出そうとしてしくじり、一方大井は平野を野球見物に誘おうとしたが駄目であった。批評随筆部会の幹事長が会合より野球見物の方がずっと面白いに決まっている、と大井に同意した。大井はまた徴用を避けようと、炭坑会社に職を見付けた。報国会から二回目の会費の請求があった頃、勤めていた炭坑会社が軍需工場の指定を受け、身の安全にはこの方がはるかに頼りになると考えた大井は、会費を払わなかった。そのうえ、寄稿する雑誌もほとんど残っていなかったので会員の資格自体が無意味になっていた(68)。

徳田秋声が一九四三(昭和一八)年一一月に死去し、正宗白鳥が小説部会の名誉職同然の部長を引き継いだ。「時代の風潮に迎合することの好きな連中が先に立つて、軍部の気に入るような会をつくつてくれたことは、多数の文学者にとつて便利なことであつたのだ」と白鳥は記している(69)。この言葉を実証するかのように、一九六一(昭和三六)年に発表した報国会機関紙の研究の中で、久保田正文は、機関紙の編集指針はきっと、なまけもの精神だったのだろうと推測している。機関紙には価値あるものは何もないし、印刷している記事の内容にいささかの関心を払ったという気配もまったくない。紙面を愛国的な談話の速記録、一層熱心な会員による好戦的な短歌や俳句でうめて、これで助かると編集者たちは思っていた。「私の新聞読みが、いわば徒労でなにひとつ掘り出しものを持って帰ることのできなかったこと自体に、私はいくらかなぐさめを感じることもできるわけである」と久保田は結んでいる(70)。たとえ機関紙に抵抗の跡を期待できなくとも、この久保田の言葉は、作家たちの種々の妥協に対して投じることのできる一筋の明るい微光なのかも知れない。

文学的組織としては、報国会は、ある程度出版活動に従事した。その一つは（前頁参照）、一三世紀以来日本人に親しまれて来た『百人一首』を愛国的な短歌に置き換えて、新たな百人一首を選定したことであった。戦時の愛国百人一首に欠けていたのは、懐かしみであった、と正宗白鳥は回顧している。現人神を崇めたたえた重苦しい愛国百人一首は、陽気な新年のカルタ会にはふさわしくない。報国会の選者たちは、この新しい百人一首を人々に使わせることができると大真面目に信じていた。情報局は上質の紙を支給する手配をしたが、すべては何の役にも立たなかったことを白鳥は匂わせている(71)。

しかし、別の出版企画においては、報国会はもっと成果を上げた。たとえ読者を引きつけることはできなくとも、少なくとも日本の相当数の最も重要な作家たち（そのうちの何人かは左翼の背景を持っており、その中には発禁処分を受けたことを名誉と考えていた者もいた）が、作家として戦争遂行に協力するよう方向転換をしたという、確固たる証拠を作り上げることには成功したのであった。それは二二七頁からなる『辻小説集』という題名の定価一円五〇銭のもので、その収益金は、建艦基金にまわされた。一九四三（昭和一八）年七月一八日に発行されたこの小説集は、二〇七人の寄稿者の小説と檄文が収められていて、各作品の長さは、ちょうど原稿用紙一枚分であった。かくして、同書は、おそらく読者が愛国的義務を遂行しているいかなる時にも、またいかなる辻においても、愛国心を鼓舞するのに好都合なものであったろう。代表的な作家、批評家の中には、阿部知二、伊藤整、石坂洋次郎、石川達三、宇野千代、江口渙、織田作之助、菊池寛、岸田国士、坂口安吾、芹沢光治良、太宰治、壺井栄、葉山嘉樹、藤森成吉、武者小路実篤、及び谷崎潤一郎がいた(72)。

私は、谷崎が『辻小説集』に寄稿した作品によってこの研究を閉じたいと思う。その理由は、戦時の日本の指導者たちが、国民のために作家に何を望んでいたかを、生々しく見せてくれるからである。先にわれわれは、谷崎が持っていた気迫と洞察力を見て来た。検閲官が必死に努力を払ったけれども、読者は長年にわたって谷崎のこうした力量に救いを求めて来た。しかしながら、ここではついに、谷崎の筆からは、桂太郎、小松原英太郎、あるいは彼らの後継者である平沼騏一郎、田中義一から松本学、東条英機などを満足させるにたるような、実に不毛で、つまらぬ作品が生まれたのであった。谷崎のような作家にこうした弱々しい一頁の作品を創作させようとして、桂政権以降の政府はいずれも、無数の時間と数百万円の金を投資して、数十年間にわたって法の制定、委員会業務、警察の取締、行政指導、裁判及び日本国民の教化、甘やかし、あるいは残忍極まる強要といった計画を遂行したのであった。

谷崎の「物語」は、八行の対話からなる。冒頭である少年が兄にこの物語の題名になっている、はっきりしない漢語の意味を尋ねる。

兄さん、「莫妄想《ばくまうさう》」つてどう云ふことだい。

「妄想する莫《なか》れ」――昔蒙古が攻めて来た時に、北条時宗の師であつた禅宗の偉いお坊さんが、時宗の覚悟を促した言葉ださうだ。

ぢやあ、ルーズベルトの大風呂敷に怯びえたり、奴等の飛行機が成層圏を飛んで来やしないかと恐れたりしたら、その坊さんに叱られる訳だね。

うん、その通りだ。

兄さんは、今度も蒙古の時のやうに神風が吹くと思ふかい。

吹かなくつてさ。たゞ天照皇大神は、我々が武備に最善の努力を致して、太平洋に敵を圧する戦艦や飛行機を続々と造り出すのをご覧になつてから神風を送つて下さるんだよ。

本当にね。蒙古の時だつて鎌倉武士は手を拱いて神風を待つてゐたんぢやないからね。

さうだとも。お前もなか〳〵話せる奴だな(73)。

注

■原著には英文引用文献の出典一覧が付されている。本書では「引用文献目録」として訳出しているので、出版社・刊行年等は「引用文献目録」に一括して記した。従って、「引用文献目録」に名前があがっているものについては出典を省略している。

第1章　序論

1 Richard Mckeon, Robert K. Merton, and Walter Gellhorn, *The Freedom to Read*, pp. 20, 29.

2 "Taishō Democracy as the Pre-Stage for Japanese Militarism," in Bernard S. Silberman and H. D. Harootunian, eds., *Japan in Crisis*, p. 235.

3 Morris L. Ernst and Alan U. Schwartz, *Censorship*, pp. 53, 138.
〈†アンソニー・カムストックは、一八四四年にコネティカット州に生まれ、ＹＭＣＡの後援を得て、猥褻文書や図書の告発を行った。一八七三年から、亡くなる一九一五年まで特別執行官を務めた。カムストック法は、一八七三年、グラント大統領が制定した「不道徳的使用にかかる猥褻文書及び物品の売買、流通の禁止に関する法律」のこと。ウォルター・ケンドリック著、大浦康介、河田学訳『シークレット・ミュージアム　猥褻と検閲の近代』（平凡社、二〇〇七年三月）参照。尚、日米の猥褻概念の比較検討については、加藤隆之『性表現規制の限界「わいせつ」概念とその規制根拠』（ミネルヴァ書房、二〇〇八年四月）を参照されたい。〉

4　*Ibid.*, p. 54.〈†ラーニッド・ハンドは、連邦裁判所判事であったが、人々を堕落させ、腐敗させるという基準が古びて来ているという認識を、一九一五年の裁判で示した。ウォルター・ケンドリック著、大浦康介、河田学訳『シークレット・ミュージアム　猥褻と検閲の近代』（前出）参照。〉

5　W. W. McLaren, "Japanese Government Documents," pp. 136, 138.

6　Masao Maruyama, *Thought and Behaviour in Modern Japanese Politics*, pp. 5, 6.〈†英訳版からの引用なので、『現代政治の思想と行動』（一九六四年、未来社）の原文通りではない。〉

第2章　法

1　Okudaira, "Political Censorship," p. 6. 一八八七（明治二〇）年の条例は、一八八三（明治一六）年のそれより幾分規制が弱まっていた。Peter Figdor は、後者が「明治維新以後新聞に課された最も厳しい条例である」ことを明らかにした。Peter Figdor, "News- papers and Their Regulation in Early Meiji Japan, 1868-1883," in *Papers on Japan : Volume 6* (Cambridge : Harvard University, East Asian Research Center, 1972), p. 26. 私の議論はまっとうな文学が検閲を受け始めた時点で効力を発していた一八八七（明治二〇）年の条例に焦点をあてる。「条例」は、議会制度が確立する前の明治政府が発布したものであることに留意されたい。国会は「法・法律」を成立させたのである。

2　奥平「検閲制度」一四六頁。

3　同前。『日本近代文学大事典　第六巻』一九〇頁、一九五頁。出版法及び新聞紙法は一九四九（昭和二四）年五月二四日、ついに廃止された。

4　同条例の本文については、美土路昌一編『明治大正史　第一巻・言論編』四〇七―四一六頁参照。W. W. McLaren, "Japanese Government Documents," pp. 543-57. 及び『日本近代文学大事典　第六巻』一三三―一六四頁も参照。

5　奥平、前掲書一四一頁によると、名称の変更は一九四〇（昭和一五）年一二月六日に行われた。

6　省略〈†英文読者に対して日本語の読みを示したもの〉。

7　省略。同前。

8　省略。同前。

9 G. B. Sansom, *Japan*, p. 427.

10 George Sansom, *A History of Japan, 1615-1867*, p. 102.

11 今田《こんた》洋三『江戸の本屋さん』六三—六六頁。

12 これは元禄文化期のおおよその時期である。公式には、一六八八年から一七〇三年までである。

13 Donald Keene, *World Within Walls*, p. 235.

14 今田、前掲書、七三—七五頁。

15 同前、七五頁。

16 Peter F. Kornicki, "Nishiki no Ura : An Instance of Censorship and the Structure of a *Sharebon*," *Monumenta Nipponica 32, no. 2* （Summer 1977） pp. 156-57. 〈†引用は、『御触書天保集成　下』（岩波書店、一九四一〔昭和一六〕年三月）によった。前半が、「寛政二戌年五月」の「町觸」、後半が「寛政二戌年九月」のものである。〉

17 特に彼らは「軽追放」を言い渡されたが、これは、罪人が人口密集地に出入りすることを禁じ、家財の没収もともなっていた。さらに重い度合の刑が二つあった。〈†山東京伝が地本問屋蔦屋重三郎の慫慂によって刊行した洒落本は『娼妓絹籭』『錦之裏』『仕懸文庫』の三作である。断り書きは、『錦之裏』の「附言」の一部である。〉

18 Kornicki, "Nishiki no Ura," pp. 158-60.

19 今田、前掲書、一二九頁。

20 同前、一三六頁、一四二—三頁、一九一頁。

21 Kornicki, "Nishiki no Ura," p. 162.

22 Kornicki, "Nishiki no Ura," p. 162.

23 Keene, *World within Walls*, pp. 430-34.

24 日本における近代ジャーナリズムの始まりに関しては、Huffman, *Politics of the Meiji Press*, pp. 47-49. 参照。

25 美土路、前掲書、三七一—三七八頁。同条例のこの頃には、極端な宗教観を説教したり、国家機密を漏らしたりするといった、多様な罪が含まれていた。

26 同前、三九〇頁、四一三頁〈†出版条例（一八七五〔明治八〕年）第三条「出版届版権願トモ草稿ヲ添フルニ及ハスト雖モ時トシテハ草稿ヲ徴シ検査スルコトアルヘシ」。出版條例（一八八七〔明治二〇〕年）第三条「文書図画ヲ出版スルトキハ発行日ヨリ到達シ得ヘキ日数ヲ除キ十日前製本三部ヲ添ヘ内務省ヘ届出ツヘシ」〉。

27 同前、三七一頁。Huffman, *Politics of the Meiji Press*, pp. 51-60.

28 省略〈†英文読者に対して日本語の読みを示したもの〉。

29 馬屋原成男『日本文芸発禁史』一四頁。

30 美土路、前掲書、四三―四九頁。

31 小野秀雄『日本新聞史』二五頁、二七頁。最近この時期について論じたものについては、Huffman, *Politics of the Meiji Press*, pp. 104-05. 参照。

32 美土路、前掲書、三九六頁。Okudaira, "Political Censorship," p. 5.

33 Okudaira, "Political Censorship," p. 1.

34 暫定的布告は、一八八〇年（明治一三）一〇月一二日に出された。美土路、前掲書、一二七頁、三九九頁。Okudaira, "Political Censorship," p. 6.〈†「明治十三年十月十二日国安妨害風俗壊乱の新聞紙雑誌雑報内務卿禁停令」〉

35 奥平、前掲書、一五六―一五七頁の注9。

36 『出版警察概観　第一巻』（一九三〇〔昭和五〕年）二五―二九頁。一覧の詳細な解説に関しては、『出版警察概観　第一巻』（一九三一〔昭和六〕年）九―一七頁参照。一九二六〔大正一五・昭和元〕年の法案については、小田切秀雄、福岡井吉編『増補版　昭和書籍・雑誌・新聞発禁年表　第一巻』七―一一頁参照。

37 Okudaira, "Political Censorship," p. 49.

38 奥平、前掲書、一九一頁。Okudaira, "Political Censorship," p. 49.

39 奥平、前掲書、一四七―一四八頁。

40 美土路、前掲書、一三二頁。Figdor, "Newspapers and Their Regulation," p. 26.

41 奥平、前掲書、一三八頁。

42 Mitchell, *Thought Control in Prewar Japan*, pp. 35-36.

43 奥平、前掲書、一八〇頁。

44 馬屋原成男『日本文芸発禁史』三一―三二頁。

45 奥平、前掲書、一三八頁。

46 同前、一七二―一七三頁。

47 省略〈†英文読者に対して日本語の読みを示したもの〉。

48 この権限は、一八九六（明治二九）年四月から一八九七（明治三〇）年九月まで存在した拓殖大臣にも与えられていた。

49 奥平、前掲書、一五〇頁。

50 高島米峰「発売禁止と原稿検閲」（『日本及日本人』一九〇八（明治四一年）二月）二〇―二二頁。

51 永井荷風の『ふらんす物語』が一九〇九（明治四二）年に発売禁止になった折に、博文館がこれを実施したことが知られている。後述の第9章を参照。

52 奥平、前掲書、一六二頁の注28。

53 小田切秀雄『発禁作品集』（一九五七（昭和三二）年）二七〇頁、二七三頁。

54 畑中繁雄『覚書　昭和出版弾圧小史』三七―三八頁。

55 内務省警保局編『出版警察概観　第二巻』（一九三二（昭和七）年）二五頁、六九―七〇頁、一四二頁、一四四―一四六頁。

56 Wildes, Harry Emerson. *Social Currents in Japan.* に使われている用語である。

57 *Ibid.*, p. 113. 奥平、前掲書、一八〇―一八四頁。Okudaira, "Political Censorship," p. 55.

58 奥平、前掲書、一八四―一八七頁。Okudaira, *ibid.*, p. 24.

59 畑中、前掲書、一七六頁。ただし前掲『出版警察概観　第二巻』（一九三二（昭和七）年）一四二頁、一四五―一四六頁によって一部修正した。『出版警察概観　第二巻』（一九三二（昭和七）年）一四六頁によれば、「分割還付」は一九二七（昭和二）年九月一日に設けられた新たな技法であった。それはすでに実際に発禁処分を受けた書籍に対して、もう一度だけ与えられた販売の機会であった。畑中氏の前掲書、一七六頁は、これを削除命令に際して行われたものとし、かつ「分割還付」を「分割頒布」と書いている。しかし畑中氏が説明している状況は、明らかに没収された出版物に関するものである。

60 たとえば、前掲『出版警察概観　第二巻』七〇―一四六頁を参照。

61 後述の第9章参照。

62 Okudaira, "*Political Censorship*," p. 12.『日本近代文学大事典　第六巻』一五〇頁。

63 畑中、前掲書、一八二―一八三頁。後の第9章注37も参照。括弧内に挿入された発言は、一九八一（昭和五六）年七月九日、畑中氏と著者との会見時のものである。

64 畑中、前掲書、一八一頁。
65 同前、一八二―一八三頁。
66 同前、一七八頁、一八六頁。
67 松浦総三『占領下の言論弾圧』六九―七二頁。

第3章 伝統的風刺と旧態依然の駄作

1 『明治文学全集 第四巻』一一頁。〈†陰毛のことを比喩的に表現している。〉
2 柳橋界隈の幾つかの神社には、安土桃山時代の偉大な武将加藤清正（一五六二～一六一一年）が祭られている。『柳橋新誌』（『日本近代文学大系 第一巻』二二一―二二七頁、注12参照。
3 『日本近代文学大系 第一巻』二二六―二二七頁、または『明治文学全集 第四巻』二二一―二二二頁。
4 『徳川実記』及び『後鑑』である。『明治文学全集 第四巻』三九七頁。
5 『日本近代文学大系 第一巻』四六八頁。
6 前田愛『成島柳北』（朝日新聞社、一九七六（昭和五一）年）一六八頁。中村光夫『明治文学史』六二―六三頁。唐木順三『無用者の系譜』（筑摩書房、一九六〇（昭和三五）年）四一頁は、柳北を無用者のさらに長い伝統の一員と見なしている。
7 小野秀雄『日本新聞史』二八頁、三〇頁。
8 **Hanazono Kanesada**, *Journalism in Japan and Its Early Pioneers*（Osaka Shuppan-sha, 1926）, p. 41.
9 美土路、前掲書、八二―八三頁。小野、前掲書、三一頁。James L. Huffman, *Politics of the Meiji Press*, pp. 113-14. は、この奇妙な祈禱会についてさらに詳述している。〈†演説の題は「祭新聞紙文」。〉
10 **Hanazono**, ***Journalism in Japan*, cit, p. 42.**
11 『明治文学全集 第四巻』三九五頁〈†永井荷風「柳北仙史の柳橋新誌につきて」、初出は一九二七（昭和二）年五月「中央公論」〉。
12 『日本文学史』一五六頁。
13 「国民新聞」（一九〇九（明治四二）年三月一日）一面〈†「書斎独語」〉。

14　美土路、前掲書、一五〇頁、一五三頁では、「大《だい》」と「小《こ》」という奇妙な対を示している。本間久雄『明治文学史　第一巻』六二頁は、「大《おお》」と「小《こ》」を対にしている。小野秀雄『日本新聞史』二二頁は、「大」に言及せずに「小」を使っている。Huffman, *Politics of the Meiji Press*, p. 221n42. は、「大」「小」の使い方の理由を示している。私は区別についてはわからない。
15　G. B. Sansom, *The Western World and Japan*, p. 419.
16　『日本近代文学大系　第六〇巻』二一三頁。本間、前掲書、六二頁。
17　浅井清「新聞小説の変遷」八七頁。
18　本間、前掲書、六三頁。
19　同前、七九頁、八六頁。藤村作編『日本文学大事典　第三巻』一〇五五頁。
20　G. B. Sansom *The Western World and Japan*, pp. 409-10.
21　本間、前掲書、七九頁。
22　同前、八二頁。
23　浅井、前掲文、八七頁。
24　中村、前掲書、七三―七四頁。名前の呼び方は、魁屋阿権《さきがけやおけん》、和国屋民治《わこくやみんじ》、国府政文《こくふせいぶん》。
25　G. B. Sansom, *The Western World and Japan*, pp. 401, 412-14.
26　藤村作編、前掲書、七二五頁。『日本近代文学大事典　第六巻』二一一―二一二頁。馬屋原成男『日本文芸発禁史』三一二頁。
27　美土路、前掲書、一五四頁。

第4章　写実主義の発達……検閲官が注目を開始する

1　翻訳と研究については、Marleigh Grayer Ryan, *Japan's First Modern Novel : Ukigumo of Futabatei Shimei* (New York : Columbia University Press, 1967). を参照。
2　国木田独歩「紅葉山人」（一九〇二（明治三五）年）『国木田独歩全集　第一巻』四二六―四三五頁。
3　一八九一（明治二四）年の談話で、田山花袋『東京の三十年』四四頁に報告されている。

4　同前、三三三頁。
5　『明治文学全集　第一八巻』三頁。
6　『現代日本文学全集　第四巻』三六〇頁。
7　同前、三六六頁。
8　岡野他家夫『近代日本名著解題』三一二―三一四頁。『現代日本文学大事典』九九五―九九六頁。
9　吉田精一『自然主義の研究　上巻』一七一頁。
10　小田切秀雄『発禁作品集』四一一頁。
11　同前、五二頁。
12　同前、四〇九頁。『明治文学全集　第六五巻』四一五頁〈†伊藤整「解題」〉。
13　小田切、前掲書、五九頁。
14　とりわけ鏡花は、以後の独特な作品の中で創造していくことになる神秘的で官能的な世界へと向かった。
15　彼女の名前は、「明星」において特に光彩を放っていた。通常「ほう」と読む。
16　この事件は、**Sanford Goldstein and Seishi Shinoda,** ***Tangled Hair*****, p. 16.** でふれられている。
17　まだこれらの絵の出典を確認できないでいるが、芸術学部の同僚は、これらはフランスのもので、ごくありふれたものだと請け合ってくれた。
18　「明星」(一九五八〈明治三三〉年一一月) 七頁、一一頁。〈†一條成美が模写したもので、目次では、「仏国名画二葉」となっている。図版の下部には、それぞれカール・アウグスト・ワイマール公とゲーテの名が、上部には、それぞれの詩句がドイツ語で記されている。〉
19　馬屋原成男『日本文芸発禁史』七〇―七一頁。
20　山田美妙「胡蝶」(「国民之友」一八八九〈明治二二〉年一月)。
21　馬屋原成男、前掲書、七一―七三頁。保守的な雑誌「日本及日本人」は、一九〇八〈明治四一〉年には、とりわけ積極的な転向者になり、当時の新刊案内には、裸体芸術に関する書物が頻繁に紹介された。
22　"The Sino-Japanese War of 1894-95 and Its Cultural Effects in Japan," in Donald Keene, *Landscapes and Portraits*, p. 289.
23　岡野、前掲書、三二〇頁。

24 「明星」一九〇〇（明治三三）年一二月特集号、一―五頁を参照〈†「文芸の迫害に関し、余の態度を明かにして、末松博士に質し、併せて読者諸君に訴ふ。」〉。
25 島田厚「『国民之友』と純文学理念」（「文学」一九六二〔昭和三七〕年一〇月）四頁。
26 『現代日本文学全集　第五巻』四一三頁〈†瀬沼茂樹「解説」〉。小田切、前掲書、四一五―四一六頁。
27 小田切、前掲書、六九頁。
28 同前、九一頁。
29 同前、四一三―四一四頁。
30 魯庵の談話「『破垣』禁止当時の回想」（「太陽」一九〇九〔明治四二〕年八月一日）一三五―一三六頁による。〈†「二六新報」への掲載は、一九〇一〔明治三四〕年一月一〇日〜一七日。〉
31 当該作品は、『好色一代男』と『好色一代女』である。
32 小田切、前掲書、二六頁。正宗白鳥は、一九二六（大正一五）年にほとんど同じ批評を書いた。『正宗白鳥全集　第一三巻』（新潮社、一九六五〔昭和四〇〕年）八九頁〈†「発売禁止について」（一九二六〔大正一五〕年九月「改造」）〉。
33 馬屋原、前掲書、一七一―七二頁。社会問題研究会編『新聞紙法並びに出版法違反事件判例集　上、下巻』（東京文化社、一九八〇〔昭和五五〕年）上巻、一五―一八頁。
34 『明治文学全集　第二四巻』二四四頁。Loth, *The Erotic in Literature*, p. 127.〈†「『破垣』に就て」（一九〇一〔明治三四〕年三月『創作苦心談』新声社、所収）〉
35 同前、同頁。
36 魯庵「『破垣』に就て」同前、二四三―二四五頁。
37 『現代日本文学大事典』一二六―一二七頁。
38 魯庵「嚼氷冷語」（一八九九〔明治三二〕年）、小田切、前掲書、四一七―四一八頁に引用。〈†「嚼氷冷語」の初出は、「太陽」（一八九九〔明治三二〕年八月五日）。〉
39 児玉花外『社会主義詩集』（社会主義図書部、一九〇三〔明治三六〕年）。城市郎『発禁本百年』八四頁参照。
40 小田切、前掲書、四二一―四二三頁。『現代日本文学全集　第一八巻』四二二頁。この有力な知人とは、山路愛山であった。接吻については、馬屋原、前掲書、七七―一〇六頁を参照。

1 Kenneth B. Pyle, "The Technology of Japanese Nationalism," pp. 56-57.
2 石川啄木「文学と政治」『啄木全集　第九巻』一五七頁。
3 F. G. Notehelfer, *Kōtoku Shūsui, Portrait of a Japanese Radical*. pp. 8. 8-108 ; quotation p. 105. また、絲屋寿雄『大逆事件』二三―二五頁を参照。
4 『日本近代文学大系　第一七巻』七三頁。この詩の題は、「君死にたまふこと勿れ」である。別の翻訳については、Masao Maruyama, *Thought and Behaviour in Modern Japanese Politics*, pp. 154-56. を参照。
5 佐藤春夫『晶子曼陀羅』（中央公論社『日本の文学　第三一巻』）四四七―四五二頁。
6 「明星」（一九〇四〔明治三七〕年一一月）九八―一〇〇頁〈†「ひらきぶみ」〉。
7 「詩歌の骨髄とはなにぞや」（「明星」一九〇五〔明治三八〕年二月）一〇―二〇頁。
8 「危険なる思想」、「危険の思想」、「危険思想」等。
9 Maruyama, *Thought and Behaviour in Modern Japanese Politics*, p. 147.
10 美土路『明治大正史　第一巻　言論編』一九四―二〇一頁。
11 石川啄木「きれぎれに心に浮かんだ感じと回想」『啄木全集　第九巻』一三一―一三二頁。
12 Notehelfer, *Kōtoku Shūsui*, pp. 131, 146.
13 谷崎潤一郎「幇間」『谷崎潤一郎全集　第一巻』一八九頁。
14 岡義武「日露戦争後における新しい世代の成長・上」（「思想」五一二号、一九六七〔昭和四二〕年二月）一三七―一四〇頁。
15 「文芸史」と題した「太陽」の無署名特別号（一九〇九〔明治四二〕年二月二〇日）八三―八五頁。同誌で、大部分の日本作品は、読んでいるところを見つかれば気恥ずかしく思うことだろうと言った評論家は、高山樗牛と考えられている〈†「明治史第七篇文芸史」〉。
16 Donald Keene, "Shiki and Takuboku," in *Landscapes and Portraits*, p. 164.

17 田山花袋「露骨なる描写」『現代日本文学全集　第二〇巻』三九一頁〈†初出は、一九〇四〔明治三七〕年二月「太陽」〉。
18 『近代文学評論大系　第三巻』四三—四九頁、四七六頁〈†「幻滅時代の芸術」及び和田謹吾「解題」〉。
19 長谷川天溪「自然主義に対する誤解」（「太陽」一九〇八〔明治四一〕年四月一日）一五三頁。本誌で天溪が語っているのは、「反自然主義派」として一まとめにされている作家たちのことではなくて、自然主義派、反自然主義派の両派に反対している伝統的価値の擁護者のことである。
20 国木田独歩「病床録」『国木田独歩全集　第九巻』五三頁。
21 沼波瓊音「独歩論」（「中央公論」一九〇六〔明治三九〕年五月）『国木田独歩全集　第一〇巻』三六七頁。
22 紅袍子〔筆名〕「文芸時評」（「日本及日本人」一九〇八〔明治四一〕年一月一日）五五—五七頁。
23 次郎〔筆名〕「健全なる思想とはなにぞや」（「帝国文学」一九〇七〔明治四〇〕年二月一日）二八二頁。
24 「太陽」（一九〇八〔明治四一〕年一月一日）一二七頁〈†「教育と小説（青年男女に小説を読ましむる可否）文学士藤井健治郎氏談」〉。
25 同前、一三九頁。同様の見解については、「肉欲と文学の調和」（「新潮」一九〇八〔明治四一〕年一月）二一—三頁。この特集は、風葉、春葉、秋江、長江、青果が加わったものであるが、宣伝家の声明文のように読める。
26 滝田樗陰「丁未文壇概観」「中央公論」（一九〇八〔明治四一〕年一月）二二〇頁。
27 「中央公論」（一九〇七〔明治四〇〕年一〇月）付録、一—四〇頁。
28 『自然主義の研究　下巻』一一頁。
29 『明治文学全集　第六八巻』三八五頁。
30 長谷川天溪「近時小説壇の傾向」（「太陽」一九〇八〔明治四一〕年二月一日）一五三頁を参照。
31 *The Sun Trade Journal*（一九〇八〔明治四一〕年一〇月一日）一—四頁。同誌の英語を幾分修正して、佐賀方言の“shijenshugi”を東京標準語の綴りに訂正した〈†見出しは、Literature and Zeit - Geist.〉。一二月号には、ジャポニカス（Japonicus）による、さらに強烈な見解が掲載された。「世界中で一番腐敗している都市——道徳的にも、社会的にも——はベルリンである、とは衆目の一致するところ」。*The Sun Trade Journal*（December 1, 1907）, p. 21.〈†Episodes of the Month.〉
32 『日本近代文学大系　第四巻』三〇三頁。翻訳は Glenn W. Shaw（Tokyo : Hokuseido Press, 1927）, p. 135.
33 同前、三三八頁。

34　第五九章末の出版者の但し書きについては、Shaw の英訳 p.189 を参照。「朝日新聞」では、第二三章が間違って二四章になり、以後各章が一章ずつずれてしまった。その結果差し止めされたくだりは、元来は一二月二九日に第六〇章の一部として掲載され、単行本となった時点で第六〇章から消えていた。Shaw はこの誤りを正した。『日本近代文学大系　第四巻』二六三頁注五、三三六頁注三、三三八頁注一。

35　漱石の作家生活のこの面の卓抜な研究としては、Matsui Sakuko, *Natsume Sōseki As a Critic of English Literature*（Tokyo : Center for East Asian Cultural Studies, 1975）.

36　『明治文学全集　第六五巻』四二六—四二七頁〈†「小栗風葉年譜」〉。

37　『漱石全集　第一四巻』五五九—五六一頁〈†一九〇七〔明治四〇〕年三月一一日付向坂元（白仁）三郎宛書簡〉。

38　『漱石全集　第一一巻』四九三—四九四頁〈†「入社の辞」（「東京朝日新聞」一九〇七〔明治四〇〕年五月三日）〉。

39　内田魯庵「二葉亭四迷の一生」『思ひ出す人々』『現代日本文学全集　第九七巻』八八頁。

40　浜尾新「大学と漱石」（「渋柿」一九三一〔大正六〕年一二月）、『自然主義の研究　下巻』三二一頁に引用。

41　芥川『歯車』（一九二七〔昭和二〕年）、英訳は、Beongcheon Yu "The Cogwheel," *Chicago Review* 18, no.2（1965）. 及び三島の『太陽と鉄』（一九六八〔昭和四三年〕年）、英訳 John Bester, *Sun and Steel*（Tokyo : Kodansha International, 1970）を参照。

42　「新潮」（明治四一年一一月）一二—一三頁、一六頁〈†島村抱月「職業に対する懐疑は近代思想の影響なり」、内田魯庵「人類の福利を増新する職業は高貴なり」〉。

43　『漱石全集　第一六巻』六〇八—六〇九頁〈†「何故に小説を書くか」（「新潮」一九〇八〔明治四一〕年一〇月）〉。

44　『漱石全集　第一六巻』六二六—六二九頁〈†「文芸は男子一生の事業とするに足らざる乎」（「新潮」一九〇八年一一月）〉。

45　「新潮」（明治四一年一〇月）一四—一五頁〈†「実際を白状すれば」〉。

46　「文芸の哲学的基礎」『漱石全集　第一一巻』九四—九六頁。

47　「創作家の態度」『漱石全集　第一一巻』一三九—一四〇頁。えらぶっている作家たちに対する漱石の嫌悪の表明については、『漱石全集　第一一巻』二二二頁〈†「『夢の如し』を読む」（「国民新聞」一九〇九〔明治四二〕年一一月九日）〉。

48　『彼岸過迄』『漱石全集　第五巻』七頁。『彼岸過迄』に付けた序文（「彼岸過迄に就いて」）を風刺とする土居健郎の解釈は、見事な筆さばきであるが、漱石が「ただの（人間）」と言っている時のこの語の使い方に、例の自己批判的な含みがあることを見落としている。土居健郎『夏目漱石の心理的世界』、*The Psychological World of Natsume sōseki.* 英訳 William J. Tyler

(Cambridge : Harvard University Press, 1976), pp. 71-72.
49 夏目漱石「道楽と職業」『漱石全集　第一一巻』三一一頁。
50 「太陽」(一九〇七〔明治四〇〕年六月一日)二二七頁〈†「文芸界」〉、「中央公論」(一九〇八〔明治四一〕年四月)七六頁〈†春葉「漱石論」〉、同上(一九〇八〔明治四一〕年五月)一六一―一六三頁〈†瀧田樗陰「注目すべき近刊小説六種」〉、同上(一九〇八〔明治四一〕年一〇月)一四六―一四七頁〈†半可通「小説の語尾」〉。
51 『自然主義の研究　下巻』一〇―一一頁。
52 『二十八人集』(新潮社)に収録されている。この作品集は、死の病床にあった国木田独歩のために友人たちが病院の費用を負担する目的で出版したものであった。編者は、風葉と花袋で、二八人の寄稿者の創作、評論が収録されていて、そのほとんどは自然派の人たちのものである。風葉の短編の最後の文はこの作品集では削除されている。『明治文学全集　第六五巻』二一八―二二五頁も参照せよ。〈†『涼炎』の初出は、一九〇二(明治三五)年四月の「新小説」である。〉
53 『明治文学全集　第六五巻』四一八頁〈†伊藤整「解題」〉。
54 馬屋原成男『日本文芸発禁史』一八二頁に引用されている。
55 『明治文学全集　第六五巻』四一九頁〈†前出〉。城市郎『発禁本の百年』九七頁。
56 『明治文学全集　第六五巻』二九九頁。
57 長谷川天渓「近時小説壇の傾向」(「太陽」一九〇八〔明治四一〕年二月一日)一五三頁。
58 石川啄木「時代閉塞の現状」『日本近代文学大系　第二三巻』四七三頁。
59 『日本現代文学大事典』一九〇頁。『明治文学全集　第六五巻』四三〇頁。
60 『破戒』の文体については、半可通(筆名)「小説の語尾」「中央公論」(一九〇八〔明治四一〕年一〇月)一四七頁。〈†「島崎藤村氏の『破戒』などを読むと語尾には甚だ無頓着で其為めに印象を非常に不明ならしめて居る処がある」と指摘されている。〉
61 「予が『草枕』」『漱石全集　第一六巻』五四三―五四五頁〈†初出は、一九〇六〔明治三九〕年一一月一五日「文章世界」〉。
62 一九〇六(明治三九)年一〇月二六日付鈴木三重吉宛の書簡、『漱石全集　第一四巻』四九二―四九三頁。
63 「高浜虚子著『鶏頭』序」『漱石全集　第一一巻』五五〇―五六〇頁。
64 「文芸界」(「太陽」一九〇七〔明治四〇〕年二月二〇日)二四五頁。

65 紅袍子「文芸時評」（『日本及日本人』一九〇八（明治四一）年一月一日）五七頁。
66 滝田樗陰「丁未文壇概観」（『中央公論』一九〇八（明治四一）年一月）二一七頁。
67 「文壇」（『中央公論』一九〇八（明治四一）年二月）一六一頁。
68 「夏目漱石論」（『中央公論』一九〇八（明治四一）年三月）三四―五六頁。引用文は、五三―五四頁〈†生田長江「夏目漱石論」〉。
69 同前、三五―三六頁〈†小栗風葉「予等と路の異れる漱石氏」〉。
70 同前、三六頁〈†小栗風葉「予等と路の異れる漱石氏」〉。
71 『現代日本文学全集　第八四巻』三〇五頁。
72 『漱石全集　第四巻』二〇頁。
73 生田葵山の言いまわし「生きて熱い血を盛る人間」（『現代日本文学全集　第八四巻』三一一頁）と『それから』の冒頭部分の文章「此警鐘を聞くことなしに生きてゐられたなら、――血を盛る袋が、時を盛る袋の用を兼ねなかつたなら」（『漱石全集　第四巻』三一四頁）を比較せよ。漱石は一九〇五（明治三八）年に葵山の作品の一つを読んでいて、しかもその斬新さに感銘を受けていたようだ（『漱石全集　第十六巻』四五二頁）。〈†「批評家の立場」（『新潮』一九〇五（明治三八）年五月）で漱石は、「『謎の女』（『文芸界』一九〇五（明治三八）年三月―著者）は生田葵山といふ人の作だ。あゝいふ事を書いたのは新らしいと思ふ。或は翻訳ではあるまいか。」と記している。〉
74 たとえば、独歩「牛肉と馬鈴薯」（一九〇一（明治三四）年）、「酒中日記」（一九〇二（明治三五）年）、「正直者」（一九〇三（明治三六）年）、「岡本の手紙」（一九〇六（明治三九）年）参照。
75 “Naturalism in Japanese Literature,” *Harvard Journal of Asiatic Studies* 28 (1968), p. 169.
76 一九〇六（明治三九）年一〇月二三日付狩野亨吉宛の書簡（『漱石全集　第十四巻』四八三頁）。
77 『ヰタ・セクスアリス』（一九〇九（明治四二）年七月）（『森鷗外全集　第一巻』一〇二頁）による。また、Kazuji Ninomiya, Sanfold Goldstein の翻訳 *Vita Sexualis* (Tokyo : Tuttle, 1972), p. 25 参照。
78 「追儺」『森鷗外全集　第一巻』七二頁。Richard John Bowring, *Mori Ōgai and the Modernization of Japanese Culture* (Cambridge : Cambridge University Press, 1979), p. 155.

第6章　出版における自然主義の拡大

1　「朝日新聞」（一九〇八〔明治四一〕年二月九日）六面〈†「文芸倶楽部発売禁止」〉。同号は二月一日に発売され、同月七日に発禁処分を受けた。法律の面に重点をおいて全般的に論じたものについては、馬屋原茂男『日本文芸発禁史』一四頁参照。

2　Michell, *Thought Control in Prewar Japan*, p. 72, 83.

3　「朝日新聞」（一九〇八〔明治四一〕年二月九日）六面〈†前出〉。同紙（一九〇八〔明治四一〕年二月二八日）四、六面〈†「法廷の文芸論」「文士の公判」〉。同紙（一九〇八〔明治四一〕年三月六日）六面〈†「淫猥小説の判決」〉。「国民新聞」（一九〇八〔明治四一〕年二月一〇日）二面〈†天長生「自然主義」〉。同紙（一九〇八〔明治四一〕年二月一一日）四面〈†「風俗壊乱の小説文壇今後の問題」〉。同紙（一九〇八〔明治四一〕年二月一三日）五面〈†「二月の小説界㈠」〉。同紙（一九〇八〔明治四一〕年二月二八日）四面〈†「小説『都会』の公判」〉。同紙（一九〇八〔明治四一〕年二月二九日）四面〈†「小説は経典道徳書」〉。同紙（一九〇八〔明治四一〕年三月一日）一面〈†愛山生「書斎独語」〉。同紙（一九〇八〔明治四一〕年三月六日）四面〈†「癸山思案両氏の罰金」〉。

4　「国民新聞」（一九〇八〔明治四一〕年二月一一日）四面〈†前出〉。

5　「当代教育の一弊根」（「日本及日本人」一九〇八〔明治四一〕年三月一五日）七頁。

6　「時事彙報　文芸界」（「太陽」一九〇八〔明治四一〕年八月一日）二三六頁。

7　城市郎『続発禁本』二二五—二二六頁。

8　吉田精一『自然主義の研究　下』一一〇—一一一頁。

9　馬屋原成男『日本文芸発禁史』一七一—一八〇頁。

10　斎藤昌三『近代文芸筆禍史』九九—一〇四頁。今村恭太郎談「発禁禁止の標準」（「太陽」一九〇八〔明治四一〕年六月）一四〇—一四三頁。

11　『現代日本文学全集　第八四巻』三三五—三三六頁。

12　同前、三一八頁。

13　斎藤昌三、前掲書、五二頁。馬屋原成男、前掲書、一六一頁。『現代日本文学全集　第八四巻』四一五頁〈†臼井吉見「解説」〉。

14 『現代日本文学全集　第八四巻』三〇九—三一〇頁。

15 「国民新聞」（一九〇八〔明治四一〕年二月一〇日）二面〈†前出〉。

16 同紙（一九〇八〔明治四一〕年二月一一日）四面〈†前出〉。

17 斎藤昌三、前掲書、九九—一〇四頁〈†「文芸と法律との接触点今村判事談」、初出は、一九〇八〔明治四一〕年四月「早稲田文学」〉。今村恭太郎談「発禁禁止の標準」「太陽」（一九〇八〔明治四一〕年六月一日）一四〇—一四三頁。

18 Morris L. Ernst, and Alan U. Schwartz, *Censorship*, p.54 ; Harry M. Clor, *Obscenity and Public Morality* (Chicago : University of Chicago Press, 1969), pp. 31-32. 〈†サミュエル・ロスは、たびたび猥褻裁判の被告となっていたが、一九五七年の最後の裁判では、猥褻の新たな規定がなされた。ウィリアム・J・ブレナン判事は、「猥褻な物件とは、好色な興味に訴えるようなしかたで性を扱う物件のことであり、猥褻性の基準は、平均的な人間が、現代の社会的標準をもってした時、物件の主要なテーマが好色な興味に訴えるものであると思うかどうかである。」と、述べた。ウォルター・ケンドリック著、大浦康介・河田学訳『シークレット・ミュージアム　猥褻と検閲の近代』（二〇〇七年三月、平凡社）二六五頁参照。〉

19 一九〇一〔明治三四〕年に設立された私立日本女子大学校、後に日本女子大学に改名。

20 吉田精一『自然主義の研究　上巻』五一五頁に引用されている。〈†引用されているのは、「朝日新聞」一九〇八〔明治四一〕年三月二五日の記事である。〉

21 馬屋原成男『日本文芸発禁史』一六〇—一六一頁。「国民新聞」（一九〇八〔明治四一〕年三月二四日）四面〈†「洗湯の帰に惨死」〉。同紙（一九〇八〔明治四一〕年三月二五日）四面〈†「悪書生乎知合乎」〉。同紙（一九〇八〔明治四一〕年四月六日）二面〈†「大久保村強姦殺人の犯人捕はる」〉。同紙（一九〇八〔明治四一〕年四月七日）四面〈†「大久保の強姦殺人犯捕はる」〉。同紙（一九〇八〔明治四一〕年四月八日）四面〈†「検事の観たる加害者池田亀太郎」〉。「朝日新聞」（一九〇八〔明治四一〕年三月二四日）六面〈†「美人の絞殺」〉。同紙（一九〇八〔明治四一〕年三月二五日）六面〈†「美人の絞殺後報」〉。同紙（一九〇九〔明治四二〕年六月三〇日）五面〈†「出歯亀上告棄却」〉。「日本及日本人」（一九〇八〔明治四一〕年七月一五日）四二頁。同誌（一九〇八〔明治四一〕年九月一日）六頁〈†「東西南北」〉。同誌（一九一〇〔明治四三〕年八月一日）四〇頁〈†「雲間寸観」〉。また以下の作品を参照。森鷗外「キタ・セクスアリス」『森鷗外全集　第一巻』一〇三頁参照。*Vita Sexualis*, translated by Ninomiya and Goldstein, pp. 26-27. 谷崎潤一郎 "The Affair of Two Watches"『谷崎潤一郎全集　第一巻』五四—五五頁。永井荷風「厠の窓」『荷風全集　第一三巻』一七九頁。「出歯亀」の名は「でっぱかめ」とも発音された。

22 踏青子〈筆名〉「文芸八面観」〈「日本及日本人」一九〇八〈明治四一〉年五月一日〉五六頁。
23 「国民新聞」〈一九〇七〈明治四〇〉年一二月三〇日〉六面〈†「夜嵐お絹〈其十三〉」〉。
24 翻訳では伝えにくいが、大名が溺れていたのをお絹が救ったあとでの地口には、ふれておく価値がある。お絹がアワビをとるために子供と同じようにもぐり、いかに泳ぐことを学んだかを説明する時、大名は「何?・鮑獲りをしてをッたと……アー、道理で能吸《よくすひ》つくと思ッた、アハヽヽ」と答える。
25 物知りの翁〈筆名〉「講談より見たる義士伝」〈「日本及日本人」一九一〇〈明治四三〉年三月一五日〉一〇四頁。
26 「国民新聞」〈一九〇七〈明治四〇〉年一二月八、一二日〉〈†「侠客固定忠次」一八六回及び、一九〇回〉。
27 「お絹」に続いて、貞水による四十七士の伝記〈†「赤穂義士銘々伝」〉が一九〇八〈明治四一〉年四月二三日から一九一一〈明治四四〉年二月一八日まで「国民新聞」に掲載され、さらに続編も掲載された。

第7章　文学と人生、芸術と国家

1 『法律新聞　第四八二号』〈一九〇八〈明治四一〉年〉三七八頁〈†「所謂肉的文学の取締内務省警保局書記官井上孝哉氏の談に曰く」〉。
2 前田愛『近代読者の成立』〈有精堂、一九七三〈昭和五八〉年〉一三二―一六七頁。
3 自然派の価値観の中立性に関するとりわけ激しく、かつ英訳不可能な言明については、「自然派に対する誤解」〈「太陽」一九〇八〈明治四一〉年四月一日〉一五三頁、「自然派は裸体のまゝ、地上に立脚して、眼前に来る現実を描写するのみで、THE REST IS SILENCE」。
4 「文芸審査院の必要」〈「太陽」一九〇八〈明治四一〉年六月一日〉一五八―一六〇頁。
5 「文芸の取締について〈文芸院の設立を望む〉」〈「太陽」一九〇八〈明治四一〉年一一月一日〉一五三―一五七頁。
6 「吾れをして自由に語らしめよ」〈「太陽」一九〇八〈明治四一〉年八月一日〉一五三―一五四頁。この記事の表題は誤解を招く。内容は、言論の自由を要求して当局に訴えているのではなくて、思うままに書き連ねていることに対して読者に許しを請うているものだからである。
7 『近代文芸評論大系　第三巻』二二六―二三二頁〈†「現実主義の諸相」、初出は、「太陽」一九〇八〈明治四一〉年六月〉。

8 『自然主義の研究　下巻』九頁。
9 同前、五一—五四頁。
10 和田謹吾「『平面描写論』の周辺」『明治文学全集　第六七巻』三七五—三八二頁。
11 『現代日本文学全集　第二〇巻』一三〇頁。
12 『明治文学全集　第六七巻』五七—六三頁。
13 『自然主義の研究　下巻』一七〇頁。
14 『現代日本文学全集　第二〇巻』一三〇頁。
15 同前、一〇六頁。
16 『自然主義の研究　下巻』一七〇頁。
17 石川啄木「きれぎれに浮かんだ感じと回想」（『スバル』一九〇九〔明治四二〕年一二月）『啄木全集　第九巻』一三一—一四二頁。
18 「発売禁止の根本問題」（『太陽』一九〇八〔明治四一〕年六月一日）『明治文学全集　第二四巻』二七〇—二七一頁。

第8章　政府の右傾化

1 F. G. Notehelfer, *Kōtoku Shūsui*, pp. 145-146.
2 荒正人『漱石研究年表』三一三頁。Notehelfer, *Kōtoku Shūsui*, pp. 146, 156-60.
3 森鷗外「文芸の主義」『鷗外全集　第一五巻』四五七—一四九頁。
4 Kenneth B. Pyle, "The Technology of Japanese Nationalism," pp. 58-61.
5 大槻健、松村憲一『愛国心教育の史的究明』一五五頁。
6 Pyle, "The Technology of Japanese Nationalism," p. 61. 藤原喜代蔵『明治・大正・昭和教育思想学説人物史　下巻』八二五頁。この詔書は、俗に「勤倹詔書」として知られていた。藤井健次郎「国家、人道、個人」（『中央公論』一九〇九〔明治四二〕年一月）三三頁。
7 「帝国教育」三二三号（一九〇九〔明治四二〕年一一月）一一八—一一九頁、大槻、松村『愛国心教育の史的究明』

一五四頁に引用されている。

8 Wilbur. M. Fridell, "Government Ethics Textbooks in Late Meiji Japan," p. 826.

9 Fridell, "Government Ethics Textbooks," pp. 828-32. また、吉田松陰の尊王論の起源と、彼の弟子山県の皇室への誠実な献身に関しては、Roger F. Hackett, *Yamagata Aritomo in the Rise of Modern Japan, 1838-1922*, pp. 14-15, 246. を参照。

10 Saburō Ienaga, *The Pacific war*, p. 48.

11 藤原喜代蔵『明治・大正・昭和教育思想学説人物史　第二巻』八二三—八二六頁。

12 たとえば、上田万年「文芸上の二問題」（『中央公論』一九〇八〔明治四一〕年七月）一九頁。「文芸界」（『太陽』一九〇八〔明治四一〕年一二月一日）二二七頁。「噂」（『太陽』一九〇九〔明治四二〕年一月一日）九六頁。「感想録」（『帝国文学』一九〇九〔明治四二〕年一月）一四九頁。上田万年「文芸院の設立について」（『帝国文学』一九〇九〔明治四二〕年三月）一八—二二頁。

13 『近代文学評論大系　第三巻』四〇二頁〈†「文芸取締問題と文芸院　内田魯庵談」（『太陽』一九〇九〔明治四二〕年一月一日）〉。

14 「朝日新聞」（一九〇九〔明治四二〕年一月二一日）五面〈†「文相文士懇話会」〉。「朝日新聞」（一九〇九〔明治四二〕年一月二二日）四面〈†「文相の感想」〉。「国民新聞」（一九〇九〔明治四二〕年一月二二日）四面〈†「文相官邸の文士招待会」〉。「国民新聞」（一九〇九〔明治四二〕年一月二二日）四面〈†「鷗外博士の談文芸院設立は同意」、「幸田露伴氏談但し文士保護は嫌ひ」〉。『鷗外全集　第二〇巻』三九七頁。『鷗外全集　第一九巻』五二八—五三一頁。『太陽』（一九〇九〔明治四二〕年二月一日）二二一頁。『日本文学史』四三五頁。後藤宙外『明治文壇回顧録』（一九三三〔昭和八〕年～一九三五〔昭和一〇〕年）、『日本現代文学全集　第九七巻』一九四—一九七頁所収。

15 板東太郎（筆名）「文界雑記」（『日本及日本人』一九〇九〔明治四二〕年二月一一日）九〇頁。「文芸雑事」（『日本及日本人』一九〇九〔明治四二〕年五月一日）八〇頁。「日本及日本人」一九一〇〔明治四三〕年八月一五日九〇頁。「小松原文相演説」（『国民新聞』一九一一〔明治四四〕年五月二四日）三面。今井泰子「明治末文壇の一鳥瞰図」四五頁の注5は、鷗外の『ヰタ・セクスアリス』の発禁処分が会の見送りに関係していた可能性があると示唆している。

16 「文相の文士招待」（『太陽』一九〇八〔明治四一〕年二月一日）一五五—一五八頁。

17 「文士招待会に於ける発見」（『中央公論』一九〇九〔明治四二〕年二月）一五三—一五六頁〈†署名は「松逕生」〉。

18 「太陽」(一九〇九〔明治四二〕年二月一日)一六〇頁、二二七頁、誌上の広告と名家投票の結果を参照。夏目漱石(一二四、五三九票)、続いて島崎藤村(一二、一一五票)、徳冨蘆花(一〇、四五〇票)、正宗白鳥(九、一二〇票)、小杉天外(八、三八五票)の順であった。贅沢な特別号「太陽」(一九〇九〔明治四二〕年六月一五日)誌上の漱石の書状による断りについては、『漱石全集 第二一巻』二〇九頁及び本書の第12章を参照。

第9章 成熟した制度下の活動

1 匿名記事「文学」(「太陽」一九一〇〔明治四三〕年一月二〇日)付録二四一頁、滝田樗陰「癸酉文壇概観」(「中央公論」一九一〇〔明治四三〕年一月)三四〇頁、その他。
2 第10章、注4参照。
3 付録「第二十五回帝国議会史」(「太陽」一九〇九〔明治四二〕年五月一五日)一頁。
4 本文は美土路昌一『明治大正史Ⅰ 言論編』四四二―四四九頁を参照。〈†新聞紙条例第十二条は、「新聞紙ハ其発行毎ニ先ツ内務省ニ二部管轄庁(東京府ハ警視庁)及管轄治安裁判所検事局ニ各一部ヲ納ムヘシ」となっていたが、改正新聞紙法第十一条は、「新聞紙ハ発行ト同時ニ内務省ニ二部、管轄地方官庁、地方裁判所検事局及区裁判所検事局ニ各一部ヲ納ムヘシ」となっている。〉
5 奥平『検閲制度』一六一頁、注23。
6 『明治大正史Ⅰ 言論編』、二三一―二四一頁。付録「第二五回帝国議会史」(前出「太陽」)三九頁。「衆議院の議事に上りたる本誌前号発売禁止問題の顚末」(「日本及日本人」一九一〇〔明治四三〕年四月一日)一二四頁。
7 「新聞紙法の改正」(「太陽」一九〇九〔明治四二〕年五月一日)九五―九六頁。
8 「朝日新聞」(一九〇九〔明治四二〕年七月八日)四面〈†『新法令と四新聞』〉。
9 具体的に言及し(かつ掲載され)ているのは「日本及日本人」(一九一〇〔明治四三〕年四月一日)一二三―一二三頁〈†「衆議院の議事に上りたる本誌前号発売禁止問題の顚末」〉。この雑誌は以前にも微妙な軍事問題に関する記事「軍事私議」で発禁になっている。「日本及日本人」(一九一〇〔明治四三〕年三月一五日)一七―二八頁。
10 城市郎は、警保局の『発禁単行本目録』の九八頁に、この行為は三月二七日に行われたと示してあると述べているが、示されている年が一九〇八（明治四一）年であることを述べることはしていないため、この日付の他の部分の正確さに疑念を投げかけることになりそうである。後段で引用しているように、内務省が受けとった即日にこの本が発禁になったという荷風の主張を疑う理由は皆無である。城『発禁本百年』一〇二頁。出版社は「太陽」の出版元である博文館。

11 「書かでもの記」『荷風全集　第一四巻』三六八頁。

12 Edward Seidensticker, *Kafū the Scribbler*, p. 27.

13 『荷風全集　第三巻』六四六―六四七頁〈†「後記」〉。

14 Edward Seidensticker, *Kafū the Scribbler*, p. 27.

15 『荷風全集　第一二巻』二六―二七頁。

16 「中央公論」（一九五二〔昭和二七〕年一二月号）は、中央公論社が全集二四巻を刊行する一月前にこの戯曲を掲載した。

17 『荷風全集　第三巻』六四三頁〈†前出〉。

18 同書、六二九頁。

19 同書、六二五頁。

20 Edward Seidensticker, *Kafū the Scribbler*, p. 28.

21 『荷風全集　第一八巻』二七二―二七六頁。『ふらんす物語』出版の詳細に関しては、『荷風全集　第三巻』六三九―六五二頁〈†「後記」〉及び『荷風全集　第一二巻』五五一―五五二頁〈†「後記」〉を参照。

22 「『フランス物語』の発売禁止」（「読売新聞」一九〇九〔明治四二〕年四月一一日）『荷風全集　第二六巻』八七―九〇頁。

23 「『姉の妹』の発売禁止」『荷風全集　第二七巻』二五―二六頁。

24 「別になんとも思はなかつた」（「太陽」一九〇九〔明治四二〕年八月一日号）『荷風全集　第二七巻』二五―二六頁。

25 Edward Seidensticker, *Kafū the Scribbler*, p. 33.

26 「新小説」一九〇九（明治四二）年七月号は高橋春月作『曇』のせいで発禁になった。『荷風全集　第四巻』四六九頁〈†「後記」〉。

27 『荷風全集　第四巻』一八頁、三五―三六頁。

28 『荷風全集　第四巻』四七二頁〈†「後記」〉。

29 注24を参照。

30『荷風全集　第四巻』二七頁、四七一―四七二頁。

31『荷風全集　第四巻』二七頁、四七二頁。その他の例としては、前掲書の四七〇―四七三頁を参照。
32 注11を参照。
33『荷風全集　第四巻』五五―五六頁。同書の六六―六七頁も参照。

34「今年《こんねん》の特徴三つ」(『文章世界』一九〇九(明治四二)年一二月号)日本文学研究資料刊行会編『永井荷風』(有精堂、一九七一(昭和四六)年)所収、二五九―六〇頁。〈†魯庵は、「但し、私一個の考は人生を芸術のみを以って説明し得るとも思はず又芸術一面からのみ見て真の人生が解るとも思はない」と記している。〉

35『荷風全集　第四巻』一五二―七三頁。引用文は前掲書の一六八頁、一七三頁。

36『永井荷風』(前出)二四五―二四七頁を参照。森鷗外「時談片々」『鷗外全集　第一九巻』五三二頁。

37「中央公論」(一九〇九(明治四二)年七月号)一―二頁。

38「中央公論」(一九〇九(明治四二)年五月号)九五頁。『荷風全集　第四巻』一五六頁。

39「中央公論」(一九〇九(明治四二)年五月号)一〇三頁。『荷風全集　第四巻』一六三―一六四頁。「中央公論」(一九〇九(明治四二)年五月号)一〇九頁一六行目と『荷風全集　第四巻』一六七頁五行目とを比較せよ。『荷風全集　第四巻』四八二―四八四頁も参照。
40 一九〇九(明治四二)年九月二〇日の発行日の少なくとも三日前に警保局に書籍は提出されたに違いなく、警保局の記録では発禁日を九月二〇日と示している。内務省警保局編『禁止単行本目録』二〇頁を参照。とはいえ、この目録はすでに注10で示されたように、必ずしも信頼のおける資料ではなく、ここで記載されている年代は明治二四年だが、明治四二(一九〇九)年の明らかな誤りである。
41『永井荷風』(前出)所収「『推讃の辞』をめぐる論争」二五六―二五八頁、二七二―二八六頁、「推讃の辞」(『早稲田文学』一九一〇(明治四三)年二月掲載、『近代文学評論体系　第三巻』三九一頁)、三井甲之「人生と表現　最近の感想」(『日本及日本人』一九一〇(明治四三)年三月一日)八四頁を参照。
42 詳細な出版史に関しては、『荷風全集　第四巻』四六七―四八四頁を参照。サイデンステッカーは、ともに『歓楽』所収の作品である『深川の唄』を論じ、『牡丹の客』の英訳を行っている。*Kafū the Scribbler*, pp. 33-35, pp. 219-25.〈†一九九二(平成四)年に岩波書店から新版の『荷風全集』が刊行された。〉

43 小田切『発禁作品集』一九三―二二六頁に再録。

44 信じ難いがとても面白い「名古屋女論」(『中央公論』一九一〇〔明治四三〕年三月号)五二―一〇八頁と、「雪国美人論」(『中央公論』一九一一〔明治四三〕年一月号)一〇三―一二三頁を参照。

45 松井柏軒「人間を描かざる小説」(『中央公論』一九〇九〔明治四二〕年八月号)一二―一四頁。

46 『昭和出版弾圧小史』二六―二八頁。

47 「『二人画工』の発売禁止」(『太陽』一九一〇〔明治四三〕年一月一日)三五―三六頁〈†引用は原文そのままでなく、編集要約されている〉。シェンキィエヴィッチの小説はおそらく、*Bez dogmatu*(1891)であった。

48 「東京日日新聞」(一九〇九〔明治四二〕年七月)、馬屋原成男『日本文芸発禁史』の二八―二九頁に引用されたもの。

49 捕風捉影楼(筆名)「文芸取締の行方」(『日本及日本人』一九〇九〔明治四二〕年一一月一日)九五―九八頁。検閲に関するこの時代のその他の論評に関しては、*Sun Trade Journal*(January. 1, 1909), p. 22.「太陽」(一九〇九〔明治四二〕年七月一日)一五九頁〈†長谷川天溪「発売禁止問題」〉、「太陽」(一九〇九〔明治四二〕年九月一日)二二七頁〈†「彙報」〉、「日本及日本人」(一九〇九〔明治四二〕年七月一五日)七〇頁〈†「文芸雑事」〉、「日本及日本人」(一九一〇〔明治四三〕年五月一日)六七頁〈†「文芸雑事」〉を参照。

50 長谷川天溪「ゴシップ」(『太陽』一九〇九〔明治四二〕年八月一日)一五八頁、佐藤紅緑「子どもに突き当たる自動車」(『太陽』一九〇九〔明治四二〕年八月一日)一四〇頁。

51 この作品をめぐる論争の一部に関しては、「日本及日本人」(「文芸雑事」一九〇九〔明治四二〕年五月一日)八〇頁。Richard John Bowring, *Mori Ōgai and the Modernization of Japanese Culture*, p. 108.

52 森鷗外『大発見』『森鷗外全集　第一巻』八六頁。田山花袋「露骨なる描写」『現代日本文学全集　第二〇巻』三九一―三九三頁。

53 『森鷗外全集　第一巻』一〇三頁。(信頼できるものでは必ずしもないが)全訳に関しては、Kazuji Ninomiya and Sanford Goldstein, *Vita Sexualis*(Tokyo : Tuttle, 1972).

54 『森鷗外全集　第一巻』一五四頁。

55 『森鷗外全集　第一巻』六七頁。

56 この作品は幾つかの発禁著作一覧に誤って入れられている。詳細については、長谷川泉『鷗外「ヰタ・セクスアリス」考』

（明治書院、一九六八〔昭和四三〕年）一五―一九頁、二五頁を参照。

57 Bowring, *Mori Ōgai*, pp. 65-67.

58 『鷗外全集　第一三巻』二三五頁〈†『沈黙の塔』〉。

59 Bowring, *Mori Ōgai*, p. 123.〈†小堀桂一郎『若き日の森鷗外』（一九六九〔昭和四四〕年一〇月東京大学出版会）が、ゴットシャルの影響について詳述している。〉

60 『沈黙の塔』『森鷗外全集　第一巻』二八一頁。

61 「現代思想」『鷗外全集　第一六巻』三七七頁。

62 『鷗外全集　第二〇巻』四四三―四四四頁の鷗外の日記の記述、及び『鷗外全集　第二三巻』二七二頁の、一九〇九（明治四二）年八月一日付の加古鶴所宛書簡を参照。「彙報」（『太陽』一九〇九〔明治四二〕年九月一日）は、『ヰタ・セクスアリス』が発禁の原因であると推測し、当局の弾圧の強化にふれつつ、一九〇九（明治四二）年七月号と八月号の発禁についても述べている。

63 「文芸雑事」（『日本及日本人』一九〇九〔明治四二〕年九月一五日）八〇頁。

64 『鷗外全集　第二〇巻』四七二頁の日記の記述、「文芸雑事」（『日本及日本人』一九一一〔明治四四〕年九月一日）八一頁。

65 佐藤紅緑、一四〇頁（前記注50を参照）。

66 捕風捉影楼、九七―九八頁（前記注49を参照）。

67 『鷗外全集　第二〇巻』四三九頁の日記の記述。

68 滝田樗陰「癸酉文壇概観」（『中央公論』一九一〇〔明治四三〕年一月号）三三八頁。「日本及日本人」（「文芸雑事」一九一〇〔明治四三〕年三月一五日）七八頁。もともとの価格は二五銭だった。作家の前作の発禁を宣伝利用することを狙った広告の例としては、「中央公論」（一九一一〔明治四四〕年三月号）の九三頁と見返し頁を参照。

69 Wiliam J. Sebald. trans., *The Criminal Code of Japan* (Kobe : The Japan Chronicle Press. 1936), p. 128. 一般書店は新聞紙法や出版法ではなく、刑法で扱われたことに注意〈†一九〇八〔明治四一〕年一〇月施行の刑法第一七五条「猥褻の文書、図画其他ノ物ヲ頒布若クハ販売シ又ハ公然之ヲ陳列シタル者ハ五百円以下ノ罰金又ハ科料ニ処ス販売ノ目的ヲ以テ之ヲ所持シタル者亦同シ」〉。

70 平出修「発売禁止論」『定本平出修集』の一七五頁に引用されたもの〈†大町桂月「鷗外の性慾小説」（『趣味』一九〇九

〈明治四二〉年八月)〉。

71 「朝日新聞」(一九一〇〈明治四三〉年一月六、七、八日)『明治文学全集　第二四巻』二五一—二五五頁〈†「VITA SEXUALIS」〉。

72 『近代文芸筆禍史』五七頁。最初の全集は一九二三〈大正一二〉年二月から一九二七〈昭和二〉年一〇月にかけて刊行された。

73 「文芸雑事」(『日本及日本人』一九〇九〈明治四二〉年四月一五日)五四頁。

74 『漱石全集　第四巻』三八七—三九〇頁〈†『それから』の一節〉。英訳は、Norma Moore Field, *And Then* (Baton Rouge : Louisiana State University Press, 1978), pp. 60 -62.

75 「文芸雑事」(『日本及日本人』一九〇九〈明治四二〉年九月一五日)八〇頁。鈴木三重吉の無題の断想(『中央公論』一九〇九〈明治四二〉年七月号)の付録一〇—一三頁、馬屋原成男『日本文芸発禁史』の一九四—一九七頁に引用。平出修「発売禁止論」『定本平出修集』一七四頁。

76 『漱石全集　第一一巻』五六八—五七一頁。

77 『現代日本文学全集　第四四巻』一九八頁。

78 同前、一八四頁。『森田草平集　現代日本文学全集　第四二巻』(改造社、一九三〇〈昭和五〉年)三四七頁。

79 「文芸雑事」(『日本及日本人』一九一〇〈明治四三〉年四月一五日)八七頁。言及されている作家は佐々《さっさ》醒雪、後の文芸委員会委員。問題の本は『日本情史』。

80 前記注50を参照。この短編集は『榾《ほた》』(一九〇八〈明治四一〉年四月)。

81 吉田精一編『複製版　新思潮』(臨川書店、一九六七〈昭和四二〉年)の「解説」八頁、三二一—三二三頁。「Real Conversation」(『新思潮』一九一〇〈明治四三〉年一一月号)七一頁。

82 野村尚吾『伝記　谷崎潤一郎』(六興出版、一九七四〈昭和四九〉年)一四一—一四二頁に引用された「『少年世界』へ論文」と「創作余談　その二」による。

83 「新思潮」(一九一〇〈明治四三〉年一一月号)六八—六九頁。

84 この他の初期の作品の大部分は、『誕生』に見られるような、衒学と些事執着のきらいがある。

85 『谷崎潤一郎全集　第一巻』二一二頁。

86 野村、前掲書、一五七—一五九頁。
87 同前、二〇三頁。
88 14章以下で論じられる発禁書は、「アルス」（一九一五〔大正四〕年五月）掲載の『華魁』、『恐怖時代』（一九一六〔大正五〕年三月）、「新小説」（一九一六〔大正五〕年九月号）掲載の『亡友』、「新潮」（一九一六〔大正五〕年九月号）掲載の『美男』。
89 「『異端者の悲しみ』はしがき」『谷崎潤一郎全集 第二三巻』二二一—二二五頁。『谷崎潤一郎全集 第二三巻』二二六頁の「異端者の悲しみ 序」から二、三の文章を織り込んだ。〈†一九三—一九四頁の引用は、原文そのままではなく、要約、編集されている。〉
90 『谷崎潤一郎全集 第四巻』三七七—四五二頁。
91 城市郎『発禁本』（桃源社、一九六五年）二六—三〇頁。
92 某当局者談「非国民文学の流行」（「太陽」一九一〇〔明治四三〕年七月一日）一〇五—一〇七頁。

第10章 森鷗外と平出修……大逆事件の内幕

1 Notefelfer, *Kōtoku Shūsui, Portrait of a Japanese Radical*, pp. 162, 170, 174-76. 被告の氏名の読みは、絲屋寿雄『大逆事件』（三一書房、一九七〇〔昭和四五〕年）二七一—二七四頁に従った。
2 「中央公論」（一九一〇〔明治四三〕年一二月）一二二頁。
3 「太陽」（一九一〇〔明治四三〕年六月一日）*"The Taiyo"*（July. 1, 1911）の内閣によって申し出られた慈善組織についての記事（「恩賜財団済生会の事」）参照。政府は、天皇から下賜された一五〇万円に対して、富裕層から三〇〇〇万円を望んでいた。
4 今井泰子「明治末文壇の一鳥瞰図」四四頁。城市郎『発禁本百年』一〇五—一〇七頁。石川啄木「日本無政府主義者陰謀事件経過及附帯現象」（『啄木全集 第一〇巻』）八七頁。
5 『現代日本文学全集 九四巻』一〇四—一〇五頁。「ホトトギス」の発禁作品は、一宮瀧子の『女』である。
6 「風俗壊乱!!公安紊乱!!」（「太陽」一九一〇〔明治四三〕年一〇月一日）二二一—二三六頁。Helen M. Hopper の指摘によれば、この一編は、全部か一部が、*Japan Weekly Mail*（October 22, 1910）p.520. に訳載されている（"Mori Ōgai's Response to Suppression of Intellectual Freedom, 1909-12", Monumenta Nipponica 29 No. 4《Winter, 1974》p. 398.）。〈†一九八頁の引用は、原文そのままではなく、要約されている。〉

7 鹽沢昌貞「社会主義取締に就て」、一木喜徳郎「出版物発売禁止処分に就て」、古賀兼造「出版物と検束」、某老官「愚策中の愚策」（「太陽」一九一〇〔明治四三〕年一〇月一日）四九―五二頁、一〇三―一〇五頁をそれぞれ参照。井上哲次郎「現代思想の傾向に就て」「太陽」（一九一〇〔明治三四〕年一一月一日）六〇―七六頁。清水澄「社会主義と社会政策」「太陽」（一九一一〔明治四四〕年二月一日）九三―九八頁と比較のこと。

8 浅田江村「残れる印象」（「太陽」一九一〇〔明治四三〕年一二月一日）二六―三五頁。島村抱月「四十三年の文壇」（同前）九一―九三頁。「明治四十三年史　文学」（同前）二三三―二三四頁。

9 木曾隆一「筆禍」（『近代日本文学講座　第一巻　近代日本文学の背景』河出書房、一九五二〔昭和二七〕年五月）一六三―一六四頁。

10 「朝日新聞」一九一二〔明治四五〕年三月八日六面〈†「社会的試験とは何ぞやニキビ吹出物を退治し色白く美しくする内服薬」〉。

11 「明治四十三年史　文学」（「太陽」一九一一〔明治四四〕年二月一五日）二三〇頁、二三三頁。

12 「文芸雑事」（「日本及日本人」一九一〇〔明治四三〕年六月一五日）六八頁。「文芸雑事」（「日本及日本人」一九一〇〔明治四三〕年一〇月一五日）七三頁。「文芸雑事」（「日本及日本人」一九一〇〔明治四三〕年一二月一五日）七二頁。「強き圧迫に堪へよ」「日本及日本人」（一九一〇〔明治四三〕年一〇月一日）一四―一五頁。

13 「評論」（「中央公論」一九一〇〔明治四三〕年一二月）一三一頁。「首都之警察改良論」（「中央公論」一九一〇〔明治四三〕年一二月）一―四頁。

14 「中央公論」（一九一〇〔明治四三〕年一二月）一―六頁、三五―四〇頁。一二二―一二四頁。建部については、藤原喜代造『明治・大正・昭和教育思想学説人物史　第三巻』八四四頁参照。

15 「文芸の主義」『鷗外全集　第十五巻』四五七―四五九頁。幸徳と管野の関係については、Notehelfer, *Kōtoku Shūsui*, p. 174. 参照。

16 今村恭太郎「官権と文芸」（「太陽」一九一〇〔明治四三〕年八月一日）九九―一〇二頁。

17 『森鷗外全集　第一巻』六七九―六九九頁。

18 『森鷗外全集　第一巻』二八一頁。Richard John Bowring, *Mori Ōgai and Modernization of Japanese Culture*, p. 186.

19 同前。

20 『森鷗外全集　第一巻』二九三―二九四頁。

21 森潤三郎『鷗外森林太郎』二〇〇頁。『定本　平出修集〈続〉』五八四頁。鷗外の日記（『森鷗外全集　第二巻』五五六頁）によれば、一九一〇（明治四三）年一二月一四日に、平出修と與謝野寛と夕食をともにしたという記録が残されているが、平出修年譜に見えるこれらの訪問については書き残されていない。

22 平出の息子たちでさえそのわけを知らないが、文字をより一般的に読んだ場合の「おさむ」ではない。平出彬「父・平出修のこと」（『定本　平出修集〈続〉』）五九七頁を見よ。平出が稀に用いた露花の号は、異なった文字で書かれる徳冨蘆花のものと混同さるべきではない。

23 Sanford Goldstein and Seishi Shinoda, *Tangled Hair*, p.11. 吉井勇「與謝野鉄幹論」『現代日本文学全集　第三二巻』二八〇頁。〈†「小冊子」は、『文壇照魔鏡』のことである。〉

24 平出彬「父・平出修のこと」前掲書、五九三頁。

25 古川清彦「平出修、人と作品」『定本　平出修集』四三〇頁。石川啄木「日本無政府主義者陰謀事件経過及び附帯現象」『啄木全集第一〇巻』八七頁、「A LETTER FROM PRISON」『啄木全集　第一〇巻』一〇七―一五四頁、「当用日記」『啄木全集　第十六巻』一三七頁。

26 平出彬「父・平出修のこと」前掲書、六〇四頁。

27 塩田庄兵衛、渡辺順三編『秘録　大逆事件　上』（春秋社、一九五九（昭和三四）年九月）一―二頁。絲屋寿雄『大逆事件』二七八―七九頁。

28 平出禾『戦時下の言論統制　言論統制法規の総合的研究』（中川書房、一九四二（昭和一七）年、一九四四（昭和一九）年再版二〇〇〇部）。

29 石川啄木「日本無政府主義者陰謀事件及び附帯現象」（前掲書）一〇二頁。平出修「大逆事件意見書」『定本　平出修集』三四二頁。

30 William J. Sebald, trans., *The Criminal Code of Japan*, p. 64.

31 「大逆事件意見書」『定本　平出修集』三二七―三四二頁。〈†引用は原文のままではなく、要約されている。〉
32 同前、三四二―三四四頁。
33 「思想発表の自由を論ず」(「太陽」一九一一(明治四四)年二月一日『定本　平出修集』所収)三六八―三七四頁。一九一一(明治四四)年一月四日に執筆された。
34 Tetsuo Najita, *Hara Kei in the Politics of Compromise* 1905-15 (Harvard University Press, 1967), p. 59. 一九二五(大正一四)年には、選挙民は、三〇〇万人から一三〇〇万人に拡大した。
35 「思想発表の自由を論ず」『定本　平出修集』三六八―三七四頁。特に三七二―三七三頁。
36 William J. Sebald trans., *The Criminal Code of Japan*, p. 64. 平出禾「大逆事件をめぐって」『定本　平出修集』四四〇―四四一頁。
37 「平出修年譜」『定本　平出修集』四〇三頁と「平田修作品目録」『定本　平出修集』四四〇―四四一頁。『鷗外全集　第二〇巻』五五一頁以下。
38 平出彬「父・平出修のこと」『定本　平出修集』六〇三頁、『啄木全集　第一〇巻』一二四頁、一二八頁、一三三頁。
39 『定本　平出修集』一九三―二〇六頁、または『現代日本文学全集　第八四巻』三七八―三八六頁。すぐ続いて収録されている『逆徒』の三八六―三九八頁。
40 二番目の(あるいは、最後の?)発禁は、一九二一(大正一〇)年一月号が「軍人の心理」という記事が禁止されるまで、起こらなかった。斎藤昌三『現代筆禍文献大年表』二五九頁参照。
41 伏字の数は一定していない。森山重雄『大逆事件＝文学作家論』二七頁は、「無政府党萬歳」と「無政府主義」を示唆している。
42 『定本　平出修集』三〇七―三二六頁、また、「公判」(「スバル」一九一三(大正二)年二月、『定本　平出修集』所収)二二六―二三七頁。特に二二九―二三〇頁参照。天皇の下僕としての日本の裁判官についてのたいへん皮肉な見解がある。啄木は「A LETTER FROM PRISON : EDITOR'S NOTES」(『啄木全集　第一〇巻』一一八頁)の中で、「文明」の法の必要に対する極端な保守主義者の反論を書きとめている。
43 「発売禁止論」『定本　平出修集』三七五―三八三頁より要約した。〈†引用は原文そのままではなく、要約されている。〉
44 「資料」『定本　平出修集』三八九―三九〇頁、平出禾(『定本　平出修集』)四四二頁参照。

45 石川啄木「当用日記」(『啄木全集 第一〇巻』)一三五頁。

46 河津暹《あきら》「社会主義取締論」(『太陽』一九一〇〔明治四三〕年一一月一日、六八—七二頁)は、たいへんヒステリカルなものである。「女将の観たる現代社会」(『太陽』一九一一〔明治四四〕年二月一五日)一八五頁、浅田江村「逆徒處分の経過を論ず」(『太陽』一九一一〔明治四四〕年二月一日)二六—三二頁。

47 江口渙『わが文学半生記』(一九五三〔昭和二八〕年『日本近代文学大系 第六〇巻』)三八八頁、小田切秀雄「解説」『日本プロレタリア文学大系 第一巻』四〇六—四〇七頁。

第11章 他の文学者の反応

1 Tatsuo Arima, *The Failure of Freedom*, p. 82 ; Jansen, "Changing Japanese Attitudes Toward Modernization," in Marius B. Jansen, ed., *Changing Japanese Attitudes Toward Modernization* (Princeton : Princeton University Press, 1965), p. 80 ; Janet Walker, *The Japanese Novel of the Meiji Period and the Ideal of Individualism* (Preinceton : Princeton University Press, 1979), p. 99.

2 森山は『大逆事件＝文学作家論』二九五頁に、定評ある資料をあげている。また、二九一—二九五頁に最新の目録が載っている。森山より以前のもので、筆者にとって最も役立った目録は、絲屋寿雄『大逆事件』二八八—二九一頁のものである。

3 中野好夫「解説」(岩波文庫版、徳冨健次郎『謀叛論』一九七六〔昭和五一〕年)一二七頁。『明治文学全集 第四二巻』四〇六—四〇七頁。

4 「天皇陛下に願い奉る」(徳冨健次郎『謀叛論』)七—八頁。

5 **Kenneth Strong**, *Footprints in the Snow*, p. 37. 講演の題の読みについては、前記注3引用の版に従った。

6 中野好夫「解説」一二三—一二四頁。

7 徳冨健次郎『謀叛論』九—二四頁。検閲されたテキストは、『蘆花全集 第一九巻』(新潮社、一九二九〔昭和四〕年)三九—五三頁参照。〈†引用は原文そのままではなく、要約されている。〉

8 **Kenneth Strong**, *Footprint in the Snow*, pp . 37-8.

9 「東京朝日新聞」一九一一(明治四四)年二月七日第三面〈†「学者の一研究」〉。

10 **Kenneth Strong**, *Footprints in the Snow*, p. 32.

11 森山重雄『大逆事件＝文学作家論』一二三頁。
12 『近代文学評論大系　第三巻』三二九―三三二頁、四九〇頁。
13 『日本近代文学大系　第二三巻』四七一頁、四七七―四七九頁。
14 同前、四七二頁注一、四七八頁注二、四七一頁注一〇。
15 同前、四七七頁注一三、あるいは五六〇頁注二六八。
16 Donald Keene, "Shiki and Takuboku," in *Landscapes and Portraits*, pp. 169-70.
17 しばしば引用される一九一一（明治四四）年二月六日の書簡に出ている。『啄木全集　第一二巻』一七六―一八〇頁。
18 『日本近代文学大系　第二三巻』九五頁。この歌は、一九一〇（明治四三）年九月九日に作られた。
19 同前、七六頁。（歌集初出か）Carl Sesar, *Takuboku : Poems to Eat*（Tokyo and Palo Alto : Kodansha International, 1966）, p.50. に英訳されている。
20 同前、一五九頁。この歌は、一九一〇（明治四三）年七月二七日に作られた。「朝日新聞」一九一〇（明治四三）年八月七日に、違った形のものが載っている。
21 同前、一六〇頁。この歌は、一九一〇（明治四三）年九月九日に作られた。
22 同前、八七頁。この歌は、一九一〇（明治四三）年九月九日に作られた。
23 『啄木全集　第一巻』一九八頁。
24 同前。
25 以下の議論は、今井泰子が『日本近代文学大系　第二三巻』に付した、すぐれた注釈に負うところが多い。現在「呼子と口笛」に含まれている一連の詩の本文成立の経緯については、『日本近代文学大系　第二三巻』五四九頁注二三六参照。「呼子と口笛」の表題で啄木は、一まとまりの詩編を編もうとしていたが、自らの編集決定によって、断念した。「呼子」については『啄木全集　第三巻』一七八頁、一八三頁参照。森山重雄『大逆事件＝文学作家論』五六―五九頁は、これらの詩においては、啄木が「心理劇」に身を委ねているという、今井の懐疑的な読みに賛成していない。しかし、啄木の詩を好んだ左翼の活動家についての森山の長たらしい目録は、要点をはずしている。
26 『日本近代文学大系　第二三巻』四〇六―四一四頁。
27 同前、四〇九頁注9。『啄木全集　第一二巻』一七八頁。

28 『啄木全集　第一二巻』一六六―一六七頁。

29 岩城之徳「解説」『日本近代文学大系　第二三巻』三七―三九頁。

30 Donald Keene, "Shiki and Takuboku," *Landscapes and Portraits*, p. 169.

31 Lionel Trilling, The *Liberal Imagination*（New York : Charles Scribners' Sons, 1976）, p. 7.

32 *Ibid*., p. viii.

33 *Ibid*.

34 「弓町より　食ふべき詩」「朝日新聞」一九〇九（明治四二）年一一月三〇日～一二月七日。『啄木全集　第九巻』一四八頁。
Carl Sesar, *Takuboku : Poems to Eat*, p.15. に英訳されている。

35 『日本近代文学大系　第二三巻』五九頁。*Ibid*., p.32.

36 同前、五九頁。*Ibid*., p. 33.

37 同前、一四〇頁。*Ibid*., p. 77.

38 同前、二〇六頁。*Ibid*., p. 130.

39 同前、一六三頁。*Ibid*., p. 83.

40 同前、一八八頁。*Ibid*., p. 118.

41 Lionel Trilling, *The Liberal Imagination*, p. 15.

42 『近代文学評論大系　第三巻』三九一頁。

43 森山重雄『大逆事件＝文学作家論』二八八―二八九頁。

44 森山重雄『大逆事件＝文学作家論』二一三頁は、寒村の創作活動が、結局、「近代思想」（第11章の二四七頁の割注でふれた雑誌）の廃刊をもって終わったと述べている。

45 正宗白鳥『文壇五十年』『現代日本文学全集　第九七巻』四一六頁。Trilling, *The Liberal Imagination*, p. 298-99. Allain Robbe-Grillet, *For a New Novel*, trans. Richard Howard（New York : Grove Press, 1965）, p. 141. に「芸術においては、あらかじめ知られているものは何ひとつない」とあるのを参照。

46 森山重雄『大逆事件＝文学作家論』二〇七頁によると、これらの望ましくない人物像は、木下尚江や西川光二郎と重なり合う。

47 『現代日本小説大系　第三〇巻』（河出書房、一九四九〈昭和二四〉年）六七―七三頁。
48 同前、七一頁。
49 「中央公論」（一九一一〈明治四四〉年二月）一一七頁。この作品は新潮社版の旧全集からは洩れていた。
50 そうした大逆事件との繋がりを求めるのは間違いだ、という意見もあるが、発表の時期や全般的な主題は、明らかに事件と関連している。森山重雄『大逆事件＝文学作家論』一四一頁参照。
51 同前、一四一頁。
52 『現代日本文学全集　第三六巻』一九六―二〇七頁。
53 森山がせいぜい指摘できたのは、幸徳が最後に到達した宿命論と、この劇の主人公幸一のそれとが類似する、という点であった。森山重雄『大逆事件＝文学作家論』一四三頁。
54 『啄木全集　第一〇巻』八六―八七頁。
55 『現代日本文学全集　第二一巻』三五六―三六六頁、四二七頁。
56 森山重雄『大逆事件＝文学作家論』一八五―一九八頁。森山重雄は、花袋が一九一七（大正六）年から一九一八（大正七）にかけて、他の作品の中でも、大逆事件に若干言及していることを、論じている。
57 Edward Seidensticker, *Kafū the Scribbler*, pp. 58-61.
58 *Ibid.*, p.58.
59 Donald Keene, *World Within Walls*, p. 434.
60 *Ibid.*
61 『荷風全集　第六巻』三四―三五頁。Seidensticker *Kafū the Scribbler*, p. 61. はこの感動的な一節を英訳しており、そこに引用された一節がある。
62 Keene, *World Within Walls*, p. 436.
63 『荷風全集　第一五巻』一二頁。*Kafū the Scribbler* の訳は「折々」を省略している。森山重雄『大逆事件＝文学作家論』一一四頁に、神崎清による荷風の経験の再編成が載っている。神崎の結論によれば、荷風が警察の馬車を「しばしば（often）」見ることができたのは、一九一〇（明治四三）年一二月の裁判中に限られるはずだ、という。
64 『荷風全集　第一五巻』七―一七頁、一九頁から引用。

65 「小説脚本を通じて観たる現代社会」(「太陽」一九一一(明治四四)年二月一五日)一〇七―一一三頁。または『明治文学全集　第二四巻』二五五―二五九頁。

第12章　完全な膠着状態……文芸委員会

1 江藤淳『漱石とその時代　第1部』(新潮社、一九七〇(昭和四五)年)一四六頁。
2 『漱石全集　第四巻』五二八頁。
3 荒正人『漱石研究年表』三八一―三八二頁。『漱石全集　第一五巻』三四四頁。
4 「博士問題」『漱石全集　第一六巻』六九七頁。
5 「博士問題の成行」『漱石全集　第一六巻』六九九―七〇〇頁。
6 「道楽と職業」『漱石全集　第一一巻』三〇八頁。
7 鷗外の日記の一九一一(明治四四)年二月一八日の記述を参照(『鷗外全集　第二〇巻』五七二頁)。
8 「新文学博士森鷗外氏談」『鷗外全集　第一九巻』五三六―五三七頁。
9 鷗外の日記の一九一一(明治四四)年九月二八日の記述(『鷗外全集　第二〇巻』六一二頁)と、一九一二(明治四五)年一月一四日の記述(『鷗外全集　第二一巻』)参照。そのニュースをもたらしたのは、「文章世界」の編集者田山花袋であった。森於菟『森鷗外』(養徳社、一九四六(昭和二一)年)の口絵にその写真がある。
10 『青年』の六章と七章を参照。
11 大槻健・松村憲一『愛国心教育の史的究明』一五五頁、「教育時論」一九一一(明治四四)年二月五日からの引用。小松原、桂、平田のより詳しい発言については「太陽」(一九一一(明治四四)年五月一五日)四五頁参照〈†「第二十七回帝国議会史」「大逆事件(二)」〉。
12 大槻健・松村憲一『愛国心教育の史的究明』一五六頁。『小松原英太郎君事略』(一九二四年)一一一―一一二頁参照。
13 大槻健・松村憲一『愛国心教育の史的究明』一五六―一五七頁。文部省は委員が現実に会合するはるか以前にそのような方策を立案していた。また、「朝日新聞」一九一一(明治四四)年五月一七日、四面〈†「通俗教育の方法」〉参照。
14 示された以外に、以下の記述は、「朝日新聞」一九一一(明治四四)年五月一八日、三―五面〈†「文芸委員会官制」「文芸委員会委員」「通俗教育会委員」「文芸委員と通俗教育調査委員」「無益の文芸委員三宅雪嶺博士談」「文芸委員会の事業島村抱月談」「文芸委員会の方針福原幹事談」「作家は除きたし坪内逍遙博士談」「文芸委員会懇談会」〉。「朝日新聞」一九一一（明治四四）年五月二〇日、二面〈†「文芸委員会設置理由」〉。「朝日新聞」一九一一（明治四四）年五月二四日、五面〈†「文芸委員晩餐会」〉。及び「国民新聞」一九一一（明治四四）年五月二四日、三面〈†「文芸委員招待会」〉。詳細は印刷局編『法令全書』（一九一一（明治四四）年）一八四、一八五、一三〇四、二四七頁によって確かめた。そこには、（単に通称ではなく）委員会の公式名称が文芸委員会であったことが示されている。

15　『定本　平出修集』五九六頁。

16　たとえば、『近代文学評論大系　第三巻』四〇四―四〇六頁参照〈†「文芸取締問題と芸術院島村抱月談」（「太陽」一九〇九（明治四二）年一月）〉。

17　その他の委員は、藤代禎輔、伊原青々園、足立北鷗であった。

18　福原の談話「大文学大思想の振興」（「日本及日本人」一九一一（明治四四）年六月一日）一三〇頁。

19　抱月の談話「文芸院将来の困難」（「日本及日本人」一九一一（明治四四）年六月一日）一三三頁。〈†「もう一つの半公式的見解」は、「朝日新聞」一九一一（明治四四）年五月一八日、五面の「文芸委員と通俗教育委員」からの引用。「面白い」は、同日同頁の抱月の「文芸委員会の事業」という談話からの引用。〉

20　水野葉舟「手簡数通」（「中央公論」一九一一（明治四四）年六月）九四頁。「文芸雑事」（「日本及日本人」一九一一（明治四四）年六月一日）八一頁。徳田秋声「審査さるる必要無し」同前、一三二―一三三頁。樋口龍峡「坑儒主義の連中」同前、一三四頁。〈†坪内逍遙の発言は、「朝日新聞」一九一一（明治四四）年五月一八日、五面の「作家は除きたし」からの引用。〉

21　『漱石全集　第一一巻』二七四―二八一頁の随所。

22　以下の記述は「朝日新聞」一九一一（明治四四）年五月二四日、五面〈†「文芸委員晩餐会」〉。「朝日新聞」一九一一（明治四四）年五月三〇日、四面〈†「文芸院問答」〉。「朝日新聞」一九一一（明治四四）年六月二日、四面〈†「文芸奨励の真意」〉。「国民新聞」一九一一（明治四四）年五月二四日、三面〈†「文芸委員招待会」〉の記事に基づいている。

23　**G. B. Sansom, *Japan : A Short Cultural History*, p. 494.**

24　金子筑水「文芸院の設置」（「太陽」一九一一（明治四四）年六月一日）二四頁。*The Taiyo*（July, 1, 1911）p. 11, "The

Institutes of Literature and Art"として英訳されている。

25 徳田秋声「文芸委員会に就て」（『中央公論』一九一一（明治四四）年六月）一〇〇頁。

26 馬場孤蝶「政府の仕事」（『中央公論』一九一一（明治四四）年六月）一〇八頁。

27 紅荳生（筆名）「文芸委員会に対する疑問」（『中央公論』一九一一（明治四四）年六月）一二六頁。

28 樋口龍峡「坑儒主義の連中」（『日本及日本人』一九一一（明治四四）年六月一日）一三四頁。

29 佐藤紅緑「有るもよし無きもよし」（『中央公論』一九一一（明治四四）年六月）一〇三頁。馬場孤蝶「政府の仕事」同前一〇五頁。田山花袋「審査よりも便宜を与へよ」同前、一〇九頁。

30 水野葉舟「手簡数通」（『中央公論』一九一一（明治四四）年六月）九八頁。後藤宙外「作家大団結の必要」（『日本及日本人』一九一一（明治四四）年六月一日）一三五頁。

31 「文芸委員会に就て」（『中央公論』一九一一（明治四四）年六月）九九頁。

32 戸川秋骨「文芸委員会私見」（『中央公論』一九一一（明治四四）年六月）八七頁。上司小剣「何もいふ必要はないが」同前、九二—九三頁。水野葉舟「手簡数通」同前、九四—九五頁。

33 島崎藤村「文芸委員会に対する余の希望」（『中央公論』一九一一（明治四四）年六月）九一—九二頁。森田草平「芸術に協力なし」同前一〇五頁。田山花袋「審査よりも便宜を与へよ」同前一〇九頁。〈†魯庵の発言については六五頁参照。〉

34 正宗白鳥「文芸委員会集合の前日」（『中央公論』一九一一（明治四四）年六月）九〇頁。後藤宙外「育てあげたら立派にならう」同前、一一〇頁。

35 徳田秋声「審査さるる必要無し」（『日本及日本人』一九一一（明治四四）年六月一日）一三二頁。

36 徳田秋声「文芸委員会に就て」（『中央公論』一九一一（明治四四）年六月）九九頁。

37 『朝日新聞』一九一一（明治四四）年六月七日、四面〈†「文芸奨励の方法」「発売禁止と文芸」「一も曖昧二も曖昧某文芸委員の談」〉。『国民新聞』一九一一（明治四四）年六月七日、二面〈†「文芸委員会（第二回）」〉の記事による。

38 戸川秋骨「文芸委員会私見」（『中央公論』一九一一（明治四四）年六月）八八—八九頁。

39 水野葉舟「手簡数通」（『中央公論』一九一一（明治四四）年六月）九四—九八頁。

40 以下の記述は、『朝日新聞』一九一一（明治四四）年六月五日、四面〈†「第一回文芸委員会」「文芸審査」〉。『朝日新聞』一九一一（明治四四）年六月九日、四面〈†「文芸懸賞募

集」〉。「朝日新聞」一九一一（明治四四）年六月一〇日、五面〈†「文芸員現物語」〉。「国民新聞」一九一一（明治四四）年六
月四日、一面〈†「文芸委員会に就て島村抱月氏談」〉。「国民新聞」一九一一（明治四四）年六月五日、一面〈†「文芸委員会（第一回）」〉。「国民新聞」一九一一（明治四四）年六月七日、二面〈†「文芸委員会（第二回）」〉の記事による。

41　より正確には、委員たちは、作者の許可なくして、作品を検討しないということに合意した。しかし、これは非現実的であることがわかった。

42　「鷗外日記」一九一一（明治四四）年六月四日を参照。『鷗外全集　第二〇巻』五九二頁。

43　「国民新聞」一九一二（明治四五）年三月五日、四面〈†「選奨すべき作物無し」「一篇の選奨作の無いのは遺憾だ　佐々醒雪氏の談」「多数者必ずしも勝ず　大町桂月氏の談」〉。

44　『鷗外全集　第二〇巻』五九三頁参照。「朝日新聞」一九一一（明治四四）年七月五日、四面〈†「第二回文芸委員会」〉。

45　『近代文芸筆禍史』二二頁、五七―五八頁。〈†発禁処分にされたのは『諸国童謡大全』（童謡研究会編、春陽堂）である。〉

46　「朝日新聞」一九一一（明治四四）年七月五日、四面〈†「第三回文芸委員会」「文士優待見合」〉。「国民新聞」一九一一（明治四四）年七月五日、三面〈†「文芸委員会総会」〉。島村抱月「国家が捧げる香奠」（『抱月全集　第二巻』三四五―三四八頁）。

47　「朝日新聞」一九一一（明治四四）年九月一八日、四面〈†「文芸委員会」〉。「国民新聞」一九一一（明治四四）年九月一八日、一面の記事〈†「文芸委員会開会」〉を参照。

48　鷗外日記一九一二（明治四五）年一月一三日（『鷗外全集　第二一巻』五頁）、「文芸委員会予選作物について」（「中央公論」一九一二（明治四五）年四月）二四三―二四五頁、「朝日新聞」一九一一（明治四四）年一二月四日、四面〈†「文芸委員会」〉を参照。

49　三井甲之「文芸時評」「日本及日本人」一九一〇（明治四三）年七月一日、八五頁。

50　浄玻璃童子（筆名）「問題の人、床次と福原」（「日本及日本人」一九一二（明治四五）年四月一日）四五頁。

51　「朝日新聞」一九一二（明治四五）年三月四日、五面〈†「選奨作品無し」〉。「朝日新聞」一九一二（明治四五）年三月五日、五面〈†「文芸委員会の表裏」〉。「国民新聞」一九一二（明治四五）年三月五日、四面〈†「選奨すべき作物無し」〉。今井泰子「明治末文壇の一鳥瞰図」四八頁。今井のこの見出しにくい論文は、文芸委員会について私が出会った唯一の真摯な研究である。今井もまた、私が使った新聞記事に多くを負っている。しかし、文芸委員会の前身（第8章一四九頁の割注参照）と漱石の批評に集中していて、当時の他の作家はほとんど認めていない。

52 「やっと安心」『漱石全集　第一六巻』九五九頁〈†初出は、「読売新聞」一九一二（明治四五）年三月四日〉。
53 「文芸委員会」（「読売新聞」一九一二（明治四五）年四月七日）『藤村全集　第六巻』一四九―一五〇頁。「芸術の保護」（日付不詳）『藤村全集　第六巻』一七五頁。
54 Nakahara「時評　文芸委員会の選奨」（「太陽」一九一二（明治四五）年四月一日）三五頁。
55 「文芸雑事」「日本及日本人」（一九一二（明治四五）年三月一五日）九二頁。
56 「朝日新聞」（一九一二（明治四五）年四月二六日）四面〈†「文芸委員怠慢」〉。
57 「朝日新聞」（一九一二（明治四五）年五月二日）二面〈†「文芸選奨法改善　森氏の意見」〉。
58 「朝日新聞」（一九一二（明治四五）年五月五日）四面〈†「文部の整理」〉。
59 「朝日新聞」（一九一二（明治四五）年五月二九日〈†「文芸委員会混沌」〉。
60 「鷗外日記」一九一三（大正二）年五月二日、六日『鷗外全集　第二一巻』一〇〇頁。
61 金子筑水「ファウストの邦語訳」（「太陽」一九一三（大正二）年五月一日）一五頁。
62 「朝日新聞」一九一三（大正二）年六月一四日、一五日、二面〈†「制度整理発表」〉。「教育時論」一九一三（大正二）年六月一五日、三三頁、一九一三（大正二）年六月二五日、五五頁。「太陽」「日本及日本人」「中央公論」には記事はない。
63 「教育時論」一九一三（大正二）年六月二五日、三五頁。
64 『漱石全集　第六巻』一〇九頁、一一四頁。Edwin McClellan の訳（Chicago : Henry Regnery）八八頁、九一頁。
65 『漱石全集　第六巻』二八五頁、二八六頁。McClellan 訳では、二四五―二四六頁。
66 「天長節に就て」（「太陽」一九一〇（明治四三）年一一月一日）二九―三五頁。
67 **John Whitney Hall, *A Monarch for Modern Japan* p. 26.** は、この儀式を、新帝が太陽神の力と「結合」して、神となるものと説明している。
68 日本学術振興会訳 *Manyōshū 2* : 199〈†『国歌大観』番号〉の冒頭から借りた。*The Manyōshū*（New York : Columbia University Press 1969）, p. 39. 参照。〈†「朝日新聞」一九一二（明治四五）年七月三一日、二面の「哀辞」の冒頭である。〉
69 以下の記述は、主に「朝日新聞」一九一三（大正二）年九月一二日、一三日、一四日の記事に基づいている。天皇の葬儀は、伝統的な禁忌に従って夜間に行われた。
70 一九一二（明治四五・大正元）年では、おおよそ、七六万三千ドルにあたる。合衆国労働省の一九七八年の *Handbook of*

Labor Statistics, p. 379. によって一九八〇年の価値を推定した。

71 「朝日新聞」一九一三（大正二）年九月一四日、三面〈†「霊轜宮城を出で給ふ」〉。

72 Robert Jay Lifton, Shūichi Katō, and Michael R. Reich, *Six Lives / Six Deaths*, p. 60.

73 「朝日新聞」一九一三（大正二）年九月一四日、四面〈†「乃木大将自殺に就て」〉。この記事の筆者は、境野黄洋といって、仏教学者で朝日新聞社の嘱託であった。この記事は、大濱徹也『乃木希典』（雄山閣、一九六七〔昭和四二〕年）二〇七―二〇八頁に引用されている。また、当時の反応についての研究は、この注目すべき書物（この本は、リフトンらの本の主な情報源である）の二〇四―二六九頁を参照。

第13章　概観・明治以降における思想統制と検閲

1 Mitchell, Richard H., *Tbought Control in Prewar Japan*, p. 139, 134.

2 *Ibid*., p. 168.

3 *Ibid*., p. 146.

4 *Ibid*., p. 127. p. 170.

5 *Ibid*., p. 135.

6 *Ibid*., p. 139.

7 *Ibid*., n. 48.

8 *Ibid*., p. 98.〈†検事坂本英雄「思想的犯罪に対する研究」（「司法研究」八輯六号、一九二六〔昭和三〕年一二月）六五九―六六〇頁〉

9 日本の思想統制と他の国のそれと比較については、*Ibid*., p.190-92 を参照。

10 Robert B. Radin, "Law and the Control of Popular Violence in Japan," unpublished paper (Harvard University, 1979).

11 Mitchell, Richard H., *Thought Control of Prewar Japan*, p. 58. 総務省選挙部「目で見る投票率」（二〇一〇〔平成二二〕年三月）によれば、有権者数は三二八万人から一二四〇万人となっている。

12 *Ibid*., p. 28.

13 *Ibid.*, pp. 38-68. 引用は p. 66.
14 John K. Fairbank et al., *East Asia*. pp. 581-82.
15 由井正臣、寺沢史郎、北河賢三・豊沢肇『出版警察関係資料・解説総目次』（不二出版 一九八三〔昭和五八〕年）一四一—一五頁。
16 Richard,H.Mitchell, *Thought Controol in Prewar Japan*, pp. 195-196. Okudaira, "Political Censorship,", p. 38.
17 『覚書 昭和出版弾圧小史』一五—一七頁。
18 『日本近代文学大系 第四巻』二八〇—二八二頁。Edward Seidensticker, *Kafū the Scribbler*, p. 79.

第14章 大正時代の谷崎

1 『谷崎潤一郎全集 第三巻』二七—三九頁、「月報 三」一二頁。
2 前者は、一九一〇〔明治四三〕年に谷崎とともに雑誌「新思潮」を創刊した青年の一人の幾分虚構化された文学生活、性生活の物語である。この作品は、谷崎の特別な作家仲間の一人の記念的な人物像、そしてたぶん当時の文学者生活を垣間見たものとして以外はほとんど価値がない。谷崎は、戦後削除した文章をあえて復活しようとはしなかった。『美男』も一友人の似たような人物像である。谷崎はこの作品に実名で登場し、話の筋は時間を追った実話でまとまりがない。主人公が誘惑した数多くの女たちが味わった苦悩を扱い、主人公のことでつかみ合いの喧嘩をする女たちの生々しい描写に溢れているため、検閲官たちの不安が手にとるようにわかる。彼に手込めにされた女の一人が政府高官の娘であればなおさらである。『谷崎潤一郎全集 第四巻』九三—一五三頁、「月報 四」一二頁。
3 『人魚の嘆き』の単行本は一九一七〔大正六〕年に発禁処分を受けたが、これは過度に生々しい一枚の挿し絵によるものであったようだ。『谷崎潤一郎全集 第三巻』「月報四」三、一二頁。〈†「大正六年四月刊『人魚の嘆き』は、名越国三郎の挿画四枚のうち『魔術師』と『鶯姫』の挿画二枚のため発売禁止になったといわれる。」という解題の記述がある。〉『人魚の嘆き』『魔術師』の合本（春陽堂、一九一九〔大正六〕年）は、とりわけふくよかな人魚のあらわな胸が描かれていたが、弾圧は受けなかったようである。
4 『谷崎潤一郎全集 第一〇巻』三三頁。

5 「『痴人の愛』の作者より読者へ」『谷崎潤一郎集　第二三巻』八〇頁、野村尚吾『伝記　谷崎潤一郎』二九七頁に引用。また同書、二九五―二九九頁参照。
6 『谷崎潤一郎全集　第一〇巻』四七一―四七二頁。
7 『明治大正文学全集　谷崎潤一郎集　第三五巻』（春陽堂、一九一八〔大正七〕年）五二九頁、五三二頁、五四九―五五〇頁。の伏せ字の箇所とこれらに該当する『谷崎潤一郎　第一〇巻』四四八頁、四五三頁、四七九―四八一頁。を比較せよ。
8 「『まんじ』について」『谷崎潤一郎全集　第二三巻』一九七頁。
9 小田切秀雄『続発禁作品集』一八三―一八四頁〈†警視庁令第二十五号第七十九号「興行物及興行取締規則」〉。
10 『谷崎潤一郎全集　第二巻』二二三―七四頁。
11 『谷崎潤一郎全集　第四巻』七六頁。
12 「明治大正文学全集　谷崎潤一郎編解説」『谷崎潤一郎全集　第二三巻』一〇七頁。
13 『谷崎潤一郎全集　第四巻』七〇頁。『明治大正文学全集　第三五巻』三二〇頁参照。
14 『谷崎潤一郎全集　第四巻』四三頁。
15 「発売禁止について」『谷崎潤一郎全集　第二二巻』三三一―三三三頁。
16 Morris L. Ernst and Alan U. Schwartz, *Censorship*, p. 107.
17 『谷崎潤一郎全集　第七巻』四八三―五一八頁。
18 「『永遠の偶像』の上演禁止」『谷崎潤一郎全集　第二二巻』一三五―一四一頁。
19 「脚本検閲についての注文」『谷崎潤一郎全集　第二二巻』一四二―一四四頁。
20 藤村作編『日本文学大辞典　第二巻』九九二頁。

第15章　昭和の出版ブームと文芸懇話会

1 市古貞司『日本文学全史　第五巻』五八五―五八六頁。
2 『日本文学の歴史　第一二巻』第一一頁。このシリーズより古いシリーズがなかったわけではない。『現代日本文学全集別巻二』四四三頁、『日本近代文学大事典　第六巻』一一―六八頁参照。

3 紅野敏郎他著『昭和の文学』（有斐閣、一九七二〔昭和四七〕年）五一頁。平野謙「現代日本文学史・昭和」（『現代日本文学全集別巻一』）三六二頁。

4 瀬沼茂樹『本の百年史』（出版ニュース社、一九六五〔昭和三〇〕年）一七二頁、一七五頁。『出版警察概観　第三巻』（一九三五〔昭和一〇〕年）二一三頁。

5 『日本文学の歴史　第一二巻』六五頁。

6 瀬沼茂樹『本の百年史』一八七頁。

7 『現代日本文学全集　第九七巻』四一一頁。

8 山田清三郎『プロレタリア文学史　第二巻』二六九頁。

9 三枝重雄『言論昭和史』二二頁。

10 「朝日新聞」一九二八〔昭和三〕年一月一日、五面。「朝日新聞」一九二八〔昭和三〕年一月二七日、六面〈†「輿論は眠つては居なかつた――現行検閲制度反対運動に当面して――田中純一郎」〉。

11 小田切秀雄『発禁作品集』（一九五七〔昭和三二〕年）二七〇―二七三頁、二七八頁、二八四頁、二八六―二八九頁。パンフレットの全文「吾々は如何なる検閲制度の下に晒されてゐるか?」二六九―二九三頁。

12 Okudaira, "political Censorship,", p. 68.

13 小田切秀雄『発禁作品集』（一九五七〔昭和三二〕年）二七〇―二七三頁、二七八頁、二八四頁、二八六―二八九頁。検閲手数料は、フィルム三メートル毎に五銭であった。

14 『日本の歴史　第二四巻』四五一―四五九頁、四六二―四六三頁。John Fairbank et. al., East Asia, p. 522.

15 『岩波講座日本歴史　第二〇巻』（岩波書店、一九七二〔昭和四七〕年）三二七―三二八頁。G. T. Shea, *Leftwing Literature in Japan* (Tokyo : Hosei University Press, 1965), pp. 229-30.「朝日新聞」一九三二〔昭和七〕年六月二〇日、七面〈†「プロ文化大会に弾圧遂に流血の惨」〉によると、コップの集会の参加者一九八人が逮捕され、その際の警察官三〇〇人の暴力的な取締りが、収拾のつかない流血をひきおこしたことが報じられている。

16 Richard. H. Mitchell, *Thought Control in Prewar Japan*, p. 119.

17 山田清三郎『プロレタリア文学史　第二巻』三四八頁。

18 戸坂潤「検閲家の思想と風俗」（一九三六〔昭和一一〕年）『戸坂潤全集　第五巻』（勁草書房）七七―八〇頁。

19 「朝日新聞」一九三四（昭和九）年八月三〇日、一一面。記事は文部大臣を笑いものにしている〈†「パパ、ママとは何事ぢやあ！」〉。
20 松本学『文化と政治』（刀江書院、一九三九〔昭和一四〕年）六一―六三頁。
21 同前、一五五―一五九頁。『日本近代文学大事典　第四巻』一一三頁。
22 以下の検討は、主として榎本隆司によって書かれた四つの重なりあった研究、①「文芸懇話会　文芸統制の一過程」一五―三三頁、②「文芸懇話会　その成立事情と問題点」二二七―二三五頁、③「文芸懇話会と大衆作家の動き」六二八―六三三頁、④「文化の大衆化問題と国家主義傾向」一―三二頁に基づいている。以下「榎本①」のように表記する。榎本④、一七―一八頁参照。
23 榎本④、二〇頁。大演習を見ていた作家たちについての記事は、「朝日新聞」一九三二（昭和七）年一一月二日、七面にある〈†「ファッシヨ文学強化直木氏等が大演習へ」〉。文学におけるファシズムに関しては、徳田秋声、近松秋江、新居格、白井喬二、吉川英治、三上於菟吉、千葉亀雄らの座談会「ファッショとファシズム文芸に就いて」（「新潮」一九三二〔昭和七〕年四月）一二五―一四六頁を参照。
24 『日本の歴史　第二四巻』三六五―三六七頁。『日本近代文学大事典　第四巻』二一五頁。
25 榎本②、二三七頁。
26 「帝国文芸院の計画批判」「読売新聞」一九三四（昭和九）年一月二七日、榎本②の二二七頁に引用されている。
27 「文芸院について」「朝日新聞」一九三四（昭和九）年二月二日、三日、九面。
28 「如何なる文芸院ぞ」『秋声全集　第一五巻』（非凡閣、一九三六〔昭和一一〕年）、二三二頁。
29 広津和郎『続年月のあしおと』『群像』一九六四（昭和三九）年一一月、一九二頁。
30 同書、一九三頁。
31 榎本②、二三三頁。広津和郎「続年月のあしおと」（前掲書）一九三頁。
32 榎本②、二三一頁。
33 中野重治「文芸統制の問題について」『中野重治全集　第七巻』（筑摩書房、一九五九〔昭和三四〕年）二四二頁。
34 内務省警保局編『出版警察資料　第三巻』（一九三五〔昭和一〇〕年八月）一―三〇頁、Japan Naimusyou, *Syuppan Keisatu Shiryō*, 1923 -38, 4 reels（Library of Congress Microfilm, Orien Japan 0107）, Reel no. 2. 第二リールの要約は、『出版警察概観　第

三巻』（一九三五〔昭和一〇〕年、復刻版、龍溪書舎、一九八一年）一七六―一七八頁にある。

35 榎本②、二三五頁。

36 「文芸懇話会」（一九三五〔昭和一〇〕年一〇月『文藝春秋』）、『川端康成全集 第一八巻』（新潮社、一九六九〔昭和四四〕年）三一七頁所収。

37 和泉あき編「戦争下の文化 文学関係統制とその反応」『文学』（一九五八〔昭和三三〕年四月）五一六―五三八頁。これは、一九三七〔昭和一二〕年から一九四五〔昭和二〇〕年の間にとられた文化統制のための対策を列挙した、小さな活字でぎっしり詰め込んだ二二頁からなる年表である。

第16章 軍部と特高警察に引き継がれて

1 三枝重雄『言論昭和史』（日本評論社、一九五八〔昭和三三〕年）四―五頁。奥平康弘「検閲制度」一八七頁。

2 Okudaira, "Political Censorship," p. 25.

3 省略〈†英文読者のために日本語の読みを示したもの〉。

4 この部分のもとは、畑中繁雄『覚書 昭和出版弾圧小史』特に二二―二三頁にある。

5 畑中繁雄『覚書 昭和出版弾圧小史』二三頁、Okudaira, "Political Censorship," p. 27.

6 一九四二〔昭和一七〕年には、二つの右翼の雑誌が加わり、名前は六社会に変わった。六社会は、「日本評論」「改造」「文藝春秋」が、一九四四〔昭和一九〕年に一般雑誌の範囲から除かれるまで続いた。畑中繁雄『覚書 昭和出版弾圧小史』八四頁。

7 畑中『覚書 昭和出版弾圧小史』二四―二五頁、二九頁。

8 畑中、同前、三六頁。

9 「源氏物語序」『谷崎潤一郎全集 第二三巻』（一九六六〔昭和四一〕年、中央公論社）一六六―一六七頁〈†一九三六〔昭和一一〕年八月「改造」〉。

10 「源氏物語新譯序」『谷崎潤一郎全集 第二三巻』二五三頁〈†一九五一〔昭和六〕年四月「中央公論」〉。

11 畑中、前掲書、四七頁。

12 「あの頃のこと（山田孝雄追悼）」『谷崎潤一郎全集　第二三巻』三五六―三五八頁〈†一九五九年（昭和三四）年一一月稿〉。
13 畑中、前掲書、一八七頁。
14 同前、一二六頁。
15 Donald Keene, "The Barren Years," *Monumenta Nipponica* 33. no. 1（Spring1978）: 94-95.
16 漫画家として著名な岡本一平は、作家岡本かの子の夫であった。
17 畑中、前掲書、八七頁。
18 同前、六六頁。
19 同前、八九頁。
20 同前、四六頁、九八頁、一三〇頁。
21 私的に刊行された雑誌については、Saburō Ienaga, *The Pacific War*, p. 209.
22 「『細雪』を書いたころ」『谷崎潤一郎全集　第二三巻』三六四―三六五頁〈†一九六一（昭和三六）年六月「朝日ソノラマ」〉。
23 同前、三六五頁。
24 吉田精一『自然主義の研究　下巻』）七七三―七七七頁。〈†言及されているのは、瀬沼茂樹『島崎藤村』（一九五三年、塙書房）の『東方の門』の未完が、藤村にとって、かならずしも不幸であったとはいへない」という見解である。〉
25 畑中、前掲書、一六六頁。
26 同前、一六八頁。
27 同前、九〇頁、一六六頁。
28 畑中繁雄は、誤ってこれを五月号としている（同書、一六八頁）が、これは事件の順序を混乱させるものである。杉本少佐は、五月の会合では、雑誌連載中止の決定を知らなかった。
29 Donald Keene, "Japanese Writers and the Greater East Asia War," p. 313. 完全なテキストについては『日本の歴史　第二五巻』三二四頁参照。
30 畑中、前掲書、一六八―一六九頁。
31 「細雪上巻原稿第十九章後書」『谷崎潤一郎全集　第二三巻』一九一頁〈†一九四三（昭和一八）年執筆〉。
32 「『細雪』回顧」『谷崎潤一郎全集　第二三巻』三六二頁〈†一九四八（昭和二三）年一一月「作品」二号〉。

33 谷崎「嶋中君と私」『谷崎潤一郎全集　第二二巻』三六九頁〈†一九四九（昭和二四）年三月「中央公論」〉。Keene, "Japanese Writers and the Greater East Asia War", p. 314. 当時の谷崎の気前の良い金銭の都合の詳細については、野村尚吾『伝記谷崎潤一郎』四一九頁。

34 一九四四（昭和一九）年七月二九日付谷崎書簡『谷崎潤一郎全集　第二四巻』四一七頁。

35 志賀直哉『志賀直哉対話集』一四—一五頁。

36 谷崎「『細雪』瑣談」『谷崎潤一郎全集　第二三巻』二三九頁〈†一九四九（昭和二四）年四月「週刊朝日」春季増刊号〉。

37 畑中繁雄『覚書　昭和出版弾圧小史』九一—九八頁。

38 同前、八九頁。

39 続く記述は、主に、畑中、前掲書、一八九—二八五頁に基づいている。

40 この写真は、『日本の歴史　第二五巻』三二五頁に見出すことができる。

41 畑中、前掲書、一九六—一九七頁、一九九—二〇一頁、二七四—二七八頁。

42 同前、二四六頁。

43 同前、二七九—二八〇頁。

44 同前、二七九頁。

45 同前、四〇—四一頁。

46 同前、四三頁。

47 同前、四四頁、七九頁。

48 Okudaira, "Political Censorship,", p. 36. 畑中、前掲書、四五—四六頁、一三二頁。

49 畑中、前掲書、四一—四二頁、一〇二—一〇三頁。

50 同前、一二二頁、一三四頁。

51 特に、"Japanese Writers and the Greater East Asia War" に早くに言及されている。

52 Keene, "Japanese Writers and the Greater East Asia War," pp. 300, 301-02.

53 Saburo Ienaga, *The Pacific War*, pp. 208, 223.

54 Keene, "Japanese Writers and the Greater East Asia War", p. 301.

55 *Ibid*., p.315.
56 荷風の日記の一九四四（昭和一九）年四月四日の記載『荷風全集　第二三巻』四三四号。
57 谷崎「疎開日記」『谷崎潤一郎全集　第一六巻』三一九―三二三頁。一九四六（昭和二一）年から一九五〇（昭和二五）年に書かれた。
58 同前、三八九―三九一頁。荷風の日記、一九四五（昭和二〇）年八月一五日の記述、『荷風全集　第二四巻』六四頁。
59 志賀直哉『志賀直哉対話集』二二頁。Keene, "Japanese Writers and the Greater East Asia War," p. 313.
60 Ienaga, *The Pacific War*, p. 204.
61 平野謙「日本文学報国会の成立」『文学』一九六一（昭和三六）年五月、四四六頁。
62 同前、四四七頁。Keene, "Japanese Writers and the Greater East Asia War," p. 308. に引用されているが、出典が混乱している。
63 畑中、前掲書、五六―六〇頁。平野謙「日本文学報国会の成立」四四九頁。法の枠外でブラックリスト作成過程を記録した際の苦労についての見解を知るためには、中島健蔵『回想の文学③』（平凡社、一九七七年）二八七―二九五頁参照。この論文を指摘し、さらに丁寧にこの問題を解説して下さった小田切秀雄教授に感謝する。国際的緊張が高まった時期には、一部の作家たちに対して編集者に禁止令が出され、危機が過ぎると解除されたことは明らかである。
64 Keene, "The Barren Years", p. 103.
65 平野謙「日本文学報国会の成立」四四三頁。『日本近代文学大事典　第四巻』四一八頁。
66 久保田正文「『日本学藝新聞』を読む」（『文学』一九六一〔昭和三六〕年八月）一二〇頁。久保田正文「『文学報国』を読む」（『文学』一九六一〔昭和三六〕年一二月）八五頁。大井広介「文学報国会は無為」（『文学』一九六一〔昭和三六〕年五月）九〇頁。
67 平野謙「日本文学報国会の成立」四四五頁。
68 大井広介「文学報国会は無為」八七頁、九〇頁。
69 『現代日本文学全集　第九七巻』四一六頁〈†正宗白鳥『文壇五十年』〉。
70 久保田正文「『日本学芸新聞』を読む」一一八頁、一二二頁。また、巌谷大士『非常時日本文壇史』（中央公論社、一九五八〔昭和三三〕年）二〇頁、七〇―七五頁を参照。
71 『現代日本文学全集　第九七巻』四二一頁〈†正宗白鳥『文壇五十年』〉。

72 『日本近代文学大事典　第六巻』一二七頁。一万部が印刷された。

73 『谷崎潤一郎全集　第二三巻』一八八頁〈†日本文学報告会編『辻小説集』一九四三（昭和一八）年七月八紘社杉山書店〉。

引用文献目録（アルファベット順）

一、本書で一度だけ引用した作品の大半と、主として読者の便宜のために引用した英訳書は、以下の目録には含めなかった。ごく僅かに引用した作品の中で目録にとどめたものがあるのは、たとえそれほど明確ではないにしても除外した作品に比べて、より大きな影響があったことを示すためである。さらに重視したのは、検閲に関する比較的知られていない主題についての資料である。

一、本目録に取り上げた定期刊行物及び著作集に収録されている個々の論文及び作品は、索引の当該著者の名前のところに示してある。

一、日本語で書かれた著書は『　』、論文・記事等は「　」で示し、英語で書かれた著書はイタリック、論文は"　"を用いてそれぞれ区別した。なお、日本人の著者が英語で書いたものについては、西洋の参考書目標記法に従って著書の性と名の間にコンマを入れた。

一、日本語で書かれたものについては、刊行場所が東京の場合には注の場合と同様、これを省略した。

一、邦訳のあるものは（　）内に示した。

荒正人『漱石研究年表』集英社、一九七四年。

Arima, Tatsuo. *The Failure of Freedom*. Cambridge : Harvard University Press, 1969.

「朝日新聞」。

浅井清「新聞小説の変遷」『国文学　解釈と鑑賞』第二八巻、一一号（一九六三年）八六―九〇頁。

Banned Japanese Publications, 1923-1943. 57 reels, Library of Congress Microfilm, Orien Japan 74.

Bowring, Richard John. *Mori Ōgai and the Modernization of Japanese Culture*. Cambridge : Cambridge University Press, 1979.

「中央公論」。

榎本隆司①「文芸懇話会　文芸統制への一過程」「早稲田大学高等学院研究年誌」六号、早稲田大学、一九六一年、一五―三三頁。

②「文芸懇話会　その設立事情と問題点」「国文学研究」二五号、早稲田大学、一九六二年、二二七―二三五頁。

③「文芸懇話会と大衆作家の動き」「日本文学」第一一巻六号、日本文学協会、一九六二年、六二八―六三三頁。

④「文化の大衆化問題と国家主義偏向(I)」「社会科学討究」四〇号、早稲田大学、一九六九年、一―三二頁。

Ernst, Morris L. and Schwartz, Alan U. *Censorship : The Search for the Obscene*. New York : Macmillan, 1964.

Fairbank, John K; Reischauer, Edwin O. and Craig, Albert M. *East Asia : The Modern Transformation*. Boston : Houghton Mifflin Company, 1965.

Fridell, Wilbur M. "Government Ethics Textbooks in Late Meiji Japan." *Journal of Asian Studies*, 24, no. 4（August 1970）: 823-33.

藤村作編『日本文学大辞典』全四巻、新潮社、一九三四年。

藤原喜代蔵『明治・大正・昭和教育思想学説人物史』全四巻、東亜政経社／日本経国社、一九四二～一九四四年。

『現代日本文学大事典』久松潜一他編、明治書院、一九六五年。

『現代日本文学全集』全一〇〇巻、筑摩書房、一九六七年。

『現代日本小説大系』全六五巻、河出書房、一九四九年。

Goldstein, Sanford, and Shinoda, Seishi. *Tangled Hair*. Lafayette, Indiana : Purdue University Studies, 1971.

Hackett, Roger F. *Yamagata Aritomo in the Rise of Modern Japan, 1838-1922*. Cambridge : Harvard University Press, 1968.

Hall, John Whitney. "A Monarch for Modern Japan." *Political Development in Modern Japan*. Edited by Robert E. Ward. Princeton : Princeton University Press, 1968.

畑中繁雄『覚書　昭和出版弾圧小史』図書出版、一九六五年。

Henderson, Dan Fenno. "Law and Political Modernization in Japan." *Political Development in Modern Japan*. Edited by Robert E. Ward. Princeton : Princeton University Press, 1968.

平野謙「日本文学報国会の成立」「文学」第二九巻五号、一九六一年、一―八頁。
『抱月全集』全八巻、天佑社、一九一九年。
本間久雄『明治文学史』全二巻、東京堂出版、一九六四年。
Huffman, James L. *Politics of the Meiji Press*. Honolulu : University Press of Hawaii, 1980.
Ienaga, Saburō. *The Pacific War*. New York : Pantheon Books, 1978.
市古貞次、他編『日本文学全史』全六巻、学燈社、一九七八年。
今井泰子「明治末文壇の一鳥瞰図」『学園論集』一六号、北海学園大学、一九七〇年、二七―五三頁。
石川啄木『啄木全集』全一七巻、岩波書店、一九五三年。
絲屋寿雄『大逆事件』三一書房、一九七〇年。
Japan Naimushō, *Shuppan Keisatsu shiryō, 1923-1938*. 4 reels. Library of Congress Microfilm, Orien Japan 0107.
城市郎『発禁本百年』桃源社、一九六九年。
『続発禁本』桃源社、一九六五年。
『荷風全集』全二八巻、岩波書店、一九六二年。
Keene, Donald. "The Barren Years." *Monumenta Nipponica* 33, no. 1（1978）: 67-112.
——. "Japanese Literature and Politics in the 1930s." *Journal of Japanese Studies* 2, no.2（Spring 1976）: 225-48.
——. "Japanese Writers and the Greater East Asia War." *Landscapes and Portraits*. Tokyo : Kodansha International, 1971.
——. *Landscapes and Portraits*. Tokyo : Kodansha International, 1971.
——. *World Within Walls*. New York : Holt, Rinehart and Winston, 1976.（徳岡孝夫訳『日本文学史　近世篇』上・下、中央公論社、一九七六年、一九七七年）
『近代文学評論大系』全一〇巻、角川書店、一九七一年。
『近代文芸筆禍史』崇文堂、一九二四年。
「国民新聞」。
今田洋三『江戸の本屋さん』日本放送協会、一九七七年。
Korniki, Peter F. "Nishiki no Ura : An Instance of Censorship and the Structure of a Sharebon." *Monumenta Nipponica* 32, no.2（Summer

1977）: 153-88.

幸徳秋水全集編集委員会編『大逆事件アルバム』明治文献、一九七二年。

久保田正文「文学報国を読む」「文学」第二九巻一二号、一九六一年、七八―八五頁。

同右「日本学芸新聞を読む」「文学」第二九巻八号、一九六一年、一一四―一二一頁。

『国木田独歩全集』全一〇巻、学習研究社、一九六四年。

Lifton, Robert Jay, Katō, Shūichi and Reich, Michael R. *Six Lives / Six Deaths*. New Haven : Yale University Press, 1979.（矢島翠訳『日本人の死生観』上・下、岩波書店、一九七七年）

Mckeon, Richard. Merton, Robert K. and Gellhorn, Walter. *The Freedom to Read*. New York : R. R. Bowker Company, 1957.

McLaren, W. W. "Japanese Government Documents." *Transactions of the Asiatic Society of Japan 42*, no.1（1914）.

Maruyama, Masao. *Thought and Behaviour in Modern Japanese Politics*. London : Oxford University Press, 1969.

松本学『文化と政治』刀江書院、一九三九年。

――. "The Cultural League of Nations/Proposition." パンフレット、日本文化連盟、一九三六年。

松浦総三『占領下の言論弾圧』現代ジャーナリズム出版会、一九七七年。

馬屋原成男『日本文芸発禁史』創元社、一九五二年。

『明治文学全集』全一〇〇巻、筑摩書房、一九六五年。

美土路昌一『明治大正史　言論編』朝日新聞社、一九三〇年。

美作太郎、藤田親昌、渡辺潔『横浜事件』日本エディタースクール出版部、一九七七年。

Mitchell, Richard H. *Thought Control in Prewar Japan*. Ithaca : Cornell University Press, 1976.（奥平康弘、江橋崇訳『戦前日本の思想統制』日本評論社、一九八〇年）

森潤三郎『鷗外　森林太郎』森北書店、一九四二年。

『森鷗外全集』全九巻　筑摩書房　一九七一年。

森山重雄『大逆事件＝文芸作家論』三一書房、一九八〇年。

「明星」。

永井荷風『荷風全集』の項参照。

内務省警保局編『禁止単行本目録』一九三五年、復刻版（第一巻）、『発禁本関係資料集成』全四巻、湖北社、一九七六年。

中村光夫『明治文学史』筑摩書房、一九六三年。

夏目漱石『漱石全集』の項参照。

久松潜一『日本文学史　近代』至文堂、一九六六年。

『日本文学の歴史』全一二巻、角川書店、一九六七年。

『日本の歴史』全二六巻、中央公論社、一九六七年。

「日本及日本人」。

『日本プロレタリア文学大系』全九巻、三一書房、一九五五～一九七六年。

日本近代文学館編『日本近代文学大事典』全六巻、講談社、一九七七年。

『日本近代文学大系』全六一巻、角川書店、一九六八年。

野村尚吾『伝記　谷崎潤一郎』六興出版、一九七四年。

Notehelfer, F. G. *Kōtoku Shūsui, Portrait of a Japanese Radical.* Cambridge : Cambridge : University Press, 1971.（竹山護夫訳『幸徳秋水――日本の急進主義者の肖像』福村出版、一九八〇年）

『鷗外全集』全三五巻、岩波書店、一九三六年。

小田切秀雄編『発禁作品集』北辰堂、一九五七年。

同右『続発禁作品集』北辰堂、一九五七年。

小田切秀雄、福岡威吉編『増補版　昭和書籍新聞雑誌発禁年表』全三巻、川崎、明治文献資料刊行会、一九八一年。

大井広介「文学報国会は無為」「文学」第二九巻、第五号（一九六一年三月）八七―九一頁。

岡義武「日露戦争後における新しい世代の成長」上・下『思想』五一二号（一九六七年二月）一三七―四九頁。「思想」五一三号（一九六七年三月）三六一―七六頁。

岡野他家雄『近代日本名著解題』有名書房、一九六二年。

岡崎義恵『源氏物語の美』宝文館、一九六〇年。

奥平康弘「検閲制度」『講座　日本近代法発達史』鵜飼信成他編、勁草書房、一九六七年。

Okudaira, Yasuhiro. "Political Censorship in Japan from 1931 to 1945." Mimeographed paper distributed by the Institute of Legal Research,

Law School, University of Pennsylvania（1962）.
小野秀雄『日本新聞史』良書普及会、一九四八年。
大槻健、松村憲一『愛国心教育の史的究明』青木書店、一九七〇年。
Pyle, Kenneth B., "The Technology of Japanese Nationalism : The Local Improvement Movement, 1900-1918." *Journal of Asian Studies 33*, no.1（November 1973）: 51-65.
Rubin, Jay. "Sōseki on Individualism : '*Watakushi no kojinshugi.*'" *Monumenta Nipponica* 34, no.1（Spring 1979）: 21-48.
三枝重雄『言論昭和史』日本評論新社、一九五八年。
斎藤昌三『現代筆禍文献大年表』粋古堂書店、一九三二年。
Sansom, G. B. *Japan : A Short Cultural History*. New York : Appleton-Century Crofts, 1943.（福井利吉郎訳『日本文化史』上・中・下、創元社、一九五一〜一九五二年）
——. *The Western World and Japan*. New York : Alfred A. Knopf, 1958.（金井円訳『西欧世界と日本』筑摩書房、一九六六年）
——. *A History of Japan. 1615-1867*. London : Cresset Press, 1964.
Sebald, William J., trans. *The Criminal Code of Japan*. Kobe : Japan Chronicle Press, 1936.
Seidensticker, Edward, *Kafū the Scribbler*. Stanford : Stanford University Press, 1965.
Sesar, Carl. *Takuboku : Poems to Eat*. Tokyo and Palo Alto : Kodansha International, 1966.
志賀直哉『志賀直哉対話集』大和書房、一九六九年。
『複製版　新思潮』臨川書店、一九六七年。
塩田庄兵衛、渡辺順三編『秘録大逆事件』全二巻、春秋社、一九六一年。
『出版警察概観』内務省警保局編、一九三〇〜一九三五年、復刻版（全三巻）、龍渓書舎、一九八一年。
『出版警察報』一九二六〜一九三三年、復刻版（全一五巻）、龍渓書舎、一九八一年。
Sibley, William F. "Naturalism in Japanese Literature." *Harvard Journal of Asiatic Studies 28*（1968）: 157-69.
Silberman, Bernard S. and Harootunian, H. D., eds. *Japan in Crisis*. Princeton : Princeton University Press, 1974.
『漱石全集』全一七巻、岩波書店、一九七四年。
『大逆事件アルバム』幸徳秋水の項を参照。

「太陽」*The Sun Trade Journal* 及び *The Taiyo* を含む。

『啄木全集』全一七巻、岩波書店、一九五三年。

田山花袋『東京の三十年』前田晁編、角川文庫、一九五五年。

『定本　平出修集』春秋社、一九六五年。

『定本　平出修集（続）』春秋社、一九六九年。

『谷崎潤一郎全集』全二八巻、中央公論社、一九六六年。

「帝国文学」。

徳富健次郎『謀叛論』岩波文庫、一九七六年。

Tokutomi Kenjirō. *Footprints in the Snow*. Translated by Kenneth Strong. New York : Pegasus, 1970.

Trilling, Lionel. *The Liberal Imagination*. New York : Charles Scribner's Sons, 1976.

Wildes, Harry Emerson, *Social Currents in Japan*, Chicago : University of Chicago Press, 1927.

山田清三郎『プロレタリア文学史』全二巻、理論社、一九五四年。

吉田精一『自然主義の研究』全二巻、東京堂出版、一九五五〜一九五八年。

年表

年表に取り上げられた大部分の作品は、内務省によって発売と頒布を禁止されたものである。年表中に取り上げられて括弧内に表示されている作品は発禁にならなかった。英訳されていない作品は、本文では詳しく取り上げなかった。外国の作品は、日本語訳を禁止されたものである。一九一六（大正五）年末までは広く包括的に作品を取り上げて、本文で検討した大正初期の作品の状況を提示した。それ以降は作品を選択した。

出版警察の検閲課が包括的な記録を取り始めたのは、田中内閣（一九二七〔昭和二〕年〜一九二九〔昭和四〕年）が実施した思想統制機構の国家的拡大の一部として予算が倍増された時であった。一九二一（大正一〇）年〜一九三五（昭和一〇）年の正確な検閲の状況は、『出版警察概観』第一巻（一九三〇〔昭和五〕年）三四、三九頁及び、第三巻（一九三五〔昭和一〇〕年）二一〇頁によってつかむことができる。一九四四（昭和一九）年末までの状況については、内務省警保局編『出版警察報』及び、由井正臣・北河賢三・赤澤史郎・豊沢肇編者『出版警察関係資料　解説・総目次』（不二出版、一九八三〔昭和五八〕年）を参照されたい。それ以前の公的な検閲の記録は、不完全で、信憑性がない。一八八八（明治二一）年以降の禁止された書物は、内務省警保局編の『禁止単行本目録』に掲げられている。親切にも和田謹吾教授が一八八八（明治二一）年から一九一九（大正八）年の間の禁止された書籍・雑誌・パンフレットの貴重なリスト、『出版警察資料禁止出版物目録』第一編（一九二〇〔大正九〕年？）のコピーを分け与えてくださった。多少矛盾のある、一九一八（大正七）年から一九二〇（大正九）年の間の状況については、日本内務省『出版警察資料　一九二三―一九三八』（**Japan Naimushō.** *Shuppan Keisatsu siryō, 1923-1938.*）第一リール「出版物の傾向およびその取締状況概略」（一九二三〔大正一二〕年一二月と一九二四〔大正一三〕年一二月）によってつかむことができる。

一八六八（明治元）年	維新政府は明治時代の始まりを宣言。最初の書籍出版布告が発令され、出版には「官許」を求めた。
一八七五（明治八）年	検閲の相当部局が、文部省から内務省に移った。以後、警察の機能を持つことになった。新聞紙条例・讒謗律の規定によって恐怖時代が始まった。改正された出版条例は、「時トシテハ」出版に先だって、草稿の提出を求めることがあるとしている。
一八七六（明治九）年	新聞・雑誌で、国安を害すると認められたものは、内務省に於いて発行を停止、または禁止を命じる布告。成島柳北の『柳橋新誌』は、出版を禁じられた。
一八七八（明治一一）〜 一八八〇（明治一三）年	「毒婦」もの流行。
一八八三（明治一六）年	新聞紙条例は、保証金の供託を求める。「治安ヲ妨害シ又ハ風俗ヲ壊乱スル者ト認ムルトキ」は、内務大臣がその発行を禁止、停止する権限が与えられた。
一八八七（明治二〇）年	新聞紙条例・出版条例ともに改正公布。戦前検閲制度の基礎が固まった。発売に先だって、完成本を提出することになった。
一八八九（明治二二）年	大日本帝国憲法発布。「法律ノ範囲内ニ於テ」言論の自由が保障された。
一八九三（明治二六）年	出版法議会通過。
一八九六（明治二九）年	小栗風葉『寝白粉』。
一八九七（明治三〇）年	議会で新聞紙条例改定。発買頒布の禁止を強化。
一九〇〇（明治三三）年	「明星」一一月号のフランスの裸体画。青柳有美『恋愛文学』。
一九〇一（明治三四）年	内田魯庵『破垣』。正岡藝陽『嗚呼売淫国』。青柳有美『新恋愛文学』。デュマ『椿姫』。
一九〇二（明治三五）年	島崎藤村『旧主人』。（小杉天外『はやり唄』）
一九〇四（明治三七）年	日露戦争開始。（与謝野晶子「君死にたまふこと勿かれ」）
一九〇五（明治三八）年	日露戦争終結。講和条約に対する不満が第一次桂内閣を倒した。田岡嶺雲『壺中観』。
一九〇六（明治三九）年	自然主義の革命始まる。（島崎藤村『破戒』。長谷川天渓「幻滅時代の芸術」）生田葵山『富

一九〇七（明治四〇）年	美子姫』。田岡嶺雲『壺中我観』。 自然主義隆盛。漱石、朝日新聞社入社。（田山花袋『蒲団』。二葉亭四迷『平凡』）生田葵山『虚栄』。田岡嶺雲『霹靂鞭』。『西鶴全集』。『西鶴好色文』。藤村操（偽筆）『煩悶記』。荒畑寒村『谷中村滅亡史』。
一九〇八（明治四一）年	自然主義の出版物激増。七月、第二次桂内閣発足。生田葵山『都会』。小栗風葉『恋ざめ』。白柳秀湖『鉄火雪火』。『モリエール全集』。ゾラ『巴里』。（正宗白鳥『何処へ』。小栗風葉『ぐうたら女』。田山花袋『生』）
一九〇九（明治四二）年	改正新聞紙法議会通過。永井荷風『ふらんす物語』、『歓楽』（『すみだ川』、『監獄署の裏』、『祝盃』）。小栗風葉『姉の妹』。森鷗外『ヰタ・セクスアリス』。森田草平『煤煙』（出版が遅れ、不穏当な箇所が削られた）。徳田秋声『媒介者』。宮崎湖處子『妻君の自白』。後藤宙外『冷涙』。『モーパッサン短編傑作集』（小松原文相への献辞が付いていた）。シェンキェヴィッチ『二人画工』。アンドレーエフとゴーリキーの作品〈†『深淵』『遺伝の罪』〉。
一九一〇（明治四三）年	自然主義の運動崩壊する。大正文学の始まり。六月に大逆事件起こり、翌年一月まで続く。九月の社会主義関連の書物の摘発は、九一件にのぼった。（森鷗外『ファスチエス』、『沈黙の塔』、『食堂』。石川啄木『時代閉塞の現状』、『一握の砂』。谷崎潤一郎『刺青』。正宗白鳥『微光』）木下尚江『火の柱』、『良人の自白』、『乞食』、『飢渇』、『霊か肉か』。水野葉舟『旅舎』、『おみよ』前編、『陰』。小山内薫『笛』、『反故』。田岡嶺雲『病中放浪』。
一九一一（明治四四）年	一二名の「無政府主義者」が一月に処刑された。二月、漱石博士号辞退。五月、文芸委員会設立。第二次西園寺内閣発足。この一年は検閲緩和される。谷崎潤一郎『飈風』。水野葉舟『壁画』。青柳有美『有美全集』。佐藤紅緑『三十八年』。本間久『意外』。（正宗白鳥『危険人物』。徳富蘆花『謀叛論』。木下杢太郎『和泉屋染物店』。夏目漱石『門』、「文芸委員は何をするか」。島崎藤村『家』）
一九一二（明治四五、大正元）年	七月に明治天皇崩御。九月大葬。乃木将軍殉死。明治四五年は、改元して大正元年となる。 一二月に第三次桂内閣発足。（平出修『計画』）岩野泡鳴『発展』。

一九一三（大正二）年　二月、桂内閣総辞職。山本内閣の行政整理のため、六月に文芸委員会解散。平塚らいてう、女性の雑誌「青踏」創刊。女性の運動が始まった途端、検閲の打撃を受ける。平出修『逆徒』。谷崎潤一郎の戯曲『恋を知る頃』が上演禁止される。青柳有美『かくあるべき女』、『性慾哲学』。福田英子「婦人問題の解決」（二月「青踏」）。平塚らいてう「世の夫人達に」（四月「青踏」）、『円窓より』。ゾラ『女優ナナ』。フローベール『マダム、ボワリー』。トルストイの作品。永井荷風『花衣恋笠森』。（『戯作者の死』。荒畑寒村『逃避者』）

一九一四（大正三）年　（田山花袋『トコヨゴヨミ』）フローベール、花袋訳『マダム、ボワリー』新潮社。モーパッサン、秋声訳『ベラミー』日月社、広津和郎訳『女の一生』新潮社版、日月社版。小形青村訳『森の中』。トルストイ、林鷗南訳『闇の力』。

一九一五（大正四）年　永井荷風『夏姿』。谷崎潤一郎『華魁』。原田皐月『獄中の女より男へ』（「青踏」六月）。輿謝野晶子『貞操に対する疑ひ』。

一九一六（大正五）年　谷崎潤一郎『亡友』、『美男』、『恐怖時代』、『異端者の悲しみ』（発行遅延）。吉田絃二郎『副牧師』。中村星湖『人間の友』。諸家「女性の新研究」（「新公論」一月）。宮島資夫『抗夫』。

一九一七（大正六）年　大杉栄『労働運動の哲学』。小山内薫『移り行く恋』、『伯林夜話』。有島生馬『南欧の日』。ボッカチオ、戸川秋骨訳『十日物語』。フローベール、中村星湖訳『ボワリー夫人』。

一九一八（大正七）年　（永井荷風、私家版『腕くらべ』刊行。無削除版は、一九五六年まで入手できなかった。現行の訳 *Geisha in Rivalry*〔Tokyo : Tuttle, 1963〕は、生彩のない削除版からのものである。）志賀直哉『濁った頭』（『或る朝』所収）。里見弴『彼女と青年』。岩野泡鳴『入れ墨師の子』、『青春の頃』。

一九二一（大正一〇）年　（谷崎潤一郎『検閲官』）

一九二三（大正一二）年　九月一日、関東大震災。死者九万人、負傷者一〇万人、六八万戸が全半壊。旧日本と新日本を永久に区分する大災害となった。内務省所蔵の一九二三年以前の発禁本の完全なコレクションは焼失した。一九二三年は、大震災のために検閲数が極度に上昇した。

一九二四（大正一三）年　谷崎潤一郎『痴人の愛』、「大阪朝日新聞」連載中止。

一九二六（大正一五）年	大正天皇崩御。大正一五年は、昭和元年となる。昭和出版ブームが起こる。（谷崎潤一郎『友田と松永の話』）藤森成吉『犠牲』、有島武郎の情死事件を素材にした戯曲で、九月の「改造」には、山本有三や美濃部達吉らの抗議の反応が出た。
一九二七（昭和二）年	内務省警保局内閣制度廃止。検閲制度改正期成同盟ができたが、一九二八年の急進主義者と見なされた者の大量逮捕を乗り切ることはできなかった。
一九二八（昭和三）年	田中内閣、三月一五日に左翼の一斉検挙実施。小林多喜二『一九二八年三月一五日』。
一九二九（昭和四）年	小林多喜二『蟹工船』。
一九三一（昭和六）年	「国家非常時」始まる。満州事変によって、陸軍は、のちに太平洋戦争となる戦いへの本格的一歩を踏み出す。
一九三三（昭和八）年	小林多喜二、特別高等警察によって拷問死する。瀧川事件で、旧自由主義者非難される。
一九三四（昭和九）年	文芸懇話会設立。
一九三五（昭和一〇）年	国体明徴運動始まる。
一九三六（昭和一一）年	内閣情報委員会設立。
一九三七（昭和一二）年	日中戦争によって日本は全面戦争に踏み込む。文芸懇話会は新しい帝国芸術院に服する形で解散。内閣情報委員会は内閣情報部に格上げ。陸軍、四社会をつくり、自由主義的な雑誌を統制。
一九三八（昭和一三）年	石川達三『生きてゐる兵隊』はドナルド・キーンの“The Barren Years”で*Living Soldiers*として論じられる。石川は、中国における日本軍を「殺人、レイプ、狂った略奪狂」として描いたとして告発を受ける（Keene, P. 74）。
一九三九（昭和一四）年	谷崎訳『源氏物語』刊行開始。
一九四〇（昭和一五）年	内閣情報部、内閣情報局に格上げ。日本出版文化協会設立（一九四三年には、「文化」がとれて、日本出版協会となる）。
一九四一（昭和一六）年	紙の配給始まる。丹羽文雄『中年』。徳田秋声『縮図』、内閣情報局が一貫して、ゲラ刷り全体に赤インキで削除命令をつけて戻してきたので、新聞連載中止。

一九四二（昭和一七）年	大日本文学報国会設立。横浜事件始まる。
一九四三（昭和一八）年	日本出版協会、出版界の「整理統合」を実施。「中央公論」の編集者、「自発的に」谷崎潤一郎の『細雪』の連載を中止。大日本文学報国会『辻小説集』刊行。
一九四四（昭和一九）年	「中央公論」「改造」、「自主的休刊」の措置を受け入れる。

解説

小森陽一

ジェイ・ルービン氏の『風俗壊乱　明治国家と文芸の検閲』は、国家による検閲という問題系から照射した、きわめて独自な日本近代文学史である。一八八〇年代の明治国家において作り出された検閲制度がどのように機能したのか、そしてそれと一人一人の文学者がどのように対抗し、あるいは抑圧されたのかが、自然主義文学運動が高揚した日露戦争後の時期を中心に捉えられている。

本書の独自性の第一は、これまでの日本近代文学研究において言及されていなかった系統的な政治史や法制史との関わりにおける、検閲の制度の機能と実態を明らかにしたところにある。検閲制度の機能と実態とは、すなわち意思決定者が誰で、判断基準がどこに置かれ、法による罰則はどの程度であり、文芸作品の販売や配布にどのように影響したかということである。

第二の独自性は、検閲をはじめとする国家による言論統制に、個別の作家がどのように対応したかということと、同時代の文学界の状況との関わりとを、有機的な結び付きにおいて記述したところにある。

第三は、近代天皇制の構築過程において、国家が、また一般の民衆が、「個人主義思想」に対してどのような恐れと、警戒心と、誤解を抱いたかを一つの文化史として叙述したことである。

以下、各章ごとに重要な論点を紹介していくことにする。

＊

第1章「序論」では、明治政府の成立から太平洋戦争にいたるまでの、近代日本の検閲制度史の概要を明らかにし、本書の全体像が概括されている。著者は一八八〇年代を、大日本帝国の諸制度の基盤が確立した時期として重視している。つまり、この時期に、天皇の名における中央集権国家の基礎固めが行われたということである。一八八一（明治一四）年、北海道開拓使官有物払下げ事件に対して、自由民権派の新聞が一斉に反政府キャンペーンを行うことによって、いわゆる「明治一四年の政変」が発生し、明治天皇は九年後に国会開設を約束する「国会開設の詔勅」を出さざるを得ないところまで追い込まれた。つまり、新聞という活字メディアに表れる言論が政府を追い詰め、国家それ自体を危機にさらし得ることを、権力者たちは体験したのである。

これに対する権力側の反撃として、一八八二（明治一五）年に、明治天皇が直接軍人に呼びかける「軍人勅諭」が発せられ、軍が文官支配から独立し、大元帥としての天皇の直轄となる。一八八五（明治一八）年に内閣が最高行政機関として誕生し、一八八七（明治二〇）年に「新聞紙条例」と「出版条例」が生まれ、一八八八（明治二一）年、天皇の最高諮問機関としての枢密院が創設される。新聞や出版といった言論で政府批判を行う民権派の勢力に抑されつつも、天皇を中心とした中央集権的権力機構を作るうえで、言論統制はきわめて重要な位置付けをされていったのである。

その後一八九三（明治二六）年の「出版法」と一九〇九（明治四二年）の「新聞紙法」によって、検閲制度の法体制が体系化されることになる。判定者は内務省警保局検閲課であり、その罰則の要は発売頒布禁止と差押えという財政面からの威嚇であったことを著者は強調している。ここで発表前の事前検閲と、発行者の側に醸成されていった自己検閲の在り方が、本書の重要な論点になっていく。

とりわけ「新聞紙法」をめぐるせめぎ合いが、日露戦争前後の自然主義運動がもたらした、一人の作家が、その作家と気心の知れた多くの読者と接近することができる状況に対する体制側の危機意識との関わりで捉えられていく。その中で特筆されているのが、検閲制度に対抗した内田魯庵、という著者の独自な観点である。そして、このせめぎ合いに対する体制側の強硬手段としての「大逆事件」に焦点があてられていく。

第2章「法」では、江戸時代の出版取締令を歴史的に概観しながら、一八八七（明治二〇）年の「新聞紙条例」と「出版条例」の特質を位置付けている。著者は、徳川時代と明治時代の出版統制をめぐる状況の最大の違いを、新聞の登場だとしている。書籍の統制については徳川時代からの経験の蓄積があったものの、時事的情報を伝える日刊の定期刊行物の統制は、まったく新しい事態であった。

従って、まずは新聞に対する国家統制の体制を確立し、それにならって出版統制の法的体系を作るという形で、「新聞紙条例」と「出版条例」は一体のものとして出されたのである。いずれの条例においても取締りの対象となるのは「治安ヲ妨害シ又ハ風俗ヲ壊乱スルモノト認ムル」、「新聞紙」あるいは「文書図書」であった。「認ムル」という行為の主体は「内務大臣」であり、内務大臣は新聞の「発行」の「禁止若クハ停止」、出版物の「発売頒布」の「禁止」と「刻版及印本ヲ差押エル」権限を持っていた。

この絶対的な権限を持つ、内務省の検閲基準は一切公表されなかった。「治安ヲ妨害」したり「風俗ヲ壊乱」することが、どのようなことであるかは明らかにされなかったために、結果として内務省の権限は絶対的であると同時に無制限なものになってしまった。

著者は、「新聞紙条例」と「出版条例」の各条文を検証したうえで、この二つの条例が表向きは印刷物の事前規制を行わないとして、あたかも、出版の自由を制度化しているかのように見せかけつつ、実際は、発行者に対して財政的な脅威を与えることによって、発行者自身による自主規制と自己検閲を促進させる法体系であったことを明らかにしている。

第3章「伝統的風刺と旧態依然の駄作」では、明治新政府に対し、徹底した風刺による批判的立場を貫いた成島柳北を中心にしながら、明治初年代の表現者と言論統制との攻防が捉えられている。

著者は、明治政府が用意した役職を断り、自ら進んで「無用の人」となり、体制に対する傍観者的批判者の道を選んだ柳北を、近代日本文学史上の多くの文学者の取った立場の嚆矢として位置付けている。

明治初年代の新聞は、漢字を多用した漢文体を中心にして政治的主張を展開する「大新聞」と、平仮名を使用して、世俗の出来事を扱った「小新聞」とに分かれていた。

「大新聞」の一つである「朝野新聞」の社長となった柳北は、在任中一二回の発行停止処分を受けている。彼は、讒謗律をはじめとする明治新政府の言論統制に果敢に立ち向かい続けた、批判的ジャーナリストであったのだ。

「小新聞」の売り物は、挿絵と結び付いた「続き物」という社会的事件に取材した連載記事であった。体制の転換期に発生した幾つかの事件の中で、読者大衆の注目を集めたのは、いわゆる「毒婦」物であった。「鳥追いお松」や「高橋お伝」などの、女性たちの犯した犯罪をめぐる裁判記録を基にした「続き物」は、性や暴力を中心にしていたにもかかわらず、表面的には勧善懲悪的な儒教的道徳を身にまとう身振りをしていたため、検閲の対象にはならなかった。

「毒婦」物のような世俗の犯罪事件に取材した「続き物」ブームが「小新聞」を中心に起きている時、「大新聞」では政治的なアレゴリーを主軸とした「政治小説」の連載が、読者を獲得する媒体として機能していく。

ここから「小説」というジャンルが、日本の近代における、きわめて重要な役割を担うと同時に、国家による言論統制と表現者たちがわたりあう、いわば中心的な言論装置となっていくことになる。

第4章「写実主義の発達……検閲官が注目を開始する」では、二葉亭四迷の『浮雲』から出発した日本近代文学が、ゾラなどの舶来の写実的描写技法を用いた、尾崎紅葉と硯友社の文学に受け継がれたことを指摘しながら、日清戦争から戦後にかけての社会の資本主義的な構造転換を題材にした、「観念小説」、「深刻小説」、「悲惨小説」の系譜について論じられている。

初めての大規模な対外戦争であった日清戦争を通じて、多くの人々が毎日新聞を読むという活字文化の習慣を身に付けていった。戦場が海外である以上、兵士となった自分の身内の消息を確認する方法は、電信で戦場の情報を速報で伝える新聞を読むしかなかった。そして農村で土地を奪われた農民たちが、大量に都市へ流入し、軍需産業で働くようになってもたらされた都市人口の急増は、工場での労働の余暇に活字を読むという、新しい読者層を生み出すことにも繋がっていった。

ここで著者は、戦争がもたらした「大量需要」に対応して、博文館が一八九五（明治二八）年に刊行した文芸誌「文芸倶楽部」に注目する。この雑誌は春陽堂の「新小説」と競合しながら発行部数五万部以上にのばしていった。小説というジャンルが、商業文芸誌を媒体にして、多くの読者を獲得する状況になった段階で、内務省は台頭する写実主義に対して、初めて発禁処分を行使する。その対象となったのが、小栗風葉の『寝白粉』（「文芸倶楽部」一八九六・九）であった。被差別部落出身のため結婚の機会を奪われ続けた姉と、その弟との近親相姦を題材とした小説であった。

次に取り上げられるのが、裸体画の掲載による「明星」（一九〇〇・一一）の発禁処分。合わせて裸体芸術をめぐる芸術家と当局との対抗の歴史が概観されていく。

そして第三に社会問題と関わる小説を意識的に発表した、内田魯庵の『破垣』（「文芸倶楽部」一九〇一・一）をめぐる発禁について言及される。ここで著者は明治社会のアウトサイダーとならざるを得なかった幕府の御家人出身の魯庵が、検閲制度に対してどのように抵抗したかを詳細に論じている。「日本では為政家が独り権を擅《ほしいまま》にし他の階級の者は各自の一家を守る外惣て黙従したる封建の遺習が今でも消えぬから、殊に文芸の士は世外に超然たるを高しとして公生涯に入るを好まない傾向がある」という、著者が引用している魯庵の文章は、検閲制度に立ち向かわない明治の作家たちに対する厳しくかつ正確な批判として機能し続けることになる。

第5章「自然主義の発生」では、日露戦争開戦期の、戦争反対を主張し続けた「平民新聞」に対する他の新聞による批難によって、戦時下において廃刊になる過程から書き起こし、戦時ナショナリズムと結び付いた言論統制の新たな段階について言及している。

そして日露戦争後、「国家の使命に全体的に献身することから解放されたこと」が、個人主義を基盤とする「自然主義運動を文芸上の爆発へと転回させていったように思われる」と著者は指摘している。

これに対し牧野伸顕文部大臣は、同時代の文学を、劣情を喚起し、個人主義的で自由主義的思想を流布し、悲観的な世界観をふりまくとして批判する訓令を出している。

著者のきわめて独自な視点は、「自己を意識する文芸として自然主義が興隆するにつれて、職業としての文学の価値という問い」が重要になったところで、小栗風葉と夏目漱石を同じ代表的職業作家として位置付けると同時に、二人を対照していることである。それは二人の「自然主義革命」に対する態度の違いである。「風葉にとって、この革命はこれまでにないいっそうな写実的な文体で、性について描写しようという誘い水であった」。それに対して「漱石にとっては、この革命は」「諧謔と幻想から方向転換させて、近代の人間と社会についてこのうえなく深い疑惑を生み出させた触媒であった」のだ。

夏目漱石を「自然主義革命」の中において評価することによって、「漱石の近代的精神は、自然主義作家たちが問いかけているのと多くの同じ問いを発しながら、抑制のきいた、ほとんど性的なところのない自己の小説」を「飛び抜けて」「自然主義的な」ものとして「仕立てあげた」と著者は指摘する。

そして、この漱石の小説が「到達」しようとしていたのは、「単なる賞賛者」にとどまらない、同志として見なすべき広範な読者層であったのだ。そのことは、漱石の小説の成功を眼のあたりにした森鷗外が、新しい現代小説のうねりの中に戻ってきたことによって象徴されているのである。

第6章「出版における自然主義の拡大」では一九〇八（明治四一）年二月に行われた生田葵山の『都会』という小

説と、その掲載誌「文芸倶楽部」に対して行われた、見せしめのような裁判をめぐる新聞報道が前半で紹介されている。著者がこの裁判を重視するのは、訴訟を起こした小山松吉検事が、後の大逆事件の捜査主任となり、事件の拡大捏造の中心となり、そのことによって後になって検事総長、司法大臣と権力の中枢に入り、昭和期の思想統制政策を担った人物だったからである。姦通を題材に入れた『都会』という小説の主人公は、実在の政府高官がモデルとなっており、作者の葵山の小説はそれまでに二作が発禁処分となっていたことも、この裁判に新聞メディアが注目した大きな理由となった。

この章の後半では、『都会』裁判の直後に起きた「出歯亀事件」と森田草平と平塚明子（後の雷鳥）の「情死未遂」事件とが、同じ「自然主義」であるかのように、新聞メディアで報道されたため、「自然主義」運動が「風俗壊乱の主謀者」であるかのような不当なゆがめられ方をされて報じられたのである。

この自然主義文学に対する大衆的なバッシングの要因として、それが「国民のごく一部の者」、教育を受けた特権階層だけが読んでいる文学であり、それに対する嫉妬が働いたことに著者は注目している。

新聞読者の多くは新聞に連載されている、文字化された講談の連載の方を読んでいたのだ。講談の方が、はるかに多くの性的表現を含んでいたにもかかわらず、このジャンルが「忠義と愛国主義」の宣伝教化を担っているとして、文部省は講談の製作を奨励する政策を出していた。

第7章「文学と人生、芸術と国家」では、まず一九〇八（明治四一）年二月二九日、『都会』裁判からわずか二日後、「法律新聞」に掲載された、内務省警保局書記官井上孝哉の談話が紹介され、当時の政府の言論弾圧政策の開始について論じられていく。井上は「自然派文学」を「極めて卑猥なる恋愛を説き又肉的事項を記述するもの」として攻撃していた。

こうした国家の側の動きに対して、文学者の側は必ずしも有効な対抗ができたわけではなかった。評論家の長谷川天溪は、国家と対抗するよりは、むしろ和解を求める方向で、国家が「国民の精神的な名誉を高める」方向での「文芸院」の設立を求めていた。著者は、これまでの長谷川天溪に対する評価、すなわち伝統的価値観を批判した先駆的知識人という捉え方を徹底的に懐疑し、「個人主義」や「自我」という観念が、結果として「国体」に回収されてしまったことを指摘する。

田山花袋についても、彼の「傍観的態度」に基づく「平面描写」論などは、現実を与えられたものとして受けとめるという立場であり、現実を批判したり、ましてや変革することを否定したものであることを著者は明らかにしている。『蒲団』や『生』など、花袋の代表作を詳細に検証しながら、著者は石川啄木の花袋批判を媒介にして、花袋が「余りにも性急に作家の批判精神を捨ててしまった」と結論付けている。

つまり国家の価値観が、検閲という形で私的な領域に侵入してくるという観点を、自然主義の評論家も実作者も持ち得なかったのは、文学的実践を国家の使命の一部だと考えてしまう傾向から脱け出すことができなかったからなのである。この章の末尾で、内田魯庵が一九〇八（明治四一）年六月号の「太陽」で、検閲の管轄を内務省から文部省に移せばいいということではない、という発言が紹介されているのは重要だ。小説の発禁処分を喜んでいる国家主義的な学者や教育者に比べれば、「警察」などこわくはないという魯庵の指摘は、国家が個人の私的な精神領域に踏み込んでくることとして、検閲の問題を捉えていたことを示している。

第8章「政府の右傾化」では、西園寺公望の自由主義的な政策に危機感を抱いた山県有朋が、一九〇八（明治四一）年六月二二日の「赤旗事件」を契機に、西園寺を下野させ、自分の弟子でもあった桂太郎を首相にし、危険思想の取締りを強化しようとしたところから書き起こされていく。

桂は危険思想に対する警察の取締りを強化するために、小松原英太郎を文部大臣にし、自然主義や個人主義などの「主義」によって衰退させられた国家統一精神を復活させるため、新たな天皇による勅語としての「戊申詔書」を立案し発布した。

一九〇九（明治四二）年一月一九日、文芸院の設立をねらった小松原は、官邸に文学者を招待し晩餐会を開いた。

おりしも雑誌「太陽」では「文芸取締問題と芸術院」(一九〇九・一)という談話特集が組まれていた。招かれた文学者は、森鷗外、夏目漱石、上田敏、幸田露伴、巌谷小波、島村抱月など、学者としては芳賀矢一、上田万年等。招待者は内務省と文部省の高官であった。内務大臣平田東助は、作家と検閲官との間の相互理解を促進するために率直に話し合う機会が重要であることを強調した。

席上夏目漱石は、政府が文学を「奨励」することは、望ましくない影響を及ぼすと懸念を表明し、ましてや賞を授けることは、審査委員の意向に阿る傾向を生み出すだろう、と批判した。この会合は、一方で出版会に検閲緩和の期待をもたらしたが、現実はまったく逆になっていく。

第9章「成熟した制度下の活動」では、一九〇九(明治四二)年に議会を通過し、五月六日に公布された、「新聞紙法」に焦点があてられる。この法律は、あらゆる方向から表現の自由に対しての制限を設け、内務大臣にいっそう強い自由裁量権を与えるものとして、「本質的に反動的」であると著者は規定している。

この法律が公布されるまえに、永井荷風の『ふらんす物語』が、それまでの前例とは異なり、検閲官に提出された当日に発禁になるという事態が発生していた。書店には一冊も配本されることなく、出版社は荷風に初版の印税の返還を求めるという、理不尽な状況となったのである。

著者は、サイデンステッカーの研究をふまえながら、『ふらんす物語』所収の一つ一つの作品のどの部分が検閲の対象になったかを推理していく。荷風は、この国家の検閲に対して対抗する論を展開する中で、やがて「国家にとって尊敬すべきもの、従って国家に受け入れられるものの一切を、辛辣に拒絶する姿勢を体現しているような比類のないペルソナを公私ともに身につけたのだ」と著者は強調している。

こうした検閲強化の中で、雑誌「中央公論」が、初めて「文芸検閲に対する組織的な反抗」に、同じ年の七月号から踏み出していく。前月号の小栗風葉の『姉の妹』に対する発禁処分に対する闘いであった。

この年の七月、陸軍軍医総監という高級官僚でもある、森鷗外が「スバル」に掲載した『ヰタ・セクスアリス』が発禁処分になることで、検閲をめぐる緊張は、一気に頂点に達していく。三月に発表された『半日』とともに『ヰタ・セクスアリス』が挑発的なのは、国家と個人の関係、最も個人的な事情が、国家の統制をかいくぐることを示したことである。『半日』では、天長節の式典に出席しなければならない主人公が、妻の不気嫌に対応して、欠席してしまうという設定であり、『ヰタ・セクスアリス』は、自分の息子が性に無関心になることを懸念して、出版を取り止める決心を、手記の著者である「金井君」がするという設定である。しかもこの時、鷗外の文学博士号が検討されていたのである。

つまり発禁になるような「風俗壊乱」小説を書いた鷗外森林太郎が、博士号を国家から授与されるという、アイロニカルであると同時にアレゴリカルなドラマが仕掛けられていたわけである。

結果として、「スバル」は七月一日に発売され、雑誌自体はほとんど売切れてしまった二八日に、ようやく発禁になったのである。博士号は七月二四日に授与されている。八月六日に内務省警保局長が陸軍省を訪れ、鷗外は陸軍省次官石本新六から厳重注意を受けた。

他方で、この年の一月から朝日新聞で連載されていた、森田草平の『煤煙』が単行本で出版できるかどうかが、同じ時期文芸関係者の間で問題になっていた。漱石の「『煤煙』第一巻序」は、結果として第一巻しか発行できなくなってしまった事情について述べている。この頃から、出版社の側が超法規的手段として、検閲の対象となるかもしれない文言を、あらかじめ自己検閲をして「伏せ字」にして刊行するという出版の仕方が取られていくことになった。またこの章の後半では、谷崎潤一郎の初期小説が、どのように検閲の対象となったのかについてもふれられることになる。

第10章は、第11章とともに本書の中で最も力が込められていると言ってもよい。「大逆事件」への文学者の反応を扱う「森鷗外と平出修……大逆事件の内幕」である。一九一〇（明治四三）年一一月九日に、検事総長の調査結果が突然公表されるまで、「大逆事件」については一切報道されることはなかった。前年の「新聞紙法」に基づいて、予審尋問をめぐる一切の報道が禁じられたからである。

この「大逆事件」に対して森鷗外が弁護士平出修に、きわめて重要な示唆を与えたことを著者は重視している。「まさに鷗外の貢献があればこそ、平出は、無政府主義の歴史について学問的な説明を展開することができたのであり、弁護団の年輩者たちに強い感銘を与えるに至った」と著者は述べている。そして、「大逆事件」に対する平出の弁護活動について、その詳細にわたって検証したうえで、彼が「表現の自由は法律によってだけ制限されるべきものであり、それも真にやむを得ない場合に限られ」、「憲法は表現の自由」を「絶対」に「保証する」「当初の信念」と裁判の過程で「取り戻した」ことを明らかにしていく。

平出修は「大逆事件」の経験をふまえて、『畜生道』（一九一二・九）、『計画』（一九一二・一〇）、『逆徒』（一九一三・九）といった小説三作を発表する。著者は、この三作を分析しながら、平出が「自分の稀有な体験を効果的に生かして」小説として「書き残した」ことを高く評価している。

第11章「他の文学者の反応」においては、まず徳富蘆花の『謀叛論』について著者は分析していく。蘆花は「大逆事件」そのものが政府当局による捏造であることについてはまったく知らなかった。しかし蘆花は、「政府がとった過酷な政策が被告たちと同じ危険な陰謀家をふやすにすぎない」ことを明らかにしたのである。

明治国家の検閲制度が崩壊した一九四五（昭和二〇）年八月一五日以後、この「大逆事件」をめぐって、きちんとした関わり方をした作家として認められたのは徳富蘆花と石川啄木の二人だけであった。この事実から出発して著者は、啄木の「時代閉塞の現状」について論じていくことになる。この批評は、魚住折蘆の「自己主張としての自然主義」に対する反論として書かれたものであった。

著者は、今井泰子の研究をふまえながら、この啄木の論文が「天皇制の合法性というタブーを問題にしようとしていた」ことを明らかにしていく。啄木が長谷川天溪の中に見てとった「日本人に最も特有なる卑怯」を生み出すことになる「日本人特有の或論理」とは、「万世一系の天皇に統治されている日本の現実」にほかならない。

次に荒畑寒村の『逃避者』(「生活と芸術」一九一三・一〇)についての議論が展開され、この小説が「言論・集会・出版の自由が奪われ」、強化される政府の「弾圧のもとでたくさんの同志が投獄され」ている現実を告発していることが明らかにされる。

この後、「暴力的な急進主義者と内省的な文学者の見分けもつかない政府の愚かさ」を明らかにした正宗白鳥の『危険人物』(「中央公論」一九一一・二)という小説、木下杢太郎の戯曲『和泉屋染物店』(「スバル」一九一一・三)、田山花袋『トコヨゴヨミ』(一九一四・三)永井荷風『戯作者の死』(「三田文学」一九一二・一二〜一九一三・四)などを対象に、「大逆事件」に対する文学者の反応を分析している。

そしてこの章の末尾で、著者は内田魯庵の「大逆事件」後のエッセイに注目し、「日本の新文学の大いなる民主的な潜在力を評価している姿」を見出している。

第12章「完全な膠着状態……文芸委員会」の冒頭では、「大逆事件」の被告の処刑後一カ月もたたない時に、夏目漱石が博士号を辞退したことが取り上げられている。博士号辞退をめぐる漱石の意見表明を紹介しながら、漱石の「行動」が「新文学の担い手である作家たちが共通に抱いていた態度を代表している」と著者は位置付けている。

こうした中で、小松原文部大臣は、一九一一(明治四四)年五月一七日に、大衆芸能にいたるあらゆる言論活動に対する国家統制を強化するための通俗教育調査委員会の設置と、「文芸委員会」の設置を勅令で決めている。

文芸委員会のメンバーは、先に小松原邸に招かれた文学者とほぼ同じであり、名簿の筆頭は森鷗外であった。幹事は文部省専門学務局長の福原鐐二郎であり、彼は漱石の学位の返却を拒絶した当人にほかならなかった。

しかし、この「文芸委員会」の設置に対して、多くの文学者は批判的な態度を示した。夏目漱石、坪内逍遙、池辺三山などは、文部省からの委員就任の申し出を拒絶した。とくに漱石の「文芸委員会は何をするか」という批評について、著者は「この主張以上に率直で具体的な明確なものを想像することは困難であろう」と高く評価している。漱石は政府が文芸に対して担う役割は、唯一人々に本を読む方法を教えることだけであり、それ以外のいかなる干渉も、抑圧と無気力を招来するだけだと主張したのである。

実際に委員会が開催された段階で最も対立した問題の一つが、検閲をめぐる内務省と文部省との関係であった。森鷗外は内務省を厳しく批判した。そして「文芸委員会」は実質的な機能を果たすことなく崩壊にいたってしまう。

このように本書の第12章までは、明治期日本の国家による検閲制度、国家の文芸に対する干渉に対して、「大逆事件」を前後して、新文学を担う多くの文学者たちが、個人の表現に対して、国家が干渉するべきではないという、言論の自由をめぐる基本的な理念に実践的に目覚めていく過程が、具体的作品や発言にふれながら生き生きと描き出されているのである。

第13章「概観・明治以降における思想統制と検閲」では、一九二五(大正一四)年に施行された、「大逆事件」で主任検事をつとめた平沼騏一郎による「治安維持法」と、その改悪過程と、国家の戦争体制への突入の諸段階が密接な関連を持っていたことが概観されていく。

第14章「大正時代の谷崎」では、検閲官たちが、劇作家としての谷崎潤一郎を標的にしたことが明らかにされていく。その前提として『痴人の愛』が、「エロチック」な「デカダンス」を体現している女性主人公のナオミに対して多くの読者が共感し、「ナオミズム」という言葉が流行することになったことに対し、警察が連載紙である「大阪朝日新聞」に頻繁に警告を出したことが論じられることになる。つまり当局は、多くの読者の関心を集めることに危機意識を抱いたのである。

その結果、「娯楽メディア」として芝居の上演を妨害することに力点を置き、劇作家としての谷崎がねらわれ、戯曲が内務省の発禁処分の対象にならなくても、警視庁が芝居としての上演を認めないという形で妨害が行われたのであった。

第15章「昭和の出版ブームと文芸懇話会」では、百万部を超えた講談社の「キング」、あるいは改造社がはじめ、一気に出版会全体に広がった「円本ブーム」を中心としながら、活字出版物を、それまでとは比較にならないほど、多くの読者が購入する時代に突入した段階での、言論思想統制の在り方が概観されていく。

空前の出版ブームの中で、「戦旗」や「文芸戦線」などのプロレタリア文学雑誌も、合わせて五万部の部数を発行するようになり、検閲制度に対する公然とした反対運動も組織されるようになっていく。

治安維持法が普通選挙法と同時に施行されたことに注目するならば、こうした新しい読者層はまた、普通選挙制度の中における新しい政治的主体と重なっていたのであり、当局は一層の危機感を高めたのである。

そして一九三一（昭和六）年に満州事変によって、国家が戦争体制に突入することとほぼ同時に、「治安維持法が違法な政治組織に対してのみならず、突然共産主義活動と見なされた左翼系作家の団体といった文化組織に対しても適用され」るようになることを著者は重視している。

一九三四（昭和九）年、斎藤実首相は、警保局長に松本学を任命し、映画統制をはじめとして、教育統制や宗教統制を行わせていく。その中で小松原英太郎の「文芸委員会」の「正統な跡継ぎ」として「文芸懇話会」が組織されることになる。そして「日華事変が勃発する、ほんの三週間前に」「新しい文芸院が設立され」、この統制体制が、敗戦まで続くのである。

第16章「軍部と特高警察に引き継がれて」では、「日華事変が勃発」した一九三七（昭和一二）年に、内閣情報委員会から昇格した内閣情報部が、戦時下においてどのような機能を果たしたのかが明らかにされ、ここにおける陸海軍省報道部将校の指導力に注意が向けられている。

そして著者は、この戦時下の情報統制の中で、谷崎潤一郎の『源氏物語』現代語訳が、どのような削除を余儀無くされたかについてふれると同時に、同じ谷崎の『細雪』を掲載しようとして「中央公論」の解体過程を叙述し、こうした状況の最も典型的な事件として「横浜事件」という、言論に対する特高警察の拷問と虐待の現実を告発することになる。

内閣情報部が内閣情報局に格上げされた後、その直接の支配のもとで「日本文学報告会」が一九四二（昭和一七）

年五月二六日に創立され、多くの文学者が戦争協力の道を選んでいく。その中で著者は、本書の最後に、谷崎潤一郎の「莫妄想」という、原稿用紙一枚分の、軍艦を建造する基金集めのために発行された『辻小説集』に収められた「物語」を引用することで、この「実に不毛で、つまらぬ作品が生まれた」ことこそが、国家による検閲と言論統制の帰結であることを、きわめてアイロニカルに読者に提示している。

＊

各章の論点を紹介したことからも明らかなように、本書は、近代日本の文学者たちが、自らの文学的実践を通じて、個人としての表現者という自覚を獲得し、その表現を同志的に受け入れてくれる読者とともに、国家と対峙せざるを得なくなる歴史過程と、それを検閲をはじめとする言論思想統制によって踏みにじっていく国家の強権との闘ぎ合いを、「大逆事件」を一つのピークとして捉えている。敗戦後の歴史研究によって、初めてその全体像が明らかになる、同時代的にはほとんど事実が明らかにされなかった事件に対する、莫然とした不安を、逆に文学作品として明示的に言語化していく中でこそ、国家に対峙する個人の思想、そうは名ざされることはなかったが、人権という思想が生成されていく過程なのだ。その人権の思想の表現の実践が暴力的に弾圧されていく過程が、今からほぼ百年前の「大逆事件」を境界線として叙述されているところにこそ、本書の思想の核心があると言えよう。

訳者後書き

今井泰子

本書は、Jay Rubin, *Injurious to Public Morals : Writers and the Meiji State*（University of Washington Press, 1984）の全訳である。

一九四五年の敗戦まで猛威を振るった日本近代の文芸検閲は、江戸時代の検閲方法や思想も十分吸収しながら、明治の開幕から後次第に整理されて行き、一九〇九（明治四二）年の新聞紙法によって完成を見た。本書は、文学者と為政者のその攻防が頂点に達した、日露戦争から明治の終わりまでを主たる論及の対象にしながら、明治初頭から第二次大戦までの、文芸検閲制度の展開とそれと関わった文学者との関係を追跡した、ユニークな日本近代文学史である。「風俗壊乱」とは、当時の国家当局が文学作品、とくに男女の性愛に関する表現を禁圧する際に用いた罪名である（社会思想の取締りには「安寧秩序妨害」の名が与えられた）。*Injurious to Public Morals* とはその英語訳である。

著者であるルービン氏と私ども訳者五人との縁は、著者自身の日本語版のための序文にも見られる通り、著者が、今井に突然手紙と電話を寄こされたことに始まっている。原書が生れるより前のことで、明治の文芸検閲に関する書物の執筆を予定しているが、何かよい示唆でもあればという問い合わせであった。

そういう連絡を氏が寄こされたのは、国文学界がふつう今井の専門と見なしている啄木研究のためではなくて、やはりその序文にも見られ、本書が第12章の注51その他に指摘する二〇頁あまりの小さい論文のためであった。その論文は、往時の新聞を使って、明治末期の文芸弾圧の経過と、その時誕生してすぐに消えた「文芸院」の顛末とを、幾多の文学者の対応を洗いながら（そして結局、ルービン氏も認識されたような漱石の際立った近代性に目を見張りながら）跡付けた作業であった。ルービン氏がその小論文に着目されたのは、その主題が氏の問題意識と完全に重なっていたから、と言えばそれまでのことであるが、しかし、国文学界の標準に照らすなら、それは驚嘆に値する話であった。なぜというに、その論文を今井が発表したのはそれより一昔前の一九七〇年であったし、発表の場所も地方のある私大の紀要であり、その後単行本にも収めず、どこにもそれについて言及せずに来たのである。著者がその注に言う通り、まったくそれは hard-to-find な論文であって、それゆえその後どなたの関心も引かずに来たし、近年「文芸院」問題を集中的に扱った、かなり重厚な一書の著者の視野にさえ入らずに来たものなのである。

このことは、この著者の驚くべき周到さを、ひいては本書の研究書としてのたいへんな密度を物語っている。原書を恵贈されて通覧した時、今井が何より先に直感して敬服したのは、そうした学術書としての抜きん出た上質性であった。そういう綿密な文献の照覧とそれの操作の結果、本書は、ごくさりげない読物風の表現を用いながら、日本の学者の平均値を優に越える創見や定説の修正要求を、随所に散りばめていたのだった。そこにはたとえば、それまで見落とされて来た『新思潮』復刻版の解説（吉田精一）を拾い出し、合わせて検閲問題を十分考慮に入れることで、谷崎潤一郎の「刺青」の誕生経過を確定するというような、特筆に値するものさえあった。

原書を手にして今井は即座にこれを日本で紹介したいと考えたが、その第一の理由はその信頼性であった。第二には、もちろん本書の主題に今井が共感したからである。

＊

今日では学生は無論のこと、研究者も、平生そのことをほとんど忘れているが、小説であれ、詩歌であれ、明治このかた戦前までの日本の近代文学作品で、国家当局による検閲と無関係に生まれたものなどは一作品も存在しない。従って、人や時代によって多寡の差はあるにせよ、誰であれその制約を頭の隅に置いて書いていたのである。そうである以上、本当なら文芸検閲についての正確な知識なしには、戦前の日本文学は理解しきれないはずなのである。もちろん、日本においても文芸検閲問題の研究は行われて来たが、それらは発売禁止作品の解題集成であり、年表であり、資料集であった。そのために、読者がそれ一冊を開くことで、明治このかた戦前の、さらにはその前身である近世このかたの、検閲制度の歴史事実を正確に知り、合わせて、それとからむ社会構造や文学動向の展望も含んだ史的見取り図を手にする、などというのは不可能な相談であった。しかし、本書ならそれができるのである。そうであれば、本書は若い研究世代のための優れた道案内になるはずだ。そう今井には思われたのだった。

とは言え、今井の英語力では責任を持った紹介などできるものではなかったから、当時同僚で英語学を専攻する大木俊夫氏に今井は提携を申し出た。二章節を選んで大木氏が訳し、今井が資料の原文や国文の常識を勘案して訳語の定着に協力する、そして、やはり大木氏の助力を得て展望した本書一冊の紹介論文をその抄訳に付ける、そういう共同作業の計画を立てて、大木氏の同意を得た。

この計画は著者のルービン氏をもちろん喜ばせたが、何しろ綿密なルービン氏である。文末を「た」にするか「る」にするか一つでも手紙が行き交うことになり、世に問えたのは、結局、三年後の一九八七年であった。平岡敏夫氏のお世話で折しも創刊された有精堂『日本文学』の第一集に掲載できた。その一方、原書の公刊間もない頃に、日本近代文学会の『日本近代文学・32集』から、紹介文の執筆依頼が今井に入った。それらは抄訳・紹介論文より少し早い、一九八五年初夏に活字にできた。

私どものそういう、言わば良心的な仕事ぶりは、著者の意に大いにかなったらしく、作業が始まるとすぐ、全訳も続けてぜひにと著者は要望されて来た。そして二人は、荷の重さにまずは躊躇したが、結局は本書の魅力に押されて依頼をお受けした。

当時山口県にいた木股知史氏とその同僚であった鈴木美津子さんとが訳者に加わったのは、その直後である。以前から専門分野の重なりで今井と文通のあった木股氏から、紹介文に興味を覚えて原書を購入した、という手紙が今井に届いた。浜松の二人は、それを渡りに船の情報と読んで共訳参加を申し出た。木股氏は申し出に驚いたようだが、常に提携できる英文の読み手と木股氏とがペアを組めばよいのだからと説明し、承諾を得た。さらに、ほぼ同じ時期に河野賢司氏が大木・今井の職場に入り、その優れた語学力と日本文の表現力に気付いた大木氏が誘いをかけて、その了承も得た。実は、二人だけで仕事を続けて三年に一章の速度でいてはと、二人はひそかに恐れをなしていたのだった。

こうして、初訳はそれぞれが分担し、それを統合する監訳は大木氏が行い、日本文の資料点検や文体の調整は今井が担う、そうしてできた原稿にコメントを添えて大木からルービン氏に送り、定訳を見る、という計画が成り立って、作業は始まった。

＊

とは言え、仕事は遅々として進まなかった。事情はいろいろあったが、最大の理由はプロモーターであった今井に持病があって、その病状が谷間に再々落ちて何度も仕事を中断したからである。最終の統合役は外部のどなたかに移譲したほうがよいかもしれないとさえ思われたが、そうもいかず、中心的担い手は途中から大木氏に交代した。

しかし、昨年暮に世織書房と契約ができてから後、急にこの邦訳作業が終幕に向けて回転し出したことから見れば、長引いたのはそんなことよりも、単に、出版社との約束なしに仕事を続けたやり方のためだったのかも知れない。人は期限に追われる義務感なしには本気で仕事などしないものだ、というだけのことだったのかも知れない。もしそうであるなら、本書の邦訳成立の最大功績者は木股氏である。世織書房と契約したのも木股氏であったが、彼はその前にも本屋に一、二あたっており、五人の中で誰よりも、というよりも唯一人、本書に現実的な形を与えるために尽力する能力を持ち合わせていた。

もっとも、この最後の詰めの段階で今井は再び体調を崩し、最終一年の進行は大木氏と木股氏とに全面的にゆだねてしまった。その今井が後書きを担当するのは行きがかりのようなもので、面映ゆさがないでもない。この共同作業の分担を示すことで責めをふさぎたい。

	〔初訳〕	〔訳文校閲〕
序文	大木	今井・大木
第1章	大木	今井・大木
第2章	大木	今井・大木
第3章	河野	今井・大木
第4章	河野	今井・大木
第5章	河野	今井・大木
第6章	大木	今井・大木
第7章	大木	今井・大木
第8章	大木	
第9章	河野	

	〔初訳〕	〔訳文校閲〕
第10章	今井・大木・木股	今井・大木
第11章	鈴木・木股	今井・大木・河野
第12章	鈴木・木股	大木・河野
第13章	鈴木・木股	大木
第14章	大木	河野
第15章	鈴木・木股	大木
第16章	鈴木・木股	大木・河野
年表	木股	大木
参考文献	大木	

それ以上に読者にお断りしなければならないのは、仕事が遅れていくその間に、著者のルービン氏がワシントン大学からハーバード大学に移られて、非常に多忙になられたことである。以前のように訳稿を逐一検討されて、著者と訳者の討議の末に定訳を得る、という時間が氏になくなってしまった。そのため後半部には著者の点検はおよそ入っていない。これは著者の気性からして残念であるに違いない。また、訳者たちにしても、納得しきれる訳本を提供で

きなかったことを残念に思うし、読者に申しわけなく思っている。

本書の思想的意義については、すでにふれた紹介文二本の中にも述べてあるので、それをご参照願えれば有り難い。ここでは、本書にうかがえる著者の思想的立場についてだけ、若干説明しておこう。

この著者にとって、表現や思想の自由の正統性は自明の理であり、それを抑圧する検閲制度はどの国のものであれ先験的な悪である。当然ながら、権力者の動向に追随しがちであった戦前日本の社会風潮に対しても、著者は皮肉を隠さない。その厳しさは、何であれガイジンの日本批判にはたちまちアレルギー反応を起こすような方には、不愉快であるかも知れない。現に、本書に対するかなり感情的な書評がある英字新聞に掲載されたこともあった。けれども、この著者の眺める通り、表現の自由を侵す国家の干渉と近代文学史の発展とは、最初から入れ合わぬものである。そして大事なことは、この著者が、〈近代の個人主義思想は権利の抑圧を認めない〉という明快な立場に立てばこそ、抑圧下にあっても個性的な開花を続けた日本近代文学に対して賞賛を惜しまないのだ、ということである。子供っぽいナショナリストであるのをやめて冷静に内容を読む者には、著者のその暖かい視線が十分に感じ取れるはずである。そして、著者のそういう賞賛は、日本文学を愛する読者には結局のところ快いものであるに違いない。

＊

日本の近代文学に対して寛容だということは、この著者が文学を愛している人だということでもある。この著者は、文学の計量には文学的な尺度を用いなければならず、禁圧に対する抵抗量の多寡が作品の価値を決定するものではないことを、熟知している。これまでの「権力批判」の思想に立った日本の文学批評の類いは、ほぼ常に、政治と文学との極端な混同に陥って価値基準を狂わせて来たものである。しかし、本書はそういう偏向とは袂を分かっているし、そういう文学批評には批判的である。従来の左翼の文学史観にはなじめずに来た者でも、文学愛好者なら本書を安心して読めるに違いない。

イルメラ・日地谷・キルシュネライトが四年前の日本近代文学会学会誌（45号）に指摘したことだが、日本人の日本近代文学研究は、日本語で書かれた研究以外にはほとんど関心を示さず、外国語で行われる外国人の研究には目を向けずに来た。実際に国文学の世界では今日なお、外国人の日本文学の読みなどさしたるものであるはずがないという自負心溢れる言葉が、折にふれ、陰に陽に囁かれている。しかし、本書は、そういう視野の狭さが、国文学界に収益をもたらさぬのみならず、誤りを正せぬ点で有害に近いことさえ教えてくれている。また、この本に限らず、日本近代文学を研究する欧米人の書籍や論文を読んで、今井が視点や方法で啓発されなかったことは、これまでに一度もなかった。

日地谷に「閉鎖的な田舎根性」と評された、この国文学界の現状は、実は当の国文学者が最もよく知っていることだが、本当は、大方の者の語学力不足という、ごく単純な事情に発している。従って、その自負心には井蛙の負け惜しみが隠れていないでもない。そして、それだけのことなのだから、問題は、ここで木股氏と今井が行ったような外国語専門の方との連携によって簡単に解消できるはずである。かつ、そのやり方は、単に外国語に堪能な方だけで取り組む翻訳よりも正確な実を上げられるのだから、原執筆者を満足させることも間違いない。同じやりかたで、今後、若い国文学研究者が各人のテーマと関わる海外の優れた研究を紹介して下さることを、本書の訳者たちは期待してやまない。そして、そのようにして、近代日本文学研究世界の活性化、とくに方法や視点の豊饒化を図り、自閉的な鎖国状態からの脱却を画するのが、「国際化」時代相応の国文学の研究方向ではなかろうか、と私どもは考えている。

最後に、著者の略歴についても紹介しておこう。ジェイ・ルービン氏は、一九七〇年にシカゴ大学において国木田独歩の研究で学位を取られた後にハーバード大学で、次いでワシントン大学で教鞭を取られ、九三年にハーバード大学に戻られて、現在はハーバード大学東洋学部の正教授を勤められる日本文学研究者である（編集部付記—現在は、ハーバード大学を退職され、名誉教授《リサーチ・プロフェッサー》である）。本書はすでに述べたようにワシントン大学時代にまとめられた。その他の主たる業績には、翻訳として、夏目漱石の「三四郎」「坑夫」「私の個人主義」「現代日本の開化」、村上春樹の「象の消滅」「パン屋再襲撃」「ねじ巻き鳥クロニクル１・２・３」などが、論考として、占領軍の文芸検閲を解析した「健全から堕落へ：占領下の文芸検閲」、*Journal of Japanese Studies11：1.* 一九八五年、アメリカ人の日本語読解が恒常的に陥る問題点を照射した *Gone Fishin'：New Angles on Perennial Problems*（*Power Japanese*）.（Kodansha International, 1992）、謡曲文学を仏教用語にこだわらずに人間的ドラマとして鑑賞するよう勧める "The Art of the Flower of Mumbo Jumbo"（*Harvard Journal of Asiatic Studies,* Dec., 1993）などがあげられる。

なお、本書原書の本題は『風俗壊乱』、副題は、断るまでもないが『文学者と明治国家』と訳すべきものである。しかし、本題の「風俗壊乱」の語が現代日本ではすでに死後であることを考慮に入れて、著者と相談のうえで、その副題を『明治国家と文芸の検閲』に変更した。表題だけからでも文芸検閲問題を扱う書籍であることが理解できる方が、読者に対しても親切であるし、本書の利用度も増すであろうと考えられたからである。

＊

最後になったが、本訳書の出版を引き受けて下さった世織書房の伊藤晶宣さんに、この場を借りて心からの謝辞を申し上げたい。本書は文学研究書の中でも相当の硬派に類して、今日の世間の好みには必ずしも重ならないものであるから、世織書房のご厚意なしには今もって本の体はなさなかったのかも知れない。出版物は一般的にも出版社と著・訳者との共同作品であろうが、私どもはその思いをここで特に深く味わっている。


【付記】

本書の企画を最初に実行に移した今井泰子氏は、二〇〇九年八月に、病気のため亡くなられた。本書の刊行を見ていただけなかったことは、とても残念である。

刊行にあたっては、全体にわたって訳文を点検し、引用文献は原文と照合して確認した。また、適宜、訳注を付した。

日本語版の刊行によって、研究書としても、ドキュメントとしても優れている本書の意義が広く認識されることを願っている。懇切な解説を寄せられた小森陽一氏に感謝する。幾度か困難に遭遇しつつも、本書の刊行を諦めることがなかった世織書房の伊藤晶宣氏にお礼申し上げる。

二〇一〇年八月一五日　訳者を代表して

木股知史

ジェイ・ルービン　Jay Rubin

一九四一年、ワシントンD・Cに生まれる。シカゴ大学で日本文学を学び、一九七〇年、国木田独歩の研究で学位を取得。ワシントン大学、ハーバード大学で日本文学を講じる。現在、ハーバード大学名誉教授。夏目漱石や村上春樹の英語圏への翻訳家としても活躍。著書に、『ハルキ・ムラカミと言葉の音楽』（畔柳和代訳、新潮社、二〇〇六年）、*Injurious to Public Morals : Writers and the Meiji State*（University of Washington Press, 1984）. 編著に、*Modern Japanese Writers*（Charles Scribner's Sons, 2000）.『芥川龍之介短篇集』（新潮社、二〇〇七年）などがある。二〇〇三年、村上春樹『ねじまき鳥クロニクル』の翻訳 *The Wind-Up Bird Chronicle*（Alfred A. Knopf）によって、第一四回野間文芸翻訳賞受賞。

〈訳者紹介〉
今井泰子（いまい・やすこ）
1933 年生まれ。静岡県立大学名誉教授。2009 年没。
大木俊夫（おおき・としお）
1936 年生まれ。浜松医科大学名誉教授。
木股知史（きまた・さとし）
1951 年生まれ。甲南大学文学部教授。
河野賢司（こうの・けんじ）
1959 年生まれ。九州産業大学国際文化学部教授。
鈴木美津子（すずき・みつこ）
1948 年生まれ。東北大学大学院国際文化研究科教授。

風俗壊乱――明治国家と文芸の検閲

2011年 4 月 8 日　第 1 刷発行©

訳　者	今井泰子・大木俊夫・木股知史 河野賢司・鈴木美津子
装幀者	M. 冠着
発行者	伊藤晶宣
発行所	(株)世織書房
印刷所	三協印刷(株)
製本所	協栄製本(株)

〒220-0042　神奈川県横浜市西区戸部町7丁目240 番地　文教堂ビル
電話 045(317)3176　振替00250-2-18694

落丁本・乱丁本はお取替いたします　Printed in Japan
ISBN978-4-902163-59-9

索　引

〈人名・作品＋雑誌・新聞＋事項〉

【か行】

【さ行】

【た行】

【な行】

【は行】

【ま行】

【や行】

【ら行】

【わ行】

【et cetera】